史夢蘭集 六

全史宮詞

（清）史夢蘭◎原著
景紅録　石向騫◎點校

天津出版傳媒集團
天津古籍出版社

全史宮詞
晉厓先生屬書
吳郡葉道芬

◎《全史宮詞》書影

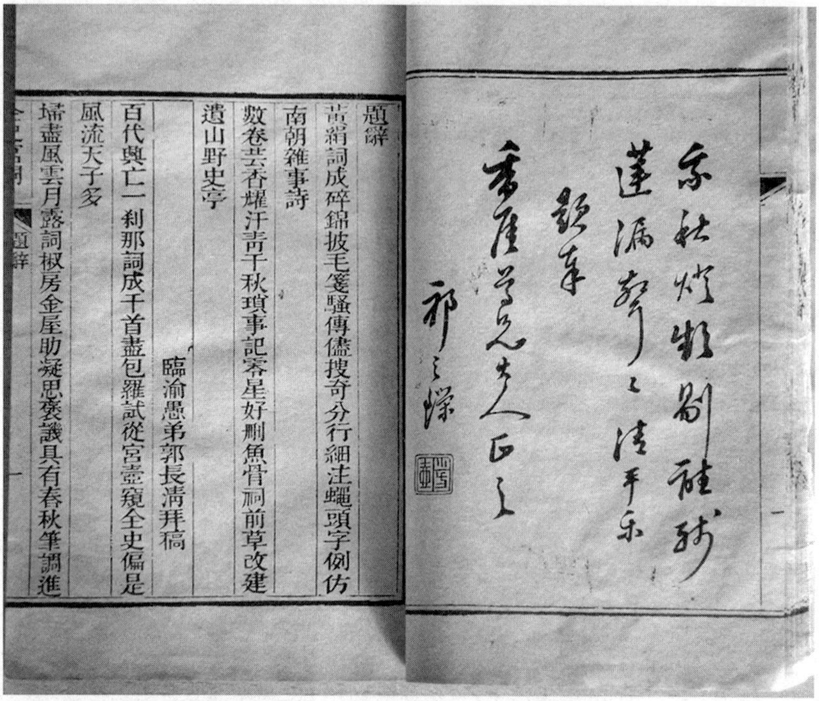
題辭

黃絹詞成碎錦披毛箋騷傳儘搜奇分行細注蠅頭字例仿南朝雜事詩

數卷芸香耀汗青千秋瑣事記零星好刪魚骨祠前草改建遺山野史亭

臨渝愚弟郭長清拜稿

百代興亡一剎那詞成千首盡包羅試從宮壼窺全史偏是風流天子多

埽盡風雲月露詞椒房金屋助凝思褒譏具有春秋筆調進

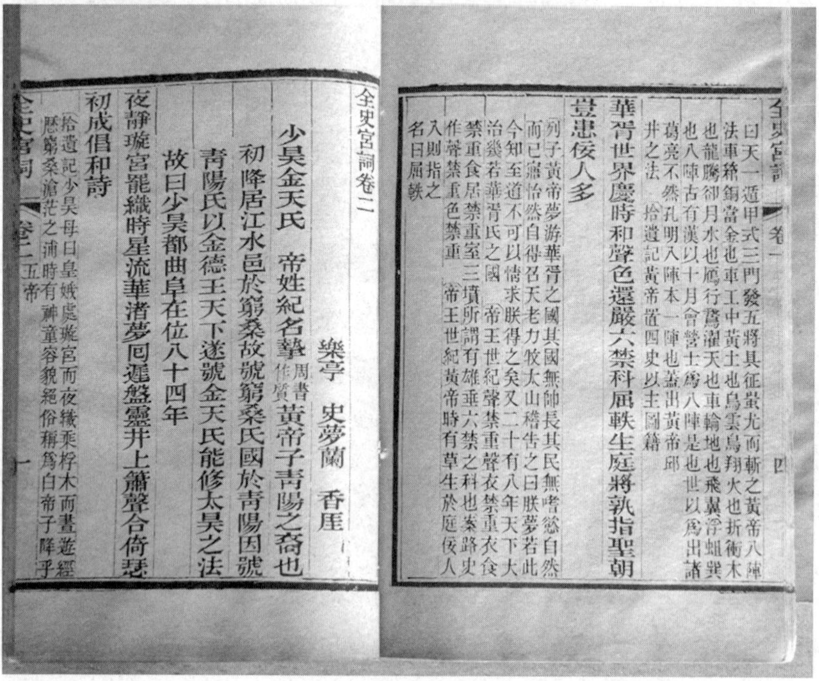
曰天一遁甲式三門發五將具征蚩尤而斬之黃帝八陣法車蒞銅當金也車工中黃土也鳥雲鳥翔火也折衝木也龍騰卻月水也鴈行鵞鸛天也車輪地也飛翼浮沮巽也八陣古有漢以十月會營士為八陣是也世以為出諸葛亮不然孔明八陣本一陣也蓋出黃帝邱井之法 拾遺記黃帝置四史以主圖籍

華胥世界慶時和聲色還嚴六禁科屈軼生庭將孰指聖朝豈患佞人多

列子黃帝夢游華胥之國其國無帥長其民無嗜慾自然而已寤怡然自得召天老力牧太山稽告之曰朕夢若此今知至道不可以情求朕得之矣又二十有八年天下大治幾若華胥氏之國 帝王世紀聲禁重衣禁重食禁重居禁重室 三墳所謂有雄垂六禁之科也 泰路史作聲禁重色禁重 帝王世紀黃帝時有草生於庭佞人入則指之名曰屈軼

全史宮詞卷二

樂亭 史夢蘭 香厓

少昊金天氏 帝姓紀名摯周書作質黃帝子青陽之裔也初降居江水邑於窮桑故號窮桑氏國於青陽因號青陽氏以金德王天下遂號金天氏能修太昊之法故曰少昊都曲阜在位八十四年

夜靜璇宮罷織時星流華渚夢回遲盤靈井上簫聲合倚瑟初成倡和詩

拾遺記少昊母曰皇娥處璇宮而夜織乘桴木而晝游經歷窮桑滄茫之浦時有神童容貌絕俗稱為白帝子降乎

◎《全史宮詞》書影

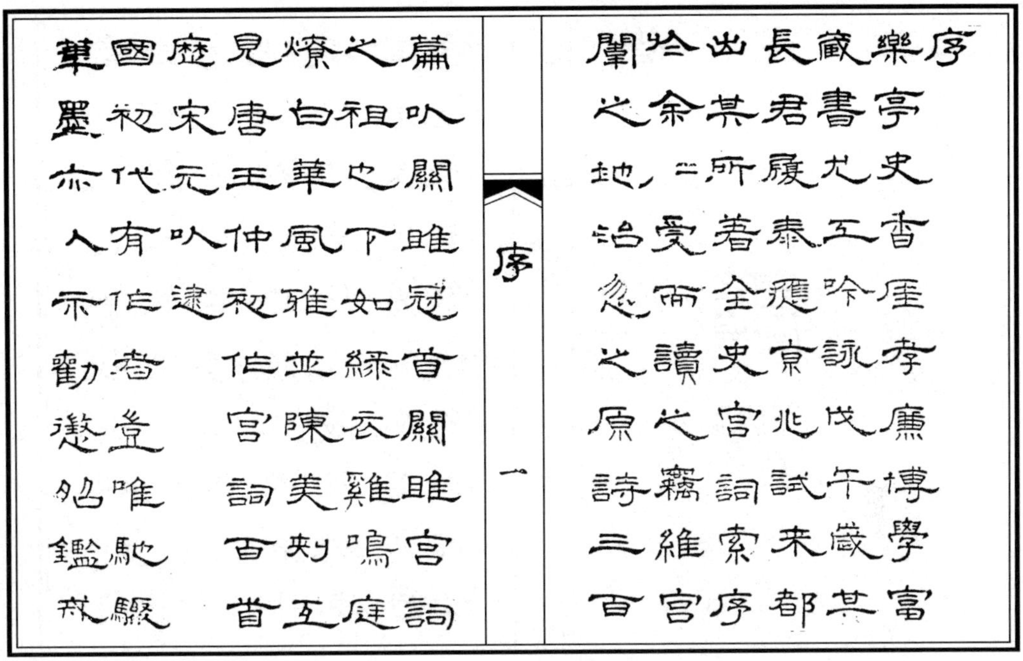

序

樂亭史香崖孝廉博學富
藏書尤工吟詠戊午歲其
長君履泰膺京兆試來都
出其所著全史宮詞索序
於余、余受而讀之竊維宮
闈之地治忽之原詩三百

序　一

篇以關雎冠首關雎宮詞
之祖也下如綠衣雞鳴庭
燎白華風雅並陳美刺互
見唐王仲初作宮詞百首
歷宋元以逮
國初代有作者豈唯馳騁
華麗亦以示勸懲炤鑑戒

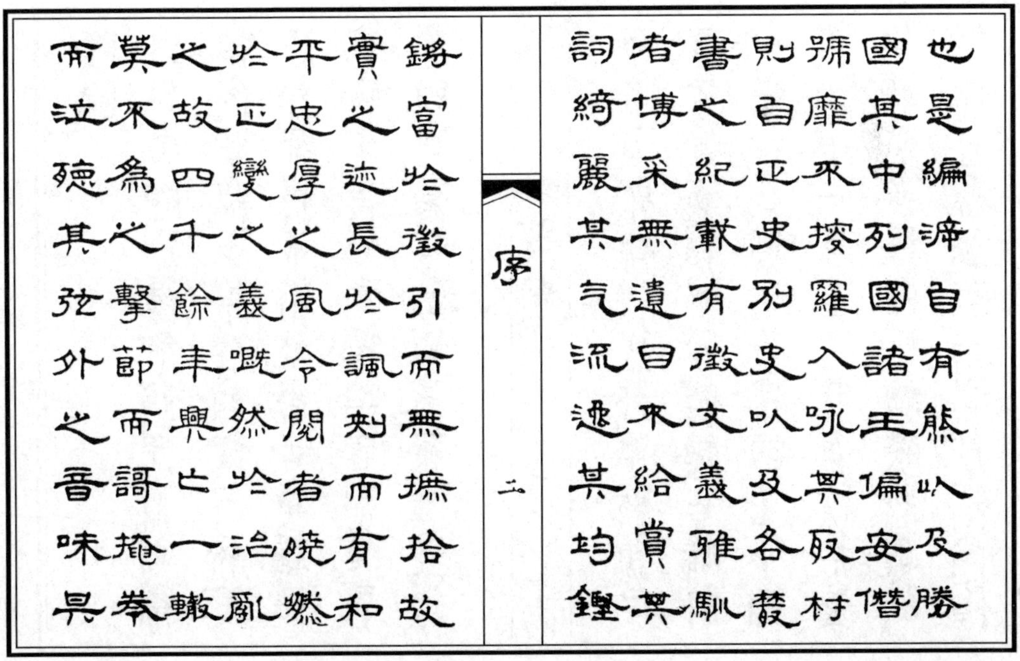

也是編溯自有熊以及勝
國其中列國諸王偏安僭
號靡不搜羅入咏其取材
則自正史別史以及各藝
書之紀載有徵文義雅馴
者博采無遺日不給賞其
詞綺麗其氣流逸其均鏗

序　二

錄富於徵引而無摭拾故
實之迹長於諷刺而有和
平忠厚之風令閱者曉然
於正變之義嘅然於治亂
之故四千餘年興亡一轍
莫不為之擊節而謌撫卷
而泣聽其弦外之音味其

◎《全史宮詞》書影

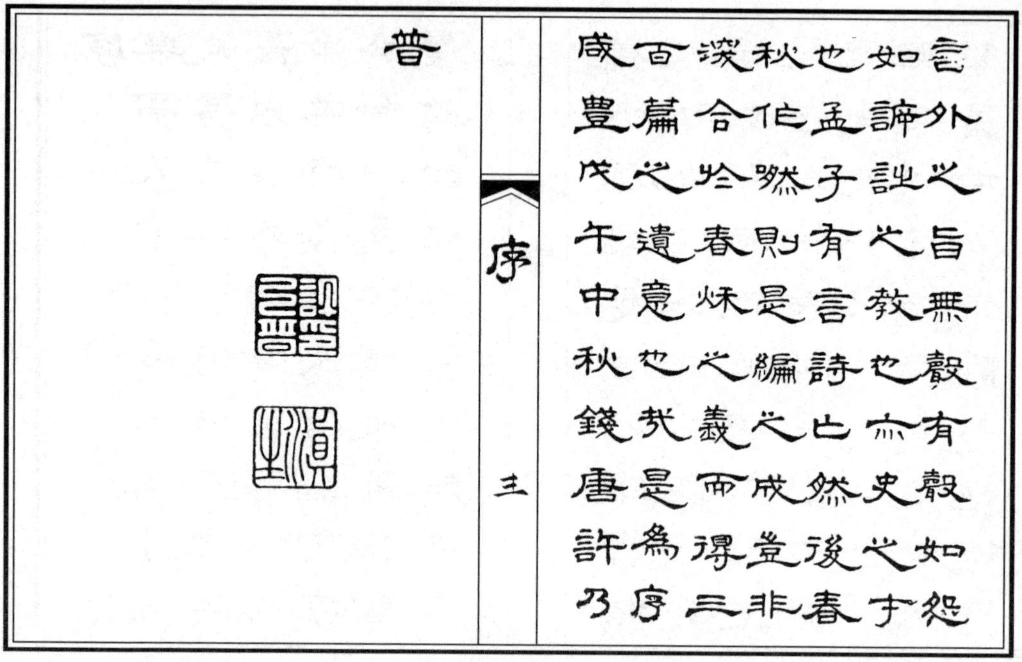

言外之旨無聲有聲如怨
如誹訕之教也亦史之于
也孟子有言詩亡然後春
秋作然則是編之成豈非
淡合於春秋之義而得三
百篇之遺意也哉是為序
咸豐戊午中秋錢唐許乃
普

序 三

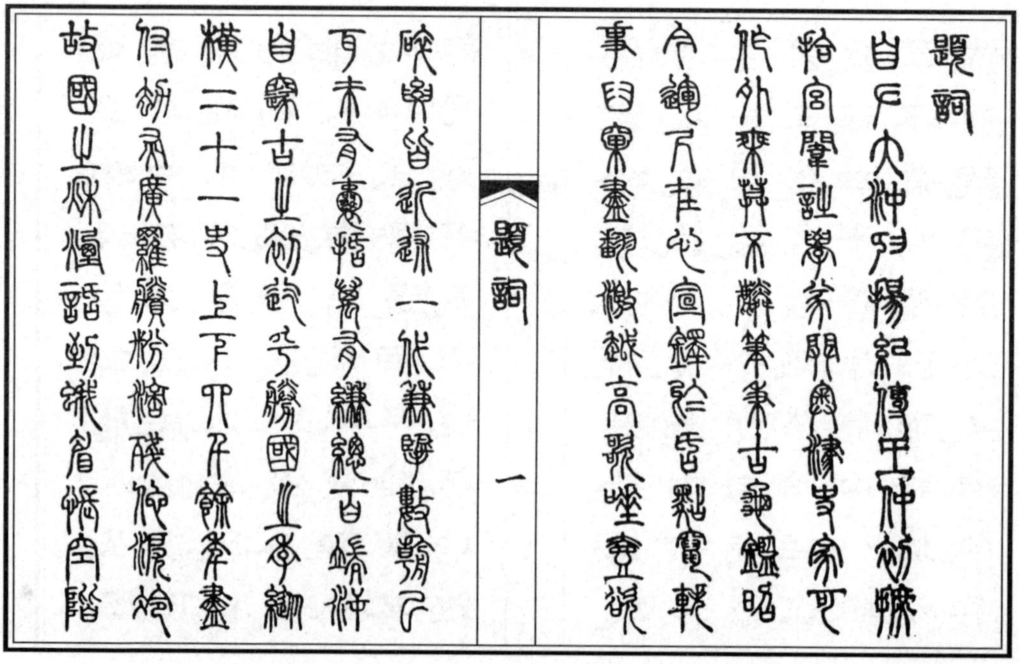

題詞

題詞 一

◎《全史宮詞》書影

◎《全史宮詞》書影

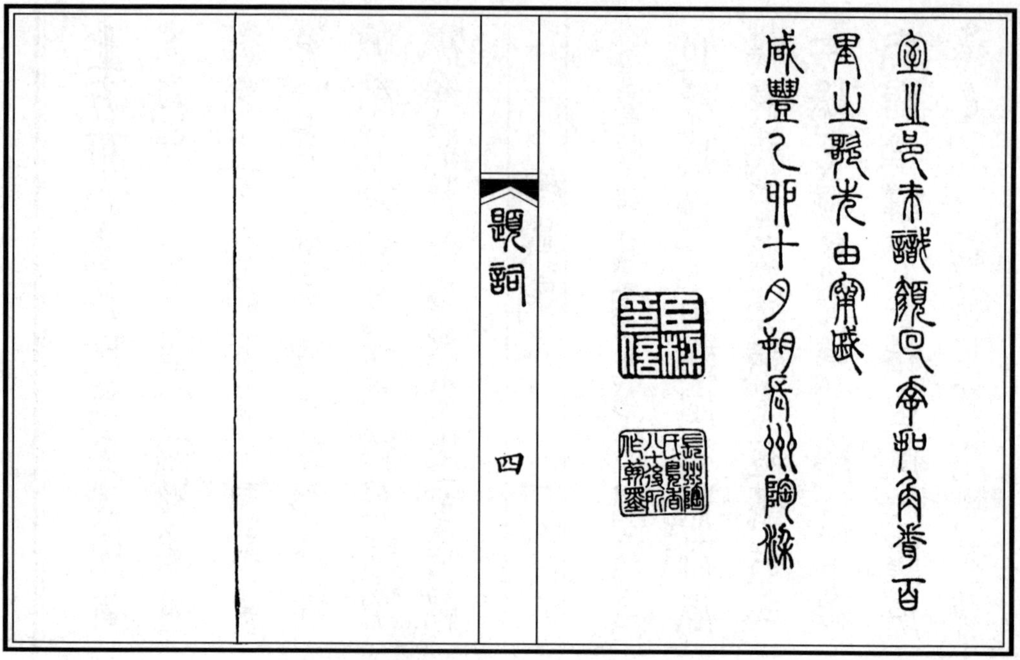
題詞
四

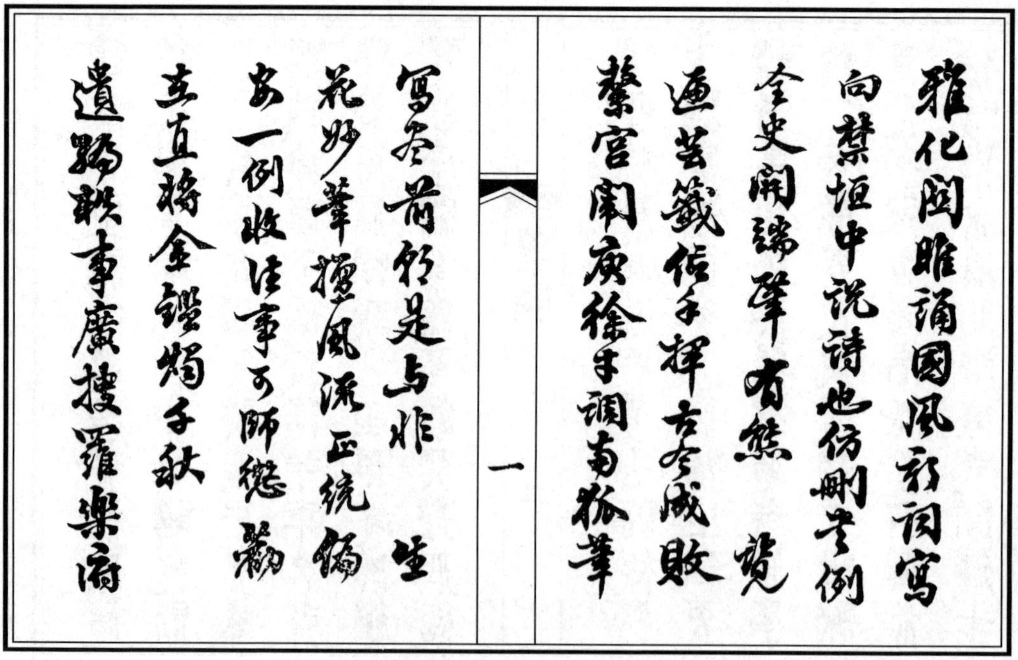
雅化關雎誦國風新詞宮寫
向禁垣中說詩也仿刪書例
全史開端筆有然 覽
遍芸籤信手揮古今成敗
鑿宮闈庾徐手調南旅筆
一
寫來箇箇是與非 生
花妙筆擅風流正統編
成一例收注事可師懲勸
直將金鑑燭千秋
遺聞軼事廣搜羅樂府

◎《全史宮詞》書影

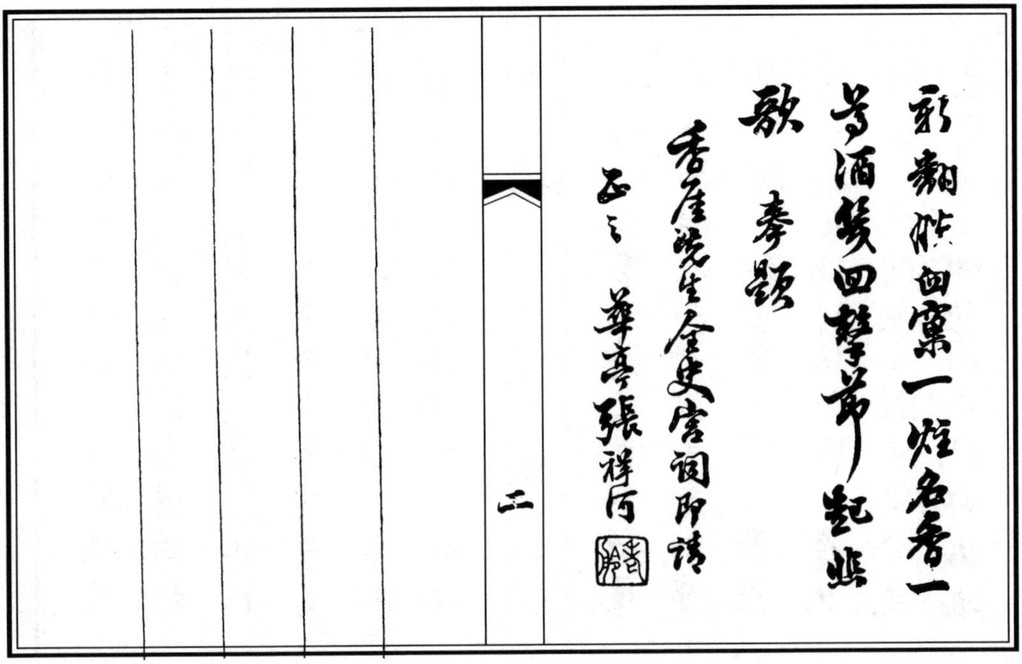

新翻新曲冠一時名香一
炷酒數回擊節起悲
歌　奉題
香厓先生全史宮詞即請
正之　華亭張祥河

二

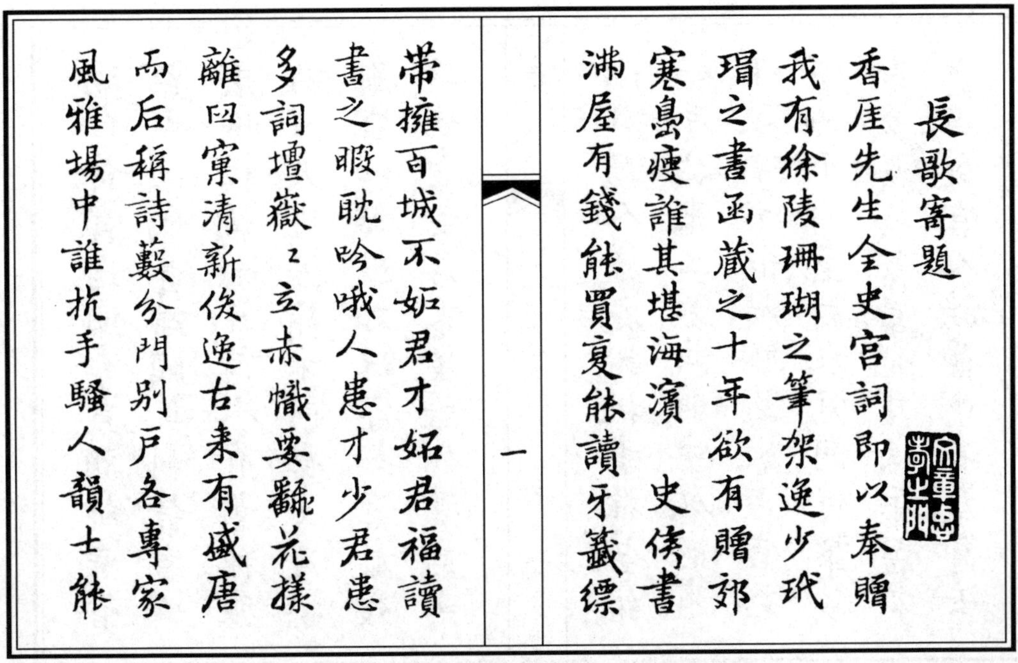

長歌寄題
香厓先生全史宮詞即以奉贈
我有徐陵珊瑚之筆架逸少玳
瑁之書函藏之十年欲有贈郊
寒島瘦誰其堪海濱　史侯書
滿屋有錢能買复能讀牙籤縹
帶擁百城不妬君才妬君福讀
書之暇耽吟哦人患才少君患
多詞壇嶽嶽立赤幟要翻花樣
離臼窠清新俊逸古來有盛唐
而后稱詩藪分門別戸各專家
風雅場中誰抗手騷人韻士能

一

◎《全史宮詞》書影

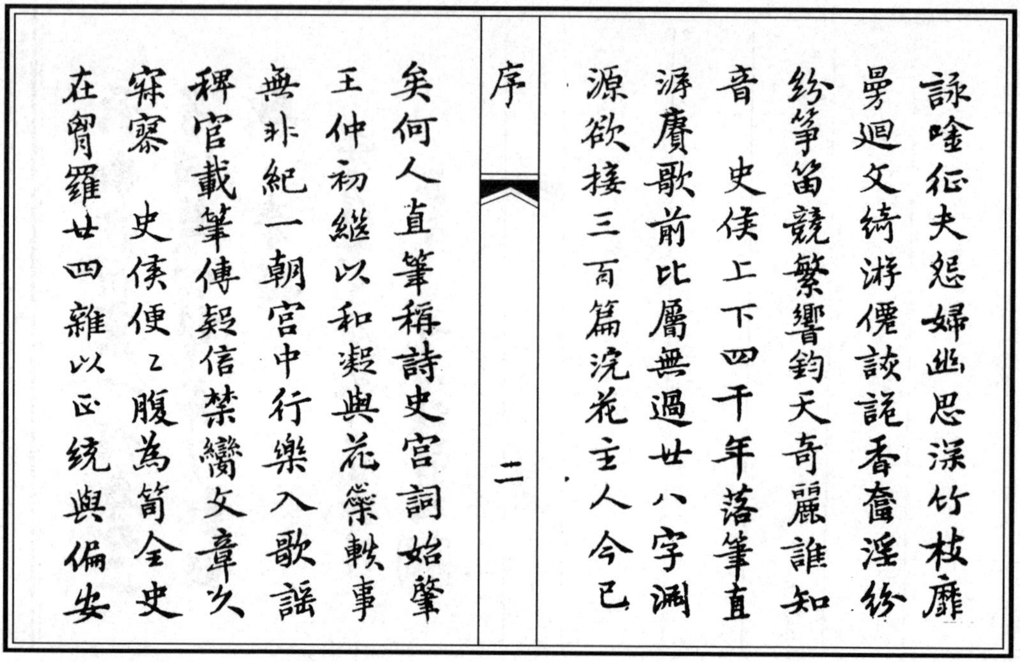
詠唫征夫怨婦幽思深竹枝靡
曼迴文綺游儷談詑香奩淫紛
紛箏笛競繁響鈞天奇麗誰知
音　史侯上下四千年落筆直
溯賡歌前比屬無過廿八字瀾
源欲接三百篇浣花主人今已
序　二
矣何人直筆稱詩史宮詞始肇
王仲初繼以和凝與花蕊軼事
無非紀一朝宮中行樂入歌謠
稗官載筆傳疑信禁鑾文章久
寂寥　史侯便便腹為笥全史
在胷羅廿四雜以正統與偏安

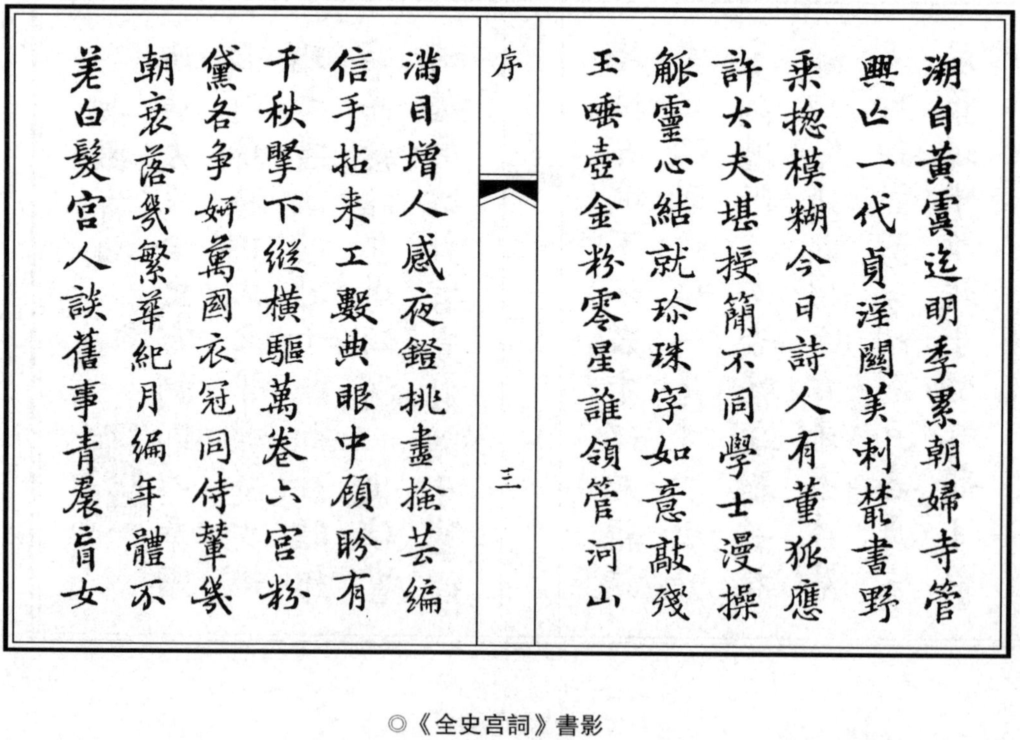
溯自黃虞迄明季累朝婦寺管
興亡一代貞淫闕美刺稗書野
乘總模糊今日詩人有董狐應
許大夫堪授簡不同學士漫操
觚靈心結就珍珠字如意敲殘
玉唾壺金粉零星誰領管河山
序　三
滿目增人感夜鐙挑盡掩芸編
信手拈來工數典眼中顧盼有
千秋擘下縱橫驅萬卷六宮粉
黛各爭妍萬國衣冠同侍輦幾
朝衰落幾繁華紀月編年體不
差白髮宮人談舊事青霓盲女

◎《全史宮詞》書影

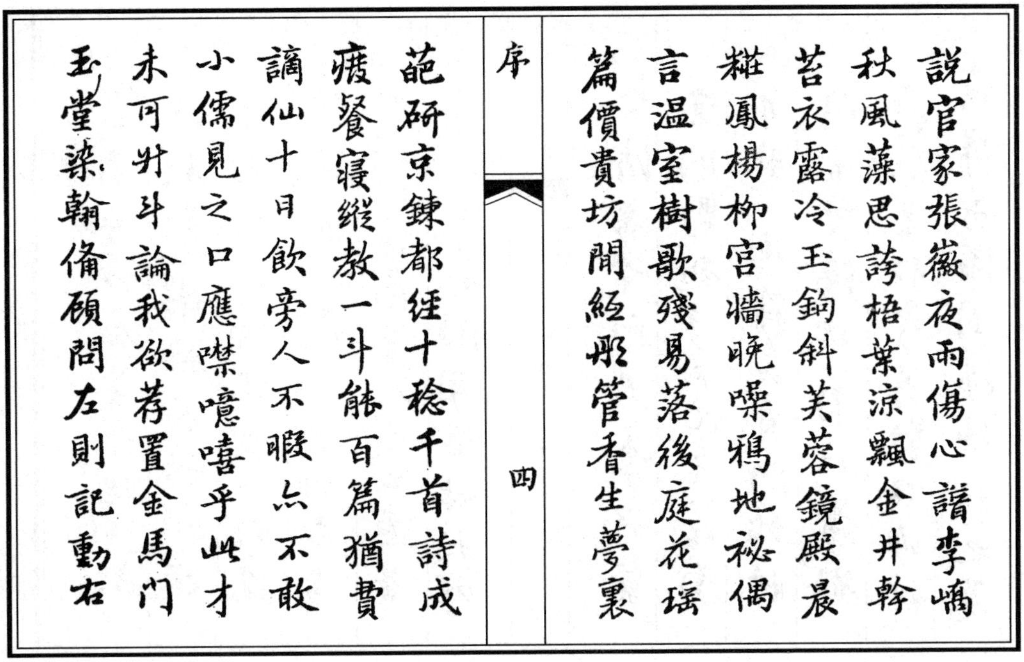
說官家張嶶夜雨傷心諸李嶠
秋風藻思誇梧葉涼飄金井幹
苔衣露冷玉鉤斜芙蓉鏡殿晨
粧鳳楊柳宮牆晚噪鴉地祕偶
言温室樹歌殘易落後庭花瑶
篇價貴坊閒紙飛管香生夢裏
葩研京鍊都紝十稔千首詩成
瘦餐寢縱教一斗能百篇猶貴
謫仙十日飲旁人不暇点不敢
小儒見之口噤嚎嘻乎此才
未可升斗論我欲荐置金馬门
玉堂染翰備顧問左則記動右

序　四

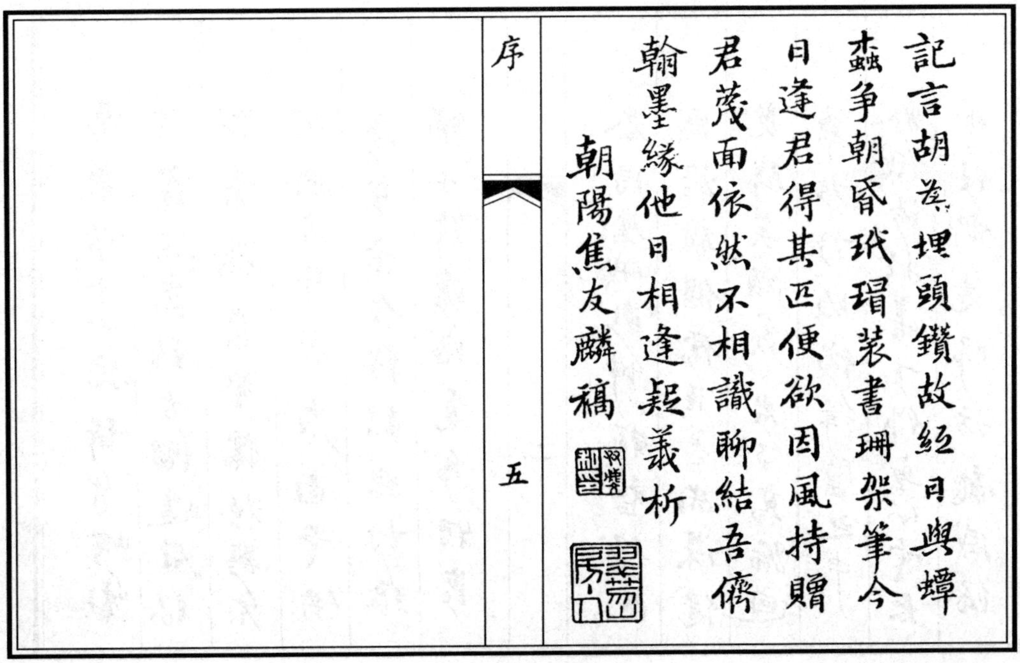
記言胡為埋頭鑽故紙日與蟫
蠹爭朝昏玳瑁裝書珊架筆今
日逢君得其匹便欲因風持贈
君茂面依然不相識聊結吾儕
翰墨緣他日相逢起義析
朝陽焦友麟稿

序　五

◎《全史宮詞》書影

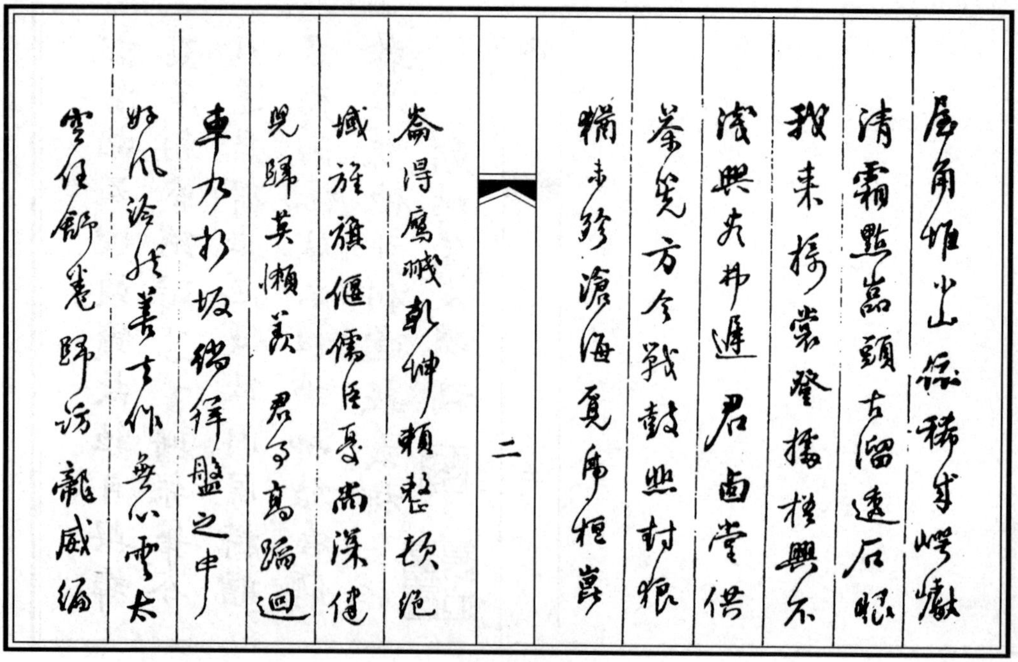

◎《全史宮詞》書影

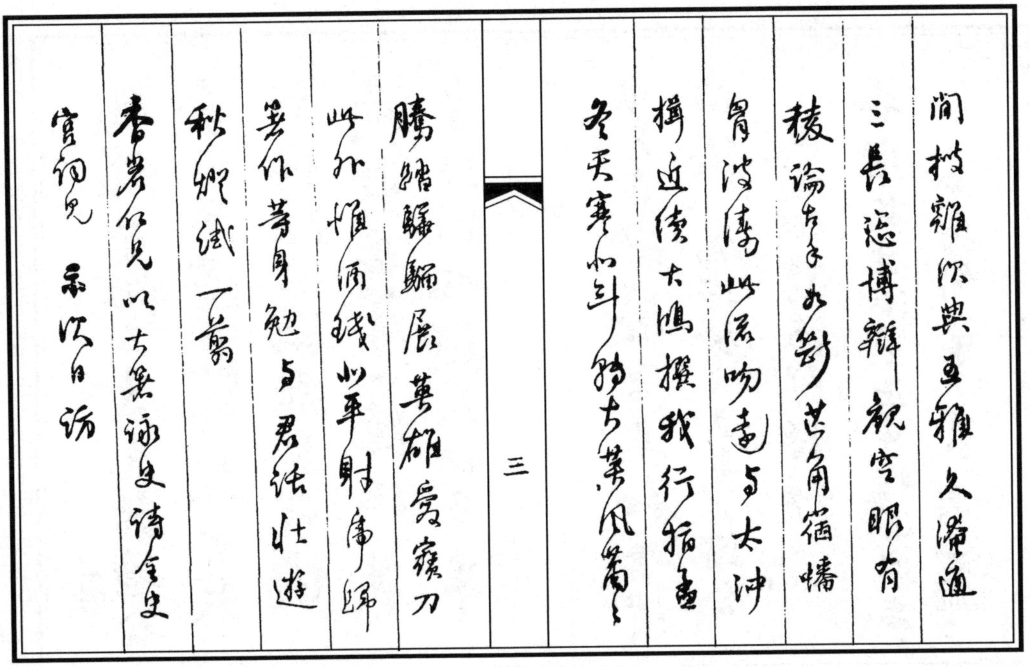

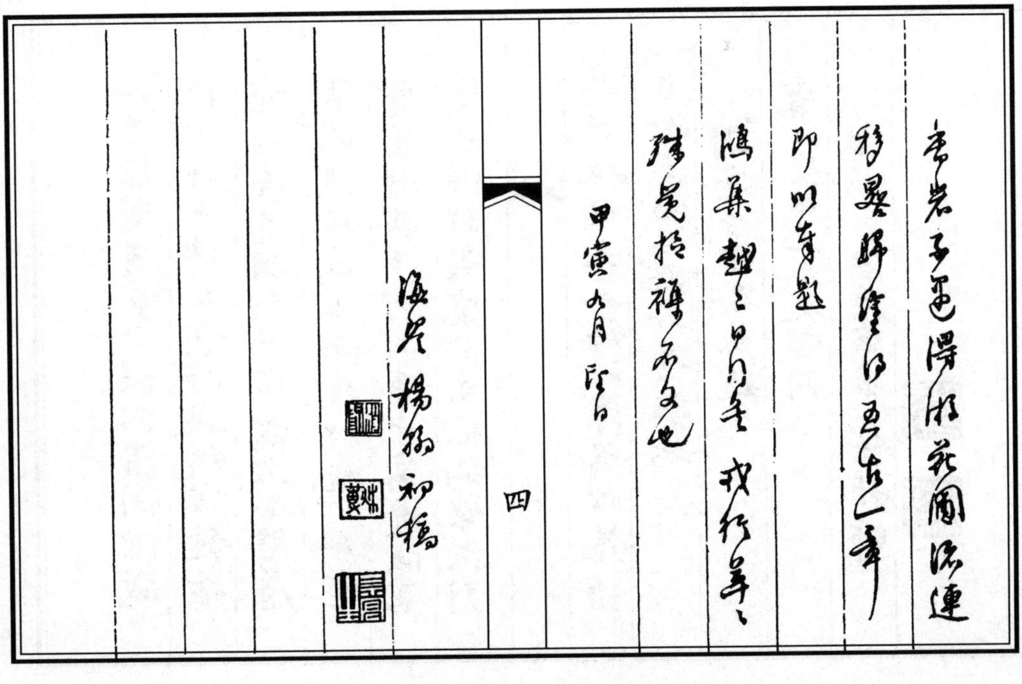

◎《全史宮詞》書影

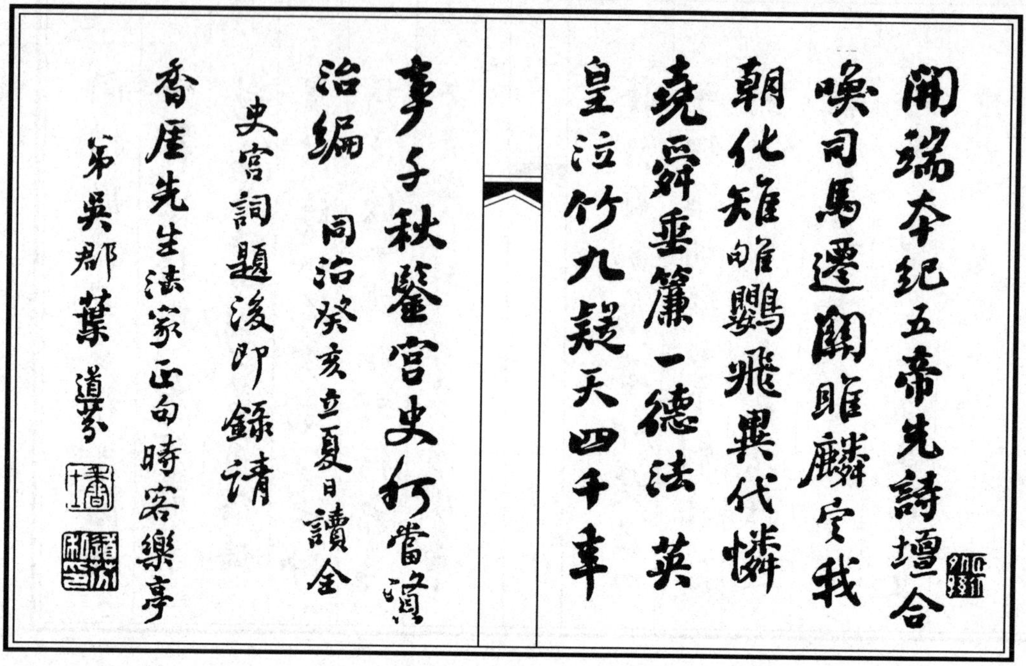

開端本紀五帝先詩壇合
喚司馬遷關雎麟定我
朝化雉雊鸜鵒飛異代憐
堯舜垂簾一德法 英
皇泣竹九疑天四千年
事千秋鑒宮史行當續
治編 同治癸亥立夏日讀全
史宮詞題後即録請
香屋先生法家正句時客樂亭
弟吳郡葉道芬

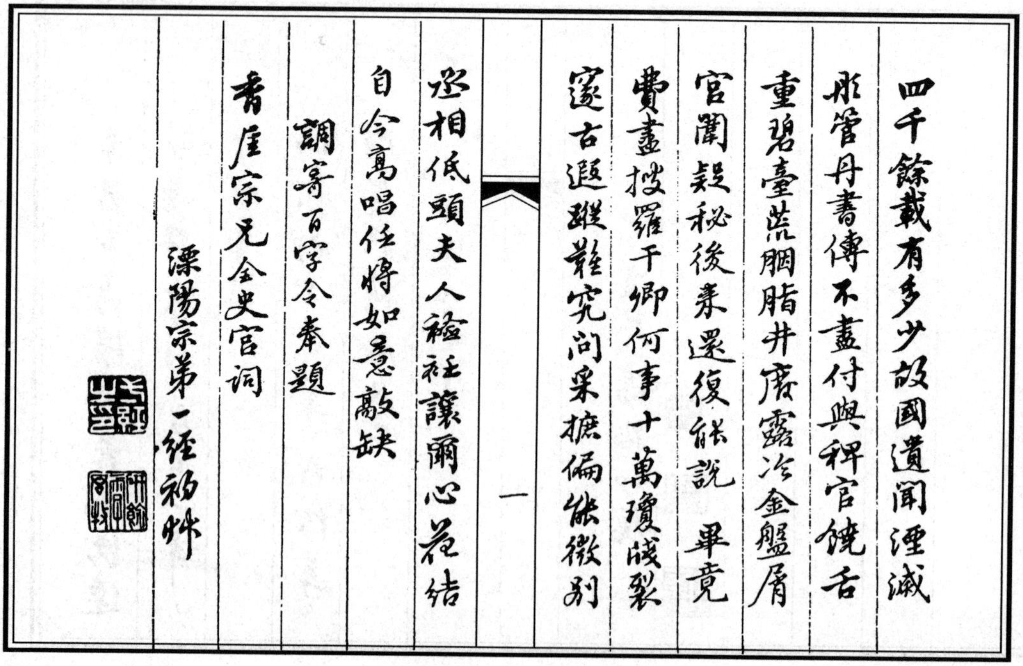

四千餘載有多少故國遺聞湮滅
彤管丹書傳不盡付與稗官饒舌
重碧臺荒胭脂井廢露冷金盤屑
宮闈疑秘後來還復能說 畢竟
費盡搜羅千卿何事十萬瓊牋裂
邃古遐蹤難究問采摭偏能微別
一
丞相低頭夫人襝衽讓爾心花結
自今高唱任將如意敲缺
調寄百字令奉題
香屋宗兄全史宮詞
溧陽宗弟一經初稿

◎《全史宮詞》書影

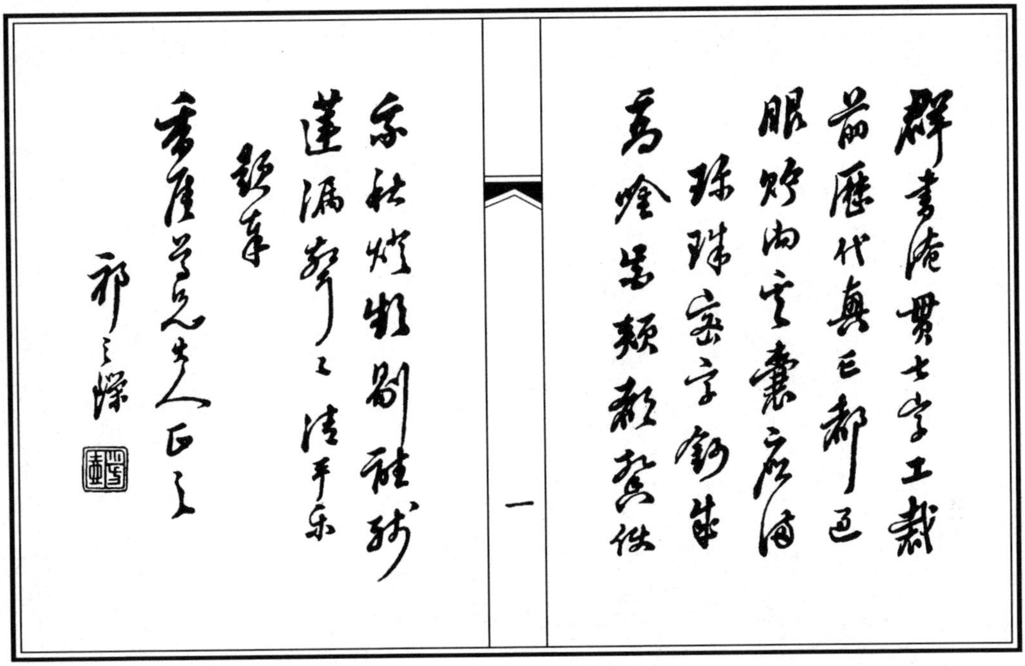
群書淹貫士宗工裁
前歷代真巨[illegible]邑
眼[illegible]雨[illegible][illegible][illegible][illegible]
珠璣[illegible]字[illegible][illegible]
爲繪宮類[illegible][illegible][illegible]
家[illegible]燈[illegible][illegible][illegible][illegible]
蓮漏聲聲　清平樂
題辭
香崖前[illegible]先生大人正之
祁[illegible][illegible]

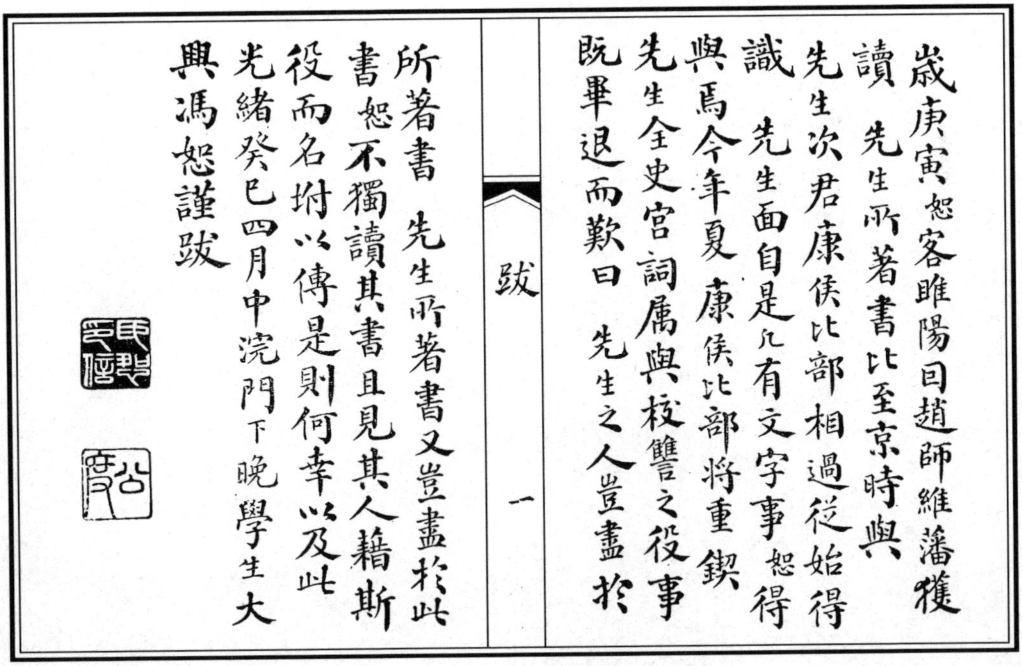
歲庚寅恕客睢陽曰趙師維藩獲讀　先生所著書比至京時與先生次君康侯比部相過從始得識　先生面自是凡有文字事恕得與焉今年夏康侯比部將重鍥先生全史宮詞屬與校讐之役事既畢退而歎曰　先生之人豈盡於

跋　一

所著書　先生所著書又豈盡於此書恕不獨讀其書且見其人藉斯役而名尉以傳是則何幸以及此光緒癸巳四月中浣門下晚學生大興馮恕謹跋

◎《全史宮詞》書影

目録

卷八

三國

卷九

卷十

十六國

卷十一

南朝

卷十二

北朝

卷十三

卷十四
五代

卷十五
十國

點校説明

一、史夢蘭所著《全史宫詞》初刻於咸豐六年，咸豐八年刊成。光緒十一年至十二年，史氏又補作宫詞四百七十九首，並補刻於原書各卷之後。光緒十九年夏，史夢蘭之子史履晉主持重刻《全史宫詞》，將前後所作合刊爲定本。此次點校，即以光緒十九年合刊《全史宫詞》爲底本。

二、原書詩注之中所引各條文獻，均用空格隔開。今改爲另起一行排列，原小字雙行亦改爲單行。

三、詩注中偶有史夢蘭本人所加按語。凡僅針對某一條文獻的，前加『◎』符號，緊排在該條文獻之後，不另起行。餘則另起行，不加『◎』符號。

四、詩注中所引文獻，或全引或摘引，均不加引號，僅在所引文獻名目後以冒號標識。所引文獻中的人物對話和一些需要特别標注的詞語，以及引文中的引文，則加引號予以標識。

五、底本書前附刻有諸家手書序及題辭八篇，今均以書影形式附於扉頁之後，僅將許乃普序録出置於正文之前。

序

樂亭史香厓孝廉，博學富藏書，尤工吟詠。戊午歲，其長君履泰應京兆試來都，出其所著《全史宫詞》，索序於余。余受而讀之。竊維宫闈之地，治忽之原。《詩》三百篇以《關雎》冠首；《關雎》，宫詞之祖也。下如《緑衣》《雞鳴》《庭燎》《白華》，風雅並陳，美刺互見。唐王仲初作《宫詞》百首，歷宋元以逮國初，代有作者。豈唯馳騁筆墨，亦以示勸懲、昭鑑戒也。是編溯自有熊以及勝國，其中列國諸王、偏安僭號，靡不搜羅入詠。其取材則自正史、别史以及各叢書之紀載有徵、文義雅馴者，博采無遺，目不給賞。其詞綺麗，其氣流逸，其韵鏗鏘。富於徵引而無摭拾故實之跡，長於諷刺而有和平忠厚之風。令閲者曉然於正變之義，慨然於治亂之故，四千餘年興亡一轍，莫不爲之擊節而歌、掩卷而泣。聽其絃外之音，味其言外之旨，無聲有聲，如怨如訴，詩之教也，亦史之才也。孟子有言：『《詩》亡然後《春秋》作。』然則是編之成，豈非深合於《春秋》之義而得《三百篇》之遺意也哉？是爲序。咸豐戊午中秋錢唐許乃普。

題辭

黄絹詞成碎錦披，毛箋騷傳儘搜奇。分行細註蠅頭字，例倣南朝雜事詩。
數卷芸香耀汗青，千秋瑣事記零星。好刪魚骨祠前草，改建遺山野史亭。

臨渝愚弟郭長清拜稿

百代興亡一刹那，詞成千首盡包羅。試從宫壺窺全史，偏是風流天子多。
埽盡風雲月露詞，椒房金屋助凝思。褒譏具有春秋筆，調進清平未足奇。
挑燈讀罷夜將闌，雅管風琴一例看。多少歡娱多少恨，漫疑歌哭兩無端。

同硯弟常守方拜稿

歷來宫闕幾滄桑，軼事裝成古錦囊。風雨挑燈夜攤卷，纏綿絶勝讀連昌。
直從勝國溯軒轅，閏位餘分一例論。錦瑟自吟還自解，免教箋注誤西昆。
煌煌金鑑照千秋，正變貞淫一卷收。若使新詞編樂府，樽前應付雪兒謳。

愚表侄楊在汶拜稿

胸羅全史更旁搜，軼事零星腋集裘。一代興亡數行字，知君皮裏有春秋。
古來治亂出深宮，如勸如懲味不窮。他日金華標警句，更應寫徧御屏風。

高城愚弟張怡曾拜稿

陳娥衛艷費平章，自古風流屬帝王。權作史官具隻眼，要從宮闈看興亡。
徽音不盡后妃儀，也有宣姜與夏姬。偏是才人用情僻，筆端容易恕蛾眉。
廣搜秘笈助詞瀾，義取春秋下筆難。一例貞淫垂法戒，當他十五國風看。

銕嶺愚弟魏夔均拜稿

樂府新翻七字詩，瑯嬛秘笈手親披。四千五百年間事，成就先生絶妙詞。
往事茫茫幾劫灰，録成金鑑照將來。騷壇也有編年史，不比徐陵詠玉臺。

山左愚侄馬洪慶拜題

孝先腹笥本便便，倒峽詞源瀉湧泉。落筆縱横三萬字，分箋上下五千年。漫將宮體嗤輕靡，應合風詩付管絃。一卷松陰清課處，淵懷早向畫圖傳。壬寅歲，公命燦寫《松陰讀史圖》。

受業張燦謹題

發凡

◎《三百篇》以《關雎》《葛覃》爲『風』始。《關雎》《葛覃》，宮詞之權輿也。自唐王仲初作《宮詞》百首，後之效之者代有佳什，然皆即事臚陳，述所聞見。若其借仲初之體，抒仲宣、太沖懷古之情，宋元以來，率皆偶然託興。其最多者，惟明周定王橚之《元宮詞》，趙伯濬士喆之《遼宮詞》，國朝徐沙邨振之《明宮詞》，吴泉之省蘭、周蓉初昇之《十國》《十六國宮詞》，每至數十百首。茲集自黄帝至勝國，共得宮詞千五百餘首。非敢追駕前賢，亦聊供好事者之談噱云爾。

◎詩註固當以正史爲主，然或事蹟錯出，互有異同。此較詳贍，則舍彼録此；彼較簡明，則舍此録彼；或彼此可以互證，則彼此並録。無論所引何書，止取與本詩相發明，至其書出之前後、文法之優劣，所不較也。

◎註詩有本事，有古事。茲集祇徵本事，凡借用古典，概不詳釋，以省繁冗。

◎凡事關宮禁者，大而禮樂制度，細及服食器玩，無不採擇入詠。一首之中，或專舉一事，或連綴數事，鱗次分註，詳列書名。並列總目於首，登紀作者姓氏，以便查勘。

◎《四庫全書目録》先經次史，而史類則先正史，次編年，次紀事本末，次别史雜史，次傳載志乘。兹集書目以正史居首，凡書之係於史者，比類登入，遵成例也。篇中間用經語，衹註詳見某經，不復重贅，而經目亦不備列。惟經翼數種，與子、集共列史後，以所重在史，而經、子、集乃補史所未備也，故與《四庫書目》微有不同。

◎宫詞以全史名，而黄帝以上概從闕如，或者疑之。然觀司馬遷作本紀，以黄帝冠首，亦猶删《書》斷自唐、虞之意也，兹集遵之。

◎明季自福藩失國，唐藩、桂藩遞據閩、粤，魯藩亦據浙東，雖游魂餘魄幾不成君，而勝國一綫之脈未始不藉以少延。乾隆間纂修《通鑑輯覽》，已奉特旨於甲申以後附記福王年號，並撮敘唐、桂二王梗概，刊附卷末。故於四王軼事，亦並採擇入詠。

◎周末列國、歷代藩王，惟吴、楚與明之周藩舊有宫詞之作，外此無聞焉。兹并摘作數十首，附於各代之末。至其事蹟簡略不堪入詠者，則從闕如。

◎統系，史家最重。兹集雖分正附，止取其次第分明，於正閏之説姑不暇論，以詠史非作史也。

◎古籍流傳，真僞多不可辨。然有事新采麗，行世已久，如劉勰所謂無益經術、有裨文章者，殆庶幾焉。兹并擇其言之雅馴者入詠，而後世之稗官野乘，用亦準此。

◎歷代篇首，必載興亡大略與享國降年之修短，以備參考。漢武以後並詳列年號，即僭僞草竊擅名字者，亦附載焉。

◎所引諸書間有節目繁多、不容挂漏者，必載全文；否則賦詩斷章，時加裁翦，斷鶴之譏，所不免爾。

恭引列聖御定書目

淵鑑類函
佩文韻府
佩文韻府拾遺
佩文齋書畫譜
康熙字典
廣群芳譜
日下舊聞考
通鑑輯覽
通鑑綱目三編
續文獻通考
子史精華
全唐詩
全唐文
歷代題畫詩

《全史宮詞》引用目録

史記司馬遷
史記集解裴駰
漢書班固
漢書注顔師古
後漢書范蔚宗
後漢書注章懷太子
三國志陳壽
三國志注裴松之
晉書房喬等
宋書沈約
齊書蕭子顯
梁書姚思廉
陳書姚思廉
魏書魏收
北齊書李百藥
後周書令狐德棻
隋書魏徵等
南史李延壽
北史李延壽
舊唐書劉昫等
新唐書歐陽修、宋祁
五代史薛居正等
五代史記歐陽修
五代史注彭元瑞
宋史脱脱等
遼史脱脱等
金史脱脱等
元史宋濂等
明史張廷玉等
資治通鑑司馬光
通鑑綱目朱子
通鑑輯略朱遴
綱鑑會纂王世貞
竹書紀年梁沈約注
竹書紀年集證陳逢衡
明紀會纂鍾惺、王汝南
行在陽秋劉湘客
宋史紀事本末陳邦瞻

明史紀事本末谷應泰
三朝北盟會編徐夢莘
帝王世紀皇甫謐
路史羅泌
路史注羅苹
尚史李鍇
東觀漢記劉珍等
三國典略魚豢
王氏晉書王隱
東都事略王偁
南宋書錢士升
契丹國志葉隆禮
大金國志宇文懋昭
元史類編邵遠平
南疆繹史李瑶
國語
戰國策

渚宮故事余知古
唐國史補李肇
五代史補陶岳
錢唐遺事劉一清
庚申外史權衡
勝國彤史拾遺毛奇齡
武宗外紀毛奇齡
晏子春秋
吴越春秋趙煜
越絶書袁康
古列女傳劉向
襄陽耆舊傳習鑿齒
華陽國志常璩
鄴中記陸翽
續後漢書蕭常
秦書車頻
涼州記段龜龍

拓跋涼記闕名
燉煌新録劉昞
十六國春秋崔鴻
江南別録陳彭年
江表志鄭文寶
江南餘載鄭文寶
三楚新録周羽翀
蜀檮杌張唐英
吴越備史錢儼
湖湘馬氏故事曹衍
馬氏南唐書馬令
陸氏南唐書陸游
十國紀年劉恕
九國志路振
十國春秋吴任臣
十國春秋拾遺吴任臣
十國春秋備考吴任臣

漢官儀應劭
漢官舊儀衛宏
晉起居注
唐六典唐玄宗御撰
唐會要王溥
五代會要王溥
宋會要范師道
文獻通考馬端臨
通典杜佑
通志鄭樵
翰苑群書洪邁
玉堂雜記周必大
建炎以來朝野雜記李心傳
水部備考周夢暘
景龍文館記武平一
孝宗儉德記
宋季三朝政要
經筵玉音問答胡銓
采石瓜州記蹇駒
元氏掖庭記陶宗儀
思陵典禮記孫承澤
酌中志劉若愚
明宮史吕毖
椒宮舊事王達
明季北略計六奇
明季南略計六奇
藩獻記朱謀煒
三輔黄圖闕名
禁扁王士點
太平寰宇記樂史
方輿勝覽祝穆
五國故事闕名
蒙韃備録孟珙
吴郡志范成大
嘉泰會稽志施宿
咸淳臨安志潛説友
嘉靖臨安志
畿輔通志
陝西通志
甘肅通志
江南通志
湖南通志
揚州府志
臨洮府志
耀州志
錢唐新志
長安志宋敏求
歷代帝王宅京記顧炎武
水經注酈道元
西湖志李衛等
洛陽伽藍記楊衒之

陳留風俗傳江微
吹劍録俞文豹
輦下歲時記闕名
東京夢華録孟元老
武林舊事周密
夢粱録吴自牧
東京艮嶽記張淏
吴郡諸山録周必大
東城老父傳陳鴻祖
孤臣泣血録丁特起
續翰林志蘇易簡
宋遺民録程敏政
六朝事迹編類張敦頤
日下舊聞朱彝尊
江漢叢談陳士元
宸垣識略吴長元
金鼇退食筆記高士奇

汴故宫記楊奂
都城紀勝耐得翁
帝京景物略劉侗
故宫遺録蕭洵
遊名山記何鏜
尚書大傳伏勝
詩傳毛亨
大戴禮記戴德
孔子家語
説文許慎
墨子
列子
管子
莊子
尸子集本
淮南子劉安
吕氏春秋吕不韋

韓非子
金樓子梁元帝
抱朴子葛洪
尚史注鬻子
説苑劉向
新序劉向
論衡王充
新書賈誼
炙轂子録王叡
風俗通義應劭
獨斷蔡邕
古今注崔豹
中華古今注馬縞
蘇氏演義蘇鶚
靖康緗素雜記黄朝英
尚書故實李綽
容齋隨筆洪邁

雪履齋筆記 郭翼
晁氏客語 晁迥
姚氏殘語 姚寬
肯綮録 趙叔向
朝野類要 趙昇
鼠璞 戴埴
塵史 王得臣
文昌雜録 龐元英
師友談記 李廌
曲洧舊聞 朱弁
夢溪筆談 沈括
石林燕語 葉夢得
五總志 吴炯
雲麓漫鈔 趙彦衛
紫薇雜記 吕祖謙
避暑漫鈔 陸游
老學庵筆記 陸游
貴耳集 張端義
愧剡録 岳珂
齊東野語 周密
藏一話腴 陳郁
志雅堂雜鈔 周密
癸辛雜識 周密
碧湖雜志 謝枋得
螢雪叢説 俞成
采蘭雜志 闕名
女紅餘志 龍輔
研北雜志 陸友
奚囊橘柚 闕名
丹鉛録 楊慎
嫏嬛記 伊世珍
通雅 方以智
玉芝堂談薈 徐應秋
霏雪録 鎦績
七修類稿 郎瑛
草木子 葉子奇
留青日札 田藝衡
窺天外乘 王世懋
戒庵漫筆 李詡
涌幢小品 朱國楨
野獲編 沈德符
書蕉 陳繼儒
堯山堂外紀 蔣一葵
居易録 王士禛
天禄識餘 高士奇
十駕齋養新録 錢大昕
三輔舊事 袁郊
西京雜記 劉歆
八王故事 闕名
漢武故事 王儉
世説新語 劉義慶

大業雜記 劉義慶
南部煙花記 馮贄
大業拾遺記 顔師古
迷樓記 闕名
隋唐嘉話 劉餗
大唐新語 劉肅
朝野僉載 張鷟
明皇雜録 鄭處誨
群居解頤 高懌
開城録 李石
盧氏雜説 盧言
因話録 趙璘
雲溪友議 范攄
教坊記 崔令欽
開天遺事 王仁裕
雲仙雜記 馮贄
中朝故事 尉遲偓

北夢瑣言 孫光憲
南唐近事 鄭文寶
澠水燕談録 王闢之
南部新書 錢易
歸田録 歐陽修
錢氏私志 錢世昭
孔氏雜説 孔平仲
孔氏談苑 孔平仲
畫墁録 張舜民
侯鯖録 趙德麟
玉壺清話 釋文瑩
倦遊録 張師正
鐵圍山叢談 蔡絛
楓窗小牘 袁褧
過庭録 范公偁
萍洲可談 朱彧
默記 王銍

揮麈前録 王清臣
揮麈後録 王清臣
玉照新志 王清臣
張氏可書 張智甫
聞見前録 邵伯温
聞見後録 邵博
清波雜志 周煇
南渡録 辛棄疾
西征記 戴延之
北窗炙輠録 施德操
耆舊續聞 陳鵠
四朝聞見録 葉紹翁
隨隱漫録 陳世崇
高齋漫録 曾慥
遂昌雜録 鄭元祐
幕府燕閒録 畢仲詢
墨莊漫録 張邦基

朝野遺記 闕名
桂苑叢談 馮翊
碧雞漫志 王灼
同話録 曾三異
芝田録 丁用晦
白獺髓 張仲文
宣和遺事 闕名
聞見近録 王鞏
甲申雜記 王鞏
二老堂雜志 周必大
野人閒話 景焕
道山清話 王暐
負暄雜録 陳槱
梁谿漫志 費衮
豹隱紀談 周遵道
焚椒録 王鼎
歸潛志 劉祁

賈氏説林 闕名
致虚閣雜俎 闕名
山居新話 楊瑀
青瑣高議 劉斧
佩楚軒客談 戚輔之
潛居録 闕名
三朝野史 吴萊
輟耕録 陶宗儀
金臺紀聞 陸深
農田餘話 真逸
客座贅語 顧起元
瑣綴録 尹直
翦勝野聞 徐禎卿
玉堂叢語 焦竑
獻徵録 焦竑
避暑録話 葉夢得
太平清話 陳繼儒

已瘧編 劉玉記
解醒語 李材
周益公年譜
徐文長別記 徐渭
在窮記 孔元舒
閒中今古録 黄溥言
暖姝由筆 徐充
遼邸紀聞 錢希言
震澤紀聞 王鰲
壟起雜事 楊儀
雲蕉館紀談 孔邇
堅瓠集 褚人穫
清波小志 徐逢吉
蓴鄉贅筆 董含
藤陰劄記 孫承澤
簪雲樓雜説 陳尚古
續幸存録 夏復

西吴里語 宋雷
山海經注 郭璞
洞冥記 郭憲
博物志 張華
雲陽記 王褒
續齊諧記 吴均
拾遺記 王嘉
杜陽雜編 蘇鶚
述異記 任昉
集異記 薛用弱
酉陽雜俎 段成式
摭異記 李濬
廣異記 戴君
録異記 杜光庭
龍城異人録 柳宗元
神仙通鑑 劉宇亮
續博物志 李石

清異録 陶穀
太平廣記 李昉等
玄中記 郭氏
妝臺記 宇文氏
釵小志 朱揆
妝樓記 張泌
樂府雜録 段安節
羯鼓録 南卓
玉食批 宋司膳内人
膳夫録 鄭望之
紫花梨記 許默
雲煙過眼録 周密
洞天清禄集 趙希鵠
山家清供 林洪
格古要論 曹昭
古琴疏 虞汝明
琴曲譜録 釋居月

鼎録 虞荔
紙箋譜 鮮于樞
宣和石譜 常懋
硯箋 高似孫
墨史 陸友
泉志 洪遵
香乘 周嘉胄
宣和北苑貢茶録 熊蕃
錢譜 董逌
六博譜 潘之恒
天彭牡丹譜 陸游
海棠譜 陳思
圖畫見聞志 郭若虛
歷代名畫記 張彦遠
圖繪寶鑑 夏文彦
畫繼 鄧椿
畫塵 沈顥

畫史會要 金賚
續畫史會要 朱謀垔
書史會要 陶宗儀
論書表 虞龢
蘭亭考 桑世昌
珊瑚網 汪砢玉
書畫眼 董其昌
寓意編 都穆
清河書畫舫 張丑
宣和書畫譜 闕名
唐朝名畫録 朱景元
繪事備考 王毓賢
天龍寺千佛樓碑銘 李惲
鼎湖篇序 輪菴和尚
敏求記 錢曾
事文類聚 祝穆
三餘帖 闕名
白孔六帖 白居易、孔傳
事始 闕名
記事珠 馮贄
合璧事類 謝維新
事物紀原 高承
事類賦 吴淑
記纂淵海 潘自牧
古今奇聞類記 施顯卿
廣博物志 董斯張
册府元龜 王欽若等
太平御覽 李昉等
劉馮事始 劉存、馮鑑
玉海 王應麟
山堂肆考 彭大翼
韻府群玉 陰時夫
天中記 陳耀文
事詞類奇 徐常吉
秇林伐山 楊慎
物原 羅頎
潛確類書 陳仁錫
格致鏡原 陳元龍
博物要覽 谷泰
香案牘 陳繼儒
宋稗類鈔 潘永固
王氏侍兒小名録 王銍
宫閨小名録 尤侗
五燈會元 釋普濟
穆天子傳
神仙傳 葛洪
漢武内傳 班固
軒轅本紀 王欽若
飛燕外傳 伶玄
東方朔傳 郭憲
梅妃傳 曹鄴

楊妃外傳 樂史
菊部頭傳 陳忠
金鳳外傳 徐熥
陳盼兒傳 李祉
耿先生傳 鄭文寶
金姬傳 楊儀
金姬傳別記 楊儀
賈扣傳 潘之恒
安禄山事蹟 姚汝能
劉豫事蹟 曹溶
蔡中郎集 蔡邕
曹子建集 曹植
劉公幹集 劉楨
庾開府集 庾信
陳後主集
杜工部集 杜甫
杜樊川集 杜牧

韓文公集 韓愈
元微之集 元稹
韓内翰別集 韓偓
吕衡州集 吕温
李後主詩 李煜
蘇文忠集 蘇軾
陸劍南集 陸游
小畜集 王禹偁
華陽集 王珪
誠齋集 楊萬里
武溪集 余靖
松隱集 曹勛
屏山集 劉子翬
學詩初稿 王同祖
藏拙稿 武衍
白石集 姜夔
玉笥集 張憲

子素集 潘純
石田集 馬祖常
符臺外集 袁忠徹
秋宜集 揭傒斯
在軒集 黄公紹
金臺集 迺賢
廬陵集 張昱
淵穎集 吴萊
玩齋集 貢師泰
待制集 柳貫
鴈門集 薩都剌
湛然居士集 耶律楚材
句曲外史集 張雨
道園學古録 虞集
丹邱生稿 柯九思
灤京雜詠 楊允孚
秋澗集 王惲

蒲庵集 釋來復
鐵厓集 楊維楨
宋學士集 宋濂
春雨集 解縉
弇州四部稿 王世貞
升菴集 楊慎
群玉樓集 李默
龍湖文集 張治
玉光劍氣集 張怡
梅村集 吴偉業
初學集 錢謙益
鮚埼亭集 全祖望
壯悔堂集 侯朝宗
船山集 張問陶
漁洋詩集 王士禛
唐王建宮詞
後蜀花蕊夫人宮詞

宋徽宗宮詞
宋楊太后宮詞
明周定王元宮詞
明牛恒周藩宮詞
天啟宮詞注 秦徵蘭
崇禎宮詞注 王譽昌
楚詞
昭明文選 蕭統
文苑英華 李昉、宋白等
全五代詩 李調元
宋播芳大全文粹 魏齊賢、葉棻
宋詩鈔 吴之振
宋詩紀事 厲鶚
南宋群賢小集 顧修
元文類 蘇天爵
元詩選 顧嗣立
中州集 元好問

明詩綜 朱彝尊
本事詩 孟啟
本事詩 徐釚
南宋雜事詩 沈嘉轍等
兩浙輶軒録 阮元
婦人集 陳維崧
買愁集 錢尚濠
漁洋感舊集 王士禛
詞筌 賀裳
詞綜 朱彝尊
詞品 楊慎
樂府解題 吴兢
古樂苑 梅鼎祚
全唐詩紀事 計有功
石林詩話 葉夢得
後山詩話 陳師道
貢父詩話 劉攽

二老堂詩話周必大
温公詩話司馬光
六一居士詩話歐陽修
庚溪詩話西郊野叟
後村詩話劉克莊
臨漢隱居詩話魏泰

林下詩談闕名
苕溪漁隱叢話胡仔
升菴詩話補遺楊慎
西河詩話毛奇齡
靜志居詩話朱彝尊
拜經樓詩話吴騫

詞苑叢談徐釚
莼敂詞話錢芳標
花草粹編陳耀文
詩林韶濩顧嗣立
夢窗甲稿吴文英

全史宫詞卷一　黄帝

黄帝有熊氏

帝姓公孫，名軒轅，有熊國君少典之子也。國於有熊，故號有熊氏；長於姬水，故又以姬爲姓。神農氏衰，諸侯尊爲天子。因有土德之瑞，故號曰黄帝。都涿鹿，在位百年。

涿鹿師旋息戰氛，衣裳垂法焕人文。廷前坐受群官賀，華蓋童童五色雲。

《史記·五帝本紀》：蚩尤作亂，不用帝命。於是黄帝乃徵師諸侯，與蚩尤戰於涿鹿之野。遂禽殺蚩尤，而諸侯咸尊軒轅爲天子。

《路史·黄帝紀》：黄帝法乾坤以正衣裳，絓纊贅旒以規視聽之逸。

《古今註》：涿鹿之戰，常有五色雲氣止於帝上，有花葩之象，故作華蓋。

水滴金壺漏箭催，雲官花底散朝回。賢人早感旁求意，執弩驅羊入夢來。

《路史·黄帝紀》：浮箭爲泉，孔壺爲漏。

《史記》註：應劭曰：『黄帝受命有雲瑞，故以雲紀事也。春官爲青雲，夏官爲縉雲，秋官爲白雲，冬官爲黑雲，中宮爲黃雲。」

《帝王世紀》：黃帝閒居，夢大風吹去天下塵垢，又執千鈞之弩，驅羊萬群。寤風爲姓，垢去土爲后。千鈞，異力；驅羊，牧人也。其有姓風名后、姓力名牧者。於是得風后於海隅，得力牧於大澤。

黼黻文章五色濃，褘衣褕展繡重重。新絲半出西陵手，先爲君王製袞龍。

《路史·黃帝紀》：房觀翬翟，草木之花，染爲文章，以明上下之衰。褘衣褕展，以爲內服，故於是有袞龍之頌。

又：命西陵氏勸蠶稼，月大火而浴種，夫人副褘而躬桑，乃獻繭絲。

郊壇牲玉別蒼黃，致饗神示禮數詳。祀罷沉榆香未散，清煙濃繞七登牀。

《路史·黃帝紀》：祀天圜丘，牲玉取蒼；祀地方澤，牲玉取黃。築壇除墠，設醪醴，制蘭蒲，列圭玉而薦之。

《拾遺記》：軒皇使百辟群臣受教者，先列圭玉於蘭蒲席上，然沉榆之香。七登之牀，十絶之帳，奏函夾之宮以致之，而禖禋乎壽宮。

新除彤史掌坤儀，女節彤魚窈窕姿。治內咸遵嫫母教，挽成特髻入宮時。

《路史·黃帝紀》：立后三妃，以存靈憲；彤史小臣，以備內官，以教天下之內治。彤魚、女節，黃帝妃名，詳《路史》。

《軒轅本紀》：黃帝使嫫母訓宮人而有淑德，奏上德之頌。

《列女傳》：嫫母於四妃之班居下，甚醜而最賢。

《物原》：媖母作特髻。

書劍巡遊徧六虚，昆臺悔過乍還輿。史臣新進盤盂戒，青纂班班註起居。

《路史・黄帝紀》：十有五年，帝喜天下之戴己，於是放萬幾，舍宫寝，而肆志於昆臺。方明執輿，昌寓参乘，張若、謵朋前馬，昆閽、滑稽後車，風后、柏常從負書劍，發軔紫宫之中。涉洹沙而屆陰浦，陟王屋而受丹經，登空桐而問廣成，封東山而奉中華。君策大面而禮寧生，入金谷而咨涓子心，訪大恢于具茨，即神牧于相成。自是愛民而不戰。四帝共起而謀之，邊城日警，介胄不釋。帝乃焦然歎曰：『朕之過淫矣。』

又：命沮誦作《雲書》，孔甲爲史，執青纂記，言動惟實。

又：命史甲作戒，盤盂、籩豆、奩鏡、劍履、輿席、巾杖、户牖、弓矛，一著銘詩，以彌縫其闕。

青烏白澤記紛紜，玉版書成脈候分。鑾殿春深仙穀茁，一囊靈藥問桐君。

《路史・黄帝紀》：創罝㲰，設鬱律，説青烏，記白澤，以除民害，而民宜之。

《抱朴子》：精推步則訪稽牧，講占候則詢風后，窮神姦則記白澤，相地理則説青烏。

《路史・黄帝紀》：察五氣，立五運，洞性命，紀陰陽，極咨於岐、雷，而《内經》作。謹候其時，著之玉版，以藏靈蘭之室。演倉穀，推賊曹，命俞跗、岐伯、雷公察明堂，究息脈，謹候其時，則可萬全。命巫彭、桐君處方盄餌，湔澣刺治，而人得以盡年。註引《道基經》云：倉穀者，名之穀仙，行之不休，可長久。王莽篡位，種五梁禾於殿中，各順色置其方面，云此黄帝穀仙之術。《靈樞》亦有説也。

又：作合宫，建鑾殿，以祀上帝。註引《黄帝經序》云：帝見岐伯於鑾殿。

九州席上判華戎，萬國明堂拜舞同。覆釜山前符盡合，荆陽鼎鑄首山銅。

《香案牘》：軒轅帝列珪玉於蘭蒲席上，春雜寶爲屑，以沉榆之膠和之爲泥，畫野分州，别尊卑華戎之異。濟南人獻《明堂圖》，複道上有樓，從西南入，此樓之始。

《路史·黄帝紀》：合符於釜山，以觀其會。采首山之銅，鑄三鼎於荆山之陽，以象泰乙。註：釜山，覆釜山也。

鳳鳴阿閣辨雌雄，嶰谷篁裁十二筩。萬古伶倫開樂始，黄鍾律本重清宫。

《路史·黄帝紀》：伶倫造律，采解谿之篁，斷篁間三寸九分，爲黄鍾之宫，曰『含少』，制十有二筩。《漢志》：『帝使伶倫取竹嶰谷，以爲黄鍾之宫，制十二筩，寫鳳之鳴。雄鳴六，雌亦六，此清宫也。』隋毛爽曰：『帝聽鳳阿閣之下，造十二律。』

玄衣赤舄坐垂裳，羽搊交旂屋駕黄。四面臣工同夾蹕，屬車塵擁馬師皇。

《路史·黄帝紀》：扉屨赤舄，玄衣纁裳。

又：命邑夷法斗之周旋，魁方標直，以攜龍角，爲帝車大輅，故曲其輈，紹大帝之衛。於是崇牙交旂，羽搊爆稍，槶劍華蓋，屬車副乘，記里司馬，以備道哄。命馬師皇爲牧正，臣胲服牛始駕，而僕蹕之御全矣。◎按：搊，扇别名；側九切，篘上聲。

《尸子》：子貢問於孔子曰：『古者黄帝四面，信乎？』孔子曰：『黄帝取合己者四人，使治四方，不謀而親，不約而成，大有成功，此謂之四面也。』

《路史》：黄帝土行，色尚黄。

五旗八陣各成圖，戰法天教啟秘樞。盛水壇前新受命，詔宣四史録龜符。

《路史·黄帝紀》：臨盛水，録龜符，衍握奇以爲式，故五旗、五麾、六毒而制其陣。註：帝征蚩尤，七十一戰不克，晝夢金人引領長頭玄狐之裘，云：『天帝使授符，得兵符，戰必克矣。』乃於盛水之陽築壇，祭太牢。有玄龜含符致壇，似皮非皮，綈非綈，廣三袤一尺，文曰『天一在前，太乙在後』。帝再拜受。於是設九宫，置八門，布三奇六儀，制陽陰二道，凡千八百局，名曰『天一遁甲式』。三門發，五將具，征蚩尤而斬之。黄帝八陣法：車箱銅當，金也；車工中黄，土也；鳥雲鳥翔，火也；折衝，木也；龍騰卻月，水也；雁行鵝濯，天也；車輪，地也；飛翼浮蛆，巽也。八陣古有，漢以十月會營士爲八陣是也。世以爲出諸葛亮，不然。孔明八陣本一陣也，蓋出黄帝邱井之法。

《拾遺記》：黄帝置四史，以主圖籍。

華胥世界慶時和，聲色還嚴六禁科。屈軼生庭將孰指，聖朝豈患佞人多。

《列子》：黄帝夢游華胥之國，其國無師長，其民無嗜慾，自然而已。寤，怡然自得，召天老、力牧、太山稽告之曰：『朕夢若此，今知至道不可以情求，朕得之矣。』又二十有八年，天下大治，幾若華胥氏之國。

《帝王世紀》：聲禁重聲，衣禁重衣，食禁重食，居禁重室，《三墳》所謂有雄垂六禁之科也。◎按：《路史》作『聲禁重，色禁重』。

《帝王世紀》：黄帝時，有草生於庭，佞人入則指之，名曰『屈軼』。

全史宫詞卷二 五帝

少昊金天氏

帝姓紀名摯《周書》作『質』，黄帝子青陽之裔也。初降居江水，邑於窮桑，故號窮桑氏；國於青陽，因號青陽氏。以金德王天下，遂號金天氏。能修太昊之法，故曰少昊。都曲阜，在位八十四年。

夜靜璇宫罷織時，星流華渚夢回遲。盤靈井上簫聲合，倚瑟初成倡和詩。

《拾遺記》：少昊母曰皇娥，處璇宫而夜織，乘桴木而晝遊。經歷窮桑滄茫之浦，時有神童，容貌絶俗，稱爲白帝子，降乎水際，與皇娥讌戲，奏便娟之樂，游漾忘返。娥倚琴歌云云，白帝子答歌云云。俗謂遊樂之處爲桑中。《路史·小昊紀》：元爲紀姓，配于類氏，曰娥。居河之微，逆星流槎，奏便娟之樂，樂而忘歸，震而生質，白帝子也。既生，其渚爲陵。註引《休子》云：少昊生于稚華之野，其渚一旦爲陵。《奚囊橘柚》：少昊母皇娥。璇宫之側有井，曰盤靈。白帝之子與皇娥宴于宫，帝子命江妃歌《沖景旋歸》之曲，盤靈之神吹簫以和之，故至今號井神曰吹簫女子。

鳳水龍山仰帝庥，九淵仙樂沸層樓。鳥師拜舞天顔喜，身著旄人翠羽裘。

《路史·小昊紀》：作大【一】淵之樂，以諧人神、和上下，是曰《九淵》。龍山鳳水，日五色，雲從龍之章也。
少昊以鳥紀官，詳《左傳》。
《路史·小昊紀》：韃鞮旄人獻其羽裘。

校按：【一】『大』原作『十』，據《路史》改。

卜築甘泉肇帝都，陽曦五色照丹除。御書飛舞成鸞鳳，户外招來赤燕書。

《路史·小昊紀》：既處甘泉。註：甘泉，古之雲陽，爲少昊之都。
又註云：少昊邑於窮桑，日五色，互炤窮桑。
又：爰書鸞鳳。
又：五鳳適至，而乙遺書。註引《田俅子》云：少昊時，赤燕集户，遺其丹書。

青陽王氣應桑邱，銀湧金鳴百禄遒。少皞政原遵太皞，製成布貨作泉流。

《尚史·少皞紀》：少皞名摯，黄帝子，青陽氏之裔也。註引《古史考》云：『宗師太皞之道，故曰少皞氏。』
《拾遺記》云：『時有五鳳隨方色集於庭，因曰鳳鳥氏，亦曰桑邱氏。金鳴於山，銀湧於地。』
《路史·小昊紀》：作布貨以制國用。
《文獻通考》：自太昊以來，則有錢矣。太昊氏、高陽氏謂之『金』，有熊氏、高辛氏謂之『貨』，陶唐氏謂之『泉』，商、周謂之『布』，齊、莒謂之『刀』。

顓頊高陽氏

帝姬姓，昌意之孫，黃帝曾孫也。年十歲佐少昊，年二十即帝位，以水德紹金天氏政。初國高陽，故號高陽氏。都帝邱，在位七十八年。

降居若水事云何，聖嗣初生首戴戈。大矩大圜法天地，飛龍樂作八風歌。

《帝王世紀》：金天氏之末，女樞生顓頊於若水。昌意雖黃帝之嫡，以德劣降居若水，世爲諸侯。

又註引《河圖》云：顓頊生，首戴干戈，有德文。

《吕氏春秋》：黃帝誨顓頊曰：『爰有大圜在上，大矩在下。汝能法之，爲民父母。』

又：帝令飛龍作效八風之音，命之曰《承雲》。

恭己元宮涖九重，廷前卿寺拜新封。至尊造得渾儀法，萬國春元奉曆宗。

《路史·高陽紀》：處乎元宮，摶心揖志，不貪廣遠。

又：立九寺九卿。

又：乃註新曆，十三月以爲元，是爲曆宗。註：顓帝造渾儀，黃帝爲蓋天。

孤棘城邊柳色青，五官分職共揚庭。負圖親見文龍至，科斗書成復禮銘。

《路史·高陽紀》：都始孤棘。註：孤棘，今營州柳城東南百七十里棘城是。

又：重、該、修、熙，少昊氏之四叔也，實能金木及水。乃俾重爲句芒，該爲蓐收，修及熙爲玄冥。孫犁顯曜，乃命祝融，而炎帝時有子句龍，俾爲后土。是謂五官，恪共厥業，遂濟窮桑。

又：文龍負圖，于是書科斗百辟，作戒盈之器室，而著復禮之銘詩。註：《後周書》武帝詔云『甲子乙卯，禮云不樂。昔周王受命，請聞[二]顓帝之廟，有戒盈之器室與復禮之銘』者也。

校按：【二】『聞』原作『問』，據文淵閣《四庫全書》本《路史》改。

圭水歌殘鐘磬涼，商邱帝業溯幽房。鮒魚山下靈蛇守，引領西風漢水長。

《路史·高陽紀》：會八風之音，以爲圭水之曲。

《拾遺記》：顓頊有浮金之鐘，沉明之磬。

《路史·高陽紀》：年二十爰立，乃徙商邱。

《竹書紀年集證》：母曰女樞，見瑶光之星貫月如虹，感己於幽房之宫，生顓頊於曲水。

《山海經》：漢水出鮒魚之山，顓頊葬於陽，九嬪葬於陰，四蛇衛之。

帝嚳高辛氏

帝姓姬名夋，元囂之孫，蟜極之子也。年十五佐顓帝，受封於辛；年三十以木德代高陽氏爲天子。以其肇基於辛，故號高辛氏。都於亳，在位七十年。

九招仙樂引鸞雛，仳齒群瞻聖表殊。萬里西戎誰獻捷，美人偏許嫁槃瓠。

《路史·高辛紀》：命咸黑典樂，爲聲歌，作九招，制六列五罃。

又：命柞卜作鼙鼓，制笭、筦、壎、箎。

又：帝嚳方頤龐覭，珠庭仳齒，戴干。

《玄中記》：高辛氏有美女未嫁，犬戎爲亂，帝曰：『有討之者，妻以美女。』帝之狗名槃瓠，三月而殺犬戎之首來。帝以不可訓民，乃妻以女，流之會稽東南二萬一千里，得海中土方三千里而封之。◎按，《路史·黃帝紀》『白犬』註云：『白犬乃其名，若前世之朱虎、熊羆、熊髡、龍圉，後代之史雞、猪狗、烏䶉、犬子、豹奴、虎豘之類，非實犬也。』槃瓠之説，蓋因乎此。

漫容蛇豕肆兇殘，下地先宜去白難。蒿矢彤弓新拜賜，射官功報九州安。

《路史·高辛氏紀》：羿以善射服事先王，乃命司衡賜以累矰、彤弓、蒿矢，羿是以去下地之白難，而民得以佚。

註：白難，兇頑爲亂之人，如封豕、長蛇之類，皆其號名爾。

紼衣黃斧位居辰，春馬秋龍定四巡。書拜鍾山師道重，赤松牧德盡仙真。

《路史·高辛氏紀》：舉星畢，曳雲稍，春乘馬，而秋登龍。黃斧紼衣，溉執中而獲天下。

又：致學柏昭而師於赤松，舟人授書於鍾山，而拜師於牧德。註：按《四極明科》謂九天真王于牧德之臺，授俈以靈寳内文。帝以道治世，遂秘之鍾山。◎俈，同嚳。

天妹舟梁起洛濱，風雲作合及良辰。八英狀貌皆岐嶷，不負陽烏入夢頻。

《拾遺記》：帝嚳之妃，鄒屠氏之女，常履風雲，遊於伊洛。帝乃期焉，納以爲妃。妃常夢吞日，則生一子。凡經八夢，則生八子，世謂爲八神，亦謂八翌、八英、八力。

冰上收回繡褓寒，姜嫄履武誕從天。深宫兒戲惟耕稼，國祚先開八百年。

《路史·高辛紀》：上妃有駘氏曰姜嫄，居期而生棄。性敷而仁，戲惟稷黍，長研耕稼。

《列女傳》：簡狄教之，時藝麻桑。

管絃聲下九成臺，駕返元邱浴室開。恰值春分遺卵去，玉筐燕子肇高禖。

《吕氏春秋》：有娀氏有二女，爲九成之臺，飲食必鼓。帝令燕往，二女搏之，覆以玉筐。

《列女傳》：簡狄，帝嚳次妃，浴於元邱之水，有玄鳥銜卵而墜，吞之生禼。

《史記》：簡狄以春分祀於高禖，玄鳥遺卵，吞之生契。

《禮·月令》註：高辛之世，玄鳥遺卵，娀簡吞之而生契。後王以爲媒官，嘉祥而立祠焉。變媒言禖，神之也。

《物原》：高辛始造爲湢。◎按：湢，浴室也。

帝堯陶唐氏

帝祁姓，帝嚳之子，帝摯之弟也。育於母家伊侯之國，後徙耆，故曰伊耆氏。年十二佐帝摯封植，受封於陶；年十五復封於唐，故又號陶唐氏。摯在位九年，以荒淫廢，諸侯尊堯爲天子。都平陽，在位七十三年，禪於舜。

搗宮日暖御煙深，棟牖松雲鬱翠陰。製得神人偕暢曲，獬皮帳裏正調琴。

《金樓子》：得神獸若羊，名獬豸。堯乃緝其皮以爲帳。

《路史·陶唐氏紀》：立於靈扉，雲生牖；坐於華殿，松生棟。

《琴譜》：堯有《神人暢》，大周樂正之序。

《路史·陶唐氏紀》：堯處搗宮。

又：制七絃，徽《大唐》之歌而民事得。

玉食朝朝供簋鉶，廚生萐莆扇風清。華封祝壽非虛語，早有彭鏗進雉羹。

《韓非子》：昔者堯有天下，飯於土簋，飲於土鉶。

《説文》：萐莆，瑞草也。堯時生於庖廚，扇暑而凉。莆，一作脯。

《莊子》：堯觀乎華封，封人曰：『願祝聖人，使聖人壽，使聖人富，使聖人多男子。』

《神仙傳》：彭鏗能調鼎，進雉羹於堯，食之壽考。

咫尺天顔八采眉，九重藻火佩雙垂。甕中寶露甘於酒，岳牧承恩賜一巵。

《帝王世紀》云：堯眉有八采。

《物原》：堯爲玉佩。

《拾遺記》：黄帝碼腦甕，至堯時猶存甘露在其中，謂之寶露，以班賜群臣。

誨弈終難望啟明，觀型媯汭降皇英。貳宫頒出昭華玉，不賜丹侯賜館甥。

《帝王世紀》：堯見舜於貳宫，賜以昭華之玉。

《路史·陶唐氏紀》：帝取富宜氏，曰皇，生朱。帝爲制弈棋，以閑其情。◎按：《帝繫》《人表》作散宜氏。

《太平御覽》：《尚書逸篇》：『丹朱不肖，舜使居丹淵爲諸侯。』

《金樓子》：堯教丹朱棋，文桑爲局，犀象爲子。

庭梧垂蔭砌蓂滋，申命羲和定四時。開闢欲成盤古曆，千年朔望問靈龜。

《路史·陶唐氏紀》：桐挺東廂，蓂生下庭，龜書乃來。於是稽蓂以正月，訪桐以定閏，録龜字而施之，是曰龜曆。註：《述異記》：『陶唐世，越裳獻千歲神龜，背有文，紀開闢以來，録爲龜曆。』

河渚巡遊五老俱，御龍真欲上天衢。神禾朱草生同日，殿上方呈十瑞圖。

《路史·陶唐氏紀》：陞首山，道河渚，遇五老而濟焉。

又：帝在唐，夢御龍以登雲天。

又：慶雲鮮菩，五緯順軌，景星炳曜，甘露被野，神禾滋畝，朱草茁牧，澧泉泆岫，倚翣生廚，蒲蕤茁，鳳巢閣，滎光幕河，河馬輦籙，一日而十瑞至。

帝舜有虞氏

帝姚姓，瞽瞍之子。黄帝裔自窮蟬以下，皆爲庶人。帝堯登庸而禪以帝位，攝政二十有八載。堯崩喪畢，始踐天子之位於蒲坂。在位五十年，禪於禹。

群后來朝五瑞班，五明扇底識龍顔。瑶池羽駕從天降，異寶爭看白玉環。

《古今註》：舜廣開視聽，求賢人以自輔，作五明扇。

《金樓子》：舜攝政，王母使使乘白鹿、駕羽車、建紫旗，來獻白玉之玦、益地之圖。

日月光華開景運，山川封濬啟宏謨。皇家自有丹青手，先寫中天瑞應圖。

《路史·有虞氏紀》：於是八風循通，卿雲叢叢，俊乂百工咸和而歌曰：『慶雲爛兮，糺縵縵兮；日月光華，旦復旦兮。』

《畫壓》：世但知封膜作畫，不知自舜妹嫘始。客曰：『惜此神技，創自婦人。』予曰：『嫘嘗脱舜於瞍、象之害，則造化在手，堪作畫祖。』◎按：嫘，一作顆首，一作顆手。舜時西母獻《瑞應圖》。

上皇宫裏養尊優，一日三朝拜冕旒。傲弟加封無怨怒，承歡常率鼻亭侯。

《路史·有虞氏紀》：日三朝於瞽所，夔夔齋栗，惟盡子道。

《四書釋地續》引《宋類苑》云：道、永二州之間有地名鼻亭，舜封象於有庳，蓋此地。

樂部新裁十管簫，鳳凰音韻叶簫韶。東宫歌舞由天性，不待和聲律始調。

《文獻通考》：舜作十管簫。

《路史·有虞氏紀》：義鈞封於商，是喜歌舞。註引《朝鮮記》云：舜有子八人，始歌舞。

露壇月館尚人間，日暮蒼梧駕不還。愁絶三妃從未得，年年竹上淚痕斑。

《拾遺記》：衡山有寶露壇，舜於壇下起月館，以望夕月。

《江漢叢談》：唐高千里詩云：『當時珠淚知多少，直到於今竹尚斑。』劉文房詩云：『蒼梧在何處，斑竹自成林。』蓋長沙郡縣多斑竹，乃自宇宙生竹以來，本有種類如此。而世傳舜崩，二妃攀竹悲哀，淚滴竹上成斑，故高、劉詩意及之。

『三妃』，详《禮記》。

癸比分嬪位頡頏，穠華秀茁兩枝芳。秋風鼓出湘靈瑟，共憶宵明與燭光。

《路史·有虞氏紀》：次妃癸比氏，生二女，曰宵明，曰燭光。處河大澤，靈照百里，是爲湘之神。

『湘靈鼓瑟』，見《楚辭》及《唐詩紀事》。

全史宫詞卷三 三代

夏

大禹，姒姓，崇伯鯀之子，顓頊六世孫也。受舜禪，踐天子之位於安邑，在位八年崩。子啟立，九年崩。子太康立，十九年爲羿所拒，遂都陽夏，二十九年崩。羿立其弟仲康，十三年崩。子相立，爲羿所逐，居商邱。八年，寒浞殺羿而代之；二十八年，弑王於商邱。四十年，夏遺臣靡討浞，誅之，奉相子少康踐位，歸故都，二十一年崩。子杼立，十七年崩。子槐立，二十六年崩。子芒立，十八年崩。子泄立，十六年崩。子不降立，五十九年崩。弟扃立，二十一年崩。子廑立，二十一年崩。不降之子孔甲立，三十一年崩。子皋立，十一年崩。子發立，十九年崩。子癸立，五十二年爲湯所放，國亡。十七王，凡四百三十九年。

庬庬狐尾應歌謡，陰教初開付女嬌。猶憶塗山朝會夕，風雷金甲抹紅綃。

《吴越春秋》：禹三十未娶，行到塗山，恐時之暮，失其制度，乃辭云：『吾娶也，必有應矣。』乃有白狐九尾造於禹，禹曰：『白者，吾之服也；其九尾者，王之證也。塗山之歌曰：「綏綏白狐，九尾庬庬。我家嘉夷，來賓爲王。成家成室，我造彼昌。天人之際，於斯則行。」明矣哉！』禹因娶塗山，謂之女嬌。◎按：《路史》「嬌」作「嶠」。

《中華古今註》：昔禹王集諸侯於塗山之夕，忽大風雷震。雲中有甲步卒千餘人，中有服金甲及鐵甲，不被甲者以紅絹抹其首額。禹王問之，對曰：『此抹額。』蓋武士之首服。皆佩刀，以爲衛從。乃是海神來朝也。◎按：「紅絹」一作「紅綃帕」。

辛壬癸甲記良辰，一代南音託候人。遠望鄉關添別恨，青臺紅淚溼羅巾。

《路史·夏后氏紀》：初來南，塗山之女作歌，以候其伯。姬曰：『候人兮猗！』而南言自此始。至周之君臣取風焉，實爲《周南》《召南》。

《竹書紀年集證》：安邑，今陝之夏縣，有夏宮、夏故城、夏禹臺，臺在縣西北。《十三州志》云：『塗山氏思本國，築以望之。基猶在夏城南，俗謂青臺，上有禹祠。』

九河排決變安流，玉笥山前寶笈收。貢篚已看纖纊至，渠搜國裏獻珍裘。

《吴越春秋》：九山東南天柱，號曰委宛，其書金簡，青玉爲字。禹登衡嶽，夢見繡衣男子，自稱玄夷蒼水使者，謂禹曰：『欲得我書，齋於黄帝巖嶽之下。』禹齋三月，登委宛山，發金簡之書，得通水之理，乘四載以行。◎按：委宛，一名玉笥山，在會稽。

《帝王世紀》：禹治水畢，天賜玄珪，西戎渠搜國獻珍裘。

五聲聽政鐸鐘懸，文命書成大𠓨篇。旨酒進來疏帝女，首先衛武戒賓筵。

《鬻子》：禹之治天下也，以五聲聽，懸鐘、鼓、鐸、磬而置鞀，爲銘於簨虡曰：『教寡人以道者，擊鼓；教寡人以義者，擊鐘；教寡人以事者，振鐸；語寡人以憂者，擊磬；語寡人以訟獄者，揮鞀。』是以禹嘗一饋七十起，日中不暇食。

《漢書·藝文志》：雜家有《大𠓨》三十七篇，傳言禹所作。師古曰：『𠓨，古禹字。』

《路史·夏后氏紀》：帝女儀翟醞釀稷麥以爲酒醴醪，變五味進之。帝飲而甘之，折額而歎：『後世必有以酒亡國者。』遂疏儀翟。

鈞臺饗罷筮亭閒，雲蓋翩翩秉翳環。何處譜成天帝樂，三嬪新竊九歌還。

《竹書紀年》：啟大饗諸侯於鈞臺。

《水經·潁水註》：東南歷大陵西連山，亦曰啟筮亭。啟享神於大陵之上，即鈞臺也。

《山海經》：大樂之野，啟於此舞九伐。馬乘兩龍，雲蓋三層，左手秉翳，右手操環。

又：上三嬪於天，得《九辨》《九歌》以下。

洛汭盤游過十旬，鑾輿無計返河濆。歌成五子多哀怨，第一長楊諫獵文。

太康事。詳《夏書》。

紅藥翻階御苑深，雲和桐樹碧成陰。外廷幾日停封奏，聖聽方移條谷琴。

《古琴疏》：帝相元年，條谷貢桐、芍藥。帝命羿植桐於雲和，命武羅伯植芍藥於後苑。武羅伯諫，帝不從。于是作諠諫。羿伐桐爲琴以進，帝善之，名曰條谷。帝移於音樂，不聽事，爲羿所逐，居於商邱，援琴作《源水歌》。

一旅中興逆燄消，賓門樂舞媲簫韶。嫦娥避羿偏奔月，不及君王有二姚。

二姚事詳《左傳》。

《後漢書》：自太康失德，夷人始畔。及少康已後，世服王化，遂賓於王門，獻其舞樂。

黄萯歸鞍帶錦綳，東音嘽緩變新聲。御龍曾學豢龍術，潛醢之而奉鼎烹。

《路史·夏后氏紀》：胤甲之立，好方鬼神，事淫亂。游畋黄萯之顛，天風晦冥，遇神禨而迷，急趨民舍。主人方乳，皆曰：『后來不勝，之必殃。』帝取子之曰：『其誰敢殃？』及長，幕動撩析，而中厥足。帝曰：『有命。』遂以守。取嘽緩之聲，以爲《破斧》之歌，始爲東音，而民邪僻之心生矣。於是得乘龍於河滅，不能飲食。有劉累者，學擾龍於豢龍氏，以服事之，賜氏曰御龍。既一雌死，累潛醢以奉甲，已而求之，懼而之魯。註：東陽，萯山也。禨，黄萯山之神，能動天地。◎按：胤甲，《左传》作孔甲。

牛飲三千赴酒池，深宮長夜少醒時。裂繒聲引元妃笑，更脫金簪貫玉螭。

《新序》：桀作瑶臺，爲酒池、糟隄，縱靡靡之樂，一鼓而牛飲者三千人。

《尚史》：妹喜好聞裂繒之聲，爲發繒裂之，以順適其意。

《路史》註：董謁云：『桀媚妹喜，常加於膝，以金簪貫玉螭媚之。』

璿臺瑶室引人車，琬琰承恩貌似花。三萬俳倡空奏伎，芳名誰許刻苕華。

《竹書紀年》：十三年，初作輦。註：人引車曰輦。桀溺妹喜，駕人車以奉之。

《金樓子》：夏桀作爲璿臺、瑶室。

《管子》：桀女樂三萬人，無不服文繡衣裳者。

《竹書紀年》：十四年，扁帥師伐岷山。註：癸命扁伐山民，山民進女於桀二人，曰琬曰琰。后愛二人，斲其名於苕華之玉，苕是琬，華是琰，而棄其元妃於洛，曰妹喜氏。◎按：此則桀寵琬、琰，非妹喜，獨異諸説。

江流沛沛敗舟過，四牡騑騑六轡和。危石春冰終不悟，盍歸同唱醉人歌。

《尚書大傳》：伊尹去湯適夏，聞夏人飲醉者持不醉者，不醉者持醉者，相和而歌曰：『盍歸于亳，盍歸于亳，亳亦大矣。』尹退而閒居，深聽樂聲，更曰：『覺兮較兮，吾大命格兮；去不善以就善，何樂兮。』入告於桀，曰：『大命之亡，有日矣。』

《新序》：桀作瑶臺，罷民力，殫民財。群臣相持而歌曰：『江水沛沛兮，舟楫敗兮。我王廢兮，趣歸薄兮，薄亦大兮。』又曰：『樂兮樂兮，四牡蹻兮，六轡沃兮。去不善而從善，何不樂兮。』伊尹知天命之至，舉觴而告桀曰：『君王不聽臣之言，亡無日矣！』桀以爲妖言。於是接履而趣，遂適湯，湯以爲相。

《尚史》註引《符子》云：桀觀炮烙於瑶臺，謂龍逢曰：『樂乎？』龍逢曰：『天下苦之，而君爲樂。臣觀君之冕，非冕也，冠危石也；君之履，非履也，履春冰也。未有冠危石而不壓，履春冰而不陷者。』

有窮后羿附

羿，國之侯，逐相自立。八年，寒浞殺而代之。浞立四十三年，爲伯靡所殺。

屋角團團粉作丸，呼名幾度望雲端。當時應悔求靈藥，祇送嫦娥入廣寒。

《後漢書·天文志》註：羿得不死之藥於西王母，嫦娥竊之以奔月，是爲蟾蜍。

《三餘帖》：嫦娥奔月之後，羿思成病。正月十五夜，有童子詣宫求見，曰：『臣，夫人之使也。夫人知君懷思，無從得降。明日月圓之候，君宜用米粉作丸，團團如月，置室西北方，呼夫人名，三夕可降。』如期果降，復爲夫婦如初。

禍機早已伏桃梧，賜玦殘身理不誣。洛水神妃方入夢，豈知狐媚失純狐。

《帝王世紀》：浞殺羿於桃梧。

《尚史》註：隨巢子云：『奚禄山壞，天賜玉玦於羿，遂殘其身。以此爲福，而至於禍。』

《楚詞》註：羿夢與洛水神宓妃交接。

《路史》：浞蒸取羿室純狐，爰謀殺羿。

陸地行舟意太狂，女歧同館亦堪傷。縫裳妙具纖纖手，祇解殷勤奉小郎。

《楚詞·天問》：女歧縫裳，而館同爰止。註：女歧，澆嫂也。澆無義，淫佚其嫂。往至其户，佯有所求。女歧爲之縫裳，於是共舍宿止。◎按：澆即奡也。

商

成湯，子姓，名履，主癸之子，契之裔孫也。放夏桀，代有天下。國號商，定都亳，在位十三年崩。太子太丁早卒，次子外丙二年，仲壬四年。太丁子太甲踐位，三十三年崩，廟號太宗。子沃丁立，二十九年崩。弟太庚立，二十五年崩。子小甲立，十七年崩。弟雍己立，十二年崩。弟太戊立，七十五年崩，廟號中宗。子仲丁立，遷都囂，十三年崩。弟外壬立，十五年崩。弟河亶甲立，徙都相，九年崩。子祖乙立，徙都耿，十九年崩。子祖辛立，十六年崩。弟沃甲立，二十五年崩。祖辛之子祖丁立，三十二年崩。沃甲之子南庚立，二十五年崩。祖丁之子陽甲立，七年崩。弟盤庚立，遷都殷，改國號曰殷，二十八年崩。弟小辛立，二十一年崩。弟小乙立，二十八年崩。子武丁立，五十九年崩，廟號高宗。子祖庚立，七年崩。弟祖甲立，三十三年崩。子廩辛立，六年崩。弟庚丁立，二十一年崩。子武乙立，遷都河北，四年暴雷震死。子太丁立，三年崩。子帝乙立，三十七年崩。子辛立，三十二年爲周所伐，國亡。二十八王，凡六百四十四年。

端拱鑣宫瑞日明，三㚇寶玉告功成。媵臣已應君王夢，負鼎親調鵠鳥羹。

湯有鑣宫，見《墨子》。湯所受命之宫。

《吕氏春秋》：桀敗于有娀之虚，犇于鳴條，夏師敗績。湯遂伐三嵏，俘厥寶玉。誼伯、仲伯作典寶。

《帝王世紀》：湯夢人負鼎抱俎對己而笑，寤而占曰：『鼎爲和味，俎者割截，豈有爲我宰者哉？』湯乃求婚於有莘之君，遂以摯爲媵臣。至亳，乃負鼎抱俎見湯也。

《楚詞·天問》：緣鵠飾玉，后帝是饗。註：伊尹始仕，因緣烹鵠鳥之羹。

阿衡新自夏庭回，殿上敷陳九主該。四海獻琛遵制令，白旄翠羽按方來。

《尚史》註：阿衡，商官名，亦曰保衡，或曰伊尹之號。

《逸周書》：湯謂伊尹曰：『諸侯來獻，或無牛馬之所生，而獻遠方之物，事實相反。今吾欲因其地勢所有獻之，其爲四方獻令。』伊尹於是爲四方令曰：『臣請正東符婁、仇州、伊慮、漚深、九夷、十蠻、越漚，鬋髮文身，請令以魚支之鞞、□鰂之醬、鮫瞂利劍爲獻。正南甌鄧、桂國、損子、産里【一】、百濮、九菌，請令以珠璣、瑇瑁、象牙、文犀、翠羽、菌鶴、短狗爲獻。正西崑崙、狗國、思親、枳己、闟耳、貫胸、雕題、離邱、漆齒，請令以丹青、白旄、紕罽、江歷、龍角、神龜爲獻。正北空同、大夏、莎東、姑他、旦略、貌胡、戎翟、匈奴、樓煩、月氏、孅犁、其龍、東胡，請令以橐駞、白玉、野馬、騊駼、駃騠、良弓爲獻。』

《尚史·商臣傳》：伊尹從湯，言素王九主之事，湯舉任以國政。註引劉向《别録》：九主者，有法君、專君、授君、勞君、等君、寄君、破君、國君、三歲社君。凡九主，圖畫其形。

校按：【一】『里』字原脱，據《逸周書》補。

總街庭下五雲深，黑烏黄魚瑞應臨。宫掖漫矜魚貫寵，已將女謁禱桑林。

《管子》：湯有總街之庭。

《水經註》：殷湯東觀於洛，習禮堯壇，沉璧，黄魚雙躍，黑鳥隨上。

《竹書紀年》：二十年，大旱，禁弦歌舞。

《尚史》：湯之時，大旱七年，雒坼川竭，煎沙爛石。於是使人持三足鼎祝山川，教之祝曰：『政不節邪，使人疾邪？苞苴行邪，讒夫昌邪？宫室崇邪，女謁盛邪？何不雨之極邪？』言未已，而天大雨。

《帝王世紀》：湯自伐桀後，大旱七年，以己爲牲，禱於桑林之社。

三載居憂聖德彰，桐宫重著衮衣裳。迎鑾粧束裁長袖，共拂輕塵拜嗣王。

《物原》：伊尹始制婦人大袖。

宫門轆轆走寅車，桑穀摧枯聖德加。執御偏能邀上寵，穠華飛入費侯家。

《竹書紀年》：太戊三十五年，作寅車。註：寅車，即桑根車也，一曰金根車。

《尚史》：太戊立伊陟爲相。亳有祥桑穀共生於朝，一暮大拱。太戊懼，問伊陟。伊陟曰：『臣聞妖不勝德，帝之政其有闕與？王其修德。』太戊從之，而祥桑枯死。

《竹書紀年》：太戊三十一年，命費侯仲衍爲車正。

《史記·秦本紀》：大費生子二人，一曰大廉。大廉玄孫曰孟戲、仲衍，鳥身人言。帝太戊聞而卜之使御，吉，遂致使御而妻之。

鼎耳何緣野雉來，翟衣焜耀扇初開。三年胥靡曾通夢，不救東宫孝己回。

《古今註》：高宗時，有雊雉之祥，服章多用翟羽。

又：高宗有雊雉之祥，故有雉尾扇。

《竹書紀年》：武丁二十五年，王子孝己卒於野。

《帝王世紀》：孝己者，武丁之賢子也。其母早死，高宗惑後妻之言，放之而死。

傳説嘗爲胥靡，築於傅險。詳《史記》。

鹿臺千尺望雲煙，十里沙邱殿閣連。宫市夜深行酒炙，車聲驚起玉牀眠。

《新序》：紂爲鹿臺，七年而成。其大三里，高千尺，臨望雲烟。

《論衡》：紂沉緬於酒，以糟爲邱，以酒爲池。車行酒，騎行炙，百二十日爲一夜，長夜之飲，忘其甲子。

《帝王世紀》：紂宫九市。

《史記》：紂益廣沙邱苑臺，多取野獸、蜚鳥置其中。

紂爲玉牀，見《尚史》註。

夢醒深宫玉虎涼，朝朝絲屩侍天王。紅藍染作桃花色，競抹臙脂鬬豔粧。

《拾遺記》：漢誅梁冀，得一玉虎頭枕，下有篆書字，云帝辛之枕，帝與妲己同枕之。是殷時遺寶也。

《炙轂子》：夏商以菲絲爲屩，宫中妃嬪皆著。

《新書》：紂自謂天王。

《中華古今註》：臙脂起於紂。以紅藍花汁凝作臙脂，塗之作桃花粧。

南海薑兼西海菁，玉杯象箸製彌精。師延新進迷魂曲，漫奏清商滌角聲。

《尸子》：桀紂縱欲長樂，以苦百姓。珍怪遠味，必南海之薑、北海之鹽、西海之菁、東海之鯨。

《拾遺記》：紂拘師延於陰室，師延奏清商、流徵、滌角之音。紂曰：『此淯古遠樂，非余可聽説也。』猶不釋師延。乃更奏迷魂淫魄之曲，以修夜之娛，乃得免。

九侯納女罪何辭，正遇司晨用牝時。畢竟有蘇成禍水，太公元鉞恨來遲。

《史記·殷本紀》：九侯有好女，入之紂。九侯女不憙淫，紂怒，殺之，而醢九侯。

《晉語》：殷辛伐有蘇，有蘇氏以妲己女焉。妲己有寵，於是乎與膠鬲比而亡殷。

《古今註》：武王以黄鉞斬紂，故王者以爲戒；太公以玄鉞斬妲己，故婦人以爲戒。

周

武王，姬姓，名發，文王之子，后稷之裔孫也。伐商紂，代有天下，國號周，都鎬，在位七年崩。子成王誦立，三十七年崩。子康王釗立，二十六年崩。子昭王瑕立，五十一年崩。子穆王滿立，五十五年崩。子共王繄扈立，十二年崩。子懿王囏立，徙都槐里，二十五年崩。共王之弟孝王辟方立，十五年崩。懿王之子夷王燮立，十六年崩。子厲王胡立，五十一年崩。子宣王靖立，四十六年崩。子幽王涅立，十一年爲犬戎所弑。晉、衛、秦以兵來救，與鄭世子掘突共立故太子宜臼，是爲平王。遷於東都洛邑，五十一年崩。孫桓王林立，二十三年崩。子莊王佗立，十五年崩。子釐王胡齊立，五年崩。子惠王閬立，二十五年崩。子襄王鄭立，三十三年崩。子頃王壬臣立，六年崩。子匡王班立，六年崩。弟定王瑜立，二十一年崩。子簡王夷立，十四年崩。子靈王泄心立，二十七年崩。子景王貴立，二十五年崩。子悼王猛立，是年冬猛卒。弟敬王匄立，四十四年崩。子元王仁立，七年崩。子貞定王介立，二十八年崩。子哀王去疾立，弟叔弑王自立，是爲思王。是年秋，王子嵬殺叔自立，是爲考王，十五年崩。子威烈王午立。初，考王封其弟於河南，是爲桓公，以續周公之官職。桓公卒，子威公立。威公卒，子惠公立，乃封其少子班於鞏以奉王，是爲東周惠公。此東、西周分之始也。威烈王在位二十四年崩。子安王驕立，二十六年崩。子烈王喜立，七年崩。弟顯王扁立，四十八年崩。子慎靚王定立，六年崩。子赧王延立。時東、西周分治，赧王徙都西周，在位五十九年。秦攻西周，赧王入秦，盡獻其地，歸而卒。周之民東亡，秦取其寶器，遷西周君於墨狐聚。後七年，遷東周君於陽人聚，周遂不祀。三十七王，凡八百七十三年。

坶野回鑾曲蓋陳，蒿宫宏敞緑槐新。邑姜素稔丹書訓，内治修明壓九臣。

《中華古今註》：武王伐紂，大風折蓋。太公因折蓋之形，制曲蓋焉。

《大戴禮》：周時，德澤和洽，蒿茂大，以爲宫柱，名曰蒿宫。

《淵鑑類函》：《太公金匱》云：『武王問太公曰：「天下神來甚衆，恐有試者，何以待之？」太公請樹槐於王門内，有益者入，無益者距之。』

《帝王世紀》：邑姜修教於内。

又：武王召尚父曰：『黄帝、顓頊之道，存乎？』師尚父曰：『在《丹書》。』

菶菶蓂階夾碧桐，紫庭琴靜鳳聲雝。翦珪偶作家庭戲，太史殷勤請賜封。

《尚書大傳》：周公輔成王，不矜功，則蓂莢生。

蔡邕《琴操》：周成王時，鳳凰來舞於庭，乃援琴作歌曰：『鳳凰來翔於紫庭。』

《史記》：成王與虞叔戲，翦桐葉爲珪，以與虞叔，曰：『以此封若。』史佚因請擇日立虞叔。成王曰：『吾與之戲耳。』史佚曰：『天子無戲言。』於是，遂封虞叔於唐。唐，在河、汾之東，方百里，故曰唐叔虞。

衮衣負扆繡裳飄，攝政明堂百辟朝。吉日祝雍方作頌，二年苦志賦鴟鴞。

《淮南子》：武王崩，成王幼，周公聽天下之政，負扆而朝諸侯。

《家語》：武王崩，成王年十有三而嗣立。明年夏六月，既葬，冠成王而朝于祖，以見諸侯。周公命祝雍作頌，曰：『祝王辭達而勿多也。』祝雍辭曰：『使王近於民，遠於佞；嗇於時，惠於財；親賢而任能。』其頌曰：『令月吉日，王始加元服。去王幼志，服王衮職。欽若昊天，六合是式。率爾祖考，永永無極。』

餘詳《詩》《書》《禮》。

玉手纖纖錦工，因祇佳麗冠深宮。修裾長袖嬌無力，秘結羅襟怯曉風。

《拾遺記》：成王五年，有因祇之國，獻女工一人。體皃清潔，被纖羅雜繡之衣，長袖修裙，風至則結其衿帶，恐飄飄不能自止也。其人善織，以五色絲内於口中，手引而結之，則成文錦。

樂譜詩章付管絃，豐宫玉帛共朝天。内庭晏起鳴璜寂，聽奏關雎第一篇。

《竹書紀年》：康王三年，定樂歌。

又：康王元年，諸侯朝於豐宫。

《後漢書》：康王晚朝，《關雎》作諷。

又曰：昔周王承文王之盛，一朝晏起，夫人不鳴璜，宫門不擊柝。《關雎》之人，見幾而作。【一】

校按：【一】此條引文出自《後漢紀》。

玉輅遥臨羽蓋分，扇摇丹鵲納南薰。陪鑾喜得東甌女，詔織交龍鬭鳳裙。

《拾遺記》：昭王二十四年，塗修國獻青鳳、丹鵲，聚鵲翅以爲扇，緝鳳羽以飾車蓋。時東甌獻二女，一名延娟，二名延娛。使二人更摇此扇，侍於王側，輕風四散，泠然自凉。

《女紅餘志》：周昭王延娟以奇錦爲裙，晝看成鳳，夜看成龍，名交龍鬭鳳裙。

南征不復釁何因，誰爲膠舟問水濱。房后無端熊夢協，丹朱爲厲竟馮身。

《帝王世紀》：昭王德衰，南征，濟於漢。船人惡之，以膠船進王。王御船至中流，膠液船解，王没於水中而崩，周人諱之。

《國語》：房后者，昭王之后也。房后實有爽德，協於丹朱。丹朱馮身以儀之，生穆王。

重璧臺成貯上姬，中天嫿曼鬬妖姿。誰教傀儡當場舞，惹得君王怒偃師。

《竹書紀年》：穆王十五年，作重璧臺。◎按，《穆傳》曰：『姬姓也，盛柏之子也。天子賜之上姬之長，是曰盛門。天子乃爲之臺，是曰重璧之臺。』鄭環曰：『盛、成通，亦作郕，郕叔之後。柏、伯同。郕叔爲王高叔祖，周道，百世不通婚姻，故魯昭尚諱姬爲子。此乃賜之上姬之長，而爲作臺以著之，宜其謚爲繆也。《史記》作繆，後作穆。』

《列子》：周穆王時，西極有化人來，穆王爲之築臺，號曰中天臺，簡鄭、衛處子娥嫿靡曼者以滿之。

又：穆王巡守，有獻工人，名偃師。所造能倡者，趍步俯仰，信人也。領其頤，則歌合律；捧其手，則舞應節。千變萬化，惟意所適。王與盛姬、内御並觀之。伎將終，倡者瞬其目而招王之左右侍妾。王大怒，欲誅偃師。

笛聲吹斷雨濛濛，八駿馳回萬里風。黄竹白雲春夢幻，瑶池仙母下昭宫。

《述異記》：穆王時，天下連雨三月。王乃吹笛，雨遂止。

《穆天子傳》：天子命駕八駿之乘，右服蓾同驊騮而左緑耳，右驂赤蘁同驥而左白俄同蟻。次車之乘，右服渠黄而左踰輪，右驂盜驪而左山子。

又：天子觴西王母於瑶池之上，西王母爲天子謡曰：『白雲在天，山陖古陵字自出。道里悠遠，山川間之。將子無死，尚能復來。』

《竹書紀年》：穆王三十九年，王會諸侯于塗山。《集證》云：穆王宿於黄竹，夢羿射於塗山，至是因合諸侯而會之。

又：十七年，西王母來朝，賓於昭宫。

俞泉駿足走騣騣，獵取文犀自社林。莫道下堂王禮褻，蜀人瓊玉獻西琛。

《竹書紀年》：夷王二年，蜀人吕人來獻瓊玉。六年，王獵於社林，獲犀牛一以歸。七年，虢公帥師伐太原之戎，至於俞泉，獲馬千匹。

『下堂』，見《禮記》。

庭燎輝煌夢未醒，脱簪永巷立婷婷。嚮風重奏瑶琴曲，須記先王舊刻銘。

《列女傳》：宣王嘗晏起，姜后脱簪珥，待罪於永巷。

《古琴疏》：宣王有琴曰嚮風，背銘云『牆有耳，伏寇在』，是武王之遺器也。宣王每朝，姜后輒以此銘援琴奏之，王於是益兢兢不忘。

儲君天定漫輕移，試看山君弭耳時。底事履卑忘扁石，宫中怨寫白華詩。

《尚史·幽王紀》註引《古文瑣語》云：幽王將殺太子宜臼，立伯服。釋虎，將執之。宜臼叱之，虎弭耳而伏。

餘詳《詩經》注。

檿弧箕服應童謡，草没驪山恨未銷。拚卻傾城邀一笑，諸侯烽火盡來朝。

《史記》：宣王之時，童女謡曰：『檿弧箕服，實亡周國。』於是宣王聞之。有夫婦賣是器者，宣王執而戮之。逃於道，而見向者後宫童妾所棄妖子出於路者，聞其夜啼，哀而收之。夫婦遂亡，奔於褒。褒人有罪，請入童妾所棄女子者於王，以贖罪，是爲褒姒。褒姒不好笑，王欲其笑，爲烽燧大鼓。有寇至，則舉烽火，諸侯悉至，至而無寇，褒姒乃大笑。幽王説之，爲數舉烽火。其後不信，諸侯益亦不至。申侯與犬戎攻幽王，幽王舉烽火徵兵，兵莫至。遂殺幽王驪山下，虜褒姒。

修築宫城壅鬬川，空聞王子諫書傳。緱山早醒繁華夢，騎鶴吹笙上碧天。

《國語》：穀洛鬬，將毁王宫。王欲壅之，太子晉諫曰：『不可。防鬬川以飾宫，是飾亂而佐鬬也。』王卒壅之。

《列仙傳》：王子喬，周靈王太子晉也。好吹笙，作鳳鳴。後告其家曰：『七月七日，待我於緱山頭。』及期，果乘白鶴，謝時人而去。

全史宮詞卷四　周末列國

周末列國

武公仲子續良姻，繼美元妃壓衆嬪。兩姓真從天作合，手文早定魯夫人。

魯惠公事，詳《左傳》。◎按：元妃孟子，亦宋女也。

春風簟茀走彭彭，魯道由歸美孟姜。舉子恰逢丁卯日，命名先共美清揚。

魯桓公事，詳《左傳》《詩經》。

高臺百尺俯城闉，割臂盟公血尚新。逆女空教宗婦覿，夫人已許黨家人。

魯莊公事，詳《左傳》。

鸜鴿來朝信有因，惶惶野井竟蒙塵。執冰嬉戲公徒敗，俱是童心未化人。

魯昭公事，詳《左傳》。

翟茀來朝夙退時，蛾眉螓首碩人頎。綌絺無奈秋風早，自寫愁懷賦緑衣。

衛莊公事，詳《詩經》。

楚宮夙駕詠星言，布帛衣冠國藉存。重錦舊承東國賜，魚軒應念鶴乘軒。

衛戴公、文公事，詳《毛詩》《左傳》。

匆匆載寶出城闉，執鐸終宵藉外臣。婣姶枉邀康叔眷，夢中先約相元人。

衛靈公事，詳《左傳》。

侍坐深宮夜向晨，車聲過闕聽轔轔。絺帷更向中庭設，環珮璆然拜聖人。

《列女傳》：靈公嘗與夫人夜坐，聞車聲轔轔，至闕而止，過闕復有聲。夫人曰：『此必蘧伯玉也！』公曰：『何以知之？』夫人曰：『君子不爲昭昭伸節，不爲冥冥隳行。吾聞伯玉君子也，以是知之。』問之，果伯玉。

《史記》：孔子至衛，南子請見。孔子辭謝，不得已而見之。夫人在絺帷中，孔子入門，北面稽首。夫人在絺帷中再拜，環珮玉聲璆然。

重華臺上擁嬌嬈，善諫曾聞仲叔敖。卻恨君王煬蔽甚，又分恩寵到餘桃。

《王孫子》：衛靈公坐重華之臺，侍御數百，隋珠照日，羅衣從風。仲叔敖入諫曰：『昔桀、紂行此而亡，今君内寵無乃太盛與？』靈公再拜曰：『寡人過矣。』于是出宫女數百人。◎見《尚史》註《戰國策》：癰疽與瑕二人者，專君之勢，以蔽左右。復塗偵謂公曰：『昔者臣夢見君。』曰：『子何夢？』曰：『夢見竈君。』公忿然作色曰：『吾聞夢見人君者，夢見日。今子夢見竈君，而言君也。有説則可，無則死！』對曰：『日并燭天下者也，一物不能蔽也。竈則不然，前人之煬，則後之人無從見也。今臣疑人之有煬於君者也，是以夢見竈君。』公曰：『善。』于是廢癰疽、彌子瑕，而立司空狗。《説苑》：彌子瑕愛於衛君。衛法：竊駕君車，罪刖。瑕之母疾，夜往告之，瑕駕君車而出。君聞之曰：『孝哉，爲母犯刖！』瑕食桃而甘，不盡而奉君，君曰：『愛我而忘其口。』

藉圃開筵虎幄張，昆吾妖夢竟成殃。胡天胡帝非關髢，何爲髡人助吕姜。

衛莊公事，詳《左傳》。

嘉耦爲妃怨耦仇，命名早兆子孫憂。素衣朱襮歸桓叔，舉國誰憐小子侯。

晉武公事，詳《左傳》《詩經》。

君寵潛移大小戎，靈龜早已告攘公。偏衣金玦蕭牆禍，盡出優施教泣中。

晉獻公事，詳《左傳》《國語》。

二五嬖來原有耦，三千僕送爲聯姻。奉匜沃盥辰嬴在，猶是懷公侍櫛人。

晉文公事，詳《左傳》。

風雨崤陵奏凱時，緣何不顧唾丹墀。秦囚已許文嬴請，又致三年拜賜師。

晉襄公事，詳《左傳》。

宮雲低壓九層臺，孫息琴聲入耳哀。牆外忽聞人笑語，君王方看辟丸來。

《説苑》：晉靈公造九層之臺，費用千億。又：孫息學悲歌，引琴作鄭、衛之音，靈公大惑。「辟丸」，詳《左傳》。

門外何來厲鬼嗔，膏肓二豎靳嘗新。小臣竟應登天夢，始信巫醫術入神。

晉景公事，詳《左傳》。

汾流淼淼抱樓臺，客到虒祈宴屢開。誰爲石言稱可弔，諸侯方共賀宫來。

晉平公事，詳《左傳》。

物陽時晦過斯災，女惑男時蠱自來。内有四姬不知節，漫驚實沈與臺駘。

晉平公事，詳《左傳》。

洩洩融融本性天，何須闕地及黄泉。寤生果悔無妨孝，潁谷封人亦適然。

鄭莊公事，詳《左傳》。

有女同車漫繫援，大非吾耦況師昏。救齊不受齊侯室，免引雄狐入國門。

鄭昭公事，詳《左傳》。

《詩·小序》：有女同車，刺忽也。刺忽之不昏於齊，卒以無大國之助，至於見逐，故國人刺之。

内寵共姬外嬖貂，淄澠豈果味能調。賢妃恐惹諸侯笑，獨聽雞鳴勸早朝。

「内寵」「外嬖」，詳《左傳》。

《淮南子》：俞兒、易牙，淄、澠之水合者，嘗一哈水而甘苦知矣。

《孟子疏》引《左傳》云：淄、澠二水爲食，易牙亦知二水之味。桓公不信，數試始驗。

《吕氏春秋》：桓公合諸侯，衛人後至，公與管仲謀伐衛。退朝而入，衛姬望見君，下堂再拜，請衛君之罪。公曰：「吾于衛無故，子曷爲請？」對曰：「妾望君之入也，足高氣彊，有伐國之志也。見妾而有動色，伐衛也。」明日公朝，揖管仲而進之。管仲曰：「公舍衛乎？」公曰：「仲父安識之？」曰：「君之揖朝也恭，而言也徐，見臣而有慚色，是以知之。」公曰：「善。仲父治外，夫人治内，寡人知終不爲諸侯笑矣。」

《詩傳》：桓公好内，衛姬箴之，賦《雞鳴》。

五公子並六夫人，禍起蕭牆霸業淪。管氏三歸緣底事，女閭七百共爭春。

齊桓公事，詳《左傳》。

《戰國策》：齊桓公宫中女市女閭七百，國人非之。管仲故爲三歸之家，以掩桓公。◎按禮：諸侯娶三姓女，大夫娶一姓女。《論語》舊註引包咸説，謂「三歸」是娶三姓女，婦人謂嫁爲歸。諸儒説皆如此。

轣轆車聲使館開，内人闚客上重臺。詎知索質牽山下，祇爲房中一笑來。

齊頃公事，見公羊、穀梁、左氏傳。

誰使齊卿厠魯卿，國高媒蘖罪初成。君王遠色宫幃寂，乘輦蒙衣夜入閎。

《説苑》：齊頃公歸，七年不飲酒、不食肉。外金石之聲，遠婦人之色。出會與盟，卑下諸侯。

餘詳《左傳》。

奪妻偏使扈申池，怨毒謀生共浴時。夫己氏歸深竹裏，果然不及戒師期。

齊懿公事，詳《左傳》。

歌舞消除路寢愁，挈竽操瑟樂梁邱。牛山隕涕緣何事？折齒還爲孺子牛。

《説苑》：景公飲酒，梁邱據左操瑟，右挈竽，行歌而至。公曰：『樂哉今夕，吾飲酒也。』
《晏子春秋》：景公游於牛山，北臨其國而流涕。
路寢、孺子牛，俱詳《左傳》。

火聲出出復譆譆，竟使城門殃及池。待姆偏稱女不婦，春秋責備到共姬。
宋共姬事，詳《左傳》。

堤下無端得麗姿，蛾眉謡諑入宫時。夫人位號難輕假，賨錦名駒賂左師。
宋平公事，詳《左傳》。

奪將白馬太情癡，嬖幸君臣各若迷。珠玉已隨東國去，閉門猶作數行嗁。
宋景公事，詳《左傳》。

漫道東門色似荍，雞皮三少最妖嬈。乘駒夜返株林路，衣衵裝褔戲外朝。
陳靈公事，詳《左傳》《詩經》。
《列女傳》：夏姬狀美好，老而復壯者三。陳靈公與孔甯、儀行父皆通焉，或衣衵衣，或裝其褔，以戲於朝。褔，膝衣也。
又：諺曰：『夏姬得道，雞皮三少。』

鄧曼觀人術最工，千秋巾幗一英雄。臣心不固君心蕩，盡在宫闈慧眼中。

楚武王事，詳《左傳》。

嫵婉舟姬割愛曾，息嬀偏聽蔡侯繩。無言暗滴三年淚，雨溼桃花憾不勝。

《説苑》：荆文王得如黄之狗，箘簬之矰，畋于雲夢，三月不反；得舟之姬，期年不聽朝。保申諫王，乃變行，殺如黄之狗，折箘簬之矰，逐舟之姬，務治乎荆。◎按：《吕覽》「舟」作「丹」。

息嬀事詳《左傳》。杜牧有《題桃花夫人廟》詩。「夫人」，蓋息嬀也。

國無冢適費遲疑，大室庭前瘞璧時。入拜五人誰壓紐，密將心事問巴姬。

楚共王事，詳《左傳》。

美人鐘鼓樂忘疲，纓絶燈昏酒醉時。誰識虞邱辭相後，一朝霸業出樊姬。

《史記》：楚莊王左抱鄭姬，右抱越女，坐鐘鼓之間。

《説苑》：莊王賜群臣酒，日暮酒酣，燭滅，有引婦人之衣者。美人援絶其冠纓，告王。王曰：「賜人酒，使醉失禮，奈何顯婦人之節而辱士乎？」乃命群臣皆絶其冠纓而上火，卒盡歡而罷。

《列女傳》：莊王好獵，樊姬諫不止，乃不食禽獸之肉。王改過，勤于政事。王聽朝，罷晏，姬下堂而迎之，曰：「何晏也？」王曰：「與賢人語，不知饑倦也。」姬曰：「王之所謂賢者，何也？」曰：「虞邱子也。」姬掩口而笑。王曰：『何也？』姬曰：『妾執巾幗十一年，遣人至鄭、衛，求美人進于王。今賢於妾者二人，同列者七人。妾豈不欲擅寵哉？不能以私蔽公。虞邱子相楚十餘年，未嘗進賢退不肖。妾之所笑，不亦可乎？』王以告虞邱子，虞邱子避舍，使迎孫叔敖而進之。叔敖治楚三年，莊王以霸。餘詳《左傳》。

豹舄皮冠氣象驕，諫臣空爲誦祈招。章華客散停歌舞，猶説君王愛細腰。

《墨子》：楚靈王好細腰，其臣皆一飯爲節。

囿開雲夢草如煙，附社臺高象萬千。生死但期同此樂，蔡姬爭及越姬賢。

《列女傳》：楚昭王燕遊，蔡姬在左，越姬參右。王登附社之臺，以望雲夢之囿，觀士大夫逐者。既驩，乃顧謂二姬曰：『樂乎？』蔡姬對曰：『樂。』王曰：『吾願與子生若此，死又若此。』蔡姬曰：『固願生俱樂、死同時。』王顧謂史書之。復謂越姬，越姬對曰：『昔者先君莊王淫樂，三年不聽政事，終而能改，卒霸天下。妾以爲君王能法吾先君，將改斯樂而勤于政也。今則不然，而要婢子以死，豈可得乎？』

王宫班處莫誰何，永巷倉皇夜枕戈。亂定不忘鍾建負，天教兵裏締絲蘿。

《列女傳》：伯嬴者，楚平王夫人，昭王母也。吴入郢，昭王亡，闔廬盡妻其後宫。次至伯嬴，伯嬴持刀拒之。吴王慚，退舍。伯嬴與保阿閉永巷，不釋兵三旬。季芈，字畀我，昭王妹也。◎按：《世族譜》以季芈、畀我皆平王女。事詳《左傳》。

縹緲相逢夢澤濱，行雲行雨幾經春。深宮鄭袖方專寵，可似高唐薦枕人？

宋玉《高唐賦》：楚襄王與宋玉遊於雲夢之臺，望高唐之觀，上有雲氣。王問曰：『此何氣也？』對曰：『所謂朝雲者也。昔先王嘗遊高唐，怠而晝寢，夢見一婦人，曰：「妾巫山之女也，爲高唐之客。聞君遊高唐，願薦枕席。」王因幸之。去而辭曰：「妾在巫山之陽，高邱之岨。旦爲朝雲，暮爲行雨。朝朝暮暮，陽臺之下。」』

《史記·張儀傳》：靳尚得事楚夫人鄭袖，袖所言皆從。

晝游旦食樂無窮，胥母門前九曲通。最是古城春色麗，美人多住木蘭宮。

《吴越春秋》：闔廬立夫差爲太子，使太子屯兵守楚，留止，自治宫室。秋冬治城中，春夏治城外。治姑蘇之臺，旦食組山，晝游蘇臺，射於鷗陂，馳于游臺。◎按：《越絶書》『蘇臺』作『胥母』。

《越絶書》：胥門外九曲路，以游姑胥之臺，以望大湖中，闚百姓者也。

又：古城者，所置美人離城也。

《述異記》：木蘭洲，在潯陽江中。多木蘭樹，吴王闔閭植，用搆宫殿。

兩行紅袖下朱樓，戰鼓頻催笑未休。不救君王傷將指，空教斷送美人頭。

《史記》：孫武以兵法見於吴王闔廬，闔廬曰：『可試以婦人乎？』對曰：『可。』于是出宫中美女百八十人，武分爲二隊，以王寵姬二人爲隊長。既布，乃設鈇鉞，即三令五申之。于是鼓之，婦人大笑，武遂斬隊長二人以徇。

將指，詳《左傳》。

瓊姬飲恨隕殘芳，一縷魂飄鶴市涼。獨有相思消未盡，長留珠玉待韓郎。

《太平廣記》引《録異傳》：吴王夫差小女曰玉，與韓重交，私許爲妻。重學于齊、魯，父母求婚於王。王怒不與，玉結氣而死，葬閶門。重歸，哭泣往弔，見玉墓側，贈明珠。重見王説之，王怒其發冢盗珠玉。脱走墓所訴玉。玉因梳粧見王，王驚愕悲喜。夫人聞之，出而抱之，正如烟然。

《吴越春秋》：闔閭女勝玉自殺，闔閭葬于閶門外。舞白鶴於市，令民隨觀，因發機掩之。

按：二書所載不同。姑蘇有瓊姬墓，夫差女也。

館娃宫裏綺羅春，屧響迴廊夢醒頻。勸得君王長夜醉，不知旁有卧薪人。

《江南通志》：館娃，吴宫名。

又：響屧廊，在蘇州靈岩山。吴王建廊而虚其下，令西施與宫人步屧繞之則響，故名。

《御定歷代題畫詩》：元真桂芳有《題吴王夜宴圖》詩。

《山堂肆考》：越勾踐卧薪嘗膽，欲以報吴。

集羽縈塵舞袖拕，荃蕪香散動輕歌。黄金臺上千金駿，持較佳人未足多。

《拾遺記》：燕昭王即位二年，廣延國來獻善舞者二人，一名璇娟，一名提謨。其舞一名縈塵，次曰集羽，末曲曰旋懷。乃設麟文之席，散荃蕪之香，使二女舞其上。彌日無跡，體輕故也。

馬上彎弓插鵕鸃，君王雄武懾群僚。苕榮早赴三生約，夢裏熒熒見孟姚。

《史記·趙世家》：初，簡子夢之帝所，帝曰：『余思虞舜之勳，適余將以其胄女孟姚，配而七世之孫。』至武靈王即位，夢見處女鼓瑟而歌詩曰：『美人熒熒兮，顔若苕之榮。命乎，曾無我嬴！』異日，王飲酒樂，數言所夢。吴廣聞之，因内其女娃嬴，孟姚也。孟姚甚有寵于王，是爲惠后。

又：武靈王胡服招騎射。

《淮南子》：武靈王貝帶鵕鸃而朝，趙國化之。

叢臺逐日競笙歌，綵幔連岡策馬過。樓上美人爭笑指，桓桓武士錦衣多。

《史記·鄒陽傳》：全趙之時，武力鼎士炫服叢臺之下者，日成市。◎按，《畿輔通志》：『叢臺，在邯鄲東北隅，趙武靈王所築。』

魏劉劭《趙都賦》：朱幕蔽野，綵帷連岡。

大梁城闕枕河濆，保障全憑晉鄙軍。何事如姬專寵日，盜符祇爲信陵君。

《通義》：魏都大梁在大河東，故名河東，而以故安邑之地爲河内。

《史記·信陵君傳》：侯生曰：『嬴聞晉鄙之兵符在王卧内。而如姬最幸，出入王卧内，力能竊之。嬴聞如姬父爲人所殺，公子使客斬其仇頭，敬進如姬。如姬之欲爲公子死，無所辭，顧未有路。公子誠一開口請如姬，如姬必許諾。則得虎符，奪晉鄙軍，北救趙而西卻秦。此五霸之伐也。』公子從其計，如姬果盜兵符與公子。

夾林葱鬱接蘭臺，右擁閭須左白台。帳底依稀鸞鳳舞，百花香逗美人來。

《戰國策》：魯君舉觴于梁惠王曰：『左白台而右閭須，南威之美也；前夾林而後蘭臺，强臺之樂也。』白台、閭須，惠王美人名。

《女紅餘志》：梁惠王爲閭娵製鸞鳳帳，焚百花香于內，則鸞鳳皆起舞。古老云：『鸞鳳乃仙蜂血所染。』

前魚每以後魚忘，釣得金鱗泣數行。從此六宫無粉黛，長留繡被覆龍陽。

《戰國策》：魏王與龍陽君共船而釣，龍陽君得十餘魚而涕下。王曰：『何謂也？』曰：『臣之始得魚也甚喜，後得又益大，今臣直欲棄前之所得矣。以臣之兇惡，而得拂枕席，爵至人君。四海美人多矣，聞臣之得幸於王也，必褰裳而趨王。臣亦猶前所得魚也，亦將棄矣，能無涕出乎？』王曰：『誤！有是心也，何不相告也？』于是布令曰：『敢言美人者，族！』注：幸姬也，或作幸臣。◎按：長孫左輔、于武陵等詩用『前魚』，皆以宫人言之。王，安釐王也。

漸臺花柳各穠纖，望幸朝朝掩畫簾。漫道君王真好色，中宫昨日拜無鹽。

《列女傳》：鍾離春者，齊無鹽邑女，宣王之正后也。其爲人極醜無雙，行年四十，無所容入，衒嫁不售。于是拂拭短褐，自謁宣王，願備後宫。宣王納之爲后。

『漸臺五重』，亦《列女傳》中鍾離春對宣王語。

睦鄰講信濟時艱，智略群推母后嫻。廷上殷勤謝秦使，引椎妙解玉連環。

《戰國策》：君王后者，莒太史敫之女也。襄王薨，子建立爲齊王。君王后事秦謹，與諸侯信，以故建立四十餘年不受兵。秦昭王嘗遣使遺玉連環，曰：『齊多智，而解此環不？』君王后以使群臣，群臣不知解。君王后引椎椎破之，謝秦使曰：『謹以解矣。』

全史宫詞卷五　秦

秦

莊襄王名楚，孝文王子。其先柏翳，佐舜有功，賜姓嬴。後非子封秦，秦仲始大。莊襄滅周，三年薨，子政繼立，是爲始皇帝。始皇帝實姓吕氏，在王位二十五年。并天下，即帝位，十二年崩。子二世皇帝胡亥立，三年爲趙高所弑；立子嬰爲王，四十九日降於漢。四主，凡四十三年。

邯鄲舊夢散輕塵，駕返西河恨轉新。長信已誅文信去，甘泉深夜更無人。

《史記》：莊襄王爲秦質子於趙，見吕不韋姬，悦而取之，生始皇於邯鄲。又：茅焦説秦王曰：『秦方以天下爲事，而大王有遷母太后之名，恐諸侯由此倍秦。』秦王乃迎太后於雍，復居甘泉宫。吕不韋封文信侯，嫪毐封長信侯，並詳《史記》。

淩雲高髻綰青螺，罨畫裙裁五色羅。恩賜酒池陪御宴，半衣夾輦醉顔酡。

《古今注》：始皇詔后梳淩雲髻，九嬪梳参鸞髻。

又：宫人令服五色花羅裙。

又：詔宫人皆服衫子，亦曰半衣，蓋取便於侍奉。

《三輔黄圖》：秦酒池在長安故城中。

銅管嘘空衆樂攢，五枝燈炬玉螭蟠。宫娥入侍心常怯，照膽先防避鏡難。

《西京雜記》：有青玉五枝燈，作蟠螭以口銜燈，燈燃，鱗甲皆動。復鑄銅人十二枚，列在一筵上，琴、筑、笙、竽，各有所執。筵下有二銅管，其一管空，一管内有繩大如指。使一人吹空管，一人紐繩，則衆樂皆作。

又：有方鏡，表裏有明。内子有邪心，則膽張心動。始皇帝以照宫人，膽張心動者，則殺之。

子午高臺縹緲間，樓船無計問三山。玉姜誰賜長生藥，洞口鳴琴去不還。

《拾遺記》：始皇起雲明臺，子時起功，午時已畢，秦人皆言子午臺。亦言於子、午之地各立一臺。

《陜西通志》：毛女洞在嶽之西。始皇宫人見國亡，負琴入山，體生緑毛。至今洞口每有鼓琴聲。《列仙傳》：毛女，字玉姜。

六國樓臺複道通，美人鐘鼓集遥空。射鮫一去無消息，自碾丹砂飼守宫。

《史記》：秦每破諸侯，寫放其宫室，作之咸陽北阪上。所得諸侯美人、鐘鼓，以充入之。◎李商隱詩：咸陽宫殿鬱嵯峨，六國樓臺豔綺羅。

又：方士徐市等入海求神藥，數歲不得。費多，恐譴，乃詐曰：『蓬萊藥可得，然常爲大鮫魚所苦，故不得至。願請善射與俱，見則以連弩射之。』始皇至之罘，見巨魚，射殺一魚。遂並海西，至平原津而病。

《文昌雜録》：守宫，秦始皇時有人進之，能守鑰，故名焉。又曰置於宫中，宫人有異志，即吐血污其衣。

迢迢天漢亘長空，臺苑周迴處處通。寇至即煩麋鹿觸，優旃一笑罷宫功。

《三輔黄圖》：咸陽故城，自秦孝公至始皇帝、胡亥，並都此城。諸廟及臺苑，皆在渭南。始皇窮極奢侈，築咸陽宫，因北陵營殿，端門四達，以制紫宫，象帝居；引渭水灌都，以象天漢；横橋南渡，以法牽牛。

《史記》：優旃者，秦倡，侏儒也，善爲笑言，然合於大道。始皇嘗議，欲大苑囿，東至函谷關，西至雍、陳倉。優旃曰：『善。多縱禽獸於其中，寇從東方來，令麋鹿觸之足矣。』始皇以故輟止。二世立，又欲漆其城。優旃曰：『善。漆城蕩蕩，寇來不能上。顧難爲蔭室。』於是二世笑之，以其故止。

長城築就足銷憂，誰道升天不可求？臘改嘉平便仙去，赤城游戲到元洲。

《史記·秦本紀》：燕人盧生使入海還，以鬼神事，因奏録圖書，曰：『亡秦者胡也。』始皇乃使將軍蒙恬，發兵三十萬人北擊胡。築長城，及南越地。

又註引《茅盈内紀》：始皇三十一年九月庚子，盈曾祖父蒙於華山乘雲駕龍，白日升天。先是，其邑謡歌曰：『神仙得者茅初成，駕龍上升入泰清，時下玄洲戲赤城。繼世而往在我盈，帝若學之臘嘉平。』始皇聞謡歌，欣然有尋仙之志，因改臘曰嘉平。【二】

校按：【一】以上兩條引文見於《史記·秦始皇本紀》。

林光歌舞謝朝班，莫把駒光作等閒。公子號嘑天子笑，金錢宣賜葬驪山。

《三輔黄圖》：林光宫，胡亥所造。

《通鑑》：二世謂趙高曰：『人生世間，如騁六驥過決隙。吾欲悉耳目之所好，從心志之所樂，以終吾年壽，可乎？』趙高曰：『此賢主之所能行，而昏亂主之所禁也。然沙邱之謀，諸公子及大臣皆疑焉。陛下嚴法而刻刑，盡除先帝之故臣，更立陛下之所親信，則高枕肆志寵樂矣。』二世然之。乃更爲法律，務益刻深。公子十二人戮死咸陽市，十公主矺死於社，公子將閭呼天自殺。公子高上書，請從死先帝，葬驪山之下，二世悦，賜錢以葬。

阿城宫殿薄層雲，私幸蘭池夜未分。禁使人知緣辟鬼，璧來誰報鎬池君？

《三輔黄圖》：阿房宫，亦曰阿城。惠文王造宫，未成而亡。始皇廣其宫，規恢三百餘里。

又：始皇爲微行，與武士四人俱，夜出逢蘭池。渭城縣有蘭池宫。

又：長安城西有鎬池。秦始皇三十六年，使者從關東夜至華陰縣平舒道，有人持璧遮使者曰：『爲吾遺鎬池君，因言曰今年祖龍死。』使者奉璧具以聞。始皇默然良久，曰：『山鬼不過知一歲事。』退言曰：『祖龍者，人之先也。』使御府視璧，乃二十八年渡江所沉璧也。

《綱鑑》：盧生説始皇爲微行以辟惡鬼，所居室毋令人知，然後不死之藥殆可得也。始皇乃令咸陽旁三百里内，宫觀複道相連。所行幸，有言其處者死。

金人高並麗譙樓，四海兵銷萬世謀。楚炬一來作焦土，青門祇賸種瓜侯。

《三輔黄圖》：始皇三十五年，收天下兵，聚之咸陽，銷鋒鏑，以爲金人十二，以弱天下之人。立於宫門，坐高三丈。

又：長安霸城門色青，名青城門，門外舊出佳瓜。廣陵人邵平爲秦東陵侯，秦破，爲布衣，種瓜青門外。瓜美，時人謂之東陵瓜。

杜牧《阿房宫賦》：楚人一炬，可憐焦土。

全史宫詞卷六　漢

漢

高祖姓劉，名邦，沛人。以布衣起兵，滅秦成帝業，都長安。在位十二年崩，葬長陵，廟號太祖。子惠帝盈立，七年崩，葬安陵。太后吕氏取他人子爲太子，立之，臨朝稱制，八年崩。大臣迎立高祖子代王恒，是爲文帝，誅吕氏所名孝惠子弘等。二十三年崩，葬霸陵，廟號太宗。子景帝啟立，十六年崩，葬陽陵。子武帝徹立，始用年號，五十四年崩，葬茂陵，廟號世宗。改元十一建元、元光、元朔、元狩、元鼎、元封、太初、天漢、太始、征和、後元。子昭帝弗陵立，十三年崩，葬平陵。改元三始元、元鳳、元平。帝崩無子，立世宗孫昌邑王賀，以無道廢。霍光等迎世宗曾孫詢于民間，立之，是爲宣帝。帝初名病已，戾太子據之孫也。二十五年崩，葬杜陵，廟號中宗。改元七本始、地節、元康、神爵、五鳳、甘露、黄龍。子元帝奭立，十六年崩，葬渭陵，廟號高宗。改元四初元、永光、建昭、竟寧。子成帝立，二十六年崩，葬延陵。改元七建始、河平、陽朔、鴻嘉、永始、元延、綏和。成帝無子，立高宗孫定陶王康子欣爲太子，嗣位，是爲哀帝。在位六年崩，葬義陵。改元二建平、元壽。哀帝無子，太皇太后王氏徵高宗孫中山王興子衎入繼大統，是爲平帝。在位五年，爲王莽所鴆，葬康陵。改元一元始。平帝無子，王莽以太皇太后詔徵中宗元孫孺子嬰，立爲皇太子，改元居攝，莽攝政。初始元年，莽篡立，廢爲安定公。十二主，凡二百十二年。

未央高壓斗城頭，龍首山前渭水流。正旦年年循舊例，春風門外放雙鳩。

《西京雜記》：蕭相國營未央宫，因龍首山製前殿。

《三輔黄圖》：長安城南爲南斗形，北爲北斗形，至今人呼漢城爲斗城是也。

《太平廣記》：滎陽有厄井，漢高避項羽於此，爲雙鳩所救。漢朝每正旦輒放雙鳩，起於此。

昭靈幽怨隔黄鄉，廣漠魂歸枕席涼。底事上皇思故里，新豐惟鬬鬬雞場。

《陳留風俗傳》：沛公起兵，喪皇妣於黄鄉。後以梓宫招魂幽野，有丹蛇在水灑濯，入於梓宫，故謚昭靈夫人。

《西京雜記》：太上皇移居深宫，悽慘不樂，以所好皆屠販少年，酤酒賣餅，鬬雞蹴踘。高祖乃作新豐，移諸故人實之。

鹿肚牛肝酒二壺，食單逐日付天廚。戚姬别愛洋川米，玉釜蒸來粒粒珠。

《西京雜記》：高祖爲泗水亭長，送徒驪山，將與故人訣去，徒卒贈高祖酒二壺，鹿肚、牛肝各一。後即帝位，嘗具此二炙，并酒二壺。

《水經註》：洋川者，漢戚夫人所生處也。夫人思慕本鄉，追求洋川米，高帝爲驛至長安。

擊筑彈琴意暗傷，驚心野雉妬鸞凰。楚歌楚舞渾無賴，那有商山輔趙王。

《西京雜記》：戚夫人善鼓琴、擊筑。帝常擁夫人倚瑟絃歌，畢，每泣下流漣。

《史記·吕后本紀》註：《漢書音義》：『諱雉。』韓愈《諱辨》：漢諱吕后名『雉』爲『野雞』。

又《張良傳》：上欲廢太子，立戚夫人子趙王如意。留侯諫，不聽。及燕，置酒，太子侍。四人從太子，鬚眉皓白，衣冠甚偉。上召戚夫人指示曰：『彼羽翼已成，難動矣！』戚夫人泣。上曰：『爲我楚舞，吾爲若楚歌。』

戚里琴聲撥七絲，雞鳴歌士列金墀。等閒奏出房中樂，爭羨唐山絶妙詞。

《史記》：張敬叔姊善鼓琴，高祖召爲宫人，徙其家就戚里。

《漢官儀》：高祖既登位，銅陽、固始、細陽歲遣雞鳴歌士，謳於闕下。

《漢書·禮樂志》：《房中祠樂》，高祖唐山夫人所作。韋昭曰：唐山，姓也。

大被同眠友愛長，連枝應並草齊芳。可憐養德儲宫日，竟使官奴送緑囊。

《西京雜記》：趙王如意年幼，未能親外傅。戚姬使舊趙王内傅趙媪傅之，號其室曰養德宫。惠帝嘗與趙王同寢處，吕后欲殺之而未得。後帝早獵，王不能夙興，吕后命力士於被中縊殺之。及死，吕后不之信。以緑囊盛之，載以小軿車入見，乃厚賜力士。力士是東郭門外官奴。帝後知，腰斬之，后不知也。

又：樂遊苑自生玫瑰樹，下有苜蓿，日照其花有光采，茂陵人謂之連枝草。

武庫森嚴傍未央，靈金萬丈見光芒。斬蛇劍上銘如舊，來自殷宗伐鬼方。

《三輔黄圖》：武庫在未央宫，蕭何造，以藏兵器。

又：太上皇微時佩一刀，長三尺，上有銘，字難辨，傳云殷高宗伐鬼方時所作也。上皇遊豐、沛山中，寓居窮谷，有人冶鑄。上皇問曰：『鑄何器？』工者笑曰：『爲天子鑄劍。得公佩劍，雜而冶之，即成神器，可克定天下。昴星精爲輔佐，木衰火盛，此爲異兆。』上皇解匕首投爐中，劍成，工即持授上皇。上皇以賜高祖，高祖佩之斬白蛇是也。及定天下，藏於寶庫。守藏者見白氣，狀若龍蛇。吕后改庫曰『靈金藏』，惠帝名曰『靈金内府』。◎按，《拾遺記》：『上皇刀上有古字，記其年月。及成劍，其銘尚存。』

牙籠香爐篆煙殘，被底金爐火未寒。昨夜深宫誰最寵，侍中新戴鵕鸃冠。

《西京雜記》：漢制，以象牙爲火籠。

又：長安巧工丁緩者，爲卧褥香爐，一名『被中爐』。

《漢書·佞倖傳》：高祖時有藉孺，孝惠時有閎孺。孝惠時，郎侍中皆冠鵕鸃，貝帶，傅粉，皆閎、藉屬。

東瀛神使拜丹墀，仙館雲連黑帝祠。十隊樓船千段錦，詔宣宫女送泥離。

《拾遺記》：惠帝二年，有道士韓稚越海而來，云是東海神使。時有東極泥離之國來朝，帝云：『方士韓稚解絶國人言，令問人壽幾何，經見幾代之事。』稚以答聞於帝。帝曰：『悠哉杳渺！非通神達理者，難可語乎斯遠矣。』稚於斯而退，莫知其所之。帝使諸方士立仙壇於長安城北，名曰祠韓館。至二年，詔宫女百人，文錦萬疋，樓船十艘，以送泥離之使，大赦天下。

《史記·封禪書》：高祖入關，問故秦時上帝祠何帝也，對曰：『四帝，有青、白、赤、黄之祠。』高祖曰：

『吾聞天有五帝。』乃立黑帝祠，命曰北時。

明光宫外日曈曨，何處黄頭夢裏通。臺爲百金方罷役，倖臣偏賜蜀山銅。

《風俗通》：文帝聽政明光宫。

《漢書》：帝欲作露臺，直百金。上曰：『百金，中人十家之産，何以臺爲？』

又：鄧通爲黄頭郎。文帝嘗夢欲上天，不能，有一黄頭郎推上天。覺而之漸臺，見鄧通，召問其名姓，姓鄧名通。鄧，猶登也。文帝甚説，尊幸之，日日異。上使善相人者相通，曰：『當貧餓死。』上曰：『能富通者在我，何説貧？』於是賜通蜀嚴道銅山，得自鑄錢。

赤龍青雀下雲中，閣上霞光萬丈紅。清曉内臣宣夢卜，夫人今夜報移宫。

《漢武内傳》：景帝夢一赤彘從雲中下，直入崇芳閣。帝覺，果有赤龍來蔽户牖，閣上有丹霞蓊鬱而起。占者曰：『此閣必生命世之人。』乃使王夫人移居崇芳閣。

《洞冥記》：王夫人誕武帝，有青雀群飛於霸城門。

柏梁宫殿敞罘罳，甲帳春深日影遲。袍笏滿堂爭上坐，至尊首倡七言詩。

《漢書·武帝紀》：元鼎二年春，起柏梁臺。

《三輔黄圖》：帝嘗置酒其上，詔群臣和詩，能七言詩者，乃得上坐。帝首倡曰：『日月星辰和四時。』上林令聯句云：『走狗逐兔張罘罳。』

《漢武故事》：甲帳居神，乙帳上自御之。

青瑣黄昏拜夕郎，仙人掌上露初涼。金根夜半朝長信，共給微行五日糧。

《漢舊儀》：黄門郎屬黄門令，每日暮入，對青瑣門拜，名曰夕郎，亦謂之夕拜。

《三輔舊事》：建章宫承露盤，以銅爲之。上有仙人掌承露，和玉屑飲之。

《獨斷》：天子所乘曰金根車。

《東方朔傳》：武帝微行，給五日糧，會朝長信宫。註：太后宫也。

豫樟水殿枕流泉，戰罷戈船换釣船。纔自寢園新薦後，九街輸到賣魚錢。

《述異記》：武帝於昆明池作豫樟水殿。

《西京雜記》：武帝作昆明池，習水戰，因養魚以給陵廟祭祀，餘付長安市賣之。

《三輔黄圖》：昆明池有戈船各數十，樓船百艘，船上建戈矛。

又：長安市有九。

眺蟾臺下水生波，弄月宣傳赴影蛾。荇藻紛紛開碧綱，紅燈無數蕩船過。

《三輔黄圖》：武帝鑿池翫月，旁起望鵠臺，以眺月影入池中。使宫女乘舟弄月影，名影蛾池，亦曰眺蟾臺。

《酉陽雜俎》：漢武昆明池有水綱藻。

羽獵連朝入弄田，掖垣人柳日三眠。長生苑裏銅牌鹿，上刻臨江進獻年。

《漢書·昭帝紀》：上耕於鈎盾弄田。注：弄田，在未央宫，天子燕遊之田。

《三輔故事》：漢武苑中有人柳，日三眠三起。

《述異記》：餘干縣有白鹿，銅牌在角後，書云：『漢元鼎二年，臨江所獻。』

《嵩岳諸仙詩》：至今猶有長生鹿，時繞温泉望翠華。

四寶宫中曙色新，熏籠香散錦麒麟。捲簾看盡魚龍戲，又喚投壺郭舍人。

《西京雜記》：武帝爲七寶牀、雜寶桉、厠寶屏風、列寶帳，設於桂宫，時人謂之『四寶宫』。

《漢武内傳》：西域獻蛺蝶羅，日本貢麒麟錦。

《漢書》：武帝作魚龍角觝之戲。

《西京雜記》：郭舍人善投壺，每爲武帝投壺。

六宫誰是尹邢儔，粉黛相看倍起愁。八字蛾眉隨例埽，一般美玉飾搔頭。

《史記》：武帝時，尹夫人、邢夫人並幸，有詔不得相見。尹夫人自請見邢夫人，帝許之。即令夫人飾從御者數十人來前，尹見曰：『非邢夫人。』乃詔邢衣故衣，獨身來前。尹望曰：『真是。』乃低頭俯而泣。

《粧臺記》：漢武令宫人梳八字眉。

《西京雜記》：武帝過李夫人，就取玉簪搔頭。自此，後宫人搔頭皆用玉。

明光僕射拜新官，萬八千人豔綺紈。梓樹不教通帝夢，名書籍尾受恩難。

《漢武故事》：帝起明光宫，發燕趙美女二千人充之。凡諸宫女萬有八千，使宦者、婦人分屬，或以爲僕射，大者領四五百，小者領一二百。

又：武帝幸平陽公主家，見衛子夫，悦之，納於宫中。時宫女數千人，皆以次幸。子夫新入，在籍末，歲餘不得見。子夫涕泣請出，上曰：『吾夢子夫中庭生梓樹數株，豈非天意乎？』是夕幸之，竟立爲后，生戾太子。

真珠簾箔晝閒閒，王鏡中分十二鬟。薄暮搴帷心竊喜，蟬宫細鳥又飛還。

《漢武故事》：上起神屋，以白珠爲簾箔，玳瑁壓之。

《洞冥記》：元封五年，勒畢國貢細鳥，置之宫中，旬日飛盡。明年，見細鳥集帷幕，或入衣袖，因名蟬宫。嬪妃有鳥集其衣者，輒蒙寵幸。

《中華古今註》：武帝令宫人梳十二鬟髻。

金屋春深護絳綃，珠嚬霧唾月痕消。長門抱恨人多少，買賦還應妒阿嬌。

《漢武故事》：帝數歲，長公主抱問曰：『兒欲得婦否？』曰：『欲得。』指女阿嬌：『好否？』笑曰：『若得阿嬌，當作金屋貯之。』既得位，遂立爲后。後廢處長門，聞司馬相如有文詞，賫千金求作《長門賦》。上讀之，復迎入宫。

遺芳縹緲砌生塵，夢裏蘅蕪總未真。自古紅顏易銷歇，教人愁憶李夫人。

《拾遺記》：武帝思李夫人，不可復得，因賦《哀蟬落葉》之曲，曰：『羅袂兮無聲，玉墀兮塵生。虛房冷而寂寞，落葉依於重扃。』侍兒見帝容色愁怨，乃進洪梁之酒，酌以文螺之卮。帝飲三爵，色悦心歡，乃詔女伶出侍。帝息於延涼室，夢夫人授以蘅蕪之香。帝驚起，而香氣猶著衣枕，遂改延涼室爲遺芳夢室。初，帝深嬖李夫人，死後常思夢之。或欲見夫人，召李少君，與之語曰：『朕思李夫人，其可得乎？』少君曰：『可遥見，不可同於帳幄。』詞多不具載。

香散雲陽跡已蕪，通靈臺下草模糊。宮門未便忘堯母，新畫周公負扆圖。

《漢書·外戚傳》：孝武鈎弋趙倢伃，昭帝母也。任身十四月乃生，上曰：『聞昔堯十四月而生，今鈎弋亦然。』乃命其所生門曰『堯母門』。心欲立焉，以其年稚母少，恐女主專恣，亂國家，猶與久之。鈎弋從幸甘泉，有過見譴，以憂死，因葬雲陽。昭帝即位，尊爲皇太后，起雲陵。

《西京雜記》：鈎弋夫人既葬，香聞十餘里。帝乃起通靈臺于甘泉，嘗有青鳥集臺上。

《史記》：衛太子廢後，上居甘泉宮，召畫《周公負成王圖》，於是群臣知上意欲立少子也。

一曲迴風望若仙，舞衣綷縩落紅鮮。名花終遜佳人貌，枉費佳人買笑錢。

《洞冥記》：麗娟於芝生殿唱迴風之曲，庭花皆翻落。置麗娟於明離之帳，帝嘗以衣帶縳其袂，恐隨風去也。

《採蘭雜志》：越儁國有吸華絲，凡華著之，不即墮落，用以織錦。漢時，國人奉貢，武帝賜麗娟作舞衣。春暮，宴於花下，落花滿身，舞態愈媚，謂之百華之舞。

《賈氏説林》：武帝與麗娟看花，薔薇始開，態若含笑。帝曰：『此花絶勝佳人笑也。』麗娟戲曰：『笑可買乎？』帝曰：『可。』麗娟乃命侍者取黄金百斤，作買笑錢，奉帝爲一日之歡。

暖氣潛滋露井桃，春風温室脱宫袍。倚欄偶作藏鉤戲，勝負分看上下曹。

《三輔黄圖》：温室殿，漢武帝建。冬處之，温暖也。

《酉陽雜俎》：舊言藏鉤始於鉤弋。

《格致鏡原·風土記》：藏鉤之戲，分二曹以較勝負。若人偶，則敵對；若奇，則使一人爲游附，或屬上曹，或屬下曹，名爲『飛鳥』。

手握金丸玉彈開，上林游獵逐紅埃。虚疑仙仗排雲出，原是韓嫣視獸來。

《西京雜記》：韓嫣好彈，以金爲丸。長安語曰：『苦饑寒，逐金丸。』京師兒童每聞嫣出彈，輒隨之。

《漢書·佞幸傳》：江都王從獵上林，車駕未行，先使嫣乘副車，從數十百騎馳視獸。江都王望見，以爲天子，伏謁道旁，嫣驅不見。

雲幕垂垂紫殿春，甘泉長望屬車塵。少翁首獻通靈術，粉壁丹青畫鬼神。

《三輔黄圖》：漢武起紫殿，雕文刻鏤黼黻，以玉飾之。

《西京雜記》：武帝設雲帷、雲幄、雲幕於甘泉紫殿，世謂爲『三雲殿』。

《漢書》：齊人李少翁言，上欲與神通，宫室、被服非象神物不至。乃作甘泉宫，中爲臺，畫天地泰一諸鬼神，而置祭器以致天神。

招仙高閣散晴氛，桂觀飛廉勢薄雲。上苑新成碄氏館，羽旗花下禮神君。

《洞冥記》：漢武起招仙閣【一】，於閣上燃芳苡燈。

《史記》：公孫卿謂武帝曰：『仙人好樓居。』於是上令長安作飛廉桂觀。

《漢書·郊祀志》：武帝求神君，舍之上林中碄氏館。神君者，長陵女子，以乳死。

又：漢武帝置壽宮，張羽旗，以禮神君。

校按：【一】『閣』原作『門』，據文淵閣《四庫全書》本《洞冥記》改。

青鳥翩翩去不還，帝鄉誰到白雲間。九華殿裹穿鍼夜，仙婢空傳拜阿環。

《漢武故事》：七月七日，忽青鳥從西來。有頃，王母至。

《博物志》：七月七日，王母降於九華殿。

《漢武内傳》：王母遣使女郭密香與上元夫人相問。須臾，上元夫人又遣一侍女答問，曰：『阿環再拜，上問起居。』

《飛燕外傳》：帝謂合德爲温柔鄉，謂嫕曰：『吾老是鄉矣，不能效武皇帝求白雲鄉也。』

丹楓繞殿燦朝霞，望幸爭迎伍帝車。鑄得銀環剛可指，不知今夜賜誰家。

《説文》：漢宫殿多植楓，故稱『楓宸』。

《獨斷》：天子所乘伍時副車，俗號『伍帝車』。
《漢舊儀》：宫人御幸，賜銀指環，令數環計月也。

雕房北户仲秋時，一局消閒竹影欹。輸與旁人忙懺悔，虔求長命繫紅絲。

《西京雜記》：八月四日，出雕房北户竹下圍棊。勝者終年有福，負者終年疾病，取絲縷就北辰星求長命，乃免。

靈女祠堂錦隊開，半天簫鼓徹樓臺。上靈奏罷迎神曲，踏地還歌赤鳳來。

《西京雜記》：十月十五，共入靈女廟，以豚黍樂神，吹笛擊筑，歌《上靈》之曲。既而相與連臂，踏地爲節，歌《赤鳳皇來》。

五柞宫前緑蔭匀，青梧觀裏碧桐新。鳴鳩已報親蠶候，先祭宫中苑窳神。

《西京雜記》：五柞宫有五柞樹，皆連三抱，上枝蔭覆數十畝。其宫西有青梧觀，觀前有三梧桐樹。
《晉書·禮志》：漢儀，皇后親蠶東郊苑中，蠶室祭蠶神，曰苑窳婦人、寓氏公主。

異果珍花上苑饒，二千餘種各名標。沈朱最數顔淵李，甘抵金莖露一瓢。

《西京雜記》：初修上林苑，群臣、遠方各獻名果異樹。亦有製爲美名，以標奇麗。二千餘種，中有東王梨、西王棗、顔淵李等名。
《三輔黄圖》：長安北門外，有漢武承露盤在臺上。

《後漢書・班固傳》：抗仙掌以承露，擢雙立之金莖。注：孝武又作柏梁、銅柱、承露仙人掌之屬。金莖，銅柱也。

鴈子鳧雛滿液池，采菱舟小蕩漣漪。内廚偶進雕胡飯，正是波漂雲黑時。

《西京雜記》：太液池邊，菰之有米者，長安謂之雕胡。其間鳧雛鴈子，布滿充積。

又：太液池有鳴鶴舟、採菱舟、越女舟。

金井梧桐落葉秋，開襟相約上鍼樓。承恩動作經年別，坐倚銀屏望女牛。

《西京雜記》：漢彩女常以七月七日穿七孔鍼於開襟樓。

輦席流黄竹簟光，射熊今日幸長楊。殿前角觝排新戲，東海黄公屢上場。

《西京雜記》：會稽歲時獻竹簟供御，號『流黄簟』。

《三輔黄圖》：長楊宫，本秦舊宫，門曰射熊觀，秦、漢遊獵之所。

《西京雜記》：古時事，有東海黄公，能制蛇御虎。及衰老，不復能行其術，遂爲虎所殺。漢帝取以爲角抵之戲。

天馬西來自貳師，名齊九逸更權奇。緑雲煇映障泥錦，手勒連環白玉羈。

《西京雜記》：武帝時，身毒國獻連環羈，以白玉作之。後得貳師天馬，帝以玫瓌石爲鞍，以緑地五色錦爲蔽泥，後以熊羆皮爲之。熊羆皮有緑光皆長二尺者，直百金。

又：文帝自代還，有良馬九匹，號爲『九逸』。

通天臺上接蓬瀛，王母天廚下玉京。燕趙佳人滿宮掖，仙姿誰及董雙成。

《三輔黄圖》：武帝作甘泉通天臺。通天者，言此臺上通於天也。

《武帝内傳》：王母自設天廚，真妙非常。帝乃止。於坐上酒觴數遍，王母乃命諸侍女王子登彈八琅之璈，又命侍女董雙成吹雲和之笙，許飛瓊鼓震靈之簧。

《三輔黄圖》：武帝求仙，起明光殿，發燕趙美女二千人充之。率取二十以下，十五以上。年滿三十者，出嫁之。掖庭令總其籍。

西方新獻吉光裘，籠火香熏玉笥收。準備臨朝供御著，衝寒捧下曝衣樓。

《西京雜記》：武帝時，西域獻吉光裘，上時服以聽朝。

又：太液池西，有武帝曝衣樓。

《事物紺珠》：薰籠以薰衣，秦制。

石鯨鱗甲動風雷，誰向昆明問劫灰。夜宴有珠能照乘，大魚銜索報恩來。

《三輔黄圖》：昆明池有石鯨，每至雷雨，常鳴吼，鬣尾皆動。武帝初，穿池得黑土，帝問東方朔，朔曰：『西域胡人知。』乃問胡人，胡人曰：『劫燒之餘灰也。』

又：昆明池中有靈沼，名『神池』，通白鹿原。原人釣魚，綸絶而去。夢於武帝，求去其鈎。三日，戲於池上，見大魚銜索，帝曰：『豈不穀昨所夢耶？』乃取鈎放之。間日，池濱得明珠一雙，帝曰：『豈昔魚之報耶？』

離宮别館接藍田，萬騎奔騰望若煙。御苑聯開三十六，宸遊頻散水衡錢。

《三輔黄圖》：上林苑，東南至藍田宜春、鼎湖、御宿、昆吾，旁南山而西，至長楊、五柞，北繞黄山，瀕渭水而東。周袤三百里，離宮七十所，皆容千乘萬騎。

又：三十六苑，宦臣、奴婢三萬人。

又：上林有令有尉，主治禽獸、宮館之事，屬水衡。

琉璃爲帳石爲牀，三伏中含九月霜。室號延清清若許，豪華偏付販珠郎。

《三輔黄圖》：清涼殿，亦曰延清室。《漢書》曰『清室則中夏含霜』，即此。董偃常卧延清之室，以畫石爲牀，文如錦；紫琉璃帳，以紫玉爲盤，如屈龍，皆用雜寶飾之。侍者於外扇偃，偃曰：『玉豈須扇而後涼耶？』◎按，《拾遺記録》曰：『董偃起自販珠之徒，因庖宰而升寵。』

颭颭雙鬟髻有裙，玉釵燕子各爭新。曉粧自啟菱花鏡，幾度磨光拭水銀。

《洞天清禄集》：道州民於春陵塚得古鏡，背上作菱花四朵，極精巧。其鏡面、背皆用水銀，即今所謂磨鏡藥也。此乃西漢時物。

《中華古今註》：昭帝制小鬟雙裙髻。

《述異記》：元鼎元年，神女留玉釵與帝，帝賜趙倢伃。至昭帝元鳳中，視釵匣，唯見白燕直升天去。後宮常作玉釵，因名『玉燕釵』。

長定宫中事若何，陰謀盡出霍家婆。酬功秘製蒲桃錦，猶聽淳于怨語多。

《漢書·外戚傳》：許皇后當娠，病。女醫淳于衍者，霍氏所愛，嘗入宫侍皇后疾。顯辟左右，字謂衍：『少夫幸報我以事，我亦欲報少夫，可乎？』衍曰：『夫人所言，何等不可者！』顯曰：『婦人娩乳大故，十死一生。今皇后當娩身，可因投毒藥去也，成君即得爲皇后矣。如蒙力事成，富貴與少夫共之。』衍即擣附子，齎入長定宫。皇后娩身後，衍取附子并合太醫大丸以飲皇后。有頃曰：『我頭岑岑也，藥中得無有毒？』對曰：『無有。』遂加煩懣，崩。

《西京雜記》：霍光妻遺淳于衍蒲桃錦二十四匹，散光綾二十五匹，匹直萬錢。又與走珠一琲，緑綾百端，錢百萬，黄金百兩。爲起第宅，奴婢不可勝數。衍猶怨，曰：『吾爲爾成何功，而報我若是哉！』

寵任顓房望幸難，關心同祝聖躬安。何人變制裁窮袴，都爲邀恩惱上官。

《漢書·外戚傳》：孝昭上官皇后，即霍光外孫。光欲后擅寵有子，帝時體不安，左右及醫皆阿意，言宜禁内。雖宫人、使令皆爲窮絝，多其帶，後宫莫有進者。皇后立十歲而昭帝崩，後年十四五云。服虔曰：『窮絝有前後當，不得交通也。』師古曰：『使令，所使之人也。絝，古袴字也。窮絝，即今之裩襠袴也。』

淋池秋靜泛洪波，玉手纖纖採芰荷。風月滿天衣袖薄，木蘭舟上唱新歌。

《拾遺記》：昭帝穿淋池，廣千步，中植分芰荷，名曰低光荷。亦有倒生菱，名紫菱。帝命以文梓爲船，木蘭爲柂，刻飛鸞翔鷁，飾於船首，隨風輕漾，畢景忘歸，乃至通夜。使宮人歌曰：『秋景素兮泛洪波，揮纖手兮折芰荷。涼風淒淒揚棹歌，雲光開曙月低河，萬歲爲樂豈云多。』帝乃大悅，起商臺於池上。

早知天意屬曾孫，寶鏡絲繩未忍分。詔下宮中求故劍，昭陽璽綬拜平君。

《西京雜記》：宣帝繫獄，臂上猶帶史良娣合采婉轉絲繩，繫身毒國寶鏡一枚。及即位，每持此感咽。

《漢書·外戚傳》：孝宣許皇后，元帝母也。曾孫立爲帝，平君爲倢伃。是時，霍將軍有小女，與皇太后有親。公卿議更立皇后，皆心儀霍將軍女。上乃詔求微時故劍，大臣知指，白立許倢伃爲皇后。◎按：平君，許后名。

桂臺水淺鷁舟輕，鳳轄翩翩出禁城。忽聽歌聲天上落，君王度曲過昆明。

《拾遺記》：元鳳二年，於淋池南起桂臺，以望遠氣，東引太液之水。宣帝常以季秋之日，泛蘅蘭雲鷁之舟，釣於臺下。

《續齊諧記》：宣帝以皂蓋車賜霍光，至夜，車轄上金鳳輒亡去。帝聞而異之，取其車，每遊行即乘御之。帝崩，鳳皇飛去，莫知所在。嵇康詩云：『翩翩鳳轄，逢此網羅。』

《三輔黃圖》：宣曲宮，在昆明池西。孝宣帝常於此度曲，因名。

馬上琵琶涴淚痕，誰教公主嫁烏孫。錦車持節和戎使，猶得生還入玉門。

《太平御覽》引傅玄《琵琶序》曰：聞之故老云，漢遣烏孫公主，念其行道思慕，使工知音者作馬上之樂。

《漢書·西域傳》：元康二年，烏孫尚漢公主。

又：烏孫烏就屠願得小號，宣帝使馮夫人錦車持節詔焉。

昭儀新號表尊榮，坤德徽柔愜衆情。紅袖持盃齊拜祝，妃星長作壽星明。

《漢書·外戚傳》：孝元傅昭儀，哀帝祖母也。元帝即位，立爲倢伃，甚有寵。爲人有才略，善事人，下至宫人左右，飲酒酹地，皆祝延之。元帝既重傅倢伃，以有子爲王，上尚在，未得稱太后。乃更號曰昭儀，賜以印綬，在倢伃上。昭其儀，尊之也。師古註：酹，以酒沃地也。祝延，祝之使長年也。

粉黛三千遍六宫，丹青取次入圖中。承恩不盡關容貌，且把黄金賂畫工。

《西京雜記》：元帝後宫既多，乃按圖召幸。諸宫人皆賂畫工，王嬙不肯，遂不得見。匈奴求美人，上按圖以昭君行。

虎圈初開猛獸馳，當熊偏有玉腰支。上林野彘曾驚座，卻笑先皇救賈姬。

《漢書·外戚傳》：馮昭儀爲倢伃，上幸虎圈，熊逸出，欲上殿，倢伃直前當熊而立。上問故，對曰：『猛獸得人而止，妾恐熊至御坐，故以身當之。』元帝以此倍敬重焉。

又《酷吏傳》：郅都，東海人，景帝時爲郎。嘗從游上林，賈姬在厠，野彘入厠，上欲自持兵救賈姬。郅都上前曰：『天下所少豈賈姬？陛下縱自輕，奈宗廟太后何！』上還，彘亦不傷賈姬。

珠簾風動珮玲瓏，玉几光明綈錦重。天璽更踰秦璽貴，青囊收貯紫泥封。

《西京雜記》：昭陽殿織珠爲簾，風至則鳴，如珩珮之聲。

又：漢制，天子玉几，冬則加綈錦其上，謂之綈几。

又：漢帝相傳以秦王子嬰所奉白玉璽。

又：元后在家，嘗有白鷰銜白石，大如指，墜后績筐中。后取之，石自剖爲二，其中有文，曰『母天地』。后乃合之，遂復還合。後爲皇后，常并置璽笥中，謂爲天璽。

又：中書以武都紫泥爲璽室，加緑綈其上。◎《漢舊儀》：璽，王者印也。綬，帶也，所以繫璽。黄赤綬四彩，武都紫泥封，盛以青囊，曰素裹。

玉策銀編滿石渠，煌煌圖籍半秦餘。青藜下照文星焕，天禄宵分正校書。

《三輔黄圖》：石渠閣，蕭何造。其下礲石爲渠以導水，若今御溝，因爲閣名。所藏入關所得秦之圖籍，至成帝，又於此藏秘書焉。

又：天禄閣，藏典籍之所。劉向於成帝末校書天禄閣，專精覃思。夜有老人著黄衣，植青藜杖，叩閣而進。見向暗中誦書，乃吹杖端，煙然，授五行洪範之文。請問姓名，云：『我是太乙之精，天帝聞卯金之子有博學者。下而觀焉。』

雲母屏風望若無，金霞帳裏夢初蘇。人來鴛殿無妍醜，枕上常懸不夜珠。

《西京雜記》：飛燕爲后，其女弟居昭陽殿，上襚三十五條，内有雲母屏風。

《飛燕外傳》：真臘夷獻萬年蛤、不夜珠，光彩皆若月，照人無妍醜，皆美豔。帝以蛤賜后，以珠賜婕妤。后以蛤裝五成金霞帳，帳中常若滿月。久之，帝謂婕妤曰：『吾晝視后，不若夜視之美。每旦，令人忽忽若失。』婕妤聞之，即以珠號爲『枕前不夜珠』，爲后壽。

又：帝居鴛鴦殿便房。

已看燕子入深宫，寂寞增成閉落紅。薄命自甘團扇棄，敢將中道怨秋風。

《漢書·外戚傳》：班倢伃居增成舍，趙氏姊弟驕妬，倢伃恐見危，求共養太后長信宫。

《樂府解題》：班倢伃爲帝寵愛，後見薄，退居東宫，作《紈扇》詩以自傷悼。◎按，班倢伃《怨歌行》云：『新裂齊紈素，鮮潔如霜雪。裁爲合歡扇，團團似明月。出入君懷袖，動摇清風發。常恐秋節至，凉飆奪炎熱。棄捐篋笥中，恩情中道絶。』

九迴新製息肌方，掌上輕盈舞袖長。夜半琴聲何處發，慶郎騎馬入昭陽。

《飛燕外傳》：江都易王故姬李陽華，嘗教后九迴沈水香澤，雄麝臍内息肌丸。倢伃亦内息肌丸。

又：飛燕身輕，能作掌上舞。

《西京雜記》：慶安世爲成帝侍郎，善鼓琴。趙后悦之，白上，得出入御内，絶見寵幸。

含風殿接避風臺，啄盡皇孫起禍胎。最是多情相覷問，今朝赤鳳爲誰來？

《飛燕外傳》：倢伃貴幸，帝作少嬪館，爲露華殿、含風殿。

《拾遺記》：帝嘗與飛燕戲於太液池，每輕風至，飛燕殆欲隨風入水。今液池尚有避風臺。

又：飛燕於後宫有子者皆殺之，故有『燕啄皇孫』之謡。

《飛燕外傳》：后所通燕赤鳳者，兼通昭儀。時宫中故事，上靈女廟，踏地歌《赤鳳來》曲。后謂昭儀曰：『赤鳳爲誰來？』昭儀曰：『赤鳳自爲姊來。』

昭儀寶帳錦成窠，蘭室湯温蹴細波。簾外君王窺浴罷，侍兒誰最得金多。

《飛燕外傳》：詔益州留三年輸，爲使仔作七成錦帳。

又：昭儀夜入浴蘭室，帝從幃中窺之，約賜侍兒黄金，使無得言。私婢不與約，中出幃值帝，即白昭儀，昭儀即隱避。自是帝多袖金，逢侍兒私婢，輒牽止賜之。

太液池邊夜色微，雲雷宫殿走如飛。楸枰進御毛丸歇，纔見羔裘拜賜歸。

《拾遺記》：成帝好微行，於太液池旁起宵游宫，造飛行殿，方一丈，如今之輦。上於輦上，覺其行疾若風雷之聲，名曰雲雷宫。

《西京雜記》：成帝好蹴踘，群臣以爲勞體，非至尊所宜。帝曰：『可擇似而不勞者奏之。』家君作彈棋以獻。帝大悦，賜青羔裘、紫絲履，服以朝覲。

《風俗通》：毛丸，謂之踘。

君王亦號張公子，怪得張家受寵優。車騎滿城齊報道，昭陽嫁女富平侯。

《漢書》：富平侯張放者，大司馬安世曾孫也，母敬武公主。鴻嘉中，成帝欲遵武帝故事，與近臣游宴。放以公主子，少年殊麗，性開敏，得幸。放取皇后弟平恩侯許嘉女，上爲設供張，賜甲第，充以乘輿服飾，號爲『天子娶婦，皇后嫁女』。

又《趙后傳》：先是，童謡曰：『燕燕尾涎涎，張公子，時相見。木門倉琅根，燕飛來，啄皇孫。皇孫死，燕啄矢。』成帝每微行出，常與張放俱，而稱富平侯家，故曰張公子。

披香博士抱殷憂，滅火何堪禍水留。脅卹膠丸常進御，此鄉真欲老温柔。

《飛燕外傳》：帝御雲光殿，帳使樊嫕進合德。合德謝曰：『貴人姊虐妬，不難滅恩。受耻，非姊教，願以身易耻，不望旋踵。』音詞舒閑清切。帝乃歸合德。宣帝時，披香博士淖方成，白髮教授宫中，號淖夫人，在帝後唾曰：『此禍水也，滅火必矣！』嫕諷后曰：『上久無子，宫中何不思千萬歲計耶？何不時進上求有子？』后德嫕計，是夜進合德。帝大悦，以輔屬體，無所不靡，謂爲温柔鄉。謂嫕曰：『吾老是鄉矣。』

又：帝病緩弱，太醫不能救。求奇藥，嘗得脅卹膠遺昭儀。昭儀輒進帝，一丸一幸。一夕，昭儀醉，進七丸。帝昏夜擁昭儀居九成帳，笑吃吃不絶。抵明，帝起御衣，陰精流輸不禁。須臾帝崩。

恩賜全家宴未央，董賢甲第起康莊。六宫誰及椒風寵，空學輕衣斷袖粧。

《漢書·佞倖傳》：上置酒麒麟殿，賢父子親屬飲宴。

《三輔黄圖》：未央宫有麒麟殿。

《西京雜記》：哀帝爲董賢起大第於北闕下，樓閣臺榭，轉相連注；山池玩好，窮盡雕麗。

《拾遺記》：帝命賢更易輕衣小袖，不用奢帶修裙，宫人皆效其斷袖。又曰割袖，恐驚其眠。

《漢書·佞倖傳》：賢常與上卧起。嘗晝寢，偏藉上褏。上欲起，賢未覺，不欲動賢，迺斷褏而起，其恩愛至此。又詔賢女弟爲昭儀，位次皇后。更名其舍爲『椒風』，以配椒房云。

更始帝 附

劉玄，景帝六世孫。稱帝三年，爲赤眉所滅。改元一更始。

繡㡌將軍護九重，後庭佳麗滿瑶宫。外朝有事勞親決，暫向帷前奏侍中。

《後漢書·五行志》：更始諸將軍過雒陽者數千輩，皆幘而衣婦人衣，繡擁㡌。時智者見之，以爲服之不衷，身之災也，乃奔入邊郡避之。◎按，《酉陽雜俎》：繡㡌，半臂羽衣也。

又《劉玄傳》：二年，更始自洛陽而西。初，王莽敗，唯未央宫被焚，其餘宫館一無所毁。宫女數千，備列後庭。

又：更始既至，居長樂宫。

又：納趙萌女爲夫人，有寵，遂委政於萌，日夜與婦人飲燕後庭。群臣欲言事，輒醉不能見；時不得已，乃令侍中坐帷内與語。

羊胃羊頭拜寵新，繡衣錦袴及庖人。後庭宴罷君王醉，莫惹夫人抵案嗔。

《後漢書·劉玄傳》：其所授官爵，皆群小賈豎，或有膳夫庖人，多著繡面衣、錦袴、襜褕、諸于，罵詈道中。

長安語曰：『竈下養，中郎將。爛羊胃，騎都尉。爛羊頭，關内侯。』

又：韓夫人尤嗜酒，每侍宴，見常侍奏事，輒怒曰：『帝方對我飲，正用此時持事來乎？』起，抵破書案。

劉盆子 附

盆子，太山式人，城陽景王章之後。光武建武元年，據長安，僭號稱漢，三年降。改元一建世。

絳衣赤幘坐前楹，臘鼓聲催衆樂鳴。長樂宫中諸將賀，競持刀筆請書名。

《後漢書·劉盆子傳》：盆子年十五，劉俠卿爲制絳單衣，半頭赤幘，直綦履。

又：盆子居長樂宫，至臘日，設樂大會。盆子坐正殿，公卿列坐。中一人出刀筆書謁欲賀，其餘不知書者起往請之，各各屯聚，争相向背。註：請其書己名也。

池魚捕盡水波渾，蘆菔盈庭閉殿門。詔下甘泉齊賜米，樂人歌舞謝君恩。

《後漢書·劉盆子傳》：時掖庭宫女猶有數千百人，自更始敗後，幽閉殿門，掘庭中蘆菔根，捕池魚食之。

又：有故祠甘泉樂人，尚共擊鼓歌舞，衣服鮮明。見盆子，叩頭言飢。盆子使中黄門賜之米，人數斗。

諸王附

鶴洲鳧渚路盤迴，東苑追歡鬬賦才。一曲睢陽人盡醉，不知明月下平臺。

梁孝王武，文帝子。

《西京雜記》：梁孝王好宫室苑囿之樂，作曜華之宫，營兔園。園中有百室山，山上有落猿巖、鴈池，池間有鶴洲、鳧渚。

《漢書·本傳》：孝王築東苑，方三百餘里。廣睢陽城七十里，大治宫室，爲復道，自宫連屬於平臺三十餘里。招延四方豪傑，自山東游士莫不至。

《西京雜記》：梁孝王游於忘憂之館，集諸游士，各使爲賦。枚乘爲《柳賦》，公孫詭爲《文鹿賦》，鄒陽爲《酒賦》，公孫乘爲《月賦》，羊勝爲《屏風賦》。韓安國作《几賦》不成，鄒陽代作。

顔師古《漢書註》：《晉太康地記》：睢陽城方十三里，梁孝王築之。鼓倡節杵而後下和之者，稱《睢陽曲》，今踵以爲故。今之樂家《睢陽曲》，是其遺音。

窈窕軒廊客館通，冠裳長集日華宫。校書網盡山東彦，不似淮南止八公。

河間獻王德，景帝子。

《西京雜記》：河間王德築日華宫，置客館二十餘區，以待學士。

《漢書·本傳》：王從民間得善書，必爲好寫與之，留其真，加金帛賜以招之。由是四方道術之人不遠千里，或有先祖舊書，多奉以奏獻王者。故得書多，與漢朝等。是時，淮南王安亦好書，所招致率多浮辯。獻王所得書皆古文先秦舊書。山東諸儒從而遊。

《神仙傳》：淮南王與八公白日昇天。

國蠱誰能壓楚娘，離宮别館鬭群芳。風掀翠帳人初醒，繡被横陳玳瑁床。

江都易王非，景帝子。

《釵小志》：楚娘，名伎也。江都王寵之，寢玳瑁之牀，懸翡翠之帳。

日日城邊事獵遊，短衣大袴狎倡優。獨憐永巷悲腸斷，忍淚還歌愁莫愁。

廣川王去，廣川惠王越孫。

《西京雜記》：廣川王去疾好聚無賴少年，游獵畢弋無度。

《漢書·本傳》：去即繆王齊太子也，好文辭、方伎、博奕、倡優。其殿門有成慶畫，短衣大袴長劍。去好之，作七尺五寸劍，被服皆效焉。師古註：成慶，古之勇士也。事見《淮南子》。

又：去嘗疾，姬陽成昭信侍視甚謹，愛之，立爲后。諸幸于去者，昭信輒譖殺之。使其大婢爲僕射，主永巷，盡封閉諸舍，上籥於后，非大置酒召，不得見。去憐之，爲作歌曰：『愁莫愁，居無聊。心重結，意不舒。内茀鬱，憂哀積。上不見天，生何益？日崔隤，時不再。願棄軀，死無悔。』令昭信聲鼓爲節，以教諸姬歌之，歌罷輒歸永巷，封門。

按：去疾即去。

僞新附

王莽，孝元皇后弟曼之子也。篡立十六年，通前居攝爲十八年，國號新。光武討滅之。改元三始建國、天鳳、地皇。

鳳輦巡遊遍四郊，頻邀元后賞芳朝。舊官那識新官制，不著黃貂著黑貂。

《漢書·元后傳》：孝元皇后，王莽之姑也。莽知太后厭居深宮，令四時巡狩四郊。春幸繭館，祓灞水；夏游篽宿、鄠、杜之間；秋歷東館，望昆明，集黃山宮；冬饗飲飛羽，校獵上蘭，登長平館，臨涇水而覽焉。

又：莽更漢制黑貂爲黃貂，太后命其官屬黑貂。

長壽園西墓草青，飄零原碧憾彌增。染將鬚髮年還少，更取黃金聘杜陵。

《漢書·王莽傳》：莽妻死，葬渭陵長壽園西。

又：莽妻旁侍者原碧，莽幸之。後臨亦通焉，恐事泄，謀共殺莽。莽收原碧等考問，具服姦、謀殺狀。賜臨藥，臨自刺死。

又：更始置百官，莽聞之愈恐。欲外示自安，乃染其鬚髮，進杜陵史氏女爲皇后，聘黃金三萬斤。

厭勝南郊屢駐輿，登仙空挽四輪車。軍書旁午難成寐，日向天廚索鰒魚。

《漢書》：王莽末，兵起，莽憂，不知所出。崔發言：『《周禮》：國有大災，則哭以厭之。』莽方率群臣南郊，陳符命本末，仰天撫心大哭。諸生、小民旦夕會哭，爲設餐粥，甚悲哀。

又：或言黄帝建華蓋以登仙，莽乃造華蓋九重，金瑵羽葆，載以四輪車，駕六馬。力士三百人，黄衣幘。車上人擊鼓，輓者皆呼『登仙』。

又：莽憂懣不能食，亶飲酒，啗鰒魚。讀軍書倦，因凭几寐，不復就枕矣。

紫色鼃聲閏位終，皇都亦竟列西東。柱天都部方無敵，内苑空彎射埻弓。

《漢書·王莽傳》：以洛陽爲新室東都，常安爲新室西都。

又《王莽傳贊》：紫色鼃聲，餘分閏位。

《後漢書》：齊武王縯，字伯升，初起自稱柱天都部。

《東觀漢記》：伯升進圍宛。莽素震其名，大懼，使畫伯升像於埻，旦起射之。

全史宮詞卷七 後漢

後漢

世祖光武皇帝，名秀，南陽人，景帝子長沙定王發五世孫，高祖九世孫也。自南陽舉兵討莽，莽尋滅，復平河北。更始二年，封蕭王。明年二月，即位於鄗，十月定都洛陽，以長安爲西都。在位三十三年崩，葬原陵。改元二建武、建武中元。子明帝莊立，十八年崩，葬顯陵，廟號顯宗。改元一永平。子章帝炟立，十三年崩，葬敬陵，廟號肅宗。改元三建初、元和、章和。子和帝肇立，十七年崩，葬慎陵，廟號穆宗。改元二永元、元興。少子隆，生百餘日，養於民間。鄧后與兄騭等定策立之，太后臨朝。明年八月崩，是爲殤帝，葬康陵。改元一延平。殤帝崩，鄧太后與兄騭定策，立肅宗孫清河王慶子祐，是爲安帝。十九年崩，葬恭陵。改元五永初、元初、永甯、建光、延光。子順帝保立。初，帝爲太子，以無罪廢。安帝崩，閻后與兄顯立章帝孫北鄉侯懿，十月殂，太后臨朝。十二月，宦官孫程等共謀立帝。十九年崩，葬憲陵。改元五永建、陽嘉、永和、漢安、建康。子沖帝炳立，明年崩，葬懷陵。改元一永嘉。沖帝崩，梁太后與兄冀定策，立肅宗元孫渤海王鴻子纘，是爲質帝。太后仍臨朝。明年爲冀所酖，葬靜陵。改元一本初。質帝崩，梁太后與兄冀定策，立肅宗曾孫蠡吾侯翼子志，是爲桓帝。二十一年崩，葬宣陵。

改元七建和、和平、元嘉、永興、永壽、延熹、永康。桓帝無子，竇太后與父武迎肅宗元孫解瀆亭侯萇子宏立之，是爲靈帝。二十二年崩，葬文陵。改元四建甯、熹平、光和、中平。子少帝辨立，董卓廢爲弘農王，明年被弑。改元二光熹、昭甯。少帝弟協，初封陳留王，爲董卓所立。在位三十二年，禪於魏，封山陽王。魏明帝青龍二年殂，葬禪陵。改元五永漢、初平、興平、建安、延康。十三主，凡一百九十六年。

美哉王氣鬱葱葱，白水真人繼沛豐。滿壁丹青昭聖瑞，六宫齊畫鳳巢桐。

《東觀漢記》：光武在舂陵時，望氣者言舂陵城中有喜氣，曰：『美哉！王氣鬱鬱葱葱。』

又：帝生濟陽時，先是，有鳳凰集濟陽，故宫中皆畫鳳凰，聖瑞始於此。

洪遵《泉志》：《漢書·食貨志》曰：『王莽天鳳元年，罷大小錢，改作貨泉，徑一寸，重五銖。』《宋書·符瑞志》：『莽忌漢，而錢文有金，乃鑄貨泉以易之。既而光武起於舂陵之白水鄉。貨泉之文，爲「白水真人」也。』

良家選入盡名姝，可似屏風列女圖。八月年年行算賦，庭前妬殺女珊瑚。

《東觀漢記》：宋弘嘗燕見光武，御座新施屏風，圖列女，帝數顧視。弘正容曰：『吾未見好德如好色者也。』上命撤之。

《後漢書》：漢法，常因八月閱視良家童女，合法相者，載還後宫，名曰算賦。

《述異記》：光武時，南海獻珊瑚婦人，帝命植於殿前，謂之女珊瑚。

蘭麝香濃滿殿春，鳳虬簫局列重茵。花氈藉地明如錦，不起淩波襪上塵。

《記事珠》：陰麗華有金虬屈膝、倒鳳啣花簫局。簫局，古薰籠也。

《女紅餘志》：陰麗華步處皆鋪太華精細之氈，故足底纖滑，與手掌同。

夢騎龍背上天衢，帝座應歸赤伏符。詔下雲臺畫諸將，南宮相對話無蔞。

《東觀漢記》：光武召馮異曰：『我夢乘龍上天，覺悟，心中動悸。』異因下席再拜賀，曰：『此天命發於精神。心中動悸，大王重慎之性也。』異遂與諸將定議上尊號。

又：時傳聞赤伏符，不見文章軍中所。上未信。到鄗，上所與長安諸生彊華，自長安奉赤伏符詣鄗，與上會。群臣復伏固請，乃命有司設壇於鄗之千秋亭，即皇帝位。

《後漢書》：永平中，顯宗追感前世功臣，乃圖畫二十八將於南宮雲臺。

又《馮異傳》：王郎起，光武自薊東南馳，晨夜草舍，至饒陽無蔞亭。時天寒烈，衆皆饑瘦，異上豆粥。明旦，光武謂諸將曰：『昨得公孫豆粥，饑寒俱解。』

縹眉翠髻暎青黄，越布衣拕大練裳。三十六宮同薦御，一齊額手頌英皇。

《東觀漢記》：明德皇后眉不施黛，獨左右眉小缺，補之以縹。縹，青黄色。

又：明德后美髮，作四起大髻，皆以髮成，尚有餘，繞髻三匝。

《後漢書·馬后紀》：后常衣大練，裙不加緣。

又：賜諸貴人白越三千端。白越，越布也。又嘗以皇嗣未廣，薦達左右，若恐不及。

陳思王《畫贊序》曰：昔明德馬皇后，美於色，厚於德，帝用嘉之。嘗從觀畫，過虞舜廟，見娥皇、女英像，帝指之戲后曰：「恨不得如此爲妃。」又前見堯像，后指曰：「群臣百僚，恨不得爲君如此。」帝顧而笑。

織室春風理績筐，濯龍門外鞠衣黄。弄孫已遂含飴樂，更檢經書教小王。

《後漢書·馬后紀》：建初元年，欲封爵諸舅，太后不聽。帝復重請，太后報曰：「吾反覆念之，思令兩善，豈徒欲獲謙謙之名，使帝受不外施之嫌哉？夫至孝之行，安親爲上。吾素剛急，有胸中氣，不可不順也。若陰陽調和，邊境清静，然後行子之志，吾但當含飴弄孫，不能復關政矣。」又置織室，蠶於濯龍中，數往觀視，以爲娱樂。常與帝旦夕言道政事，及教授諸小王《論語》經書。◎按：《東觀漢記》作「置蠶室、織室於濯龍中」。

照園開醼夜鳴鑾，鵷鷺承恩共賜餐。忽覩紅雲來月下，朱櫻光透赤瑛盤。

《拾遺記》：漢明帝月夜宴群臣於照園。大官進櫻桃，以赤瑛爲盤，賜群臣。月下視之，盤與櫻桃同色，皆笑云是空盤。

遠山青入黛眉嬌，的皪荷珠綰翠翹。連日君王臨畫室，共研粉墨寫生綃。

《漢書》：明帝宫人拂青黛娥眉。

《酉陽雜俎》：明帝時，池中有分枝荷，實如元珠，可以爲珮。

《畫史會要》：漢明帝雅好圖畫，别開畫室。

御廚新進柘漿寒，爲析朝酲供玉盤。笣得餹猊誇巧製，鋸牙鈎爪覓人看。

《後漢·顯宗紀》註：以餹爲狻猊，號曰猊餹。

《漢郊祀歌》：柘漿析朝酲。

《東觀漢記》：師子銅頭鐵額，鈎爪鋸牙。

卻輦郊原駐翠斿，長安童叟望宸游。削章飽飯天顔喜，三老牽衣認虎頭。

《東觀漢記》：帝幸南陽，所在見吏勞賜，步行觀部署，不用輦。

又：顯宗西巡，三老懷章大言。上曰：『屬者所言，削章不如飽飯。』

又：帝至長安，有三老上章云：『見陛下甚喜。』帝令上殿，欲觀上衣，因舉虎頭衣以畏三老。

夢裏分明膝下歡，開匳淚滴御牀寒。天心感孝零甘露，採入金盤賜百官。

《東觀漢記》：明帝，陰后所生，即祚，長思慕。至踰年正月，當謁原陵，夢先帝、太后如平生歡。朝率百官上陵，上伏御牀，視太后鏡匳中物，感動悲涕，令易脂澤粧具。左右皆泣，莫敢仰視。

又：明帝夜夢見先帝、太后，覺，悲不能寐。明旦上陵，樹葉有甘露，上令百官採之。

車如流水馬如龍，戚畹邀恩戒太濃。莫道郭家有金穴，驕盈終異五侯封。

《東觀漢記》：明德后曰：『吾前過濯龍門，見外家問起居，車如流水馬如龍。亦不譴怒，但絶其歲用，冀以默止讙耳。』

《後漢書·郭皇后紀》：后弟況遷大鴻臚。帝數幸其第，賞賜金錢縑帛，豐盛莫比。京師號況家爲金穴。

《漢書·元后傳》：河平二年，上悉封舅譚爲平阿侯、商成都侯、立紅陽侯、根曲陽侯、建時高平侯。五人同日封，故世謂之五侯。

《東觀漢記》：光武閔傷前代權臣太盛，外戚與政，上濁明王，下危臣子，故后族陰、郭之家不過九卿，親屬榮位不能及許、史、王氏之半。

冰結霜林果正繁，仙人遺種盡靈根。鏡匳尚有蟠桃核，望斷瑶池淚欲吞。

《拾遺記》：後漢明帝因貴人夢食瓜甚美，帝使求之方國。時燉煌獻異瓜種，恒山獻巨桃核。瓜名『穹隆』，云是崆峒靈瓜，四劫一實，西王母遺於此地。又説巨桃霜下結花，隆暑方熟。帝使植於霜林園。園皆植寒果，積冰之節，百果方盛。后曰：『王母之桃，王公之瓜，可得而食，吾萬歲矣。安可植乎？』后崩，内侍者見鏡匳中有瓜、桃之核，視之涕零，疑非其類耳。

宫雲靄靄覆慈闈，永樂音容跡已非。分賜諸王存舊德，金箱捧出五時衣。

《後漢書·東平王蒼傳》：肅宗建初三年，從皇太后周行掖庭池閣，乃閲陰太后舊時器服，愴然動容。乃命留五時衣各一襲，餘悉分布諸王主。註：五時，謂春青、夏朱、季夏黄、秋白、冬黑也。

《三輔黄圖》：長樂宫，太后居之。東漢稱永樂宫。

采菽曾爲伏軾吟，賢王孝友繫宸襟。帛巾假髻皆先物，送慰寒泉念母心。

《東觀漢記》：東平王蒼與諸王朝京師，月餘還。帝臨送歸宮，悽然懷思，乃遣使手詔諸國曰：『辭別之後，獨坐不樂。因就車歸，伏軾而吟。瞻望永懷，實勞我心。誦及《采菽》，以增歎息。』

又：章帝詔東平王蒼：『惟王孝友之德，今以光烈皇后假髻帛巾各一、衣一篋遺王，可時瞻視，以慰《凱風》寒泉之思。』

就封貴冠三公位，飲酎歡稱八月杯。爲善一言副腰腹，東平方著豹裘來。

《東觀漢記》：東平憲王，少有孝友之質，寬仁宏雅。帝即位，詔以爲驃騎將軍，位在三公上。四年，蒼上疏願朝。上以王觸寒涉道，使中謁者賜乘輿、豹裘。蒼到洛陽，使鴻臚持節郊迎，引入，不在贊拜之位。升殿乃拜，上親答拜。諸王歸國，上特留蒼。八月飲酎畢，大鴻臚奏遣蒼發。上親臨送，流涕，賞賜以億萬數。

又：明帝詔書示諸國曰：『詔問東平王：「處家何等最樂？」王對曰：「爲善最樂。」其言甚大，副其要腹。』蒼體長，美鬚眉，要帶八尺二寸。

《史記·孝文紀》註：正月旦作酒，八月成，名曰酎。酎之言純也。《平準書》註：王子爲侯，侯歲以户口酎黄金於漢廟。皇帝臨，受獻金以助祭，大祀日飲酎。

奉帚平明問起居，萬年枝下走輧車。彈棊一局蘇春困，戲展粧匳賭玉梳。

《漢官儀》：皇太后法駕皆御金根，加交路帷裳。非法駕則乘紫罽輧車，長公主赤罽輧車，貴人、公主、王妃油畫輧車。

《淵鑑類函·彈棊經後序》：漢沖、質以後，此藝中絶。獻帝建安中，博奕具皆得置宮中，宮人以金釵、玉梳戲於粧匳之上。

校書東觀集名賢，講論詳同白虎篇。紅燭兩行圍起草，案頭同展蔡侯箋。

《後漢書·宦者蔡倫傳》：自古書契多編以竹簡，其用縑帛者謂之爲紙。縑貴而簡重，並不便於人。倫乃造意，用樹膚、麻頭及敝布、魚網以爲紙。元興元年奏上之，帝嘉其能，故天下咸稱『蔡侯紙』。元初四年，帝以經傳之文多不正定，乃選通儒謁者劉珍及博士、良史詣東觀，各校讐漢家法，令倫監典其事。

又：章帝建初四年，作白虎議奏，即今《白虎通》。

偃月姿容拜寵嘉，圖中列女記無差。澤均雲雨前星耀，魚貫新升虞大家。

《後漢書·梁后紀》：后少好書史，嘗以列女圖畫置於左右，以自監戒。永建三年，選入掖庭，相工茅通驚曰：『此所謂日角偃月，相之極貴。』遂以爲貴人。常特被引御，從容辭於帝曰：『陽以博施爲德，陰以不專爲義。願陛下思雲雨之均澤，識貫魚之次序。』由是帝加敬焉。

又：后無子，美人虞氏子炳立，是爲沖帝。沖帝早夭，故抑而不登，但稱大家而已。

垂簾已應捫天夢，省獄還符召雨心。多少宮嬪頌樛木，貴人曾賜步摇金。

《東觀漢記》：和熹太后嘗夢捫天體，蕩蕩正青，滑若有鐘乳，后仰噏之。以訊占夢，言堯夢【二】攀天而上，湯夢及天舐之，皆聖主之夢，吉不可言。

又：鄧太后賜馮貴人步摇一具。

又：鄧后稱制，京師旱。至五月朔，太后幸洛陽寺，省庶獄，伸冤囚杜冷。行未還宫，澍雨大降。

校按：【一】『夢』原作『舜』，據《東觀漢記》改。

西園裸館鬱嵯峨，一曲招商傍晚歌。明月初升人競浴，茵墀香散夜舒荷。

《拾遺記》：靈帝遊西園，起裸游館，使宫人奏招商之曲。渠中植夜舒荷，亦曰月出則舒也。茵墀香煮以爲湯，宫人以之浴浣，使以餘汁入渠，名『流香渠』。

腰間一例裹齊襠，梳就瑶臺别樣粧。燭影摇紅君半醉，雞聲喔喔滿華堂。

《古今註》：靈帝賜宫人蹙金絲合勝袜肚，亦曰齊襠。

又：令梳瑶臺髻。

又：作雞鳴堂，多畜雞。每醉，迷於天曉，内侍競作雞鳴以亂真聲。乃以燭炬投殿前，帝乃驚悟。

天街塵淨六龍驅，門外翻車運渴烏。風送雕輪香滿路，宫袍多半是春蕪。

《後漢書·宦官傳》：靈帝鑄天禄蝦蟆，吐水於平門外橋東，轉水入宫。又作翻車渴烏，施於橋西，用灑南北郊路，以省百姓灑道之費。

《西京雜記》：光和元年，波弋國獻神精香草，一名春蕪。可爲布，堅密如冰紈。握之一片，滿宫皆香。【二】

校按：【一】此段引文不見於今本《西京雜記》，見於《洞冥記》。

玉堂崐苑五雲中，天禄蝦蟆盡鑄銅。新拜三公輸禮到，河間姹女數錢工。

《後漢書·靈帝紀》：中平三年，復修玉堂殿，鑄銅人四、黄鐘四及天禄蝦蟆。註：天禄，獸也。

《金樓子》：靈帝起畢圭靈崐苑，以崐玉爲壁，以博山柏節爲牀。

《山堂肆考》：東漢拜三公者，輸東園禮錢。

《後漢書·五行志》：桓帝初，京師童謡曰：『車班班，入河間，河間姹女工數錢。』河間姹女，指靈帝母永樂太后。

全史宫詞卷八　三國

蜀漢

昭烈皇帝姓劉名備，涿郡人，景帝子中山王勝之後。建安十九年取益州，二十四年取漢中，稱漢中王。又二年，即帝位，都成都。在位三年崩，葬惠陵。改元一章武。子後主禪立，在位四十一年，降於魏，封安樂公，晉泰始七年殂。改元四建興、延熙、景耀、炎興。二主，凡四十三年。

樓桑佳氣應黄龍，派衍中山起漢中。不是軍功休濫賞，鑄錢方毁帳鉤銅。

《三國志》：蜀先主備，涿郡人，漢景帝子中山靖王勝之後。少孤，與母販履織席爲業。舍東南角有桑樹生，高五丈餘，童童如小車蓋，往來者皆恠此樹非凡，或謂當出貴人。先主少時，與宗中諸小兒於樹下戲，言：『吾必當乘此羽葆蓋車。』叔父子敬謂曰：『汝勿妄語，滅吾門也！』

又：二十四年，先主遂有漢中，群下上先主爲漢中王。

又：前後上書者八百餘人，咸稱述符瑞，圖、讖明徵。間黄龍見武陽赤水，九日乃去。龍者，君之象也。大王當龍升，登帝位也。

宋蕭常《續後漢書》：帝性儉約，嘗毁帳鉤銅以鑄錢。非軍功不妄賜予，以故國用不至匱乏。

雪擬肌膚月擬神，白綃帳裏淨無塵。承恩漫詡顔如玉，爭寵人方妒玉人。

《拾遺記》：蜀先主甘后，沛人。先主嘗致后於白綃帳中，望者如月下聚雪。河南獻玉人，高三尺，乃取玉人置后側，后與玉人潔白齊潤。嬖寵者非惟妒甘后，而亦妒玉人。

南雲何處望皇思，愁憶當陽割愛時。東海佳人新入侍，千間寶庫助軍資。

《三國志·蜀后傳》：甘后隨先主於荆州，産後主。值曹公軍至，追及先主於當陽長阪。於時困逼，棄后及後主，賴趙雲保護，得免於難。后卒，葬於南郡。章武二年，追謚皇思夫人。

又《麋竺傳》：竺，東海朐人也。吕布襲下邳，虜先主妻子。竺於是進妹於先主爲夫人，奴客二千，金銀貨幣以助軍資。

《拾遺記》：麋竺有寶庫千間。時三國交鋒，軍用萬倍，乃輸其寶物、車服以助先主。

斷江虎將截吴舟，妃去依然未可留。誰勸辰嬴配重耳，辟宗應愧順平侯。

《三國志·趙雲傳》註引《别傳》云：先主入益州，雲領留營司馬。此時，先主孫夫人以權妹驕豪，多將吴吏兵，縱横不法。先主以雲嚴重，必能整齊，特任掌内事。權聞備西征，大遣舟船迎妹，而夫人内欲將後主還吴。雲與張飛勒兵截江，乃得後主還。

又：領桂陽太守，伐趙範。範寡嫂曰樊氏，有國色。範欲以配雲，雲辭曰：『相與同姓，卿兄猶我兄。』固辭不許。

又：雲謚順平侯。

又：先主穆皇后，陳留人也。父與劉焉有舊，遂爲子瑁納后。瑁死，后寡居。先主既定益州，而孫夫人還吴，群下勸先主娉后。先主疑與瑁同族，法正進曰：『論其親疏，何與晉文之於子圉乎？』於是納后爲夫人。

步障明珠事渺茫，夫人歸國翠幃涼。江東侍婢迎郎日，猶記刀光滿洞房。

《三國志·蜀先主傳》：先主既定益州，而孫夫人還吴。

《華陽國志》：孫夫人才捷剛猛，有諸兄風。侍婢百人，皆仗劍侍立。先主每下車，心常凜凜。

吕温《劉郎浦》詩：吴蜀成婚此水潯，明珠步障握黄金。

敬哀中道鳳鸞分，香散南陵日已曛。姊妹椒房堪繼美，册儀宣命左將軍。

《三國志·蜀后傳》：後主敬哀皇后，車騎將軍張飛長女也。薨，葬南陵。後主張皇后，前后敬哀之妹也。建興十五年，入爲貴人。延熙元年，策曰：『朕統承大業，君臨天下，奉郊廟社稷。今以貴人爲皇后，使行丞相事左將軍向朗持節授璽綬。勉修中饋，恪肅禋祀，皇后其敬之哉！』

宗姓風流荷舊恩，結驩長樂豈無因。如何命婦停朝賀，五百撾妻竟有人。

《三國志》：蜀劉琰，魯國人也。先主在豫州，辟爲從事，以其宗姓，有風流，善談論，厚親待之。建興中，琰失志恍惚。十二年正月，琰妻胡氏入賀太后，太后令特留胡氏，經月乃出。胡氏有美色，琰疑其與後主有私，呼卒五百撾胡，至於以履搏面，而後弃遣。胡具以告言琰，琰坐下獄。有司議曰：『卒非撾妻之人，面非受履之地。』琰竟弃市。自是，大臣妻母朝慶遂絶。

《三輔黄圖》：太后常居長樂宫。

老臣謀國暨降旗，北地賢王哭廟時。零落宫花飛入洛，女貞獨有李昭儀。

《三國志》註引《漢晉春秋》云：後主將從譙周之策，北地王諶怒曰：『若理窮力屈，禍敗必及。便當父子、君臣背城一戰，同死社稷，以見先帝可也。』後主不納，遂送璽綬。是日諶哭於昭烈之廟，先殺妻子，而後自殺。左右無不爲涕泣者。

又《二主妃子傳》：張皇后，咸熙元年隨後主遷於洛陽。註引《漢晉春秋》云：魏以蜀宫人賜諸將之無妻者。李昭儀曰：『我不能二三屈辱。』乃自殺。

魏

高祖文帝姓曹名丕，譙人，魏王操太子。操以建安元年自兖州引兵入洛陽，迎獻帝都許，尋自爲丞相。二十一年由魏公進爵爲王，二十四年殂。子丕嗣立，明年受漢禪，都洛陽。在位七年殂，葬首陽陵。改元一黄初。子明帝叡立，十三年殂，葬高平陵，廟號烈祖。改元三太和、青龍、景初。養子齊王芳立，十五年爲司馬師所廢，仍歸齊王國。至晉武受禪，降封邵陵縣公，泰始十年卒。改元二正始、嘉平。高貴鄉公髦，文帝孫，東海王霖子。嘉平六年，爲司馬師所立。在位七年，以討司馬昭不克遇弒。改元二正元、甘露。常道鄉公奂，文帝弟燕王宇子。甘露五年，爲司馬昭所立。在位六年，禪於晉，封陳留王，惠帝太安元年殂。改元二景元、咸熙。五主，凡四十六年。

幾章雅樂製新成，歌女依稀百囀鶯。就裏翻新惟絳樹，一聲雙曲聽分明。

《三國志》註：王沈《魏書》：「太祖登高必賦，及造新詩，被之管絃，皆成樂章。」

《瑯嬛記》：絳樹一聲能歌兩曲，二人細聽，各聞一曲，一字不亂。人疑其一聲在鼻，竟不測其何術。當時有黄華者，雙手能寫二牘，或楷或草，揮毫不輟，各自有意。余謂絳樹兩歌、黄華二牘是確對也。絳樹，魏武帝宫人。

椀注車渠酒色清，赤粱御粥煮銀鎗。食經戲借東宫補，共製駞蹏七寶羹。

《中華古今註》：魏武以車渠石爲酒椀。

《格致鏡原》：遼東赤粱，魏武帝以爲御粥。

又：陳思王製駞蹏爲羹，一甌值千金，號「七寶羹」。

賣履分香説舊恩，秋風銅雀易黄昏。腰間猶有金獅帶，眼望西陵掩淚痕。

《古今註》：魏武帝賜宫人金隱起獅子銙腰帶。

魚豢《魏略》：太祖顧命曰：「汝等時時登銅雀臺，望吾西陵。」又云：「餘香可分與諸夫人。諸舍中無所爲，學作履組賣也。」

塵霄人到鳳樓開，萬點星毬繞燭臺。爲報外邊停織造，鍼神親製衮衣來。

《拾遺記》：薛靈芸初别父母，以玉唾壺承淚，及至京師，淚凝如血。文帝以文車十乘迎之，膏燭之光，相繼不絶，時人謂之塵霄。

又：文帝築土爲臺，列燭於臺下，名曰燭臺，遠望如列星墜地。行者歌曰：『青槐夾道多塵埃，龍樓鳳閣望崔嵬，清風細雨雜香來。』

又：夜來妙於針功，非所縫製，帝不服也，宫中號曰針神。

早攄密策定儲皇，獻納時時啟智囊。蟬鬢蛾眉皆國色，陰謀終讓女中王。

《三國志·魏后妃傳》：文德郭皇后，安平廣宗人也。后少，而父永奇之，曰：『此吾女中王也。』遂以女王爲字。后有知數，時時有所獻納。文帝定爲嗣，后有謀焉。及踐祚，爲貴嬪。甄后之死，由后之寵也。黄初三年，立爲皇后。

《中華古今註》：魏宫人好畫長眉，令作蛾眉驚鵠髻。文帝宫人絶所愛者，有莫瓊樹、薛夜來、陳尚衣、段巧笑。瓊樹始制爲蟬鬢，望之縹緲如蟬翼，故曰蟬鬢。

玉箸雙垂溼繡巾，鄴中不似故宫春。含情獨綰靈蛇髻，珍重陳王賦洛神。

《六帖》：甄后面白，淚雙垂如玉筯。

《採蘭雜志》：甄后入後宫，有一緑蛇，每日盤結一髻於后前。后因效而爲髻，號『靈蛇髻』。

曹植《洛神賦》，爲甄后作。

錦衣絲履繡羅裙，粉涴桃花色似醺。粧就每邀天一顧，金星璀璨耀玄雲。

《中華古今註》：段巧笑錦衣絲屨，作紫粉傅面。

《女紅餘志》：巧笑挽髻，用圓頂簪一隻插之，文帝目曰：「玄雲黯靄兮金星出。」

無雙才藝尚衣誇，舞態歌喉壓禁花。嬌病年年勞護惜，紅泥滿壁抹丹砂。

《中華古今註》：文帝宫人田尚衣能歌舞。

《女紅餘志》：尚衣多病，文帝以硃砂塗四壁以避邪，謂之紅壁。

駕返西園月滿庭，天風吹透水晶屏。官家最愛彈棊戲，閒坐花間讀博經。

曹植詩：西園游上才。注：文帝每以月夜集文人才士游西園。

《採蘭雜志》：薛夜來初入魏宫，一夕，文帝在燈下詠，以水晶七尺屏風障之。夜來至不覺，面觸屏，傷處如曉霞將散。自是，宫人俱用臙脂倣畫，號「曉霞粧」。

《太平廣記》：彈碁，魏宫内用裝碁戲也。文帝爲之特妙，用手巾角拂之，無不中者。

《談薈》：魏文帝有《皇博經》。

黄龍丹鳳各西東，列殿遨遊蹕路通。内職新除頒位號，姓名都在八坊中。

《金樓子》：魏明帝鑄黄龍、鳳凰各一，置内殿前。又於列殿北立八坊，諸才人以次第處其中。貴人、夫人以上，轉南附焉。其名擬百官之數，帝嘗宴遊在内。

總章太極鬱嵯峨，穀水縈洄繞殿過。曼衍魚龍陳百戲，桂舟輕度越人歌。

《三國志·魏明帝紀》：青龍三年，秋七月，洛陽崇華殿災。八月，復崇華，改名九龍殿。註引《魏略》云：是年起太極諸殿，築總章觀，高十餘丈，建翔鳳於其上。又於芳林園中起陂池，楫櫂越歌。通引穀水過九龍前，爲玉井綺欄，水轉百戲，魚龍曼延，弄馬倒騎，備如漢西京之制。

築成高觀號崇文，博士詞臣聚若雲。别有尚書居内職，鬟髦可許勝釵裙。

《三國志·魏明帝紀》：青龍四年，置崇文觀，徵善屬文者以充之。

又『三年』註引《魏略》云：選女子知書可付信者六人，以爲女尚書。

爲念慈親寶璽彰，玉衣猶記舊時祥。列侯爵襲平原主，戚里加恩重渭陽。

《三國志·魏甄后傳》：后，明帝母。父逸，上蔡令。太和元年，追封逸，謚曰敬侯，適孫像襲爵。四月初，營宗廟，掘地得玉璽，方一寸九分，其文曰『天子羡思慈親』。明帝爲之改容，以太牢告廟。又嘗夢見后，於是差次舅氏親疏高下，敘用各有差，賞賜累鉅萬。又特爲起大第，名其里曰渭陽里，以追思母氏也。六年，明帝愛女淑薨，追封謚淑爲平原懿公主，取后亡從孫黄與合葬。追封黄列侯，以夫人郭氏從弟悳爲之後，承甄氏姓。封悳爲平原侯，襲公主爵。

又註引《魏書》云：后以漢光和五年十二月丁酉生。每寢寐，家中髣髴見如有人持玉衣覆其上者。

久聞戚畹笑侯身，寵眷安能舊及新。未宴後園休抱怨，長門猶閉鄴宫人。

《三國志》：魏明悼毛后，河内人也。黄初中，以選入東宫。及即帝位，以爲貴嬪。太和元年，立爲皇后。后父嘉，拜騎都尉。初，明帝爲王，始納河内虞氏爲妃。帝即位，虞氏不得立爲后，太皇卞太后慰勉焉。虞氏曰：『曹氏自好立賤，未有能以義舉者也。然后職内事，君聽外政，其道相由而成。苟不能以善始，未有能令終者也。殆必由此亡國喪祀矣！』虞氏遂绌還鄴宫。進嘉爲奉車都尉，頃之，封博平鄉侯。嘉本典虞車工，卒暴富貴。明帝命朝臣會其家飲宴，其容止舉動甚蚩騃，語輒自謂『侯身』，時人以爲笑。帝之幸郭元后也，后愛寵日弛。景初元年，帝游後園，召才人以上曲宴極樂。元后曰：『宜延皇后。』帝弗許。乃禁左右，使不得宣。后知之。明日，帝見后，后曰：『昨日游宴北園，樂乎？』帝以左右泄之，所殺十餘人，賜后死。

芙蓉高髻綰瑶簪，日整霞粧望幸臨。不識君王鍾愛處，釵頭爭佩辟寒金。

《中華古今註》：魏宫好曉霞粧。

又：魏宫好芙蓉髻。

《拾遺記》：明帝時，昆明國貢嗽金鳥，常吐金屑。此鳥畏霜雪，乃起小屋處之，名『辟寒臺』。人爭以鳥吐之金飾釵佩，謂『辟寒金』。宫人相嘲曰：『不服辟寒金，那得帝王心。』於是媚惑者爭此金爲飾，以要寵幸。

半袖輕揚帽影高，君王清宴謝焦勞。何人笑把衣裳賭，入帳居然著錦袍。

《三國志·楊阜傳》：阜常見明帝著帽，被縹綾半褎袖。阜問帝曰：『此於禮何法服也？』◎按：帽，同帽。

又《曹肇傳》：肇有殊色，明帝寵幸之。嘗與帝戲賭衣物，有不獲，輒入御帳服之。其見寵愛類如此。

諸王附

壯志何須博士爲，黄鬚帝子亦奇才。傾城聲價千金值，祗换名駒白鵲來。

《三國志·任城王彰傳》：彰謂左右曰：『丈夫一爲衛、霍，將十萬騎馳沙漠，立功建號耳。何能作博士耶？』又：太祖持彰鬚曰：『黄鬚兒竟大奇也！』

《叙小志》：魏曹彰性倜儻，偶逢駿馬，愛之，其主所惜也。彰曰：『彰有美妾可换，惟君所擇。』馬主因指一妓，彰遂换之。馬名『白鵲』。故後人作《愛妾换馬》詩，奏之絃歌焉。

縹碧樽開玳瑁筵，夜深平樂宴群賢。鴨頭鵲尾殷勤勸，莫惜香醪斗十千。

劉楨《瓜賦序》：在曹植坐，厨人進瓜，植命爲賦，促立成。辭曰：『布象牙之席，薰玳瑁之筵。憑彤玉之几，酌縹碧之樽。』

曹植《名都篇》：歸來宴平樂，美酒斗十千。

《八王故事》：陳思有巧思，爲鴨頭杓，浮于九曲酒池，王意有所勸，鴨頭則迴向之。又爲鵲尾杓，柄長而直，王意有所到處，于罇上鏇之，鵲則指之。◎見倪璠《庾子山集註》。

吴

太祖大皇帝姓孫名權，富春人，豫州刺史堅次子，討逆將軍策母弟。堅以初平元年舉義兵討董卓，二年攻劉表，戰没。四年，策統父兵取江東。建安五年，遇害，權代統其衆。章武元年，徙治武昌，稱藩於魏，封吴王。明年，自稱黄武元年，即帝位，遷都建業，以武昌爲行都。在位二十四年殂，葬蔣陵。改元六黄武、黄龍、嘉禾、赤烏、太元、神鳳。子亮立，七年爲孫綝所廢，至景帝永安三年，又黜爲侯官侯，遂自殺。改元三建興、五鳳、太平。景帝休，太祖第六子，初封瑯邪王。太平三年，爲孫綝所立，七年殂，葬定陵。改元一永安。景帝殂，子幼，丞相濮陽興迎太祖孫太子和子皓立之。復徙都武昌，尋還建業。十七年，降於晉，封歸命侯，太康四年卒。改元八元興、甘露、寶鼎、建衡、鳳皇、天册、天璽、天紀。四主，凡五十九年。

太初宫徙武昌材，大禹卑宫儉德該。水旱關心勞顧問，羅陽王婢降神來。

《三國志》：吴赤烏十年二月，權適南宫。三月，改作太初宫。註引《江表傳》載權詔曰：『建業宫乃朕從京來所作將軍府寺耳，材柱率細，皆以腐朽，常恐損壞。今未復西，可徙武昌宫材瓦，更繕治之。』有司奏言曰：『武昌宫已二十八歲，恐不堪用，宜下所在通更伐致。』權曰：『大禹以卑宫爲美。今軍事未已，所在多賦，若更通伐，妨損農桑。徙武昌材瓦，自可用也。』

又：太元元年夏五月，初，臨海羅陽縣有神，自稱王表，周旋民間，語言飲食，與人無異，然不見其形。又有一婢，名紡績。是月，遣中書郎李崇齎輔國將軍羅陽王印綬迎表。表隨崇俱出，所歷山川，輒遣婢與其神相聞。秋七月，崇與表至，權於蒼龍門外爲立第舍，數使近臣齎酒食往。表説水旱小事，往往有驗。

侍宴崇臺醉未休，玉壺香唾灑紅榴。誰知織室迎來日，卻愛圖中一段愁。

《拾遺記》：吴主潘夫人，父坐法，輸入織室。吴主使圖其容貌，夫人憂戚減瘦，工人寫其真狀以進。吴主見而喜之，曰：「此神女也。愁貌尚能惑人，況在懽樂！」乃命就織室迎之，納於後宫。夫人遊宣昭之臺，醉，唾於玉壺。侍婢瀉於臺下，得火齊指環，即挂石榴枝上。因其處起臺，名『環榴臺』。有諫者曰：「今吴、蜀爭雄，環榴之名，將爲妖矣。」乃改名『榴環臺』。

歌舞嬌生太子池，額留紅暈助妖姿。美人自是多妍骨，錯使人誇獺髓醫。

《拾遺記》：孫和悦鄧夫人。和於月下舞水精如意，誤傷夫人額，命太醫用白獺髓雜玉與琥珀屑治之。琥珀太多，及差，面有赤點，益覺其妍。嬖人欲邀寵，皆以丹脂點額而後進幸。

《寰宇記》：吴有太子池，孫和築。

列國圖成五色絨，機絲雙絶繡尤工。伏波聚米何堪數，河嶽分明匹練中。

《拾遺記》：吴主趙夫人能於指間以彩絲織雲霞龍蛇之錦，宫中謂之機絶。孫權常以魏、蜀未平，思得善畫者圖山川地勢軍陣之像。夫人乃刺繡作列國，時人謂之針絶。權倦暑，褰紫綃之帷。夫人曰：「此不足貴。」乃拆髮以神膠續之，織羅縠，裁爲幔。視之飄飄如煙氣輕動，而房内自涼，時人謂之絲絶。

濛濛香霧襲重欄，衣袂翻風四氣團。媚寢宵深人睡去，琉璃屏外月光寒。

《拾遺記》：吴主亮作緑琉璃屏風，甚薄而瑩徹，每於月下舒之。嘗寵愛四姬，皆絶色，一曰朝姝，二曰麗居，三曰洛珍，四曰潔華。使四人坐屏風内，望之若無隔，惟香氣不通於外。爲四人合四氣香，香沾衣，百浣不歇，名「百濯香」。所居室名曰思香媚寢。

螺鬟高擁碧油光，髻上犀釵壓鬢長。漫把玉雲誇寶櫛，洛成常閣鏡匳傍。

《奚囊橘柚》：麗居，孫亮愛姬也。鬒髮香淨，一生不用洛成，疑其有辟塵犀釵子也。◎洛成，即今篦梳，似「落塵」字誤，未考。

《女紅餘志》：吴主亮夫人洛珍，有櫛名「玉雲」。

揚雲奇字製來偏，名命𩅦𩃙避諱便。公子振振盡麟趾，誰如宗室有顔淵。

《三國志·孫休傳》註引《吴録》載休詔曰：「人之有名，以相紀别。禮，名子欲令難犯易避。孤今爲四男作名字：太子名𩅦，𩅦音如湖水灣澳之灣；次子名𩃙，𩃙音如兕觥之觥；次子名壾，壾音如草莽之莽；次子名𠅨，𠅨音如褒衣下寬大之褒。此都不與世所用者同，故鈔舊文會合作之。」又《孫桓傳》註引《吴書》曰：桓儀容端正，器懷聰朗，博學强記，能論議應對，權常稱爲宗室顔淵。

舊人都尉職新除，樓下銜名爲典酤。奉敕一兵養一犬，朝朝捕兔進天廚。

《三國志·孫皓傳》註引《江表傳》曰：何定，汝南人，本孫權給使也，後出補吏。定佞邪僭媚，自表先帝舊人，求還内侍。皓以爲樓下都尉，典知酤糴事。專爲威福，使諸將各上好犬，皆千里遠求，一犬至直數千匹。御犬率具纓，直錢一萬。一犬一兵，養以捕兔供廚，所獲無幾。吴人皆歸罪於定，而皓以爲忠勤，賜爵列侯。

步摇假髻費千緡，木偶裝成欲唤真。寄語廷臣須夙退，宫中又拜左夫人。

《三國志註》：皓以張布女爲美人，後殺之。思其顔色，使工刻木作美人像，置座側。布大女適馮純，即奪之入宫，拜爲左夫人。晝夜房宴，不聽朝政。使以金作華燧、步摇、假髻以千數，令宫人著以相撲，朝成夕敗。

紫蓋黄旗入洛陽，東南王氣亦荒唐。順天思應吴天子，雪擁鑾輿路正長。

《三國志·孫皓傳》註引《江表傳》曰：初，丹陽刁玄使蜀，得司馬徽與劉廙論運命歷數事。玄詐增其文以誑國人，曰：『黄旗紫蓋見於東南，終有天下者，荆揚之君乎？』又得國中降人，言壽春下有童謡曰『吴天子當上』。皓聞之喜，曰：『此天命也。』即載其母妻子及後宫數千人，從牛渚陸道西上，云青蓋入洛陽，以順天命。行遇大雪，道塗陷壞。兵士被甲執杖，百人共引一車，寒凍殆死。兵人不堪，皆曰：『若遇敵，便當倒戈耳。』皓聞之，乃還。

全史宮詞卷九 晉

晉

世祖武皇帝，姓司馬，名炎。温人，魏太傅懿孫，晉王昭世子。正始十年，懿殺大將軍曹爽，始專魏政，子師、昭繼之。咸熙二年九月，昭卒，炎嗣立。十二月，受魏禪，都洛陽。太康元年平吴，天下始一統。在位二十六年崩，葬峻陽陵。改元四泰始、咸甯、太康、太熙。子惠帝衷立。永甯元年正月，趙王倫篡立，改元建始。四月，齊王冏等討倫，誅之，帝復位。在位十七年，中毒崩，葬太陽陵。改元十永熙、永平、太安、永安、永甯、元康、永康、建武、永興、光熙。弟懷帝熾立，五年，爲劉聰執歸平陽，封會稽公，又二年遇害。改元一永嘉。愍帝名業，世祖孫，初嗣封秦王。洛陽陷後，大臣荀藩等奉帝入長安，稱皇太子。聞懷帝凶問，始即位，都長安。四年，爲劉聰所執，遇害於平陽。改元一建興。四主，凡五十二年。

中宗元皇帝，名睿，宣帝曾孫，琅邪王覲子。初爲安東將軍，及愍帝遇害，乃即位於建康即建業，因避愍帝諱改。是爲東晉。六年崩，葬建平陵。改元三建武、大興、永昌。子明帝紹立，三年崩，葬武平陵，廟號肅宗。改元一太甯。子成帝衍立，十七年崩，葬興平陵，廟號顯宗。改元二咸和、咸康。弟康帝岳立，二年崩，葬崇平陵。改元一建元。子穆帝聃立，褚太后臨朝，在位十七年崩，葬永平陵，廟號孝宗。改元二永和、升平。哀帝丕，顯宗子，初封琅邪王。孝宗無子，褚太后立之。四年崩，葬安平陵。改元二隆和、興甯。海西公奕，哀帝母弟，初封琅邪王。哀帝無子，褚太后立之。六年，爲桓温所廢，孝武太元元年殂。改元一太和。太宗簡文皇帝名昱，中宗少子，初封會稽王。太和六年，爲桓温所立，明年崩，葬高平陵。改元一咸安。子孝武帝曜立，二十四年，爲張貴人所弑，葬隆平陵，廟號烈宗。改元二甯康、太元。子安帝德宗立。元興二年，桓玄篡位。明年二月，下邳太守劉裕自京口起兵討平之，五月帝復位。二十二年，爲裕所弑，葬休平陵。改元三隆安、元興、義熙。恭帝德文，安帝母弟，初封琅邪王。義熙十四年，爲劉裕所立。二年，禪於宋，封零陵王。明年遇害，追加尊諡，葬沖平陵。改元一元熙。十一主，凡一百四年。

祁祁宫局簡良家，玉臂誰偏繫絳紗。早識君王憐將種，不須鹽竹引羊車。

《晉書·后妃傳》：胡貴嬪名芳。泰始九年，帝多簡良家子女以充内職，擇其美者，以絳紗繫臂。時帝多内寵，莫知所適，常乘羊車，恣其所之。宫人乃取竹葉插户，以鹽汁灑地，而引帝車。然芳最蒙愛幸，殆有專房之寵焉。帝嘗與之摴蒱，争矢，遂傷上指。帝怒曰：『此固將種也！』芳對曰：『北伐公孫，西距諸葛，非將種而何？』帝有慚色。

一賦離思卓不群，朝朝珥筆製奇文。五千納盡吴宫妾，獨爲憐才重左芬。

《晉書・后妃傳》：左貴嬪名芬，善綴文，拜修儀。受詔作愁思之文，因爲《離思賦》。帝重芬詞藻，每有方物異寶，必詔爲賦頌。

又：貌陋無寵，以才德見禮。

又《五行志》：元康二年六月，泰山、江夏大水。時平吴後，收吴姬五千納之後宫，此其應也。

芸薇流馥沁粧臺，月下荷香入幔來。人到宫中常白晝，漆盤新賜夜明苔。

《拾遺記》：咸甯四年，立芳蔬園於金墉城東。有菜名「芸薇」，類有三種，常以三蔬供御膳。宫人採帶其莖葉，香歷日不歇。

又：泰始十年，浮支國獻望舒草，其葉如荷。因穿池，廣百步，名「望舒荷池」。祖梁國獻蔓金苔，宫人有幸者，以金苔賜之。置漆盤中，照耀滿室，名「夜明苔」。

使車四出禁婚姻，妙選良家備九嬪。妬總難消空掩扇，短青長白盡佳人。

《晉書・武元楊皇后傳》：初，賈充妻郭氏使賂后，求以女爲太子妃。及議太子婚，帝欲娶衛瓘女。然后盛稱賈后有淑德，又密使太子太傅荀顗進言，上乃聽之。泰始中，帝博選良家以充後宫。先下書禁天下嫁娶，使宦者乘使車，給騶騎，馳傳州郡。召充選者，使后揀擇。后性妬，惟取潔白長大，其端正美麗者並不見留。時卞藩女有美色，帝掩扇謂后曰：「卞氏女佳。」后曰：「藩三世后族，其女不可枉以卑位。」帝乃止。

又《惠賈后傳》：元后納賈、郭親黨之説，欲婚賈氏。帝曰：「衛公女有五可，賈公女有五不可。衛家種賢而多子，美而長白；賈家種妬而少子，醜而短黑。」

又《后妃傳序》云：洎乎太祖，始親選良家。既而帝掩紈扇，躬行請託。后採長白，實彰妬忌之情；賈納短青，竟踐覆亡之轍。

碎翦雲霞五色勻，一時花樣競翻新。宸游未到華林苑，先見宮中著手春。

《事物原始》：《實録》曰，晉惠帝『正月百花未開，令宮人翦五色通草花』。漢王符《潛夫論》已譏花綵之貴。晉《新野君傳》：『家以剪花爲業，有染絹爲芙蓉、捻蠟爲菱藕、翦梅若生之事。』則花朵起於漢，翦綵起於晉矣。

《晉書·左貴嬪傳》：帝每遊華林，輒回輦過之。

嵯峨魯國逼青宮，德應金莖事已空。折柳歌謡滿京洛，白沙無力畏南風。

《拾遺記》：武帝爲撫軍時，府内後堂砌下忽生草三株，狀似金莖。有一羗人，姓姚名馥，妙解陰陽之術，云：『此草以應金德之瑞。』後以府地賜張華，猶有草在，故茂先《金莖賦》云云。至惠帝元熙元年，三株草化爲三樹，枝葉似楊，以應三楊擅權之事。時有楊駿、楊珧、楊濟三兄弟，號曰『三楊』。

《晉書·五行志》：太康末，京洛爲《折楊柳》之歌。是時三楊貴盛而被族滅，太后廢黜，幽死中宮，『折楊柳』之應也。

又：元康中，京洛童謡曰：『南風起，吹白沙。遥望魯國何嵯峨，千歲髑髏生齒牙。』南風，賈后字也。白，晉行也。沙門，太子小字也。魯，賈謐國也。言賈后將與謐爲亂，以危太子，而趙王因釁咀嚼豪賢，以成篡奪，不得其死之應也。

香湯浴罷屋潭潭，未許官蛙破睡酣。天上樓臺誰得到，暗偷春色入城南。

《水經·穀水》註引《晉中州記》：惠帝聞蝦蟇聲，問人爲是官蝦蟇、私蝦蟇，侍臣賈允對曰：『在官地爲官，在私地爲私。』帝曰：『若是官蛙，可給廩。』先是，有讖云：蝦蟇當貴。

《晉書·賈后傳》：洛南小吏忽有非常衣服，衆疑其竊。小吏云：『先行逢一老嫗，説家有疾病，卜云宜得城南少年厭之，欲暫相煩。於是隨去，上車下帷，内簏箱中。行可十餘里，過六七門限，開簏箱，忽見樓闕好屋。問此是何處，云是天上，即以香湯見浴，將入。見一婦人，年可三十五六，短形，青黑色，眉後有疵。見留數夕，臨出，贈此衆物。』聽者知是賈后。

小馬埤車宫市通，儲君嬉戲竟無終。王家已上離婚表，枉寫魚函寄惠風。

《晉書·愍懷太子傳》：賈后忌太子有令譽，密敕閹官媚諛于太子。太子所幸蔣美人生男，言宜隆其賞賜，多爲皇孫造玩弄之器，太子從之。於是慢弛益彰，或廢朝侍，恒在後園游戲。愛埤車小馬，令左右馳騎，斷其鞅勒，使墮地爲樂。又於宫中爲市，使人屠酤。

又：爲太子聘王衍小女，名惠風。太子廢，王衍表請離婚。太子至許，遺妃書云云。

羅袿宛轉兩襠柔，豔豔珠松翠羽稠。文履不須誇絳地，新來齊著伏鳩頭。

《淵鑑類函》：《晉起居註》：『拜鄭夫人右倢伃，按儀注，應服雀釵袿襈。』

《晉書·五行志》：元康末，婦人出兩襠，加乎交領之上，此内出外也。

又《輿服志》：皇后首飾則假髻、步摇，俗謂之珠松是也。金題白珠璫，繞以翡翠爲華。

《格致鏡原》：晉東宫舊事，太子納妃，有絳地文履一量。
《炙轂子》：晉永嘉元年，始用黄草爲履，宫内妃御皆著之，謂之伏鳩頭履。

金墉城外暗雲愁，地下寃應訴不休。儲位雖移神器重，那容韓壽共香偷。

《晉書·惠帝紀》：永平元年三月，賈后矯詔廢皇太后爲庶人，徙於金墉城。二年二月，賈后弑皇太后於金墉城。九年十二月，廢皇太子遹爲庶人，及其三子幽於金墉城，殺太子母謝氏。永康元年三月，賈后矯詔害庶人遹於許昌。
又《武悼楊皇后傳》：初，太后尚有侍御十餘人，賈后奪之，絶饍而崩，時年三十四。賈后又信妖巫，謂太后必訴寃先帝，乃覆而殯之，施諸厭劾符書藥物。
又《賈后傳》：初，后詐有身，内稾物爲産具，遂取妹夫韓壽子慰祖養之，託諒闇所生，故弗顯。遂謀廢太子，以所養代立。
又《賈充傳》：韓壽美姿貌，充女見而悦焉，潛通音好。時西域貢奇香，一著人則經月不歇。帝惟賜充，充女密盗以遺壽。

洛陽府藏盡彫殘，臺判東西亦枉然。早見錢神成互市，三千惟賸被囊錢。

《晉書·惠帝紀》：穎與帝單車走洛陽，服御分散，倉卒上下無齎。侍中黄門被囊中齎私錢三千，詔貸用。所在買飯以供，宫人止食於道中客舍。帝令張方具車載宫人寶物，軍人因妻略後宫，分爭府藏。魏晉以來之積，埽地無遺矣。河間王顒迎於霸上，以征西府爲宫。唯僕射荀藩、司隸劉暾、太常鄭球、河南尹周馥與其遺官在洛陽，爲留臺，承制行事，號爲東西臺焉。

又：帝之爲太子也，朝廷咸知不堪政事。及居大位，政出群下，貨賂公行，更相薦舉，天下謂之互市。高平王沈作《釋時論》，南陽魯褒作《錢神論》，皆疾時之作也。

天教神璽報中興，恭儉真堪帝祚膺。繼馬已符銅馬讖，早知王氣在金陵。

《晉書·元帝紀》：于時有玉册見於臨安，白玉麒麟神璽出於江甯，其文曰『長壽萬年』。日有重暈，皆以爲中興之象焉。

又：始秦時，望氣者云：『五百年後，金陵有天子氣。』元帝之渡江也，乃五百二十六年，真人之應在於此矣。

又：初，《玄石圖》有『牛繼馬後』，故宣帝深忌牛氏。遂以二榼共一口，以貯酒焉。帝先飲佳者，而以毒酒鴆其將牛金。而恭王妃夏侯氏竟通小吏牛氏，而生元帝，亦有符云。

又《夏侯太妃傳》：國初，有讖云：『銅馬入海建鄴期。』太妃小字銅環，而元帝中興於江左焉。

江東一馬化龍時，建業宫中啟練帷。漫向天廚誇禁臠，聖心方戒覆杯池。

《晉書·元帝本紀》：太安之際，童謡曰：『五馬浮渡江，一馬化爲龍。』

又：帝性儉，冬施青布，夏施青練帷帳。

又《謝混傳》：元帝始鎮建業，每得一豚，以爲珍膳。項上臠尤美，輒以薦帝，呼爲『禁臠』。

《六朝遺事》云：覆杯池，城北三里西池是也。晉元帝初頗以酒廢政，王導諫之，因覆杯於池中，以爲戒。

南掖門前杜姥家，休徵一夕記生牙。無端織女銀河黯，髻上齊簪素柰花。

《晉書·成恭杜皇后傳》：后少有姿色，然長猶無齒。及帝納采之日，一夜齒盡生。崩，年二十一。先是，三吴女子相與簪白花，望之如素柰。傳言天上織女死，爲之著服，至是后崩。孝武帝立，以后母爲廣德縣君，立第南掖門外，世所謂杜姥宅云。

白紗帷幙暗龍樓，太極臨軒重委裘。阿子一聲腸已斷，簾歌嗚咽不勝愁。

《晉書·穆帝紀》：太后設白紗帷於太極殿，抱帝臨軒。

又：升平中，兒童忽歌《阿子聞》，曲終輒云：『阿子汝聞不？』無幾，帝崩，太后哭曰：『阿子汝聞不？』

又：升平末，俗間忽作《簾歌》，少時而穆帝晏駕。

雀釵蟬鈿曉粧添，假髻峩峩倚鏡匳。製得金環憑指試，紫磨光繞筍芽尖。

『雀釵』註見西晉。

《晉書·輿服志》：貴人太平髻七鈿，公主、夫人五鈿，世婦三鈿。

又《五行志》：太元中，公主婦女必緩鬢傾髻，以爲盛飾。用髮既多，不可恒戴，乃先于木及籠上裝之，名曰假髻，亦曰假頭。

《格致鏡原》：俗説晉哀帝王皇后有紫磨金指環，至小，止可容五指帶。

鳳凰昨夜報雛生，寶殿真堪百子名。何處游韁過御路，白門風送麥花輕。

《晉書·五行志》：海西公初生皇太子，百姓歌曰：『鳳凰生一雛，天下莫不喜。本言是馬駒，今定成龍子。』其歌甚美，其旨甚微。海西公不男，使左右向龍與内侍接，生子，以爲己子。

《廣博物志》：晉宫閣名，有清暑殿、芙蓉殿、九華殿、百兒殿。

《晉書·五行志》：太和中，百姓歌曰：『青青御路楊，白馬紫遊韁。汝非皇太子，那得甘露漿？』識者曰：『白者金行，馬者國族，紫爲奪正之色，明以紫亂朱也。』

又：謡曰：『犂牛耕御路，白門種小麥。』及海西公被廢，百姓耕其門以種小麥，遂如謡言。

新除漏史報迴廊，草詔深宫晝刻長。寶殿風來香氣散，梅花吹影上雕梁。

《類函·晉起居註》：孝武太元中，置漏刻史。

《晉書·劉遐傳》：時孝武帝觴樂之後，多賜侍臣文詔，詞義有不雅者，遐輒焚毁之。其它侍臣被詔，或宣揚之。故誦者以此多遐。

《類函·金陵覽古》：晉孝武作太極殿，欠一梁。有梅木流至石頭城下，因取用之。畫梅花于梁上，以表瑞焉，因名『梅梁殿』。

崑崙來自織坊中，崇訓深居福最隆。日月入懷龍枕膝，吉徵原勝夢羆熊。

《晉書·后妃傳》：李太后本出微賤。時徐貴人生新安公主，以德美見寵。帝常冀之有娠，而彌年無子。乃令善相者召諸愛妾而示之，皆云非其人，又悉以諸婢媵示焉。時后爲宫人，在織坊中，形長而色黑，宫人皆謂之崑崙。既至，相者驚云：『此其人也。』帝召之侍寢。后數夢兩龍枕膝，日月入懷。意以爲吉祥，向儕類説之，帝聞而異焉。遂生孝武帝及會稽文孝王、鄱陽長公主。及孝武即位，尊爲皇太后，稱崇訓宫。安帝即位，尊爲太皇太后。

果然國祚盡昌明，麴蘖沉酣總不醒。漫效山呼稱萬歲，一杯酒正勸長星。

《晉書·孝武帝紀》：帝幼稱聰悟，雅有人主之量。既而溺於酒色，殆爲長夜之飲。末年，長星見。帝心惡之，於華林園舉酒祝之曰：『長星，勸汝一杯酒。自古何有萬歲天子耶！』時張貴人有寵，年幾三十，帝戲之曰：『汝以年當廢矣。』貴人潛怒。向夕，帝醉，遂暴崩。初，簡文帝見讖云：『晉祚盡昌明。』及帝之在孕也，李太后夢神人謂之曰：『汝生男，以「昌明」爲字。』及産，東方始明，因以爲名焉。簡文帝後悟，乃流涕。

會稽王 附

山池竹木影交加，紅粉當壚盡酒家。東録已歸西録去，醉仙常泛水邊槎。

會稽王道子，簡文帝子。

《晉書·本傳》：道子開東第，築山穿池，列樹竹木。使宫人爲酒肆于水側，乘船就之飲宴，以爲笑樂。又：世子元顯録尚書事，道子政無大小，一委元顯。時謂道子爲東録，元顯爲西録。

僞楚 附

桓玄，温子。僭位三月，劉裕討滅之。改元一永始。

帳捲西堂宴未收，黄金羽葆護龍頭。共承桓詔觀書畫，紙上須防寒具油。

《晉書·桓玄傳》：玄小會於西堂，設妓樂。殿上施絳綾帳，縷黄金爲顔，四角作金龍，頭銜五色羽葆流蘇。群臣竊相謂曰：『此頗似轜車，亦王莽仙蓋之流也。』

又：玄左右稱玄爲『桓詔』，桓允諫曰：『詔者，施於辭令，不以爲稱謂也。漢魏之主皆無此言，唯聞北虜以苻堅爲「苻詔」耳。願陛下稽古帝則，令萬世可法。』玄曰：『此事已行，今宣敕罷之，更爲不祥。必其宜革，可待事平也。』

梁虞龢《論書表》云：桓玄愛重書法，每讌集，輒出法書示賓客。客有食寒具者，仍以手提書，大點污。後出法書，輒令客洗手，兼除寒具。◎《五總志》：寒具，環餅也。東坡題古畫云：『上有桓玄寒具油。』

移竹栽花滿石城，縹緗珠玉小舟輕。卻慚輦上諸君子，日日陪鑾頌太平。

《晉書·桓玄傳》：玄性貪鄙，好奇異。遣臣佐四出，掘果移竹，不遠數千里。又作輕舸，載服玩及書畫等物。或諫之，玄曰：『書畫服玩既宜恒在左右。且兵凶戰危，脱有不意，當使輕而易運。』衆咸笑之。

又：劉裕等共謀興復，玄聞之大懼，乃問衆曰：『朕其敗乎？』曹靖之對曰：『神怒人怨，臣實懼焉。』玄曰：『卿何不諫？』對曰：『輦上諸君子皆以爲堯舜之世，臣何敢言！』

全史宮詞卷十　十六國

前趙

劉淵，匈奴人，左部帥豹之子。晉永興元年，據離石，僭號稱漢，後徙平陽。卒，僞謚光文。改元三元熙、永鳳、河瑞。子和立，弟聰弑而代之。改元四光興、嘉平、建元、麟嘉。子粲立，改元漢昌，爲僞司空靳準所弑。族子曜討準自立，改國號曰趙，徒都長安，改元光初。咸和四年，爲石勒所滅。五主，凡二十八年。

一寸二分呈玉璽，五宗三祖溯金刀。秀容早叶魚龍夢，表表當心見賢去聲，赤毫。

《十六國春秋·劉淵傳》：汾水中得玉璽，高一寸二分，方四寸，文曰『有新保之』，王莽時物也。得者因增『淵海光』三字而獻之，淵以爲己瑞，乃大赦境内，改元河瑞。

又：元熙元年十月，爲壇南郊，即漢王位，改晉永興元年爲元熙元年，大赦天下。追尊劉禪爲孝懷皇帝，立高祖以下三祖五宗之神主而祭之。

又：豹妻呼延氏祈子於龍門，有一白魚，頂有一角，軒鬐躍鱗，至於祭所，久之乃去。其夜夢所見魚變爲人，左手持一物，大如雞子，光景非常，授呼延氏，曰：『此是日精，服之生貴子。』寤以告豹，豹曰：『吉徵也。』自是十五月而生淵。及長，當心有赤毫毛三根，長三尺六寸。

《太平寰宇記》：秀容城，即漢汾陽縣城，劉元海所築。元海因感神而生，姿容秀美，故自目其城。

太保門楣喜氣揚，六劉聯袂入昭陽。脱簪諫止鷠儀殿，外輔原資内輔長。

《十六國春秋·劉聰傳》：聰后呼延氏卒，將納太保劉殷女，太弟乂固諫。聰以問太宰延年、太傅景，景等對曰：『臣聞太保自云劉康公之後，與陛下殊源，納之何害？』聰悦，使大鴻臚李弘拜殷二女英、娥爲左右貴嬪，又納殷女孫四人爲貴人。於是六劉之寵，傾於後宫。

又《聰后劉氏傳》：劉氏武宣皇后，新興人，太保劉殷少女，名娥，字麗華。聰將起鷠儀殿於後庭，廷尉陳元達鎖腰切諫，聰怒，將斬之。后聞之，私敕左右停刑，於是手疏啟曰：『今宫室已備，無煩更營。陛下爲妾營殿而殺諫臣，妾復何面目仰侍巾櫛？請歸死，以塞陛下誤惑之過。』聰覽之變色，引元達而謝之，以后疏示之，曰：『外輔如公，内輔如后，朕復何憂！』

論罷詩文數射籌，龍顔不見幾經秋。柘弓銀硯情堪念，割愛拌教到小劉。

《十六國春秋·前趙録》：劉聰引懷帝入讌，從容謂曰：『卿昔爲豫章王時，朕與王武子造卿。以所製樂府歌示朕，朕與武子俱爲盛德頌，卿稱善者久之。又引朕射於皇堂，朕得十二籌，卿與武子俱得九籌。卿贈朕柘弓、銀硯。卿頗記否？』帝曰：『臣安敢忘之，但恨爾日不早識龍顔耳。』聰喜，以小劉貴人賜帝。

比肩三后位同尊，璽綬纍纍更數人。禍水原從飛鸞起，何堪瓊寢污輕塵。

《十六國春秋·前趙録》：聰以皇后靳氏爲上皇后，左貴妃劉氏爲左皇后，右貴妃劉氏爲右皇后。左司隷陳元達以三后竝立非禮也，極言切諫，聰不納。

又：聰立樊氏爲上皇后，樊氏即故張后侍婢也。時四后之外，佩皇后璽綬者復有七人。

又：中常侍王沈養女年十四，有妙色，聰立以爲左皇后。尚書令王鑒、中書監崔懿之、中書令曹恂等諫曰：『臣聞王者立后，將以母臨天下，匹配后土。必擇世德名宗，幽閑令淑，乃副四海之望，稱神祇之心。孝成帝任心縱欲，以趙飛鸞爲后，使皇統絶滅，社稷爲傾。自麟嘉以來，亂淫於色，中宫之位，不以德舉。刑餘小醜，猶不可以污清廟而塵瓊寢，況其家婢邪？六宫妃嬪皆公子公孫，奈何一旦以婢主之，何異象榱玉簀而對腐木朽楹哉？臣恐非國家之福也。』聰覽之大怒，皆斬於東市。

連宵沈醉不曾醒，市肆紛紛起後庭。行酒當筵爭笑指，長安天子御衣青。

《十六國春秋·劉聰傳》：麟嘉元年，聰立市於後宫。與宫人讌戲，或三日不醒，或百日不出。

又：聰校獵上林，令愍帝戎服執戟前導，行三驅之禮。觀者皆指帝曰：『此故長安天子也。』聚而觀之。

又：聰大會群臣於光極殿，逼懷帝著青衣行酒。

粧閣猶安舊鏡臺，無端蛇虎應郊禖。遮須踐約成妖夢，恨結皮囊玉一枚。

《世説》：劉聰爲玉鏡臺。

《十六國春秋·劉聰傳》：嘉平四年正月，流星起於牽牛，入紫微，龍形逶迤，其光照地，落於平陽北十里。視之則有肉，長三十步，廣二十七步，肉旁常有哭聲。劉后産一蛇一虎，各害人而走。尋之不得，頃之見在隕肉之旁。劉氏卒，乃失此肉，哭聲亦止。

又：麟嘉二年春二月癸亥，大將軍東平王約卒，一指猶煖，遂不殯殮。至甲戌乃蘇，言見淵於不周山，經五日，遂復從至崐崘山。三日而復返於不周，見諸王公卿將相死者悉在。大有人民，宮室壯麗，號曰蒙珠離國。淵謂約曰：『東北遮須夷國無主，久待汝父爲之。汝父後三年當來。汝且還，後年當來。』約拜辭而歸。道遇一國，曰猗尼渠餘國，引約入宮，與皮囊一枚，曰：『爲吾遺漢皇帝。』約辭而歸，謂約曰：『劉郎後年來，必見過，當以小女相妻。』約歸，置皮囊於枕上，俄而蘇活。左右取得開之，有一方白玉，題文曰：『猗尼渠餘國天王敬信遮須夷國天王，歲在攝提，當相見也。』馳使奏呈，聰曰：『若審如此，吾不懼死也。』後聰死，與此玉并葬焉。

赫奕神威懾管涔，鼎新王業水承金。配天大舉單于祀，始慰南郊報本心。

《十六國春秋·劉曜傳》：曜嘗隱居於管涔山，夜有二童子入，跪曰：『管涔王使小臣奉謁趙皇帝，獻劍一口。』置前，再拜而去。背上有銘曰：『神劍御，除衆毒。』曜遂服之。劍隨四時變爲五色。◎按，《太平寰宇記》：『管涔山，一名管涔山。』

又：光初二年六月，繕宗廟、社稷、南北郊於長安。下令曰：『蓋聞王者之興，必禘始祖。我皇家之先，出自夏后，居於北夷，世跨燕朔。光文以漢有天下歲久，恩德結於庶民，故立漢祖宗之廟，以懷民望。昭武因循，遂未悛革。今欲除宗廟，改國號，御以大單于爲太祖。亟議以聞。』於是太保領司空呼延晏等議曰：『陛下勳功茂於平洛，終於中山。中山分野屬大梁，趙也。宜革稱大趙，以水行承晉金行。』曜從之。於是牲牝尚黑，旌幟尚玄，冒頓配天，淵配上帝，自稱『大趙』。

翬翟重披理舊粧，紫光新殿沐恩光。聖明自頌開基主，不信貞魂奉義陽。

《十六國春秋·劉曜傳》：光初二年，徙都長安，起光世殿於前，紫光殿於後。立妃羊氏爲皇后。

又《曜后羊氏傳》：羊氏獻文皇后，即晉惠帝后也。洛陽之陷，遂没於曜。曜僭僞位，立爲皇后，因問之曰：『吾何如司馬家兒？』對曰：『陛下開基聖主，彼亡國暗夫，何可並言？妾爾時實不欲生，意謂世間男子皆然。自奉巾櫛已來，始知天下自有丈夫耳。』

《述異記》：晉末，群盜蜂起，義陽公主自洛中出奔，至洛南。士卒二千餘人留守不去，以衛京都。劉曜攻破之。主有殊色，曜將逼之。主手刃曜，不中，遂自刃。曜奇其正節，遣葬之。民憐之，爲立廟，今義陽神是也。

一戰西戎納欵多，東堂開讌樂如何。尊前宣進涼州伎，樂府新翻壯士歌。

《十六國春秋·前趙録》：先是，上邽氐、羌十餘萬落保險不服，其酋大虚除權渠自號秦王。曜遣子遠將兵討之，生擒伊餘於陣，權渠大懼，請降。西戎之中，權渠最强。權渠既降，莫不歸附。八月，曜讌群臣於東堂。

又：曜西擊涼州，張茂稱藩，獻女伎二十人。

又《陳安傳》：安善於撫綏，吉凶夷險與衆共之。及其死，隴上人思之，爲作《壯士》之歌。曜聞而嘉傷，命樂府歌之。

三千巧手聚陽平，邃殿崇臺取次成。漫把阿房擬秦暴，尚留酆水賜貧氓。

《十六國春秋·前趙録》：曜召構殿巧手三千人，發陽平等十郡牛車五千乘，運土築建德殿臺。命起酆明觀，立西宫，建淩煙臺於鎬池。侍中喬豫、和苞上疏諫，有曰『擬阿房而建西宫，模瓊臺而起淩煙』云云。曜大悦，即日下詔罷役，省酆水囿以與貧民。

後趙

石勒，上党武鄉羯人。初據襄國，稱趙王。晉咸和五年，僭稱帝，營鄴宫，以洛陽爲南都。改元二太和、建平。子弘立，改元延熙。勒從弟虎殺而代之，改元二建武、太甯。子世立，爲兄遵所篡。虎養孫冉閔殺遵，立其弟鑒，尋又殺之而自立，改稱魏。虎子祗稱帝於襄國，改元永甯，爲其下所殺。六主，凡三十二年。

黑兔祥符石氏昌，莫因禾稼怨胡蝗。行軍喜見擒王兆，記取鈴音替戾岡。

《十六國春秋·後趙録》：茌平令師懽獲黑兔，獻之於勒。勒下令外檢舊典，程遐等以爲：『黑兔見水德之祥。大趙革命於晉，以水承金，此示殿下宜速副天人之望也。』

又：勒於所耕地得一刀，銘曰『石氏昌』，隸書。

又：晉建武元年七月，河朔大蝗。勒又競取百姓禾，時人謂之『胡蝗』。

又：劉曜濟自大陽，圍石生於金鏞。勒欲自將救洛陽，以問佛圖澄。澄言於勒曰：『昨輪鈴音云：「秀支替戾岡，僕谷劬禿當。」此羯語也。秀支，軍也；替戾岡，出也；僕谷，劉曜胡位也；劬禿當，捉也。言軍出捉曜也。』

殿材山積荷嘉祥，建德宮成列鴈行。銘遍功臣三十九，雲臺名姓石函藏。

《十六國春秋・後趙録》：趙王三年春正月，勒下令曰：『去年水出巨材，所在山積，將皇天欲孤繕修宮宇也。其擬洛陽之太極起建德殿。』遣從事中郎任汪帥使工匠五千採木以供之。

又：銘佐命功臣三十九人於石函，置於建德前殿。

逐鹿中原啟壯圖，武鄉三世賦新除。軍中早寓經筵意，日聽儒生讀漢書。

《十六國春秋・石勒傳》：建平三年春正月，勒大會群臣于建德前殿。酒酣，謂中書令徐光曰：『朕可方自古開基何等主也？』光對曰：『陛下神武謀略過於高皇，雄藝卓犖超絶魏武。自三五以來無可比者，其軒轅之亞乎？』勒笑曰：『人豈不自知？卿言太過。朕若逢漢高祖，當北面事之，與韓、彭競鞭而爭先爾。若遇光武，當並驅中原，未知鹿死誰手。』

又：勒悉召武鄉耆舊赴襄國。既至，親與鄉老齒坐歡飲，語及平生。因以武鄉比之豐、沛，其復之三世，萬世之後，魂靈當歸之。

又：勒手不能書，目不識字，然雅好文學。雖在軍旅之中，常令儒生讀《春秋》《史》《漢》諸傳而聽之。

内員澄敘比公孤，妙選良家五位殊。妬寵不開人彘禍，漢家壼範笑娥姁。

《十六國春秋・石勒傳》：定昭儀、夫人，位視上公；貴嬪、貴人視列侯，員各一人。三英、九華視伯，淑媛、淑儀視子，容華、美人視男。務簡賢淑，不限員數。

又《勒后劉氏傳》：張禕反於襄城，后拔劍斬之，勒賴后而濟。后性敏慧，多幹略，佐勒建功業，有呂氏輔漢之風。然性不妬忌，尤過之也。

漳流曲曲抱城隈，閱武秋登戲馬臺。旗下忽聞髇箭發，五千飛騎一時迴。

《十六國春秋·後趙録》：戲馬臺，一名閱馬臺，在城中漳水之南。虎每講武於其下，升觀以望之。張幟鳴鼓，列騎星羅。虎登臺射髇箭一發，五千騎一時奔走，從漳水之南齊至於臺下。又射一箭，五千騎又一時奔走，至於漳水之北。其五千流散攢促，若數萬人騎。皆以黑矟從事，故以黑矟爲號。

三臺九殿遠相望，無數妖姿入顯陽。誰助親蠶來梓苑，臨漳宫外鞠衣黄。

《十六國春秋·後趙録》：城之西北有三臺，皆因城爲基，巍然崇舉。又起靈風臺九殿於顯陽殿后，選百官州郡民女以充之。

又：虎率三公九卿躬耕籍田於桑梓苑，苑有臨漳宫。三月三日及始蠶之日，虎率皇后及夫人採桑於此。虎后杜氏祠先蠶於近郊。

絳紗幌映碧紗袍，綺縠叢叢寶殿高。花柳爭春空作態，東皇屬意在櫻桃。

《鄴中記》：石虎太武殿西有崐華殿，閣上輒開大窗，皆施以絳紗幌。

又：石虎臨軒大會，著碧紗袍。

《十六國春秋·石虎傳》：後庭服綺縠、玩珍奇者萬餘人，内置女官十有八等。

《晉書·石虎傳》：勒爲季龍聘郭榮妹爲妻。季龍寵優童鄭櫻桃而殺郭氏，更納清河崔氏女，櫻桃又譖而殺之。

◎按，《十六國春秋》謂櫻桃是鄭世達家女姬，石虎惑之，有專房之寵。與《晉書》異。

馬埒宏開百戲攢，朱衣妙妓進賢冠。學書欲破簪花格，玉指拈毫立繡鞍。

《拾遺記》：石虎於太極殿樓下開馬埒射場，聚金玉錢貝以賞百戲之人。

《鄴中記》：石虎有馬妓著朱衣、進賢冠，立於馬上作書，號『飛騎書』。

玉隄錦障漾池光，浴室清嬉百寶香。複帳猶嫌風雪冷，燋龍投處試温湯。

《十六國春秋·石虎傳》：有四時浴室，皆用瑜石珷玞爲堤岸，或以琥珀車渠爲瓶杓。夏則引外溝水以納于池，池中皆以紗縠爲囊，盛百雜香，漬於水底。嚴冰之時，作銅屈龍數千枚，燒如火色，投水中，則池水恒温，名曰燋龍温池。又用文錦步障縈蔽浴所，與宫人寵嬖者解媟服宴戲，彌於日夜，名曰清嬉浴室。

又：冬月，施蜀錦流蘇斗帳。又用明光錦，以白縑爲裏，名曰複帳。

千金隄下御溝開，鳴鶴飛龍鼓枻催。訪得人間花果種，蝦蟆車送日邊栽。

《鄴中記》：華林園千金隄上作兩銅龍，相向吐水，以注天泉池，通御溝。三月三日，虎及皇后、百官臨水宴賞。

又：于園中種衆果。民間有名果，虎作蝦蟆車，掘根合土載之，植之無不生。

《寰宇記》：石虎有鳴鶴、飛龍等舟。

局腳牀連屈膝屏，桃枝扇底立娉婷。女官事事通門下，玉案文書筆不停。

《十六國春秋·石虎傳》：御牀獨方三丈，其餘牀皆局腳，高下六尺。

又：作金銀紐屈膝屏風，高施則八尺，下施則四尺，或施六尺，隨意所欲。

又：作雲母五明金薄莫難扇。虎出時，常以此扇挾乘輿，或用象牙及桃枝扇。

《鄴中記》：石虎以宫人爲女官門下通事，以玉案行文書。

數百珠璣整玉容，大朝五夜聽蛟鐘。君王有詔分班待，金鳳銜書下九重。

《鄴中記》：虎大會，禮樂既陳，虎繳兩閣上窗幌，宫人數十陪列著坐，悉服飾金銀熠熠。又於閣上作女妓數百，衣皆絡以珠璣。鼓舞連倒，琴瑟細技畢備。

《十六國春秋·石虎傳》：銅鐘四枚，如鐸形；或作蛟龍，或作鳥獸，繞其上。

又：虎有詔書，以五色紙著鳳凰口中。鳳即銜詔，侍人放數百丈緋繩，轆轤迴轉，狀若飛翔，飛下端門。鳳以木爲之，五色文身，腳皆用金。

崇杠庭燎夜騰輝，蚤起盤龍曉鏡開。内史從今兼外史，宫人觀象上靈臺。

《十六國春秋·石虎傳》：教宫人星占及馬步射。置女太史於靈臺，仰觀災祥，以考外太史之虚實。

《鄴中記》：石虎三臺及内宫中，鏡有徑二三尺者，純金盤龍雕飾。

《十六國春秋·石虎傳》：造庭燎於崇杠之末，高十餘丈，上盤置燎，下盤置人，絚繳上下。虎試而説之。

内家鼓吹佩聲鏘，鹵簿三千倚靚粧。官裏敕教陪獵輦，彎弓齊運轉關牀。

《鄴中記》：石虎常以女弟一千人爲鹵簿。◎按《輿地志》，鹵薄作三千。

又：石虎從出行，有女鼓吹；尚書官屬皆著錦袴，佩玉。

又：石虎少好遊獵，後體壯大，不復乘馬。作獵輦，二十人擔之，如今之步輦。上安徘徊曲蓋，當坐處安轉關牀。若射鳥獸，直有所向，關隨身而轉。

前燕

慕容皝，鮮卑人。父廆，晉拜平州牧、遼東公。廆卒，皝立，自稱燕王，遷龍城。皝卒，子儁徙居薊，尋徙居鄴，僭稱帝。改元二元璽、光壽。子暐立，改元建熙。太和五年降於秦，爲堅所殺。三主，凡三十七年。

警蹕傳呼寶蓋張，新宮符瑞紀龍翔。縹緗萬軸供宸覽，教胄新裁太上章。

《十六國春秋·慕容皝傳》：咸康三年冬十月丁卯，僭即王位于文德殿，大赦境内。起文昌殿，乘金根車，駕六馬，出入稱警蹕。

又：永和元年二月，有黑龍、白龍各一，見於龍山。皝率群寮觀之，祭以太牢。二龍交首嬉翔，解角而去。皝大悦，號所居新宫曰和龍宮，立龍翔佛寺於山上。

又：立東庠於舊宮，每月臨觀，考試優劣。親造《太上章》以代《急就》，又著《典誡》十五篇，並以教胄子。

競採燕支染面勻，誰將顔色奪釵裙。重温繡被知無日，鵝鴨池邊有鄂君。

《太平御覽》：習鑿齒與燕王書曰：『山下有紅藍，足下先知之否？北方人採取其花染緋黄，接其上英者作燕支，婦人用爲顔色可愛。』

《十六國春秋·前燕張鴻傳》：鴻仕鮮爲黄門郎，甚寵愛之。鴻頣下忽生鬚三根，長寸餘。鮮由是不悦，乃遣出宫，使看鵝鴨。

勒石盧龍御道開，彬彬文雅集鄒枚。侍臣競上甘棠頌，儘是登高作賦才。

《水經註》：燕景昭遣將軍步渾治盧龍塞道，焚山刊石，令通方軌。勒石嶺上，以記事功。◎按：景昭，慕容儁謚。

《十六國春秋·前燕録》：儁博覽書史，有文武幹略。彬彬文雅，更善詞賦。又：儁觀兵近郊，見甘棠於道周，從者不識。儁曰：『唏，此《詩》所謂甘棠。甘者，味之主也；木者，春之行也。春以施生，味以養物，色又赤者，言將有赫赫之慶於中土。吾謂國家之盛，此其徵也。《傳》曰：「升高能賦，可以爲大夫。」群司亦各書其志，吾得覽焉。』於是内外臣僚竝上《甘棠頌》。

篳黄旛絳繡韡紅，投報鄰封禮亦隆。冠冕從今垂永制，朝儀何假叔孫通。

《北堂書鈔》：庾翼與燕王書曰：『今致丈二細桃枝篳十，黄箋雙文篳二。』王獨受黄箋雙文篳一枚。

《太平御覽》：庾翼與慕容皝書曰：『今致孔雀毦二枚，細練十端，竹練二十端，繻鎧一領，兜牟白毦四【二】副，朱漆鏾二十張，絳碧畫旛黑毦四【三】副，白甌二枚。』

《十六國春秋·前燕録》：䲺遺侍中顧和繡韡一輛。

又：儁給事黄門侍郎申胤上言：『冠冕之式，代或不同。禮貴適時，宜損益定之，以爲皇代永制。』儁曰：『履劍不趨，下太常参議。太子服袞冕，冠九旒，超級逼上，未可行也。冠服何容一施一廢？皆可詳定。』

校按：【一】【二】『四』原作『自』，據《太平御覽》改。

常山珪璧應真人，齧臂無端入夢真。東苑鞭尸誰指認，後宫猶有石家嬪。

《十六國春秋·前燕録》：儁常山寺王母祠前大樹自拔，於根下得璧七十，珪七十三，光色精奇，有異常玉。儁以爲神嶽之命，遣尚書郎段勤用太牢祀之。

又：初，石虎使人探策於華山，得玉版，文曰：『歲在申酉，不絶如綫；歲在壬子，真人乃見。』及此，燕人咸以儁之應也。

又：儁夜夢石虎齧其臂，寤而痛惡之，命發其棺，求尸不獲。鄴女子李菟知而告之，言虎葬於東苑觀下。於是掘焉，得其尸鞭之，投於漳水。◎按：『鄴女子』，《水經註》作『後宫嬖妾』。『東苑』，一作『東明』。

百戰馳驅汗血功，先朝赭白氣猶雄。鑄銅東掖誇神駿，御製銘詞比鮑驄。

《十六國春秋·慕容儁傳》：初，廆有駿馬曰赭白，有奇相逸力。至是年四十九歲矣，而駿逸不虧。儁比之鮑氏驄，命鑄銅以圖其象，親爲銘贊，置之薊城東掖門。

異鳥呈祥五色分，殿西雛鷰自成群。鄴城重器歸新主，紫誥初封奉璽君。

《十六國春秋·慕容儁傳》：元璽元年，鷰巢於正陽殿之西椒，生三雛，頂上有豎毛。凡城獻異鳥，五色成章。儁謂群臣曰：『是何祥也？』咸稱：『鷰者，燕鳥也。首有毛冠者，言大燕龍興，冠通天冕章甫之象也。巢正陽殿西椒者，言至尊臨軒朝萬國之徵也。三子者，數應三統之驗也。神鳥五色，言聖朝將繼五行之籙以御四海者也。』儁大説。秋八月庚午，魏長水校尉馬願等開鄴城納燕兵，送冉閔妻董氏等，并乘輿服物及六璽於薊。傳國璽蔣幹先已送晉。儁欲神其事業，言歷數在己，乃詐云閔妻得之以獻，賜號曰奉璽君。

春盡蒲池御宴開，蕭蕭白髮對尊罍。君王重抱倉舒痛，涙灑曹瞞舊雀臺。

《十六國春秋·慕容儁傳》：光壽元年，自薊徙都於鄴，繕修宫殿，復作銅雀臺。又：光壽三年春三月，讌群臣於蒲池。酒酣賦詩，因談經史。論及周太子晉，潸然流涕，顧謂群臣曰：『昔魏武追痛倉舒，孫權悼登無已，孤常謂二主無大雅之體，才子難得。自景先之亡以來，孤鬢髮中白，始知二主有以而然。』

前秦

苻健，略陽氏人。父洪，三秦王，爲降將麻秋所酖。健嗣統其衆。晉永和七年，據長安，僭號稱秦，改元一皇始。子生立，改元壽光。從弟堅殺而代之，改元三永興、甘露、建元。堅伐晉，敗歸，爲姚萇所弑。子丕立於晉陽，改元天安。兵敗，爲晉所殺。堅族孫登立於隴東，改元太初，爲姚興所殺。子崇奔湟中，改元延初，爲乞伏歸仁所殺。六主，凡四十五年。

鼎出雞閭奮寶光，蒲家天遣王咸陽。西門祠下龍蛇夢，赤字先呈艸付祥。

《十六國春秋·苻堅傳》：初，堅即位，新平王彫陳説圖讖，曰：『新平地，古顓頊之墟，里名曰雞閭。記言，此里應出古帝王寶器，其名曰延壽寶鼎。顓頊有云：「河上先生爲吾隱之於咸陽西北，吾之子孫有草付臣又土應之。」』至是，新平人耕地得之以獻。

又《苻洪傳》：其先蓋有扈氏之苗裔，子孫强盛，世爲西戎酋長。始，其家池中生蒲，長五丈，五節，狀如竹。時咸異之，謂之蒲家，因以氏焉。

又《苻堅傳》：堅母苟氏嘗遊漳水，祈子於西門豹祠。歸，其夜夢與神交，因而有孕，十二月而生堅。背有赤文隱起，狀如篆文，成字曰『艸付臣又土王咸陽』。

車頻《秦書》：苻堅母苟氏浴漳水，經西門豹祠。夜夢若有龍蛇感己，遂懷孕而生堅。

又：堅背文曰『草付之祥』，因爲苻氏。

宗藩新命錫陽平，雍冀雲深别思縈。夜半翟車迴灞上，市南重奏后星明。

《十六國春秋·堅太后苟氏傳》：陽平公融，太后少子也，甚愛之。出鎮冀州，比發，三至灞上。其夕又竊如融所，内外莫知。是夜，堅寢於前殿，太史令魏延上言：『天市南門屏内后妃星失明，左右閹寺不見后妃移動之象。』堅推問之，驚曰：『天道與人，何其不遠！』遂重星官。

空城鬱鬱復青青，五眼三羊讖竟成。東海魚龍方變化，長人早已報昇平。

《十六國春秋·前秦録》：皇始五年，新平有長人見，長五丈。語於百姓張靖曰：『苻氏應天受命，今當太平。』俄而不見。

又：苻生，健第三子，生無一目。健以讖有『三羊五眼』之言，故立爲太子。

又：生夢大魚食蒲。又長安謡曰：『東海有魚化爲龍，男便爲王女爲公，問其何所洛門東。』東海，堅所封也，時爲龍驤將軍，第在洛門之東。時又謡曰：『百里望空城，鬱鬱何青青。瞎兒不知法，仰不見天星。』於是悉壞諸空城以禳之。『法』是苻法也。

朝陽鳴鳳集崇臺，東閣曈曨旭景開。未見雞竿懸闕下，蒼蠅先報赦書來。

《十六國春秋·前秦録》：甘露三年秋九月，鳳皇集於東闕，大赦境内。初，堅與左僕射猛、右僕射融密議於露臺，悉屏左右，親爲赦文，猛、融進紙筆。有一大蒼蠅，入自牖間，集於筆端，驅而復來，久之乃去。俄而長安市里民相告曰：『官今大赦。』有司以聞。堅驚謂猛、融曰：『禁中無耳屬之理，事何從而洩？』敕内外推窮之。咸言有一小人，衣黑衣，大呼於市曰：『官今大赦！』須臾不見。堅歎曰：『其向蒼蠅乎？聲狀非常，吾固惡之。』

西亭講禮復東庠，釋奠臨雍鉅典彰。自古修文當偃武，渭城有旨罷開堂。

《十六國春秋·前秦録》：建元七年春正月，行禮於辟雍，祀先師孔子。太子及公侯、卿大夫、士之元子，皆束脩釋奠焉。高平蘇通、長樂劉祥並碩學耆儒，尤精二禮。堅以通爲《禮記》祭酒，居於東庠；祥爲《儀禮》祭酒，處於西亭。堅每月朔旦，率百僚親臨講論。

又：建元十六年，起教武堂於渭城，命太學生明陰陽兵法者教授諸將。秘書監朱彤諫曰：『陛下東征西伐，所向無敵。四海之地，十得八九。雖江南未服，蓋不足言。是宜稍偃武事，增修文德。乃更始立學舍，教人戰鬬之術，殆非所以馴致升平也。且諸將皆百戰之餘，何患不習於兵？迺更使受教於諸生，非所以强其志氣也。此無益於實，而有損於名，惟陛下圖之。』堅乃止。

止馬詩兼戒酒文，一堂喜起慶嘉辰。廷臣漫道伶工賤，中有長揚諫獵人。

《十六國春秋·前秦録》：建元十四年，大宛獻天馬。堅曰：『吾常慕漢文帝之返千里馬。』乃命群臣作《止馬》之詩而遣之，示無欲也。於是獻詩者四百餘人。堅與群臣飲酒於銅臺，以秘書監朱彤爲酒正。曰：『今日之飲，當以極醉爲限。』秘書侍郎趙整以堅頗好酒，作《酒德》之歌以諫之。堅大悦，命整書之，以爲酒戒。

又：堅如鄴，狩於西山，親馳射獸，樂而忘返。伶人王洛叩馬諫曰：『臣聞千金之子坐不垂堂，萬乘之主行不履危。今久獵不歸，若禍起須臾，變生不測，其如宗廟、太后何？』堅曰：『善哉！昔文公悟愆於虞人，朕聞罪於王洛，信吾過也。』爲之罷獵還宫。

太極軒軒仗衛趨，珠簾高捲日光鋪。膗蹄側鼻皆來朝，萬國衣冠王會圖。

《十六國春秋·前秦録》：堅自平諸國後，國内殷實，遂示人以侈。懸珠簾於太極前殿，以朝群臣。

又：建元十七年，鄯善王及車師前部王皆來朝，堅引見於太極前殿。是時，四夷賓服，湊集關中。四方種人皆奇貌異色，晉人爲之題目，謂胡人爲『側鼻』，東夷爲『廣面闊額』，北夷爲『匡腳』，南蠻爲『膗蹄』，方以類名也。

烈公勳德孰能儔，父事當年禮最優。若箇董狐誇直筆，漢宮原有辟陽侯。

《十六國春秋·前秦李威傳》：威，苟太后之姑子也。苻生屢欲殺堅，賴威營救得免。堅深德之，事威如父。建元十年卒，謚曰烈公。初，苟太后少寡，威有辟陽之寵，史官載之。卒後，堅收《起居註》及著作所録而觀之，見其事，甚慚。乃焚其書，而大檢史官，將加其罪。著作郎趙泉、車敬等已死，乃止。

女隸誰稱咏絮才，經傳博士内司開。宫鬟競欲誇雲鬢，愁見新羅國色來。

《十六國春秋·苻堅傳》：後宫置典學，立内司，以教掖庭。選女隸敏慧者，詣博士授經。

又：建元十七年，新羅國獻美女。國在百濟東，其人多美髮，髮長丈餘。

誰撥琴絃唱得脂，尾長翼短奮飛遲。雀來燕室緣何事，慚愧庭前下輦時。

《十六國春秋·趙整傳》：整性好幾諫，因侍宴，援琴而歌曰：『阿得脂，阿得脂，博勞舊父是仇綏。尾長翼短不能飛，遠徙種人留鮮卑，一旦緩急語阿誰？』堅笑而不納。

又：建元中，慕容垂夫人段氏得幸於堅，堅與之同輦，遊於後庭。整作歌以諷之，曰：『不見雀來入燕室，但見浮雲蔽白日。』堅改容謝之，命夫人下輦。

何處飛來鳥一雙，紫宫春暖任翱翔。阿房忽報栽桐竹，誤引鵷鶵作鳳凰。

《十六國春秋·苻堅傳》：初，堅之滅燕，沖姊清河公主年十四，有殊色，堅納之。沖年十三，亦有龍陽之姿，堅又幸之。姊弟專寵，宫人莫進。長安歌之曰：『一雌復一雄，雙飛入紫宫。』又謡曰：『鳳凰鳳凰止阿房。』堅乃植桐竹於阿房城，以待鳳凰之至。沖小字鳳凰。至是，終爲堅賊，入止阿房城。

堂號徽音嗣者誰，脱簪無計阻行師。宮城夢醒雞聲亂，一夜西風長緑葵。

宋敏求《長安志》：徽音堂在惡犬城外，苻氏造也。

《十六國春秋·苻堅夫人張氏傳》：堅將入寇江左，群臣切諫，不聽。張氏進曰：『妾聞王者出師，必上觀天道，下順人心。今人心既不然矣，請驗之天道。諺云：「雞夜鳴者不利行師，犬群嗥者宮室必空；兵動馬驚，軍敗不歸。」自秋冬以來，衆雞夜鳴，群犬哀嗥，厩馬驚逸，武庫兵器自動有聲。此皆非出師之祥也，願陛下思之。』堅曰：『軍旅之事，非婦人所當豫也。』遂興兵。張氏請從。其夜堅夢葵生城内，明以問之，張氏曰：『若征軍遠行，難爲將也。』堅又夢地東南傾，復以問。云：『江左不可平也。君无南行，必敗之象也。』堅不從，果大敗於壽春。單騎遁還，顧張氏，潸然流涕。及堅死，張氏乃自殺。

後燕

慕容垂，皝第五子。晉太元八年，據中山，僭號稱燕。卒，僞諡武成。改元二燕元、建興。子寶立，改元永康。因魏師深入，南奔失國，爲其臣蘭汗所弑。子盛誅汗自立，改元二建平、長樂。段璣作亂，被傷死。垂少子熙立，改元光始。義熙三年，爲馮跋所弑，立寶養子高雲爲主，燕亡。四主，凡二十四年。

暖榭涼臺展舊基，隔城石竇暗通池。花開姊妹無凡豔，椒屋先分第一枝。

《水經注》：盧奴城内西北隅有黑水池，池水東北隅有漢中山王故宫處。臺殿觀榭，皆上國之制。簡王尊貴，壯麗有加，始築兩宫，開四門。穿北城，累石爲竇，通池流於城中。造魚池、釣臺、戲馬之觀。歲久傾頽，遺基尚存。暨石趙建武七年，遣北中郎將始築小城，興復北榭，立宫造殿。後燕因其故宫，建都中山，更築隔城，興復宫觀。今府榭猶存故制。自漢及燕，池水經石竇。

《十六國春秋・垂后後段氏傳》：段氏字元妃，光禄大夫段儀之女也。少而婉慧，有節操。嘗謂其妹季妃曰：『我終不作凡人妻。』季妃曰：『妹亦不作庸人婦。』鄰人聞而笑之。既而垂納元妃爲繼室，及僭即帝位，册拜爲皇后。范陽王亦聘季妃。姊妹皆爲皇后，卒如其言。◎按：范陽王，即慕容德。

全憑國胄定邦基，一擲三盧未足奇。不是申生爲太子，獻公翻恐誤驪姬。

《十六國春秋・後燕録》：初，寶在長安，與韓黄、李根等因讌以樗蒲爲戲。寶危坐整容，誓之曰：『世云樗蒲有神，若富貴可期，頻得三盧。』於是三擲盡盧，故云五柳之祥。

又《垂后後段氏傳》：寶初爲太子，有美稱。已而荒怠，中外失望。元妃嘗言之，垂謂之曰：『汝欲使我爲晉獻公乎？』元妃泣而退，告其妹季妃曰：『太子不才，天下所知。吾爲社稷計言之，主上乃比吾爲驪戎之女。何其苦哉！主上百年之後，太子必喪社稷。』

東堂考論共推賢，不頌伊周頌大燕。詔許新昌各言志，七兵忠讜正丁年。

《十六國春秋・後燕録》：盛聽詩歌及周公之事，顧謂群臣曰：『周公輔成王，不能以至誠感上下，誅兄弟以杜流言，猶擅名譽於經傳、歌絃。至於我太祖桓王，承百王之季，主在可奪之年，臨朝輔政，群臣緝穆，時無二論。勳德之茂，豈可與周公同日言乎？而燕詠闕而不論，盛德掩而不述，非所謂也。』乃命中書更爲《燕頌》，以述恪之功焉。又謂常忠曰：『伊尹、周公孰賢？』忠曰：『伊尹非有周公之親，而功濟一代。太甲亂德，放於桐宫，使主無怨言，臣無流謗。臣謂伊尹之勳有高周旦。』盛曰：『伊尹以舊臣之重，顯阿衡之任。太甲嗣位，君道未洽，不能竭忠輔導，而放黜桐宫。事同夷羿，何周公之可擬乎？太甲，至賢之主也。以伊尹歷奉三朝，績無異稱，將失顯祖委授之功。故匿其日月之明，受伊尹之黜，所以濟其忠貞之美。亦猶泰伯之三讓，人無德而稱焉。』郎敷曰：『泰伯三以天下讓，至仲尼而後顯其至德。太甲受謗於天下，遭陛下乃申其美。』因而談讌賦詩，賜金帛有差。

又：引見百僚於東堂，考詳器藝，超拔者十有二人，命百官舉文武之士才堪佐世者各一人。讌群臣於新昌殿，盛曰：『諸卿各言其志，朕將覽之。』七兵尚書丁信年十五，盛之舅子也，進曰：『在上不驕，高而不危，臣之願也。』盛曰：『丁尚書年少，安得長者之言乎？』

東園白雀舊徵祥，長樂除奸業復光。妃子功高無翟茀，竟教團扇棄蘭房。

《十六國春秋·慕容盛傳》：寶爲蘭汗所殺。盛攻汗，殺之，告成於太廟，即位於承乾殿。長樂元年夏四月，有異雀素身緑首，集於端門，棲翔東園，二旬而去。以異雀故，大赦殊死已下，改東園爲白雀園。

又：盛初封長樂公。

又《盛妃蘭氏傳》：蘭氏，蘭汗之女也。寶爲汗所殺，盛馳進赴哀。汗妻乙氏及盛妃皆涕泣請盛於汗，妃復頓頭於諸兄弟。汗惻然哀之，遣其子迎盛，舍於宫中，親待如舊。先是，汗之當國也，盛從寶出亡，妃奉事丁氏愈謹。及盛誅汗，以妃當從坐，欲殺之。丁氏以妃有保全之功，固爭之，得免，然終不得爲后。◎按：丁氏，盛伯父獻莊太子全之妃。

龍驤苑起景雲山，曲海涼池碧水環。暑氣侵人多病暍，天廚猶索凍魚還。

《十六國春秋·慕容熙傳》：築龍驤苑，起景雲山於苑內。

又：起逍遥宫、甘露殿，連房數百，觀閣相交。鑿天河渠，引水入宫；又鑿曲光海、清涼池。季夏盛暑，士卒暍死幾萬餘人。

又《熙后小苻氏傳》：后嘗季夏思凍魚膾，冬思生地黄，皆下有司切責之。不得，則加以大辟。

游畋山海動經旬，寂寞承華暗網塵。泣罷芳魂無處覓，千官忠孝盡含辛。

《十六國春秋·熙后小苻氏傳》：又爲苻后起承華殿，負土于北門，土與穀同價。

又：后好游畋，熙從之。北登白鹿山，東過青嶺，南臨滄海，百姓苦之。

又：苻后死，制百僚於宫内，設位哭臨。使有司案檢，哭者有淚，以爲忠孝，無則加罪。群臣震懼，莫不含辛以爲淚。

高勾驪是舊宗盟，派衍青山業漸宏。東國人來方報聘，史官應奏使星明。

《十六國春秋·後燕録》：慕容雲，寶之養子，高勾驪之支庶也。皝破高勾驪，徙於青山，由是世爲燕臣。祖父高和，自云高陽氏之苗裔，故以高爲氏。正始二年，高勾驪遣使來聘，且敘宗親，雲遣侍御史李拔報之。

月光飛去白龍蟠，束藁經燃兆有端。誰典禁兵同捧日，東堂轉趣夕陽殘。

《十六國春秋·後燕録》：建始元年三月，太史丞梁延年夢月化爲五白龍。夢中占之，曰：『月，臣也。龍，君也。月化爲龍，當有臣爲君者。』寤而告人曰：『國苻其將盡乎！』

又：初，童謡曰：『一束藁，兩頭然，秃頭小兒來滅燕。』『藁』字上有草，下有木，兩頭然則草木俱盡而成『高』字。雲父名拔，小字秃頭，有三子，而雲季也。熙竟爲雲所滅，終如謡言。

又：雲以武藝給事侍東宫，永康初拜侍御郎，賜姓慕容氏，封夕陽公。

又：雲以無功德而居大位，内懷危懼，常蓄養壯士，以爲腹心爪牙。寵臣離班、桃仁專典禁兵，賞賜以巨萬計，而班、仁無厭，猶有怨憾。戊辰，雲臨東堂，班、仁懷劍執紙而入，稱有所啟，拔劍擊雲。雲以几拒班，仁從旁擊雲，雲遂被殺。

後秦

姚萇，南安赤亭羌人。父弋仲，兄襄，世爲酋帥。襄爲苻堅所殺，萇率衆降秦。晉太元九年，起兵北地，自稱秦王。十一年，入據長安，僭稱帝。改元二白雀、建初。子興立，改元二皇初、弘始。子泓立，改元永和。義熙十三年，爲劉裕所滅。三主，凡二十三年。

龍寨風高捲旆旌，鳳遊樓閣鬱崢嶸。千端文綺裁征襖，擎出宫門賜大營。

《耀州志》：魏王樓，姚襄所建。三木門與天桃諸堡、九龍寨，皆其跡。

《十六國春秋·姚萇傳》：起殿於殺祤故城西北鳳遊鄉上。

又：萇與苻登相持，時諸營既多，故號萇軍爲大營。十一月天大雪，萇下書自責，散後宫文綺珍寶以供戎事。

梓潼神報國基開，劍鑄雌雄聖武恢。所恨衮衣剛應夢，無端又夢鬼兵來。

《十六國春秋·後秦録》：初，襄寇洛陽，夢萇服衮衣，升御坐，諸酋長皆侍立。因謂諸將佐曰：『吾夢如此，此兒志度不恒，或能大起吾族。』甚器異之。

又：萇造二刀，長七尺，一名曰雌，一名曰雄，有寇即鳴。

又：萇遊至梓潼嶺，見一神人，謂之曰：『君蚤還秦。秦無主，其在君乎？』萇請其姓氏，曰：『張惡子也。』言訖不見。至是據秦稱帝，即其地立張相公廟祠之。

又：萇疾篤，夢苻堅將天官使者、鬼兵數百突入營中。萇懼，走入宫。宫人迎萇刺鬼，誤中萇陰。遂患陰腫，卒於永安宫。

黄龍門啟接朝堂，人坐西宫日正長。彌勒一龕珠佛像，金爐閒爇内家香。

《十六國春秋·後秦録》：皇初五年，興建南臺、武庫、朝堂於長安。又立西宫，名宫門曰黄龍門。

又：姚嵩，興之弟也，留心經典，專精釋道。興因賜以皇后所遺珠佛像。

須彌山樹碧雲深，麋苑秋高獵馬駸。不賦長楊賦豐草，君王新賜諫臣金。

《十六國春秋·姚興傳》：作須彌山，四面有崇巖峻壁。珍禽異獸，山林草木，精奇怪異，人所未識。

又：興雅好遊畋，京兆杜延著《豐草詩》箴之。興覽而善之，賜以金帛，終弗能改。

《西征記》：姚興有逍遥園，西去三百步有麋子苑，羌王養麋鹿數百頭。

連理枝高雨露濃，天潢骨肉盡從龍。新伶譜出黄兒曲，鳳管鸞笙付慕容。

《十六國春秋·姚興傳》：連理樹生於廟庭。

又：弘始元年，慕容超獻大樂技一百二十人。

又《姚邕傳》：邕，小字黄兒，興之弟也，封濟南公。識鑒明慧，又善音樂，皆能度其盈虚，增改曲調。世咸傳之，號『濟南新調』。

波若臺前共坐禪，小兒何事更登肩。宫娥夜薦鴛鴦枕，爲博人間法種傳。

《十六國春秋·姚興傳》：興居羅什於逍遥園，以國師禮待之。親帥群臣如逍遥園，引諸沙門於澄玄堂，聽什演説佛經。立波若臺於中宫，時沙門坐禪者恒有千數。

又《鳩摩羅什傳》：羅什一日忽下高座，謂興曰：『有二小兒登吾肩，慾障須婦人。』興曰：『大師聰明超悟，海内無雙。若一旦後世，何可使法種無嗣？』遂以宫女進之，一交而生二子。諸僧有效之者，什聚針盈鉢，謂曰：『若能相效食此者，乃可畜室耳。』因舉匕進針，與常食不别，諸僧愧止。

南燕

慕容德，皝少子。晋隆安元年，燕主寶失國，德棄鄴南徙滑臺，自稱燕王。三年，進據廣固，稱帝，改元建平。德卒，兄子超立，改元太上。義熙六年，爲劉裕所滅。二主，凡十三年。

冰合天橋唱駕還，玉林焜燿應星躔。祇嗟公主留裙帶，淚灑琴牀溼斷絃。

《十六國春秋·慕容德傳》：德自鄴將徙滑臺，遇風船没。魏兵垂至，衆心惶懼，議欲退保黎陽，德不從。其夕流澌冰合，遂於夜中南渡黎陽。訖旦，魏兵追至，而冰亦潛消，若有神焉。德大説，改黎陽津爲天橋津。又《慕容超傳》：先是，超自長安行至梁父。南海王法時爲兖州刺史，鎮南長史悦壽謂法曰：『向見北海王子，天姿宏雅，神爽高邁，始知天族多奇，玉林皆寶。』又《慕容氏傳》：段豐妻，慕容氏德之女也。少有才慧，善書史，能鼓琴。德既僭位，署爲平原公主。年十四，適於豐。豐爲人所譖，被殺。慕容氏寡居，歸，將改適壽光公餘熾。慕容氏謂侍婢曰：『我聞忠臣不事二君，烈女不更二夫。段氏既遭無辜，已不能同死，豈復有心於重行哉！今主上不顧禮義，逼我改嫁。我若不從，則違嚴君之命矣。』於是剋日交禮。慕容氏姿容婉麗，服飾光華，熾覩之甚喜。經宿，慕容氏僞辭以疾，熾亦不之逼。三日歸第，沐浴置酒，言笑自若。至夕，密書其裙帶曰：『死後當埋我於段氏側，若魂魄有知，當歸彼矣。』遂於浴室自縊而死。

千里驊騮備上閑，春風鈿輦步趨閒。金刀共幸東歸早，法駕親迎馬耳關。

《十六國春秋·慕容超傳》：太上二年，高句麗獻千里馬、生熊皮障泥於超。《通典》：劉裕執慕容超，獲金鈿輦。◎《十六國春秋》作『金鉦輦』。《十六國春秋·慕容超傳》：超以母、妻先在長安爲姚興所拘質，遣使奉表稱藩，并送大樂伎一百二十人。興大悦，還超母、妻，厚其資禮而遣之。超親率六宫迎之於馬耳關。

又：超字祖明，備德兄北海王納之子也。納與母公孫氏就弟備德，家於張掖。備德從苻堅南征，留金刀，别母而去。備德與燕王垂起兵於山東，張掖太守收納及備德諸子，皆誅之。公孫氏以老獲免，納妻段氏以懷娠未決，囚之於郡獄。獄掾呼延平，備德之故吏也，竊將公孫氏及段氏逃於羌中。段氏生超，年十歲而公孫氏病。臨死，授超以金刀，曰：『聞汝伯已中興於鄴都，汝得東歸，當以此刀還汝伯也。』呼延平卒，超號慟經旬。超母謂之曰：『吾母子得全濟者，呼延氏之力也。平今雖死，吾欲爲汝納其女以答厚恩。』於是娶之。備德聞納有遺腹子在秦，遣濟陰吴辯潛往視之。辯因宗正謙以告超，超潛變姓名，與謙俱歸。及至廣固，呈以金刀，具宣祖母臨終之言。備德撫之號慟。

◎按：備德，即德。憫吏民犯諱，增一『備』字爲二名。

多士橿橿國子師，卻因遊戲闢申池。酒酣共笑延賢殿，喜起明良又一時。

《十六國春秋·南燕録》：德立學宫，簡公卿以下子弟及二品士門二百餘人爲太學生。每月朔，親臨試之。作申池以爲遊戲。

又：青州刺史鞠仲來朝，讌於延賢殿。酒酣，笑謂群臣曰：『朕雖薄德，恭己南面而朝諸侯。在上不驕，夕惕於位，可方自古何等主也？』仲曰：『陛下中興之聖主，少康、光武之儔也。』備德顧命左右，賜仲帛千疋。仲以賜多爲讓，備德曰：『卿知調朕，朕不知調卿邪？卿飾對非實，故朕亦以虚言相賞。賞不謬加，何足謝也！』韓範進曰：『臣聞天子無戲言，忠臣無妄對。今日之論，上下相欺，可謂君臣俱失。』備德大悦，賜範絹五十疋。

羽獵歸來意不懽，東陽長歎亦無端。二千五百教歌舞，徧簡優伶付樂官。

《十六國春秋·南燕録》：超不恤政事，惟畋遊是好。

又：正旦，超朝會群臣於東陽殿。聞樂作，歎音佾不備，悔送伎於秦。遂議入寇，掠晉人以補伎。領軍將軍韓諄諫，不聽。率騎寇宿豫，拔之，大掠而歸。簡男女二千五百，付太樂教之。

太極端門報曉籌，銅鐘聲動集鵷儔。羊頭儘有封侯相，不事三臺事五樓。

《十六國春秋·南燕慕容德傳》：元年冬十月，太極端門並就。時銅官令王瓚得古銅鐘四枚，獻之，列於太極殿前，賜瓚爵關内侯。

又：先是，有謡曰：『大風蓬勃揚塵埃，八井三刀卒起來。四海鼎沸中山頽，惟有德人據三臺。』於是群臣議以詳僭號中山，因勸德即尊號。

又：超時，公孫五樓專總朝政，宗族親戚並居顯要。時人爲之語曰：『欲得侯，事五樓。』

駕幸天門遷授多，百官朝畐竟如何。城頭樂奏聲嗚咽，相對虞兮泣楚歌。

《十六國春秋·南燕録》：太上六年春正月，甲寅正旦，超登天門，朝群臣於城上。殺馬以畐將士，文武皆有遷授。乙卯，超幸姬魏夫人從超登城。見晉師之盛，方奏樂，乃握超手對泣，曲終不已。

夏

赫連勃勃，朔方人，劉淵之族。晉義熙十四年，據統萬城，僭號稱夏。改元四龍升、鳳翔、昌武、真興。子昌立，改元承光，爲魏所擒。弟定復自立於平涼，改元勝光。宋元嘉八年，爲吐谷渾王慕璝所襲，執送於魏。二主，凡二十五年。

危樓傑閣絡珍珠，龍雀刀環擬湛盧。怪得外人心膽落，髑髏臺下血模糊。

《太平寰宇記》：真珠樓、通天樓皆勃勃建，在朔方城内。

《十六國春秋·赫連昌傳》：初，勃勃性豪侈，好治宫室。築統萬城，臺榭壯大，飛閣相連。皆雕鏤圖畫，被以綺繡，飾以丹青。

又《勃勃傳》：造百鍊剛刀五口，背上爲龍雀大環，號曰『大夏龍雀』，銘其背曰：『古之利器，吴楚湛盧。大夏龍雀，名冠神都。』

又：積人頭爲京觀，號曰髑髏臺。

果城花發碧洲環，鼓枻蓮池翠一彎。青海迴鑾馳道改，招魂空到契吴山。

《水經註》：薄骨律鎮城，在河渚上，赫連果城也。桑果餘林，仍列洲上。

《寰宇記》：渌蓮池在靈州，赫連勃勃每畋於三交、渌蓮池。◎按：《十六國春秋》作『渌漣池』。

段龜龍《涼州記》：契吴山，在縣北七十里。赫連勃勃北游契吴而歎曰：『美哉斯阜！臨廣澤而帶青海。吾行地多矣，自嶺以北，大河以南，未有如斯之壯麗矣。』

《太平御覽》引《十六國春秋·夏録》云：赫連昌發二百里内民二萬五千人鑿嘉平陵，七千人繕清廟於契吴。以勃勃平昔之意也，故立廟焉。葬勃於城西十五里，起行宫，模寫統萬宫殿，飾以金銀珠璣。葬訖焚之。◎按：今本《十六國春秋》無此文。

宗支剛鋭皆成鐵，宮殿煇煌盡飾金。偶上沖天臺上望，長安千里碧雲深。

《十六國春秋·夏録》：勃勃耻姓鐵弗，改爲赫連。下書曰：『帝王係天爲子，其爲徽赫，實與天連。今改姓赫連氏，庶協皇天之意。不可令支庶同之，其非正統者，皆以鐵伐爲氏。庶朕宗族子孫剛鋭如鐵，皆堪伐人也。』

又：勃勃復鑄銅爲大鼓及飛廉、翁仲、銅駝、龍虎之形，皆以黄金飾之，列於宫殿之前。

又：起沖天臺於統萬南山，欲登之以望長安。

服涼平朔氣何振，四扇門開黑水濱。忽見紅裙懸槊上，群花飛作魏宫春。

《十六國春秋·夏録》：勃勃改築都城於朔方水之北，黑水之南，名曰統萬城。

又：好自矜，大名其四門，南曰朝宋門，東曰招魏門，西曰服涼門，北曰平朔門。

又：昌奔上邽，魏乘勝追逐，至於城北，諸門悉閉。世祖入其宫中，得婦人裙，繫之槊上，乘之而上。獲昌諸母姊妹妻妾宫人以萬數，以昌宫人頒賜將士，納勃勃三女爲貴人。

前涼

張軌，安定烏氏人。晉永康二年，爲涼州牧，居姑臧。二子寔、茂繼之。茂傳從子駿，駿傳子重華，重華始稱涼王。子曜靈繼立，庶兄祚廢而代之，改元和平，爲其下所殺。立曜靈弟玄靚，改元建興。其叔父天錫又殺而代之，仍稱涼州牧。太元元年，爲苻堅所滅。九主，凡七十六年。

犧象曾占霸業隆，姑臧千里秀靈鍾。珊珊龍女來枹罕，恰稱宮城住卧龍。

《十六國春秋·張軌傳》：軌以晉室多難，陰圖保據河西，追竇融故事。筮之，遇『泰』之『觀』。軌喜曰：『霸者之兆。』乃求爲涼州刺史。

又：光熙元年，大城姑臧。其城本匈奴所築也，地有龍形，故曰卧龍城。漢末，博士燉煌侯瑾謂其門人曰：『後城西泉水當竭，有雙闕起其上，與東門相望。中有霸者出焉。』至是，張氏遂霸河西。

《臨洮府志》：晉永嘉五年，枹罕令嚴根妓産一龍女，涼州牧張軌育之宫中。

賓遐觀裏燕鶯嬌，曉日珠簾鬬舞腰。幸喜酪醇能化妒，莫吹宫怨入瓊簫。

《十六國春秋·張駿傳》：鄯善王元禮獻女姝好，號曰美人，立賓遐觀以處之。

《涼州記》：吕纂時，胡人發張駿冢，得白珠簿簾。

《十六國春秋·張天錫傳》：會稽王道子問其西土所出何物爲美，對曰：『桑葚甘香，鴟鴞革響。淳酪養性，人無妬心。』

又《後涼録·吕纂傳》：涼州人胡據盜發張駿墓，得真珠簾箔、雲母屏風、琉璃榼、白玉樽、赤玉簫、紫玉笛、珊瑚鞭、馬瑙鍾、黄金勒。

王母祠成石室高，珠璣風動響雲璈。四城果熟秋容淡，誰獻瑶池千歲桃。

《十六國春秋·馬岌傳》：岌爲酒泉太守，上言：『酒泉南山，即崑崙之體也。周穆王見西王母，樂而忘歸，即謂此山。山上有石室王母堂，珠璣鏤飾，煥若神宫。宜立王母祠，以禅朝廷無疆之福。』駿從之，乃爲立祠祀之。《類函》：王隱《晉書》：『涼州牧張駿增築四城箱，各千步。東城植園果，命曰講武場；北城植園果，命曰玄武圃，皆有宫殿。』

金玉輝煌啟繡櫳，謙光五殿占春風。泉臺洒埽酬君寵，先遣香泥葬落紅。

《十六國春秋·張駿傳》：駿起謙光殿，畫以五色，飾以金玉。殿之四面各起一殿，東曰宜陽青殿，春三月居之；南曰朱陽赤殿，夏三月居之；西曰政刑白殿，秋三月居之；北曰玄武黑殿，冬三月居之。又《閻氏薛氏傳》：天錫妾閻氏、薛氏，並有殊寵。天錫寢疾，謂之曰：『汝二人將何以報我？我死之後，豈可更爲人妻乎？』皆曰：『尊若不諱，妾請效死於前，供洒埽於地下耳。誓無他志也！』疾篤，二姬皆自刎。及病瘳，天錫追悼之，以夫人禮葬焉。

涼州倚柱看秦川，萬國皛趨玉璽傳。閑豫堂前張曲宴，銅龍光耀御池邊。

《十六國春秋·前涼録》：張寔時，焦松、陳安舉兵寇隴右，東與劉曜相持。秦、雍之人死者十八九，惟涼州獨全。先是，永嘉中，長安謡曰：『秦川中，血没腕，惟有涼州倚柱看。』至是，謡言驗矣。又：咸康元年，駿得玉璽於河，其文曰：『執萬國，建無極。』又：駿有閑豫堂，前有閑豫池。池中有五龍，晝日見彩，移時乃滅。遂鑄銅龍於其上。

趯趯微蟲伏草根，逆行何故上宫門。風詩舊詠螽斯羽，謬比周王育子孫。

《十六國春秋・前涼常據傳》：重華末年，有螽斯蟲集安昌門外，緣壁逆行。據因諫曰：『螽斯是祚小字。今乃逆行，災之大者。願請出祚以安涼土。』重華曰：『子孫繁盛之徵，何爲災也？吾昨夢祚攝位，方委以周公之事，使輔幼子。君是何言也！』及重華卒，祚果殺曜靈。

萬幾多曠戲游便，寵幸連朝拜賜錢。樂部新翻天竺曲，雅歌譜入五條絃。

《十六國春秋・前涼録》：重華好與群小游戲，屢出錢帛以賜左右寵臣。又喜博奕，頗廢政事。

又：永和四年，天竺國重譯來貢。其器有鳳首箜篌、琵琶、五絃、笛、銅鼓、毛圓、都曇銅鼓等九種，爲一部，工十二人。歌曲有《沙石疆》，舞曲又有《天曲》。

永訓宮中久不朝，園池隨處縱游遨。白瓜滿殿成妖讖，突見兵來緑錦袍。

《十六國春秋・前涼録》：天錫元日與嬖幸褻飲，既不受群僚朝賀，又不朝於永訓宮。

又：天錫數宴園池，政事頗廢。

又：天錫夢一緑色狗從東南入，欲咋之。天錫床上避，匝乃墮地。後苟萇來破姑臧，著緑錦袍，從東南門入，皆如所夢。

又：天水太守史稷暴疾而卒，五旬乃蘇，云見涼州謙光殿中皆生白瓜。至是，秦使中書令梁熙等來伐。熙小字白瓜。

按：永訓宮，重華嫡母嚴氏所居。天錫僭位，仍尊爲太王太后者也。

蜀

李雄，略陽臨渭人。父特，初以流人起兵，稱益州牧，爲刺史羅尚所殺。雄逐尚自立。晉永興元年，據成都，僭號稱成，後稱蜀。改元三建興、晏平、玉衡。兄子班嗣立，爲雄庶子期所篡，改元玉恒。特從子壽又廢而代之，改國號曰漢，改元漢興。子勢立，改元二太和、嘉甯。永和二年，爲桓温所滅。五主，凡四十一年。

夢裏雙虹肇帝基，尊賢禮重約章時。素輿未到鑾輿出，執版階前迓太師。

《十六國春秋·李雄傳》：雄母羅氏，夢雙虹自地升天，一【一】虹中斷。既而生蕩，後生雄。嘗言：『吾二兒若有先亡，在者必大貴。』蕩竟前死。

又：晉永興元年，僭稱成都王，改元建興。除晉法，約法七章。

又《范長生傳》：長生自西山乘素車詣成都，雄迎之於門，執版延接，尊之曰范賢。尋加天地太師之號，封西山侯。

校按：【一】『一』原誤作『二』，據通行本《十六國春秋》改。

遠人來共白頭烏，四境賓民貢賦輸。宫裏不忘舊風俗，氍毹席上舞巴渝。

《十六國春秋·蜀録》：晏平三年，有白烏赤足來翔。雄以問范長生，長生曰：『烏有反哺之義，必有遠人懷惠而來者。』果關中流民相繼請降。

又：巴人呼賦爲賨，因謂之賨民。又善歌舞。高祖愛其舞，詔樂府習之，今巴渝舞是也。

鼎新宮闕倚青冥，天子何妨止數齡。殿上銘功宣太史，大書羯使貢來庭。

《十六國春秋·蜀録》：漢興元年，任調等勸壽稱帝。壽命筮之，占者曰：『可數年天子。』調喜曰：『一日尚足，况數年乎？』解思明曰：『數年天子，孰與百世諸侯？』壽曰：『朝聞道，夕死可矣。任侯之言，策之上也。』遂以晉咸康四年，僭即帝位。

又：興尚方御府，發州郡工巧以充之。廣修宫室，引水入城，務於奢侈。

又：石虎爲書遺之，并致楛矢、石砮。壽下書曰：『羯使來庭，貢其楛矢。』

官號股肱皆要職，臣稱草莽亦名流。詔書大舉明經士，好學居然拜列侯。

《十六國春秋·蜀録》：壽以董皎爲相國，羅恒、馬當爲股肱，李奕、任調、李閎爲爪牙，解思明爲謀主。以安車束帛聘龔壯爲太師。壯誓不仕，壽所贈遺，一無所受，特聽縞衣素帶，居師友之位。壯上封事，自稱『草莽臣』。

又：壽下書令州郡各舉明經者，封好學侯。

太師品秩孰能齊，卻爲分災位始躋。宫府事多行不得，鵂鶹城下盡情嘑。

《十六國春秋·蜀録》：壽常居內，罕見公卿。史臣屢陳災譴，乃加董皎爲太師，以名位優之，實欲與分災眚。

又：地震生毛，鶬鴰集於城下。

漫將粉水鬭芳鮮，金翠層城已化烟。貴主不隨蛇虎變，飄零留待老奴憐。

《華陽國志》：巴郡有清水穴，巴人以此水爲粉，則皜曜鮮芳。常貢京師，名曰粉水。《酉陽雜俎》：蜀石笋街，夏中大雨，往往得雜色小珠。蜀僧惠凝曰：『前史説蜀少城飾以金壁珠翠，桓温惡其太侈，焚之。合在此地。』《十六國春秋·李勢傳》：先是，勢未亡時，頗有怪異。宫人張氏化爲大蛇，鄭美人化爲雌虎。未幾而死。《世説》：桓宣武平蜀，以李勢妹爲妾。主始不知，既聞，與數十侍婢拔白刃，將襲之。正值梳頭，髮委地，膚色玉曜，不爲動容。徐曰：『國破家亡，無心至此。若能見殺，乃其本懷。』主投刃而抱之曰：『我見猶憐，何况老奴！』◎按：温尚晉明帝女南康長公主。

後涼

吕光，略陽氏人。初爲苻堅將，晉太元二十一年據涼州，自稱天王。隆安三年，立其子紹爲天王，自稱太上皇帝。改元三太安、麟嘉、龍飛。紹庶兄纂，殺紹自立，改元咸甯。又爲從兄超所殺，讓其兄隆，改元神鼎。元興二年，爲姚興所滅。四主，凡十八年。

蕃部新歌付樂工，蒲桃美酒醉春風。六宫不納龜兹女，代結紅絲繫梵宫。

《十六國春秋·吕光傳》：光討龜兹，大敗之，入其城。國人奢侈，厚於養生。家有蒲桃酒，或至千斛，經十年不敗，士卒淪没酒藏者相繼。因得其樂器，有箜篌、琵琶、五絃、笙、笛、簫、觱篥、毛圓鼓、都曇鼓、腰鼓、羯雞婁鼓。其歌曲有《善善摩尼解曲》《婆迦兒舞曲》，有《天殊勒監曲》。獲天竺沙門鳩摩羅什，强妻以龜兹王女，拒而不受。光飲以醇酒，同閉密室。什既被逼，遂虧其節。

内苑開筵賀册妃，仇池故劍昨迎歸。光明幾襲蕃王布，詔製宫袍盡染緋。

《十六國春秋·吕光傳》：麟嘉元年，光妻石氏自仇池來至姑臧。光迎於城東，立爲王妃，讌群臣於内苑新堂。

《凉州記》：吕光麟嘉五年，疏勒王獻火浣布、善舞馬。

《魏書》：凉州染緋，甲於天下。

都街深夜鬼啾啾，青角門開紫閣愁。一樹琪花風雨惡，美人又墜緑珠樓。

《十六國春秋·吕紹傳》：先是，光未亡時，有鬼叫於都街曰：『兄弟相滅百姓弊。』徼吏尋視之，則無所見。其年光死，紹立五日，爲纂所殺。

又《吕纂傳》：纂入自青角門，升謙光殿。紹自殺於紫閣。

又《紹美人張氏傳》：張氏清辨有操行，紹見殺，便請爲沙門。隆見而悦之，欲污其行。於是升門樓，自投於地。二踵俱折，口誦佛經，顔色自若。俄然遂卒。

酒池沉酗日夢夢，洛汭盤遊似有窮。新爲東廂更殿牓，飛龍直與井蛙同。

《十六國春秋·後涼録》：纂昏虐任情，游田無度，荒躭酒色，不恤政事。太常楊穎諫曰：『糟邱酒池，洛汭不返，皆陛下之殷鑒。』纂終不能改。

又：有龍出東廂井中，到殿前蟠卧，比旦失之。纂以爲美瑞，號大殿爲龍翔殿。

墜溷殘花泣溼紅，空移東苑到東宫。連枝不念棠華詠，同室操戈愧侍中。

《十六國春秋·後涼録》：咸甯二年春三月，大司馬番禾公弘自以功名崇重，恐不爲纂所容。纂亦以弘功高位逼，深忌嫉之。弘以東苑之兵作亂，纂遣將擊之。弘衆潰，出奔廣武。纂縱兵大掠，悉以東苑婦女賞軍，弘之妻女亦爲士卒所辱。纂笑謂群臣曰：『今日之戰何如？』侍中房晷對曰：『天禍涼室，釁起戚藩。先帝始崩，隱王以幽逼致殂；山陵甫訖，大司馬以驚疑肆逆。京邑流血，昆弟接刃。雖弘自取夷滅，亦由陛下無棠棣之恩。宜省己責躬，以謝百姓。而反縱兵大掠，囚辱士女。釁自弘起，百姓何罪？且弘妻陛下之弟婦，弘女陛下之侄女也。奈何使無賴小人污辱爲婢妾？天地神明，豈忍見此！』因欷歔悲泣。纂改容謝之，乃召弘妻及男女於東宫，厚撫之。

明光歌舞動珠櫳，未斫胡奴局已終。人去琨華春意盡，楊花無復逐東風。

《涼州記》：吕纂明光殿，在漸臺西，以金玉珠璣爲簾箔。

《十六國春秋·吕纂傳》：纂未死時，嘗與鳩摩羅什博戲。或共圍棋，殺羅什子，曰：『斫胡奴頭。』羅什曰：『不能斫胡奴頭，胡奴將斫人頭。』此言有爲，而纂不能悟。光弟寶有子名超，小字胡奴，竟以殺纂，終如什言。

又：引超及諸臣同讌於内殿。超兄隆屢勸纂酒，已致昏醉，乘步輓車將超等遊禁内。至琨華堂東閣，車不得過。纂親將竇川、駱騰倚劍於壁，推車過閣。超取劍刺纂，殺之。

又《纂妻楊氏傳》：楊氏美豔，有義烈。纂爲超所殺，超見其有色，欲納之，謂其父桓曰：『后若自殺，禍及卿宗。』桓以言告楊氏，楊氏曰：『大人本賣女與氐以圖富貴，一之已甚，豈可復使女辱於二氐乎？』遂自殺。

西秦

乞伏國仁，隴西鮮卑人。晉太元十年，據苑川，稱秦、河二州牧，改元建義。十二年，苻登封爲苑川王，尋卒。弟乾歸稱河南王，遷金城。繼稱秦王，遷西城。繼復還苑川。兵敗降姚興，尋逃歸，徙都度堅山，復稱秦王。後又徙都譚郊。改元二太初、更始。爲兄子公府所弑。子熾磐討公府自立，還枹罕。改元二永康、建弘。子慕末立，改元永弘。宋元嘉八年，爲赫連定所滅。四主，凡四十七年。

秦河州牧啟鴻圖，列郡星羅勇士都。輔相同班分左右，冠裳群拱大單于。

《十六國春秋・西秦録》：乞伏國仁以晉孝武太平十年自稱大都督、大將軍、大單于、領秦、河二州牧，改秦建元二十一年爲建義元年。署置官屬，以其將乙旃童埿爲左相，屋引出支爲右相，獨孤匹蹏爲左輔，武群勇士爲右輔，弟乾歸爲上將軍，自餘拜授有差。乃分其地，置武城、武陽、安固、武始、漢陽、天水、略陽、漒川、甘松、匡朋、白馬、苑川十二郡。築勇士都城以居之。

翟苐西歸領後宫，掌珠焜耀愛偏鍾。王姬未必嫺中饋，下嫁空思賦肅雝。

《十六國春秋·邊氏傳》：乾歸妻邊氏，金城人。乾歸僭立，遂以太初元年立爲王后。及乾歸奔降於秦，降號太妃。既而返國，復爲王后。

又《焦遺傳》：遺子華至孝。遺曾病甚，冬中思食瓜。華忽夢人謂之曰：『聞爾父思瓜，故送助養，汝從此進之。』華跪受，寤而瓜果在手，香美非常。遺食之而病愈。乾歸欲以女妻之，辭曰：『凡娶妻者，欲與之共事二親也。今以王姬之貴，下嫁蓬茅之士，臣懼其闕於中饋，非所願也。』

格磔春園鳥亂飛，淩霄觀裏伴遊歸。落紅滿頰桃花損，一彈金丸伏禍機。

《十六國春秋·辛進傳》：進從熾磐遊於後園淩霄觀。進彈飛鳥，誤中慕末之母，傷其面。及慕末即位，問傷母面之由。母以狀告，即日收進殺之。

金城柳色翠眉顰，並蒂花開異地春。魚鑰不來深殿閉，琴心終誤左夫人。

《十六國春秋·乞伏乾歸傳》：乾歸遷都金城。

又《禿髮氏傳》：王后禿髮氏，傉檀之女，太子虎臺之妹也。密與虎臺謀弑熾磐，后妹爲熾磐左夫人，有寵，知其謀而告之。熾磐殺后及虎臺。

又：左夫人禿髮氏，利鹿孤之宗女也，有寵于熾【一】磐，讒殺其姊及虎臺。後與慕末弟軻殊羅私通，慕末知而禁之。軻殊羅懼，謀殺慕末，使禿髮氏盜門鑰於內。鑰誤，門不得開。門者以告，禿髮氏乃自殺。

校按：【一】『熾』原作『是』，據通行本《十六國春秋》改。

國壻頻年致異方，治城虀蔦繫平昌。翩翩歸妹古良袂，新卻河西萬斛糧。

《十六國春秋·乞伏乾歸傳》：太初八年，索虜禿髮如苟來降，乾歸妻以宗女。九年，秦長水校尉姚珍來奔，乾歸以女妻之。吐谷渾王視羆〔一〕以子宕豈爲質，乾歸以宗女妻之。十二年，鮮卑叠掘河内率户五千自魏來降，乾歸以宗女妻之。

又《乞伏慕末傳》：永弘二年，河西王蒙遜遣太子興國攻定連，慕末逆擊之於治城，擒之。蒙遜遣使送穀三十萬斛，來贖世子興國。慕末不許，以妹平昌公主妻之。

校按：【一】『羆』原引作『熊』，據通行本《十六國春秋》改。

端門曉日照銀牀，汲井亭前水兆殃。磕磕有聲光似血，丹魚絶異白魚祥。

《十六國春秋·西秦録》：永弘四年夏六月，夏王殺慕末及其宗族五百人。先是，熾磐都長安，端門外有一井，人常宿汲水亭之下。夜聞磕磕有聲，驚起照視，瓮中如血，中有丹魚，長可三寸，而有寸光。東羌西虜共相征伐，至是而亡。

南涼

禿髮烏孤，河西鮮卑人。晉隆安元年，據廉川，稱西平王，國號涼，改元太初。繼改稱武威王，徙治樂都，置涼州於西平，以其弟利鹿孤鎮之。利鹿孤嗣立，遂徙治西平，更稱河南王，改元建和。利鹿孤卒，弟傉檀襲位，更稱涼王，還樂都，繼遷姑臧。後爲蒙遜所敗，復還樂都，改元弘昌、嘉平。義熙十年，爲乞伏熾磐所滅。三主，凡十八年。

衣錦涼州耀故鄉，金昆繼統萼聯芳。夢中白馬稽先德，繡被嬰㡯早兆祥。

《十六國春秋·禿髮傉檀傳》：弘昌五年，傉檀遣西曹從事史暠聘秦。姚興謂暠曰：『車騎坐定涼州，衣錦本國，其德我乎？』

又《利鹿孤傳》：建和三年三月，利鹿孤寢疾，遺令曰：『昔我諸兄弟傳位非子者，蓋以泰伯三讓、周道以興故也。其令車騎經緯百揆，以成先王之志。』

又《禿髮烏孤傳》：其先與魏同出八世祖匹孤。匹孤卒，子壽闐立。初，壽闐之在孕，其母夢一老父被髮左袵，乘白馬，謂曰：『爾夫雖西移，終當東返。至涼必生貴男。』言終，胎動而寤。後因寢而産於被中，乃以『禿髮』爲號，其俗謂被覆之義。

萬里河湟繞虎臺，罽衫簇擁畫屏開。髫齡解賦高昌殿，爭頌東宮七步才。

《甘肅通志》：虎臺在西甯府城西五里，相傳南涼王所築。

《拓跋涼記》：弘昌二年，乙弗部獻紫罽衫百二十領。

《十六國春秋·禿髮傉檀傳》：次子歸雋爽聰悟，傉檀甚寵之。年十三，命爲《高昌殿賦》，援筆立成。檀覽而嘉之，擬之曹子建。

朱明置酒亦悤悤，教胄須知道義隆。宣德堂開今似舊，百年幾易主人翁。

《十六國春秋·南涼録》：建和元年六月，吕纂西擊段業，傉檀乘虚襲姑臧。置酒朱明門上，鳴鐘鼓，以饗將士。耀兵於青陽門，虜八千餘户而歸。

又：建和二年六月，利鹿孤謂群臣曰：『吾自負乘在位，三載於兹，而刑政未能允中，風俗尚多凋敝。戎車屢駕，無闢地之功；務進賢良，而下猶淹滯。豈所任非才，將吾不明所致也？二三子其直言無諱。』祠部郎中史暠對曰：『王者行師，全國爲上，破國次之；拯溺救焚，東征西怨。今陛下命將出征，往無不捷。然不以綏甯爲先，唯以徙民爲務。民安土重遷，故多離叛，此所以斬將克城而地不加廣也。今取士拔才，必先弓馬，文章學藝視爲無用之條。孔子曰：「不學禮，無以立。」宜建學校，開庠序，選耆德碩儒以訓胄子。』利鹿孤善之。於是以田玄沖、趙誕爲博士祭酒，使教胄子。

又《孟禕傳》：禕仕於姚興，爲凉州刺史王尚别駕司馬。興後以傉檀代尚爲凉州，禕出迎於道左。既至，讌群寮於宣德堂，仰視而歎曰：『古人有言：「作者不居，居者不作。」信矣！』禕進曰：『昔張文王築城苑，繕宫廟，爲貽厥之資，萬世之業。秦師濟河，漼然瓦解。梁熙據全州之地，擁十萬之衆，軍敗於酒泉，身死於彭濟。吕氏以排【一】山之勢，主有西夏，率土崩離，銜璧秦、雍。寬饒有言：「富貴無常，忽輒易人。」此堂之建，年垂百載，十有二主矣。惟信順可以久安，仁義可以永固，願大王勉之。』傉檀謝曰：『非君無以聞讜言也。』

校按：【一】『排』原誤作『彭』，據通行本《十六國春秋》改。

宫門深閉月昏黄，病骨懨懨繡闥涼。錫杖漫誇波若眼，可憐不是返魂香。

《十六國春秋·南涼録》：沙門曇[一]霍者，未識何許人，蔬食苦行，專以神力化物。利鹿孤僭號稱王，霍從河南來，至於西平。持以錫杖，令人跪之，曰：『此是波若眼，奉之可以得道。』時人咸異之。傉檀有女病篤，請霍救療，霍曰：『人之生死自有定期，聖人亦不能轉禍爲福，吾安能延命耶？止可知早晚耳。』傉檀固請之。時後宫門閉，霍曰：『急開後門，及開則生，不及則死。』傉檀命開之，不及。

校按：【一】『曇』原誤引作『雲』，據通行本《十六國春秋》改。

西涼

李暠，隴西成紀人。晋隆安四年，據燉煌，稱涼公。義熙元年，自稱秦、涼二州牧，遷治酒泉。改元二庚子、建初。子歆立，改元嘉興。宋永初元年，爲沮渠蒙遜所虜。弟恂復自稱涼州刺史，改元永建。蒙遜攻之，恂自殺。三主，凡二十二年。

早聞虎語告庥祥，百勝神威總未降。報聘祇緣歸愛女，夜深星使入南邦。

《燉煌新録》：晋隆安元年，涼州牧李暠微服出城，逢虎道邊。虎化爲人，遥呼暠爲西涼君。

《十六國春秋·李暠傳》：暠造珠碧刀二口，銘其背曰『百勝』，隸書。

又：建初二年，南凉秃髮傉檀送暠女敬愛于酒泉。初，暠之立也，留女敬愛養於外祖尹文家。至是，傉檀假道於北山鮮卑，使衰送敬愛於酒泉，并通和好。暠大悦，遣使報聘。

漫稱李尹王燉煌，三載無言意自傷。念舊尚餘哀誄在，辛夷花落故宫凉。

《十六國春秋·暠妻尹氏傳》：尹氏幼而好學，清辯有志節。初適扶風馬元正，元正卒，爲暠繼室。自以再醮之故，三年不言。暠之創業，謀謨經略多所贊毗，故西州諺曰：『李、尹王燉煌。』

又《李暠傳》：暠前妻，同郡辛納女，貞順有婦儀。先卒，乃自爲之誄。

曲水開筵倒玉巵，堂廉賡和柏梁詩。酒酣共話興王事，白額駒生正及時。

《十六國春秋·西凉録》：建初九年春三月上巳，暠讌於曲水。命群僚賦詩，而親爲之序。

又：暠嘗與吕光太史令郭黁及同母弟宋繇同宿，黁起謂繇曰：『君當位極人臣；如李君者，終當有國土之分。家有騧草馬生白額駒，此其時也。』光龍飛二年，建康太守京兆段業叛光，自稱凉州牧，署暠爲效穀令。宋繇亦仕於業。燉煌護軍郭謙、沙州治中索仙等以暠温毅有惠政，推爲甯朔將軍、燉煌太守。暠初難之。會宋繇自張掖告歸燉煌，言於暠曰：『段業無經濟遠略，終必無成。兄忘郭黁之言耶？白額駒今已生矣。』暠乃從之。

于闐玉璽市初還，氣繞宫槐色正殷。聖帝明王作圖讚，靖恭堂上集鵷班。

《十六國春秋·西凉録》：辛丑二年夏四月，初，吕光之稱王也，遣使市六璽玉於于闐。至是，玉至燉煌，納之郡府。

又：庚子元年，暠所居後園有赤氣起。

又：壬寅三年，暠於南門外臨水起堂，名曰靖恭之堂，以議朝政、閲武事。圖讚自古聖帝明王、忠臣孝子、烈士貞女，暠親爲序頌，以明鑒戒之義，當時文武群僚亦皆圖焉。

又：建初四年，初，河右不生楸、槐、柏、漆，張駿之世，取於秦隴而植之，終於皆死。至是，而酒泉宫之西北隅有槐樹生焉，乃著《槐樹賦》以寄情。

北涼

沮渠蒙遜，臨松盧水胡人。晉隆安五年，襲殺涼州牧段業，自稱涼州牧、張掖公。義熙八年，遷姑臧，稱河西王。改元四永安、玄始、承玄、義和。子牧犍立，改元永和。宋元嘉十六年降於魏，後被殺。二主，凡三十九年。

聖躬保護仗媌娙，侍寢新臺夢乍醒。靖亂功高非恃貌，黛眉應厭雀頭青。

《十六國春秋·蒙遜妻孟氏傳》：孟氏，武威人，有勇力。蒙遜寢於新臺，閹人王懷祖擊之，傷其左足，孟氏禽而斬之。承玄二年，蒙遜復遣使詣宋，獻青雀頭黛百斤。

百里崖中顯化身，法王獅象淨聞塵。聖賢像繪遊林苑，獨爲談經賜讌頻。

《十六國春秋·沮渠蒙遜傳》：蒙遜專宏事佛，於涼州南百里崖中大造佛像，千變萬化。

又：玄始六年，起遊林堂於内苑，圖列古聖賢之像。大宴群臣，談論經傳。

鄯善沙門出罽賓，何來秘法誤宮嬪。螽斯不藉周南化，共祝多男拜聖人。

《十六國春秋·沮渠蒙遜傳》：初，罽賓沙門曇無讖東如鄯善，自云能使鬼治病，且有秘術令婦人多子。與鄯善王妹曼頭陀林淫通，發覺，亡奔涼州。蒙遜甚重之，號曰聖人。無讖以男女交接之術教授婦女，蒙遜諸女及子婦皆往受術。

妻爵從夫議禮宜，誰將穠李嫉王姬。酒泉棄置翻成幸，解毒無勞送御醫。

《十六國春秋·茂虔妻拓跋氏傳》：拓跋氏，魏世祖之妹武威公主也。茂虔先娶李暠女爲婦，永和五年，魏以公主妻之。茂虔遣右相宋繇奉表詣謝，獻馬五百匹、黄金五百斤。繇又表請公主定號，世祖使群臣議之，皆曰：『妻從夫爵，公主於其國内可稱王后，於京師則稱公主。』世祖從之。後茂虔淫於嫂李氏，李氏與茂虔姊共毒公主。世祖遣解毒醫乘傳救之，得愈。◎按：茂虔，《魏書》作『牧犍』。

又《西涼李暠妻尹氏傳》：蒙遜娶其女爲茂虔婦。及世祖以妹武威公主妻茂虔，尹氏與女遷居酒泉，頃之女卒。

制定朝堂百度新，貢來西域盡稱臣。求書纔得《搜神記》，侍寢偏勞擊鬼人。

《十六國春秋·北涼録》：玄始七年，蒙遜命征南將軍姚艾、尚書左丞房晷撰朝堂制。行之旬日，百姓振肅。

又：玄始九年，鄯善王比龍入朝，西域三十六國皆詣蒙遜稱臣貢獻。

又：承玄二年，蒙遜遣使詣宋入貢，就司徒王弘求《搜神記》，弘寫與之。

又：義和三年夏四月，蒙遜寢疾。左右常白日見鬼，以劍擊之。未幾，薨於路寢。

玄處先生到酒泉，陸沈觀裏拜師虔。阿誰書報涼王祚，三十年還若七年。

《十六國春秋·北涼録》：劉昞，字彦明，燉煌人。初仕西涼李暠，蒙遜克酒泉，拜爲秘書郎中，專管註記。蒙遜下令曰：『秘書郎中劉彦明，學冠當時，道光區内，可授「玄處先生」之號。』拜以三老之禮，築陸沈觀於西苑以居之。每月，蒙遜使人致以羊酒。茂虔尊爲國師，親自致拜，命官屬以下皆北面受業焉。

又：永和三年正月十五日，有一老父見於燉煌東門，投書，忽然不見。其書一紙八字，文曰『涼王三十年若七年』。茂虔訪於奉常張慎，慎曰：『昔虢之將亡，神降於莘。深願陛下崇德修政，以享三十年之祚。若盤於游田，荒於酒色，臣恐七年將有大變。』茂虔聞之不悦。

北燕

馮跋，長樂信都人。晉義熙五年，高雲爲幸臣離班、桃仁所弑。跋討亂自立，居龍城，改元太平。跋卒，弟弘殺其子而代之，改元大興。宋元嘉十二年，爲魏所逼，請迎於高句麗。十三年，魏復伐之。高麗來迎，弘遂焚和龍而東，尋爲高麗所殺。二主，凡二十八年。

樓閣祥雲覆畫廊，宵衣勤政坐東堂。中宮料理三盆手，務本先栽萬樹桑。

《十六國春秋·馮跋傳》：跋所居上常有雲氣，狀若樓閣，時咸異之。
又：每遣守宰，必親見東堂，問爲政事之要。
又：跋又下書曰：『桑柘之益，爲資生之本。此土桑少，人未見其利，可令百姓人植桑百株，柘二十株。』

三千駃驥締姻盟，公主琵琶換北聲。莫爲和戎悲道遠，柔然送女入龍城。

《十六國春秋·蝚蠕斛律傳》：蝚蠕斛律，跋之婿，本塞北夷也。初，遣使獻馬三千匹，求婚於跋，跋以樂浪公主妻之。既而斛律嫁女與燕，跋納爲昭儀。◎按，《魏書》：『蠕蠕，初號柔然。世祖以其無知，有類於蟲，故改其號曰蠕蠕。』

大邦聘使廢將迎，驕蹇安能望太平。按項披襠終不屈，持旄又見漢蘇卿。

《十六國春秋·北燕録》：太平六年秋八月，魏太宗使謁者于什門來聘，至於和龍。跋遣黄門郎常陋迎之於道。跋爲不稱臣，怒而不見。及至，跋又遣陋勞之。什門忿而不入，跋使人牽逼令入。見跋不拜，跋使人按其項，披褌後襠以辱之，終不肯降。跋遂留之不遣。大興四年，弘上表稱藩，請罪於魏，世祖許之。乃送使者于什門還魏。什門在燕二十一年，不屈節。世祖下詔褒稱曰：『什門奉使和龍，狂豎肆虐。勇志壯厲，不爲屈節。雖昔蘇武，何以加之！』
又：跋造刀一口，銘曰『太平』。

臨軒倉卒付儲君，一日三朝誤牝晨。宅近中山塵暗起，飄風原自宋夫人。

《十六國春秋·北燕録》：太平二十一年春二月，有飄風從征南大將軍上黨公姚昭宅，至司徒中山公弘宅而散。二十二年秋八月，跋寢疾。九月，疾甚，輦而臨軒，命太子翼攝國事，勒兵聽政，以備非常。跋妾宋夫人規立其子受居，惡翼聽政，謂之曰：『主上病將瘳，奈何便欲代父臨天下乎？』翼性仁弱，遂還東宫，一日三往省疾。宋夫人矯詔，遏絶内外，遣閹寺傳問而已。翼及諸子、大臣皆不得見，惟中給事胡福獨得出入，專掌禁衛。福乃言於中山公弘曰：『主上疾甚，宋夫人專擅，群佞用事。恐一旦不諱，國家殊未得安，不可不爲之計也。』弘深然之。於是與壯士數十人，裹甲入禁中爲亂，宿衛左右皆不戰而散。宋夫人命閉東閣，弘家僮庫斗頭勁捷有勇力，踰閣而入。至於皇堂，射殺女御一人，跋驚懼而死。弘遂即天王位。

全史宮詞卷十一　南朝

宋

高祖武皇帝姓劉名裕，漢高祖弟楚王交之後，世爲彭城人，後徙京口。桓玄篡晉，裕舉兵平亂。義熙十二年，封宋公。元熙元年，進爵爲王。明年，受晉禪，都建康。在位三年殂，葬初甯陵。改元一永初。子營陽王義符立，二年爲徐羨之等所廢，尋被害。改元一景平。太祖文皇帝名義隆，高祖第三子，初封宜都王，徐羨之等迎立之。三十年，爲太子劭所弑，葬長甯陵。改元一元嘉。世祖孝武皇帝名駿，太祖第三子，初封武陵王。舉兵討劭，即位，十一年殂，葬景甯陵。改元二孝建、大明。子廢帝子業立，爲左右壽寂之等所弑。改元二永光、景和。太宗明皇帝名彧，太祖第十一子，初封湘東王。廢帝被弑，建安王休仁等奉帝即位。八年殂，葬高甯陵。改元二泰始、太豫。養子蒼梧王昱立，五年，爲左右楊玉夫所弑。改元一元徽。順皇帝名準，太宗養子，初封安成王，爲蕭道成所立。三年，禪位於齊，封汝陰王。尋被害，葬遂甯陵。改元一昇明。八主，凡六十年。

龍行虎步相非常，早向嵩神卜世長。伐荻新洲傳吉語，斬蛇真似漢高皇。

《南史·宋武帝紀》：桓玄妻劉氏嘗見帝，謂玄曰：『劉裕龍行虎步，視瞻不凡，恐必不爲人下。』又：伐荻新洲，見大蛇長數丈，射之，傷。明日復至洲，聞有杵臼聲，往覘之，見童子數人皆青衣擣藥。問其故，答曰：『我王爲劉寄奴所射，合散傅之。』帝曰：『王神，何不殺之？』答曰：『劉寄奴王者，不死。』帝叱之，皆散。

又：冀州道人釋法稱告其弟子曰：『嵩神言，江東有劉將軍，漢家苗裔，當受天命。吾以璧三十二、鎮金一餅與之，劉氏卜世之數也。』

絲竹無聲石榻涼，那容局腳作金裝。色荒方納廷臣諫，風送宮花出禁牆。

《南史·宋武帝紀》：上清簡寡欲，後庭無紈綺絲竹之音。初，朝廷未備音樂，長史殷仲文以爲言。帝曰：『日不暇給，且所不解。』仲文曰：『屢聽，自然解之。』帝曰：『政以解則好之，故不習耳。』

又：宋臺建，有司奏東西堂施局腳牀，金塗釘。上不許，使用直腳牀，釘用鐵。帝素有熱病，坐卧常須冷物。後有人獻石牀，寢之，極以爲佳。

又：平關中，得姚興從女，有盛寵，以之廢事。謝晦諫，即時遣出。

莅席横陳映葛籠，膳房御米進桃紅。尚餘耨耜藏天府，留示兒孫舜禹風。

《南史·宋武帝紀》：帝微時，躬耕于丹徒。及受命，耨耜之具頗有存者，皆命藏之，以留於後。文帝幸舊宮，見而問焉。左右以實對，文帝色慚。有近侍進曰：『大舜躬耕歷山，伯禹親事土木。陛下不覩列聖遺物，何以知稼穡之艱難、先帝之盛德乎？』

又：所居陰室壁上挂葛燈籠、麻繩拂。

又《崔祖思傳》：宋武節儉過人，張妃房唯碧綃蚊幬，三齊茵席，五盞盤桃花米飯。

額點梅花仿壽陽，春風閣内集夫娘。灑鹽未得潘妃術，日聽羊車過别房。

《粧樓記》：宋武帝女壽陽公主人日卧含章殿，梅花落額上，拂之不去。後人效爲梅花粧。

《丹鉛總録》：南宋蕭齊崇尚佛法，閣内夫娘悉令持戒。見法琳《辨正論》。「夫娘」之稱本此，謂夫人娘子，蓋是美稱也。

《南史·宋后妃傳》：文帝好乘羊車經諸房。潘淑妃密令左右以鹽水灑地，帝每至户，羊輒舐地不去。帝曰：「羊乃爲汝徘徊，況人乎！」於是愛傾後宫。

寶殿嵯峨玉燭開，無邊錦繡障樓臺。外臣騶從須回避，曾被崑崙擊杖來。

《通鑑》：孝武大修宫室，土木被錦繡。壞高祖所居陰室，於其處起玉燭殿。

又：孝武寵一崑崙奴，令以杖擊群臣。惟憚蔡興宗方嚴，不敢侵媟。

妃子魂歸繐帳寒，空將通替製金棺。謝莊哀策傳都下，細寫花箋不忍看。

《南史·后妃傳》：殷淑妃寵冠後宫。及薨，帝常思見之，遂爲通替棺，欲見，輒引替覩屍。時有巫者能見鬼，説帝，言貴妃可致。帝令召之。少頃，果於帷中見形如平生。帝欲與之言，默然不對，於是擬《李夫人賦》以寄意。謝莊作哀策文奏之，帝流涕曰：「不謂當今復有此才。」都下傳寫，紙墨爲之貴。

内苑天粧共效尤，紅砂點額露華浮。邀恩卻讓劉家子，一哭殷姬得豫州。

《潛居録》：八月朔，取樹葉露研辰砂，點身上消百病，謂之天炙。宋孝武殷妃取以點額，謂之天粧。

《宋書》：劉德願爲世祖所狎侮。寵姬殷氏葬畢，謂德願曰：『卿哭貴姬若悲，當加厚賞。』德願應聲便號，涕泗交流。上悦，以爲豫州刺史。

班劍分行下紫宸，山陰陪輦逐雕輪。竹林堂上歡聲沸，面首趨承三十人。

《南史·前廢帝紀》：山陰公主淫恣過度，謂帝曰：『陛下後宫數百，妾駙馬一人。事不均平，一何至此！』帝乃爲立面首三十人，給鼓吹一部，加班劍二十人。帝每出，公主與朝臣常共陪輦。先是，帝好遊華林園竹林堂，使婦人裸身相逐。有一婦人不從命，斬之。至是，巫覡云此堂有鬼，帝與山陰公主及六宫綵女隨群巫捕鬼。

新蔡承恩姓已更，齇奴何竟得甯馨。南宫北邸多佳麗，玉樹偏誇出謝庭。

《南史·宋前廢帝紀》：以文帝第十女新蔡公主爲貴嬪，改姓謝氏。

又：帝以在東宫不爲孝武所愛，及即位，肆駡孝武爲『齇奴』。

又：太后疾篤，呼帝。帝曰：『病人間多鬼，那可往？』太后怒，謂侍者曰：『將刀來破我腹，那得生甯馨兒！』

又：以石頭城爲長樂宫，東府城爲未央宫，北邸爲建章宫，南第爲長楊宫。

司風隨處報輕飈，殿閣高寒夏著皮。對御一枰佯敗北，君王方詡是飛棋。

《南史·循吏·虞愿傳》：宋明帝體肥憎風，夏月常著小皮衣。拜左右二人爲司風令史，風起方面，輒先啓聞。

又：明帝好圍棋，甚拙，去格七八道，物議共欺，以爲第三品。與第一品王抗圍棋，依品賭戲。抗饒借帝，曰：『皇帝飛棋，臣抗不能斷。』帝終不覺，以爲信然。

紅粧相覷笑成團，獨對春風郭扇紈。真帝已拚成贗帝，貪歡偏怪外家寒。

《南史·宋明恭王后傳》：上嘗宫内大集，裸婦人觀之，以爲歡笑。后以扇鄣面，獨無所言。帝怒曰：『外舍家寒乞，今共作笑樂，何獨不視？』后曰：『爲樂之事，其方自多。豈有姑姊妹集聚而裸婦人形體，以此爲樂？外舍爲歡，適與此不同。』帝怒，命后起。

又《恩倖·戴法興傳》：道路之言，謂法興爲真天子，帝爲贗天子。

託孤已敕披黄襹，避諱猶防犯白門。三百年終期更展，可憐借苑獨承恩。

《南史·宋明帝紀》：末年好鬼神，多忌諱。言語文書有禍敗凶喪疑似之言應回避者，犯即加戮。改『騧馬』字爲『馬』邊『瓜』，以『騧』字似『禍』故也。嘗以南苑借張永，云：『且給三百年，期盡更請。』宣陽門謂之白門，不祥，諱之。尚書右丞江謐嘗誤犯，上變色曰：『白汝家門！』

又《褚彦回傳》：明帝寢疾，召入曰：『吾近危篤，故召卿，欲使著黄羅襹。』黄羅襹，乳母服也。

百官日日拜恩除，詔敕全歸阮佃夫。漫道錢盈胡母槖，穴中原自有青蚨。

《南史·宋明帝紀》：阮佃夫、王道隆皆擅威權，言爲詔敕，郡守令長一缺十除，内外混然。官以賄命，王、阮家富於公室。中書舍人胡母顥專權，奏無不可，時人語曰：『禾絹開眼諾，胡母大張橐。』『禾絹』，謂上也。

又：令小黄門於殿内埋錢，以爲私藏。

賭跳長日上鑾岡，胡舞翩翩樂未央。明月滿城聞犬吠，露車酣醉出僧房。

《南史·宋後廢帝紀》：昱與左右作羌胡伎爲樂。又於鑾岡賭跳，因乘露車往青園尼寺。新安寺偷狗，就曇度道人飲酒。

市集華林夜不停，破岡埭起競揚舲。外兵已自東門入，醉卧龍舟尚未醒。

《南史·宋少帝紀》：帝所爲多乖戾。皇太后令暴帝過惡，廢爲營陽王，奉迎宜都王義隆入纂皇統。是日，檀道濟、謝晦領兵居前，徐羨之等隨後，因東掖門開，入自雲龍門。先戒宿衛，莫有禦者。時帝於華林園爲列肆，親自酤賣。又開瀆聚土，以象破岡埭，與左右引船唱呼，以爲歡樂。夕遊天泉池，即龍舟而寢。其朝未興，兵進，殺二侍者於帝側，傷帝指，扶出東閣，就收璽綬。

穿鍼樓上集妃嬪，仁壽宫中夜欲分。誰向銀河問消息，黄姑應笑李將軍。

《南史·宋後廢帝紀》：楊玉夫常得意，忽然見憎，遇輒切齒。是夜七夕，令玉夫伺織女度。報已，因與内人穿鍼訖，大醉，卧於仁壽殿東阿氈幄中。玉夫候帝眠熟，取千牛刀殺之。

又：帝母陳氏，李道兒妾，明帝納之。故人呼帝爲李氏子，帝亦自稱李將軍。

諸王附

儉約家風五醆盤，誰教古器索朝端。狗枷犢鼻金箱送，合當殷瑚夏鼎看。

江夏王義恭，武帝子。

《宋書·本傳》：高祖性儉約，諸子食不過五醆盤。而義恭愛寵異常，求須果食，日中無筭，得未嘗噉。

《太平廣記》：江夏王義恭性愛古物，常徧就朝士求之。侍中何勖已有所送，而王徵索不已，何甚不平。嘗出行，於道中見狗枷、犢鼻，乃命左右取之。還，以箱擎送之，牋曰：『承命復取古物，今奉李斯狗枷、相如犢鼻。』

匆匆單舸載紅粧，江上風高烈火揚。笑煞項王千敗後，虞姬馬上尚男裝。

南郡王義宣，武帝子。

《南史·本傳》：義宣反，至梁山，垣護之等因風縱火，焚其舟，烟燗覆江。諸將乘風火之勢，縱兵攻之。義宣單舸走，相隨者船舸猶有百餘。至江陵郭外，竺超人具羽儀迎之。左右翟靈寶誡使撫慰衆賓，以『臧質違指授之宜，用致失利。今治兵繕甲，更爲後圖。昔漢高百敗，終成大業』。而義宣誤云『項羽千敗』，衆咸掩口而笑。

又：所愛妾五人，皆著男子服相隨。

齊

太祖高皇帝姓蕭名道成，南蘭陵人。受宋禪，都建康，在位四年殂，葬泰安陵。改元一建元。子武帝𧷤立，十一年殂，葬景安陵，廟號世祖。改元一永明。鬱林王昭業，世祖孫，文惠太子長楙子。立一年，爲蕭鸞所弑。改元一隆昌。弟海陵王昭文立，尋爲蕭鸞所廢。改元一延興。蕭鸞，太祖兄始安王道生子，廢海陵自立，是爲高宗明皇帝。五年殂，葬興安陵。改元二建武、永泰。子東昏侯寶卷立，三年，爲張稷所弑。改元一永元。和帝寶融，高宗第八子，初封南康王。蕭穎胄及蕭衍以東昏失德，立帝於江陵。明年，禪於梁，封巴陵王，尋遇害，葬恭安陵。改元一中興。七主，凡二十四年。

紫屧裝皮帳捲紗，深宮服御謝豪華。傳宣製得金釵鑷，卻餉周公阿杜家。

《南史·高帝紀》：後宮器物以銅爲飾者，皆改用鐵。内殿施黄紗帳，宫人著紫皮屧。

《齊書·周盤龍傳》：盤龍愛妾杜氏，上送金釵鑷二十枚，手敕曰：『餉周公阿杜。』

玉鳳瓏璁采女環，仙蛾粧束侍瓊筵。葅羹茗粣平生嗜，别有槎頭縮項鯿。

《南史》：齊後宫才人位登采女者，依例賜玉鳳凰。

《妝臺記》：魏武帝令宫人埽青黛眉、連頭眉，謂之仙蛾妝。齊梁間多效之。

《南史·齊后妃傳》：永明九年，詔太廟四時祭。宣帝薦起麪餅、鴨臛，孝皇后薦笋、鴨卵、脯醬、炙白肉，高皇帝薦肉膾、葅羹，昭皇帝薦茗粣、炙魚，生平所嗜也。

《襄陽耆舊傳》：漢水出鯿魚，常禁人捕採，以槎頭斷水，謂之『槎頭鯿』。齊高帝求此魚，宋張敬兒作陸艫船置魚獻，曰：『奉槎頭縮項鯿一千六百頭。』

香牋幾幅白如銀，綈几春風拂硯塵。愛煞神童書鳳尾，太翁親賞玉麒麟。

《紙箋譜》：齊高帝造銀光紙。

《南史·齊江夏王鋒傳》：鋒五歲，高帝使學鳳尾諾，一學即工。帝大説，以玉麒麟賜之。

又：鬱林王五歲，戲高帝前。帝鑷白鬚，問曰：『我誰耶？』曰：『太翁。』

斑管斜簪緑幘横，舞人嫋嫋玉腰輕。當筵好勸官家醉，新得虞家醒酒鯖。

《山堂肆考》：齊永明中，舞人冠幘皆簪筆。

《齊書·虞悰傳》：武帝就虞悰求諸飲食方，悰獻『醒酒鯖』一方而已。

閒摹宸翰映簾櫳，花木書成點畫工。買得臨池一牀筆，更將三昧問韓公。

《山堂肆考》：花木書始於齊武帝，覩落葉茂木爲之。

《在窮記》：南朝呼筆四管爲一牀。

《南史·齊后妃傳》：婦人韓蘭英有文辭，武帝以爲博士，教六宫書學。以其年老多識，呼爲『韓公』。

内廷環卧笑嚬并，舞女歌姬最繫情。黄土埋香空悵望，美人哀怨入吴聲。

《金樓子》：齊武帝嘗於内殿環卧，令歌姬舞女奏樂於帷幔之前。爲歡曲則拊几稱佳，起哀聲則引巾拭淚。

又：武帝有寵姬何美人死，常深悽愴。後因射雉，登巖石，望其墳。乃命布席奏伎，呼工歌陳尚歌之，爲吴聲鄙曲。帝掩歎久之。

琅琊城外扈宸游，埭口雞鳴曉色幽。粧閣未醒阿監喚，鐘聲已報景陽樓。

《南史·齊武穆皇后傳》：置鐘於景陽樓上，應五鼓及三鼓。宫人聞鐘聲，早起粧飾。車駕數幸琅琊城，宫人常從。早發至湖北埭，雞始鳴，故呼爲『雞鳴埭』。

太平百歲説奇逢，猶憶青溪舊日蹤。夢裏分明添兩翅，龍兒早已應飛龍。

《南史·齊武帝紀》：於盆城掘塹，得一大錢，文曰『太平百歲』。又：帝生於建昌縣之青溪宫。將産之夕，孝皇后、昭皇后並夢龍據屋，故小字上爲龍兒。年十三，夢人以筆畫身左右爲兩翅，又著孔雀羽衣裳，空中飛舉。

乾光寶殿旭輝揚，鐘磬東西備兩廂。自昔中宫虚位久，承恩同幸近昭陽。

《南史·齊武穆皇后傳》：舊顯陽、昭陽二殿，太后、皇后所居也。永明中無太后、皇后，羊貴嬪居昭陽殿西，范貴妃居昭陽殿東。乾光殿東西置鐘磬兩廂，皆宴樂處也。

宣德宫中歲月殘，新衣舊飾等閒觀。慈闈侍從翻前例，詔選丁男代女官。

《南史·齊文安王皇后傳》：建元四年，爲皇太子妃，無寵。太子宫人製新麗衣裳及首飾，而后牀帷陳故，古舊釵鑷十餘枚。永明十一年，爲皇太孫太妃。鬱林即位，尊爲皇太后，稱宣德宫，置男左右三十人，前代所未有也。

金錢昨日賜楊婆，天位初登樂若何。喜字書成三十六，囊中黄紙拜官多。

《南史·鬱林王紀》：帝在西州，令女巫楊氏禱祀，速求天位。及文惠薨，謂由楊氏之力，倍加敬信，呼「楊婆」。宋氏以來，人間有《楊婆兒歌》，蓋此徵也。

又《何氏傳》：南郡王侍書人馬澄，年少色美，甚爲妃悦。常與鬭腕較力，南郡以爲歡笑。

又《鬱林王紀》：時何妃在西州。武帝未崩數日，疾稍危，與何氏書，紙中央作一大「喜」字，而作三十六小「喜」字繞之。

又：凡諸小人，並逆加官爵，皆疏官名號於黄紙，使各囊盛以帶之。許南面之日，即便施行。

重重齋閣夜深開，馬埒喧闐尚未回。儂作博山歡作火，叛兒心總不成灰。

《南史·鬱林王紀》：即位未逾旬，便毁武帝所起招婉殿，於其處爲馬埒。

又：皇后亦淫亂，齋閣通夜洞開，内外淆雜。

《楊叛兒歌》，無名氏作。《唐書·樂志》：「齊隆昌時，女巫之子楊閔隨母入宫。及長，爲何后所寵愛。童謡曰：「楊婆兒，共戲來所歡。」語訛，遂成「楊叛兒」。歌云：「暫出白門前，楊柳可藏烏。歡作沈水香，儂作博山爐。」」

上庫金錢用已虚，顛童能得幾歡娱。太官不進蒸魚菜，真箇天王遜市酤。

《南史·齊鬱林王紀》：武帝聚錢上庫五億萬，齋庫亦出三億萬，金銀布帛，不可稱計。即位未朞歲，所用已過半。

又：先是，文惠太子立樓館於鍾山下，號曰『東田』，太子屢游幸之。『東田』反語爲『顛童』也。

又：文惠太子每禁其起居，節其用度。帝謂豫章王妃庾氏曰：『阿婆，佛法言有福生帝王家。今見作天王，便是大罪。左右主帥，動見拘執，不如市邊屠酤富兒百倍。』

又《海陵王紀》：是時宣城王鸞輔政，帝起居皆諮而後行。思食蒸魚菜，太官答：『無録公命。』竟不與。

金鼓喧闐夜不休，早朝誰與報更籌。嘑來破涕翻成笑，脱幘居然一秃秋。

《南史·齊東昏侯紀》：日夜於後堂戲馬，鼓譟爲樂。合夕，便擊金鼓、吹角。常以五更就卧，至晡乃起。王侯以下節【一】朔朝見，晡後方前，或際暗遣出。

又：明帝崩，羊闌入臨，無髮，號痛俯仰，幘遂脱地。帝輟哭大笑，謂宦者王寶孫曰：『此謂秃秋嘑來乎？』

校按：【一】『節』原引作『即』，據通行本《南史》改。

隊主聯翻射雉場，長圍馳逐樂成荒。陪鑾騎客皆神駿，錦繡珠璣一樣裝。

《南史·齊東昏侯紀》：置射雉場二百九【一】十六處，每出，與鷹犬隊主徐令孫、媒翳隊主俞靈運齊馬而走。時人以其所圍處號爲『長圍』。

又：馬乘具用錦繡處，患爲雨所溼，織雜采珠爲覆蒙，備諸雕巧。教黄門五六十人爲騎客。

校按：【一】『九』字原脱，據通行本《南史》補。

閱武堂前楊柳青，屠沽滿苑各紛爭。令嚴頓使天威滅，新敕威儀禁大荆。

《南史·齊東昏侯紀》：帝於苑中立店肆，與宫人、閹豎共爲稗販。以潘妃爲市令，自爲市吏録事，將鬬者就潘妃罰之。帝小有得失，潘則與杖。乃敕虎賁威儀不得進大荆子，閤内不得進實中荻。于時百姓歌云：『閲武堂，種楊柳。至尊屠肉，潘妃酤酒。』

華光鎧仗五音袍，逐鹿冠名亦服妖。漫道新林天子氣，鳳皇今已度三橋。

《南史·齊東昏侯紀》：受刀敕等教，著五音兒衣，登城望戰。還與御刀左右及六宫於華光殿立軍壘，以金玉爲鎧仗。

又：令左右作逐鹿帽，形甚窄狹，後果有逐鹿之事。又與群小别立帽，褰其口而舒兩翅，名曰『鳳度三橋』。梁武帝舊宅在三橋，而『鳳度』之名，鳳翔之驗也。

又：永明中，望氣者云新林、婁胡、青溪並有天子氣。於其處大起樓苑宫觀，武帝屢遊幸以應之。至是，梁武帝衆軍城於新林。

紫閣朱樓耀日光，豪華豈止一阿房。無端鬼讀西京賦，又勸君王起建章。

《南史·齊東昏侯紀》：跨池水立紫閣諸樓，壁上畫男女私褻之像。明帝時多聚金寶，至是金以爲泥，不足周用。張欣泰嘗謂舍人裴長穆曰：『宫殿何事頓爾！夫以秦之富，起一阿房而滅。今不及秦一郡，而頓起數十阿房，其危殆矣！』

又：火燒殿閣，三千【一】餘間皆盡。左右趙鬼能讀《西京賦》，云：『柏梁既災，建章是營。』於是大起諸殿。

校按：【一】『千』原作『十』，據通行本《南史》改。

貼池蓮花步步輕，珠簾錦幔麝流馨。夜深玉笛聲初歇，仙帳風摇九子鈴。

《南史·齊東昏侯紀》：鑿金爲蓮花以貼地，令潘妃行其上，曰：『此步步生蓮花也。』

又：塗壁皆以麝香，錦幔珠簾，窮極綺【一】麗。

又：江左舊物，有古玉律數枚，悉裁以鈿笛。

又：爲潘妃作飛仙帳。

又：莊嚴寺有玉九子鈴，取以施潘妃殿飾。

校按：【一】『綺』原引作『其』，據通行本《南史》改。

請命朝朝拜蔣侯，軍稱出盪似俳優。雲龍門啟兵潛入，一曲吹笙正倚樓。

《南史·齊東昏侯紀》：帝偏信蔣侯神，迎來入宫，晝夜祈禱。

又：虚設鎧馬齋仗千人，稱『蔣王出盪』。

又：崔叔智夜開雲龍門，御刀豐勇之【一】爲内應。是夜，帝在含德殿，吹笙歌作《女兒子》。卧未熟，聞兵入，出北户。直後張齊斬首，送蕭衍。

校按：【一】『之』字原脱，據通行本《南史》補。

諸王附

宫車雷動小眠齋，問病宣傳聖駕來。烏帽稱觴紅袖侍，樂聲齊送上桐臺。

豫章王嶷，高帝第二子。

《南史·本傳》：嶷啟曰：『北第舊邸，往歲作小眠齋，皆補接爲辦，無乖格制。要是樫柏之華，一時新淨。東府又有此齋，亦爲華屋。而臣頓有二處住止，下情竊所未安。』

又：嶷妃庾氏嘗有病，瘳。上幸嶷邸，後堂設金石樂，宫人畢至。登桐臺，使嶷著烏紗帽，極日盡歡。嶷謂上曰：『古言壽比南山，或稱萬歲，殆近皃言。如臣所懷，實願陛下極壽百年亦足矣。』

清風自占首陽巔，塞屋何須十萬錢。薇蕨慣諳貧士味，鮑魚菘菜入賓筵。

武陵王曄，高帝第五子。

《南史·本傳》：曄性輕財重義，有古人風。齋中錢不滿萬，常曰：『兄作天子，何畏弟無錢？』名後堂山爲首陽，蓋怨貧薄也。

又：豫章王于邸起土山，列種桐竹，號曰桐山。武帝幸之，飲酒爲樂，顧臨川王映：『王邸亦有嘉名不？』映曰：『臣好棲静，因以爲稱。』又問曄，曄曰：『臣山卑，不曾棲靈昭景，唯有薇蕨，直號「首陽山」。』

又：尚書令王儉詣曄，曄留儉設食，盤中菘菜、鮑魚而已。儉重其率真，爲飽食盡歡而去。

恩歇菱花並照時，玉牀扶起病腰肢。憐他一裏神明藥，不出醫師出畫師。

鄱陽王鏘，高帝第七子。

《南史·劉瑱傳》：瑱妹爲齊鄱陽王妃，伉儷甚篤。王爲齊明帝所誅，妃追傷，遂成痼疾，醫所不療。有殷蒨善畫人面，瑱令蒨畫王形像，并圖王平日所寵姬共照鏡狀，如欲偶寢。瑱乃密使媼嬭示妃，妃視畫仍唾之，因罵曰：『故宜其早死！』於是恩情既歇，病亦除差。

身遊紫闥意青雲，數卷巾箱手蹟存。再拜阿姨開舊篋，敗廚殘錦隕啼痕。

衡陽王鈞，高帝第十一子，出繼元王道度。

《南史·本傳》：鈞遊孔珪家園，珪曰：『殿下處朱門，游紫闥，詎得與山人交耶？』答曰：『身處朱門而情游江海，形入紫闥而意在青雲。』珪大美之。

又：常手自細書寫《五經》，置巾箱中，以備遺忘。諸王效之，巾箱《五經》自此始。

又：年五歲，所生區貴人病，便加慘悴。左右依常以五色餅飴之，不肯食，曰：『須待姨差。』

又：先是，貴人以華釵廚子并翦刻錦繡中倒炬鳳凰蓮芰星月之屬賜鈞，以爲玩弄。貴人亡後，每歲時及朔望，輒開視，再拜哽咽，見者皆爲之悲。

雞籠山畔邸新開，紫袖青綃笑語陪。刻燭深宵方幾寸，滿堂學士鬬詩才。

竟陵王子良，武帝第二子。

《南史·本傳》：子良移居雞籠山西邸，集學士抄《五經》百家，依《皇覽》例，爲《四部要略》。

又《王僧孺傳》：竟陵王子良嘗夜集學士，刻燭爲詩。四韻者則刻一寸，以此爲率。

《叙小志》：竟陵王青綃執拂，紫袖吹簫。

文酒風流七步才，古阡開宴倒尊罍。違和不用蘆茹藥，纔向樊姬禱祀來。

隨郡王子隆，武帝第八子。

《南史·本傳》：武帝以子隆能屬文，謂王儉曰：「我家東阿也。」

又：體過充壯，常合蘆茹丸以服，自銷損。

《渚宮故事》：齊隨王嘗率佐使上樊姬墓酣宴，其夕，夢樊姬怒曰：「獨不念封崇之義，奈何溷我？」詰旦，王病。使巫覡引過設祀，積日方愈。

梁

高祖武皇帝姓蕭名衍，南蘭陵人，與齊同族。明帝末年，爲雍州刺史，後尊立和帝於江陵，封梁王。尋受齊禪，都建康，在位四十八年。侯景作亂，攻陷都城，帝以餒殂，葬修陵。改元七天監、普通、大通、中大通、大同、中大同、太清。子太宗簡文皇帝綱立，二年，爲侯景所廢，尋遇害，葬莊陵。改元一大寶。景立高祖曾孫豫章王棟，改元天正。甫四月，景又害之。湘東王繹，高祖第七子，討景，即位於江陵，是爲世祖孝元皇帝。在位三年，西魏攻拔江陵，帝出降，見殺。改元一承聖。子敬帝方智，初封晉安王，大臣王僧辨、陳霸先等迎至建康，立之。三年，禪於陳，封江陰王，尋遇害。改元二紹泰、太平。永嘉王莊，世祖孫，王綝自齊迎立於郢州。三年，伐陳兵敗，奔齊，卒。改元一天啟。六主，凡五十九年。

横陳經案禮花鬘，甘露濃濃殿陛間。舊事尚談龍五色，漢濱擘絖贈金環。

《南史·梁后妃傳》：丁貴嬪初生，有神光之異，故以『光』爲名。武帝鎮樊城，嘗登樓以望，見漢濱五采如龍，下有女子擘絖，則貴嬪也。帝贈以金環，納之。嘗於供奉經案側，髣髴若見神人。及武帝宏佛教，貴嬪長進蔬膳。受戒日，甘露降於殿前。

美人賜姓拜修容，溪水於今號阮公。爲感明蟾新入夢，回裾私謝幔前風。

《南史·梁后妃傳》：阮太后本姓石，初，齊始安王遥光納焉。遥光敗，入東昏宫。建康城平，爲武帝采女。又《元帝紀》：帝母在采女次侍，始褰户幔，有風回裾。武帝意感，幸之。采女夢月墮懷中，遂孕。生帝，有紫胞之異。武帝奇之，因賜采女姓阮，進爲修容。《西吴里語》：梁石靈寶女有姿容，爲武帝采女。生元帝，爲修容，賜阮氏。時人因名其所居曰阮公溪，溪中有大青石，曰美人石。

佩錢枉説與男宜，寵亞潘余望幸遲。誰道倉庚能療妬，金瓶猶祀毒龍祠。

《南史·豫章王綜傳》：綜母吴淑媛在齊東昏宫，寵在潘、余之亞。及得幸於武帝，七月而生綜。

《錢譜》：布錢謂之『男錢』。

《梁書》：布錢重四銖半，婦人佩之，即生男也。

《淵鑒類函》：梁武帝平齊，獲侍兒十餘輩，頗娱於目。爲郗后所察，動止皆隔拗，憤恚成疾。左右識其情者進曰：『臣讀《山海經》，以倉庚爲膳，可以療其病，使不忌。陛下盍試諸？』帝從之。郗茹膳，妬減半。

《南史·梁后妃傳》：郗后酷妬。及終，化爲龍，入于後宫，通夢于帝。帝體將不安，龍輒激水騰涌。于露井上爲殿，衣服委積，常置銀鹿盧、金缾，灌百味以祀之。故帝卒不置后。

珠裙掩映覆蓮蹝，抱被孤眠對曉窗。啼鳥一聲驚好夢，單情何日得成雙。

《事始》：梁武帝作五色繡裙，以朱繩真珠爲飾。

《升菴詩話》：梁宫人《前溪歌》：『當曙與未曙，百鳥啼前窗。獨眠抱被歎，憶我懷中儂，單情何時雙？』用韻甚古。

自捨重雲殿裏身，御容入夢幻耶真。女官奏進紅鸞席，共頌中華有聖人。

《南史·梁武帝紀》：帝捨身光嚴、重雲殿。

又：海中浮鵠山，去餘姚千餘里。上有女人，年三百歲。有女官道士四五百人，年並出百，但在山學道。遣使獻紅席。帝方捨身，其使適至，云此草常有紅鳥居下，故以爲名。觀其圖狀，則鸞鳥也。

又《夷貊傳》：干陁利國，在海南洲上。天監元年，其王瞿曇修跋陁羅夢一僧謂之曰：『中國有聖主，十年後佛法大興，汝宜遣貢敬禮。』乃於夢中至中國，拜覲天子。既覺，心異之。陁羅工畫，乃寫夢中所見容質。遣使并畫工奉表獻玉盤等物，摹寫帝容以還。比本畫，則符同焉。

纔自無遮大會還，佛天歡喜到紅顔。道林貴士尋妖夢，穠李夭桃落滿山。

《南史·梁武帝紀》：帝幸同泰寺，設無遮大會。

《合肥縣浮槎山福嚴寺碑》云：梁武帝第五女夜夢入一山爲尼。詰朝奏帝，乃取名山圖展看，得此山，恍如夢境。以天監三年，敕本山造道林寺。成，遂入山祝髮，號總持大師，嬪從悉聽爲尼。

降表何時定計成，日逢乙卯記新正。善言别殿經聲歇，夢裏分明報太平。

《南史·侯景傳》：景以太清元年二月遣其行臺郎中丁和上表求降。群臣皆議納景非便，武帝不從。初，帝以是歲正月乙卯於善言殿誦佛經，因謂左右黄慧弼曰：『我昨夢天下太平，爾其識之。』及和至，校景實以乙卯日定計，由是納之。

鹿娘聖觀鬱崔嵬，蕭寺千層寶刹開。那似雲光能説法，天香紛墜雨花臺。

《太平廣記》：江陰有鹿産一女，及長，出家爲道士，時人謂之鹿娘。梁武帝爲置觀，名曰聖觀。

《唐史補》：梁武帝造佛寺，令蕭子雲飛白大書一『蕭』字，號曰蕭寺。

《六朝事迹》：梁武帝與雲光法師講經，感天雨花，因築雨花臺。

昭陽同拜女中師，玄圃談經佐睿思。宮體數篇初脱稿，看教嬪御念新詩。

《南史·梁后妃傳》：簡文王皇后，諱靈賓，幼而柔明。叔父暕見之曰：『吾家女師也。』

又《簡文帝紀》：帝嘗於玄圃述武帝所製《五經講疏》，聽者傾朝野。雅好賦詩，然傷於輕靡，時號『宮體』。

飛輪無轍鏡無臺，冷月淒涼照殿隈。膎絶連朝艱一肉，御廚甘露進乾苔。

《南史·侯景傳》：初，簡文《寒夕》詩云：『雪花無有蔕，冰鏡不安臺。』又《詠月》云：『飛輪了無轍，明鏡不安臺。』後人以爲詩讖，謂無蔕者，是無帝；不安臺者，臺城不安；輪無轍者，以邵陵名綸，空有赴援名也。

又：城中圍逼既久，膎味頓絶。簡文上廚，僅有一肉之膳。

又：御甘露廚有乾苔，味酸鹹，分給戰士。

雉尾燒殘未解圍，敕書空見紙鴉飛。溧陽公主同南面，絲竹聲中泣淑妃。

《南史·侯景傳》：景百道攻城。柳津命作地道，毁外山，擲雉尾炬燒其櫓堞。外山崩，壓賊[二]且盡。

又：城中援絶，有羊車兒獻計，作紙鴉，繫以長繩，藏敕於中。簡文出太極殿前，因西北風而放，冀得書達。賊射下之。

又：大寶元年三月甲申，景請簡文褉宴於樂遊苑，帳飲三日。簡文還宫，景即與溧陽主共據御牀，南面並坐，群臣文武列坐侍宴。四月辛卯，景又召簡文幸西州。景與其僞儀同陳慶、索超世等西向坐，溧陽主與其母范淑妃東向坐。上聞絲竹，悽然下泣。景起謝曰：『陛下何不樂？』上乃命景起舞，景即下席，應絃而歌。上顧命淑妃，淑妃固辭，乃止。

校按：【一】『賊』原引作『城』，據通行本《南史》改。

傳到臺城信未真，刻檀寶殿閤生塵。君王欲學丁蘭孝，定省朝朝拜偶人。

《南史·梁元帝紀》：始居文宣太后憂，依丁蘭作木母。及武帝崩，祕喪逾年，乃發凶問。方刻檀爲像，置於百福殿，事之甚謹。其虛矯如此。

花釵宮錦賜妖姬，珍重揮毫作啟時。説到西歸添別恨，舊人常憶李桃兒。

《侍兒小名録》：梁元帝《爲妾弘夜姝謝東宫賚合心花釵啟》曰：『夜姝昔往陽臺，雖逢四照，曾游灃浦，慣識九衢，未有仍我爵釵。還勝翠羽，飾以南金，裝兹麗玉。』

又：《爲妾夏王豐謝東宫賚錦啟》曰：『舒將並石，堪來暮雨。縈持結纜，剩可蕩舟。』

《南史·廬陵王續傳》：元帝之臨荆州，有宫人李桃兒者，以才慧得進。及還，以李氏行。時行宫户禁重，續具狀以聞。元帝泣對使訴於簡文，簡文和之不得。元帝猶懼，送李氏還荆州，世所謂西歸内人者。

角枕詩成贈賀郎，多情常覓醉爲鄉。君王空製金樓子，羞殺徐妃半面粧。

《南史·梁后妃傳》：元帝徐妃，以帝眇一目，每知帝將至，必爲半面粧以俟。帝見則大怒以出。妃嗜酒，多洪醉。帝左右暨季江有姿容，與淫通。季江每歎曰：『柏直狗雖老，猶能獵；蕭溧陽馬雖老，猶駿；徐娘雖老，猶尚多情。』時有賀徽者，美色，妃要之於普賢尼寺，書白角枕爲詩相贈答。後逼令自殺。帝製《金樓子》，述其淫行。

後梁附

中宗宣皇帝名詧，高祖孫，昭明太子統子。初封岳陽王，爲雍州刺史。後與元帝搆隙，以雍州附西魏，引魏兵攻拔江陵。魏因取雍州，割江陵地三百里，立爲帝。在位八年殂，葬平陵。改元一大定。子明帝巋立，二十四年殂，葬顯陵，廟號世宗。改元一天保。子琮立，二年，隋徵入朝，廢爲莒公，國除。改元一廣運。三主，凡三十三年。

長門深鎖擁宵寒，樹隔昭陽望幸難。花下擔輿齊罩髮，細裁蓮葉製新冠。

《北史·蕭詧傳》：詧不好聲色，尤惡見婦人。又：惡見人髮，擔輿者冬月必須裹頭，夏月則加蓮葉帽。

諸王附

寶屧輕盈蹴輭鉤，百千佳麗貯瓊樓。承恩獨有江無畏，翠毦珠羈控紫騮。

臨川王宏，文帝第六子。

《南史·本傳》：宏後庭數百千人，皆極天下之選。所幸江無畏，服玩侔於齊東昏潘妃，寶屧直千萬。

《女紅餘志》：臨川王宏妾江無畏善騎馬，翠毦珠羈，玉珂金鐙。

青溪宮外水粼粼，舊苑亭臺盡鼎新。好士宏開游客省，籠爐飲扇欵嘉賓。

南平王偉，文帝第八子。

《南史·本傳》：齊世青溪宮改爲芳林苑，天監初，賜偉爲第。又加穿築，果木珍奇，窮極雕靡。立游客省，寒暑得宜，冬有籠爐，夏設飲扇。每與賓客游其中，命從事中郎蕭子範爲之記。梁藩邸之盛無過焉。

雕文舸子蕩池心，玄圃禽魚寄興深。絲竹不須宣女伎，自來山水有清音。

昭明太子統，武帝長子。

《南史·本傳》：統游後池，乘雕文舸摘芙蓉。

又：性愛山水，於玄圃穿築，更立亭館，與朝士名素者遊其中。嘗泛舟後池，番禺侯軌稱此中宜奏女樂。太子不答，詠左思《招隱詩》云：『何必絲與竹，山水有清音。』

僞漢附

侯景，朔方人。篡立。五月，爲羊鵾所殺。改元一太始。

昭陽高坐御公卿，濟濟朝班位號更。立廟枉稱天子七，先人惟記阿爺名。

《梁書·侯景傳》：先是，丹陽陶弘景嘗爲詩曰：『夷甫任散誕，平叔坐談空。不意昭陽殿，化作單于宮。』大同末，人士競談玄理，不習武事。至是，景果居昭陽殿。

又：景改左民尚書爲殿中尚書，五兵尚書爲七兵尚書，直殿主帥爲直寢。景三公之官，動置十數，儀同尤多。其左僕射王偉請立七廟，景曰：『何謂七廟？』偉曰：『天子祭七世祖考，故置七廟。』并請七世之諱，敕太常具祭祀之禮。景曰：『前世吾不復憶，惟阿爺名標。』衆聞咸竊笑之。景黨有知景祖名周者，自外悉是王偉制其名位。

永吉傳呼寶殿開，轜車鼓吹下層臺。華林曉日飛鳥散，紗帽青袍挾彈來。

《梁書·侯景傳》：景以轜車床載鼓吹。

又：僞有司改『警蹕』爲『永吉』，避景名也。

又：自篡立後，時著白紗帽，披青袍。或匹馬游戲於宮内，及華林苑彈射烏鳥。

陳

高祖武皇帝姓陳名霸先，吴興人。梁太平二年，封陳公，進爵爲王。尋受梁禪，都建康。在位三年殂，葬萬安陵。改元一永定。世祖文皇帝蒨，高祖兄始興王道談子，初封臨川王。高祖殂，皇子在長安，大臣侯安都定策立帝。七年殂，葬永甯陵。改元二天嘉、天康。子伯宗立，二年，安成王頊廢爲臨海王，尋遇害。改元一光大。頊，世祖弟，廢伯宗自立，是爲高宗宣皇帝。十四年殂，葬顯甯陵。改元一太建。子叔寶立，七年，爲隋所執，封長城公，仁壽四年卒。改元二至德、禎明。五主，凡三十三年。

刺閨封事夜紛披，閤外雞人報漏移。試問銀籤投幾度，君王夢醒已多時。

《南史·陳文帝紀》：帝起自布衣，知百姓疾苦。一夜内刺閨取外事分判者，前後相續。每雞人伺漏，令投籤於階石上，鎗然有聲，云：「吾雖得眠，亦令驚覺。」

甘露亭前聖駕回，雲龍門外火成灰。蜯盤瓦器家風儉，誰進羅紋錦被來。

《南史·陳宣帝紀》：太建七年四月，陳桃【一】根上織成羅紋錦被表各二，詔於雲龍門外焚之。九月【二】，甘露頻降樂遊苑。輿駕幸苑，採甘露，宴群臣，詔於苑龍舟山立甘露亭【三】。

又《武帝紀》：帝雅尚儉素，常膳不過數品。私饗曲宴，皆瓦器蜯盤。

校按：

【一】『桃』原引作『姚』，據通行本《南史》改。

【二】『月』原引作『年』，據通行本《南史》改。

【三】『亭』原引作『寺』，據通行本《南史》改。

求賢殿裏秋風早，手積圖書卸黱粧。夜不留人人自去，閒翻貝葉禮空王。

《陳書·后妃傳》：後主沈皇后，身居儉約，衣服無錦繡之飾，左右近侍纔百許人，惟尋閱圖史及釋典爲事。

又《張貴妃傳》：沈皇后素無寵，别居求賢殿。陳後主《戲贈沈后》云：留人不留人，不留人也去。此處不留人，自有留人處。

寶帳珠簾護玉牀，風來曉殿蹴塵香。疏條未了張妃倦，笑倚君王索隱囊。

《南史·張貴妃傳》：至德二年，於光昭殿前起臨春、結綺、望仙之閣。其窗牖、壁帶、懸楣、欄檻之類，皆以沈檀香爲之。外施珠簾，内有寶牀、寶帳。每微風暫至，香聞數里。

《南部煙花記》：陳宫人卧履皆以薄玉花爲飾，内散以龍腦諸香屑，謂之塵香。

《南史·張貴妃傳》：後主怠於政事，百司啟奏，並因宦者蔡臨兒、李善度進請。後主倚隱囊，置張妃於膝上，共決之。李、蔡所不能記者，貴妃並爲疏條，無所遺脱。

春林雨過落殘紅，鳳珮鏘鏘放柘弓。最是楊花輕薄甚，點人衣袖故隨風。

《南部煙花記》：陳宫人喜於春林放柘彈。

又：陳宫人珮玉盡畫鸞鳳。

《類記》：後主與麗華游後園，有柳絮點衣。麗華謂後主曰：『何能點人衣？』後主曰：『輕薄物識卿意也。』麗華笑而不答。

臨春結綺燦朝霞，學士分題鬬藻葩。新得封書三十六，采牋還譜後庭花。

《南史·張貴妃傳》：後主以宫人有文學者袁大捨等爲女學士。每引賓客對貴妃游宴，使諸貴人及女學士與狎客賦詩，互相贈答。采其尤豔麗者以爲曲調，其曲有《玉樹後庭花》《臨春樂》等。

又《後主紀》：常使張貴妃、孔貴人等八人夾坐，江總、孔範等十人預宴，號曰『狎客』。先令八婦人擘采牋，製五言詩，十客一時繼和，遲則罰酒。

《大業拾遺記》：煬帝遊雞臺，恍惚間與陳後主相遇。後主曰：『人生各圖快樂，曩時何見罪之深耶？三十六封書，至今使人怏怏不樂。』

掠削金釵兩鬢垂，相思無那斂雙眉。小窗夢醒斜陽晚，愁誦君王碧玉詩。

明張溥《陳後主集題詞》云：世言陳後主輕薄最甚者，莫如《黃鸝留》《玉樹後庭花》《金釵兩鬢垂》等曲。今曲不盡傳，惟見《玉樹》一篇。

陳後主《長相思樂府》：帷中看隻影，對鏡斂雙眉。

又《小窗詩》云：午醉醒來晚，無人夢自驚。夕陽如有意，偏傍小窗明。

又《寄侍兒碧玉》詩云：離别腸應斷，相思骨合銷。愁魂若飛散，憑仗一相招。

神仙飄緲笑臨風，豈識齊雲召寇蹤。密啟頻來桃葉渡，總堆牀下未開封。

《南史·張貴妃傳》：嘗於閣上靚妝，臨於軒檻。宫中遥望，飄若神仙。

又《後主紀》：上起齊雲觀，國人歌曰：『齊雲觀，寇來無際畔。』

又：先是，江東謡多唱王獻之《桃葉辭》，云：『桃葉復桃葉，渡江不用檝。但渡無所苦，我自迎接汝。』及晉王廣軍於六合鎮，其山名桃葉，果乘陳船而度。

又：當賀若弼度京口，彼人密啟告急。叔寶爲飲酒，遂不省之。高熲至日，猶見啟在牀下，未開封。亦是可笑。

玉樹輕盈璧月籠，萬幾難曠作詩功。突來敗興韓擒虎，誤卻新詞寫砑紅。

《南史·張貴妃傳》：曲略云：『璧月夜夜滿，瓊樹朝朝新。』大抵所歸，皆美張貴妃、孔貴嬪之容色。又《後主紀》：隋文帝曰：『將作詩功夫，何如思安時事？』《南部煙花記》：每憶爾時，麗華方凭臨春閣，試東郗紫毫，書小砑紅綃，和江令《璧月詞》。未終，見韓擒虎領數萬騎直來捉人，都無去就意。

山鳥爭呼帝奈何，桂宮猶自戲嫦娥。臙脂井底甘同穴，纔信君恩固結多。

《南史·陳後主紀》：禎明二年，蔣山衆鳥鼓兩翼以附膺曰：『奈何帝，奈何帝。』《南部煙花記》：陳後主爲張麗華造桂宮於光昭殿後，作圓門如月，障以水晶，後庭設素粉罘罳。庭中空洞無他物，惟植一桂樹，樹下置藥杵臼，使麗華恒馴一白兔。麗華被素袿裳，梳淩雲髻，插白通草蘇朵子，靸玉華飛頭履，時獨步於中，謂之月宮。帝每入宴，呼麗華爲『張嫦娥』。《江南通志》：景陽井在臺城中。《南史》：隋克臺城，陳後主與張麗華、孔貴嬪俱入井，隋軍出之。其井有石欄，舊傳欄有石脈，以帛拭，作臙脂痕。

諸王附

史笥經廚發古香，讀餘高閣醉霞觴。金盤蜜浸烏梅果，借補醫家醒酒方。

永陽王伯智，文帝第十二子。

《南史·本傳》：伯智少敦厚，有器局，博涉經史。

《雲仙雜記》：陳永陽王宿酲未解，則爲蜜浸烏梅，每啖下二十枚，清醒乃已。

沐猴百戲曉盈庭，銀燭摇光夜不扃。奪得謝家塋地後，漫誇刺血涅槃經。

始興王叔陵，宣帝第二子。

《南史·本傳》：叔陵爲沐猴百戲。

又：夜常不卧，執燭達曉。

又：晉世王公貴人多葬梅嶺。及所生母彭氏卒，及發故太傅謝安墓，棄去安柩，以葬其母。初喪日，僞爲哀毁，自稱刺血寫《涅槃經》。

全史宮詞卷十二　北朝

魏

太祖道武皇帝姓拓跋氏，名珪，其先鮮卑部人，後徙漠北。先世猗盧，晉愍帝建興中，封代王。太祖始取大名之義，改國號曰魏，都平城。晉隆安二年，即帝位，在位十二年，爲子紹所弑，葬金陵。改元四登國、皇始、天興、天賜。長子明元皇帝名嗣，字木末。初封齊王，誅紹即位，十五年殂，葬金陵，廟號太宗。改元三永興、神瑞、泰常。子太武皇帝燾立，二十九年，爲宦官宗愛所弑，葬金陵，廟號世祖。改元六始光、神䴥、延和、太延、太平真君、正平。孫文成皇帝濬，景穆太子晃之子。宗愛弑逆，立南安王余，尋復弑之。大臣陸麗等討愛，誅之，奉帝即位。十四年殂，葬金陵，廟號高宗。改元四興安、興光、太安、和平。子獻文皇帝弘立，六年，禪位太子宏，自稱太上皇帝。爲太后馮氏所酖，葬金陵，廟號顯祖。改元二天安、皇興。宏受内禪，更姓元氏，遷洛陽，是爲孝文皇帝。在位二十九年殂，葬長陵，廟號高祖。改元三延興、承明、太和。子宣武皇帝恪立，十六年殂，葬景陵，廟號世宗。改元四景明、正始、永平、延昌。子孝明皇帝詡立，十三年，爲太后胡氏所酖，葬定陵，廟號肅宗。改元五熙平、神龜、正光、孝昌、武泰。太后立臨洮王世子釗，大都督爾朱榮自晉陽舉兵入洛，沉太后及幼主於河，迎顯祖孫、彭城王勰之子長樂王子攸立之，是爲孝莊皇帝。在位三年，誅榮。榮從子兆引兵陷洛陽，遷帝於晉陽，弑之。葬靜陵，廟號敬宗。改元二建義、永安。節閔皇帝名恭，顯祖孫，廣陵王羽子。初，爾朱兆等共立長廣王曄，尋廢曄立帝。晉州刺史高歡起兵討兆，明年兆等敗走。歡入洛陽，遂廢帝，尋遇害。改元一普泰。孝武皇帝名修，高祖孫，廣平王懷子，初封平陽王。高歡始舉兵，立章武王融子朗，尋廢朗立帝。在位三年，帝密謀除歡，不克。歡自晉陽引兵逼洛陽，帝西奔長安，依宇文泰。爲泰所酖，葬雲陵。改元二太昌、永熙。孝靜皇帝名善見，高祖曾孫，清河王亶子。爲高歡所立，遷都鄴。魏於是分東、西焉。在位十七年，禪於齊，封中山王，明年遇害。改元四天平、元象、興和、武定。文皇帝名寶炬，高祖孫，京兆王愉子，初封南陽王。爲宇文泰所立，時東魏天平二年。在位十七年殂，葬永陵。改元一大統。子廢帝欽立，三年，宇文泰廢之，尋被弑。恭帝廓，文帝子，初封齊王。爲宇文泰所立，改稱元年，時梁承聖三年，齊天保五年。在位三年，禪於周，封宋公，後遇害。十五主，凡百七十二年。

定襄王氣應新遷，諸部雲從助祭天。皇帝舅家何處是，九霄曾見下輜軿。

《北史・魏紀》：神元皇帝諱力微。先是，西部内侵，依於没鹿回部大人竇賓。賓將分國之半奉帝，帝不受，乃進其愛女。及賓臨終，戒其二子，使謹奉神元。三十九年，遷於定襄之盛樂。四月祭天，諸部君長皆來助祭。

又：聖武皇帝諱詰汾，嘗田於山澤，欻見輜軿自天而下。既至，見美婦，自稱天女，受命相偶。旦日請還，期年周時復會於此，言終而别。及期，帝至先田處，果見天女，以所生男授帝，曰：『此君之子也，當世爲帝王。』語訖而去。即始祖神元皇帝也。故時人諺曰：『詰汾皇帝無婦家，力微皇帝無舅家。』

擬鑄金人願未酬，位卑卻得受恩優。秦雲萬里添鄉思，紅袖臨風倚白樓。

《北史·魏后妃傳》：太宗姚后，姚興女西平長公主也。以鑄金人不成，未升尊位，然帝寵禮如后。

又：魏故事：將立皇后，必令手鑄金人。以成者爲吉，不則不得立也。

《太平寰宇記》：朔州白樓，《郡國志》云，即後魏納姚興女爲后，后悲思故國，造此樓登望，飾以鉛粉，故名之。

椒房魚貫奉宸歡，多恐堯門作母難。偏是酬恩隆乳保，磨笄又置守陵官。

《魏書》：魏氏王業之兆雖始於神元，至於昭成之前，世崇儉質，妃嬪嬙御，率多闕焉，惟以次第爲稱。而章、平、思、昭、穆、惠、煬、烈八帝，妃后無聞。太祖追【一】尊祖妣，皆從帝謚爲皇后，始立中宮。餘妾或稱夫人，多少無限，然皆有品次。世祖稍增左右昭儀及貴人、椒房、中式數等，後庭漸已多矣。

又：魏故事，後宮產子，將爲儲貳，其母皆賜死。

《魏書·后妃傳》：先是，世祖保母竇氏，初以夫家坐事入宮，太宗命爲世祖保母。世祖感其恩訓，奉養不異所生。及即位，尊爲保太后，後尊爲皇太后。真君元年崩，葬崞山，從后意也。高宗乳母常氏，太延中以事入宮，世祖選乳高宗。高宗即位，尊爲保太后，尋爲皇太后，謁於郊廟。和平元年崩，葬於廣甯磨笄山，太后遺志也。別立寢廟，置守陵二百，樹碑頌德。

校按：【一】『追』字原脱，據通行本《魏書》補。

母后臨朝據紫宸，邦交先貴睦强鄰。星曹妙選通和使，卻被人呼女國臣。

《北史》：魏桓帝中子惠帝賀傉立，以五年爲元年。帝未親政事，太后臨朝，遣使與石勒通和，時人謂之女國使。

瓜步行宫萬壘屯，南邦修好到皇孫。卻緣鄭忽師昏戒，衹許通和不許婚。

《北史·魏世祖太武帝紀》：太平真君十一年十二月，車駕臨江，起行宫於瓜步山。諸軍同日皆臨江，所過城邑莫不望塵奔潰。宋文帝使獻百牢，貢其方物，又請進女於皇孫，以求和好。帝以師婚非禮，許和而不許婚。

索頭苗裔溯根源，洛下初遷改姓元。托跋相傳原漢種，無人敢道李陵孫。

《南齊書·魏虜傳》：魏虜，匈奴種也，姓托跋氏。被髮左衽，故呼爲索頭。又：宏都洛陽，改姓元氏。初，匈奴女名托跋，妻李陵。胡俗以母名爲姓，故虜爲李陵之後。虜甚諱之，有言其是陵後者，輒見殺。至是改姓焉。

蹋徧天壇繞幾周，帳中百子宴初收。宫庭盡倣江南式，巧奪公輸蔣少游。

《南齊書·魏虜傳》：宏以己巳歲立圓邱、方澤，置三夫人、九嬪。九年，遣使李道固、蔣少游報使。少游有機巧，密令觀京師宫殿楷式。清河崔元祖啟世祖曰：『少游，臣之外甥，特有公輸之思。宋世陷虜，處以大匠之官。今爲副使，必欲模範宫闕。豈可以氊鄉之鄙取象天宫？臣謂且留少游，令使主反命。』世祖以非通和意，不許。少游，安樂人，虜宫室制度皆從其出。

又：宏西郊，即前相天壇處也。宏與僞公卿從二十餘騎戎服繞壇，宏一周，公卿七匝，謂之蹋壇。明日，復戎服登壇祠天，宏又繞三匝，公卿七匝，謂之繞天。以繩相交絡，紐木枝棖，覆以青繒，形制平圓，下容百人坐，謂之爲繖，一云『百子帳』也。於此下宴息。

玉盤金椀進朝餔，帳煖流蘇坐錦毹。千里明駝馱水到，當筵宣付阿真廚。

《南齊書·魏虜傳》：正殿施流蘇帳，金博山，龍鳳朱漆畫屏風，織成幌。坐施氍毹褥[一]。前施金香爐，琉璃鉢，金椀，盛雜食器。設客長盤一尺，御饌圓盤廣一丈[二]。

又：飲食廚名『阿真廚』。

《魏書》：高祖不飲洛水，嘗以千里足明駝更互向恒州取水，以供膳焉。

校按：

【一】『褥』字原脱，據通行本《南齊書》補。

【二】『丈』原引作『尺』，據通行本《南齊書》改。

義孝紛紛執紼趨，中山新樂聽模糊。聖心自有鍾情處，殿上方懸捍虎圖。

《魏書·恩倖·王叡傳》：高祖與文明太后率百僚臨虎圈，有逸虎，叡乃執戟禦之。故親任轉重，後進爵中山王。及終，詔圖其捍虎狀於諸殿，造新聲，名《中山王樂》。送葬者千餘，謂之『義孝』。

馬上紅粧鎧著銀，風摇綵幰滚香塵。靈泉獻曌排鵷鷺，胡舞翩翩拜鴈臣。

《南齊書·魏虜傳》：魏車服有大小輦，皆五層，下施四輪，三二百人牽之，四施絙索，備傾倒。軺車建龍旗，尚黑。妃后則施雜綵幰，無幢絡。太后出，則婦女著鎧騎馬，近輦左右。

《北史·魏文成馮后傳》：太后與孝文幸靈泉池，宴群臣及蕃國使人、諸方渠帥，各令爲其方舞。孝文上壽，太后忻然作歌。遂命群臣各言其志，於是和歌者九十人。

《洛陽伽藍記》：元魏時，北邊酋長遣子入侍。嘗秋來春去，以避中國之熱，時人謂之『鴈臣』。

景明寺裏佛千身，閶闔宫前取次陳。等待旛幢齊到後，香花分散滿重闉。

《洛陽伽藍記》：景明寺，宣武帝立。四月七日，京師諸像皆來此寺。至八日，以次入宣陽門，向閶闔宫前受皇帝散花。

執卷開教帝妹書，後宫同作女生徒。傳經占得宣文席，不用堂前隔絳幮。

《魏書·李彪子志傳》：彪有女，幼而聰令，彪每奇之，教之書學，誦讀經傳。世宗聞其名，召爲倢伃，以禮迎引。在宫常教帝妹書，後宫咸師宗之。

安昌内寢簡嫱嫒，新放宫娥出禁垣。不是古公真好色，一時怨曠盡霑恩。

《北史·魏高祖孝文帝紀》：太和十六年〔一〕，依古六寢，權制三〔二〕室，以安昌殿爲内寢，皇信堂爲中寢，四下爲外寢。

又：太和二年〔三〕，以宫女賜貧人無妻者。十一年，出宫人不執機杼者。十三年，出宫人賜北鎮人貧鰥者。

校按：

【一】『十六年』原引作『十五年』，據通行本《北史》改。

【二】『三』原引作『二』，據通行本《北史》改。

【三】『二年』原引作『元年』，據通行本《北史》改。

鴻鴈池邊鹿苑通，一灣流水貫西東。春風魚躍歌於牣，御駕親漁薦寢宫。

《北史·魏太祖道武帝紀》：天興二年，起鹿苑於南臺陰。鑿渠引武川水，注之苑中，疏爲三溝，分流宫城内外。

又：三年，作東西魚池。

又：四年三月，帝親漁，薦于寢廟。

又穿鴻鴈池。

姊妹花明並麗姿，顓房寵獨在昭儀。緣何菩薩開淫戒，貞謹應慚練行尼。

《北史》：魏孝文廢皇后馮氏，太師熙之女也。孝文後重引后姊昭儀至洛，有寵。后禮愛漸衰，雖性不妬嫉，時有愧恨之色。昭儀譖搆百端，尋廢后爲庶人。后貞謹有德操，遂爲練行尼。幽皇后亦馮熙女，有姿媚，偏見愛幸。當夕，宫人稀得進見。拜爲左昭儀，後立爲皇后。帝頻歲南征，后遂與中官高菩薩私亂。

誕降曾聞有赤光，早知貴表應儲皇。椒庭儘爲貪生誤，不祝男祥祝女祥。

《北史》：魏宣武靈皇后胡氏，司徒國珍之女也。母皇甫氏，産后之日，赤光四照。有趙胡者，善卜相，云：『有大貴之表。』宣武初，召入掖庭，爲承華世婦。而椒庭之中，以國舊制，相與祈祝，皆願生諸王、公主，不願生太子。唯后每稱：『夫人等言，何緣畏一身之死而令皇家不育冢嫡也？』明帝在孕，同列猶以故事相恐，勸爲諸計。后幽夜獨誓，但願所懷是男，次弟當長子；子生，身死不辭。既誕明帝，進爲充華嬪。及明帝踐祚，尊爲皇太后。臨朝聽政，猶曰殿下。後改令稱詔，群臣上書曰陛下，自稱曰朕。

君王恭己賴慈英，申訟常陪鳳蹕行。左藏開封同賜絹，獨憐公主得廉名。

《魏書·后妃傳》：宣武靈皇后胡氏，肅宗踐阼，尊爲皇太后，臨朝聽政。與肅宗幸華林園，宴群臣於都亭曲水，令王公以下各賦七言詩。太后詩曰：『化光造物含氣貞。』帝詩曰：『恭己無爲賴慈英。』王公以下賜帛有差。

又：先是，太后敕造申訟車，時御焉，以納冤訟。

又：後幸左藏，王公、嬪主以下從者百餘人，皆令任力負布絹，即以賜之。多者近二百匹，少者百餘匹。惟長樂公主手持絹二十匹而出，示不異衆而無勞也，世稱其廉。

緇衣脱卻入皇家，秋去春來感歲華。恨殺窗前雙燕子，歌殘無處覓楊花。

《梁書》：楊華少有勇力，魏太后逼通之。華懼及禍，乃率其部曲降梁。太后思之，爲作《楊白花歌》，使宫人連臂蹋足歌之，聲甚悽惋。其詞曰：『陽春二三月，楊柳齊作花。春風一夜入閨闥，楊花飄蕩落南家。含情出户脚無力，拾得楊花淚沾臆。秋去春來雙燕子，願銜楊花入窠裏。』太后姓胡，初爲尼，宣武召入掖庭，立爲后。

六宫學道卸華粧，寶蓋雲幢滿洛陽。佛土從來稱淨域，忽教奪壻到瑶光。

《洛陽伽藍記》：瑶光寺，宣武皇帝所立。椒房嬪御學道之所，掖庭美人並在其中。永安三年，爾朱兆縱兵大掠，時有秀容胡騎數十入寺淫穢。京師語曰：『洛陽男兒急作髻，瑶光寺尼奪女壻。』

殺氣馮陵朔吹涼，和親萬里靖邊疆。鑾儀入境皆東面，蠕蠕原來是故鄉。

《北史·魏后妃傳》：文帝悼皇后郁久閭氏，蠕蠕主阿那瓌女也。初，蠕蠕屢犯北邊，文帝乃與約，通好【一】結姻。王孚受使奉迎。蠕蠕俗以東爲貴，后之來，營幕户席皆東向。孚請正南面，后曰：『我未【二】見魏主，故蠕蠕女也。魏仗向南，我自東面。』孚無以辭。

校按：

【一】『好』字原脱，據通行本《北史》補。

【二】『未』字原脱，據通行本《北史》補。

當筵同詠鮑家詩，晻晻愁雲暗九闈。誰向懷中取明月，狗來齧索是焦梨。

《北史》：魏孝武永熙三年十月，高歡推清河王亶子善見爲主，往都鄴，是爲東魏。魏於此始分爲二。帝之在洛也，從妹不嫁者三：一曰平原公主明月，南陽王同産也；二曰安德公主，清河王懌女也；三曰蒺藜，亦封公主。帝内宴，令諸婦人詠詩。或詠鮑照樂府曰：『朱門九重門九閨，願逐明月入君懷。』帝既以明月入關，蒺藜自縊。宇文泰使元氏諸王取明月殺之，帝不悦，君臣由此不安。始宣武、孝武[一]明間謡曰：『狐非狐，貉非貉，焦梨狗子齧斷索。』識者以謂索本索髮，焦梨狗子指宇文泰，俗謂之黑獺也。

校按：校按：【一】『武』字衍文。

德讓虞賓位不終，雅歌空有孝文風。誰憐玉體期黄髮，泣念遺簪别六宫。

《北史》：魏孝静皇帝禪位高澄，口詠范蔚宗《後漢書·贊》云：『獻生不辰，身播國屯。終我四百，永作虞賓。』所司奏請發，帝曰：『古人念遺簪敝履，欲與六宫别，可乎？』高隆之曰：『今天下猶陛下之天下，況在後宫！』乃與夫人、嬪以下訣，莫不欷歔掩涕。嬪趙國李氏誦陳思王詩云：『王其愛玉體，俱享黄髮期。』皇后以下皆哭。遂入北門，下司馬子如南宅。遇酖而崩。

又：帝好文，嘉辰宴會，多命群臣賦詩。從容沉雅，有孝文風。

諸王 附

迎風館側麝蘭芬，文柏堂前酒半醺。唱到金牌盈座後，歌聲翻姤緑朝雲。

河間王琛，文成皇帝孫。

《洛陽伽藍記》：河間王琛造文柏堂，形如徽音殿。又造迎風館于後園。

《雲仙雜記》：河間王夜飲，妓女謳歌，一曲下一金牌。席終，金牌盈座。

《採蘭雜志》：河間王琛有妓曰朝雲，善歌；又有緑鸚鵡，善語。朝雲每歌，鸚鵡和之，聲若出一。琛愛之，號『緑朝雲』。

鳳鈴龍佩響丁東，三百蛾眉錦綺叢。不道吹篪能破敵，美人聲價重追風。

《洛陽伽藍記》：琛窗户之上，玉鳳銜鈴，金龍吐佩。

又：妓女三百，盡皆國色。有婢朝雲，善吹篪，能爲團扇歌、壟上聲。琛爲秦州刺史，諸羌外叛，屢討不降。琛令朝雲假爲貧嫗，吹篪而乞。諸羌聞之，悉爲流涕，迭相謂曰：『何爲棄墳井，在山谷爲寇也？』即相率歸降。秦民語曰：『快馬健兒，不如老嫗吹篪。』

又：琛向西域求名馬，得千里馬，號曰追風赤。以銀爲槽，金爲鏁環。

春風絃管醉年芳，珍木連陰竹覆塘。么鳳舞殘雙髩側，氍毹席上整飛黄。

高陽王雍，獻文皇帝子。

《洛陽伽藍記》：雍爲丞相，貴極人臣。出則鳴騶御道，文物成行；入則歌姬舞女，絲管迭奏。其竹林魚池，侔于禁苑，芳草如積，珍木連陰。

又：王有二姬，一名修容，一名豔姿。修容能爲《緑水歌》，豔姿善《么鳳舞》。

《女紅餘志》：元雍姬豔姿以金箔點髩，謂『飛黄髩』。

羅衣瑟瑟下朱樓，白殿春深轉玉喉。製得明妃辭漢曲，月華新譜入箜篌。

《洛陽伽藍記》：雍居止宅第，匹于帝宫。白殿丹楹，窈窕連亘。僮僕六千，妓女五百。隨珠照日，羅衣從風。自漢晉以來，諸王豪侈未有也。

又：雍妓徐月華，善彈箜篌，能爲《明妃出塞》之歌，聞者莫不動容。

斜峰入牖沼環堂，賓客樓臺共舉觴。日暮酒闌歌管歇，春風滿樹奏鶯簧。

清河王懌，孝文皇帝子。

《洛陽伽藍記》：懌第宅豐大，踰于高陽。西北有樓，出淩雲臺。樓下有儒林館、退賓堂。土山釣臺，冠于當世。斜峰入牖，曲沼環堂，樹響飛嚶，階叢花藥。懌愛賓客，重文藻，海内才子，莫不輻輳。至于清晨明景，騁望南臺，芳醴盈罍，佳賓滿席。使梁王愧兔園之遊，陳思慙雀臺之燕。

霜露淒清夜不眠，逆謀早見象垂天。奈何玉几金牀誤，衹付宫人唱可憐。

咸陽王禧，獻文帝子。

《北史·本傳》：初，孝文觀台宿有逆謀氣，言于禧曰：『玄象變，汝終爲逆謀。會無所成，但受惡而已。』至此，果如言。其宫人爲之歌曰：『可憐咸陽王，奈何作事誤？金牀玉几不能眠，夜蹋霜與露。洛水湛湛彌岸長，行人那得度！』

齊

顯祖文宣皇帝姓高名洋，其先渤海人，後徙懷朔鎮，東魏大丞相、渤海王歡次子。歡以節閔普泰元年舉兵平爾朱兆，尊立孝武，始專國政。歡卒，世子澄嗣，爲膳奴所害。洋以母弟繼立，受魏禪，都鄴。在位十年殂，葬武寧陵。改元一天保。子廢帝殷立，明年爲常山王演所廢。改元一乾明。演，顯祖母弟，廢少主自立，是爲肅宗孝昭皇帝。一年殂，葬文靜陵。改元一皇建。弟湛，初封長廣王，奉遺詔即位，是爲世祖武成皇帝。五年，禪位太子緯，自稱太上皇。又四年殂，葬永平陵。改元二太寧、河清。緯在位十二年，改元三天統、武平、隆化。禪位太子恒，改元承光。明年，周師克鄴，與恒俱出走，周人執之以歸，封温公，尋遇害。六主，凡二十八年。

青雀飛來入鄴城，可憐羽翮化爲鸚。新宫蔚起團焦地，南宅猶存舊日名。

《北史·齊高祖神武帝紀》：先是，童謡曰：『可憐青雀子，飛來鄴城裏。羽翮垂欲成，化作鸚鵡子。』好事者竊言，『雀子』謂魏地清河王，『鸚鵡』謂神武也。

又：從爾朱榮徙據并州，抵揚州邑人龐蒼鷹，止團焦中。蒼鷹母數見團焦上赤氣赫然屬天，又見赤蛇蟠牀上。及得志，以其宅爲第，號曰南宅。雖門巷開廣，堂宇崇麗，其本所住團焦，以石堊塗之，留而不毁。至文宣時，遂爲宫。

較射新從木井還，擬教女將並登壇。舊人漫妬新人寵，聽取低聲稱下官。

《北史·齊后妃傳》：彭城太妃，爾朱榮女，魏孝莊后也。神武納爲别室，敬重踰於婁妃，見必束帶，稱下官。神武迎蠕蠕公主還，爾朱氏迎於木井北。公主引角弓射翔鴟，應絃而落；妃引弓射飛烏，亦一發而中。神武喜曰：

『此二婦竝堪擊賊。』

歌舞顛癡總不休，枉將羖攊應童謳。從兹莫道樞臣貴，大肚楊郎進厠籌。

《北史・齊文宣紀》：躬自鼓舞，歌謳不息。

又：游行市廛，問婦人曰：『天子何如？』答曰：『顛顛癡癡，何成天子？』

又：先是，童謡曰：『一束藁，兩頭然，河邊羖攊飛上天。』藁然兩頭，於文爲『高』。河邊羖攊爲水邊羊，指帝名也。

又：雖以楊愔爲宰輔，使進厠籌。以其體肥，號爲楊大肚。

又《楊愔傳》：愔尚太原長公主，乾元元年爲孝昭所誅。太皇太后哭曰：『楊郎忠而獲罪。』

赭衣幾隊扈宸遊，膽落輿前供御囚。惟有佳人難再得，琵琶柈上淚雙流。

《北史・齊文宣紀》：詔斬鄴下。繫徒罪至大辟者，簡取隨駕，號爲供御囚，手自刃殺，持以爲戲。

又：所幸薛嬪，無故斬首，藏之於懷。於東山宴，勸酬始合，忽探出頭，投於柈上。支解其屍，弄其髀爲琵琶。一座驚怖，莫不喪膽。帝方收取，對之流淚云：『佳人難再得，甚可惜也。』

三臺游豫樂融融，日盡三千六百中。侍宴分排乾象殿，群官舞蹈賀新宫。

《北史・齊顯祖文宣帝紀》：發丁匠三十餘萬人營三臺於鄴，因其舊基而高博之，大起宫室及游豫園。車駕至自晉陽，登三臺，御乾象殿，朝宴群臣。以新宫成，大赦内外，文武官並進一大階。

又：先是，謡云：『馬子入石室，三千六百日。』帝以午年生，故曰馬子。三臺，石季龍舊居，故曰石室。三千六百日，十年也。

國子先生品孰優，東宫監國集名流。孝經講罷邀恩賚，白髮儒臣許散愁。

《北史·齊文宣紀》：廢帝殷，文宣長子也。天保元年，立爲皇太子。初詔國子博士李寶鼎傅之，寶鼎卒，復詔國子博士邢峙侍講。九年，文宣在晉陽，太子監國，集諸儒講《孝經》。令楊愔傳旨，謂國子助教許散愁曰：『先生在世，何以自資？』對曰：『散愁自少以來，不登孌童之牀，不入季女之室。服膺簡策，不知老之將至。平生素懷，若斯而已。』太子曰：『顔子縮屋稱貞，柳下嫗而不亂，未若此翁白首不娶者也。』賚絹百匹。

重重錦繡擁胡牀，玉鏡臺高七寶裝。一笑珠裙花下解，旨教握槊召和郎。

《北史·齊武成胡氏傳》：武成崩後，數出詣佛寺，與沙門曇獻通。布金錢於獻席下，又挂寶裝胡牀於獻壁，武成平生之所御也。乃置百僧於内殿，託以聽講，日夜與獻寢處。僧徒遥指太后以弄曇獻，乃至謂之爲太上者。

《太平廣記》：胡太后使沙門靈通造七寶鏡臺，合有三十六室。

《北史·齊武成胡后傳》：武成寵幸和士開。每與后握槊，因與姦通。

又《後主穆后傳》：武成爲胡后造真珠裙袴。

流杯池上綺筵開，水抱山亭曲曲回。酒到御前船自住，兩邊絲竹應聲來。

《太平廣記》：北齊沙門靈昭，甚有巧思。武成帝令於山亭造流杯池，船每至帝前，引手取杯，船即自住。上有木小兒撫掌，遂與絲竹相應。

琵琶聲調出參軍，天帝何期遇世神。勸得君王解行樂，一朝快活敵千春。

《北史·和士開傳》：天保初，武成封長廣王，辟士開開府行參軍。傾巧便僻，又能彈胡琵琶，因致親寵。嘗謂王曰：『殿下非天人也，是天帝也。』王曰：『卿非世人也，是世神也。』其深相愛重如此。

又：說武成云：『自古帝王盡爲灰土，堯舜、桀紂竟復何異？陛下宜及少壯，恣意作樂，縱横行之，即是一日快活敵千年。國事分付大臣，何慮不辦？無自爲勤約也。』帝大悦。

已見萱花萎北宫，賜衣猶憶手親縫。緋袍飲酒童謡應，浴海虚誇第九龍。

《北史》：齊武明皇后婁氏，性寬厚，不妬忌，神武侍姬咸加恩待。慈愛諸子，不異己出，躬自紡績，人賜一袍一袴。手縫戎服，以帥左右。天保初，尊爲皇太后。大寧二年，崩於北宫。太后凡孕六男二女，皆感夢孕。孕文襄則夢一斷龍；孕文宣則夢大龍首尾屬天地，張口動目，勢狀驚人；孕孝昭則夢蠕龍於地；孕武成則夢龍浴於海；孕魏二后，並夢月入懷；孕襄成、博陵二王，夢鼠入衣下。后未崩，有童謡曰：『九龍母死不作孝。』及后崩，武成不改服，緋袍如故。未幾，登三臺，置酒作樂。宫女進白袍，帝怒，投諸臺下。帝於昆季，次實九，蓋其徵驗也。

提婆母子荷殊恩，寶帳裝成聖女尊。姊姊同呼乾阿嬭，令萱真是北堂萱。

《北史》：穆提婆，本姓駱。父超，以謀叛伏法，提婆母陸令萱配入掖庭，提婆爲奴。後主在襁褓中，令其鞠養，謂之乾阿嬭，呼姊姊，遂爲胡太后昵愛。又佞媚穆昭儀，養之爲女，是以提婆改姓穆。自武平三年後，令萱母子勢傾中外，自太后以下，皆受其指麾。太后欲以胡昭儀正位後宮，力不能遂，乃卑辭厚禮以求令萱。令萱亦以胡氏寵幸方睦，不得已而白後主立之，然意在穆昭儀。一旦，忽以皇后服御衣被穆昭儀，又先別造寶帳，爰及枕席器玩，莫匪珍奇。坐昭儀於帳中，謂後主曰：『有一聖女出，將大家看之。如此人不作皇后，遣何物人作皇后？』於是立穆氏爲右皇后，以胡氏爲左皇后。尋復黜胡，以穆爲正嫡。

開匳自啟粉脂囊，內苑爭誇時世粧。除得女官分八品，偏髾髻子覆眉長。

《丹鉛總録》：北齊後宮之服，女官八品，偏髾髻。註云：髾，所交切，髮覆眉也。蓋夷中少女之飾，其四垂短髮僅覆眉目，而頂心長髮繞爲短髻。宋詞所謂『鬟髀偏荷葉』也。◎按，《康熙字典》：『《篇海》：髾同鬘。《正字通》「莫毫切，音毛」，無據。』《酉陽雜俎》：北齊婦人夏至日進扇及粉脂囊，各有詩詞。

誰將璽瑞應城東，七寶香車拜賜隆。拚卻清觴滿杯酌，黃花原不耐西風。

《北史·齊后妃傳》：後主穆后，小字黃花。初，元正烈於鄴城東水中得璽以獻，文曰『天皇后璽』，蓋石氏所作。詔書頒告，以爲穆后之瑞焉。後主爲后造七寶車。先是，童謠曰：『黃花勢欲落，清觴滿杯酌。』言黃花不久也。後主自立穆后，昏飲無度，故云『清觴滿杯酌』。

唱到無愁未忍聞，貧兒村市日紛紛。買官不過同鷹犬，多少儀同與郡君。

《北史·齊幼主紀》：盛爲《無愁》之曲，帝自彈胡琵琶而唱之，人謂之無愁天子。

又：於華林園立貧兒村，帝自敝衣爲乞食兒。又爲窮兒之市，躬自交易。

又：帑藏空竭，乃賜諸佞倖賣官。

又：馬及鷹犬，乃有『儀同』『郡君』之號。

諸王 附

山池重向鄴城開，曾被君王勸舉杯。風蕩龍舟波影動，共揚幡稍水堂來。

河南王孝瑜，文襄長子。

《北史·本傳》：武成即位，禮遇特隆。帝在晉陽，手敕之曰：『吾飲汾清三杯，勸汝于鄴酌兩杯。』其親愛如此。

又：初，文襄于鄴東起山池游觀，時俗眩之。孝瑜遂于第作水堂龍舟，植幡稍于舟上，數集諸弟，宴射爲樂。

新將入陣譜絃歌，共識蘭陵賈勇多。製得舞胡工勸酒，當筵宛轉客顏酡。

蘭陵王長恭，文襄第四子。

《北史·本傳》：突厥入晉陽，長恭擊之，大捷。武士共謌謡之，爲《蘭陵王入陣曲》。

《太平廣記》：北齊蘭陵王有巧思，爲舞胡子。王意欲所勸，胡子則捧盞以揖之。人莫知其所由。

周

孝閔皇帝姓宇文，名覺，武川人，西魏大冢宰、安定公泰世子。魏恭帝二年，稱周公。明年，受魏禪，都長安。在位九月，大冢宰宇文護廢而弒之，葬靜陵。世宗明皇帝毓，閔帝庶兄，爲宇文護所立。四年，護酖之，葬昭陵。改元一武成。高祖武皇帝邕，世宗弟，奉遺命即位。十八年殂，葬孝陵。改元四保定、天和、建德、宣政。子宣帝贇立，一年，傳位太子闡，自稱天元皇帝。二年殂，葬定陵。改元一大成。闡初名衍，受内禪，是爲靜帝。三年，禪於隋，封介國公。尋遇害，葬恭陵。改元二大象、大定。五主，凡二十六年。

幞頭御製皂紗巾，翬翟頒來式更新。領褾一般分鳪鵫，端詳肥瘦稱腰身。

《文獻通考》：後周武帝初，服常冠，以皂紗全幅向後幞髪，仍裁爲四脚。又：後周制后服，受繭則服鷩衣，採桑則服鳪衣，見賓客、聽女教則服鵫衣，食命婦、歸甯則服翙衣。俱十有二等，以翬翟爲領褾。◎按：字書無翙字。

黄粧翻盡黛眉青，綽約桃花隱畫屏。見説君王耽象戲，布將星日演棋經。

《中華古今注》：周詔宫人作桃花粧。

《談薈》：天元帝令宫人黄眉墨粧，又謂黄粧。

《丹鉛録》：象棋爲周武帝製。《後周書》：『天和四年，帝製《象經》成，殿上集百僚講説。』又據小説，周武帝《象經》有日月星晨之象。意者以兵機孤虚衝破寓於局間，決非今之象戲車馬之類也。

敕下人間粉黛捐，深宫五帳各爭妍。内家且莫矜君寵，天杖朝朝設御前。

《北史·周宣帝紀》：禁天下女子皆不得施粉黛，唯宫人得加粉黛。

《山堂肆考》：周主贇立五后，造五帳，使各居之。

《後周書·宣帝楊皇后傳》：帝自稱天元皇帝，號后爲天元皇后。尋又立天皇后及左、右皇后，與后爲四皇后焉。尋又立天中大皇后，與后爲五皇后。

《北史·周宣帝紀》：每捶人，以百二十爲度，名曰天杖。宫人内職亦如之。

殿壁輝煌五色凝，蟬冠高聳氣驕矜。新添忌諱皆知避，多恐君前尚誤稱。

《北史·周宣帝紀》：每對臣下，自稱爲天。以五色土塗所御天德殿。既自比上帝，不欲令人同己。常冠通天冠，加金附蟬。見武弁上有金蟬，令去之。又不聽人有高者大者之稱。官稱名位，凡謂上及大者，改爲長；有天者，亦改之。

紅袖蹁躚玉笏攢，蛾眉班許厠鵷鸞。殿前奏伎天顏喜，水沃胡兒競乞寒。

《北史·周宣帝紀》：詔内外婦女皆執笏。

又：御正武殿，集百官及宫人、内外命婦，大奏妓樂。又縱胡人乞寒，用水澆沃，以爲戲樂。

尊彝取次列瓊筵，妙舞輕歌選少年。臺下山呼衣五色，群官齋戒共朝天。

《北史·周宣帝紀》：於後宫與皇后等列坐，用宗廟禮器尊彝珪瓚之屬，以次食焉。

又：令京城少年爲婦人服飾，入殿歌舞。與後宫觀之，以爲喜樂。

又：所居稱天臺，冕二十四旒。

又：詔天臺侍衛皆著五色及紅紫緑衣，以雜色緣，名曰品色衣，有大事與公服間服之。又令群臣朝天臺者致齋三日〔一〕，清身一日。

校按：【一】『三日』原引作『二日』，據通行本《北史》改。

春元親受路門朝，大赦雞竿出殿高。兩陛衣冠皆漢魏，衆星群拱絳紗袍。

《北史·周宣帝紀》：大象元年春正月己丑，受朝於路門。帝服通天冠、絳紗袍，群臣皆服漢魏衣冠。大赦，改元爲大成。

魚龍爛漫總無休，鼓樂幡旗縱豫游。式道新增三百六，蹕傳馬上到同州。

《北史·周宣帝紀》：散樂雜戲，魚龍爛漫之伎，常在目前。

又：行幸同州。增候正、前驅、式道，爲三百六十重。自應門至赤岸澤，數十里間，幡旗相蔽，鼓樂俱作。又令武賁持鈒馬上，稱警蹕，以至同州。改同州宫爲天成宫。

東歸幾日入青門，道苑環觀萬衆屯。莫怪天分中左右，至尊南面並天尊。

《北史·周宣帝紀》：車駕至自東巡，大陳軍伍，親擐甲胄，入自青門。皇帝衍備法駕，從百官，迎於青門外。

又：幸道會苑，大醮，以高祖武皇帝配醮。初復佛像及天尊像，帝與二像俱南面坐。大陳雜戲，令京城士庶縱觀。

又：改天元帝后朱氏爲天皇后，立妃元氏爲天右皇后，妃陳氏爲天左皇后。

又：置天中大皇后。

峩峩宫殿起雲端，玉户珠簾易舊觀。新自中山祈雨到，九衢歌管唱迎鑾。

《北史·周宣帝紀》：所居宫殿，帷帳皆飾以金玉珠寶，光華炫耀。

又：幸中山祈雨，至咸陽宫，雨降。還宫，令京城士女于衢巷作音樂以迎候。

諸王附

綈衣隊裏鬬嬋娟，身是前朝馮小憐。獨抱琵琶思舊寵，幾回腸斷拂膠絃。

代奰王達，文帝子。

《北史·本傳》：達雅好[一]節儉，食無兼膳。侍姬不過數四，皆衣綈衣。齊淑妃馮氏，爲後主所幸，見獲，帝以達不邇聲色，特以馮氏賜之。

校按：【一】『好』原脱，據《北史》補。

又《齊馮淑妃傳》：周以淑妃賜代王達，甚嬖之。淑妃彈琵琶，因絃斷，作詩曰：『雖蒙今日寵，猶憶昔時憐。欲知心斷絶，請看膠上絃。』

舞衫歌扇可憐生，看伎堂前酒數傾。倡和新詩誰應教，北園花醉庾蘭成。

趙王招，文帝子。

《後周書》：招好屬文，學庾信體，詞多輕豔。

庾子山《和趙王看伎詩》：緑珠歌扇薄，飛燕舞衫長。

又：有《北園新齋成應趙王教詩》。

隋

高祖文皇帝，姓楊名堅，武川人，周宣帝后父。宣帝暴崩，自爲大丞相專政，進爵隨王。受周禪，改國號，去『辵』作『隋』，都長安。在位二十四年，爲太子廣所弒，葬太陵。改元二開皇、仁壽。廣，一名英，小字阿麼，是爲煬帝。十四年，遇弒於江都。改元一大業。恭皇帝侑，煬帝孫，元德太子昭之子，初封代王。大業十一年，煬帝在洛陽，留鎮京師。十三年，唐公李淵引兵入長安，奉帝即位，遥尊煬帝爲太上皇。明年，禪於唐，封酅國公。改元一義寧。恭皇帝侗，亦昭子，初封越王。大業十二年，煬帝幸江都，留守洛陽。十四年，煬帝凶問至，大臣元文都等奉帝即位。明年，王世充篡立，被弑。改元一皇泰。四主，凡三十九年。

凱歌高唱自驪山，分賜宫奴更數千。亡國音多似啼訴，秦鐘越鼓一時捐。

《北史·隋文帝紀》：開皇九年，陳國平。幸驪山，親勞旋師。擢陳之文武衆才而用之。宫奴數千，可歸者歸之，其餘盡以分賜將士及王公貴臣。毁所得秦漢三大鐘，越二大鼓。又設亡陳女樂，謂公卿等曰：『此聲似啼，朕聞之甚不喜，故與公等一聽亡國之音，俱爲永鑒焉。』

君王單騎返山阿，二聖交歡事已和。不道妒深同芮母，廢儲亦爲寵人多。

《北史·隋文獻皇后獨孤氏傳》：后雅好讀書，識達今古，凡言事皆與上意合，宫中稱爲『二聖』。然性尤妒忌，後宫莫敢進御。尉遲迥女孫有美色，先在宫中，帝於仁壽宫見而悦之，因得幸。后伺帝聽朝，陰殺之。上大怒，單騎從苑中出，不由徑路，入山谷間三十餘里。高熲、楊素等追及，叩馬諫。帝太息曰：『吾貴爲天子，不得自由！』熲曰：『陛下豈以一婦人而輕天下？』帝意少解，駐馬良久，夜方還宫。后候上於閤内，及帝至，流涕拜謝。熲、素等和解之，上置酒極歡。后自此意頗折。

又：后見諸王及朝士有妾孕者，必勸帝斥之。時皇太子多内寵，妃元氏暴薨，后意太子愛妾雲氏害之。由是廢太子，立晉王廣，皆后之謀也。

舍利親頒七寶箱，梵經幾卷弁宸章。鼓鐘聲裏餐麻豆，聞道前身是法王。

《談薈》：隋文帝嘗云：『朕興崇佛法，好食麻豆，前身是從道人來。由少時在寺，至今愛聞鐘鼓之聲。』又：隋智高等賫梵經自西域還，敕付有司，帝且親爲製序。又親以七寶箱奉三十舍利，自内而出，置于金琉璃瓶。

宫燈高照柘袍明，侍從分班列畫楹。酒律笑林新進御，君王清問到侯生。

《唐六典》：自隋文帝制柘黄袍以聽朝，至今遂以爲常。

《蘇氏演義》：侯白，字君素，魏郡鄴人。始舉秀才，隋朝頗見貴重。博聞多知，諧謔辯論，應對不窮。越公甚加禮重，文帝將侍從以備顧問。撰《酒律》《笑林》，人皆傳録。

花朵紛披五色濃，翠翹低映面芙蓉。蜀州八月黄柑進，玉指拈來啟蠟封。

《妝臺記》：隋文帝宫中插翠翹桃葉搔頭，貼五色花子。

《隋史》：文帝嗜柑，蜀州摘黄柑，皆以蠟封蒂獻，日久猶鮮。

容華絶代壓群芳，金屋修成杏作梁。緑綺窗前横竹影，每扶清夢到瀟湘。

《女紅餘志》：隋文帝爲蔡容華作瀟湘緑綺窗，上飾黄金芙蓉花，琉璃網户，文杏爲梁。

金合開封幾斷腸，仙都重理舊霞裳。可憐隔歲神傷賦，結得同心結未長。

《隋書·后妃傳》：宣華夫人陳氏，陳宣帝女也。上崩，太子遣使者齎金合子以賜夫人。夫人見合中有同心結數枚，恚而卻坐，不肯致謝。諸宫人逼之，乃拜使者。其夜，太子烝焉。及煬帝嗣位，出居仙都宫。尋召入，歲餘而終。帝深悼之，爲製《神傷賦》。

宫中官職署瓊姬，六局分兼廿四司。每遇釵冠頒賚日，也披雲鶴拜丹墀。

《隋書·后妃傳》：煬帝時，增置女官，准尚書省，以六局管二十四司。一曰尚官局，二曰尚儀局，三曰尚服局，四曰尚食局，五曰尚寢局，六曰尚工局。

《中華古今註》：煬帝常以端午日賜百僚玳瑁釵冠。

又：宫中有雲鶴金銀泥披襖子。

東西閣道倚雲開，妙楷臺連寶畫臺。向晚觀書宸意倦，日光斜射電窗來。

《隋書·經籍志》：聚魏以來古跡名畫。於殿後起二臺，東曰妙楷臺，藏古跡；西曰寶畫臺，藏古畫。

《南部煙花記》：帝觀書處，窗戶玲瓏相望，號閃電窗。

萬點流螢散火毬，清歌夜夜出迷樓。君王欲識桃花面，詔取紅粧戴幞頭。

《隋書·煬帝紀》：大業十二年，上于景華宫徵求螢火，得數斛。夜出遊山放之，光遍巖谷。

《迷樓記》：項昇自言能搆宫室，詔有司供具材木，經歲而成。帝幸之，大喜，顧左右曰：『使真仙遊其中，亦當自迷也，可目曰迷樓。』

《大業雜記》：帝好以月夜從宮女數千騎遊西苑，作《清夜遊曲》，於馬上奏之。

《粧臺記》：隋宮紅粧，謂之桃花面。

《中華古今註》：帟帽，本古之圍帽也，男女通服之。煬帝淫侈，欲見女子之容，詔去帽戴幞頭。

芳草成窠玉輦遲，侯姬腸斷錦囊詩。君王縱殺毛延壽，爭奈明妃已不知。

《南部煙花記》：迷樓宮女無數，多不得進御。有侯夫人者，忽自縊於棟下。臂懸錦囊，得《自感詩》三首，云：『庭絶玉輦跡，芳草自成窠。隱隱聞簫鼓，君恩何處多。』又云：『毛君真可戮，不肯寫昭君。』帝見其詩，急召中使，賜自盡。

瑟瑟珠鈿插鬢斜，羅裙錦襪暗籠花。夜來扶醉宮袍涴，薄澣催頒玉女沙。

《中華古今註》：煬帝令宮人插瑟瑟鈿朵，皆垂珠翠。

又：大業中，製五色夾纈花羅裙，以賜宮人。又製單絲羅，以爲花籠裙。

又：煬帝宮人織成立鳳朱錦襪靿。

《太平寰宇記》：緱氏八風溪，岸有沙，細潤可以澡濯。隋代常進後宮，雜以香藥，以當豆屑，號曰玉女沙。

寶帳香沈漏刻移，玉拳款款夢來時。俊蛾棄置悲團扇，贏得君王兩鬢絲。

《南部煙花記》：煬帝迷樓上張四寶帳，帳各異名：一名散春愁，二名醉忘歸，三名夜酣香，四名延秋月。

《大業拾遺記》：帝沉湎失度，每睡須搖頓四體，方就一夢。侍兒韓俊蛾尤得意，每寢必召，令振聳支節，然後成寢，賜名爲『來夢兒』。他日，蕭后誣罪去之，帝不能止。暇日登迷樓，題云：『黯黯愁侵骨，綿綿病欲成。須知潘岳鬢，强半爲多情。』

洞房曲曲闢千甍，任意車摇響碎瓊。屏内含羞君莫怪，烏銅照影太分明。

《迷樓記》：何稠進轉關車，車周輓之，可以升樓閣，如行平地。車中御女，則自動摇，乃賜名任意車。車幰垂鮫綃網，雜綴片玉鳴鈴，行摇玲瓏，以混車中笑語，冀左右不聞也。

《南部煙花記》：上官自江外得替回，鑄烏銅屏數十面，磨以成鑒，環於寢所。帝御女，纖毫皆入於鑒中。

五湖春水碧迢迢，苑樹蒼茫隱畫橈。手撥菰蔣催下種，吴中新進白魚苗。

《海山記》：西苑鑿五湖。

《避暑録話》：大業中，吴郡送太湖白魚子種，置苑内海中。其法：取魚子著菰蔣上者，刈之。

汴水南流引御槎，吹簫鳴鼓競豪華。思元龍女翻新曲，不念勞歌穆護砂。

《南部煙花記》：煬帝在揚州，每集童女，鳴鼓吹簫，歌《龍女思元》之曲。

《升菴詞品》：樂府有《穆護砂》，皆隋開汴河時辭人所製勞歌也。

沙鷗顔色賽芙蓉，汎汎春流細草茸。拆字恰成三品鳥，舍人碧海賜新封。

《清異録》：隋宦者劉繼詮得芙蓉鷗，帝甚喜，置北海中，曰：『鷗，三品鳥，宜封碧海舍人。』

神仙留客女行觴，玉膾金虀供饌忙。海錯最憐龍鳳蟹，製來亦作縷金裝。

《升菴詞品》：《玉女行觴》《神仙留客》，皆煬帝曲名。

《膳夫録》：隋煬帝有鏤金龍鳳蟹。◎鏤，一作縷。

《南部煙花記》：吴都獻松江鱸魚，煬帝曰：『所謂金虀玉膾，東南之佳味也。』

手握花枝傍輦旋，緣憨卻得受君憐。幽香一斛裙襦滿，博取佳名肉水仙。

《大業拾遺記》：長安貢御車女袁寶兒，年十五，帝寵尤厚。時洛陽進合蔕花，會帝駕適至，因名迎輦花。帝令寶兒持之，號司花女。虞世南應詔爲絶句云：『學畫蛾黄半未成，垂眉嚲袖太憨生。緣憨卻得君王惜，手把花枝傍輦行。』

《談薈》：袁寶兒每夜採水仙一斛，覆裙襦其上。詰朝服以見帝，帝謂之肉身水仙。

錦帆千里入江都，殿腳青蛾寵貫魚。漫道承恩徒在貌，文綾獨賜女相如。

《大業拾遺記》：帝幸江都，至汴，帝御龍舟，蕭妃乘鳳舸。每舟選妙麗女子，執雕板鏤金楫，號曰殿腳女。錦帆過處，香聞十里。帝至廣陵，有進合歡果者，帝令小黄門以一雙馳騎賜絳仙。絳仙私附紅箋上進曰：『驛騎傳雙果，君王寵念深。爭知辭帝里，無復合歡心。』帝歎曰：『絳仙真女相如，不獨貌也。』時越溪進耀光綾，帝獨賜司花女洎絳仙，他姬莫預。

自研蛾緑畫長眉，一顆珠光帶上垂。爲感君王餐秀色，水晶簾下立多時。

《大業拾遺記》：絳仙善畫長蛾眉，帝擢爲龍舟首檝，號『崆峒夫人』。由是殿腳女争效爲長蛾眉。司宫吏日給螺子黛五斛，號爲『蛾緑』。螺子黛出波斯國。後徵賦不足，雜以銅黛給之，獨絳仙得賜真螺黛不絶。帝每倚簾視絳仙，移時不去，顧内謁者曰：『古人言秀色可餐，如絳仙，真可療飢矣！』

《女紅餘志》：吴絳仙有夜明珠，赤如丹砂，恒繫於蓮花帶上。著之夜行，遠望如初出月輪。

別館離宫聚萬花，春蘭秋菊各名家。玉鉤斜畔香魂散，偏向雞臺夢麗華。

《淵鑑類函》：隋煬帝自長安至江都，離宫四十餘所。

《大業拾遺記》：帝嘗遊吴公宅雞臺，恍惚間與陳後主相遇。舞女中一女迥美，帝屢目之。後主曰：『即麗華也。』因請麗華舞《玉樹後庭花》。後主問帝：『蕭妃何如此人？』帝曰：『春蘭秋菊，各一時之秀也。』

《揚州志》：玉鉤斜，江都西，煬帝葬宫人處。

月下飛觴笑語融，御牀常與侍臣同。何來傀儡當筵舞，竟使郎當到上公。

《隋書》：柳䛒，字顧言。仁壽初爲東宫學士，甚見親待。每召入卧内，與之宴謔。性又嗜酒，言雜俳諧，由是彌爲太子所親狎。煬帝嗣位，拜秘書監，封漢南縣公。帝每與嬪后對酒，時逢興會，輒遣命之至，與同榻共席，恩若友朋。帝恨不能夜召，於是命匠刻木偶人，施機關，能坐起拜伏，以像於䛒。帝每在月下對酒，輒令宫人置之於坐，與相酬酢，爲歡笑。◎按：《北史》䛒列《文苑傳》。

孝烈將軍荷寵褒，木蘭的是女中豪。君王重色方加盼，不把戎衣换翟袍。

來集之《倘湖樵書》：孝烈將軍，隋煬帝時人。姓魏氏，本處子，名木蘭，亳之譙人。時方征遼募兵，孝烈痛父老羸，弟妹皆稚騃，慨然代行。服甲胄、鞬櫜，操戈躍馬而往。歷一紀，閱十有八戰，人莫識之。後凱還，天子嘉其功，除尚書，不受，懇奏省視。及還譙，釋其戎服，衣其舊裳。同行者駭之，遂以事聞於朝。召赴闕，帝方恣酒色，奇之，欲納諸宫中。對曰：『臣無媲君之理。』以死誓拒。迫不已，遂自盡。帝驚憫，追贈將軍，謚孝烈。《甲乙剩言》云：『完州城北有木蘭廟，牓曰「孝烈將軍」。土人言是木蘭戰處。』◎按：《圖書集成》引《鳳陽府志》作『隋恭帝時人』，疑誤。

諸王附

王門珠履盡彬彬，餅果紛羅酒數巡。堂上忽聞傳女妓，太妃開宴慶嘉辰。

蔡景王智積，文帝弟整之子。

《北史·本傳》：智積聽政之暇，端坐讀書，門無私謁。有侍讀公孫尚義，山東儒士；府佐楊君英、蕭德言，並有文學。時延于坐，所設唯餅果，酒纔三酌。家有女妓，唯年節嘉慶奏于太妃前。

白虹如練貫宫門，天上前星象已昏。堪歎阿雲成禍水，後園空築庶人村。

房陵王勇，文帝長子。

《北史·本傳》：勇多内寵，昭訓雲氏嬖幸，禮匹于嫡。而妃元氏無寵，嘗遇心疾，二日而薨。獻皇后意有他故，甚責望勇。又自妃薨，雲昭訓專擅内政，后彌不平。晉王廣知之，彌自矯飾。皇后由是愈薄勇，而稱晉王德行。楊素入侍宴，后泣曰：『我兒大孝順，新婦亦大可憐。我使婢去，常與同寢共食。豈如晛地伐共阿雲相對而坐，終日酣宴。』素既知意，盛言太子不才。遂遺素金，始有廢立之意。勇知其謀，憂懼，計無所出。聞王輔賢能占候，召問之。輔賢曰：『白虹貫東宫門，太白襲月，皇太子廢退象也。』于後園作庶人村，屋宇卑陋，太子時于中寢息，布衣草褥，冀以當之。◎按：晛地伐，勇小字也。

水殿空明鏡影磨，青裙紅袖弄絃歌。䍦羅不用姬人戴，七寶裝成細馬馱。

秦王俊，文帝三子。

《北史·本傳》：俊爲妃作七寶䍦羅，重不可戴，以馬負之而行。又爲水殿，香塗粉壁，玉砌金階，梁柱楣棟之間，周以明鏡，間以寶珠，極瑩飾之美。每與賓客、妓女絃歌于上。

應運虚將姓字分，成都宫外鎖愁雲。餘風尚有琴千面，散入人間譜舜薰。

蜀王秀，文帝四子。

《北史·本傳》：秀既幽逼，憤懣不知所爲，乃上表陳己愆，請與其愛子瓜子相見。帝乃下詔數其罪，有曰：『重述木易之姓，更修成都之宫。妄説禾乃之名，以當八千之運。』

《尚書故實〔一〕》：蜀王嘗造千面琴，散在人間。蜀王，即隋文之子楊秀也。

校按：【一】『實』，原誤作『事』。

僞梁附

梁師都，夏州朔方人。義寧元年，據朔方，僭號稱梁。唐貞觀二年，其從弟斬以降。改元一永隆。

呈來寶印競傳觀，狼纛門前擁可汗。天子自今稱解事，城南瘞玉立郊壇。

《新唐書·梁師都傳》：僭皇帝位，祭天於城南，坎地瘞玉得印，以爲瑞。始畢可汗遺以狼頭纛，號大度毗伽可汗、解事天子。

僞魏附

李密，長安人。義寧元年，據鞏，稱魏公。唐武德元年降，尋復叛，總管盛顔師斬之。改元一永平。

攻城礮賜將軍號，雲旝翩翩繞洛河。未得成功先作樂，清詞教與雪兒歌。

《新唐書·李密傳》：城洛口，周四十里，居之。命護軍將軍田茂廣造雲旝三百具，以機發石，爲攻城械，號『將軍礮』。

《釵小志》：雪兒者，李密愛姬。每見賓客文章有奇麗者，付雪兒協律歌之。

僞許附

宇文化及，代郡武川人，隋左翊衛大將軍述之子。大業十四年，弑煬帝，僭立於魏縣，國號許。唐武德二年，爲竇建德所殺。改元一天壽。

驍果西歸據六宫，帳中南面醉顔紅。下牙啟狀誰參決，舞袖歌喉鬭曉風。

《隋書·宇文化及傳》：遣令狐行達弑帝於宫中，唯留秦孝王浩，立以爲帝。十餘日，奪江都人舟檝，從水路西歸，至顯福宫。於是入據六宫，其自奉一如煬帝故事。每於帳中南面端坐，人有白事者，默然不對。下牙時，方收取啟狀，共奉義、方裕、良、愷等參決之。

又：其將陳智略率嶺南驍果萬餘人，張童兒率江東驍果數千人，皆叛歸李密。化及尚有衆二萬，北走魏縣。兵勢日蹙，兄弟更無他計，但相聚酣宴，奏女樂。

僞夏附

竇建德，貝州漳南人。義寧元年，據樂壽，僭號稱夏，後徙都洺州。唐武德四年，以救王世充，敗於虎牢，被擒，斬長安市。改元二丁丑、五鳳。

萬春宮闕俯臨洺，五鳳徵祥業欲成。可惜英雄出巾幗，空將妙策薦書生。

《新唐書・竇建德傳》：陷洺州，虜刺史袁子幹，遂遷都焉，更號萬春宮。

又：始都樂壽，號金城。冬至，大會僚吏，有五大鳥集其宮，群鳥從之。改元『五鳳』。

又：淩敬說建德曰：『今唐以重兵圍東都，守虎牢。我若悉兵濟河，取懷州河陽，以重兵戍之；然後鳴鼓建旗，踰太行，入上黨，傳檄旁郡，進壺口以駭蒲津，收河東地，此上策也。』建德將從之，而王琬、長孫安世日請兵西，又陰齎金玉啗諸將，以撓其謀。衆乃曰：『淩敬書生，豈知戰？』建德乃謝曰：『今士心鋭，天贊我也，師將大捷。方從衆議，不得如公言。』敬固爭，建德怒，命扶出。其妻諫曰：『祭酒計甚善，王盍用之？』建德曰：『此非女子所知。』

《唐書・地理志》：洺州，廣平郡臨洺縣。

僞定楊附

劉武周，瀛州景城人。義寧元年，據馬邑，僭號稱定楊。唐武德三年，秦王平之，走突厥，尋爲所殺。改元一天興。

陛前大纛建狼頭，馬邑雄飛據上游。人去汾陽宫盡閉，樓煩國豔换驊騮。

《新唐書・劉武周傳》：父匡，徙馬邑。母趙嘗夜坐庭中，見若雄雞，光燭地，飛投其懷。起振衣，無有。感而娠，生武周。

又：武周因襲破樓煩，進據汾陽宫。取宫人賂突厥，始畢可汗報以馬，其衆遂大，攻得定襄。突厥以狼頭纛立武周爲定楊可汗，僭稱皇帝。

僞涼附

李軌，姑臧人。唐武德元年，據武威，僭號稱涼。二年，唐將安興貴禽之。改元一安樂。

誰言圖讖李當王，西帝期同東帝强。玉女不來宫院冷，臺前别酒太蒼黄。

《新唐書·李軌傳》：曹珍曰：『我聞讖書，李氏當王。今軌賢，非天啟乎？』遂共降拜以聽命。

又：有胡巫妄曰：『上帝將遣玉女從天來。』遂召兵築臺以候女，多所糜損。

又：因間訪興貴以自安策，興貴對曰：『若舉河西地奉圖東歸，雖漢竇融未足吾比。』軌默不答，久之曰：『昔吴王濞以江左兵猶稱己爲東帝，我今舉河右，不得爲西帝乎？雖唐强大，如我何？君勿爲唐誘致我。』

又：軌敗入城，攜妻子上玉女臺，屬酒爲别。

僞燕附

高開道，滄州陽信人。唐武德元年，陷漁陽，自稱燕王。先是，懷戎浮屠高曇晟因縣令具供，與其徒襲殺之，僞號大乘皇帝。以尼靜宣爲耶輸皇后，建元法輪。遣使約開道爲兄弟，封齊王，開道引衆從之。居三月，殺曇晟，并其衆，復稱燕王。建元，署置百官。起兵凡八年滅。

帳前金樹變榛荆，衛閤郎君夢裏驚。夜半酒酣刀矟動，火明堂上妓無聲。

《新唐書·高開道傳》：初，開道募壯士數百爲養子，衛閤下。及劉黑闥將張君立亡歸，開道命與愛將張金樹分督之。金樹潛令左右僞與諸養子戲，至夕，入閤，絶其弓絃，又取刀矟聚牀下。既暝，金樹以其徒譟攻之，君立舉火外城應之。帳下大擾，養子窮，爭歸金樹。開道顧不免，擐甲挺刃據堂上，與妻妾奏妓飲酒。金樹畏不敢前。天且明，開道先縊其妻妾及諸子，而後自殺。

僞鄭附

王世充，本姓支，西域人。唐武德二年，據洛陽，僭號稱鄭。四年，秦王討降之。改元一開明。

驅羊讖應堪稱帝，獻鳥書來亦拜官。新賜大夫天禄號，輔和惟藉酒杯寬。

《新唐書·王世充傳》：術士桓法嗣自言能決讖，乃上《孔子閉房記》，畫男子持一干驅羊狀。因説世充曰：『隋，楊姓也。於文，『干一』爲『王』。王處羊後，大王代隋之符。』又陳莊周《人間世》《德充符》二篇，曰：『上下篇與大王名協，明受符命，德被人間，爲天子也。』又羅取飛鳥，書符命於帛，繫鳥頸縱之。有彈捕得鳥而獻者亦拜官。

《清異録》：王世充僭號，謂群臣曰：『朕萬幾繁壅，所以輔朕和氣者，惟酒功耳。宜封天禄大夫，永賴醇德。』

全史宮詞卷十三

唐

唐

高祖神堯皇帝姓李名淵，其先隴西人，後徙長安，周柱國虎之孫，襲祖爵爲唐國公。隋大業十三年，舉義兵，尊立恭帝，自爲大丞相，進爵爲王。義甯二年受禪，都長安。在位九年，傳位太子，又十年崩，葬獻陵。改元一武德。太宗名世民，高祖次子。初封秦王，首創大業，平定天下。太子建成及齊王元吉，忌功謀害。武德九年六月，帝勒兵誅之，遂立爲太子。八月，受内禪，在位二十三年崩，葬昭陵。改元一貞觀。子高宗治立，三十四年崩，葬乾陵。改元十四永徽、顯慶、龍朔、麟德、乾封、總章、咸亨、上元、儀鳳、調露、永隆、開耀、永淳、弘道。子中宗顯立，明年，太后武氏廢帝爲廬陵王，遷之均州，繼遷房州。立豫王旦，太后臨朝稱制，俄自稱帝，更國號周。改元十八文明、光宅、垂拱、永昌、載初、天授、如意、長壽、延載、證聖、天册萬歲、萬歲登封、萬歲通天、神功、聖歷、久視、大足、長安。神功元年，迎帝還洛陽，立爲太子。神龍元年，大臣張柬之等勒兵入宫，誅張易之、昌宗，遷太后于上陽宫。帝復位，爲皇后韋氏所弑，前後在位七年，葬定陵。改元三嗣聖、神龍、景龍。豫王旦，高宗第八子。武后立帝稱制，及革命，立爲皇嗣，後改封相王。景龍四年，中宗遇弑，韋后立温王重茂，改元唐隆。俄臨淄王討平逆黨，奉帝即位，是爲睿宗。在位三年，傳位太子，又四年崩，葬橋陵。改元四景雲、太極、延和、先天。玄宗名隆基，睿宗第三子。初封臨淄王，以平内難功，進封平王，尋立爲太子。太極元年八月，受内禪，在位四十四年。安禄山陷潼關，帝出奔蜀。太子亨立於靈武，尊帝爲太上皇。明年，還長安，又五年崩，葬泰陵。改元二開元、天寶。肅宗名亨，初名嗣昇，又名璵，在位七年崩，葬建陵。改元四至德、乾元、上元、寶應。子代宗豫立，十七年崩，葬元陵。改元三廣德、永泰、大曆。子德宗适立，二十六年崩，葬崇陵。改元三建中、興元、貞元。子順宗誦立，八月，以瘖疾傳位太子。明年崩，葬豐陵。改元一永貞。憲宗名純，初名淳，順宗太子。在位十五年，爲宦官陳弘志所弑，葬景陵。改元一元和。子穆宗恒立，四年崩，葬光陵。改元一長慶。子敬宗湛立，二年，爲軍將蘇佐明所弑，葬莊陵。改元一寶曆。文帝昂，穆宗第三子，初封江王。宦官王守澄討平逆亂，奉帝即位。十四年崩，葬章陵。改元二太和、開成。武宗炎，穆宗第五子，初封潁王。文宗大漸，宦官仇士良等立爲太弟，尋即位。六年崩，葬端陵。改元一會昌。宣宗忱，憲宗第十三子，初封光王。武宗大漸，諸宦官立爲太叔，尋即位。十三年崩，葬貞陵。改元一大中。子懿宗漼立，十四年崩，葬簡陵。改元一咸通。子僖宗儇立，十五年崩，葬靖陵。改元五乾符、廣明、中和、光啟、文德。弟昭宗曄，初封壽王。僖宗大漸，宦官楊復恭立爲太弟，尋即位。十六年，朱全忠劫帝遷洛陽。尋被弑，葬和陵。改元七龍紀、大順、景福、乾寧、光化、天復、天祐。昭宣光烈帝名柷，昭宗第九子，初封輝王。天祐元年八月即位，不改元，仍稱天祐。在位三年，禪於梁，封濟陰王。尋被弑，追加尊謚，葬温陵。二十主，並武后、殤帝，凡二百八十九年。

孔雀屏風早肇祥，天生妃滂佩切耦異尋常。阿婆一語先稱賀，堂主分明主大唐。

《新唐書·后妃傳》：高祖太穆皇后竇氏，京兆平陵人。父毅嘗謂主曰：『此女有奇相，何可妄與人？』因畫二孔雀於屏間，請昏者使射二矢，陰約中目則許之。高祖最後射，中各一目，遂歸於帝。

《芝田録》：神堯高顔面皺，煬帝目爲阿婆面。神堯忿恚不樂，洎歸第，告竇皇后。后欣躍曰：『此言可以室家相賀。公封於唐，阿婆乃是堂主，堂者唐也。』神堯涣然冰釋。

御府泉刀出九圜，開通元寶式新頒。摩挱爪印端詳認，幕莫半切，音縵上痕留月一彎。

《畫墁録》：唐高祖武德初，鑄開通錢。仰篆隸八分體，十文重一兩，爲開通元寶，亦曰開元通寶。背有眉，乃文德竇皇后指甲痕也。進樣時，誤以指甲承之。◎按：高祖竇后謚太穆，太宗長孫后謚文德。太穆之崩，在高祖即位前。新、舊《唐書》俱無竇后謚文德者，此當有誤。

共引貔貅埽敵氛，平陽公主奏奇勳。淩煙閣上丹青手，畫像應添娘子軍。

《新唐書·太宗紀》：貞觀十七年，圖功臣於淩煙閣。

又《平陽公主傳》：主嫁柴紹，引精兵萬人，與秦王分定京師，號『娘子軍』。

續續清音撥四絃，羅家妙伎冠伶官。隔帷一曲番酋懼，手握琵琶不敢彈。

《朝野僉載》：太宗時，西國進一胡，善琵琶。上每不欲胡人勝中國，乃置酒高會，使羅黑黑隔帷聽之，一遍而得。謂胡人曰：『此曲吾宫中能之。』取大琵琶，遂於帷下令黑黑彈之，不遺一字。胡人謂是宫女也，驚歎辭去。西國聞之，降者數十國。

揮灑屏風御墨新，筵前飛白賜群臣。登牀常侍疏狂甚，不顧君王殿上嗔。

《尚書故實【二】》：貞觀十四年，帝自真草書屏風以示群臣。嘗召三品以上賜宴於玄武門，帝操筆作飛白書，衆臣乘酒就太宗手中相競。散騎常侍劉洎登御牀引手，然後得之。其不得者，咸稱洎登牀罪當死。太宗笑曰：『昔聞倢伃辭輦，今見常侍登牀。』

校按：【二】『實』，原誤作『事』。

街鼓鼕鼕曉漏移，昭容雙引坐朝時。日高騎馬陪鑾出，花外紅粧著羃䍦。

《古今注》：唐舊制，京城内金吾昏曉傳呼。馬周請置六街鼓，名『鼕鼕鼓』。

《文昌雜録》：唐制，天子坐朝，宫人引至殿上。故杜詩云：『户外昭容紫袖垂，雙瞻御座引朝儀。』

《古今注》：唐武德、貞觀年中，宫人騎馬，多著羃䍦而全身障蔽。至永徽中，皆帷帽，施裙到頸，漸爲淺露。至神龍末，羃䍦殆絶。

《合璧事類》：唐殿庭間多種花柳，故杜詩云：『退朝花底散，歸院柳邊迷。』

擬就離騷早負才，粧成把鏡且徘徊。美人一笑千金重，莫怪君王召不來。

《新唐書·后妃傳》：太宗賢妃徐惠，八歲曉屬文，父孝德嘗使擬《離騷》爲《小山篇》。太宗聞之，召爲才人。

《全唐詩》：太宗嘗召賢妃，不至，怒之。進詩曰：『朝來臨鏡臺，妝罷且徘徊。千金始一笑，一召詎能來？』

終南山翠入簾分，落鴈宫前日未曛。寫得金函傳洛下，内家催放鶻將軍。

《長安志》：大明宫北據高原，南望爽塏。每天晴日朗，南望終南山如指掌。

《朝野僉載》：太宗養一白鶻，號曰『將軍』。取鳥嘗驅至殿前，然後擊殺，謂之『落雁殿』。上恒令送書，自京至東都與魏王，仍取報，日往返數回。亦陸機黄耳之徒與？

舊夢依稀憶洛陽，榴裙揜淚疊空箱。紛紛朱碧情無賴，小曲親調如意娘。

《全唐詩》：《如意娘》，商調曲，則天所作也。其詞曰：『看朱成碧思紛紛，顦顇支離爲憶君。不信比來長下淚，開箱驗取石榴裠。』

《升庵詩話》：武后《如意曲》云云。張君房《脞説》云：『千金公主進洛陽男子，淫毒異常。武后愛幸之，改明年爲如意元年。是年，淫毒男子亦以情殫疾死。後思之作此曲，被於管絃。

誰教酒骨醉難蘇，院號迴心望已無。狐媚從來情似鼠，六宫不許聘貍奴。

《舊唐書·高宗廢后王氏傳》：武后立爲昭儀，與后及良娣蕭氏遞相譖毁。帝終不納后言，而昭儀寵遇日厚。后懼不自安，密求巫祝厭勝。事發，帝大怒，廢后及蕭良娣爲庶人，囚之别院。遂立昭儀爲皇后。良娣大駡曰：『願阿武爲鼠，吾爲貓兒，生生扼其喉！』武后怒，自是宫中不畜貓。初囚，高宗念之，閒行至其所，見其室封閉極密。高宗惻然，呼曰：『皇后、淑妃安在？』庶人泣而對曰：『妾等得罪廢棄，何得更有尊稱？』言訖悲咽。又曰：『今至尊思及疇昔，使妾等再見日月，望改此院爲「迴心院」。』高宗曰：『朕即有處置。』武后知之，令人杖庶人各一百，截去手足，投酒甕中，曰：『令二嫗骨醉。』

莫教浪語阿婆嗔，喫酒張公慣醉人。控鶴新銜知最稱，原來子晉是前身。

《朝野僉載》：咸亨以後，人皆云：『莫浪語，阿婆嗔，三叔聞時笑殺人。』後果則天即位，至孝和嗣之。阿婆者，則天也；三叔者，孝和爲第三也。

又：天后時，謡言曰：『張公喫酒李公醉。』張公者，斥易之兄弟也；李公者，言李氏大盛也。

《唐書·則天皇后傳》：自薛懷義死，張易之、昌宗得幸，乃置控鶴府。

《隋唐嘉話》：張昌宗之貴也，武三思謂之王子晉後身。

畫衣結隊出金鑾，萬歲高呼鳥語歡。十六變成十六字，舞郎階下整金冠。

《文獻通考》：武后作《聖壽舞》，用百四十人，金銅冠，五色畫衣。舞之行列必成字，凡十六變而畢。有『聖超千古，道泰百王。皇帝萬年，寶祚彌昌』之字。

又：唐坐部伎六曲，四曰《鳥歌萬歲》。注：武后時，有鳥能人言『萬歲』，故造《鳥歌萬歲》樂。

九勝分朋占彩頭，今朝詩思讓誰優。錦袍縱向龍門奪，爭及張郎集翠裘。

《紀纂淵海》：武后自置九勝局，形如雙陸，令文武官分朋爲此戲。

《隋唐嘉話》：則天幸龍門，令從官賦詩。東方虬詩先成，則天以錦袍賜之。及宋之問詩成，則天稱詩更高，奪袍以賜之。

《事文類聚》：則天時，南海貢集翠裘，后以賜張昌宗。狄仁傑奏事，命與昌宗雙陸。則天曰：『賭何物？』梁公曰：『以臣紫絁袍爲對，賭昌宗翠裘。』則天曰：『此裘價踰千金。』公曰：『臣袍乃大臣朝見之衣，翠裘乃嬖幸寵遇之服，對臣之袍，臣猶怏怏。』昌宗神沮氣索，累局連北。公對御褫裘而出。

無端苾挐滿城歌，人面蓮花受寵多。鏡殿春深初睡起，金輪輕著赭黄羅。

《朝野僉載》：周垂拱以來，京師唱《苾挐兒歌》，皆是邪曲。後張易之小名苾挐。

《綱目》：或譽張昌宗之美曰：『六郎面似蓮花。』楊再思曰：『不然，乃蓮花似六郎耳。』

《藝林伐山》：高宗造鏡殿，武后意也。四壁皆安鏡，爲白晝秘戲之需。劉仁軌入諫，立命剔去。帝崩，后復建之。

《古今注》：則天以赭黄羅上銀泥襖子以燕居。

十二辰車候暗催，上林風雪翠華來。東皇亦畏明空勢，滿苑名花一夜開。

《朝野僉載》：則天如意中，造十二辰車。

《事物紀原》：武后冬月將遊後苑，敕詩曰：『明朝遊後苑，火急報春知。花須連夜發，莫待曉風吹。』次早，百花俱開，牡丹獨不開。遂貶洛陽。

春開上節醉霞漿，内樣花糕百和香。九飣尋常心易厭，牙盤先進冷脩羊。

《全唐詩》：武后《早春夜宴詩》：『九春開上節，千門敞夜扉。』又云：『務使霞漿興，方乘汎洛陽。』武則天花朝遊園，令宮人采百花，和米擣碎蒸糕，以賜群臣。〔一〕

《盧氏雜説》：唐御廚進食用九飣食，以牙盤九枚裝食味於其間，亦謂香食。◎《正字通》作『九飣餖』。

《清異録》：天后好食冷脩羊腸。張昌宗手札曰：『珍郎殺身以奉國。』

校按：【一】此條引文出處原缺。明陳詩教《花裏活》載此。

相臣方對小延英，迭日論書御武成。真本蘭亭渺難覿，寶章一集重連城。

《尚書故實》：今延英殿，靈芝殿也，謂之小延英。苗韓公晉卿居相位，以足疾，步驟微蹇，上每於此待之。宰相對於小延英，自此始。

又：武后朝宰相王方慶，琅琊王也。武后嘗御武成殿閲書畫，問方慶曰：『卿家舊法書存乎？』方慶集自右軍已下至僧虔、智永禪師等二十五人，各書一卷進上。后令崔融作序，謂之《寶章集》。

又：太宗酷好法書，有大王真跡三千六百紙，獨《蘭亭》爲最。及奉諱之日，用玉匣貯之，藏於昭陵。

區聯七府各爭榮，墨敕斜封滿帝京。豪貴全歸皇太女，定昆池更勝昆明。

《舊唐書》：安樂公主，中宗最幼女，下嫁武崇訓。請爲皇太女，魏元忠諫不可，主曰：『元忠，山東木强，烏足論國事？阿武子尚爲天子，天子女有不可乎？』與太平等七公主皆開府，而主府官屬尤濫，皆出屠販。納貲售官，降墨敕斜封授之，故號『斜封官』。主營第，嘗請昆明池爲私沼，帝曰：『先帝未有以與人者。』主不悦，自鑿定昆

池，延袤數里。定，言可抗訂之也。【一】

校按：【一】此條引文不見於今本《舊唐書》，見於《新唐書》卷九十六。

雲光五色畫衣箱，覆轍將追武媚娘。無子纔醒雙陸夢，御牀又復點籌忙。

《舊唐書》：中宗韋庶人，時昭容上官氏常勸后行則天故事。帝在房州時，常謂后曰：『一朝見天日，誓不相禁忌。』及得志，受上官昭容邪説，引武三思入宫中，升御牀，與后雙陸，帝爲點籌，以爲歡笑。醜聲日聞於外。景龍二年春，宫中希旨，妄稱后衣箱中有五色雲出。帝使畫工圖之，出示於朝。

《樂苑》：《舞媚娘》，《大舞媚娘》，並羽調曲也。唐高宗永徽末，天下歌《舞媚娘》。未幾，立武后。◎『舞』亦作『武』。

《國史補》：天后嘗夢雙陸不勝，狄梁公言宫中無子是也。

昏鏡迷人意若何，桑條韋竟入新歌。伶兒慣博昭陽笑，一曲迴波受賞多。

《新唐書·韋庶人傳》：太史迦葉志忠表上《桑條韋歌》十二篇，言后當受命，曰：『昔高祖時，天下歌《桃李》；太宗時，歌《秦王破陳》；高宗歌《堂堂》；天后時，歌《武媚娘》；皇帝受命，歌《英王石州》。后今受命，歌《桑條韋》。蓋后妃之德專蠶桑，共宗廟事也。』

《太平廣記》：中宗朝，御史大夫裴談畏妻。時中宗亦畏韋庶人，内宴唱《迴波詞》，一優人曰：『迴波爾時栲栳，怕婦也是大好。外邊只有裴談，内裏無過李老。』后大喜，以束帛賜之。

《朝野僉載》：韋庶人好厭禱，并將昏鏡照人，令其迷亂。

滿堂花燭御屏開，白髮蠻婆下鏡臺。卻扇吟成人笑語，内家爭看阿奢來。

《通鑑》：中宗戲竇從一，以老乳母王氏嫁之，令從一誦《卻扇詩》數首。注：唐人成昏之夕，有《催妝詩》《卻扇詩》。

《新唐書·竇懷貞傳》：歲除，中宗夜宴近臣，謂曰：『聞卿喪妻，今朝繼室，可乎？』懷貞唯唯。俄而禁中寶扇障衛，有衣翟衣出者，乃韋后乳媪，故蠻婢也。懷貞納之，每謁見，輒自署『皇后阿奢』。人或謂之『國奢』。

員增學士館宏開，妙手稱量擅儁才。看取華牋紛落處，幾人樓下袖詩回。

《新唐書·后妃傳》：上官昭容，名婉兒，大被信任。勸帝侈大書館，增學士員，引大臣名儒充選。數賜宴賦詩，君臣賡和。婉兒嘗代帝及后、長寧、安樂二主，衆篇並作，而采麗益新。又差第群臣所賦，賜金爵，故朝庭靡然成風。初，鄭方妊，夢人畀一稱曰：『持此稱量天下。』婉兒生踰月，母戲曰：『稱量者豈爾耶？』輒啞然應。

《景龍文館記》：中宗幸昆明池，賦詩，群臣應制百餘篇。帳殿前結綵樓，命昭容選一首爲新翻御製曲。從臣悉集其下，須臾，紙落如飛，各認其名而懷之。

玄元皇帝配穹蒼，祈穀年年肅祼將。今歲南郊誰亞獻，詔遴紅粉作齋娘。

《文獻通考》：唐孟春辛日祈穀。祭南郊，以元帝配。

又：唐中宗親祀南郊，以皇后爲亞獻，補大臣李嶠等女爲齋娘。

玉臺金闕斂寒光，聖駕迎春出御莊。滿苑花開同翦綵，東風還比翦刀忙。

唐中宗《立春日遊苑迎春》詩云：神皋福地三秦色，玉臺金闕九仙家。寒光獨戀甘泉樹，淑景偏憐建始花。《景龍文館記》：中宗立春日宴別殿，内出翦綵花，令學士賦詩。宋之問云：『今年春色好，應爲翦刀催。』

積善坊邊閣道斜，緟聯五宅競繁華。九龍轝上逍遥炙，獨賜金仙道士家。

《唐書》：睿宗五子，列第東都積善坊，號『五王宅』。《清異録》：睿宗聞金仙玉真公主飲素，日以九龍食轝装逍遥炙賜之。

夢中金甲氣森嚴，爲有神人護貴男。那識藥爐三覆後，一堂天子竟連三。

《次柳氏舊聞》：玄宗在東宫，爲太平公主所忌。時元獻皇后方娠，欲令服藥除之。張説以侍讀得進，懷去胎藥三劑以獻。玄宗盡去左右，獨構火殿中，煮未及熟，怠而假寐。影響之際，有神人金甲操戈，繞藥三匝，藥盡覆。三煮皆然，乃止。

又：肅宗在東宫，章敬吴皇后侍寢，魇不寤。肅宗呼問之，后以手按其左脇曰：『妾向夢中，有神人操劍顧謂妾曰：「帝命吾與汝爲子。」自左脇以劍抉而入，抉處痛不可忍。』肅宗驗之燭下，則有綖而赤者在焉。遂生代宗。誕三日，上幸東宫，賜金盆以浴，謂力士曰：『此殿有三天子。』與太子飲樂焉。

相臣雅望繫皇猷，姚宋崔盧孰與儔。賚弼方教龍入夢，天心應感覆金甌。

《次柳氏舊聞》：玄宗凡命相，皆先以御筆書其名姓，置案上。會太子入侍，上舉金甌覆其名，以告之曰：『此宰相名也，汝射中，賜爾卮酒。』肅宗拜而稱曰：『非崔琳、盧從愿乎？』上曰：『然。』乃賜卮酒。是時，琳與從愿皆有宰相望，玄宗將倚爲相者數矣。以宗族繁盛，慮附託者衆，卒不用。

《龍城録》：上皇初登極，夢二龍一符自紅霧中來，上大隸『姚崇、宋璟』四字，扐之兩大樹上。夢迴，上召申王圓兆，王進曰：『兩木，相也。二人名爲天遣龍致於樹，知崇、璟當爲輔相兆矣。』上歎異之。

翠羽飄摇隕晚風，何時吉夢叶羆熊。脱將半臂供湯餅，泣請三郎念阿忠。

《新唐書·后妃傳》：明皇后王氏廢，當時王諲作《翠羽帳賦》以諷。

《廣異記》：開元初，玄宗以皇后無子，令葉淨能道士奏章上玉京天帝，問后有子否。久之，章下，批云：『無子。』

《摭異記》：王皇后恩寵日衰，一日泣訴於上曰：『三郎獨不念阿忠脱新紫半臂，更得一斗麪，爲三郎生日湯餅耶？何忍不追念前時？』上惻然改容。◎按，《唐書》：『阿忠，后呼其父仁皎云。』

院裏新成聖壽歌，御前進點舞婆娑。當場忽覩籠衫褪，五色光明露繡窠。

《教坊記》：開元《聖壽樂》，令諸女衣五方色衣以歌舞之。

又：凡欲出戲，所司先進曲名，上以墨點者即舞，謂之進點。

又：《聖壽樂》舞衣襟皆繡一大窠，隨其衣本色。製純縵衫，下纔及帶，若短汗衫者以籠之，所謂藏繡窠也。舞人初出樂次，皆是縵衣。舞至第二疊，相聚場中，即於衆中從領上抽去籠衫，各納懷中。觀者忽見衆女咸文繡炳煥，莫不驚異。

破曉崖公召教坊，一齊蜆斗弄笙黄。金衣公子歌紅樹，妒煞花前御史娘。

《教坊記》：諸家散樂，呼天子爲『崖公』，以歡喜爲『蜆斗』。

《開天遺事》：明皇於禁苑中見黄鶯，呼爲『金衣公子』『紅樹歌童』。

《桂苑叢談》：國樂婦人有永新婦、御史娘、柳青娘，皆一時之妙。劉禹錫詩：『天下能歌御史娘，花前月下奉君王。』

明月仙臺放火蛾，傳柑宴共遞黄羅。上陽宫裏樓千尺，不信涼州燈更多。

《開天遺事》：正月十五，造火蛾兒。

《淵鑑類函》：唐故事，上元以黄柑遺近臣，以黄羅包之，謂『傳柑宴』。

《明皇雜録》：上在東都，遇正月望夜，移仗上陽宫，結繒綵爲燈樓二十間。

《太平廣記》：開元初，元夜結綵樓三十餘間。葉法善曰：『西涼府燈亦亞於此。』令玄宗閉目，已在霄漢，降而及地，睹影燈，亘數十里。

上巳同頒細柳圈，蹋青新履印苔斑。大同殿外相投贈，貪戀家人不肎還。

《酉陽雜俎》：唐制，三月三日，賜侍臣細柳圈，言带之免蠆毒。

《輦下歲時記》：唐人巳日在曲江傾都禊飲、蹋青。盧公範《饋飾儀》：三月三日上蹋青鞋履。

《中朝故事》：唐每歲上巳，許宫女於興慶宫大同殿前與骨肉相見，家眷更相遺贈。

結隊春宵戲半仙，梨花留月照嬋娟。纔過寒食分新火，内庫還頒白打錢。

《開天遺事》：宫中寒食，立秋千爲樂，帝呼爲半仙之戲。

《輦下歲時紀》：唐於清明取榆柳火賜近臣。

王建《宫詞》：寒食内人常白打，庫中先散與金錢。

蟋蟀金籠報早秋，驪山新脱碧芬裘。曉開玉盒看蛛網，昨夜曾登乞巧樓。

《開天遺事》：秋時，宫人競以小金籠捉蟋蟀，置之枕函側，夜聽其聲。

《明皇雜録》：玄宗與貴妃避暑興慶宫，命進碧芬之裘。碧芬出林氏國。

《開天遺事》：帝與貴妃每至七月七日夜，在華清宫遊宴。時宫女各捉蜘蛛於小盒中，至曉開視蛛網稠密，以爲得巧之候。

秋老籠山獸正肥，赤鷹黄鶻合重圍。三驅禮畢簫笳静，玉彈雙開導輦歸。

《唐六典》：禁苑翠微宫，籠山也。禽獸蔬果，莫不毓焉。

《開天遺事》：申王有赤鷹，岐王有黄鶻，上甚愛之，每獵必置於駕前，目爲『決雲兒』。◎『決』或作『決』。

《册府元龜》：唐玄宗開元三年十月，制曰：『間者四方無事，百穀有成。因孟冬之月，臨右輔之地。戒兹五校，爰備三驅。非謂獲多，庶以除害。』

《唐書·禮樂志》：駕至田所，皇帝鼓行入圍。鼓吹令以鼓六十陳于東南，西向；六十陳于西南，東向。皆乘馬，各備簫角。

《同話録》：余家舊畫《楊妃上馬圖》，無他衛仗，但有兩璫各執彈前導。意其燕遊戲具，非有謂也。後乃聞乘輿燕遊，前以擊彈代鳴鞘。器物制度蓋如此云。

檐溜垂垂玉箸勻，凍雲開處日光新。宫中刺繡初添綫，共薦辛盤借早春。

《開天遺事》：冬至大雪，至午雪霽，檐溜皆爲冰條。妃子使侍兒敲下二條看玩，帝問何物，妃子笑曰：『妾所玩者，玉箸也。』

唐韓偓《冬至夜詩》：九重先覺凍雲開。

《明皇雜録》：唐宫中以女紅揆日之長短，冬至後比常日增一線之功。

《天禄識餘》：唐時，冬至賜百官辛盤，謂之借春盤。

廊下傳餐水陸兼，群工朝退賜同霑。消熊棧鹿天廚供，聞道君王嗜玉尖。

《五代會要》：唐室昇平日，常參官每朝退賜食，謂之『廊餐』。

《清異録》：趙宗儒在翰林時，聞中使言：『今日早饌進玉尖麪，用消熊棧鹿爲内餡，上甚嗜之。』宗儒問其形製，蓋人間出尖饅頭也。又問消熊棧鹿之説，曰：『熊之極肥者名「消」。鹿既獲，以倍料精養者云「棧」。』◎按：宗儒，開元中擢進士。

明珠窗外月輪高，醉卧流黄脱錦袍。連夜承恩爭彩局，平明羞見桂紅膏。

《女紅餘志》：玄宗武惠妃，窗上皆挂明光之珠。

《字典》：會稽竹簟供御，號流黄簟。《唐詩》：『珍簟冷流黄。』

《清異録》：開元中，後宫繁衆，難於取舍，爲彩局以定之。集宫嬪，用骰子擲，最勝一人，乃得專夜。宦璫私號骰子爲『剉角媒人』。

《雲仙雜記》：開元初，宫人被進御者，以綢繆記印於臂上，文曰『風月常新』。印畢，漬以桂紅膏，水洗不退。

蝶粉蜂黄各鬭妍，朝朝惟望賭金錢。羡他手製征袍女，竟得今生了夙緣。

張仲素《滿江紅》詞：蝶粉蜂黄都過了，枕痕一綫紅生玉。注：蝶粉、蜂黄，唐人宫妝。【一】

《本事詩》：開元中，頒賜邊軍纊衣，製於宫中。有兵士於短袍中得詩曰：『蓄意多添綫，含情更著綿。今生已過也，重結後生緣。』兵士以詩白帥，帥進之。玄宗命以詩徧示後宫，有一宫人自言萬死。玄宗遂以嫁得詩人，謂曰：『我與汝結今生緣。』

《開天遺事》：明皇未得妃子，嬪妃投金錢賭侍帝寢。

校按：【一】該詞句《草堂詩餘》《玉芝堂談薈》等引作張仲宗詞。

漫道花神種藝工，君王方自唤天公。仙春館裏春如海，認取枝頭一捻紅。

《龍城異人録》：宋單父有種藝術，牡丹變易千種。玄宗召至驪山種花，内人呼爲『花神』。◎按：神，一作

『師』。

又：玄宗時，有獻牡丹者，詔栽於仙春館。時貴妃匀面，口脂在手，印於花上。來歲花開，瓣上有指甲痕，帝名爲『一捻紅』。

《羯鼓録》：明皇遊别殿，柳杏將吐，歎曰：『對此景物，不可不與判斷。』呼高力士取羯鼓，縱擊一曲，名《春光好》。回顧柳杏皆發，歎曰：『不謂我作天公耶！』

鐘乳分頒出禁中，江心今日鑄新銅。粉團角黍高擎處，競挽香羅握角弓。

《淵鑑類函》：天寶中，以五月五日於揚子江心鑄鏡。

《大唐新語》：端午賜宰臣鐘乳。

《開天遺事》：宫中端午，造粉團角黍貯盤中，以小角弓射之，中者得食。

滿院梨雲淡不收，一枝紫玉笛誰偷。至尊友愛無猜忌，韡韡輝騰花萼樓。

《楊妃外傳》：明皇製五王帳，長枕大被，與兄弟共處其間。楊妃無何竊甯王紫玉笛吹，故張祜詩云：『梨花小院無人見，偷把甯王玉笛吹。』

《新唐書·讓皇帝傳》：先天後，以隆慶舊邸爲興慶宫。於宫西、南置樓，其西署曰『花萼相輝之樓』，南曰『勤政務本之樓』。聞諸王作樂，必亟召升樓，與同榻坐。

一騎紅塵貢荔枝，正逢卯酒乍醒時。承歡最念旋風舞，偷發明駝賜禄兒。

《新唐書·貴妃楊氏傳》：妃嗜荔支，必欲生致之。乃置驛傳送，走數千里，味未變，已至京師。

《楊妃外傳》：明皇登沈香亭，召太真。時太真卯酒醉未醒，侍兒扶而至。明皇曰：『豈是妃子醉，海棠睡未足耳！』

又：安禄山能爲旋風舞。

《丹鉛總録》：唐制，驛置有明駝使，非邊塞軍機，不得擅發。楊妃私發明駝使，賜安禄山荔支。

露華清浸玉魚涼，吸徧花枝肺腑香。日暮海棠初睡足，新詩閒教雪衣娘。

《開天遺事》：妃每宿酒初醒，多苦肺熱。嘗清晨獨遊後苑，口吸花露潤肺。

又：每日含一玉魚於口中，蓋藉其涼津潤肺也。

《談賓録》：天寶中，嶺南獻白鸚鵡，上及貴妃皆呼『雪衣女』。上命以近代詞臣篇詠授之，數徧便可諷誦。

望仙樓上開酺宴，博士分曹律吕調。二十五郎吹管逐，歌喉終讓念奴嬌。

元稹《連昌宫詞》：上皇正在望仙樓，太真同凭闌干立。樓上樓前盡珠翠，炫轉熒煌照天地。歸來如夢復如癡，何暇備言宫裏事。初過寒食一百六，店舍無煙宫樹緑。夜半月高絃索鳴，賀老琵琶定場屋。力士傳呼覓念奴，念奴潛伴諸郎宿。須臾覓得又連催，特敕街中許然燭。春嬌滿眼睡紅綃，掠削雲鬟旋裝束。飛上九天歌一聲，二十五郎吹管逐。註：念奴，天寶中名倡，善歌。每歲樓下酺宴，累日之後，萬衆喧溢。嚴安之、韋黄裳輩闢易不能禁，衆樂爲之罷奏。高力士大呼於樓上曰：『欲遣念奴唱歌，邠二十五郎吹小管逐，看人能聽否？』未嘗不悄然奉詔。其爲當時所重如此。◎按：曲拍名有《念奴嬌》。

《唐書》：開元二年，置内教坊於蓬萊宫側，有音律、第一曹、第二曹博士。

月照觚棱夜色清，飄飄雲外笛飛聲。隔牆偷得新翻曲，恰被宫中識姓名。

元稹《連昌宫詞》：李謩擪笛傍宫牆，偷得新翻數般曲。註云：明皇嘗於上陽宫夜按新翻一曲，明夕正月十五日，潛游燈下，忽聞酒樓上有笛奏前夕新曲。密捕笛者詰驗之，自云：『其夕於天津橋上玩月，聞宫中度曲，遂於橋柱上插譜記之。臣即長安少年善笛者李謩也。』明皇異而遣之。

鐘鼓樓前瑞靄環，大同寶殿十三間。雲煙滿壁吴生畫，盡是嘉陵江上山。

《長安志》：太和三年，修大同殿十三間。殿前左右有鐘樓、鼓樓。《唐畫記》曰：玄宗天寶中，忽思蜀中嘉陵江山水，遂假吴生驛遞，令往寫。及回日，帝問其狀，奏云：『臣無粉本，並記在心。』遣於大同殿圖之，嘉陵江三百里山水，一日而畢。時有李將軍，山水擅名，亦畫大同殿壁，數月方畢。玄宗曰：『李思訓數月之功，吴道玄一日之跡，皆極其妙也。』

雨過華清樹影涼，風來前殿玉龜香。至尊浴罷金輿出，嬪御分尋十六湯。

《續畫史》：宋徽宗臨張萱《宫騎圖》，其侍從有挈金橐駝者。蓋唐制宫人以金駝貯酒、玉龜藏香。

《開天遺事》：華清宫中除供奉兩湯外，更置長湯十六所，嬪御之屬浴焉。

賀老琵琶聽不明，圍棋深院子丁丁。君王欲負妃先覺，抱取康猧上石枰。

《開天遺事》：明皇與親王棋，令賀懷智奏琵琶，妃子立於棋前觀之。上欲輸次，妃子將康國猧子放之，令於局上亂其輸贏。上甚悦焉。

花外凭肩倚畫欄，鴛鴦鸂鶒恰同看。乳柑果似知人意，也向枝頭結合歡。

《開天遺事》：明皇與貴妃幸華清宫，因宿酒初醒，凭妃子肩同看木芍藥。上親折一枝，與妃子遞嗅，曰：『不惟萱草忘憂，此花亦能醒酒。』

又：遊興慶池，宫嬪爭看雌雄鸂鶒戲水中。帝時擁貴妃，謂宫嬪曰：『水中鸂鶒爭如被底鴛鴦？』

《楊妃外傳》：江陵進乳柑種，上種於蓬萊宫，結一合歡實。上與妃子持玩，曰：『此果似知人意。』

解語花來蝶幸荒，晝披空理舊衣裳。神粧正得君王寵，偷向簾前唤鴈娘。

《開天遺事》：千葉白蓮盛開，帝指妃謂左右曰：『何如此解語花？』

又：明皇每至春時，使嬪御爭插豔花。帝親促粉蝶放之，隨蝶所止幸之。後因貴妃專寵，遂不復作此戲。

《中華古今注》：女人披帛，古無其制。開元中，詔令二十七世婦及寶林御女良人等尋常宴參侍，令披畫披帛。

《采蘭雜志》：鴈娘，膏神；天軼，黛神；子占，粉神；與贅，脂神；妙好，首飾神；厭多，衣服神。楊妃妝束時，每件呼之，謂之『神妝』。

雙鳳琵琶撥緑絲，朝來弟子獻仙師。阿蠻奏伎偏承寵，宣命紅桃賜臂支。

《楊妃外傳》：妃子琵琶，邏逤檀，有金縷紅紋蹙成雙鳳絃，乃末訶彌羅國所貢緑冰蠶絲。諸王郡主、妃之姊妹皆師妃，爲琵琶弟子，廣有獻遺。妃子謂謝阿蠻曰：『爾貧，無可獻師長，待我與爾。』乃命侍兒紅桃娘取紅粟玉臂支賜阿蠻。

萬幾偷暇捉迷藏，錦帕蒙頭繞曲廊。側步迴身誇便捷，手揮紅汗漬香囊。

《致虛閣雜俎》：玄宗與玉真恒於月下以錦帕裹目，互相捉戲。一夕，玉真於袿服袖多結流蘇香囊，上屢捉屢失，玉真故以香囊惹之，上得香囊無數。謂之『捉迷藏』。

《開天遺事》：貴妃夏月常衣輕綃，使侍兒交扇鼓風，猶不解其熱。每有汗出，紅膩而多香，拭於巾帕，色如桃紅。

鳳毛衣袂燦朝霞，障隔金雞笑語譁。腹内赤心何處辨，效忠首進助情花。

《林下詩談》：鳳毛金者，鳳凰頸下有毛，若綬，光明與金無二，而細軟如絲。遇春必落，山下人取織爲錦，名『鳳毛金』。明皇時，國人奉貢，宫中多以飾衣。惟貴妃所賜最多，裁以爲帳，燦若白日。

《開天遺事》：明皇每宴，使安禄山坐於御側，以金雞障隔之。

又：安禄山進助情花香百粒，每當寢，含香一粒，筋力不倦。上秘之，曰：『此亦漢之慎卹膠也。』

《安禄山事蹟》：上嘗指其腹曰：『此中何有，其大乃爾？』對曰：『止有赤心耳！』

旗幟翻翻兩隊齊，霞披錦被混東西。宫中自結風流陣，不向漁陽鞞鼓鼙。

《開天遺事》：明皇每至酒酣，令妃子統宫妓百餘人，上統小中貴亦百餘人，排兩陣於掖庭中，目爲風流陣。以霞披錦被爲旗幟，攻擊相鬭，敗者罰之。

夾城五隊綺羅香，墜舄遺鈿滿路旁。虢國蛾眉偏淡埽，紫驄騎上合歡堂。

《新唐書·貴妃楊氏傳》：帝幸華清宫，五宅車騎皆從，家别一隊，隊一色。俄五家隊合，爛若萬花，川谷成錦繡，國忠導以劍南旌節。遺鈿墜舄，瑟瑟璣琲，狼藉於道，香聞數十里。

《明皇雜録》：虢國每入禁中，常乘紫驄馬。

鄭嵎《津陽門詩》：八姨新起合歡堂。

杜甫詩：淡埽蛾眉朝至尊。

含元新曲按淩波，秦國夫人坐聽歌。三百萬錢供一局，纏頭偏讓阿姨多。

《楊妃外傳》：上製《淩波曲》，按於含元殿。甯王吹玉笛，上羯鼓，貴妃琵琶，馬仙期方響，李龜年觱篥，張野狐箜篌，賀懷智拍板。惟秦國夫人端坐觀之，上戲曰：『阿瞞樂籍，今日幸得供奉夫人，請一纏頭。』夫人曰：『豈有大唐天子阿姨無錢用耶？』出三百萬爲一局。

一斛珍珠賜卻回，君王不見鬭茶來。笛聲猶作驚鴻舞，落盡樓東幾樹梅。

《梅妃傳》：梅妃姓江，名采蘋。性喜梅，所居欄檻，悉植數株，上榜曰『梅亭』。以其所好，戲名曰『梅妃』。後上與妃鬭茶，顧諸王戲曰：『此梅精也。賜白玉笛，作驚鴻舞，一座光輝。鬭茶今又勝我矣。』會太真入侍，遷於上陽東宫。妃以千金壽高力士，求詞人擬司馬相如爲《長門賦》，欲邀上意。力士方奉太真，且畏其勢，報曰：『無人解賦。』妃乃自作《樓東賦》。會嶺表使歸，妃問左右：『何處驛使來，非梅使耶？』對曰：『庶邦貢楊妃果實使。』妃悲咽泣下。上在花萼樓，命封珍珠一斛密賜妃。妃不受，以詩付使者曰：『柳葉雙眉久不描，殘妝和淚污紅綃。長門自是無梳洗，何必珍珠慰寂寥。』上覽詩，悵然不樂，令樂府以新聲度之，號《一斛珠》。

上陽宮裏夜沉沉，臘去春回思不禁。來歲休祥私自祝，戲將盞水瀉黄金。

《梅妃傳》：妃遷於上陽宮。

《鄉嬛記》：除夕，梅妃與宫人戲鎔黄金散瀉水中，視巧拙以卜來年否泰。梅妃一瀉得金鳳一隻。

料峭寒風透綺疏，硯池冰結玉蟾蜍。宫嬪領敕呵牙管，遞付詞臣草詔書。

《開天遺事》：李白便殿草詔，時天寒筆凍，帝敕宫嬪十人各持牙管呵之，令白遞取書字。

玉驄蹀躞拂三花，宫女揚鞭胡帽斜。主宴宣呼花鳥使，搊彈小隊競箏琶。

《名畫要録》曰：開元天寶間，多愛三花飾馬。三花者，翦鬉爲之瓣。白樂天詩曰『舞衣裁四葉，馬鬣翦三花』是也。

《古今注》：開元初，宫人馬上著胡帽，靚妝露面。【一】

《天中記》：天寶中，選六宫風流豔態者，名『花鳥使』，主宴。

《教坊記》：平人女以容色選入内者，教習琵琶、三絃、箜篌、箏等，謂搊彈家。

校按：【一】此條引文見於五代馬縞《中華古今注》。

國色天香擬正當，勝人豈止在霓裳。何來佛氏銜花鹿，消受君王一尺黄。

《龍城異人録》：明皇問陳正己牡丹詩誰爲稱首，對曰：『李正封詩云：「國色朝酣酒，天香夜染衣。」』因謂妃曰：『妝鏡臺前飲一紫金盞，則正封之詩見矣。』《楊妃外傳》：上在便殿覽《漢成帝内傳》，時妃子後至，上笑曰：『飛燕身輕，欲不勝風，帝爲製避風臺，恐其四肢不禁也。爾則任吹多少。』蓋妃微有肌，故上有此戲。妃曰：『霓裳羽衣一曲，可掩千古。』《青瑣高議》：宫中貢一尺黄，帝未及賞，爲鹿所銜。佞人奏曰：『釋氏有鹿銜花以獻金仙。』後應禄山事。

兩院歌喉内伎殊，舞臺分隊上紅毹。筵前最怕黄旛綽，當面高呼屈突姑。

《教坊記》：戲日，内伎出舞《垂手羅》《回波樂》《蘭陵王》《春鶯》《半社》《渠借席》《烏夜啼》之屬，謂之軟舞；《阿遼》《柘枝》《黄獐》《拂林》《大渭州》《達摩》之屬，謂之健舞。凡樓下兩院進雜婦女，上必召内人姊妹入内賜食。於是納妓與兩院歌人，更代上舞臺唱歌。内妓歌，則黄旛綽贊揚之；兩院人歌，則旛綽輒訾詬之。有肥大年長者即呼爲『屈突干阿姑』，貌稍胡者即云『康大賓阿妹』，隨類名之，標弄百端。

樂進清平曲調和，沈香亭北聽新歌。倚粧飛燕休相擬，旁有讒人怨脱韡。

《楊妃外傳》：開元禁中重木芍藥，即今牡丹也。會花方繁開，詔選梨園弟子中尤者，李龜年以歌擅一時之名。上曰：『賞名花，對妃子，焉用舊樂詞爲？』命龜年持金花牋，宣賜翰林學士李白立進《清平樂詞》三篇。白援筆賦之云云。上命梨園略約詞調，撫絲竹，促龜年以歌。妃持玻璃七寶杯，酌西凉蒲萄酒，笑領歌，意甚厚。飲罷，斂繡巾再拜。上自是顧李翰林異於他學士。會力士以脱靴爲耻，異日，妃重吟前詞，力士戲曰：『始謂妃子怨白深入骨髓，何翻拳拳如是耶？』妃子驚曰：『何學士能辱人如斯？』力士曰：『以飛燕指妃子，賤之甚矣。』妃然之。上嘗三欲命李白官，卒爲宫中所捍而止。

勤政樓前妓樂張，應聲誰詠戴竿娘。貴妃膝上施巾櫛，萬目爭看傅粉郎。

《明皇雜録》：玄宗御勤政樓，大張樂，羅列百妓。時教坊有王大娘者，喜戴百尺竿，竿上施木山，狀瀛洲、方丈，令小兒持絳節出入其間，歌舞不輟。時劉晏以神童爲秘書正字，年方十歲。玄宗召於樓中簾下，貴妃置於膝上，爲施粉黛，與之巾櫛。令詠王大娘戴竿，晏應聲曰：『樓前百戲競爭新，惟有長竿妙入神。誰得綺羅翻有力，猶自嫌輕更著人。』玄宗與貴妃及諸嬪御歡笑移時，聲聞於外。因命牙笏及黄文袍以賜之。

鐵距金豪養氣雄，雞坊也自有神童。小兒五百隨鑾駕，鬬起胡塵入禁宫。

《東城老父傳》：老父姓賈名昌，長安宣陽里人。玄宗在藩邸時，樂民間清明節鬬雞戲。及即位，治雞坊於兩宫間。索長安雄雞金毫鐵距、高冠昂尾千數，養於雞坊。選六軍小兒五百人，使馴擾教飼。帝出遊，見昌弄木雞於雲龍門道旁，召入，爲雞坊小兒。召試殿庭，即日爲五百小兒長，甚愛幸之。開元十三年，籠雞三百，從封東嶽。十四年三月，衣鬬雞服，會玄宗於温泉。當時天下號爲『神雞童』。上生於乙酉雞辰，使人朝服鬬雞，兆亂於太平矣。

神語頻傳阿馬婆，東封纔罷又西過。金橋圖裏窺天表，羽衛中間擁白騾。

《開天傳信記》：玄宗東封，次華陰，見岳神數里迎謁。帝問左右，左右莫見。獨老巫阿馬婆奏云：『在路左，朱鬒紫衣，迎候陛下。』帝顧笑之，仍勅【一】阿馬婆，敕神先歸。帝至廟，見神櫜鞬，俯伏殿庭東南大柏之下。又召阿馬婆問之，對如帝所見。帝加禮敬，命阿馬婆致意而旋。尋詔先諸岳封爲金天王。

又：玄帝封太山回，車駕次上黨。及過金橋，御路縈轉，上見數千里間旗纛鮮潔，羽衛齊整。上召吴道玄、韋無忝、陳閎，令同製《金橋圖》。聖容及上所乘照夜白馬，陳閎主之。

又：玄宗將登泰山，益州進白騾至。上親乘之，柔習安便，不知登降之勞也。

校按：【一】『勅』原引作『勒』，據《開天傳信記》改。

興慶宫中五十秋，玉環奏罷淚紛流。池龍最是通靈物，先去嘉陵候御舟。

《次柳氏舊聞》：興慶宫，上潛龍之地。時天下無事，號太平者垂五十年。及羯胡犯闕，上欲遷幸，復登樓置酒，回顧無人，乃命奏玉環。玉環者，睿宗所御琵琶也。上潸然淚出。

又：天寶中，興慶池上小龍嘗出遊宫垣南溝水中。及鑾輿西幸，先一夕，皆見龍乘雲雨，自池中望西而去。上至嘉陵江，將乘舟，有龍翼舟而進。上泫然流涕，顧謂左右曰：『此吾興慶池中龍也。』命以酒沃酹之，於是龍振甲登天。

八尺虹蜺畫麗姝，馬嵬人去故宫蕪。艱難蜀道歸來日，添得蛾眉十様圖。

《楊妃外傳》：一屏風名虹蜺，刻前代美人，乃隋文帝所造。

《妝樓記》：明皇幸蜀，令畫工作《十眉圖》。横雲、斜月，皆其名。

水調歌殘戰鼓催，頗棃碑暗長莓苔。象牀尚展珍珠被，不見當年罨颯來。

鄭嵎《津陽門詩》註：上止華清宫，罨颯公主嘗爲上晨召，聽按《新水調》。主愛起晚，遽遺珍珠被而出。及寇至，倉惶隨駕出宫。及上歸，再入此宫，罨颯之被宛然，而塵積矣，上猶感焉。

又：温泉堂碑，其石瑩徹，見人形影，宫中號爲頗梨碑。

一曲淋鈴欲斷腸，月明西内夜偏長。女牛誓在蓬山渺，枉折金釵謝上皇。

《楊妃外傳》：上於棧道雨中聞鈴聲隔山相應。上悼念貴妃，因採其聲爲《雨淋鈴》曲，以寄恨焉。

又：避暑驪山宫，牛女相見之夕，上憑肩而望。因仰天感牛女事，密相盟心，願世世爲夫婦。

又：道士楊通幽自云有李少君之術，絶大海，跨蓬壺，見有洞户，署曰『玉妃太真院』。碧衣延入。玉妃問上皇安否，取金釵鈿合，折其半，授使者曰：『爲我謝太上皇。』

《綱目》：上元二年，遷太上皇於西内。肅宗畏張后，不敢朝西内。

靈武歸來未罷兵，長安消息隔江城。一杯鴟腦君王醉，内殿惟聞打子聲。

《酉陽雜俎》：肅宗張皇后專權。每進酒，常置鴟腦酒，令人久醉健忘。

《綱鑑會纂》：上與張良娣博，打子聲聞於外。李泌言諸軍奏報停壅。上乃潛令刻乾樹雞爲子，不欲有聲。良娣以是怨泌。

絳囊猶裹上清珠，太上慈恩報得無。自選飛龍親試過，望賢樓下手雙扶。

《酉陽雜俎》：肅宗爲兒時，常爲玄宗所器。因命取上清珠，以絳囊裹之，繫於頸。及即位，寶庫中往往有神光，帝曰：『豈非上清珠耶？』遂令出之。

《唐書》：明皇自蜀還，御望賢宫南樓。肅宗望樓辟易，下馬趨進，再拜稱賀，扶明皇升殿。選飛龍廄御馬，必先親試，然後進御。

籍入梨園换舊粧，宜春深院鬭群芳。相思暗裹抛紅豆，誰識韋家記曲娘。

《唐書》：宫女數百，亦爲梨園弟子，居宜春院。

《樂府雜録》：張紅紅者，初，韋青納爲姬。有樂工侑歌於青，青召紅紅於屏後聽之，以小豆數合記其拍。樂工歌罷，即隔屏歌之，一聲不失。後入宜春院，號記曲娘。一日，吏奏青卒，一慟而絶。

紅錦弓鞾侍帝閽，歸來深院閉黄昏。盂蘭會近盤金綫，自繡真容七聖旛。

《圖畫見聞志》：唐代宗朝，令宫人侍左右者，穿紅錦鞦韆。

《舊唐書》：代宗七月望日内道場造盂蘭盆。又設高祖以下七聖神座，各書尊號於旛上以識之，舁出内庭，陳於寺觀。是日，排儀仗，百僚序立於光順門以候之。旛花鼓舞，迎呼道路，歲以爲常。而識者嗤其不典。

王建《宫詞》：看得中元齋日到，自盤金綫繡真容。

雅淡仙姿羽客裝，舊傳鴉女字蟲娘。赤繩新向蘇家繫，花燭分排換黦妝。

《酉陽雜俎》：玄宗，禁中嘗稱阿瞞，亦稱鴉。壽安公主，曹野那姬所生也。以其九月而誕，遂不出降。常令衣道服，主香火。小字蟲娘，上呼爲師娘。爲太上皇時，代宗起居，上曰：『汝在東宮，甚有令名。』因指壽安，『蟲娘爲鴉女，汝後與一名號。』及代宗在靈武，遂令蘇澄尚之，封壽安焉。

瑞雲高捧日光浮，國寶分呈應冕旒。内職應知蠶事重，上天新賜採桑鉤。

《酉陽雜俎》：代宗即位日，慶雲見，黄氣抱日。初，楚州獻定國寶一十二，乃詔上監國。初，楚州有尼真如，忽有人接去天上。天帝言下方有災，令此寶鎮之，其數十二。楚州刺史崔侁表獻焉。其第十一曰皇后採桑鉤，細如箸，屈其末。

舞馬盤迴勤政樓，年年聖節祝千秋。老鵶隨駕當簷舞，猶認先皇在上頭。

《明皇雜録》：上令教舞馬四百匹。又施三層板牀，乘馬而上，抃轉如飛。樂工數十人環立，皆衣淡黄衫。每千秋節，舞於勤政殿下。

《因話録》：德宗登勤政樓，外無知者。見一緑衣人乘驢至樓下，仰視久之，俛而東去。上遣京尹物色之。及至，對曰：『吾天寶教坊樂工也。上皇數登此樓，每來，鵶必集樓上，號隨駕老鵶。今見群鵶盛集，又覺景象宛似昔時。』

潼關西入已逢牛，河水洋洋送御舟。夢裏黄衣傳好語，慶功宣賜九花虬。

《杜陽雜編》：代宗廣德元年，吐蕃犯便橋，上幸陝。及迴潼關，上嘆曰：『河水洋洋，送我東去。』上至陜，因望鐵牛，蹶然謂左右曰：『朕年十五六，宮中有尼號功德山，言事往往神驗，屢撫吾背曰：「天下有災，遇牛方迴。」今見牛也，朕將迴爾。』是夜，夢黃衣童子歌於帳前曰：『中五之德方峩峩，胡胡呼呼可奈何！』詰旦，上具言其夢。侍臣咸稱土德當王，胡虜破滅之兆也。是月，副元帥郭子儀克復京師，吐蕃大潰。上還宮闕，圖功臣於淩煙閣上，因謂子儀曰：『安禄山僭亂中原，是卿再安皇祚。昨朕蒙塵，卿復戮力，今日天下乃卿與我也。』因命御馬九花虬并紫玉鞭轡以賜。子儀知九花之異，固陳讓者久之。上曰：『此馬高大，稱卿儀質，不必讓也。』

鑾輿西幸已回驂，御院春深花木酣。手把瑞鞭指神駿，笑稱二絶已成三。

《杜陽雜編》：貞元【一】三年，中常侍自蜀使迴，進瑞鞭一。其文有麟、鳳、龜、龍之形，於暗中揮之，如有電光。一日，花木方春，上欲幸諸苑。内厩控馬侍者進瑞鞭，上指二駿語近臣曰：『昔朕西幸，有二駿，謂之二絶。今獲此鞭，可謂三絶矣。』

校按：【一】『貞元』原誤作『貞觀』，據《杜陽雜編》改。

樂府編成示萬方，每逢令節賜宸章。夜深寶殿頻移燭，學士談詩侍浴堂。

《全唐詩》：貞元十四年，上製《中春麟德殿會百僚觀新樂》詩，令太子書示百官。中書門下謝賜詩，請頒示天下，編入樂府。

又：每與【二】學士言詩於浴堂殿，夜分不寐。三令節，御製詩，敕群臣賡和，品第優劣。

校按： 校按：【一】『與』字原脱，據《全唐詩》補。

共展蠻箋寫麗詞，聯吟頻召鮑文姬。鑾坡豈少才人筆，笑煞淮南準敕詩。

《負暄雜録》：唐中國紙未備，多取於外，故唐詩中多用『蠻箋』字，亦有爲也。高麗歲貢蠻紙，書卷多用爲襯。

《宮閨小名録》：鮑君徽，字文姬。德宗召入禁中，與侍臣賡和。

《翰苑群書》：俗稱翰林學士爲『坡』。蓋唐德宗時，嘗移學士院於金鑾坡上，故亦稱『鑾坡』。

《群居解頤》：杜佑鎮淮南，進崔叔清詩百篇。德宗語使者曰：『此惡詩，焉用進？』時人呼『準敕惡詩』。

群仙珥筆試神京，宣政開簾費御評。賦罷特蒙三等放，蕊珠榜下認門生。

《杜陽雜編》：德宗試制科於宣政殿，有稱旨者，即徧示宰臣、學士曰：『此皆朕門生也。』獨孤授試《放馴象賦》，上甚嘉之，故特書第三等。

魚藻宮前戲綵舟，液池鋪錦玉泉流。煎茶自品酥椒味，散作琉璃碧眼浮。

《新唐書·順宗紀》：爲太子時，侍宴魚藻宮。張水戲綵艦，宮人爲櫂歌，衆樂間發。德宗歡甚，顧太子曰：『今日何如？』太子誦《詩》『好樂無荒』以爲對。

《開城録》：文宗論德宗奢靡，曰：『聞得禁中引水，先於池底鋪錦。』

《事詞類奇》曰：德宗好煎茶加酥椒之類，李泌戲爲詩曰：『旋末翻成碧玉池，添酥散作琉璃眼。』

内旨新宣立五坊，連朝遊獵賦長楊。鶻鵰鷹犬皆邀賞，獨賜雲騅一品糧。

《玉海》：五坊，唐德宗所立。鵰、鶻、鷂、鷹、狗也。

《國史補》：德宗幸梁，惟御騅馬，號曰望雲騅。還，飼一品料。

紫雲仙子字逍遥，七卷禪經繡尺綃。不用漢宫螺子黛，眉娘生就柳眉嬌。

《蘇氏演義》：順宗時，南海貢奇女盧眉娘，能於尺綃上繡《法華經》七卷。因令止於宫中，每日食胡麻二三合。至元和中，憲宗嘉其聰慧，賜金鳳環，以束其腕。眉娘不願住宫中，度爲黄冠，賜號逍遥。及後成仙，往往乘紫雲遊於海上。羅浮處士李象先作《盧逍遥傳》。

《杜陽雜編》：眉娘生眉如線且長，故有是名。

十二層樓倚碧霄，鳳臺秦女正吹簫。詩成例外頒宫錦，不比烏鳶噪鵲橋。

《雲溪友議》：陸暢者，雲陽公主降都尉劉氏，朝士舉爲儐相。内人以陸吴音，才思敏捷，凡所調戲，應對如流，復以詩嘲之，陸亦酬和。六宫大喜，例外别賜宫錦十段，并楞伽瓶、唾盂以賞之。内人詩云：『十二層樓倚碧空，鳳鸞相對立梧桐。雙成走報監門衛，莫使吴歈入漢宫。』或謂内學士宋若蘭、若昭姊妹所作。陸酬曰：『粉面仙郎選聖朝，偶逢秦女正吹簫。須教翡翠聞王母，不奈烏鳶噪鵲橋。』◎按：順宗雲安公主下嫁劉士涇，外無『雲陽』名。疑『陽』字即『安』之訛。

藏真島下暗香浮，换骨仙醪泛玉甌。穩坐龍牀鱗甲動，一團蠅虎舞梁州。

《太平廣記》：憲宗好神仙之術。宮中刻木作海上三山，號藏真島，每日焚鳳腦香。

《雲仙雜記》：憲宗采鳳李花，釀換骨醪。

又：韓志和有道術。憲宗時獻一龍牀，坐則鱗甲皆動。又於御座前以蠅虎子數十，分隊舞《涼州曲》，皆中音節。

偏倚屏風看御章，儒臣直閣日初長。天廚新進麒麟草，口敕先煎學士湯。

《舊唐書·憲宗紀》：元和四年七月朔，御製《前代君臣事迹》十四篇，書於六扇屏風。是月，出書屏以示宰臣。

《雲仙散録》：元和時，館閣湯飲待學士者煎麒麟草。

宮花零落委邊塵，石上崇徽蹟尚新。黼座朗吟戎昱句，大臣應愧議和親。

《買愁集》：僕固懷恩女，年十八，能解音律，代宗册爲崇徽公主，遠嫁吐蕃。泣别時，手把石上，遺痕不消。

《雲溪友議》：憲宗朝，以北狄頻侵邊境，大臣奏議和親。帝吟戎昱《詠史詩》云：『漢家青史内，計拙是和親。』大臣遂息和戎之論。

東風吹透雪花泥，帳底香雲謹護持。括取芳菲歸御史，春光應爲駐多時。

《清異録》：穆宗喜華麗，所建殿閣，以紙膏膠水調粉飾牆，名雪花泥。又一等縹青和丹砂末，謂長慶赤。

《雲仙散録》：穆宗每宮中花開，則以重頂帳蒙蔽欄檻，置惜春御史掌之，號曰括香。

紫簫聲歇玉階涼，寂寞青宮抱恨長。樂部偶翻金縷曲，舊人誰及杜秋娘。

杜牧《杜秋娘詩序》：杜秋，金陵女也。年十五，爲李錡妾。後錡叛滅，籍之入宫，有寵於景陵。穆宗即位，命秋爲皇子傅姆。皇子壯，封漳王。鄭注用事，誣丞相欲去己者，指王爲根。王被罪廢削，秋因賜歸故鄉。詩云：『秋持玉斝醉，與唱金縷衣。』又云：『金階露新重，閒捻紫簫吹。』註：李錡長唱《金縷衣》辭。

玉貌承恩新賜服，墨書粉畫認依稀。尚宫女傳輝彤管，無那君王愛諢衣。

《雲仙雜記》：唐穆宗以玄綃白書、素紗墨書爲衣服，賜承幸宫人。皆淫鄙之詞，時號『諢衣』。

《新唐書·后妃傳》：尚宫宋若昭，貝州清陽人。父廷芬，能詞章，生五女，皆警慧，善屬文。長若莘，次若昭、若倫、若憲、若荀。莘、昭文尤高。若莘著《女論語》十篇，大抵準《論語》，以韋宣文君代孔子，曹大家等爲顔、冉，推明婦道所宜。若昭又爲《傳》申釋之。元和末，若莘卒。穆宗以若昭拜尚宫，嗣若莘所職。歷憲、穆、敬三朝，皆呼先生，后妃與諸王主率以師禮見。

千葉花開香色殊，夜深撲得玉腰奴。絳絲絆腳光生鬢，勝搨滕王舊蝶圖。

《杜陽雜編》：穆宗殿前種千葉牡丹。及花開，宫中每夜有黄白蛺蝶萬數，飛集花間，達旦方去。上令張羅宫中，得數百，於殿内縱嬪御追捉，以爲娱樂。遲明視之，則皆金玉也。内人争以絳縷絆其腳，以爲首飾。其後開寶廚，覩金錢玉屑之内有蠕蠕將有化爲蝶者，宫中方覺焉。

《酉陽雜俎》：滕王《蛺蝶圖》，有名『江夏斑』『大海眼』『小海眼』『村裏來』『菜花子』。

唐王建《宫詞》云：内中數日無呼唤，搨得滕王蛺蝶圖。

宫花嬌護醉芙蓉，歌舞歸來寶帳重。香箭風流爭笑接，一團龍麝著衣濃。

《杜陽雜編》：寶曆二年，浙東貢舞女二人，曰飛鸞、輕鳳。每歌罷，上令藏之金屋寶帳，蓋恐風日故也。宫中語曰：『寶帳香重重，一雙紅芙蓉。』

《清異録》：寶曆中，帝造紙箭，貯龍麝香末。每宫嬪群聚，帝射之中，有濃香觸體，了無楚害，宫中名風流箭。

雪晴北苑獵驄嘶，裘上浮光映日迷。薄暮不須施爉炬，腰間常佩夜明犀。

《杜陽雜編》：敬宗寶曆中，南粤進浮光裘。上衣之，以獵北苑。

又：南昌進夜明犀，上令解爲腰帶。每遊獵，夜不施爉炬，有如晝日。

水漲虚亭放鴨天，火雲赫赫攪人眠。御廚分得清風飯，半餉提缸浸冷泉。

《舊唐書·文宗紀》：太和元年，毁昇陽殿東放鴨亭，敬宗所造也。

《清異録》：寶曆元年，内出清風飯制度，賜御庖，令造進。法用水晶飯、龍精粉、龍腦末、牛酪漿，調畢入金提缸，垂下水池，待其冷透供進。惟大暑方作。

馬毬驢鞠兩朋嬉，罨畫輕衫漾晚颸。三殿燈光明似晝，歸來已是夜深時。

《玉海》：寶曆二年六月二十八日，御三殿，觀兩軍、教坊、内園分朋作驢鞠馬毬之戲，二更方罷。

《舊唐書·敬宗紀》：西川節度使杜元穎進罨畫打毬衣五百事。

新聲笛管各爭能，豔豔朝霞寵獨承。一自忽雷淪落後，琵琶偏屬鄭中丞。

《盧氏雜説》：文宗善吹小管。

《唐書》：文宗時，朝霞以善吹笛進。上爲新聲雅樂，朝霞能承意辨聲，頗符上旨，由是有寵。

《樂府雜録》：文宗時，有内人鄭中丞善琵琶。内庫有琵琶二面，號大忽雷、小忽雷，因爲題頭傷損，送南趙家料理。恰值訓、注事，人莫有知者。後中丞歸梁厚本，厚本賂樂器匠，賺得之。

乙夜辛勤覽祕書，恩將談柄賜鴻儒。君王好學無游戲，屏卻竿頭石火胡。

《杜陽雜編》：文宗每視朝後，即閲群書，謂左右曰：『若不甲夜視事，乙夜觀書，何以爲人君？』常延學士於内庭，討論經義。李訓講《周易》微義，頗叶上意。時方盛夏，遂命取水玉腰帶及辟暑犀如意以賜訓，曰：『如意足以與卿爲談柄也。』

又：時有妓女石火胡，挈養女五人，纔八九歲。於百尺竿上張弓弦五條，令五女各居一條之上，衣五色衣，執戟持戈，舞《破陣樂》曲。俯仰來去，赴[一]節如飛。是時，觀者目眩心怯。火胡立於朱畫牀子上，令諸女迭踏以至半空，手中皆執五綵小幟，牀子大者始一尺餘。俄而手足齊舉，謂之踏渾脱，歌呼抑揚，若履平地。文宗即位，惡其太險傷神，遂不復作。

校按：【一】『赴』原作『越』，據《杜陽雜編》改。

方響聲清天樂調，教坊弟子半雲韶。涼州曲破無人解，花下低頭拜阿翹。

《杜陽雜編》：太和九年，上於内殿看牡丹。時有宫人沈阿翹爲上舞《河滿子》，曲罷，上賜金臂環。問其從來，阿翹曰：『妾本吴元濟之妓女，濟敗，因以聲得爲宫人。』俄遂進白玉方響，上因令奏《涼州曲》。音韻清越，聽者無不悽然，上謂之天上樂。乃選内人與阿翹爲弟子焉。

《教坊記》：樓下戲出隊，宜春院人少，即以雲韶添之。雲韶謂之宫人，蓋賤隸也。

竹障臨風蔽曉寒，上林春色已闌珊。當筵忽報君王醉，偷换神通了事盤。

《全唐詩》：文宗《題程修己竹障》詩云：『臨窗忽覩繁陰合，再盼真假殊未分。』註：修己畫竹障於文思殿，帝賜此詩。

又：太和九年，李訓、鄭注敗後，仇士良愈專恣。上登臨遊幸，未嘗爲樂，因賦詩云：『輦路生春色，上林花發時。登臨何限意，無復侍臣知。』

《清異録》：文宗屬宦竪專横，動即掣肘，以酣飲爲娱。嬪御厭患之，賂内執事造黄金盞，以金蓮荷菱芰爲玦束盤，其實空，琖滿則可潛引入盤中。人初不知也，遂有『神通琖』『了事盤』之號。

後苑秋高縱彈丸，鬱金香氣襲迴欄。宫袍騎馬才人出，翠輦前頭屢錯看。

《新唐書·后妃傳》：武宗王才人，狀纖頎，頗類帝。每畋苑中，才人必從，袍而騎，校服光侈，略同至尊。相與馳出入，觀者莫知孰爲帝也。

《舊唐書·宣宗紀贊》：舊時人主所行，黄門先以龍腦、鬱金藉地，上悉命去之。

漫將十玩繪新圖，出政須教諺逸除。夜半酒闌絃管靜，紫明相伴讀周書。

《清異録》：武宗爲潁王時，邸園畜禽獸之可人者，以繪《十玩圖》。

又：武宗宣内供奉，賜坐，食甘露毬蜜，搗山藥油浴。既退，侵夜，宮嬪離次，上獨映琉璃燈籠觀書，久之歸寢殿。王才人問：『官家今日以何消遣？』上曰：『緑羅供奉已去，皂羅供奉宮人特髻不來，與紫明供奉燈相守，熟讀《尚書·無逸篇》數徧。朕非不能取熱鬧快活，正要與絃管尊罍暫時隔破。』

不分前時忤聖心，椒房泣别淚難禁。蜀牋一幅詩成後，省卻長門買賦金。

《摭言》：柳公權，武宗朝在内庭。上嘗怒一宮嬪，既而復召，謂公權曰：『朕恠此人，然若得學士一篇，當釋然矣。』目御前蜀牋數十幅授之。公權略不佇思，而成一絶曰：『不分前時忤主恩，已甘寂寞守長門。今朝卻得君王顧，重入椒房拭淚痕。』上大悦，賜錦綵二百匹，令宮人上前拜謝之。

寶櫃瑶函麗彩霞，求仙誰與到仙家。人來傳得滄州語，羨煞金莖插鬢花。

《杜陽雜編》：武宗會昌元年，渤海貢馬腦櫃，方三尺，用貯神仙之書，置之帳側。

又：處士元藏幾自言隋大業元年爲過海使判官，遇風浪壞船，爲破木所載，經半月，達洲島間。洲人問其從來，藏幾具以告。洲人曰：『此滄洲，去中國已數萬里。』乃出菖蒲酒、桃花酒飲之，而神氣精爽。其洲花木常如二三月。有金莖花如蝶，每微風至，則摇蕩如飛，婦人競採之以爲首飾。語曰：『不戴金莖花，不得在仙家。』藏幾淹駐既久，忽思中國。洲人製淩風舸以送之，不旬日，達於東萊。問其國，乃皇唐也；詢年號，則貞元也；訪鄉里，則榛蕪也；追子孫，皆疎屬也。自隋大業元年至貞元末，殆二百年矣。趙歸真常與藏幾弟子九華道士葉通微相遇，得其實，備奏於上。上令謁者賷手詔急徵，中路亡去。

上林果實正離離，異種難尋太白溪。聞道至尊方病渴，恒州表進紫花梨。

許默《紫花梨記》：昔武宗御天下之五載，忽患心熱之疾，名醫進藥，厥疾罔瘳。時有言青城山邢道士者，妙於方藥，帝即召見之。道士以肘後緑囊中青丹兩粒，及取梨數枚，絞汁而進之，帝疾尋愈。問其丹爲何物，先生曰：『赤城山頂有青芝兩株，太白南溪有紫花梨一樹。臣昔歲曾遊二山，偶獲兩實，合煉成丹。五十年來服食殆盡，唯餘兩粒，幸逢陛下服之。更欲此丹，須求二物也。』經數月，邢生辭帝歸山。後疾復作，再詔邢先生於青城，不知何適。帝遂詔示天下，有紫花梨即時奏上。時恒州節度太尉公王達尚壽春公主，即會昌之女弟。聞真定李令種梨數林，其一紫花梨。即遣寺人就加封檢，圍以朱欄，寶惜纖枝，有同月桂。洎及秋實，公主必手選而進之。是時有李遵來侍御任恒州記室，作《進梨表》云云。表送闕下，見者多笑之曰：『常山公何用進殘梨於天府也？』蓋以其表有『脆難勝口』之字。

日照仙臺百尺高，登臨酌酒謝憂勞。外臣纔進燒金藥，内侍頻更脆玉條。

《孔六帖》：唐武宗起望仙臺，薦無憂酒。

《清異録》：武帝緣金丹示孽，中境躁亂。内侍童曆福希旨進脆玉條，用錦作虚帶，以冰條裸腹繫之，心腹俱涼。移時鎔消，復別更替。

歌舞深宫二十年，笙囊指點恨綿綿。一聲河滿腸先斷，下報君王掌上憐。

《碧雞漫志》：張祜作《孟才人歎》，其序稱：『孟才人以笙歌有寵於武宗。武宗疾篤，目之曰：「吾當不諱，爾何爲哉？」指笙囊泣曰：「請以此就縊。」上憫然。復曰：「妾嘗藝歌，願對上歌一曲以泄憤。」上許之。乃歌一聲《河滿子》，氣亟立隕。上令醫候之，曰：「脈尚温而腸已斷。」』其詩云：『故國三千里，深宫二十年。一聲河滿子，雙淚落君前。』又云：『自倚能歌日，先皇掌上憐。新聲何處唱，腸斷李延年。』

帝室中興治道隆，先朝政寫御屏中。外庭共製遵王履，素識官家重魯風。

《唐書》：宣宗書《貞觀政要》於屏風，每正色拱手讀之。

《清異録》：宣宗儒雅，令有司效孔子履製進，名『魯風鞵』。宰相、諸王效之，而微殺其式，别呼爲『遵王履』。

芙蓉闕下集鵷鸞，御宴珍羞出太官。詔許懷歸齊拜舞，競將羅帕繫雕鞍。

《金臺紀聞》：廷宴餘物懷歸，起於唐宣宗。時宴百官罷，拜舞，遺下果物。怪問，咸曰：『歸獻父母，及遺小兒。』上敕太官，今後大宴文武官，給食兩分，一【二】與父母，别給果子與男女。所食餘者，聽以帕子懷歸。

校按：【一】『一』字原缺，據《金臺紀聞》補。

自裁新譜教宫娥，列隊分行連袂歌。舞罷魚龍波浪靜，滿堂珠翠地衣拕。

《文獻通考》：宣宗音律特妙。每錫宴，必裁新曲，俾女伶衣珠翠緹繡，分行列隊，連袂而歌。

《杜陽雜編》：唐宣宗時，畫八百疋官絁作魚龍波浪文，以爲地衣。每一舞而珠翠滿地。

梯航萬里覲龍顔，瓔絡爭看菩薩蠻。一曲編成宣樂部，階前抖擻整花鬘。

《杜陽雜編》：大中初，女蠻國入貢。其人危髻金冠，瓔絡被體，故謂之『菩薩蠻』。當時優伶遂製《菩薩蠻》曲。

白樂天《蠻子朝》詩：花鬘抖擻龍蛇動。

寒風淅瀝透輕紗，蘆管無聲月半斜。寶鴨撥殘星子炭，藥鑪連夜進丹砂。

《文獻通考》：宣宗善吹蘆管。

《清異録》：宣宗餌丹砂，病熱。宫人以金盆置麩炭少許進御，煖手而已。呼爲『星子炭』。

手談曾説勝夷酋，國手須爭第一籌。花下閒尋楸玉局，披圖誰解鎮神頭。

《杜陽雜編》：大中中，日本國王子來朝。王子善圍棋，上勅待詔顧師言爲對手。王子出楸玉局，冷暖玉棋子。云本國之東三萬里有集真島，島上有凝霞臺，臺上有手談池。池中生玉棋子，不由製度，自然黑白分焉。冬温夏冷，故謂之冷暖玉。又産如楸玉，狀類楸木，琢之爲棋局，光潔可鑒。及師言與之敵手，下至三十有三，勝負未決。師言懼辱君命，每汗手凝思，方敢下著，則謂之鎮神頭，乃是解兩征勢也。王子瞪目縮臂，已伏[二]不勝，迴語鴻臚曰：『待詔第幾手耶？』鴻臚詭對曰：『第三手也。』師言實第一國手矣。王子曰：『願見第一。』曰：『王子勝第三，方得見第二；勝第二，方得見第一。今欲躁見第一，豈可得乎？』王子掩局而吁曰：『小國之一不如大國之三，信矣！』今好事者尚有《顧師言三十三著鎮神頭圖》。

校按：【一】『伏』原作『狀』，據《杜陽雜編》改。

報道同昌下嫁纔，三千鴛被竟塵埋。九鸞飛去成妖夢，不奈潘妃索玉釵。

《杜陽雜編》：咸通九年，同昌公主出降，宅於廣化里。賜錢五百萬貫，更罄内庫寶貨以實其宅。其枕以七寶合成，神絲繡被繡三千鴛鴦。九玉釵上刻九鸞，皆九色，上有字曰『玉兒』。工巧妙麗，殆非人工所製。有金陵得者以獻，公主酬之甚厚。一日晝寢，夢絳衣奴傳語曰：『南齊潘淑妃取九鸞釵。』及覺，具以夢中之言言於左右。洎公主薨，其釵亦亡其處。『玉兒』即潘妃小字。◎按《唐書》，公主於咸通十年薨。

上方絃管鳳鸞鳴，樂府新翻道調清。十宅諸王同望幸，郎君一例號音聲。

《盧氏雜説》：懿宗一日召樂工，上方奏樂爲《道調弄》，上遂拍之。故樂工依其節奏曲子，名《道調子》。十宅諸王多解音聲，倡優雜戲皆有之，以備上幸其院，迎駕作樂。禁中呼爲『音聲郎君』。

上苑秋高萬木荒，黄花晚節傲清霜。短歌御製加封號，共拜金剛不壞王。

《清異録》：懿宗『賞花短歌』云：『長生白，久視黄，共拜金剛不壞王。』謂菊花也。

鳳臺人去鎮淒涼，煙冷刀圭第一香。多謝至尊親薦福，仙音寶燭施空王。

《清異録》：昭宗嘗賜崔胤香，御題曰『刀圭第一香』，酷烈清妙。蓋咸通所賜同昌公主者。

又：同昌公主薨，帝以仙音燭賜安國寺，冀追冥福。狀如高層露臺，雜寶爲之，花鳥皆玲瓏。臺上安燭，既然，則玲瓏者皆動，丁當清妙。燭盡響絶。

落葉流紅出御溝，鬬鵝池畔水悠悠。緣知禮部無堯舜，且向毬場奪狀頭。

《新唐書·宦者·田令孜傳》：僖宗喜鬥鵝，數幸興慶池，與諸王鬥鵝。

《唐小説記》：紅葉題詩事有四，一説在僖宗時。

《通鑑》：僖宗嘗謂優人石野豬曰：『朕若應擊毬進士舉，須爲狀元。』對曰：『若堯舜作禮部侍郎，恐陛下不免駁放。』上笑而已。

囚髻梳成結束牢，臙脂暈點半邊嬌。延英新撤昭容位，從此宮娥罷引朝。

《續博物志》：僖宗内人束髮甚急，號爲『囚髻』。

《清異録》：唐末有臙脂暈品[二]，所以點脣，曰石榴嬌、小紅春、大紅春、嫩吴香、半邊嬌、萬金紅、聖檀心、露珠兒、内家圓、天宮巧、淡紅心、猩猩暈、格雙唐、小珠龍、媚花奴之目。

《清波雜志》：前代宮幃多不肅，宮人或與廷臣相見。唐《入閤圖》有昭容位。

《見聞録》：《唐會要》：『天祐二年，勅令後每遇延英坐朝日，只令小黄門祗候引從，宮人不得擅出内。』乃知杜詩『户外昭容紫袖垂，雙瞻御座引朝儀』者，真出殿引坐。而鄭谷《入閣》詩亦言『導引出宮鈿』。蓋至天祐始罷。

校按：【一】『品』原作『脂』，據《清異録》改。

傳道功成譜樂章，保甯殿裏奏笙簧。將軍誰解排君難，愧見鴻門樊舞陽。

《長安志》：昭宗宴李繼昭等將於保甯殿，親製《成功曲》以褒之，仍命伶官作《樊噲排君難》雜戲以樂之。

諸王附

架上牙籤萬軸存，古文同異費評論。諸王友愛開家宴，玉醴香浮銅鶴樽。

韓王元嘉，高祖子。

《新唐書·本傳》：元嘉少好學，藏書至萬卷，皆以古文字參定同異。與弟靈夔友愛，燕見終日如布衣禮。

《雲仙散録》：韓王元嘉有一銅鶴樽，背上注酒，則一足倚。滿則正，不滿則傾側。

一堂絲竹靜傳聲，窗下揮毫曉日晴。古硯分磨紅白墨，宫袍幾幅字分明。

魯王靈夔，高祖子。

《新唐書·本傳》：靈夔善草隸，通音律。

《雲仙雜録》：魯王靈夔使人造紅、白二墨爲戲。及書寫衣服，黑衣用白書，白衣用紅書，自成一家。

燈婢輝煌女樂張，氣噴寶障麝蘭香。眉言眼語何從見，衹許歌聲出畫堂。

甯王憲，睿宗長子。薨，謚讓皇帝。

《開天遺事》：甯王宮有樂妓寵姐者，美姿色，喜謳唱。每宴外客，諸妓盡在目前，惟寵姐客莫能見。詞客李太白恃醉戲曰：『白聞王有寵姐善歌，今酒殽醉飽，群公宴倦，王何恡此女示於衆？』王笑謂左右曰：『設七寶花障，召寵姐於障後歌之。』白起謝曰：『雖不許見面，聞其聲亦幸矣。』

又：甯王宮中，每夜於帳前羅列木雕矮婢，飾以彩繒，各執華燈，自昏達旦，故目爲『燈婢』。

又：甯王與賓客議論，先含嚼沈麝，方啟口發談，香氣噴於席上。

《女紅餘志》：寵姐每嬌眼一轉，憲則知其意，宮中謂之眼語。又能作眉言。

酒醉燈昏客散時，看花滿眼淚如絲。舊恩不爲新恩變，尚有佳人憶餅師。

《開天遺事》：甯王好聲色。有人獻燭百炬，似蠟而膩，似脂而硬。每至夜筵，賓妓間坐，酒酣作狂，其燭則昏昏然，如物所掩。罷則復明，莫測其怪也。

《本事詩》：甯王宅左有賣餅者妻，纖白明媚。王一見注目，厚遺其夫取之，寵惜逾等。環歲，問之：『汝復憶餅師否？』默然不對。王召餅師，使見之。其妻注目，雙淚垂頰，若不勝情。時王坐客十餘人，王命賦詩。王維詩先成，云：『莫以今時寵，難忘舊日恩。看花滿眼淚，不共楚王言。』

瑟瑟羅衫汗漬香，深宮無事暑天長。庭前鼓子新鞔就，譜入龜茲舊樂章。

《酉陽雜俎》：明皇嘗伺察諸王。甯王嘗夏中揮汗鞔鼓，所讀乃龜兹樂譜也。上知之，喜曰：『天子兄弟，當極醉樂耳。』

東風初報相風旌，後苑春深草色青。忽聽鳴禽驚散去，誰從花下掣金鈴。

《開天遺事》：五王宫中各豎長竿，挂五色旌。旌之四垂，綴以小金鈴。有聲，即使侍從視旌之所向，可以知四方之風候也。

又：甯王春時於後園中紉紅絲爲繩，密綴金鈴於花梢之上。每有烏鵲翔集，則令園吏掣鈴索以驚之。

三斗朝天醉欲狂，酒經一卷法偏詳。泛春渠裏春多少，麯部風流屬醸王。

汝陽王璡，甯王憲子。

《杜詩》：汝陽三斗始朝天。

《雲仙散録》：汝陽王璡取雲夢石，甃泛春渠以蓄酒。作金銀龜魚，浮沈其中，爲酌酒具。自稱醸王兼麯部尚書。

《清異録》：汝陽王璡家有酒法，號《甘露經》。四方風俗，諸家材料，莫不備具。

燭奴分影上層臺，蠟淚消殘欲作堆。紅袖兩行圍繡榻，夜深齊迓醉輿來。

申王撝，本名成義，睿宗子。

《開天遺事》：申王每夜宫中聚宴，以龍檀木雕成童子，緑袍束帶，列執畫燭，目爲『燭奴』。

又：申王每至風雪苦寒之際，使宫妓密圍坐側，以禦寒氣，呼爲『妓圍』。

又：申王每醉，即使宫妓將錦綵結一兜子，舁歸寢室，呼曰『醉輿』。

鐸聲清脆竹檀欒，寶馬朝回卸玉鞍。自有香肌堪煖手，連朝風雪不知寒。

岐王範，初名隆範，睿宗子。

《開天遺事》：岐王宫中，於竹林内懸碎玉片，夜聞相擊之聲，即知有風，號占風鐸。

又：岐王有玉鞍，冬月用之。雖天氣嚴寒，坐如温火之氣。

又：岐王每至冬寒手冷，不近於火，惟於妙妓懷中揣其肌膚，稱爲煖手。

一縷琴聲出户頻，誰分爲楚與爲秦。破紅綃裹蟾酥麨，贈與堂前顧曲人。

《雲仙散録》：李龜年至岐王宅，聞琴聲，曰：『此秦聲。』良久又曰：『此楚聲。』主人入問之，則前彈者，隴西沈妍也；後彈者，揚州薛滿也。二妓大服，乃贈之破紅綃、蟾酥麨。龜年自負，强取妍秦音琵琶，捍撥而去。

僞燕附

安禄山，營州柳城胡人。歷平盧節度使。天寶十五年，陷長安，僭號稱燕。至德元年，爲子慶緒所弑，慶緒尋爲史思明所殺。凡三年滅。禄山改元一聖武，慶緒改元二載初、天和。

馬銜杯盞象登場，凝碧池頭樂未央。宴上刀光森似雪，梨園含泣按霓裳。

《新唐書・安禄山傳》：初，上皇每酺宴，出宫人舞《霓裳羽衣》。又教舞馬百匹，銜杯上壽。又引犀象入場，或拜或舞。禄山見而悦之。至是，命搜捕，送洛陽。宴其群臣於凝碧池，盛奏衆樂。梨園子弟往往欷歔泣下，賊皆露刃睨之。【一】

校按：【一】 此條引文不見於今本《新唐書・安禄山傳》，見於《資治通鑑・唐紀三十四》。

僞漢附

朱泚，幽州昌平人。以鳳翔節度使罷鎮，居京師。建中四年，發涇原兵討李希烈。兵亂，入京師立之，僭號稱秦，尋改稱漢。興元二年，李晟復長安，泚走涇州，追斬之。改元二（應天、天皇）。

城上危樓百步通，酇侯圖籍競輸忠。内庭珍寶如山積，留得潛龍駐翠宫。

《新唐書・朱泚傳》：城隅率百步建一樓，候望非常。

又：源休與姚令言爭自比蕭何，休顧令言曰：『成秦之業，無輩我者。我視蕭何，子當曹參可矣。』即收圖籍，貯庫府。人笑爲『火迫酇侯』。

又：泚號其第爲潛龍宫，徙珍寶實之。

僞楚附

李希烈，燕州遼西人。興元元年，以淮西節度使反，陷襄城，據汴，僭號稱楚。貞元二年，兵屢敗，奔還蔡州，其將陳仙奇毒殺之。凡三年滅。改元一武成。

姒娟交歡未足歡，受來恩寵轉悲酸。誰知分餽含桃日，内有兵機寓蠟丸。

《新唐書·李希烈傳》：始聞户曹參軍竇良女美，强取之，後有寵。嘗稱陳仙奇忠勇，而妻亦竇姓，願如姒娣者，以固其夫。希烈許諾。及希烈死，子欲自立，未決。有獻含桃者，竇分遺仙奇妻，因蠟帛丸雜果中，出所謀。仙奇率兵譟而入。

僞齊附

黄巢，曹州冤朐人。初舉進士下第。乾符二年，長垣賊王仙芝陷濮州，巢起兵應之。廣明元年，陷長安，僭號稱齊。中和三年，李克用復長安，巢南走。四年，又爲克用所破走。死泰山，其甥林言斬之。凡五年滅。改元一金統。

含元寶殿鼓聲揚，刀劍如林護御牀。引到金輿齊拜舞，繡袍華幘侍黄王。

《新唐書·黄巢傳》：巢乘黄金輿，衛者皆繡袍華幘，其黨乘銅輿以從。宫女數千迎拜，稱黄王。巢舍含元殿，僭即位。求袞冕不得，繪弋綈爲之。無金石樂，擊大鼓數百，列長劍大刀爲衛。

僞越附

董昌，杭州臨安人。歷義勝軍節度使。乾甯二年，據越州，僭號稱越。其明年，錢鏐討斬之。改元一天册。

金牀穩坐日重生，殿外黄龍數丈明。天册樓前宣奉詔，制書親署聖人名。

《新唐書·董昌傳》：山陰老人僞獻謡曰：『欲知天子名，日從日上生。』昌喜，賜百縑。命方士築壇祠天，詭言天符夜降，碧楮朱文不可識。昌曰：『讖言「兔上金牀」，我生於卯，當即位。』建元天册，自稱聖人。其下制詔，皆自署名。或曰帝王無押詔，昌曰：『不親署，何由知我爲天子？』即榜南門曰天册。先是，州寢有虺，長尺餘，金色，見思道亭。昌署寢曰明光殿，亭曰黄龍殿。

全史宫詞卷十四 五代

梁

太祖朱晃，初名温，賜名全忠，碭山人。始以大盜黄巢部將降唐，天復元年，封梁王。天祐四年，受唐禪，都洛陽。在位六年，爲子友珪所弑，葬宣陵。改元二開平、乾化。末帝瑱，初名友貞，太祖第三子。初封均王，守東都。討友珪，即位，都開封。不改元，仍稱乾化三年。踰二年，始改元貞明。在位十一年，唐兵入汴，爲控鶴將皇甫麟所弑。改元二貞明、龍德。二主，凡十七年。

一擲呼盧六隻紅，秀才名姓愜王衷。無雲有雨天方泣，獻頌爭誇造化功。

《洛陽縉紳舊【二聞記》：梁祖英威剛狠，視之若乳虎。進士杜荀鶴以所業投之，且乞一見。掌客以聞，默無所報。一旦，梁祖在便廳，取骰子在手，大呼曰：『杜荀鶴！』擲之，六隻俱赤，乃連聲命屈秀才。荀鶴入，再拜訖，命坐。梁祖徐曰：『知秀才久矣。』荀鶴欲降陛拜謝，梁祖曰：『不可。』於是再拜，復坐。梁祖顧視陛下，謂左右曰：『似有雨點。』然仰首視之，實無片雲。雨霑陛簷有聲，梁祖自起，熟視之，謂杜曰：『此所謂無雲而雨，謂之天泣，不知是何祥也？』命左右：『將紙筆來，請杜秀才題一篇《無雲雨詩》。』杜立成一絶獻之，梁祖大喜，立召賓席共飲，極歡而散。杜絶句云：『同是乾坤事不同，雨絲飛灑日輪中。若教陰朗都相近，爭表梁王造化功。』由是大獲見知。

校按：【一】『舊』，原誤作『見』。

蕭縣恩深報禮加，豢龍人共説劉家。國婆最穩興王事，草昧英雄起赤蛇。

《舊五代史》：梁太祖昆仲三人，俱未冠而孤，母攜養寄於蕭縣人劉崇之家。崇以慵惰，每加譴杖。惟崇母自幼憐之，親爲櫛髮。嘗戒家人曰：『朱三非常人也，當善遇之。』家人問其故，曰：『我嘗見其熟寐之次，化爲一赤蛇。』然衆亦未之信也。

又：劉鼎，蕭縣人，父崇。梁祖微時，嘗傭力崇家。及即位，召崇用之，歷殿中監、商州刺史。崇之母撫梁祖，有恩梁氏，號爲『國婆』。徐、宋之民謂崇家爲『豢龍劉家』。

碭山崛起侈雄圖，拜賀爭迎一丈烏。班内尚餘孫供奉，不隨百辟效嵩呼。

《新五代史·梁臣·寇彦卿傳》：太祖賜以所乘愛馬『一丈烏』。

《幕府燕閒録》：唐昭宗播遷，隨駕有弄猴，能隨班起居。昭宗賜以緋袍，號『供奉』，又謂之『猴部頭』。朱梁篡位，取猴，令殿下起居。猴望見全忠，徑趨而前，跳躍奮擊。

先德儒酸説五經，八牛今已坐彤廷。擊盆漫詈朱三暴，爲念慈恩尚減刑。

《五代史補》：先是，民間傳讖曰《五公符》，又謂之《李湻風轉天歌》。其字有『八牛之年』，識者以『八牛』乃『朱』字，則太祖革命之應焉。

《新五代史·梁家人傳》：太祖置酒太夫人前，舉觴爲壽，歡甚。太祖啟曰：『朱五經平生讀書，不登一第。有子爲節度使，無忝於先人矣。』后惻然良久曰：『汝能至此，可謂英特，然行義未必如先人也。』

又：太祖剛暴多殺戮，后每誡之，多賴以全活。

又：太祖燕居宫中，與諸王飲博。全昱酒酣，取骰子擊盆而迸之，呼太祖曰：『朱三，爾碭山一百姓，遭逢天子，用汝爲四鎮節度使，於汝何負？而滅唐家三百年社稷，吾將見汝赤其族矣，安用博爲？』太祖不悦，罷會。

文面兒郎盡壯丁，火龍標下走雷霆。禁軍方閲宣威殿，格鬬頻來教馬亭。

《五代史補》：健兒文面，自梁太祖始。

《清異録》：梁祖自初起，每令左右持大赤旗，緩急之際，用以揮軍。祖自目爲『火龍標』。

《舊五代史》：梁開平四年十二月辛酉，宴文武四品以上於宣威殿。親閲禁軍，命格鬬於教馬亭。

門啟銀臺駐鷺鵷，皇城有禁入休闌。客星犯座天垂象，守衛新添控鶴官。

《五代會要》：梁開平三年七月，敕内皇城諸門，宜各差控鶴官兩人守把。其諸司使并諸色人，并敕於左右銀臺門外下馬，不得將帶人入門。

《舊五代史》：詔左銀臺門，朝參諸司使庫使已下，不得帶從人入城，闌入者抵律。先時，門通内無門籍，且多勳戚，車騎衆者，尤不敢呵察。至是有以客星淩犯上言者，遂令止隔。

一紙書傳羽騎收，蛾眉帷幄擅奇謀。佛山破後憐同姓，泣把徐州比汴州。

《新五代史·梁家人傳》：太祖后張氏，碭山渠亭里富家女也。賢明精悍，動有禮法。雖太祖剛暴，亦常畏之。太祖每以外事訪之，后言多中。太祖常出兵，行至中途，后意以爲不然，馳一介召之，如期而至。

又：太祖已破朱瑾，納其妻以歸。后迎太祖於封邱，太祖告之。后遽見瑾妻，瑾妻再拜。后亦拜，悽然泣下，曰：『兗鄆與司空同姓之國，昆仲之間，以小故興干戈，而使吾姒至此。若不幸汴州失守，妾亦如此矣！』言已又泣。太祖爲之感動。

又《太祖本紀》：太祖攻徐州，破朱瑾於石佛山。

婉娩儀容備下陳，中宮繼美卻無人。新臺自召蕭牆禍，夜半牙兵入萬春。

《新五代史·梁家人傳》：昭儀陳氏，少以色進。昭容李氏，亦以色進。

又：太祖自張后崩，無繼室。諸子在鎮，皆邀其婦入侍。友文妻王氏有色，尤寵之。太祖病久，王氏與友珪妻張氏，嘗專房侍疾。太祖病少間，謂王氏曰：『吾知終不起，汝之東都，召友文來，吾與之決。』蓋心欲以後事屬之。友珪大懼，其妻張氏曰：『官家以傳國寶與王氏，使如東都召友文，今受禍矣！』夫婦相對而泣。左右勸友珪早自爲圖，友珪乃易服微行，見統軍韓勍計事。勍夜以牙兵五百隨友珪，斬關入萬春門，至寢中，侍疾者皆走。太祖惶駭起呼曰：『逆賊忍殺父乎！』友珪親吏馮廷諤以劍中之，洞其腹，腸胃皆流。

手撥檀槽憾不窮，當筵誰識舊伶工。採桑曲罷空流涕，身是前朝關小紅。

《北夢瑣言》：昭宗供奉彈琵琶樂工號關别駕，小紅者，小名也。梁太祖求之，既至，謂曰：『爾解彈《手不採桑》乎？』關俛而奏之。

喜信遥來自亳州，庚宗有婦竟生牛。匆匆鳳曆剛周月，兩脚唐巾换幞頭。

《舊五代史》：友珪，小字遥喜。母失其姓，本亳州營妓也。唐光啓中，帝徇地亳州，召而侍寢。月餘，將捨之去，以娠告，因留亳，以别宅貯之。及期，以生男來告。帝喜，故字之曰遥喜。後迎歸汴。

《新五代史》：乾化二年六月，友珪於柩前即皇帝位。三年正月，友珪祀天於洛陽南郊，改元曰鳳曆。二月，象先以禁兵入宫，友珪及妻張氏皆自殺。

《清異録》：郢王鳳曆之叛，别制幞頭，都如唐巾，但更雙脚爲仙藤耳，其徒號爲『順裹』。

寶劍鎗然夜有聲，何來刺客夢中驚。酬勳詔賜將軍館，雲母鐫成護聖名。

《新五代史·梁家人傳》：末帝德妃薨，將葬，友孜使刺客夜入寢中。末帝方寐，聞榻上寶劍鎗然有聲，躍起，抽劍曰：『將有變耶！』乃索寢中，得刺客，殺之，遂誅友孜。

《清異録》：貞明末帝夜於寢閤擒刺客，乃康王友孜所遣。帝自戮之，造雲母匣貯所用劍，名匣曰『護聖將軍之館』。

珠數初盈璽入唐，愁雲低鎖緑龜堂。内廷批敕留遺墨，猶自風流仿二王。

《舊五代史》：初，許州獻緑毛龜，宫中造室以蓄之，命曰『龜堂』。帝嘗市珠於市，既而曰：『珠數足矣。』衆皆以爲不祥之言。

《新五代史·梁末帝紀》：龍德三年十月，盗竊傳國寶奔於唐。

《宣和書畫譜》：瑱無它伎，喜弄翰墨，多作行字批敕，大者或近盈尺。筆勢結密，有王氏羲、獻帖法。

唐

莊宗李存勖，其先沙陀部人。本姓朱邪，唐賜姓李，晉王克用長子。初稱帝於魏州，滅梁後遷洛陽。在位四年，爲伶人所弑，葬雍陵。改元一同光。明宗亶，初名嗣源，克用養子。同光四年，自魏州擁兵偪洛，值莊宗遇弑，遂入洛稱帝。八年殂，葬徽陵。改元二天成、長興。子愍帝從厚立。明年，潞王從珂自鳳翔舉兵向洛，帝出奔，遇害。改元一應順。從珂，明宗養子，本姓王。稱帝三年，石敬瑭犯闕，帝自焚。改元一清泰。四主，凡十四年。

共道鴉軍善折衝，淮南誰爲寫真容。臂弓撚箭留圖本，聖表驚看獨眼龍。

《舊五代史·唐本紀》：克用少驍勇，軍中號曰『李鴉兒』。中和二年，克用以步騎萬七千赴京師，黄巢黨驚曰：『鴉兒軍至矣！』【二】

《五代史補》：太祖眇一目，時謂之『獨眼龍』。淮南楊行密恨不識其狀貌，因使畫工詐爲商賈，往河東寫之。人有知其謀者，擒之。武皇初甚怒，既而親謂曰：『吾素眇一目，試召使寫之，觀其所爲如何。』及至，武皇按膝厲聲曰：『淮南使汝來寫吾真，必畫工之尤也。寫吾不及十分，即階下便是汝死之所矣！』畫工再拜，下筆。時方盛暑，武皇執八角扇，因寫扇角半遮其面。武皇曰：『汝諂吾也。』遽使别寫之。又應聲下筆，畫其臂弓撚箭之狀，仍微合一目以觀箭之曲直。武皇大喜，因厚賂金帛遣之。

校按：【一】此段引文出自《新五代史·唐本紀》。

贊畫軍謀善決機，教成侍妾助兵威。賢明更識宜男相，手挈褘褕讓次妃。

《新五代史·唐家人傳》：太祖正室劉氏，代北人也；其次妃曹氏，太原人也。太祖封晉王，劉氏封秦國夫人。自太祖起兵代北，劉氏常從征伐。爲人明敏多智略，頗習兵機，常教其侍妾騎射，以佐太祖。夫人無子，性賢，不妬忌，常爲太祖言：『曹氏相，當生貴子，宜善待之。』後生子，是謂莊宗。莊宗即位，册尊曹氏爲皇太后，而以嫡母劉氏爲皇太妃。太妃往謝太后，太后有慚色。

給侍深宫十四年，長呼阿姐同『姐』，羌人呼母爲姐最嬌憐。餘生報主資冥福，翦髮持經繡佛前。

《舊五代史》：魏國夫人陳氏，本昭宗宫嬪也。乾甯二年，武皇奉詔討王行瑜，駐軍渭北。昭宗降朱書御札，出陳氏及内妓四人以賜武皇。陳氏素知書，有才貌，武皇深加寵重。及光化之後，時事多艱，武皇嘗獨居深念，嬪媵鮮得侍謁，唯陳氏得召見。陳氏性既静退，不以寵侍自侈，武皇帝呼爲阿姐。及武皇大漸之際，陳氏侍醫藥，垂泣言：『妾爲王執掃除之役，十有四年矣。王萬一不幸，妾將何託？既不能以身爲殉，願落髮爲尼，爲王讀一藏佛經，以報平昔。』武皇爲之流涕。及武皇薨，陳氏果落髮持經，法名智願。

萬壽稱觴祝至尊，長春新殿酒初温。盤呈翡翠巵鸂鶒，猶記昭宗撫背恩。

《新五代史·唐本紀》：存勗年十一，從克用破王行瑜。遣獻捷於京師，昭宗異其狀貌，賜以鸂鶒巵、翡翠盤，而撫其背曰：『兒有奇表，後當富貴，無忘予家。』

《舊五代史》：同光二年九月，内園新殿成，名曰長春殿。

《册府元龜》：同光二年十月丁亥，萬壽節，宴群臣於長春殿。

御愛眉彎筆細描，薔薇花露膩雲翹。宫紗染出爭偷樣，霞色褭誇拂拂嬌。

《粧臺記》：五代宫中畫眉，一曰開元御愛眉。

《香乘》：薔薇紅色，大食國爲花露。五代時，蕃使蒲河散以十五缾效貢。

《清異録》：同光中，上命染工作霞樣紗，爲千褶褭，分賜宫嬪。是後民間尚之，號『拂拂嬌』。

學得吹笙掌六宫，位踰夾寨眷彌隆。黄鬚未足高門望，且拜張家老禿翁。

《新五代史·唐家人傳》：莊宗后劉氏，成安人。晉王攻掠成安，裨將袁建豐得后，納之晉宫，貞簡太后教以吹笙歌舞。既笄，以賜莊宗。先時，莊宗攻梁軍於夾城，得符道昭妻侯氏，寵專諸宫，謂之『夾寨夫人』。後劉氏生子，寵益專，其他嬪御莫得進見。其父聞劉氏已貴，詣魏宫上謁。莊宗召建豐問之，建豐曰：『臣得劉氏於成安北鄔，時有黄鬚丈人護之。』乃出劉叟示建豐，建豐曰：『是也。』然劉氏方與諸夫人爭寵，以門望相高，因大怒曰：『此田舍翁，安得至此！』因命笞劉叟於宫門。

《通鑑》：帝及后如張全義第，后奏稱：『幼失父母，見老者輒思之。請父事全義。』帝許之，全義竟受皇后拜。

樛木全無逮下恩，内員位號祇空存。君王助聘纔佯諾，已趣肩輿出苑門。

《新五代史·唐家人傳》：莊宗有愛妾，甚有色而生子，后心患之。莊宗燕居宫中，元行欽侍側，莊宗問曰：『爾新喪婦，其復娶乎？吾助爾聘。』后指愛姬請曰：『帝憐行欽，何不賜之？』莊宗佯諾之，后趣行欽拜謝。行欽再拜，起顧愛姬，肩輿已出宫矣。莊宗不樂，稱疾不食者累日。

又：自唐末喪亂，后妃之制不備。至莊宗時，後宫之數尤多，有昭儀、昭容、昭媛、出使、御正、侍真、懿才、咸一、瑶芳、懿德、宣一等。其餘名號，不可勝紀。

行軍聒帳總歌謳，手創新聲付部頭。莫怪伶人分繡壤，昨朝手搏賜幽州。

《五代史補》：莊宗雅好音律，凡用軍，皆以所撰詞授之，使揚聲而唱，謂之御製。至於入陣，不論勝負，馬頭纔轉，則衆唱齊作，故人忘其死。斯亦用軍之一奇也。

《書蕉》：太宗嘗謂侍臣曰：『後唐莊宗湛飲，以鄭聲與胡部合奏，謂之「聒帳」，自昏達旦不息。』

《新五代史·伶官傳》：嬖伶周匝爲梁人所得。其後滅梁入汴，周匝謁於馬前，莊宗得之喜甚，賜之金帛，勞其良苦。周匝對曰：『身陷仇人，而得不死以生者，教坊使陳俊、内園栽接使儲德源之力也。願乞二州，以報此兩人。』莊宗皆許以爲刺史。

又：莊宗少好角觝，嘗顧李存賢曰：『能勝我，當得一鎮。』存賢搏而勝之，即以爲盧龍節度使。

北風吹雪散瓊瑶，内宴圍鑪酒半消。唱到新詞冷飛白，玉樓寒透聖逍遥。

《清異録》：老伶官黄世明嘗言，逮事莊宗，大雪，内宴，敬【一】新磨進詞，號《冷飛白》。又：同光即位，身預俳優。尚方進御巾裹，有『聖逍遥』『安樂巾』『珠龍便巾』『清涼寶山』『交龍太守』『六合舍人』『小朝天』『自在冠』『九葉雲』等名。

校按：【一】『敬』原作『鏡』，據文淵閣《四庫全書》本《清異録》改。

靈芳國裏散香風，内殿春深笑語融。網得蜻蜓花下坐，自描彩翅貯金籠。

《清異録》：後唐龍輝殿安假山水一鋪，沈香爲山阜，薔薇水、蘇合油爲江池，苓藿、丁香爲樹林，薰陸爲城郭，黄紫檀爲屋宇，白檀爲人物。方圍一丈三尺，城門小牌曰『靈芳國』。又：後唐宫人網獲蜻蜓，愛其翠薄，遂以描金筆塗翅，作小折枝花子金綫籠貯養之。

點籌花下集宫娥，不厭金錢破費多。主藏卻逢張勅使，偏將一積靳和哥。

《新五代史·宦者·張承業傳》：莊宗歲時自魏歸省親，須錢蒱博、賞賜伶人。而承業主藏，錢不可得。莊宗乃置酒庫中，酒酣，使子繼岌爲承業起舞。舞罷，承業出寶帶、幣馬爲贈。莊宗指錢積呼繼岌小字，以語承業曰：『和哥乏錢，可與錢一積，何用帶、馬爲也？』承業謝曰：『國家錢，非臣所得私也。』莊宗以語侵之，承業怒曰：『臣，老勅使。非爲子孫計，惜此庫錢，佐王成霸業爾。若欲用之，何必問臣？財盡兵散，豈獨臣受禍也？』

粉墨登場雜笑詼，春風絃管散香埃。無端觸起中宫怒，爲有衙推訪女來。

《綱目》：莊宗嘗自傅粉墨，與優人共戲於庭，以悦劉夫人。

《新五代史·伶官傳》：莊宗好俳優，别爲優名曰『李天下』。

《北夢瑣言》：莊宗暇日，自負蓍囊藥篋，令繼岌破帽相隨，似后父劉叟以醫卜爲業也。后方晝眠，乃造其卧内，自稱劉衙推訪女。后大恚，笞繼岌。

戚城置酒樂何如，德勝城邊税駕初。滿路野花攀折盡，春風緩緩送牛車。

《舊五代史·唐本紀》：同光三年三月，帝召郭崇韜謂曰：『朕思在德勝寨時，霍彦威、段凝皆予之勍敵。終日格鬭，戰聲相聞。安知二年之間，在吾廡下。朕欲按德勝故寨，與卿再陳舊事。』車駕發鄴宫，至德勝城。登城四望，指戰陣之處以諭宰臣。渡河南，觀廢柵舊址。至楊村寨，沿河至戚城，置酒作樂而罷。時宫苑使王允平、伶人景進爲帝廣采宫人，不擇良家委巷，殆千餘人。車駕不給，載以牛車，纍纍於路焉。【一】

校按：【一】此條出自《舊五代史·莊宗紀》。

嬰孺難充内府財，鑾輿匆遽返愁臺。絳霄殿裏鷹坊使，獨對殘廊哭劫灰。

《舊五代史》：同光四年，宰臣豆盧革率百官上表，以魏博軍變，請出内府金帛優給將士。不報。時知星者上言：『客星犯天庫，宜散府藏。』帝召宰臣於便殿，皇后出宫中妝奩、銀盆各二，并皇子滿哥三人，謂宰臣曰：『外人謂内府金寶無數。向者諸侯貢獻，旋供賜與。今宫中有者，妝奩、嬰孺而已。可鬻之給軍。』革等惶恐而退。

又：李嗣源入汴，帝聞諸軍離散，至萬勝鎮，即命旋師。登路旁荒塚，置酒，視諸將流涕。俄有野人進雉，因問塚名，對曰：『里人相傳爲愁臺。』帝彌不悦，罷酒而去。

又：郭從謙率所部焚興教門，緣城而入。帝爲流矢所中，亭午，崩於絳霄殿之廡下，時年四十三。是時，帝之左右例皆奔散。唯五坊人善友斂廊下樂器，簇於帝屍之上，發火焚之。◎按，《通鑑》注：『鷹坊，唐時五坊之一也。善，姓也。』

兄終弟紹本無嫌，神武横衝舊共諳。口擊何如憑手擊，一時諸將盡懷慚。

《北夢瑣言》：莊宗晏駕，明宗爲將相推舉，請改國號。明宗謂藩邸近侍曰：『吾[一]十三事獻祖，自太祖至先帝，冒刃血戰，爲唐室雪冤，身編宗屬。武皇功業，即吾功業也；先帝天下，即吾天下也。兄亡弟紹，於義何嫌？運之衰[二]隆，吾當身受。』於是不改正朔，人服帝之獨見也。

《新五代史》：太祖以嗣源所將騎五百號『横衝都』，由是李横衝名重四方。

《舊五代史》：嗣源嘗與諸將會，諸將矜衒武勇，帝徐曰：『公輩以口擊賊，吾以手擊賊。』衆慚而止。

校按：

【一】『吾』原引作『五』，據《北夢瑣言》改。

【二】『衰』原引作『興』，據《北夢瑣言》改。

頭白宫娥識舊章，九重新詔戒淫荒。朝餐祇進同阿餅，旰食還供法乳湯。

《通鑑》：莊宗後宫存者猶千餘人，宣徽使選其美少者數百獻於監國。監國曰：『宫中職掌宜諳故事，此輩安知！』乃悉用老舊之人補之，其少者任其所適。

《清異録》：天成中，帝令作同阿餅。法用碎肉與麪溲和，如臂，刀截，每隻二寸厚，蒸之。

又：明宗在藩，不妄費。嘗召幕屬論事，各設法乳湯半盞，蓋甖中粟所煎者。

殿庭深夜透涼飔，正是焚香默祝時。昨日五坊新報罷，調鷹惟恐大臣知。

《新五代史·唐明宗紀贊》：嘗夜焚香，仰天而祝曰：『臣本蕃人，豈足治天下？世亂久矣，願天早生聖人！』

又《明宗本紀》：放五坊鷹隼。

又《唐臣·安重誨傳》：夏州進白鷹，安重誨卻之，明宗陰遣人取入。他日按鷹，戒左右無使重誨知。

春入臨芳紫翠稠，六宫簾幙上銀鉤。玉容漫取花相擬，今日名花見亦羞。

《女紅餘志》：明宗與王淑妃看花，一花無風摇動，衆葉翻翻覆之。明宗笑曰：『此淑妃明秀，花見亦爲之羞。』自後宫中呼爲『花見羞』。

《清異録》：洛陽大内臨芳殿，莊宗所建。牡丹千餘本，有小黄嬌、卵心黄、御衣紅、火焰紅、紫龍杯、三雲紫、盤紫酥、雪夫人、粉奴香、百葉仙人、月宫花、蓬萊[一]相公、太平樓閣。

校按：【一】『萊』原引作『蓬』，據《清異録》改。

内閣朝回日未闌，詔遵舊例賜堂餐。潛龍宅裏頒新米，又沛鴻恩賑百官。

《五代會要》：後唐天成元年五月，詔每月朔望日，賜百官廊下餐。唐室升平日，常參官每日朝退賜食，謂之『廊餐』。自乾符亂離之後，祇遇月旦朔日入閤日賜。上初即位，命百官五日一起居。李琪以爲非故事，請罷之，唯每月朔望日合【一】入閤賜食。至是宣旨，朔望入閤外，依舊五日起居，遂爲定式。

《舊五代史》：天成二年十二月，詔出潛龍宅米以賑百官。

校按：【一】『合』原引作『命』，據《五代會要》改。

百爾冬衣賜帛綿，御袍祇進托羅氈。春回會節園中日，偏費臣工買宴錢。

《舊五代史》：天成【一】元年冬十月，詔賜文武百僚冬服綿帛有差。

《清異録》：明宗天資恭儉。嘗因苦寒，左右進蒸黃透繡襖子，不肯服，索托羅氈襖衣之。

又：二年三月壬子，幸會節園，宰相、樞密使及在京節度使共進錢絹【二】，請開宴。【三】◎按：《新史》作『群臣買宴』。

校按：

【一】『天成』原作『同光』，據《舊五代史》改。

【二】『絹』原作『捐』，據《舊五代史》改。

【三】此條引文出自《舊五代史·明宗紀》。

兩街功德費傳宣，共祝千春似鐵堅。神語三珠方併一，可憐數在五樓前。

《五代會要》：清泰二年三月，兩街功德使奏：『每年聖誕節，諸道州府奏薦道士紫衣師號。』

又：末帝從珂，唐光啟元年正月二十三日，生於鎮州平山縣之外舍，以其日爲千春節。

《文獻通考》：潞王時，軍士怨望，爲謡言曰：『除去菩薩，扶立生鐵。』以閔帝仁弱、帝剛嚴故也。

《舊五代史》：先是，帝在鳳翔日，有瞽者張濛自言知術數，事太白山人。帝親校房暠酷信之。一日，濛至府，聞帝語聲，駭然曰：『非人臣也。』暠詢其事，即傳神語曰：『三珠併一珠，驢馬無人驅。歲月甲庚午，中興戊己土。』至是，帝受册。册曰：『維應順元年，歲次甲午，四月庚午朔。』帝回視房暠曰：『張濛神言甲庚午，不亦異乎？』帝令暠共術士解「三珠一珠」事，言：『三珠，三帝也；驢馬没人驅，失位也。』

《五代史》註：《洛中紀異録》：『先是，甲子至清泰三年丙申歲，云「數在五樓前」，又云「但看八九月，戎虜亂中原」。後大軍於太原南五樓村前大戰。至九月，晉祖勾契丹至於城下，王師敗績。至十一月，戎王遣蕃軍送晉祖洛陽。即戎虜亂中原之應也。』

幞頭高戴李家寬，擁護天王楯陛攢。内侍忽宣陪獵去，輕零衫子壓雕鞌。

《舊五代史》：清泰二年，鄴都進天王甲。帝在藩時，有相士言帝如毗沙天王，帝知之，竊喜。及即位，選軍士之魁偉者，被以天王甲，俾居宿衛。因詔諸道造此甲而進之。

《清異録》：清泰燕服，凡兩品。幞頭李家寬者，漆地加金綫棱盤，四脚差細。

又：潞王從珂出馳獵，從者皆輕零衫、佛光袴。佛光者，以雜色横合爲袴。

晉

高祖石敬瑭，沙陀部人，唐明宗婿。長興三年，爲河東節度使，鎮太原。清泰三年，移鎮天平，不奉詔。唐主遣兵討之，求救契丹，約爲父子。契丹册以爲帝，都洛陽，尋遷開封。在位七年殂，葬顯陵。改元一天福。出帝重貴，高祖兄敬儒子，初封齊王。皇子幼，大臣景延廣等立之。五年，契丹兵入開封，帝降。明年，北遷，封負義侯，後没於契丹黄龍府。改元一開運。二主，凡十一年。

文明寶殿五雲騰，萬歲頻呼記昔曾。御駕連鑣過舊第，夢中早自阼階升。

《五代會要》：清泰三年閏十一月十二日，築壇即位於太原府城之南。其月二十六日至洛陽，二十九日受朝於文明殿。

《通鑑》：契丹入邊，敬瑭將大軍屯忻州。朝廷遣使賜軍士夏衣，傳詔撫諭，軍士呼萬歲者數四。敬瑭懼，幕僚段希堯請誅其倡者，敬瑭命都押衙劉知遠斬三十六人以徇。唐主聞之，益疑。

《玉堂閒話》：晉祖在并部，嘗從容謂賓佐曰：『近因晝寢，忽夢若頃年在洛京時，與天子連鑣於路。過舊第，天子請某入其第，某遜謝者數四，不得已，即促轡而入。至廳事下馬，升自阼階，西向而坐，天子已馳車去矣。其夢如此。』群僚莫敢有所荅。是年冬，果有鼎革之事。

年年聖誕賀天和，讌啟長春響玉珂。殿上譚經循舊例，兩街齊誦阿伽陀。

《五代會要》：石敬瑭，唐景福元年二月二十八日，生於太原汾陽里，以其生日爲天和節。

《舊五代史》：天福二年二月辛亥，天和節，帝御長春殿，召左右街僧録威儀殿内譚經，循舊式也。

强鄰徽號互相加，持節誰堪駕使車。四褉三衾邀厚賜，老臣真不愧皇華。

《五代史》註引《通鑑考異》云：虜遣使加徽號於晉祖，晉亦獻徽號於虜。始命兵部尚書王權銜其命，權辭以老病。晉祖謂道曰：『此行非卿不可！』道無難色。

又引《叢苑》云：虜以道有重名，命與其國相同列。戎賜臣下牙笏，及臘月賜牛頭，皆爲殊禮。道皆得之，以詩謝云：『牛頭偏得賜，象笏更容持。』虜中大寒，賜道錦褉、貂褉、羊狐貂衾各一。每入謁，悉服四褉；宿館中，并覆三衾。有詩云：『朝披四褉專藏手，夜覆三衾怕露頭。』及還京師，作詩五章述北使之意。首章云：『去年今日奉皇華，只爲朝庭不爲家。殿上一杯天子泣，門前雙節國人嗟。』詞多不具載。

崇元殿裏樂聲低，羽籥干戈二舞齊。回鶻隨班階下拜，貢琛同羨玉狻猊。

《舊五代史》：天福五年冬至，帝御崇元殿受朝賀，始用二舞。帝舉觴，奏《元同之樂》；登歌，奏《文同之樂》；舉食，文舞奏《昭德之舞》，武舞奏《成功之舞》。典禮久廢，至是復興，觀者悦之。六年春正月辛酉朔，帝御崇元殿受朝賀，仗衛如式。刑部員外郎李象上《二舞賦》，帝覽而嘉之。

又：回鶻可汗仁美遣使貢方物，中有玉狻猊，實奇貨也。

醉語傳來入賀初，千春節後早迴輿。皇孋枉换王姬貴，七載坤儀册命虚。

《新五代史·晉家人傳》：高祖后李氏，唐明宗女也。初號永甯公主，清泰二年封魏國長公主。自廢帝立，常疑高祖必反。三年，公主自太原入朝千春節，辭歸，留之不得。廢帝醉語公主曰：『爾歸何速，欲與石郎反邪？』公主歸，語高祖，高祖由是益不自安。高祖即位，公主當爲皇后。天福二年，有司言：『皇太妃尊號已正，請上寶册。』太妃，高祖庶母劉氏也。高祖以宗廟未立，謙抑未遑。七年夏五月，高祖已病，乃詔尊太妃爲皇太后。然卒不奉册而高祖崩。故后訖高祖世亦無册命。

六宫衛仗迓西莊，雙鏡葡萄焕寶光。鼓呼盈庭齊拜賀，官家今日作新郎。

《新五代史·晉家人傳》：出帝后馮氏，定州人也。父濛，高祖爲重胤娶濛女。重胤早卒，后寡居，有色，出帝悦之。高祖崩，梓宫在殯，出帝居喪中，納之爲后。是日，以六宫衛仗、太常鼓吹，命后至西御莊，見於高祖影殿。群臣皆賀。帝顧謂左右曰：『我今日作新女婿。』

《清異録》：開運既私寵馮夫人，其事猶秘。會高祖御器用有玉平脱雙葡萄鏡，乃高祖所愛。帝初即位，舉以賜馮，人咸訝之。未久，册爲皇后。

吉夢休矜兆玉盤，碧翁翁已負高天。郎君真個成容易，談笑除官問幾錢。

《太平廣記》：開運甲辰，晉少帝問諸學士曰：『朕昨夢一玉盤，中有一玉盌及一玉帶，是何徵也？』李慎儀奏賀，以爲玉者帝王之寶也，帶者有誓功之兆，盤盂者乃守器之象，爲吉夢，不敢有他占。

《清異録》：晉出帝不善詩，時爲俳諧語。《詠天》詩云：『高平上監碧翁翁。』

又：晉少主志於富貴，纔進姓名，即問幾錢。拜官賜職，出於談笑，幸臣私號『容易郎君』。

西山撲祭躍金鞿，奏告誰知俗禮非。寒食南莊望陵處，御衣灰共紙錢飛。

《舊五代史·出帝紀》：天福七年六月庚午，始聽政於崇德殿門偏廊，分命廷臣以嗣位奏告天地宗廟社稷。遣右驍衛將軍石德超等押先皇御馬二匹，往相州西山撲祭，用北俗禮也。

《新五代史》：天福八年二月庚午，寒食，望祭顯陵於南莊，焚御衣、紙錢。原註：焚衣野祭之類，皆閭巷人之事也。用之天子，見禮樂壞甚。

淺蕃軍校半優伶，女樂更番侍御屏。羌笛胡琴堪豫悦，咸和雖好不須聽。

《舊五代史》：開運元年二月庚申，宰臣馮道等再上表請聽樂，皆不允。時帝自期年之後，於宫中間舉細聲女樂。及親征以來，日於左右召淺蕃軍校，奏三絃胡琴，和以羌笛，擊節嗚鼓，更舞迭歌，以爲娱樂。常謂侍臣曰：『此非音樂也。』故馮道等奏請舉樂，詔旨未允而止。

又：禮儀使撰進高祖祔饗太廟酌獻樂章舞名，請以《咸和之舞》爲名。從之。

紫蓋無緣障北風，調鷹猶自戲宫中。詞臣應詔修降表，新婦殷勤拜阿翁。

《清異録》：晋少主北遷，至盂津，遺下所張紫羅傘，五層壘垛，簷仍泥金作盤花，但朱柄折耳。

《綱目》：桑維翰求見言事，晋主方在苑中調鷹，辭不見。

《新五代史·晋家人傳》：耶律德光遣張彦澤犯京師，以書遺太后，具道已降晋軍，且曰：『吾有梳頭妮子竊一藥囊奔晋，今皆在否？吾戰陽城時，亡奚車一乘，在否？』又問契丹先爲晋獲者及景延廣、桑維翰等所在。太后及帝聞彦澤至，欲自焚。及得德光書，乃滅火，出上苑中。帝召當直學士范質草降表，又爲太后表，曰『晋室皇太后新婦李氏，伏蒙皇帝阿翁』云云。

漢

高祖劉暠，初名智遠，沙陀部人，漢明帝子淮陽王昞後。出帝開運二年，封北平王。後契丹入汴，遂即帝位於太原，入都大梁，不改元，仍稱天福十二年。明年正月，始改元乾祐。是月殂，葬睿陵。子隱帝承祐立，仍稱乾祐。郭威犯闕，被弑，葬潁陵。二主，凡四年。

南指葭蘆捲碧旗，河東早啟帝王基。軍中競頌昭陽德，散出宮裝犒六師。

《册府元龜》：漢高祖爲河東節度使。天福十一年天下水，太原葭蘆茂盛，最上一葉如旗狀，皆南指焉。明年，遂即帝位。

《新五代史·漢家人傳》：李后，晋陽人也。高祖起兵太原，賞軍士，帑藏不足充，欲斂於民。后諫曰：『方今起事，號爲義兵，民未知惠而先奪其財，殆非新天子所以救民之意也。今後宮所有，請悉出之，雖其不足，士亦不以爲怨也。』

滿苑春風放紙鳶，液池新柳盡飛緜。今年破散遵唐例，南御園中過禁煙。

《五代史·李業傳》：帝與業等狎昵，多爲瘦語相誚戲，放紙鳶於宮中。

《七修類稿》：紙鳶本五代漢隱帝與李業所造，爲宮中之戲者。見《李業傳》。而《紀原》以韓信爲陳豨造，放以量未央宫之遠近。又曰侯景攻梁臺城，内外斷絶，羊侃令小兒放紙鳶，藏詔於中，以達援軍。二説俱不見史，且無理焉。

《新五代史·漢隱帝紀》：三年三月己酉，寒食，望祭於南御園。

《五代會要》：漢乾祐三年寒食，隱帝奉皇后幸南御園家祭。註：人君奉先之道，無寒食野祭。近代莊宗每年寒食出祭，謂之破散，故襲而行之。

連珠星早報真王，聞喜中途更兆祥。木枴漫誇來北國，衣冠方禁契丹裝。

《玉壺清話》：時晉勢方熾，陶穀謂所親曰：『五星數夜連珠於西南，有真主已在漢地。』

《册府元龜》：漢高祖即位初，自晉赴雒，有司奏置頓厄口鎮，帝曰：『地名稍惡，安可宿之？朕記此别有好路。』乃遣人導之，果坦夷而至於聞喜縣。有從騎槖馳繇厄口者，多爭路，墜於絶壑。從臣歎曰：『昔高皇帝避柏人之名，其智若神。我帝惡厄口而入聞喜，何千載之暗合耶！』

《新五代史·漢本紀》：契丹犯京師，出帝北遷。王遣牙將王峻奉表契丹，耶律德光呼之爲兒，賜以木枴一。木枴，虜法貴之，如中國几杖，非優大臣不可得。峻持枴歸，虜人望之皆避道。峻還，爲王言契丹必不能有中國，乃議建國。二月戊辰，河東行軍司馬張彦威等上牋勸進。辛未，皇帝即位，稱天福十二年。

又：禁造契丹服器。

四載榮華過隙駒，石榴花發祇須臾。騎驢未得攀龍去，空握摩尼一串珠。

《五代史補》：豫章有僧號上藍者，精於術數，自唐末著讖云：『石榴花發石榴開。』議者以石榴則晉、漢之謂也，再言石榴者，明享祚俱不過二世也。

《舊五代史·隱帝紀》：一日，帝語周太祖曰：『我夜來夢爾爲驢，負我升天。既捨，爾俄變爲龍，捨我南去。是何祥也？』周太祖撫掌而笑。冥符肸蠁，豈偶然哉！

《清異録》：漢隱帝之禍，手中猶持小摩尼數珠，凡一百八枚，蓋合浦珠也。

周

太祖郭威，邢州人。漢乾祐三年，爲鄴都留守，引兵入汴。明年即位，都開封。四年殂，葬嵩陵。改元二廣順、顯德。世宗榮，本姓柴，太祖養子。嗣位，不改元，仍稱顯德。在位五年殂，葬慶陵。子恭帝宗訓立，仍稱顯德。明年，禪位於宋，封鄭王，遷房陵。殂，追加尊謚，葬順陵。三主，凡十年。

雀兒得穀自高飛，一笑柴翁早泄機。前導暗中呈吉兆，緋衣升紫緑升緋。

《畫墁録》：郭祖微時，與馮暉同里閈。一日，有道士業彫刺，二人因令刺之。郭於項右作雀，左作穀粟；馮以臍作瓮，中作鴈數隻。戒曰：『爾曹各於項臍自愛。爾之雀銜穀，爾之鴈出瓮，乃亨顯之時也。』郭祖秉旄之後，雀穀稍近；登位之後，雀遂銜穀。世號郭威爲『郭雀兒』。

《隆平集》：柴翁者，常獨居室，人以爲司冥事。一日，笑不止。妻問其故，不荅。翁嗜飲，妻醉之以酒，乃曰：『上帝有命，郭郎爲天子。』殆柴翁即守禮之父，史佚其名。

《五代史補》：周高祖之爲樞密使也，每出入，常恍然覩人前導，狀若臺省人吏，其服色一緋一緑。高祖以爲不祥，深憂之。居無何，忽覩前導者服色緋者改紫，緑者改緋，高祖心始安，曰：『彼二人者，但見其升，不見其降，吉兆也。』未幾，遂爲三軍所推戴。

三妃魚貫侍彤庭，律吕精諳見性靈。孰似中宫能物色，早將天子識雕青。

《新五代史·周家人傳》：太祖一后三妃。

又：德妃董氏，幼穎悟。始能言，聞【一】樂聲，知其律吕。

《東都事略·張永德傳》：初，周太祖柴后，本唐莊宗之嬪御也。莊宗崩，明宗遣歸其家。行至河上，會風雨，止於逆旅數日。有一丈夫走過其門，衣敝不能自庇。后見之，驚曰：『此何人耶？』逆旅主人曰：『此馬步軍使郭雀兒也。』后異其人，欲嫁之。父母恚曰：『汝帝左右人，歸當嫁節度使，奈何欲嫁此人？』后曰：『此貴人，不可失也。』遂成婚於逆旅。

《十國春秋·北漢世祖紀》：威少賤，黥其頸上爲飛雀，世謂之『郭雀兒』。至是，見崇使者，具道所以立贇之意，因自指其頸以示使者曰：『自古豈有雕青天子？幸無以我爲疑。』

校按：【一】『聞』原作『通』，據《新五代史》改。

淩橋穩渡荷天功，册禮新頒四廟崇。玉帶戎衣皆舊物，母儀別奉太平宫。

《舊五代史》：諸軍擁帝南行。時河冰初解，浮梁未構。是夜北風凜烈，比旦，冰堅可渡，諸軍遂濟，衆謂之『淩橋』。濟竟冰泮，時人異之。

又：太常卿邊蔚上追尊四廟謚議，馮道爲四廟册禮使。

又《漢高祖李后傳》：周太祖入京，凡軍國大事，皆請后發教令以行之。及周太祖爲六軍推戴，上章具述其事，且言願事后爲慈母。后下誥答曰云云，仍出戎衣、玉帶以賜周太祖。周太祖即位，上尊號曰德聖皇太后，居於太平宫。

小兒去髻頂團團，元首群扶上御鑾。寵眷漫矜十阿父，故人偏得稱心官。

《五代史》註：《洛中紀異録》：『廣順末，京師訛言，有人還魂，見冥間有數萬丫髻小兒。由是無問貴賤之家，小兒有髻子者，皆剃之。識者曰：「小兒元首者，新君之兆也。」未幾，世宗嗣位，即元首也。』

《五代史補》：世宗在民間，嘗與鄴中大商頡跌氏往江陵販賣茶貨。見有卜者王處士，其術如神，世宗同往問焉。方布卦，忽有一蓍躍出，卓然而立。卜者大驚曰：『凡卜筮而蓍自躍出者，其人貴不可言。況又卓立不倒，得非爲天下之主乎？』遽起再拜。世宗雖佯言詰責，而私心甚喜。逆旅夜置酒，與頡跌氏半酣，戲曰：『王處士以我當爲天子，若一旦到此，足下要何官？』頡跌氏曰：『某三十年作估來，未有不由京洛者。每見税官坐而獲利，一日所入，可以敵商賈數月，私心羨之。若大官爲天子，某願得京洛税院足矣。』世宗笑曰：『何望之卑耶！』及承郭氏之後踐祚，頡跌猶在。召見，竟以初言與之。

《新五代史·周家人傳》：太祖后柴氏無子，養后兄守禮之子以爲子，是爲世宗。世宗即位，守禮致仕，居洛陽第，以元舅禮之，而守禮亦頗恣横。是時，王溥、王晏、王彦超、韓令坤等同時將相，皆有父在洛陽，與守禮朝夕往來，惟意所爲。洛陽人多畏避之，號『十阿父』。

玉津園裏酒頻傾，又報江南進壽觥。廣德殿開宣樂部，新伶歌舞祝天清。

《舊五代史》：顯德五年三月辛亥，李景遣所署臨汝郡公徐遼進買宴錢二百萬，并遣伶官五十人與遼俱來獻壽觴。九月乙丑，賜宰臣、樞密使及近臣宴於玉津園。壬申，天清節，群臣詣廣德殿上壽。江南進奉使商崇儀代李景捧壽觴以獻。

《五代會要》：世宗，唐天祐十八年九月二十四日，生於邢州之别墅，以其日爲天清節。

脱身兵刃掌坤儀，貴以聲知術亦奇。新婦自爲天下母，誤他認作李家兒。

《新五代史·周家人傳》：世宗后符氏，初適李守貞子崇訓。守貞事漢，爲河中節度使，已挾異志。有術者善聽人聲以知吉凶，守貞出其家人，使聽之。術者聞后聲，驚曰：『此天下之母也！』守貞益自負，曰：『吾婦猶爲天下母，吾取天下復何疑哉！』於是決反。而漢遣周太祖討之，逾年，攻破其城。崇訓知不免，手自殺其家人，次以及后。后走匿，以帷幔自蔽。崇訓惶遽求后，不得，遂自殺。漢兵入其家，后儼然坐堂上，顧軍士曰：『郭公與吾王父有舊，汝輩無犯我！』軍士見之，不敢迫。太祖聞之，以謂一女子能使亂兵不敢犯，奇之，爲加慰勉。其母以后夫家滅亡，而獨脱死兵刃之間，以爲天幸，欲使削髪爲尼。后不肯，曰：『死生有命，天也。何必妄毁形體爲？』世宗聞后如此，益奇之。及劉夫人卒，遂納爲繼室。世宗即位，册爲皇后。

宵旰深思稼穡難，均田圖法賜群官。宫庭漫進魚龍戲，織婦耕夫最耐看。

《舊五代史》：顯德五年秋七月，賜諸道節度使、刺史《均田圖》各一面。唐同州刺史元稹在郡日，奏均户民租賦。帝覽其文集而善之，乃寫其辭爲圖，以賜藩郡[二]。

《綱目》：世宗留心農事，嘗刻木爲農夫、蠶婦，置之殿庭。

校按：【一】『郡』原引作『部』，據《舊五代史》改。

珍貢初停御詔頒，誰將滋味悦龍顔。輭釘製就籠中雪，更有蓮花蕊押班。

《舊五代史》：廣順元年，詔曰：『天下州府舊貢滋味食饌之物，所宜【二】除減。其兩浙進細酒、海味、薑瓜，湖南枕子茶、乳餹、白沙餹、橄欖子，鎮州高公米、水梨，易、定栗子，河東白杜梨、米粉、菉豆粉、玉屑粑子麨，永興御田紅秫米、新大麥麨，興平蘇栗子，華州麝香、羚羊角、熊膽、獺肝、朱柿、熊白，河中樹紅棗、五味子、輕錫，同州石礠餅，晉、絳葡萄、黄消梨，陝府鳳棲梨，襄州紫薑、新筍、橘子，安州折粳米、糟味，青州水梨，河陽諸雜果子，許州御李子，鄭州新筍、鵞梨，懷州寒食杏仁，中州蘘荷，亳州萆薢，沿淮州郡白魚。今後並不許進奉。

《清異録》：京洛白鱔極佳。周朝寺人楊承禄造脱骨，獨爲魁冠，文其名曰『輭釘雪籠』。

又：郭進家能蓮花餅餡，自云周世宗有故婢流落，因傳此法。婢言宫中人號『蕊押班』。

校按：【二】『宜』原引作『以』，據《舊五代史》改。

琵琶繞殿作雷鳴，絃索嗷嘈勸舉觥。一種新瓷稱御製，青天雲破雨初晴。

《五代史補》：馮吉，瀛王道之子，能彈琵琶。世宗嘗令彈於御前，深欣善之，號其琵琶曰『繞殿鳴』。

世傳柴世宗時燒造，所司請其色，御批云：『雨過青天雲破處，這般顔色作將來。』

奪真盤飣盡雕香，金格陳來疊疊黄。尚有于闐遺法在，靈前應更薦蒸羊。

《清異録》：于闐法全蒸羊，廣順中，尚食取法爲之。

又：顯德元年，周祖創造供薦之物。世宗以外姓繼統，凡百務從崇厚。靈前看果，雕香爲之，承以黄金，起突疊格。禁中謂之『奪真盤飣』。

全史宫詞卷十五　十國

吴

楊行密，廬州人。唐光啟三年，以廬州刺史舉兵平江東，進爵吴王，是爲太祖。子渥立，稱弘農王，爲其將張顥所殺，是爲烈祖。弟隆演立，復稱吴王，改元武義。是爲高祖。弟溥立，後唐天成二年，據揚州，稱帝，國號吴，是爲睿帝。改元四順義、乾貞、太和、天祚。在位十七年，禪位於徐温養子李昪。四主，凡四十六年。

子孫鱗次霸全吴，潭上魚曾應帝符。共事英雄三十六，劍鋒威壓黑雲都。

《十國春秋·檆潭漁者傳》：太祖初起廬州，巡警至檆潭。有漁父鼓舟至前，饋魚數頭，曰：『此猶公子孫，鱗次而霸也。』

《五代史·吴世家》：行密與起事劉威、陶雅之徒，號三十六英雄。

《十國春秋·吴太祖世家》：孫儒降兵多蔡人，行密擇其尤勇健者五千人，以皂衣蒙甲，號『黑雲都』，常以爲親軍。

君王神勇懾揚滁，菱水蜂餹盡改呼。早起内庭傳盥漱，沙鑼不用侍兒扶。

《十國春秋·吴太祖世家》：時滁人呼荇溪曰『菱溪』，揚州人呼蜜曰『蜂餹』，諱行密也。

又：成及抵王内室，嘗遇王起盥漱，右手擎沙鑼，可百餘兩，實水其中以洗項。因服王力舉三百斤不爲虚云。

錢眼楊頭舊有謡，江南江北怨難消。如今弄玉歸蕭史，龍種能諧引鳳簫。

《十國春秋·吴太祖世家》：王遣女與錢傳璙併顧全武歸錢唐。先是，王與錢氏不相能，嘗命以大索爲錢貫，號曰『穿錢眼』。兩浙亦歲以大斧科柳，謂之『斫楊頭』。至是，二姓通婚，兩境漸睦焉。

又《吴越錢傳璙傳》：傳璙指陳順逆之理，吴王爲之動容，歎曰：『此龍種也。生子當如錢郎，吾子真豚犬耳！』遂以女妻之。

射場新向内營開，地室喧闐落舞埃。香燭十圍明似晝，麻衣深夜擊毬來。

《十國春秋·吴烈祖世家》：初，内營有親軍數千屯於牙城之内，王悉遷出於外，以其地爲射場。

《江南别録》：景王居父喪，掘地爲室，以作音樂。夜燃燭擊毬，大者十圍，一燭之費數萬。

繞柱神龍夢裏蟠，誰教蒼鶻上場看。濁河回棹三郎醉，竟向君王試彈丸。

《十國春秋·吴高祖世家》：徐温嘗夜夢入宫，見白龍繞殿柱。詰旦，見隆演衣白衣擁柱而立，心異之。至是，得嗣立。

又：徐氏專權，王幼懦不能自持。而知訓尤陵侮之，嘗與王爲優，自爲參軍，使王爲蒼鶻以從。又泛舟濁河，王先起，知訓以彈彈之。

又：宋齊丘密言於知誥曰：『三郎驕縱，敗在朝夕。』三郎，謂知訓也。

黑雲長劍氣桓桓，共護樓船壓急湍。羲馭飆馳黄道闊，白沙舊鎮改迎鑾。

《江表志》：嚴球爲相，王慎辭奉使北朝。球在病，請告烈祖，授以論，答凡數百事皆中機務。更就球宅訪之，球覽畢稱美，請更添數事：北朝問黑雲長劍多少，來時及五十指揮皆在都下，柴再用不曾赴鎮。既而，果首問黑雲長劍並柴再用所之，慎辭依前致對。

《十國春秋》：吴順義四年冬十月，王如白沙觀樓船，太學博士王轂上書請改白沙爲迎鑾，略曰：『日月所經，星辰盡爲黄道；鑾輿所止，井邑皆爲赤縣。』王命更其名曰迎鑾鎮。

衮冕新更羽客裝，愁雲慘淡繞丹楊。翠屏玉硯彫零盡，誰復仙宫憶讓皇。

《十國春秋·吴睿帝紀》：天祚三年八月，帝下詔，禪位於齊。齊主表請改江都宫殿名，皆於仙經内取之。帝常服羽衣，習辟穀術。昇元二年，帝屢請徙宫。齊主改潤州牙城爲丹楊宫，以李建勳充迎奉讓皇使，徙帝居丹楊宫。冬十月，帝殂。是日，有使命來徙所，帝方誦佛書於樓上，使者趨前，帝以香鑪擲之，俄而報晏駕矣。

又：顯德三年，周先鋒都部署劉重進得其玉硯、馬腦椀、翡翠瓶，以獻太祖。

枯楊枝葉不逢春，公主闐呼暗愴神。世世不爲有情物，佛心應鑒未亡人。

《江表志》：讓皇既遷，數年未卒。每有枯楊生枝葉，及五歲，有中使賜衫笏，加官，即日而終。

《十國春秋》：吴太子璉妃李氏，齊王知誥第四女也。南唐受禪，封永興公主。妃自以爲吴家冢婦，而國亡，中懷憤悒。聞人呼公主，輒悲傷流涕。璉既薨，妃還居金[二]陵宫，終身縞素，不茹葷血。自稱未亡人，焚香對佛誓曰：『願兒生生世世莫作有情之物！』

校按：【二】『金』原作『遷』，據《十國春秋》改。

南唐

李昪，徐州人。初爲徐温養子，名知誥，封齊王。吴天祚三年，受禪。國稱齊，後復姓李，改號唐，都江寧。在位七年殂，廟號烈祖。改元一昇元。子元宗璟立，懼周師偪，遷豫章，十九年殂。改元三保大、中興、交泰。子後主煜立，復居江寧，貶號稱唐國主，不改元。宋開寶八年降，封違命侯。三主，凡三十九年。

李樹呈祥玉作團，外藩朝貢集衣冠。詞臣奉詔圖王會，氊帽貂裘寫二丹。

《十國春秋·南唐烈祖紀》：昇元三年，帝復姓李氏。是時江西楊化爲李，臨川李樹生連理，人以爲還宗之兆。

又《吴高祖世家》：武義元年，有童謡云：『江北楊花作雪飛，江南李樹玉團枝。李花結子可憐在，不似楊花無了期。』

又《南唐烈祖紀》：契丹主遣使來聘，契丹主之弟東丹王亦遣使以羊馬入貢，於是翰林進《二丹入貢圖》。

烏舅金奴影暗摇，殿環聲静怒微消。鷺鷥餅餤天廚進，總賴宫中玉手調。

《清異録》：江南烈祖素儉，寢殿燭不用脂臘，灌以烏柏子油【一】，但呼爲『烏舅』。案上捧燭鐵人，高尺五，云是楊氏時馬廄中物。一日黄昏，急須燭，唤小黄門：『掇過我金奴來！』

陸游《南唐書》：後宫种氏，名時光，性警慧。烈祖嘗怒，聲如乳虎，殿門環爲震動，左右喪魄。种氏左手持食，右手進匕，從容如平時，烈祖怒亦頓解。

又：某御廚，烈祖受禪，御膳設宴賴之。其食味有鷺鷥餅、天喜餅、駝蹏餤、春分餤、密雲餅、鐺糟炙、瓏璁餤、紅頭簽、五色餛飩、子母饅頭，舊法具存。

校按：【一】『油』字原缺，據《清異録》補。

至尊友愛極天倫，花萼聯吟睿藻新。雪滿樓臺開内宴，君臣同作畫中人。

《江表志》：元宗友愛之分，備極天倫。太弟景遂、江王景逷、齊王景達，出處遊宴，未嘗相舍。保大五年元日，大雪，召太弟以下【二】登樓展宴，咸命賦詩，夜分方散。侍臣皆有詩詠，徐鉉爲前後序，太弟合爲一圖，召名公圖畫，曲盡一時之妙。御容，高冲古主之；太弟以下侍臣，法部絲竹，周文矩主之；樓閣宫殿，朱澄主之；雪竹寒林，董元主之；池沼禽魚，徐崇嗣主之。圖成，無非絶筆。

校按：【二】『下』原作『上』，據《江表志》改。

幾簇新蘭碧箭抽，飲香亭外雨初收。滬溪美土勤培護，恩澤濃霑馨烈侯。

《清異録》：保大二年，國主幸飲香亭，賞新蘭，詔苑令取滬溪美土爲馨烈侯擁培之具。

採得名香號月麟，深宫遊戲鬬時新。輕羅翦作梨花蕊，爭學鸞兒袖裏春。

《雲仙雜記》：元宗爲太子時，愛妾號鸞兒，多從中貴董逍遥微行。以輕羅造梨花散蕊，裛以月麟香，號『袖裏春』。所至暗遺之。◎按：尤西堂《宫閨小名録》作『南唐元宗』。

小殿龜頭向曉張，鵝梨帳底散芬芳。搜奇更薄江南産，昨日深宫宴内香。

《十國春秋·南唐元宗紀》：帝嘗搆一小殿，謂之『龜頭』，居常處以視事。左右偵其所在，必問曰：『大家何在龜頭裏？』

《南部煙花記》：江南李主帳中香法，以鵝梨蒸沈香用之。

《十國春秋·南唐元宗紀》：保大七年，召大臣、宗室赴内香宴。凡中國、外域名香，以至和合煎飲，佩帶粉囊，共九十二種，皆江南所無也。

霞帔迎風望若神，承漿鎔雪事逡巡。鞠塲新拜銀韉賜，可是先生糞壤銀？

《十國春秋》：耿先生者，軍大校耿謙女也。保大中入宫，元宗處之别院，號曰先生。常被紫霞帔，精采卓異，言詞調暢，手如鳥爪。嘗大雪，擁鑪，索金盆貯雪。耿取雪，削之爲銀錠狀，投熾鑪中。過食頃，乃持以出，爛然盡白鋌也。又嘗見宫婢持糞帚，曰：『此物可惜，勿令棄去。』取置鐺中烹鍊，少選皆成白金。開寶中，金陵内庫猶有耿先生糞壤銀。

《南唐近事》：元宗嘗謂馮權曰：『我富貴日，爲爾制銀韉。』及保大初，因擊鞠，賜銀三十斤。權命工鍛韉穿之。

綺窗日煖玉匳開，北苑粧成對鏡臺。綰得雲鬟堪照樣，曾經宫髻石邊來。

《清異録》：南唐晚季，建陽進茶油花子，大小各别。宫嬪鏤金於面，皆淡妝，以此花餅施額上，時號『北苑妝』。

《江南餘載》：後苑有宫髻石，相傳張祜舊物。以其形若宫髻，故名之云。

山色無緣落御觴，豫章北望恨茫茫。朝來進酒停龍腦，宣索蓮華與蔗漿。

陸游《南唐書》：元宗失江北，遷豫章。龍舟至趙屯，舉酒望皖公山曰：『好青峭數峰，不知何名？』家明對曰：『此舒州皖公山也。』因獻詩曰：『皖公山縱好，不落御觴中。』元宗太息，罷酒去。

鄭文寶《耿先生傳》：南海嘗貢奇物，有薔薇水、龍腦漿。上實寶之，以龍腦調酒服，香氣連日。

《十國春秋·南唐元宗紀》：國主北望金陵，恒鬱鬱不樂。寢疾，不復進膳，惟啜蔗漿，嗅藕華。

立馬毬門引鞚低，夭桃開徧後園西。芳菲痛採嬪妃笑，爭認宜春緑耳梯。

《清異録》：江南後主同氣宜春王從謙，嘗春日與妃侍遊宫中後圃。妃侍覩桃花爛開，意欲折而條高，小黄門取綵梯獻。時從謙乘駿馬擊毬，乃引鞚至花底，痛采芳菲，顧謂嬪妾曰：『吾之緑耳梯何如？』

駕入琳宫梵唄譁，翟衣龍衮换袈裟。喬姬入道偏承寵，金字心經出内家。

《十國春秋·南唐後主紀》：開寶三年，命境内崇修佛寺，改寶公院爲開善道場。國主與后頂僧伽帽，衣袈裟，誦經，拜跪頓顙，至爲贅瘤。

又：喬氏，亦後主宫人。嘗出家奉佛，後主手書金字《心經》賜之。

雪花滿殿酒微酡，高髻纖裳坐聽歌。新破翻成邀醉舞，當筵忙煞點青螺。

《十國春秋·南唐後主昭惠周后傳》：后小字娥皇，創爲高髻纖裳及首翹鬢朶之粧。嘗雪夜酣宴，舉杯請後主起舞。後主曰：『汝能創爲新聲，則可矣。』后即命牋綴譜，喉無滯音，筆無停思。俄頃譜成，所謂《邀醉舞破》也。

又《拾遺》：昭惠后善音律，能爲小詞。其所用筆曰『點青螺』，宣城諸葛氏所造。

鋪殿何須倩畫工，天開錦洞聚春風。多情最是花前蝶，愛住烏雲縹緲中。

《十國春秋·南唐徐熙傳》：熙嘗於雙縑幅素上畫叢豔疊石，傍出藥苗，雜以禽鳥蜂蟬之妙。乃供後主宫中挂設之具，謂之『鋪殿花』，次曰『裝堂花』。

《清異録》：李後主每春盛時，梁棟、窗壁、柱栱、階砌並作隔筒，密插雜花，榜曰『錦洞天』。

《十國春秋》：南唐宫人秋水，喜簪異花，芳香拂鬢。常有蝶繞其上，撲之不去。

金屑琵琶已斷絲，梅花空發去年枝。宮中法曲都零落，惟有流珠憶舊時。

《十國春秋·南唐後主昭惠周后傳》：后工琵琶，元宗以燒槽琵琶賜之。後殂於瑶光殿，後主以后所愛金屑檀槽琵琶同葬。

馬令《南唐書》：帝嘗與后移植梅花於瑶光殿之西，及花時而后已殂。因成詩見意，曰：『失卻煙花主，東君不自知。清香更何用，猶發去年枝。』

《十國春秋》：南唐宫人流珠，後主嬪御也。後主嘗製《念家山破》，昭惠后製《邀醉舞》《恨來遲》二破，流傳既久，樂籍多忘之。後主追念昭惠后，理其舊曲，顧左右，無知者。流珠獨能追憶無失。

搴幔人亡舊寵移，校鶊納采故遲遲。主香夜侍柔儀殿，偷詠金鞵衩襪詞。

《十國春秋·南唐後主昭惠周后傳》：后寢疾，小周后已入宫中。后偶搴幔見之，驚曰：『汝何日來？』小周后尚幼，未知嫌疑，對曰：『既數日矣。』后恚，至死面不外向。

又《繼后周氏傳》：昭惠后殁，后未勝禮服，待年宫中。明年，後主居聖尊后喪，故中宫久虚。開寶元年，始議立后爲繼室。將納采，後主命校鶊代白雁，被以文繡，使銜書，特舉親迎之禮。后少，以戚里間入宫掖，聖尊后絶憐愛之。後主製樂府，豔其事，有『衩襪金縷鞵』之句，辭甚狎昵，頗聞於外。至納后，乃成禮而已。

《清異録》：李煜長秋周氏，居柔儀殿。有主香宫女，其焚香之器曰把子連、三雲鳳、折腰獅子、小三神山、亙字金鳳口罌、玉太古容華鼎，凡數十種。

爛漫東風鞴扇輕，一池春水縐紋生。綵亭四面紅羅薄，醉倩群花爲解酲。

《清異録》：俗以開花風爲風鞴扇。

《十國春秋·拾遺》：李後主於清徽樓上歌『春寒水四面』，學士刁衎起奏曰：『陛下未覩其大者遠者爾。』人疑其規諷，訊之，云：『風乍起，吹皺一池春水。』

又《南唐後主繼后周氏傳》：後主嘗於群花中作亭，羃以紅羅，押以玳牙，雕鏤華麗。而極迫小，僅容二人，每與后酣飲其間。

素襪淩波月影停，金蓮貼地立娉婷。玉顏持較夷光畫，妒殺琉璃八尺屏。

《十國春秋》：南唐窅娘纖麗善舞。後主作金蓮，高六尺，命窅娘以帛纏足，令纖小屈上作新月狀，素襪舞蓮花中，迴旋有淩波之態。

又《董源傳》：源善畫。一日，後主坐碧落宫，召馮延巳論事。至宫門，逡巡不敢進。後主使趣之，延巳曰：『有宫娥著青紅錦袍，當門而立，未敢竟進。』使隨共諦視之，乃八尺琉璃屏，畫夷光於上。蓋源筆也。

鶴錦鸞綾萬軸屯，芸香滿架閉閒門。保儀入選非關貌，敕掌圖書即主恩。

《圖畫見聞志》：李後主雅尚圖書，蓄聚既豐，尤精賞鑒。至今内府圖軸暨人家所得書畫，有織成大回鸞、雲鶴、練雀錦褾飾。

《十國春秋·南唐保儀黄氏傳》：後主以工書札，使專掌宫中書籍。二周后相繼專房，故黄氏雖見賞識，終不得數幸御。元宗父子俱善書法，元宗學羊欣，後主學柳公權，皆得十九。購藏鍾、王以來墨帖至多，黄氏實掌之。

牙籤横插皂羅廚，扇鴿燈魚映碧疏。心識君王勤翰墨，花前偷學撮襟書。

《倦遊録》：李氏有江南日，中書省用皂羅糊屏風，所以養目也。

李後主詩：九重開扇鴿，四面炳燈魚。

《清異録》：後主作大字，不事筆，卷帛書之，皆能如意，世謂『撮襟書』。

寶閣光分照夜珠，舊時煙月記模糊。黄羅扇上銷魂句，到老風情付慶奴。

《默記》：江南大將獲李後主寵姬，見燈輒閉目，云宫中本閣至夜則懸大寶珠，光照一室，如日中也。

後主《感懷詩》：層城無復見嬌姿，佳節纏綿不自持。空有當年舊煙月，芙蓉城上哭蛾眉。

《客座贅語》：南唐宫人慶奴，後主嘗於黄羅扇書詞賜之，云：『風情漸老見春羞，到處魂銷感舊遊。多謝長條似相識，强垂煙態拂人頭。』

一帖昇元集大觀，澄心堂紙畫烏闌。臨池最重紅絲石，歙匠新來擢硯官。

《十國春秋》：南唐保大七年，命倉曹參軍王文炳摹勒古今法帖上石。案：馬傳慶言，後主命徐鉉以所藏法帖入石，名曰昇元帖，即此帖也。

又《拾遺》：南唐後主留意筆札，所用澄心堂紙、李廷珪墨、龍尾硯三物，爲天下之冠。硯，歙大溪産也。江南主尤重紅絲硯。

又：歙守薦硯工李少微，後主嘉之，擢爲硯官。

銷金羅幕燦朝霞，綠鈿光生隔眼紗。開到紅梅花落後，清香全讓麝囊花。

《十國春秋》：南唐後主常於宮中製銷金羅幕壁，而以白金釘瑇瑁押之；又以綠鈿刷隔眼，中障以朱綃，植梅花於其外。

《清異録》：廬山僧舍有麝囊花一藂，色正紫，號紫風流。後主詔取數十根，植於迎風殿，賜名『蓬萊紫』。

春風深夜度倡樓，醉墨淋漓壁上留。倚翠偎紅傳教法，鴛鴦寺主最風流。

《十國春秋》註引《詩話類編》云：後主常微行倡家，乘醉大書石壁曰：『淺斟低唱偎紅倚翠大師，鴛鴦寺主，傳風流教法。』其蕩佚不羈也如此。◎按：一説作『微行倡家，遇僧』云云。

燕舞鶯狂日影遲，春愁無力逐游絲。浮梁穩渡黄花水，正是櫻桃落盡時。

《十國春秋·拾遺》：後主嘗作詩云：『鶯狂應有限，蝶舞已無多。』未幾失國，蓋詩讖也。

又註云：元宗《春恨·浣溪紗》詞及《帝臺春》詞，稱爲絶倫。『春愁無力』句，乃《帝臺春》詞中語也。

又《後主本紀》：先是，池州人樊若水舉進士不第，詣宋闕獻策，請造浮梁以濟師。宋遣高品石全振往荆州造黄黑龍船數千艘，又以大艦載竹絙，自荆渚而下。及命曹彬等出師，乃遣八作使郝守濬等率丁匠營之。議者以爲古未有作浮梁渡大江者，乃先試於石牌口，移置采石，三日而成。長驅度江，遂至金陵。每歲大江春夏暴漲，謂之黄花水。及宋師至而水皆縮小，國人異之。

又註云：王在圍城，作長短句『櫻桃落盡』一闋，未就而城已破。

前蜀

王建，舞陽人，唐西川節度史，進爵蜀王。梁開平元年，據成都，稱帝，國號蜀。在位十二年，爲其子衍所鴆，廟號高祖。改元五武成、永平、通正、天漢、光天。衍立，八年，降於唐，封順正公。改元二乾德、成康。二主，凡三十五年。

聖節龍興記壽春，青城王氣付真人。五行不信金煬鬼，半面先窺玉女神。

《十國春秋·前蜀高祖紀》：帝以降生日爲壽春節。

又《高祖徐后傳》：徐耕有二女，皆國色。相工語耕曰，『公不久當大富貴。青城山王氣徹天，不十年，有真人承運，此女當作后妃。』

又《拾遺》：僞蜀王先主時，有軍校黄承真遇一叟，曰鄭山古，謂曰：『此國於五行中少金氣，有剥金之號，曰金煬鬼。倘行吾教以禳鎮，庶幾減於殺伐。』黄乃齎祕文謁蜀，三上不達，嘔血而死。

又《前蜀高祖紀》：天復七年〔二〕，遣官祭鹽井玉女之神，神出半面享之。初，帝見裸體婦人於鹽井，告曰：『若當爲吾國土地主，富貴至矣。』故有是命。

校按：【一】『天復七年』原作『天復六年』，據《十國春秋》改。

詔下群臣擢拜同，扶天閣上勒勳庸。貓跳栗爆傳佳句，白髮詞臣亦進封。

《十國春秋・前蜀高祖紀》：天復七年【二】，即帝位。授唐室舊臣王進等三十二人官爵有差，又宋玭等百餘人咸見信用。

又：起扶天閣，繪諸功臣像。

又《盧延讓傳》：初，延讓獻高祖詩，有云：『栗爆燒氊破，貓跳觸鼎翻。』至是，高祖與潘峭夜論邊事，旋命宮人爇栗，已而爆栗燬坐間繡褥。又嘗於鑪間置鼎，宮貓相逐，誤覆其鼎。高祖良久曰：『栗爆氈破，貓跳鼎翻，憶得盧延讓卷中有此語。乃知先輩裁詩，信無虛境。』明日，超拜工部侍郎。

校按：【一】『天復七年』原作『天漢六年』，據《十國春秋》改。

堂宇新更殿閣重，金牀高拱氣葱蘢。治兵詔檢軍資庫，寶劍先呼奪命龍。

《十國春秋・前蜀高祖紀》：天復七【二】年秋九月己亥，即皇帝位，國號大蜀。帝以卯年生，至是丁卯即位，左右獻『兔子上金牀』之讖。帝命飾金爲坐，詔蜀人以金德王，用承唐運。

又：詔改堂宇廳舍爲宮殿，其名甚多，不具載。軍資庫爲國計庫。

又：中軍有隱語，劍曰奪命龍，刀曰小逡巡，槍曰肩二，斧曰鐵糕糜，甲曰小斤使，弓曰潘尚書，弩曰百步王，箭曰飛郎，鼓曰聖牛兒，鑼曰響八，旂曰愁眉錦，鐵蒺藜曰冷尖。

校按：【二】『七』原作『六』，據《十國春秋》改。

寶曆禪林縱豫游，宮花蓦地墜僧樓。可憐龜化橋邊水，每到重陽咽不流。

《十國春秋·前蜀高祖紀》：永平四年九月，帝幸寶曆寺，后妃皆從。是日重陽節，宮女四人爲僧所匿。明日得於民家，與僧二十二人同斬龜化橋下。

樂部當筵奉酒卮，鶉衣拾麥任游嬉。大梁聘使頻驚顧，殿上高歌秀兩歧。

《太平廣記》：梁祖使封舜卿聘於蜀，路出全州，全帥致筵於公署。舜卿多所傲睨，及執斝索令，曰：『《麥秀兩歧》。』伶人駭爲未聞，以他曲代之，舜卿摇首曰：『不可！』又再呼『《麥秀兩歧》』。主人慚怒，杖其樂將。次至漢州，伶人已知全州事，憂之。及飲會，又曰『《麥秀兩歧》』，如是三呼不能應。有樂將王新殿前曰：『略乞侍郎一唱。』舜卿唱未遍，已入樂工之指下矣。其樂工白帥曰：『此是大梁新翻，西蜀未有。請寫譜一本，飛遞入蜀，具言經過二州事。』洎舜卿至蜀，長吹《麥秀兩歧》於殿前，施芟麥之具，引數十輩貧兒，襤褸衣裳，挈筐籠而拾麥。仍合聲唱，其詞悽楚。舜卿慚恨而退。

錦障毬場入紫衢，繒山千尺接宮隅。紅羅餅勝紅綾餅，親試樓前當面廚。

《十國春秋·前蜀後主紀》：帝雅好蹴踘。引錦步障以翼之，往往擊毬其中，至街市而不知。

又：結繒爲山，及宮殿樓觀於其上。又别立二綵亭於前，列諸金銀錡釜之屬，取御廚食料烹燀其間。帝乃憑綵樓視之，號當面廚。

又《拾遺》：盧延讓舉光化進士。唐御膳以紅綾餅餤爲重，昭宗令太官特作二十八餅餤賜之，盧與焉。後入蜀，作詩云：『莫欺零落殘牙齒，曾喫紅綾餅餤來。』王衍聞知，遂命供膳亦以餅餤爲上品，以紅羅裹之。

宣華池上月華多，一段琉璃素影磨。夜半酒酣簪舄錯，嘉王流涕玉簫歌。

《十國春秋·前蜀后妃傳》：宫人李玉簫者，後主嘗宴近臣於宣華苑，命玉簫歌己所撰《月華如水宫詞》，侑嘉王宗壽酒。宗壽懼禍，爲之盡觴。詞曰：『輝輝赫赫浮五雲，宣華池上月華新。月華如水浸宫殿，有酒不醉真癡人。』又《王宗壽傳》：嘗於九日侍酒宣華苑，乘間極言社稷將危，流涕不已。潘在迎、韓昭等曰：『嘉王從來酒悲。』乃與諸狎客共以謾言詆嘲之，坐上喧然。後主不能省，復命宫人李氏歌己所撰新詞侑宗壽酒。《清異録》：王衍伶官家樂侍宴小池，水澄天見，家樂應制云：『一段聖琉璃。』

倚徧殘粧醉未醒，金蓮冠壓鬢雲輕。花間纔駐流星輦，又召唐魂入上清。

《十國春秋·前蜀後主紀》：帝謁永陵，還，宴怡神亭。妃嬪皆戴金蓮花冠，衣道士服。酒酣免冠，其髻髽然。更夾面連額渥以朱粉，號『醉妝』。《清異録》：蜀衍荒於遊幸，乃造平底大車，下設四卧軸，安五輪，凡二十輪。牽以駿馬，騎去如飛，謂之『流星輦』。又：起上清宫，塑王子晉像，尊爲聖祖至道玉宸皇帝。又塑高祖及帝像，侍立於左右。又於正殿塑玄元皇帝及唐諸帝，備法駕朝之。時後主躬自享薦，城中士女遊觀闐咽，謂之『召唐魂』。【一】

校按：【一】此條注文出自《十國春秋》卷三十七『前蜀後主本紀』正文及注。

唱罷霓裳唱柳枝，龍舟燈火夜深時。歸來細疊霞光紙，傳寫煙花絶妙詞。

《十國春秋·前蜀後主紀》：帝以上巳節，宴怡神亭，自執板唱《霓裳羽衣》。又以重陽節，曲宴群臣於宣華苑，夜分未罷，帝唱韓琮《柳枝詞》。

《五國故事》：衍乘醉泛小龍舟於渠中，使宫人倒執爓炬千餘條，逆照水面，以迎其船。歌樂之聲，沸於渠上。

《十國春秋·前蜀後主紀》：帝嘗集豔體詩二百篇，號《煙花集》。

又《拾遺》：蜀王衍所造霞光箋，即彤霞箋。

春風宫市酒帘翻，寶鼎香參皂莢煙。山下回舟催鼓槖，地衣輕蕩水紋圓。

《十國春秋·前蜀後主紀》：帝命大内造村坊市肆，令宫嬪著青衫，懸帘鬻食。

又：嘗爇名香，晝夜相繼。久而厭之，更爇皂莢以亂其氣。

又《備考》：王衍侈蕩無節，庭爲山樓，以綵爲之。作蓬萊山，畫緑羅爲水紋地衣，集鍛者於山内鼓槖，以長籥引於地衣下吹其水紋，鼓蕩若波濤之起。復以雜綵爲二舟，轆轤轉動，上載妓女二百二十人，周遊於地衣之上。

寫翠傳紅賜鏡銘，秦川西去爲娉婷。宣呼駕返齊迎謁，回鶻分排七里亭。

《十國春秋·前蜀王承休傳》：承休妻嚴，有殊色，後主絶加寵愛。秦川之行，後主頗以嚴故臨幸焉。至則賜以妝鏡，銘曰：『鍊形神冶，瑩質良工。當眉寫翠，對臉傳紅。如珠出匣，如月停空。綺窗繡幌，俱涵影中。』

又《後主紀》：咸康元年十一月，帝至於成都。百官及後宫迎謁七里亭，帝雜宫人作回鶻隊以入。

珠冠金甲耀江濱，夾道驚看灌口神。水調新翻銀漢曲，滿船錦繡動歌塵。

《十國春秋·前蜀後主紀》：帝被金甲，冠珠帽，執戈矢而行，旌旗連亘，百餘里不絶。百姓望之，以爲灌口祆神。后妃餞於昇仙橋，遂以宫女二十人從行，舟子皆衣錦繡。帝自製《水調銀漢之曲》，命樂工歌之。

畫裙結束稱腰身，裊裊雲霞耀日新。一曲甘州歌欲歇，柳眉桃臉不勝春。

《十國春秋·前蜀後主紀》：帝奉太后、太妃禱青城山。宫人皆衣雲霞之衣，帝自製《甘州曲》，宫人唱之，其辭哀怨。辭曰：『畫羅裙，能結束，稱腰身，柳眉桃臉不勝春。薄媚足精神，可惜許，淪落在風塵。』

丹峰翠驛快詩情，笑語江山候出行。多少風光看未足，懶驅金輦入龜城。

《十國春秋》：帝又歷丈人觀，玄都觀，丹景山金華宫、至德寺；朝上清宫，設醮祈福；謁高祖塑像，帝與太后、太妃製辭勒石。遂至彭州陽平化、漢州三學山，薄暮觀聖燈，賦詩而還。及天苴驛，各又賦詩。太后詩云：『爲尋靈境散幽情，千里江山暫得行。所恨煙光看未足，卻驅金輦入龜城。』太妃詩云：『翠驛江亭近玉京，夢魂猶自有青城。比來出看江山景，卻被江山看出行。』

竹影婆娑月滿天，南軒曉啟競傳箋。詞臣應制多佳詠，誰及昭儀李舜絃。

《圖繪寶鑑》：西蜀李夫人月夕獨坐南軒，竹影婆娑可喜，即起揮毫濡墨，模寫紙窗。明日視之，生意具足。

《十國春秋》：昭儀李氏，名舜絃，梓州人，酷有辭藻。後主立爲昭儀，世所稱李舜絃夫人也。所著《蜀宫應制詩》《隨駕詩》《釣魚不得詩》諸篇，多爲文人賞鑒。

虎狼神鬼互驚疑，狎客陪鑾盡日嬉。樂極已拚人入草，東巡猶作耀兵詩。

《十國春秋·前蜀後主紀》：時帝以文思殿大學士韓昭、内皇城使潘在迎、武勇軍使顧在珣爲狎客，陪侍游宴，或爲豔歌相唱和。

又：唐因李嚴來，以馬市珍玩錦繡。而國法禁錦綺珍奇不得入中國，其粗惡者乃聽往易，謂之『入草物』。嚴還以聞，唐主怒曰：『衍豈免爲入草人乎！』

又：咸康元年冬十月癸亥，帝發成都。武興節度使王承捷飛驛言東朝興聖令公統兵西上，帝疑群臣同謀沮己，大言曰：『吾方欲耀武！』遂東行。有群鴉泊於旗杆，其鳴甚哀。又親禱張惡子廟，探籤得『逆天者殃』四字。帝殊不爲意，在道與成都尹韓昭、翰林學士李浩弼、中書舍人王仁裕酬答吟詠無虚日。

又註引《鑑戒録》云：帝或晝作鬼神，夜爲狼虎，潛入諸宫内，驚動嬪妃，老少奔走，往往致卒。

後蜀

孟知祥，邢州龍岡人。初以唐主婿鎮西川，進封蜀王。唐清泰元年，稱帝，國號蜀，改元明德。是年殂，廟號高祖。子後主昶立，仍稱明德元年。四年，改元廣政。宋乾德三年降，封秦國公。二主，凡四十一年。

敕將匙鉢賜浮屠，國戚西來禮數殊。不見瓊華宫苑冷，花陰愁憶麝香騟。

《十國春秋・後蜀高祖李后傳》：李氏，後唐太祖弟克讓女也。莊宗即位，封瓊華長公主，長興三年薨。高祖登極，追册爲皇后。後唐之亂，莊宗諸兒多削髮爲僧，間道來成都。高祖以后故，厚待之，賜予千計。敎器用局以沈香降真爲鉢，木香爲匙箸，其優禮如此。后幼蓄雌雄二貓，一曰『御花朵』，一曰『麝香騟㚫己』，性酷愛之。

百紐屏風繞座張，鮫綃玉枕趁温凉。㡛宫日出傳朝膳，首進緋衣酒骨羊。

《清異録》：㡛宫，孟蜀高祖晚年作。以畫屏七十張，關百紐而鬭之，用爲寢所。

又：皇明帳，不知所自。色淺紅，恐是鮫綃之類，於縐紋中有十洲三島象。昶敗，失所在。

又：左宫枕，青玉爲之，冬温夏凉，醉者破酲，夢者遊仙。與皇明帳爲㡛宫二寶。

又：孟蜀尚食掌《食典》一百卷。有賜緋羊，其法以紅麴煮肉，緊卷石鎮，深入酒骨淹透，使如紙薄，乃進。

注云：酒骨，糟也。

鳳城樓閣五雲扶，鶴殿淩晨啟畫圖。製得征袍皆繡斧，中官宣賜破柴都。

花蕊夫人《宫詞》：五雲樓閣鳳城間。

《十國春秋・後蜀後主紀》：廣政七年，唐遣使來聘，副以六鶴。帝命黄筌寫六鶴於便坐之壁，名六鶴殿。

又：廣政十八年，李廷珪敗周兵於威武城。是時，我軍皆繡斧形衣，號曰『破柴都』，以周主本柴姓也。

羅帳風微曉上鉤，至尊勤政坐龍樓。春來御製農桑詔，連日西場罷打毬。

《十國春秋・後蜀後主紀》：帝初襲位，頗勤政事，寢處惟紫羅帳、碧綾帷，褥無錦繡諸飾。

又：頒勸農桑詔曰：『刺史縣令，其務出入阡陌，勞來三農，望杏敦耕，瞻蒲勸穡。春鶊始囀，便具籠筐；蟋蟀載吟，即鳴機杼。』

《五代史·後蜀世家》：昶好打毬走馬。

花蕊夫人《宫詞》：西毬場裏打毬回。

明慶年年乞福同，散香齊入梵王宫。重簾隔絶君王面，輦上囊揺四角風。

《十國春秋》：後主以誕生日爲明慶節，帝幸佛寺散香。

又：出則乘步輦，蔽以重簾，環結珠香囊，垂於四角。香聞數里，人罕見其面。

城上芙蓉錦繡披，浣花溪水漾漣漪。樓臺花外重重見，十里龍舟看水嬉。

《十國春秋·後蜀後主紀》：廣政十三年九月，命城上芙蓉盡覆以錦幙。是時蜀中久安，城頭盡種芙蓉，秋間盛開，蔚若錦繡。帝語群臣曰：『自古以蜀爲錦城，今日觀之，真錦城也。』

又：廣政十二年八月，帝遊浣花溪，御龍舟看水嬉。時百姓饒富，夾江皆創亭榭，都人士女傾城遊玩。珠翠羅綺，名花異卉，馥郁十里，望者有若神仙之境。王廷珪賦詩曰：『十字水中分島嶼，數重花外見樓臺。』帝稱善久之。

破曉粧匳啟寶鈿，梳成高髻學朝天。宫詞百首追王建，細字傳鈔十錦箋。

《十國春秋·拾遺》：花蕊夫人有金裝水晶唾壺、百寶鈿匳。

又：後主末年，婦女治髮爲高髻，呼爲朝天髻。

又《後蜀慧妃徐氏傳》：妃有才色，後主嬖之。別號花蕊夫人，仿王建作《宫詞》百首。

又：孟氏在蜀，製十樣錦紙。

沈香火燼博山鑪，夢醒鴛衾日未晡。替得紅梔花樣子，細描紈扇繡羅襦。

花蕊夫人《宫詞》：博山夜宿沈香火。

《輟耕録》：孟蜀主一錦被，其闊猶今之三幅帛，而一梭織成。被頭作二穴，若雲板樣，蓋以扣於項下，如盤領狀，兩側餘錦則擁覆於肩。此之謂鴛衾也。

《野人閑話》：蜀主昇平日，嘗理園苑。申天師進花子兩粒，曰紅梔子，種之，不覺成樹。蜀主甚愛之，或令圖寫於團扇，或繡入衣服，或以絹素鵝毛做作首飾。

春入宣華綻牡丹，深紅淺紫擁雕闌。花間醉酌蟠桃核，不用齋筵月一盤。

《牡丹譜》：孟氏於宣華苑廣植牡丹，名牡丹苑。

《十國春秋·後蜀後主紀》：廣政五年，帝宴牡丹苑。牡丹花凡雙開者十，黄者白者三，紅白相間者四。又有深紅、淺紅、深紫、淺紫。

又：中書舍人劉光祚獻蟠桃核酒杯，云得於華山陳摶。

《清異録》：孟昶月旦必素餐，性喜薯蘗，左右因呼薯蘗爲『月一盤』。

天樂喧闐夜未央，上元嘉節慶春長。露臺燈下纖腰舞，十萬金錢賜豔娘。

《十國春秋·後蜀後主紀》：廣政三年正月上元節，帝觀燈露臺，召舞倡李豔娘入宫，賜其家錢十萬。

又：先是，歲除故事，學士爲詞題桃符置寢門左右。後主以其非工，自操筆署云：『新年納餘慶，嘉節號長春。』

避暑摩訶池上頭，夜深歌罷夏如秋。風來水殿香飛雪，玉骨冰肌汗盡收。

蘇軾《洞僊歌序》：僕七歲，見眉州老尼姓朱，自言嘗隨其師入蜀主孟昶宫中。一日，主與花蕊夫人避暑於摩訶池上，作一詞，朱具能記。今朱已死，人無知此詞者。獨記其首兩句云：『冰肌玉骨，自清凉無汗。』暇日尋味，豈《洞僊歌令》乎？乃爲足之。

《清異録》：孟昶月夜水調龍腦末，塗白扇上以揮風。一夜，與花蕊夫人登樓望月，誤墮其扇，爲人所得。外有效者，名『雪香扇』。

敕勒貞珉寫石經，韻書新集簡編青。文章洗盡齊梁豔，御製官箴賜外廷。

《十國春秋·後蜀後主紀》：詔勒諸經於石。秘書郎張紹文寫《毛詩》《儀禮》《禮記》，秘書省校書郎孫朋古寫《周禮》，國子博士孫逢吉寫《周易》，校書郎周德政寫《尚書》，簡州平泉令張德昭寫《爾雅》，字皆精謹。

又：帝著《官箴》，頒郡縣，曰：『朕念赤子，旰食宵衣。託之令長，撫養安綏。政在三異，道在七絲。驅鷄爲理，留犢爲規。寬猛得所，風俗可移。無令侵削，無使瘡痍。下民易虐，上天難欺。賦輿是切，軍國是資。朕之爵賞，固不逾時。爾俸爾禄，民膏民脂。爲人父母，罔不仁慈。勉爾爲戒，體朕深思。』◎案：今郡縣戒石銘，蓋宋太祖摘其中四句而爲之者也。

又：帝好學，爲文皆本於理。居恒謂李浩、徐光溥曰：『王衍浮薄而好輕豔之詞，朕不爲也。』常敕史館集《古今韻會》五百卷。

龍戰玄黄入讖初，滿天雨雹竟何如。教坊游戲干天怒，罪己深宫下詔書。

《十國春秋·後蜀後主紀》：廣政十五年夏六月乙酉朔，大宴群臣。教坊優人作灌口神隊二龍戰鬬之象，須臾，天地皆暝，大雨雹。明日，灌口奏岷江大漲，鏁塞龍處鐵柱頻撼。丁酉，大水入成都，壞延秋門，漂没千餘家，溺死五千餘人，衝毁太廟四室及司天監。戊戌，大赦境内，賑水災之家，命宰相范仁恕禱青羊觀。又遣使往灌州，下詔罪己。

保芳修媛暨安情，位號新頒十四名。朝省漫誇駝杖貴，六宫官職比公卿。

《蜀檮杌》：後宫位號十有四品，昭儀、昭容、昭華、保香、保芳、保衣、安宸、安躍、安情、修容、修媛、修涓等，秩比公卿大夫士。

《十國春秋·拾遺》：蜀將亡，貴人出入宫省者，忽持駱駝杖以爲禮。

花樹羅圈製作鮮，内官獻臘及春前。玉霄自具神仙福，特愛忘憂獨立僊。

《清異録》：蜀主孟昶時，每臘日，内官各獻羅體圈金花樹子。梁守珍獻忘憂花，縷金於花上，曰『獨立僊』。

《十國春秋·後蜀後主紀》：帝道號玉霄子。

吟聲清繞白楊風，寵憶椒房恨萬重。黄土留詩仙跡渺，帳中香冷舊芙蓉。

《十國春秋·後主妃張氏傳》：張氏，名太華。廣政初，同輦遊青城山，宿九天丈人觀，被震而死，以紅錦龍褥裹瘗觀前白楊樹下。後數年，鍊師李若沖於薄暮步樹側，見女子吟詩，若有所怨。問曰：『人耶？鬼耶？』女子斂衽言：『妾蜀妃張太華也。因陪駕遊此，被震，乞賜超拔。』若沖乃於中元節修長生金簡以答之。未幾，夢太華謝曰：『妾已受生人世矣。』壁間以黄土留詩而去。後主聞之，厚賚若沖。◎按：其詩前云：『一别龍輿今幾年，白楊風起不成眠。常思往日椒房寵，淚滴衣襟損翠鈿。』後云：『符吏悤悤叩夜扃，便隨金簡出幽冥。蒙師薦拔恩非淺，領得生神九卷經。』

又《後主紀》：帝以芙蓉花徧染繒爲帳幔，名曰芙蓉帳。

南漢

劉巖，後名龔，後又名龑，上蔡人。兄隱，梁封南平王。隱卒，龑嗣。貞明三年，據嶺南，稱帝，國號越。明年，改稱漢。在位三十二年殂，廟號高祖。改元三乾亨、白龍、大有。子殤帝玢立，改元光天。一年，弟晟殺而代之，是爲中宗。改元二應乾、乾和。子後主鋹立，改元大寶。宋開寶四年降，封恩赦侯。五主，凡六十七年。

玉堂珠殿勢摩空，牓字親題墨彩融。偏是外廷誇麗藻，七奇獻賦頌南宫。

《十國春秋·南漢高祖紀》：乾亨元年，建玉堂珠殿。

又：大有七年，帝作殿於内宫，曰昭陽殿。殿用金爲仰陽，銀爲地面，檐楹榱桷皆傅白金。殿下設水渠，浸以真珠。又琢水精琥珀爲日月，列於東西玉柱之首，親題其牓於上。

又：乾亨八年，作南宫，王定保獻《七奇賦》以美之。

北望中原小洛州，自誇天子愛風流。日高香繞南薰殿，廿四仙人隱柱頭。

《十國春秋·南漢高祖紀》：帝喜夸大，自言家本咸秦，恥王蠻土。呼唐天子爲洛州刺史。

又：晚年作南薰殿，柱皆通透，刻鏤礎石，各置鑪然香，有氣無形。顧左右曰：『隋煬帝論車燒沈水，卻成粗疏，爭似我二十四具藏用仙人？縱不及堯舜禹湯，亦不失作風流天子。』

梅口巡遊爲避災，安豐帽頂望嵬嵬。正逢文德昌明日，貢士誰稱著作才。

《十國春秋·南漢高祖紀》：乾亨四年，帝從兵部侍郎楊洞潛之請，始立學校，置選部、貢舉。放進士、明經十餘人，如唐故事，歲以爲常。是歲，文德殿成，著作郎陳光乂獻賦，賜珠數斤。六年夏四月，帝用術者言，出巡避災，如梅口鎮。是時，帝製平頂帽冠之，國人一變，率以安豐頂爲尚。

分明虹氣結三清，偏假飛龍改御名。白馬朱鬃締蘿蔦，長和千里送增城。

《十國春秋·南漢高祖紀》：乾亨九年冬十二月，有白虹化爲白龍，見於南宫三清殿。帝改乾亨九年爲白龍元年，更名曰龑。長和國驃信鄭仁旻遣其布燮鄭昭滈致朱鬃白馬以求婚，帝以襄帝女增城公主妻之。長和即唐南詔也。《職方分紀》云：『南詔獻朱鬣馬，中書舍人王翊獻賦。』

又：大有十四年，帝更造「龑」字名之，採用《周易》「飛龍在天」之義，讀若「儼」焉。

殿陛彎弓猛獸降，宴酣深夜撼銀釭。更籌不用雞人報，別有宮娥候曉窗。

《十國春秋·南漢中宗紀》：殿側皆置宫人以候曉，名曰候窗監。每宴會，帝獨處殿庭間，侍宴臣僚皆結綵亭，列坐殿之兩隅。宴酣，則有司以檻獸進，兩旁翼以戈戟，帝挽弓射之。

瑞日曈曈滿翠宫，雲華石室拜仙翁。君王新得還丹術，國事全憑女侍中。

《十國春秋·南漢中宗紀》：帝作離宫遊獵。益修葺南宫、大明、昌華、甘泉、玩華、秀華、玉清、太微諸宫。

又：乾和七年，帝如英州，受神丹於野人，隨御雲華石室以藏焉。

又：乾和八年，以宫人盧瓊仙、黄瓊芝爲女侍中，朝服冠帶，參決政事。

後苑春光似海深，年年花禁重芳林。抱關細撿樓羅曆，勝負先分買燕金。

《十國春秋·南漢後主紀》：大寶七年三月，命宫人鬭花内殿。向晨，先啟後苑，集衆采擇。俄敕扃户還宫，膳訖，角勝於殿中。令宦者抱關，置樓羅曆，以驗宫人出入，法制甚嚴，號曰「花禁」。負者獻耍金耍銀買燕。

《禁扁》：南漢有芳林園。

大夫自署蕭閒號，課户連朝供豫遊。今日紅雲開内宴，六宫齊到荔枝洲。

《十國春秋·南漢後主紀》：帝自稱「蕭閒大夫」。

又：離宫數十，帝不時遊幸。率以豪民爲課户，供千人饌。

又：帝命荔枝熟時設紅雲宴以樂後宫，歲以爲常。

又《拾遺》：荔枝洲在廣州府城東南，【二】周迴五十里，南漢劉氏嘗創昌華苑於其上。

校按：【一】『荔枝洲在廣州府城東南』，《山堂肆考》卷二十四『荔枝』條作『荔枝洲在廣州府城東』。

雲雨爭看大體雙，波斯狐媚誤君王。忽聞帳裏傳神語，太子殷勤叩玉皇。

《十國春秋·波斯女傳》：女黑腯而慧，性善淫，後主甚嬖之，賜名『媚猪』。後主荒縱無度，又選惡少年，配以宫婢，使褫衣露偶，扶波斯女循覽爲樂，號曰『大體雙』。

又《後主紀》：陳延壽引女巫樊胡子，自言玉皇降胡子身。帝於内殿設帳幄，陳寶貝。胡子冠遠遊冠，衣紫霞裾，坐帳中宣禍福，呼帝爲『太子皇帝』。國事多叩於胡子。

金柱銀衣費萬緡，魚英椰子極雕剜。媚川都裏還催課，親製珠龍九五鞍。

《十國春秋·南漢後主紀》：立萬政殿，飾一柱，凡用白金三千【二】鋌。又以銀爲殿衣，間以雲母，無名之費日有萬千。

又：置媚川都於合浦縣，定其課，令入海采珠。所居宫殿以珠、玳瑁飾之，益置魚英託鏤椰子立壺諸寶器於其中。魚英者，故魚腦骨燴治之成器，嶺南人以爲希有者也。

又：以珠結鞍勒，爲戲龍之狀，名曰珠龍九五鞍。

校按：【二】『千』原引作『十』，據《十國春秋》改。

扇子亭邊萬緑涵，蘇園蕉葉蹟堪探。素馨花以人名貴，應更爭强壓小南。

《清異録》：廣主嘗與幸姬李蟾妃微行至蘇氏園，憩酌緑蕉林，廣主命筆大書蕉葉曰『扇子仙』。蘇氏於其所起扇子亭。

又：南漢地狹力貧，不自揣度，有欺四方、傲中國之志。每見北人，盛誇嶺南之强。世宗遣使入嶺，館接者遺以茉莉，文其名曰『小南强』。後鋹面縛到洛陽，見牡丹，大駭。有縉紳謂之曰：『此名大北勝。』

《十國春秋》：南漢時，有宮人素馨，以殊色進。性喜插白花，遂名其花曰素馨花。

全憑宦寺作鹽梅，令僕公師盡内推。進秩先從蠶室過，狀頭可有腐遷才。

《十國春秋·南漢後主紀》：帝性愚，以群臣自有家室，顧子孫不能盡忠，惟宦者親近可任。中官至七千餘，加三公、三師者，不一而足。女官亦有師傅、令僕之目。

又《陳延壽傳》：後主信任宦者，凡群臣有才能及進士狀頭或僧道可與談者，皆先下蠶室，然後得進。亦有自宫以求用者。有三公、三師等官，稍加『内』字以别之，因謂士人爲『門外人』。

楚

馬殷，許州鄢陵人。梁初，封楚王。後唐天成二年，進封楚國王。長興元年卒，謚武穆，遺教諸子兄弟相繼。衡陽王希聲立，三年卒。文昭王希範立，十六年卒。廢王希廣立，四年，爲庶兄恭孝王希萼所縊。希萼立，一年，入於後唐，遷金陵。五王，凡五十七年。

執棒曾聞報太平，湖湘今見九州并。詞人獻頌誇新製，一曲當筵唱瑞卿。

《十國春秋·武穆王世家》：諸將遣姚彦章迎殷邵州。方值夜，殷猶豫未行。比曉，忽覩一人黑色，執大棒趣報曰：『軍國内外平安。』俄而不見。殷以爲嘉兆。

《五代史補》：歐陽彬工詞賦，馬氏時，將希其用。有歌人瑞卿者，延於家。瑞卿能歌，每歲武穆王生辰，必歌於筵上。時湖南舊管七郡外，又加武陵、岳陽，是九州。彬作《九州歌》以授瑞卿，至時使歌之。

摘山算茗偏湖湘，國用從來仗八牀。納稅新教綾絹代，民風從此重蠶桑。

《十國春秋·楚武穆王世家》：開平二年秋七月，王奏梁於汴、荆、襄、唐、郢、復諸州置四圖務，運茶河之南北，以易繒纊、戰馬，仍歲貢茶二十五萬斤。梁主詔曰可。由是屬内民皆得摘山算茗[一]，算募户置邸閣以居，茗號曰『八牀主人』。歲收數十萬，國用遂足。

又：湖南不事蠶桑，高郁勸王令輸稅者以帛代錢，由是機杼大盛。

校按：【一】『算茗』，文淵閣《四庫全書》本《十國春秋》作『收茗』。

雅集春園倒玉卮，香風黛雨入新詩。流杯池上花飛雪，已過重三禊飲時。

《湖南通志》：流杯池在長沙縣北，五代馬希範鑿，爲上巳祓禊宴集之所。

《湖湘故事》：馬氏作會春園，開宴。徐東野作詩，有數聯爲當時所稱，云：『珠璣影冷偏粘草，蘭麝香濃即損花』『山色遠堆螺黛雨，草梢春戛麝香風』『衰蘭寂寞含愁緑，小杏妖嬈弄色紅』。

銀槍部署衛宫門，曉殿香煙繞柱噴。望見幞頭人盡肅，八龍趨捧一龍尊。

《十國春秋·文昭王世家》：王置銀槍都，爲長槍大槊，鋈以白金，募富民年少者充之。

又：作九龍殿，刻沈香爲八龍，抱柱相向，作趨捧之勢。己居其中，自言身一龍也。幞頭腳長丈許，以象龍角。向晨將御殿，先焚香龍腹中，煙氣鬱然而出，若口吐焉。

長春開讌畫堂舒，日影遲遲藻共攄。學士登瀛仍舊數，詩成誰得玉蟾蜍。

《十國春秋·楚拓拔恒傳》：文昭王開天策府，乃以廖匡圖、李弘皋等十八人爲天策府學士，而恒首與其選。

又《石文德傳》：他日會燕長春堂，王出玉杯賞賦詩者。李弘皋詩先成，得之。文德繼進加美，王復賚以玉蟾滴。

天策府中錢鑄錫，長沙宫裏帶横犀。居喪猶踵蒸豚例，日費庖人五十雞。

《十國春秋·楚武穆王世家》：是時開冶鑄天策錢，文曰『天策府寶』。◎按，《通鑑》云：『湖南專用錫錢。』

又：天成二年秋八月，唐册禮使、尚書右〔二〕丞李序至於潭州。序持節奏朝廷朱書御札，許自開國立臺，承制置官屬，分天子之半仗焉。是月，王始開國，以潭州爲長沙府，立宫殿，置百官，皆如天子制，而微更其名。

又《衡陽王世家》：希聲居喪無戚容。常聞梁太祖嗜食雞臛，私心慕之，命庖人日烹五十雞以供膳。二年冬，武穆王將葬於衡陽，且發引矣，希聲不入泣，頓食雞臛數器而起。朝臣潘起譏之曰：『晉代阮籍居喪食蒸豚，世故不乏賢者。』王性惡而好貨。海商有鸞犀帶者，直數百萬，晝夜有光，洞照一室。王殺商而取之，逾月光遂滅。

校按：【一】『右』原引作『左』。今本《十國春秋·楚武穆王世家》作『右』，《新五代史·楚世家》云：『天成二年……乃遣尚書右丞李序持節以竹册封之。』據以改。

內苑聯吟喚小東，西堂春煖帳重重。月沈花謝禪機靜，永夜愁聽七寶鐘。

王銍《侍兒小名録》：小東，長沙伎人，以能詩得幸於馬氏。

《十國紀年》：馬希範少愛倡伎徐降香，及嗣立，號西堂夫人。

《十國春秋·文昭王順賢夫人彭氏傳》：累封秦國順賢夫人，天福二年薨。先是，夫人嘗上香報恩禪院，報恩僧問曰：『夫人何家婦女？』夫人以其詞之忽也，遽索檐子疾歸，且以其言告文昭王。王笑曰：『此釋氏禪機耳！何不答以彭家女、馬家婦，則禪機立解矣。』

又《石文德傳》：秦國夫人薨，天策學士各撰挽詞以進。文德亦撰十餘章，其一云：『月沈湘浦冷，花謝漢宮秋。』王得詩大驚，品爲挽歌第一。

《天中記》：七寶鐘，七寶所鑄。孟昶以之爲馬希範壽，後希範以賜君山寺。

十六樓高接五堂，地衣隨候變温涼。四儀入洞門斜揜，月出雲開路正長。

《十國春秋·文昭王世家》：王建天策府於長沙城西北，作天策、光政等一十六樓，天策、勤政等五堂，極棟宇之盛。欄檻皆飾金玉，塗壁用丹砂數十萬斤。地衣春夏以角簟，冬秋以木棉爲之。

《湖湘馬氏故事》：徐雅休，長沙人。因馬希範夜宴迎四儀夫人，賦云：『雲路半開千里月，洞門斜掩一天春。』

五百蛾眉望帝鄉，君王病酒厭壺觴。雞坊新進崑崙蔗，應勝貧家纏齒羊。

《十國春秋·文昭王世家》：王好學，善詩，頗優禮文士。然奢靡喜淫，先王媵妾多加無禮。又令尼僧潛搜士庶家女有容色者，强委禽焉，前後數百人。猶有不足之色，曰：『吾聞軒轅御五百女以升天，吾其庶幾乎？』

又：雞狗坊卒長，當馬氏時，善種子母蔗，灌溉有法。凡三種，曰蠟蔗，曰荻蔗，曰赤崑崙蔗，一時稱絶盛焉。

《清異録》：袁居道不求聞達，馬希範延入府。希範病酒，厭膏膩，居道曰：『大王今日使得貧家纏齒羊。』詢其故，則蔬茹。

長街何事不栽槐，舋啟湘宮竟召災。楊柳橋邊氛甚惡，披緇惟念寶如來。

《十國春秋·楚廢王世家》：先是，潭州多夾道植槐。廢王時，盡易以柳幹。童謡曰：『湖南有長街，栽柳不栽槐。』不栽槐者，兄弟失孔懷也。

又：王兄希萼自朗州來奔喪，王止之於碧湘宫，不聽入見。希萼憤然而去。

又：王命衆僧日夜誦佛經，王自披緇衣膜拜，念『寶勝如來』，謂之禳災。郎州步軍指揮使何敬真以蠻兵三千陳於楊柳橋，望見韓禮旌旗紛錯，曰：『彼衆已懼，易破也。』

吴越

錢鏐，臨安人。唐末據浙東西，昭宗授以節鎮，封彭城王。梁、唐之世，並封吴越王，乃自帝其國，以杭州爲西府，越州爲東府。在位四十一年卒，謚武肅。改元三天寶、寶大、寶正。子文穆王元瓘立，十年卒。子忠獻王弘佐立，七年卒。弟忠遜王弘倧立，是年胡進思爲變，迎其弟忠懿王俶立之，倧徙居東府。宋太平興國三年，俶納土降，封淮海國王。五王，凡八十四年。

寢宫風透敝帷單，警枕欹斜到夜闌。直宿共知龍不睡，隔牆幾度應銅丸。

《吴越備史》：武肅王夫人嘗以王寢帳毀裂，造青練帳將易之，王曰：『作法於儉，猶恐爲奢。』卒不用。

又：王在軍中，未嘗安寢。用圓木作枕，睡熟則欹，由是得寤，曰警枕。

又：每夕彈金丸於牆樓之外，使直宿者皆應。

《九國志》：晋天福中，契丹使至，朝廷以近侍李泳爲監伴使。有判官幽薊人，謂泳曰：『吴越嘗不睡乎？』詰其故，答曰：『嘗聞五台山王子大師云：「浙中不睡龍今已歸矣。」』

壺漿夾道唤婆留，錦繡江山十四州。父老同登歡喜地，還鄉一曲揭吴喉。

《十國春秋·武肅王世家》：始誕之夕，鏐父寬方他適，鄰人急奔告曰：『適過君家後舍，聞甲馬聲甚衆。』寬疾馳歸，而鏐已生，復有紅光滿室。寬怪之，將棄於水邱氏之井。鏐大母知非常人，固不許，因小字曰婆留，而井亦因以名。

又：天寶三年，王親巡衣錦軍。有鄰媪年九十餘，攜壺漿迎王，曰：『錢婆留寧馨富貴。』王下車拜之。王置酒高會父老，男婦八十歲以上者金尊，百歲者玉尊。王執爵上壽，製《還鄉歌》曰：『三節還鄉兮挂錦衣，碧天朗朗兮愛日暉。功臣道上兮列旌旗，父老遠來兮相追隨。家山鄉眷兮會時稀，今朝設宴兮觥散飛。斗牛無孛兮民無欺，吴越一王兮駟馬歸。』時父老不能解，王復高揭吴音爲歌，舉坐賡之，叫笑振席。

又《拾遺》：至今呼其宴處爲『歡喜地』。

嘉靖《臨安縣志》：錢武肅王衣錦還鄉，盛宴父老，山林皆覆以錦，故名臨安爲十錦。

貫休投詩云：滿堂花醉三千客，一劍霜飛十四州。

馬海東西緑草肥，錦將軍樹已成圍。花開陌上春風爛，寄語香車緩緩歸。

《夢粱録》：吴越王牧馬於錢塘門外東西馬塍，號曰馬海。

《十國春秋·武肅王世家》：號其幼所常戲大木曰衣錦將軍。

又《莊穆夫人吴氏傳》：夫人每歲春必歸衣錦軍，以爲恒。武肅王語之曰：『陌上花開，可緩緩歸。』時人用其語以爲歌曲，至今傳之。

射潮精選水犀軍，疊雪樓前怒浪分。一紙題詩通水府，濤神真避海龍君。

《十國春秋·武肅王世家》：天寶三年八月，始築捍海石塘。先是，江濤洶湧，板築不時就。王於疊雪樓設强弩五百以射潮，潮爲頓斂。

《吴越備史》：武肅王以梁開平四年八月築捍海塘，怒潮急湍，版築不就。表告於天，禱胥山祠，函詩一章置海門，云：『傳語龍王并水府，錢塘借與築錢城。』因採山陽之竹，造箭三千隻，羽以鴻鷺之羽，飾以丹珠，鍊剛火之鐵爲鏃。既成，用葦敷地，分箭六處。幣用東方青九十丈，南方赤三十丈，西方白七十丈，北方黑八十丈，中央黄二十丈。鹿脯、煎餅、時果、清酒、棗脯、茅香、淨水各六分，香鑪布置。以丙夜三更子時屬丁日，上酒三行，禱云：『六丁神君，玉女陰神，從官兵六千萬人，鏐以此丹羽之矢射蛟滅怪，渴海枯淵，千精百鬼，勿使妄干。唯願神君佐我助我，令我功行早就。』禱訖，明日募强弩五百人以射濤頭。人用六矢，每潮一至，射以一矢。射止五矢，潮乃退。《宣和書譜》：錢鏐削平江浙，獨有方面，浙人目之曰『海龍君』，言富盛若彼也。

玉帶名駒愜素襟，北方奇士更搜尋。殿廷寫進銀光面，鸞手虔承握髪心。

《十國春秋·武肅王世家》：王遣使詣大梁，陳取淮南之策。梁主問進奏吏曰：『錢王平生有所好乎？』吏曰：『好玉帶、名馬。』梁主笑曰：『真英雄也！』

又：王負知人之明，尊賢下士，惟日不足。名其居曰握髪殿，取周公吐哺握髪之意。常使畫工數十人居淞江，號鸞手校尉。伺北方流移來者，咸寫貌以聞，擇清俊福厚者用之。胡岳方渡江，畫工以貌進，王覩而歎曰：『面有銀光，奇士也。』即時召見。

小閣崔巍倚設廳，蓬萊仙境入青冥。朝天門上鐘初動，聚議同來八會亭。

《十國春秋·吴越武肅王世家》：天復三年，王建亭於虚白堂之基，曰八會亭，以平吴定越，講武計議，凡八會於此也。未幾，更名都會堂，又建閣於設廳之後，名曰蓬萊。案：直儀門曰設廳。

又：城門凡十，一曰朝天門。

《西湖志》：朝天門樓臺疊石，高四仞四尺。樓貯鐘鼓，以司漏刻。

撩淺軍分四部都，太湖水接澱山湖。赤松澗米供宸膳，别有仙田五十區。

《十國春秋·吴越武肅王世家》：天寶八年，置都水營使以主水事，募卒爲都，號曰『撩淺軍』，亦謂之『撩清』。命於太湖旁置撩清卒四部，凡七八千人，常爲田事。治河築堤，一路徑下吴淞江，一路自急水港下澱山湖入海。居民旱則運水種田，澇則引水出田。又開東府南湖，立法甚備。是時，婺州道士周某獻赤松澗米於王。米故仙種，止五十區。

連番吉夢協熊羆，逮下咸歌樛木詩。聞道玉羊曾有兆，團圓更祝到旁枝。

《十國春秋·吴越文穆王世家》：王名元瓘。先是，有僧持玉羊，大有數寸，獻武肅王，且曰：『得此當生貴兒。』元瓘果以歲丁未生焉。

又《錢鏢傳》：鏢，武肅王同父[一]弟也。以嗜酒殺人，出奔。時有子二人，長者生五年矣，次者未周晬。武肅王憐之，養於宫，令與諸子同研席。名其長曰可團，次曰可圓，冀其父得歸聚云。

又《恭穆夫人傳》：鄜氏生弘傳、弘倧，許氏生弘佐，吴氏生弘俶，衆妾生弘偡、弘億、弘偓、弘仰、弘信。既長，夫人皆均養之。

校按：【一】『父』原引作『母』，據《十國春秋》改。

嬉嬉銀鹿戲堂前，頭角相看盡嶄然。夢裏闍黎纔入帳，外廷宣鑄洗兒錢。

《十國春秋·恭穆夫人馬氏傳》：夫人聰慧，勤於職。武肅王常禁中外畜聲伎，而文穆王年逾三十無子，夫人爲之請。武肅王喜曰：『我家宗祀，幸汝得主之矣。』乃聽文穆王納諸姬。夫人嘗置銀鹿於帳前，坐群兒於上而弄之，喜動顔色。

又《錢儼傳》：儼生之夕，母崔夫人合瞑時見一僧坐帳前。既寤，彷彿如覩，乃生儼。文穆王喜，命鑄金銀大錢爲洗兒具。

悟主常懷泣罪心，練衣調軫德愔愔。後庭樂部歸新月，獨愛秋堂百衲琴。

《十國春秋·吴越夫人傳》：吴氏名漢月，善鼓琴，性慈惠而節儉。頗尚黄老學，居常被道士服，惟布練而已。每聞王決重刑，必顰蹙以仁恕爲言。

又：許氏名新月，雅善音律，文穆王後庭樂部悉命夫人掌焉。

又《拾遺》：錢氏有雷威琴，中有題云：『嶧陽孫枝匠成雅器。一聽秋堂，三月忘味。』

《雲煙過眼録》：吴越國王百衲雷威琴，極薄而輕，異物也。

大會群仙訂有期，府開鹿脯兆先知。骰盤六赤誰先擲，青史樓前賭墅時。

《十國春秋·吴越忠獻王世家》：初，孝獻世子居監撫，文穆王治其府於城北，將俾居之。一日，世子與弘佐戲采於青史樓，遽謂弘佐曰：『君王方爲我營府署，願與若博之。』比四擲，而弘佐得六赤，世子失色。弘佐從容曰：『五哥入府，弘佐當將符印之命。』因再拜。世子竟不懌，投骰盤於樓下而去。俄而世子不禄。

又《孝獻世子弘傅傳》：先是，王治世子府，謠言曰：『何處有鹿脯？』及將歿，又有人題所居屛障曰：『四月二十九日大會群仙。』凡署字數處。天福五年，果以病薨，年十六。

東府園林久繫思，深宫開宴聚連枝。酒酣自序天倫樂，七寶琵琶按拍時。

《十國春秋·忠遜王世家》：廣順中，徙王東府，忠懿王命東府以官物充王取給。西寢之後即卧龍山，爲王置園亭於上，栽植花木，周徧上下。遇良辰美景，王被道士服，擁伎樂，旦暮登賞。王嘗於山亭擊鼓，聲聞於外。守衛者遽聞忠懿王，忠懿王曰：『吾兄以閒適爲懷，非鼓樂不歡。』乃命裝金魚水鼓四面奉之。

又《錢弘儀傳》：弘儀，文穆王第十一子，曉音律，尤工琵琶。忠懿王嘗宴集兄弟，欲使儀彈琴，而難於面命。乃别設一榻，置七寶琵琶於上，覆以黄錦。酒酣，儀果白王曰：『此非忽雷乎？願奏一曲爲王壽。』時王叔元璹亦知音，王命之拍。曲終，王大悦，賜儀北綾五千段，元璹錢千緡，當時以爲美談。

珍錯紛羅祕色盤，連朝瓜戰有餘歡。西湖使宅魚新到，鮮鮓還教製牡丹。

《高齋漫録》：今祕色磁器，世言錢氏有國日，越州燒進爲供奉之物，不得臣庶用之，故曰祕色。

《清異録》：吴越稱雪上瓜。錢氏子弟逃暑，取一瓜，各言子之的數。言定剖觀，負者張宴，謂之『瓜戰』。

又：吴越有一種玲瓏牡丹鮓，以魚葉鬭成牡丹狀。既熟，出盎中，微紅如初開牡丹。

《漁隱叢話》：錢氏有國，西湖漁者日納魚數斤，謂之『使宅魚』。一日，羅隱題《磻溪垂釣》曰：『吕望當年展廟謨，直鉤釣國更誰如。若教生得西湖上，也是須供使宅魚。』王覽詩，蠲其徵。〔一〕

校按：【一】此條引文不見於今本南宋胡仔《苕溪漁隱叢話》，而見於明代田汝成《西湖遊覽志餘》。

清門處士伴蕭閒，沈水香逾旖旎山。爲結佛緣留寶鎮，一枝龍蕊入禪關。

《清異録》：海舶來有一沈香翁，剜鏤若鬼工，高尺餘。舶酋以上吴越王，王目爲「清門處士」，發源於心，清聞妙香也。

又：高麗舶主王大世選沈水近千斤，疊爲旖旎山，象衡岳七十二峰。錢俶許黄金五百兩，竟不售。

又：吴越孫妃嘗以一物施龍興寺，形如朽木筯，僧不以爲珍。偶出示舶上胡人，曰：「此日本國龍蕊簪也。」增價至萬二千緡易去。

水族加恩舊有名，碧波仙客費量評。庖人舊識葫蘆樣，造出陶家學士羹。

《十國春秋·吴越毛勝傳》：勝以生居水國，饜享群鮮，號天饞居士。又以地産魚蝦海錯，四方所無，因造《水族加恩簿》，假以滄海龍君之命，品敘精奇，文章典贍。

又《忠懿王世家》註引《順存録》云：陶穀來使，忠懿王宴之，因食蝤蛑，詢其族類。王命自蝤蛑至蟚螁，凡十餘種以進，穀曰：「真所謂一解不如一解。」蓋以譏王也。王因命進葫蘆羹，曰：「此先王時有此品味，庖人依樣造者。」穀在中朝，或作詩嘲之曰：「堪笑翰林陶學士，年年依樣畫葫蘆。」故王以此戲焉。又云穀使於我，王因舉酒令曰：「白玉石，碧波亭上迎仙客。」穀對曰：「口耳王，聖明天子客錢塘。」

古佛莊嚴螺髻青，浮屠七級俯禪扃。君王欲賽黄妃願，拜手親書塔上經。

《十國春秋·忠懿王妃孫氏傳》：又有黄妃者，嘗於南屏山雷峰顯嚴院建塔，奉藏佛螺髻髮，名黄妃塔。建塔時，以石刻《華嚴經》鱗甃其下。

吴越國王錢俶《建黄妃塔碑記》略云：諸宫監尊禮佛螺髻髮，猶佛生存，不敢私秘宫禁中。恭率瑶具，創窣堵波於西湖之滸，以奉安之。宫監私願之始，以千尺十三層爲率，爰以事力未充，姑從七級。梯旻初志，未滿爲歉。塔成之日，又鐫《華嚴》諸經圍繞八面，真成不思議劫數大精進幢。於是合十指爪以贊歎之。塔曰黄妃云。吴越國王錢俶拜手謹書於經之尾。

閩

王審知，光州固始人。兄潮，唐末據福建，昭宗即命爲帥。審知繼之，梁開平三年，封閩王，是爲太祖。子延翰立，弟鏻殺而代之。後唐長興四年，稱帝，國號閩，改元龍啟。三年被弑，廟號惠宗。子昶立，改元通文，是爲康宗，五年遇弑。太祖子曦立，改元永隆，是爲景宗，四年遇弑。弟延政立，改國號曰殷，改元天德。三年，爲南唐李景所滅。六主，凡五十五年。

閩疆昆季號三龍，白馬三郎秀獨鍾。不欲閉門作天子，合沙讖已應登庸。

《十國春秋·閩司空世家》：潮與弟審邽、審知以材氣知名，號曰『三龍』。

又《太祖世家》：太祖常乘白馬，軍中號『白馬三郎』。天祐二年，築南北夾城，謂之南北月城。南月城之門曰登庸門，以『登庸』名門者，應郭璞合沙之讖。門有橋曰合沙橋。時四方竊據，有勸其稱帝者，太祖曰：『我甯爲開門節度，不作閉門天子也。』或曰惠宗僭號，以御服被於太祖之廟，太祖寓夢於惠宗責之，不肯服。其靈爽有如此。

冊里羅城啟壯觀，還珠雙闕聳雲端。鑄成銙劢上音未詳；下雄箇切，音賀供支計，富戶新除利市官。

《十國春秋·閩太祖世家》：築福州外羅城四十里。

又：西天國聲明三藏來賓，築還珠門。

《泉志》：王審知鑄大鐵錢，以『開元通寶』爲文，以五百文爲貫，俗謂之『銙劢錢』。

《十國春秋·閩陳峴傳》：峴爲人有心計，初事太祖，爲孔目吏。時開府多事，經費不給。峴獻計，請以富人補利市官，恣所徵取，薄酬其直。峴由是得寵，遷支計官。

城跨西湖複道開，水晶宮苑許追陪。練師獨說西天法，新向禪宗問信回。

《十國春秋·閩嗣王世家》：王跨城西西湖築室十餘里，號曰水晶宮。每攜後庭遊宴，從子城複道以出。

又《嗣王夫人崔氏傳》：雅信佛法，奉福州僧慧棱爲師，自稱曰練師。

《五燈會元》：閩帥夫人崔氏，遣使送衣物與慧棱禪師，曰：『練師就大師請回信。』師曰：『傳語練師，領取回信。』須臾使卻來師前，揖便回。師明日入府，練師曰：『昨日謝大師回信。』師曰：『卻請昨日回信看。』練師展兩手。帥問師曰：『練師適來呈信，還愜大師意否？』師曰：『猶較些子。』

美女峰前土未乾，錦溪人散夜風寒。宮花落盡粧樓寂，嶺上臙脂尚作團。

《十國春秋·閩龍啟太后黃氏傳》：黃氏泉州人，惠宗其所出也。惠宗謁黃氏家廟，田鋪緹錦，木被綵繒。因名里曰錦里，驛曰錦田，居曰錦第，溪曰錦溪，墓院曰錦溪院。太后卒，葬靈秀山，名曰美女峰。

又：郡主，失其封號，太祖女也。福州之北嶺有臙脂團，周帀二百餘步，四時作殷紅色，相傳郡主梳粧樓在焉。

杯盤取次喚娉婷，夜半長春醉未醒。龍燭摇光羞顧影，涼風吹透水晶屏。

《十國春秋·閩惠宗后陳氏傳》：陳氏小字金鳳，開平三年，太祖召爲才人。惠宗時，御紫宸門宣見，大悦，封爲淑妃。龍啟元年立爲后，始築長春宫居之。惠宗數於其中爲長夜之飲，每宴輒然金龍燭數百枝環左右，光明如晝，敕宫婢十輩杯盤以次遞進，不設几筵。酒酣，裸逐嬉笑以爲樂。

《金鳳外傳》：延鈞張長枕大牀，擁金鳳與諸宫女裸卧。又遣使於日南造水晶屏風，周圍四丈三尺，與金鳳淫狎於内，令宫女隔屏覘之。

已過桑溪修禊天，短衣鼓棹傍龍船。樂遊一曲同聲和，人在青蒲紫蓼邊。

《金鳳外傳》：二月上巳，延鈞修禊桑溪，金鳳偕後宫雜衣文錦，列坐水次。

又：端陽日，造綵舫數十於西湖，每舫載宫女二十餘人，衣短衣，鼓棹爭先。延鈞御大龍舟以觀。金鳳作《樂游曲》，使宫女同聲歌之。曲曰：『龍舟摇曳東復東，采蓮湖上紅更[一]紅。波澹澹，水溶溶，奴隔荷花路不通。』又曰：『西湖南湖鬭綵舟，青蒲紫蓼滿中洲。波渺渺，水悠悠，長奉君王萬歲游。』

校按：【一】『更』原引作『復』，據《金鳳外傳》改。

君王沈病罷朝堂，歌舞宫中樂未央。誰識九龍仙帳裏，夜深惟許貯歸郎。

《十國春秋·閩惠宗后陳氏傳》：金鳳善歌舞。

又：惠宗晚年得風疾，后遂與幸臣歸守明私。惠宗嘗命錦工造鏤金五綵九龍帳於長春宫，既成進之，守明日宿於内。國人歌曰：『誰謂九龍帳，惟貯一歸郎。』

那用茶膏獻耐重，清人樹獨鬱葱蘢。堂前共作傾筐會，摘得新芽帶露濃。

《清異録》：有得建州茶膏，取作耐重兒八枚，膠以金縷，獻於閩王曦。

又：僞閩堂前兩株茶，鬱茂婆娑，宫中呼爲『清人樹』。每春初，嬪嫱戲摘新芽，堂中設傾筐會。

雙鶴翩翩下碧空，上方受籙寶皇宫。大羅仙主方需次，六十年華指顧中。

《十國春秋·閩惠宗紀》：長興二年六月，作寶皇宫，以道士陳守元爲宫主。守元稱寶皇之命，語王曰：『王避位受道，當爲天子六十年。』問：『六十年天子後將安歸？』守元傳寶皇語：『六十年後爲大羅仙主。』註引《閩海叢談》云：閩王鏻日祈太乙神册，逾年，雙鶴徘徊而下，遂謀僭號。

千里將軍驥國公，可能汗血建奇功？沙鑼命中誇神武，手送江山入麀束。

《十國春秋·閩康宗紀》：通文元年，詔以金錢市馬。得良馬五，賜號曰金鞍使者、千里將軍、致遠侯、渥洼郎、驥國公。

又：帝性狂躁，即位之初，常欲練兵襲吴。乃於殿庭設大沙鑼於射堂，示衆曰：『一發中之，當平定江南。』射堋去階際裁數十武，沙鑼復甚寬廣，果一發命中。左右同聲賀曰：『此一箭定天下矣！』帝大悦，遂發兵至境上。吴人聞之，無所詬責，第曰：『愍其有大志耳！』蓋實戲之也。

又《惠宗紀》：龍啟二年，有野鹿入東門，帝曰：『朕土地雖小，不可屬東鹿也。』時閩語以兩浙爲『東鹿』，故及之云。後福州卒歸吴越，人謂有先兆。

香雲濃郁漾簾波，臺下朝昏動樂歌。後苑春開三昧宴，天花紛墜曼陀羅。

《十國春秋·閩康宗紀》：通文四年，作三清殿於内庭。日焚龍腦、薰陸諸香無算，作樂臺下，晝夜不輟，云如此可求大還丹。

《清異録》：閩昶春餘宴後苑，飛紅滿空，昶曰：『《彌陀〔一〕經》云「雨天曼陀羅花」，此景近似。今日觀化工之雨天三昧，宜召六宫設三昧宴。』

校按：【一】『陀』原引作『勒』，據《清異録》改。

燕子飛飛入玉樓，昭陽蕭瑟已先秋。國翁不解長門賦，一葉隨風落御溝。

《十國春秋·葉翹傳》：翹，永泰人。惠宗擢爲福王友，官六軍判官，命福王以師傅禮待之，宫中稱曰國翁。福王既嗣帝位，是爲康宗，進翹内宣徽院使，參政事。元妃梁國夫人者，李敏女也。賢妃李春燕被寵，夫人頗不見答。翹諫曰：『夫人先帝之甥也，陛下聘以禮，奈何因新愛而棄之如遺乎！』康宗不能從，殊爲不平。未幾，翹復上書言事，遂署其楮尾曰：『一葉隨風落御溝。』放歸永泰，以壽終。

金柱珠簾整復斜，紫薇宮冷夜棲鴉。多情最是蓮花冢，猶發鴛鴦樹上花。

《金鳳外傳》：延鈞爲春燕造東華宮，以珊瑚爲棁櫨，琉璃爲欞瓦，檀楠爲梁棟，真珠爲簾幙，範金爲柱礎。《十國春秋·康宗后李氏傳》：李氏，本惠宗宮人，名春燕。有色，康宗烝焉。嗣位，立爲賢妃。及通文改元，復立爲皇后，別造紫薇宮，爲皇后遊幸之所，土木之盛逾於東華。連重遇之亂，康宗同后出北關，至梧桐嶺，爲皇從子繼業所殺，葬蓮花山側。冢上有樹，生異花，似鴛鴦交頸，時人名曰鴛鴦樹。

銀葉杯傾酌玉漿，誰來買宴又開觴。當筵莫勸如泥醉，準備君王驗酒腸。

《十國春秋·閩景宗紀》：帝曲宴群臣，皆醉去，獨周維岳在坐。帝曰：『維岳身甚小，何飲酒之多？』左右曰：『酒有別腸，不必長大。』帝欣然命捽維岳下殿，剖視酒腸。旁有解之者曰：『殺維岳，無人侍陛下劇飲。』乃舍之。帝常鍛銀葉爲杯，賜群下飲。銀葉既柔弱，因目爲冬瓜片，又名曰醉如泥。酒既盈，即不復置他所，惟飲盡始得釋手。

荆南

高季興，本名季昌，陝州硤石人。初爲朱全忠將，賜爵渤海王。後唐同光二年，進封南平王，居江陵。在位十六年卒，謚武信。子文獻王從誨立，十九年卒。子貞懿王保融立，十三年卒。弟侍中保勖立，勖或作勉。三年卒。貞懿王長子侍中繼沖立，踰年，降於宋。五主，凡五十七年。歐陽《五代史》作

『南平』；張唐英《補九國志》作『北楚』。

雄楚樓高氣欲吞，金隄鞏固俯荆門。繡衣舊拜中朝賜，上有唐皇指爪痕。

《十國春秋·武信王世家》：梁乾化二年，季昌潛有據荆南之志，乃治城塹，設樓櫓。奏築江陵外城，復建雄楚樓、望江樓爲捍敵。

又：梁貞明三年，王築隄以障襄漢之水，居民賴之，名曰高氏隄。《江陵志餘》云：『高氏嘗修築金隄，厥後江勢改徙，隄遷於外。』

又：唐主嘗問曰：『朕將有事於蜀。』王請以本道兵先進。唐主大悦，以手拊其背。王因命工繡其手迹於衣，以爲榮耀。

西天瑞像現香臺，慘淡宮花五寺開。淨果更參華定水，湯神逐日獻茶來。

《十國春秋》：武信王五女，失其名。相傳俱幼年好道，薙髮爲女僧，各止一處，一曰佛華寺，一曰菩提寺，一曰莊嚴寺，一曰石佛寺，一曰法輪寺。

又：文了，吴僧也，雅善烹茗。武信王時來遊荆南，延住紫雲禪院，日試其藝。王大加欣賞，呼爲湯神，奏授華定水大師。人皆目爲『乳妖』。

《江陵志餘》：彌勒瑞像，清泰間隨船至荆，高氏迎置萬壽寺。

稽功山下郢城開，主器群稱霸業恢。猶憶夢中金甲護，執戈扶起泰山頽。

《十國春秋・荆南武信王世家》：乾化二年，季昌秦築江陵外城。是時，稽課土功於郢城北，土人因名其山曰稽功山。

又《武信王夫人張氏傳》：張氏，王愛姬，而文獻王之母也。武信王隸梁戲下時，每行軍，必挾夫人與俱。一夕軍敗，誤入深澗中。會夫人方娠文獻王，宛轉不能起。王懼追兵且至，竢夫人熟寢，以巨劍刺兩岸，期岸崩以厭之。既而夫人遽驚呼曰：『適夢泰山頽厭妾身，賴金甲執戈者抵之獲免。』王遂挈以行。未幾，生文獻王，以富貴終。

江漢朝宗此建樓，堂開杞梓衆材收。君王喜怒偏無定，一笑麟兒萬事休。

《十國春秋・荆南武信王世家》：天成二年，築内城以自固，名曰子城。建樓於内城東門上，曰江漢樓。

又《文獻王世家》：開運二年，建杞梓堂。案：此蓋取《左傳》『楚材晉用』，及《南史・庾域傳》『荆南杞梓其在斯乎』語意。

又：保勗，文獻王第十子。初在保抱，文獻王獨鍾愛之。或盛怒，見必釋然而笑，荆人目爲『萬事休』。

五花賓館綺爲寮，食品紛羅椀足高。宴上紅粧齊醉舞，朱絃輕按紫檀槽。

《南部新書》：荆南舊有五花館，待賓之上地也。

《三楚新録》：高從誨時，荆南尚使瓷器，皆高其足，謂之高足椀。

《十國春秋・文獻王世家》：晉學士王仁裕來聘，王出十伎彈琴以樂之。從誨有句云：『紅妝齊抱紫檀槽，一抹朱絃十四條。』

江波常繞望沙樓，洞口桃花逐水流。怪煞白蓮開徧野，清風池畔渚宫秋。

《十國春秋·荆南文獻王世家》：天福五年，晉翰林學士陶穀爲王生辰國信使，來聘於我。王宴穀望沙樓，大陳戰艦於樓下。

《禁扁》：望沙樓下有桃源洞。

又：天福八年，王鑿江陵城西南隅爲池，立亭於上，曰渚宫。先是，城東南舊有渚宫，楚頃襄王之離宫也，王特倣其名而稱之。又置亭於側，曰迎春。註：《江陵志餘》：清風池在城東北隅，方數百步，深清鏡潔，潭而不流，高氏之所鑿也。【一】

《天中記》：荆文獻王未薨前數年，凡溝池、城隍悉開白蓮花。

校按：【一】此條引文出自《十國春秋·荆南文獻王世家》。

琅玕深護海珠叢，臺榭參差曲檻通。鎮日垂簾看不足，巫山雲雨夢魂中。

《十國春秋·侍中保勖世家》：保勖頗有治事才。至是，淫泆無度。日召娼伎集府署，擇士卒壯健者，令恣調謔，乃與姬妾垂簾共觀，以爲娛樂。又好營造臺榭，窮極土木之工。有估客自嶺外來，得龍眼一枝，獻於保勖。命作琅玕檻子置之，名曰『海珠叢』。

手撥琵琶韻繞梁，麻姑法曲勝霓裳。雲間鶴去元音渺，誰續仙人獨指商。

《十國春秋》：荆南仙女者【二】，平江節度使王保義女。五歲通《黄庭内外經》，及長，善琵琶。一夕，夢麻姑傳以樂曲，自是每夕輒夢遇之，即指授音律。歲餘，得百餘調，都非人間所有。其尤者，名《獨指商》，以一指彈一曲，更爲擅奇。已而適文獻王子保節，復夢麻姑至，曰：『即當相邀。』明日，庭中聞雲鶴音樂，仙女奄然而逝。

校按：【一】『者』原作『度』，據《十國春秋》改。

北漢

劉旻，初名崇，漢高祖母弟。周廣順元年，周祖代漢。因自立，都太原，稱乾祐四年。在位四年殂，廟號世祖。子睿宗承鈞立，仍稱乾祐八年。至十年，始改元天會，十四年殂。養子繼恩立，遇弒。弟繼元立，仍稱天會十二年。至十八年，始改元廣運。宋太平興國四年，降，封彭城郡公。四主，凡二十八年。《五代史》作『東漢』。

重瞳勤政坐凝旒，閣啟飛鸞瑞靄浮。天廄新添三品料，將軍自在屬黄騮。

《十國春秋·北漢世祖紀》：目重瞳子。

又：帝爲黄騮治廐，食以三品料，號『自在將軍』。

《禁扁》：北漢劉旻有勤政閣、飛鸞閣。

賈客來王集衆官，殊方異果辨應難。竹青棗拜官家賜，卻愛金棱略綽盤。

《十國春秋·郝貴超傳》：又有禁帥郝惟慶者，爲人椎無文，不識物情。時諸方物産未通，賈客自閩、粵來，以橄欖子獻於世祖。詰旦，分頒大僚。惟慶曰：『此果類吾鄉竹青棗，食久方少得味，官家何用賜？臣所喜者，金棱略綽盤耳。』聞者大噱。

駿馬添都盡逸群，定王來踏五臺雲。三衣頂帽談經夜，偏向禪宗假握君。

《十國春秋·定王繼顒傳》：繼顒，故燕王劉守光子也。削髮爲浮屠，後居五臺山。睿宗嗣位，用宗姓，例拜鴻臚卿。繼顒能講《華嚴經》，手執香如意，紫檀鏤成，芬馨滿室。五臺當契丹界上，繼顒常得其馬以獻，號『添都馬』，歲率數百匹。

又《英武帝紀》：帝美風儀，善談論，頗通禪學。居潛邸時，常假僧繼顒紫檀如意。每接僧，則頂帽具三衣，秉此揮灑，名爲『握君』。

佛樓突兀俯宫城，鼓呼神旗扈蹕行。記向無遮修法事，大遼聖節重天清。

李惲《天龍寺千佛樓碑銘》：帝宅之西，五里而遥。北自乾坎，南距申酉。往者北齊啓國，後魏興邦，各營避暑之宫，用憩鳴鑾之駕。於是乎金人塔廟，老氏宫觀，星布於巖石矣。馴嶺西下，約三百步，有高寺榜曰天龍。今英武皇帝應千齡之運，居九重之尊，每届良辰，必親行幸。至壬申歲十二月，詔有司於殿後正面造重樓五間，鑄賢劫，自拘留孫、如來以降，鐵佛千尊。上御宇之八年乙亥歲，天贊皇帝累飛詔示，必以備物典册，將加徽號鴻名，果降貴近。受英武皇帝兼頒龍衣御帶、駟馬琱鞍，别賜神旗鼓吹。英武皇帝嚴整儀衛，親率公卿，届初禪之境。臣幸陪天仗，親奉德音。歡心有待，謹作銘云。

《十國春秋·北漢英武帝紀》：廣運三年，遣使於遼，言天贊皇帝天清節，我國設無遮會，飯僧祝釐。

故第宏開顯聖宮，巍巍七廟盡追封。叔皇報聘頒新賜，玉帶横腰飾九龍。

《十國春秋·北漢睿宗紀》：天會元年七月，初立七廟於高祖舊第，號顯聖宮。

又《世祖紀》：乾祐四年夏四月，帝命宰相鄭珙以厚賂謝遼，自稱『姪皇帝致書於叔天授皇帝』。六月，遼主册命帝爲大漢神武皇帝，妃爲皇后。又以黄騮、九龍十二稻玉帶報聘。

十二州環似拱辰，無端皆唱赤真人。雪花六出霏宫樹，臺館惟爭一夜春。

《十國春秋·北漢世祖紀》：乾祐四年，帝即位於晉陽，仍用乾祐年號。所有者并、汾、忻、代、嵐、憲、隆、沁、遼、麟、石諸州之地。案《通鑑》：劉崇所有者并、汾、忻、代、嵐、憲、隆、蔚、沁、遼、麟、石十二州之地。《歐史·職方考》則云自太原以北十州爲東漢，而無隆、蔚二州之名。

又《睿宗紀》：天會二年冬，國中大雪，國人唱曰：『生怕赤真人，都來一夜春。』人以爲宋受命之應。

全史宫詞卷十六　宋

宋

太祖姓趙，名匡胤，涿郡人。事周世宗，屢立戰功，以殿前都點檢領歸德軍節度使。恭帝顯德七年，引軍北征，兵變還都，遂受周禪，都開封。在位十七年崩，葬永昌陵。改元三建隆、乾德、開寶。太宗名炅，初名光義，太祖母弟。在位二十二年崩，葬永熙陵。改元五太平興國、雍熙、端拱、淳化、至道。子真宗恒立，二十五年崩，葬永定陵。改元五咸平、景德、大中祥符、天禧、乾興。子仁宗禎立，四十一年崩，葬永昭陵。改元九天聖、明道、景祐、寶元、康定、慶曆、皇祐、至和、嘉祐。英宗曙，太宗曾孫，濮王允讓子。仁宗無子，立爲皇子。在位四年崩，葬永厚陵。改元一治平。子神宗頊立，十八年崩，葬永裕陵。改元二熙寧、元豐。子哲宗煦立，十五年崩，葬永泰陵。改元三元祐、紹聖、元符。徽宗佶，神宗第十一子，初封端王。哲宗無子，帝奉向太后命即位。二十五年，金兵深入，帝傳位太子。京城陷，金人執之以歸，封昏德公，後封天水郡王。至高宗紹興五年，殂於五國城，梓宫還臨安，葬永固陵。改元六建中靖國、崇寧、大觀、政和、重和、宣和。欽宗名桓，徽宗太子，受内禪。明年，金兵陷京師，帝出降，北遷，封重昏侯，至紹興三十年遇害。改元一靖康。九主，凡一百六十七年。

招軍格子破尋常，貔虎桓桓埽八方。紅日當天星月退，御樓幾度納降王。

《畫墁録》：太祖招軍格不全取長人，要琵琶腿、車軸身，取多力。

《庚溪詩話》：藝祖微時，客有詠初日者，上所不喜。其人請上詠之，即應聲曰：『太陽初出光赫赫，千山萬山如火發。一輪頃刻上天衢，逐退群星與殘月。』蓋本朝以火德王天下，及上登極，僭竊之國以次削平。混一之志，先形於言，規模遠矣。

《六一詩話》：李文正公進《永昌陵挽歌詞》云：『奠玉五回朝上帝，御樓三度納降王。』所謂三降王者，廣南劉鋹、西蜀孟昶及江南李後主也。

猊座莊嚴禮寶龕，黄袍衛護仗瞿曇。君王欲薦慈闈福，宣賜神仙的乳三。

《清異録》：太祖陳橋時，太后方飯僧於寺，懼不測，寺主僧誓以身蔽。上受禪，賜『的乳三神仙』。

《宋史·太祖紀》：次陳橋驛，軍士控弦露刃，直扣寢門，相與扶太祖出聽事，被以黄袍。諸校列拜曰：『諸軍無主，願策點檢爲天子。』傳呼萬歲，聲聞數十里。

國家武備莫輕忘，内院頻開蹴鞠場。花下一丸塵起處，至尊敵手是韓王。

元王惲《題宋太祖蹴鞠圖》詩註云：凡六人，對蹴者趙普，傍看者太宗、八王、一道士與從者。普封韓王。

藩臣千里貢名鷹，雨血風毛徧九垌。味潄書存今東閣，君王新卻海東青。

《五總志》：登州海崖林中有鶻，能自高麗一飛度海，號曰海東青。本朝夏帥趙保忠【二】得之，以獻太祖。太祖卻之，曰：『朕久罷田遊，盡放鷹犬。無所事此，卻以賜卿。』

《肎綮録》：臨安有人好養鷹，嘗見其几間有書一帙，上題『咊潄』二字，皆飼鷹之法。問所從來，則曰：『先人在北司，諸閹往來最厚，以此見遺。』『咊』字《篇》《韻》皆所不載，疑其誤書。後見沈存中《筆談》載：『養鷹鸇者，其類相語謂之咊潄。《三館書目》有《咊潄》三卷，皆養鷹鸇法及醫療之術。』咊，以麥切，一作以陸切。

校按：【二】『忠』原引作『全』，據文淵閣《四庫全書》本《五總志》改。

宣德樓前月色明，御街處處聽鳴鉦。深宮葉子消長夜，容易蝦蟆報六更。

《東京夢華録》：坊巷御街，自宣德樓一直南去，約闊二百餘步。

《孔氏雜説》：今之更點擊鉦。

《農田餘話》：今之《葉子戲消夜圖》，相傳始於宋太祖，令宮人習之以消夜。

《宋稗類鈔》：宋祖建隆庚申受禪，後聞陳希夷『只怕五更頭』之言，命宮人轉六更方嚴鼓鳴鐘。殊不知『庚』與『更』同音也，歷五庚申而宋亡。◎六更名蝦蟆更，註詳後。

王師新自錦城還，花蕊承恩劇可憐。詭託宜男酬帝問，香牋一幅畫張仙。

《金臺紀聞》：世所傳張仙像者，乃蜀王孟昶挾彈圖也。初，花蕊夫人入宋宮，念其故主，偶攜此圖，遂懸於壁，且祀之謹。太祖幸而見之，致詰焉，夫人詭答之曰：『此蜀中張仙神也，祀之能令人有子。』非實有所謂張仙也。

元舅加恩錫壽巵，君王情重渭陽詩。誰期虎節朝天日，竟是龍衣拂地時。

《玉壺清話》：杜審琦，昭憲皇太后之兄也。建甯州節，請覲，審琦視太祖、太宗皆甥也。一日，陳内宴於福甯宫，昭憲后臨之，祖、宗以渭陽之重，終侍宴焉。爲壽之際，二帝皆捧觴列拜。樂人史金著者，粗能屬文，致詞於簾陛之外，其略曰：『前殿展君臣之禮，虎節朝天；後宫伸骨肉之情，龍衣拂地。』祖、宗特愛之。

廟享欽遵四孟時，牙盤别設踵唐儀。太常禮畢群班退，夾室焚香讀誓碑。

《文獻通考》：宋制，太廟歲以四孟月及季冬，凡五享。開寶初，上親享太廟，見所陳籩豆簠簋，問曰：『此何物也？』左右以禮器對。上曰：『吾祖宗寧識？』亟命撤去，進常膳如平生。既而曰：『古禮不可廢也。』命復設之。於是判太常寺和峴言：『按唐天寶中享太廟，禮料外每室加常食一牙盤。五代以來，遂廢其禮。今請如唐故事。』乃詔别設牙盤食，禘祫、時享皆用之。

《避暑漫鈔》：藝祖受命之三年，密鐫一碑，立於太廟寢殿之夾室，謂之『誓碑』。用銷金黄幔蔽之，門鑰封閉甚嚴。因敕有司，自後時享及新天子即位，謁廟禮畢，奏請恭讀誓詞。群臣及近侍皆不知所誓何事。靖康之變，門皆洞開，人得縱觀。誓詞三行，一云：『柴氏子孫，有罪不得加刑。縱犯謀逆，止於獄中賜盡，不得市曹刑戮，亦不得連坐支屬。』一云：『不得殺士大夫及上書言事人。』一云：『子孫有渝此誓者，天必殛之。』

内旨宣來半録黄，白麻傳語曼聲長。班齊未聽牙牌報，暫進朝房厚朴湯。

《宋史·職官志》：中書省大事奏稟得旨者爲畫黄，小事擬進得旨者爲録黄。

《老學庵筆記》：蘇子容詩云：『起草才多封卷速，把麻人衆引聲長。』蘇子由詩：『明日白麻傳好語，曼聲微繞殿中央。』蓋昔時宣制，皆曼延其聲，如歌詠之狀。

《二老堂詩話》：歐公詩云：『玉勒争門隨仗入，牙牌當殿報班齊。』或未解其事。今朝殿争門者，往往隨仗而入。及在廷排立定，駕將御殿。閤門持牙，班排齊，小黄門接入，上先坐後幄。黄門復出，揚聲曰：『入人齊未？』行門當頭者應云：『人齊。』上即出，方轉照殿，衛士即鳴鞭罷。此乃是駕出時也。

《温公詩話》：文德殿，百官常朝之所也。宰相奏事畢，乃來押班，常至日旰，守堂卒好以厚朴湯飲朝士。朝士有久無差遣、厭苦常朝者，戲爲詩曰：『立殘階下梧桐影，喫盡街頭厚朴湯。』亦朝中之實事也。

棣萼情深勸舉巵，階前催唤折花枝。甯哥一箭楊妃死，絶異驪山侍宴時。

《聞見近録》：金城夫人得幸太祖，頗恃寵。一日，宴射後苑，上酌巨觥以勸太宗，太宗固辭。上復勸之，太宗顧庭下曰：『金城夫人親折此花來，乃飲。』上遂命之。太宗引弓射而殺之，即再拜而泣，抱太祖足曰：『陛下方得天下，宜爲社稷自重。』而上飲射如故。

紫磨金帶巧雕鎪，約束龍衣寳焰流。除卻曹王承御賜，外間誰識紫雲樓。

《格古要論》：王佐《紫雲樓金帶考》：『太宗得巧匠，親督視於紫雲樓下造金帶，得三十條。以一賜曹彬，一以自御，餘皆貯庫，號鎮庫帶，封鐍甚嚴。其金紫磨也[二]，光豔溢目。其文作醉拂菻人，皆突起，長不及寸，眉目生動。其華紋則又六七級，鏤篆之精，若入鬼神。』

校按：【二】『也』原引作『地』，據《鐵圍山叢談》及《新增格古要論》改。

廣慧夫人侍御觴，桂花滿殿散秋香。揮毫妙寫迴文記，如見蘇家織錦娘。

宋太宗廣慧夫人《織錦迴文記》云：蘇蕙織錦迴文及今已久，欲見其彩色宛然如蕙之手著者，甚爲難得。八月二十日，駕幸翠微殿賞桂，詔令賦詩。見御案一幅五色相宣，讀之易明，因照式製之，以志不忘。至道元年十一月六日書。

招箭班頭列鴈行，三山相對采侯張。御前絶技誇銀盌，中的歸來宴射堂。

《東京夢華録》：駕詣射殿射弓，垜子前列招箭班二十餘人，皆長腳幞頭，紫繡抹額，紫寬衫，黄義襴，鴈翅排立。御箭去則齊聲招舞，合而復開，箭中的矣。又一人口銜一銀盌，兩肩兩手共五隻，箭來則能承之。射畢，駕歸宴殿。

《徽宗宫詞》：弓矢尋常鎖太清，三山相對射侯明。乘閒自習和容藝，金椀時聞中的聲。

玉堂深處晝簾垂，猶記當窗引燭時。院外忽聞鈴索動，鵲聲驚下海棠枝。

沈括《筆談》：玉堂東承旨閤子窗格上有火然處。太宗嘗夜幸玉堂，蘇易簡爲學士，已寢，遽起，無燭具衣冠，宫嬪自窗格中引燭入照之。至今不易，以爲玉堂盛事。

蘇耆《次續翰林志》：唐學士院深嚴，非本院人不可遽入。雖中使宣示及有文書，必先動鈴索，立于門外。五代以來，其制久廢。公因召對言之，上可其奏，自是院内復置鈴索焉。

《孔氏談苑》：院中有雙鵲栖於玉堂海棠樹，或鳴噪，必有大詔令或宣召之事，因謂之靈鵲。

金明池上戲銀甌，競渡爭標浪影浮。三月宜秋門外路，大書黄榜許來游。

《宋史》：淳化三年三月，帝幸金明池，命爲競渡之戲。擲銀甌於波間，令人泅波取之。

《清波别志》：舊都歲自元宵後，都人即辦上池，遨遊之盛。當二月末，宜秋門外揭黄榜云：『三月一日，三省同奉聖旨，開金明池，許士庶遊行。』

編摹古帖搨雲箋，親貴分頒墨色鮮。衆體獨推宸翰備，探囊閒看御書錢。

《考槃餘事》：宋太宗搜訪古人墨跡，於淳化年中命侍臣王著摹勒上石，用澄心堂紙、李廷珪墨拓打，親王、大臣各賜一本。

《玉海》：國初錢文曰『宋元通寶』。淳化元年，改鑄『淳化元寶』錢。上親書其文，作真、草、行三體。

《孔氏談苑》：前世錢文未有草書者，淳化中，太宗以宸翰爲之。既成，以賜近臣。王元之有詩云：『還有一般勝趙壹，囊中猶貯御書錢。』

繡扇紗籠引鈿車，清明天氣柳飛花。奉先寺外朝陵路，記得宫人有舊斜。

《東京夢華録》：清明，禁中前半月發宫人朝陵，亦詣奉先寺祀宫人墳。莫非金裝紺幰，錦額珠簾，繡扇雙遮，紗籠前導。

槐楸滿苑翠陰籠，險韻詩成晝漏終。誰似金華邀上賞，十聯詩寫御屏風。

《合璧事類》：宋殿庭惟植槐、楸。

《石林燕語》：太宗留意藝文，琴棋亦造極品。王元之詩：『分題宣險韻，翻勢得仙棋。』蓋當時事也。

《山堂肆考》：楊徽之能爲詩，太宗寫其警句十聯於御屏。梁周翰詩曰：『誰似金華楊學士，十聯詩在御屏風。』

輭繡天街半里嬌，火城五夜駐鸞鑣。羅江犬吠鵷班定，鵠立通明侍早朝。

《清異録》：本朝以親王尹開封，謂之判南衙，羽儀散從燦如圖畫。京師人歎曰：『好一條軟繡天街。』士大夫騎吏繁華者，亦號『半里嬌』。

《小畜集·待漏院記》：相君至止，煌煌火城。【二】

《淵鑑類函》引《古今詩話》曰：淳化中，和州貢羅江犬，甚小而慧，常馴擾於御榻前。每坐朝，犬必掉尾先吠，人乃肅然。

蘇文忠詩云：侍臣鵠立通明殿，一朵紅雲捧玉皇。

校按：【二】王禹偁《待漏院記》原文云：『相君啟行，煌煌火城；相君至止，噦噦鑾聲。』

簇簇燈輪鶺鴒旋，鼇山鳳輦下遥天。元宵大展金吾禁，吴越新輸買夜錢。

《東京夢華録》：駕入燈山，御輦院人員輦前喝：『隨竿媚來。』御輦團轉一遭，倒行觀燈，謂之『鶺鴒旋』。

《華陽集·元夕詩》：雙鳳雲中扶輦下，六鼇海上駕山來。

《孔氏談苑》：京師上元放燈三夕。錢氏納土進錢，買兩夜，今十七、十八是也。

蒲中酒法本先皇，玉食批皆屬禁方。佳節相逢多饋贈，最先春社辣驕羊。

《曲洧舊聞》：内中酒，蓋用蒲中酒法也。太祖微時喜飲之，即位後令蒲中進其方，至今用而不改。

《説郛》有宋《玉食批》一卷。

《清異録》：和魯公嘗以春社送節饌，用奩惟一新樣大方碗，覆以剪鏤蠟春羅。碗内品物不知其幾種也，物十而飯二焉。禁庭社日爲之，名『辣驕羊』。

妙勢新圖指畫工，一枰花下對春風。龍膏魚媚誇時樣，卻怨君王避六宫。

《胃瘵録》：今面油謂之玉龍膏。《文昌雜録》言：『宋朝太宗始合此藥，以白玉碾龍團合子貯之，因以名焉。』

《聞見録》：宋淳化間，京師婦女競剪黑光紙團靨，又裝縷魚腮首，號『魚媚子』，乃古花鈿之遺也。

《孔氏談苑》：太宗善奕棋，諫臣乞竄待詔賈玄於南州，言玄每進新圖妙勢，悦惑明主。上曰：『朕非不知，聊避六宫之惑耳。』

爆矟龍旂夾轂回，南郊輦路淨無埃。趙家天子同聲應，朱雀門前勘箭來。

《文獻通考》：宋玉輅後，左太常，繡日月星辰；右龍旂，繡交龍。

又：爆矟，擊聲也。一云象爆牛，善鬬。唐金吾將軍執之。宋朝制如節，有袋，上加碧油，常置朝堂。車馬鹵薄出，則八枚前導。

《畫墁録》：熙甯以前，凡郊祀，大駕還内，至朱雀門外，忽有緑衣人出道中，蹣跚潦倒如醉狀，乘輿爲之少柅，謂之天子避酒客。及門，兩扇遽闔，門内抗聲曰：『從南來者何人？』門外應曰是趙家第幾朝天子。又曰：『是也不是？』應曰：『是。』開門，乘輿乃進，謂之勘箭。

玉階人靜漏聲遲，赤腳仙人入夢時。臺下墜釵心暗卜，天顔有喜近臣知。

《宋史》：李宸妃有娠，從帝臨砌臺，玉釵墜，妃惡之。帝以卜，釵完當生男子。左右取以進，釵果不毀，帝甚喜。已而生仁宗。

又：仁宗母夢一羽衣之士跣足從空而下，云：『來爲汝子。』故仁宗幼年，每穿屐襪，即亟令脱去，皆呼『赤腳仙人』。[一]

校按：【一】此條引文不見於今本《宋史》，見於王明清《揮麈后録》。

三千珠翠簇花叢，階下迎鑾唱喏同。爲語銷金休犯禁，杜姬已送太和宫。

《孔氏談苑》：景德中，上在拱宸殿按舞，命索新詞。夏文莊進《喜遷鸞》，有云：『三千珠翠擁宸游，水殿按《梁州》。』

又：真宗禁銷金。自東封還，杜倢伃迎駕服之，上怒，送太和宫出家。由此人莫敢犯。

秋水高吟滿殿驚，緑衣翠髻可憐生。承恩不爲嫺歌舞，摘取南華作小名。

《貴耳録》：真廟宴近臣，語及《莊子》。忽命秋水，至則翠鬟緑衣一小女童，誦《秋水》一篇。聞者竦立。

鎖院春風蕊榜黄，宴開聞喜賜宸章。十篇試卷新謄出，照例焚香告影堂。

《貢父詩話》：太宗好文，每進士及第，賜聞喜宴。常作詩賜之，累朝以爲故事。仁宗在位四十一年，賜詩尤多。

《歸田録》：真宗重儒學，今科場條制，皆當時所定。至今每親試進士，已放及第，自十人以上，御試卷子並録本於真宗影殿前焚燒。制舉登科者亦然。

月照高樓啟綺筵，上方請客撤金蓮。詩成兩袖珠花滿，聊當宫娥潤筆錢。

《錢氏私志》：岐公在翰苑時，中秋有月，上命小殿對設二位，召來賜酒。夜漏下三鼓，上悦甚，令左右宫嬪各取領巾、裙帶，或團扇、手帕求詩。來者應之，略不停輟。上云：『豈虚辱？須與學士潤筆。』遂各取頭上珠花三朵裝公幞頭，簪不盡者，置公服袖中。宫人旋取鍼線縫聯袖口。宴罷，月將西沉，上命撤金蓮燭，令内侍扶掖歸院。都下盛傳天子請客。

璀璨金花十六株，儀天冠上耀明珠。垂簾不立劉家廟，誰獻明空負扆圖。

《文獻通考》：明道元年，禮官議謂皇太后宜準皇帝衮服減二章，衣去宗彝，裳去藻，不佩劍，金龍花十六株，前後垂珠翠各十二旒，以衮衣爲名。詔名其冠曰儀天。

《宋史·劉后世家》：仁宗即位，尊后爲皇太后。軍國大事，權取皇太后處分，垂簾聽政。詔書稱『吾』，以生日爲長寧節。出御大安輦，鳴鞭侍衛如乘輿。於是小臣方仲弓上書，請依武后故事，立劉氏廟。而程琳亦獻《武后臨朝

圖》。后擲其書於地，曰：『吾不作負祖宗事！』【一】

校按：【一】 今本《宋史》無《劉后世家》。此條引文出自《東都事略·劉后世家》。

一領恩袍賜狀頭，聖朝文教播遐陬。桂香草色天章麗，織入獠人錦臂韝。

《澠水燕談録》：魯人李廷臣頃官瓊管，一日過市，有獠子持錦臂韝鬻於市者，織成詩。取而視之，仁廟景祐五年賜進士詩也，云『恩袍草色動，仙籍桂香浮』。仁祖文章掞麗，足以流播荒服如此。

聖祖曾聞下界來，依稀鸞仗九霄排。尊崇敬仿立元例，四海同頒金寶牌。

《朝野類要》：真宗皇帝尊九天司命天尊爲聖祖天尊大帝，蓋仿唐尊老君故事也。其詳載於國史。又秘書有《聖祖天尊大帝降臨記》。

《清波雜志》：天聖初元，内出聖祖神化金寶牌，令景靈宫分於在京宫觀寺院及外州名山聖蹟之處。文十二，曰『玉清昭應宫成天尊萬壽金寶』；背文五，曰『永鎮福地敕』。其周郭隱應虬龍花葩之狀。

太平花下夕陽開，玉管銀笙弄幾回。五十四腔皆御定，新詞何用醉蓬萊。

《劍南詩》註：瑞聖花出劍南，似桃四出，千百包駢萃成朵。天聖中獻至京，仁宗賜名『太平瑞聖花』。

《玉海》：仁宗曉音律，每禁中度曲，出以賜教坊。或命教坊撰進，凡五十四曲。

《後山詩話》：柳三變作新樂府，傳禁中。仁宗愛其詞，每對酒，必使侍從歌之再三。三變聞之，作宫詞號《醉蓬萊》，因内官達後宫，且求其助。仁宗覺之，自是不復歌其詞。

天氣蟲蟲未沛霖，宫中新出范觀音。含情莫念前時寵，取忌都緣受寵深。

《聞見近録》：慈聖光獻皇后養女范觀音得幸仁宗，温成患之。一歲大旱，仁宗祈雨甚切，至燃臂香以禱，天意弗答。温成養母賈婆婆陰謂丞相，請出宫人以弭災變，上從之。温成乃白上，非出所親厚者，莫能感天意，首出其養女以率六宫。范氏遂被出，而雨未應。

命薄何心更乞恩，宫闈須識諫官尊。緑衣奉敕圖椒壁，御筆親題右正言。

《東都事略·后妃世家》：温成皇后張氏，慶曆元年封清河郡君，歲中爲才人，遷修媛。三年，忽被疾，曰：『妾姿薄，不勝寵名，願爲美人。』許之。皇祐初，進貴妃。後五年而薨。

又《唐介傳》：介爲御史裏行，時造龍鳳車於啟聖院，内出珠玉爲嚴飾。介言：『此太宗神御所在，不可慢。況爲後宫奇靡之器哉！』仁宗即令徙出。

又：劾宰相文彦博知益州日，作間金奇錦，因中人入獻宫掖，因此爲執政。仁宗怒甚，急召二府，以奏示之曰：『介言彦博因貴妃得執政，此何言也！』即貶介春州别駕，明日，改英州别駕。介自是以直聞天下。

《曲洧舊聞》：唐質肅公在諫垣日，仁宗密令圖其像，置温成閤中，御題曰『右正言唐介』。時猶衣緑，外廷不知。逮質肅薨於位，裕陵乃以此畫像賜其家人，始知之。

寶轂雕輪狹路逢，恩教小宋作乘龍。鷓鴣一曲成佳偶，不信蓬山隔萬重。

《詞苑叢談》：宋子京嘗過繁臺街，逢内家車子，中有褰簾者曰：『小宋也。』子京因作《鷓鴣天》詞云：『寶轂雕輪狹路逢，一聲腸斷繡幃中。身無彩鳳雙飛翼，心有靈犀一點通。金作屋，玉爲籠，車如流水馬如龍。劉郎已恨蓬山遠，更隔蓬山幾萬重。』其詞傳達禁中，上召子京，從容語及，子京惶懼無地。上笑曰：『蓬山不遠。』因以内人賜之。

莅政常披澣濯衣，九重恭儉率宮闈。定州磁器雞籠錦，誰背官家獻貴妃。

《曲洧舊聞》：仁宗好服浣濯之衣。當未明求衣之時，嬪御私易新衣，輒推去之。遇浣濯，隨破隨補，將徧，猶不肯易。

《歸田録》：仁宗性恭儉。至和二年春，不豫。兩府大臣日至寢閣問聖體，見上器服簡質，用素漆唾壺盂子，素甆器進藥。御榻上衾褥皆黄絁，色已故暗。

《聞見録》：仁宗幸張貴妃閣，見定州紅甆器，帝怪問曰：『安得此物？』妃以王拱宸所獻對。帝怒，以所持柱斧碎之。妃又嘗侍於端門，服所謂雞籠錦者，上亦怪問。妃曰：『彦博所獻。』上終不樂。或云潞公夫人遺妃，公不知也。

《北窗炙輠》：周正夫曰：『仁宗皇帝百事不會，只會做官家。』

禍水難留戒牝晨，梳頭人去六宮顰。似聞慈聖頻傳諭，莫勸君王拒諫臣。

《曲洧舊聞》：仁宗至誠納諫，自古無比。一日朝退，唤梳頭者來。方理髮次，見御懷中有文字，問曰：『是何文字？』帝曰：『乃臺諫章疏也。』問所言何事，帝曰：『霖淫久，恐陰盛之罰。嬪御太多，宜少裁減。』掌梳頭者曰：『兩府、兩制，各有歌舞，官職稍如意，往往增置不已。官家根底有一兩人，則言陰盛。若果行，請以奴奴爲首。』蓋恃帝寵也。帝起，遂呼老中貴及夫人掌宫籍者，自某人以下三十人盡放出宫。慈聖曰：『掌梳頭者，是官家所嬖幸，奈何作第一名遣之？』帝曰：『此人勸我拒諫，豈宜置左右？』慈聖由是密戒嬪侍：『勿妄言，無預外事。汝見掌梳頭者乎？官家不汝容也。』

射策彤廷日未闌，後宫寓目許憑欄。太清樓下春風暖，七寶茶湯賜考官。

《甲申雜記》：仁宗朝，春試進士集英殿，后妃[一]御太清樓觀之。慈聖、光獻出餅角子以賜進士，出七寶茶以賜考試官。

校按：【一】『妃』字原脱，據《甲申雜記》補。

殿門深鎖静無譁，御手親封草相麻。玉筆格兼金硯匣，恩教學士帶還家。

《愧郯録》：凡除拜節鉞以上，多由中書進熟狀，惟草后妃、太子、宰相麻則不容知。快行數十輩來宣召云：『鎖小殿子。』既至便殿，上服帽帶，諭以除授之意。御前列金器，如硯匣、壓尺、筆格、糊版、水滴之屬，幾二百兩。既書除目，隨以賜之。

端月千門寶字張，金銀幡勝賜諸王。閣虚猶敕題春帖，煙鎖樓臺恨正長。

王沂公《皇帝閤立春帖子》曰：『北陸凝陰盡，千門淑氣新。年年金殿裏，寶字貼宜春。』

《孔氏談苑》：仁宗朝，王珪上言，請以正月爲端月，爲與上名音相近也。

《東京夢華録》：立春日，自郎官、御史、司監、長貳以上皆賜春幡勝，以羅爲之。宰執、親王、近臣皆賜金銀幡勝。入賀訖，戴歸私第。

《隱居詩話》：温成皇后初薨，會立春進帖子。是時歐陽修、王珪同在翰苑，以其虛閣，故不進。俄有旨令進，王珪遽口占一首云：『昔聞海上有仙山，煙鎖樓臺日月閒。花下玉容常不老，只應春色勝人間。』歐陽歎其美麗。◎按：《曲洧舊聞》作歐公詩。

御手揮鞭試小烏，斬新鞍轡絡珍珠。太皇慈愛孫皇孝，内殿乘涼玉輦扶。

《孔氏談苑》：神宗侍曹太皇，因語自來無人作珠子鞍轡。太皇聞此語，已密令人描樣矣。數日蹙就，上作小紅羅銷金坐子，劣可容體。甫近上巳，以鞍架載之送神宗。神宗大感悦，取小烏馬於福甯殿親試之，駕幸金明池回，遂乘此韉。

又：光獻太皇太后疾稍間，神宗親製一小輦，極爲輕巧，以珠玉、黄金飾之，進於太皇，曰：『娘娘試乘此輦，往涼殿散心。』太后扶其左，神宗扶其右，太皇下輦曰：『官家、太后親自扶輦，當時在曹家作女兒時，安知有今日之盛！』王正仲作光獻挽詞曰：『珠韉錫御恩猶在，玉輦親扶事已空。』蓋用此兩事也。

平明扈駕景靈宮，露面宮娃齒尚童。知有畫工偷寫照，故從馬上整瓏璁。

《六一詩話》：元豐初，宦者王紳效王建作《宮詞》百首獻之，頗有意思。其《太后幸景靈宮駕前露面雙童女》詩：『平明彩仗幸珠宮，紫府仙童下九重。整頓瓏璁時駐馬，畫工暗地貌真容。』【二】

校按：【一】此條引文出自《温公續詩話》。

尚餘瀛玉滿浮杯，寂寞椿庭竟不回。白玉欄杆雙倚處，誰傳天上牡丹開。

《曲洧舊聞》：張次賢名能臣，嘗記天下酒名，今著於此。后妃家：高太皇，香泉；向太【二】后，天醇；張温成皇后，醽醁；朱太妃，瓊酥；劉明達皇后，瑶池；鄭皇后，坤儀；曹太后，瀛玉。

《塵史》：慈聖光獻皇后以元豐庚申十月二十日上仙。所居殿曰慶壽，在福甯之東。庭中有二小亭，金書牌曰『賞蟠桃』『賞大椿』。明年，將奉山陵，詔百官各進輓詞二首。予亦例進曰：『春風三月暮，寂寞大椿庭。』

《孔氏談苑》：慈聖光獻皇后薨，上悲慕甚。有姜識自言神術可使死者復生，上試其術，數旬不驗。乃曰：『臣見太皇太后方與仁宗宴，臨白玉欄杆賞牡丹，無意復來人間也。』上知誕妄，但斥於郴州。

校按：【一】『太』原引作『天』，據《曲洧舊聞》改。

監門圖畫奏丹霄，共詫流民出聖朝。今日毬場賭何物，徐王惟乞罷青苗。

《宋史·鄭俠傳》：監安上門時，流民塞道，身無完衣。近城民至身被鎖械，負瓦揭木，賣以償官。俠繪所見爲圖，假稱密急，發馬遞上之。

《魏鄭公諫録》：太宗宴群臣於丹霄殿。

《紫薇雜記》：神宗與二王打毬，上問欲賭何物，徐王曰：『吾不賭别物，若贏時，只告罷了青苗法。』

萬國瞻雲效貢輸，緋袍氈笠列金鋪。朝回扇底蕃酋退，閤使同分撒殿珠。

《東京夢華録》：正旦大朝會，車駕坐大慶殿，諸國使人入賀。大遼大使頂金冠，後簷尖長如大蓮葉，服紫窄袍、金蹀躞；副使展裹金帶，如漢服。大使拜則立左足，跪右足，以兩手着右肩爲一拜；副使拜如漢儀。夏國使、副皆金冠，短小樣製，服緋窄袍、金蹀躞、吊敦，皆叉手展拜。高麗與南番交州使人，並如漢儀。回紇皆長髯高鼻，以疋帛纏頭，散披其服。于闐皆小金花氈笠，金絲戰袍，束帶。三佛齊皆瘦脊纏頭，緋衣，上織成佛面。又有南蠻五姓番，皆椎髻烏氈，並如僧人。禮拜入見，旋賜漢裝錦襖之類。更有真臘、大理、大石等國，時來朝貢。其大遼使人在都亭驛，夏國在都亭西驛，高麗在同文館，回紇、于闐在禮賓院，諸番國在瞻雲館或懷遠驛。

《夢溪筆談》：熙甯中，注輦國使人入貢，乞依本國俗撒殿，詔從之。使人以金盤貯珠，跪捧於殿楹之間，以金蓮花酌珠，向御座撒之，謂之『撒殿』，乃其國至敬之禮也。朝退，有司掃殿，得珠十餘兩，分賜是日侍殿閤門使副内臣。

《宋史·外國傳》：注輦國自古不通中國，水行至廣州約四十一萬一千四百里。大中祥符八年，其國主羅茶羅乍遣使奉表來貢。使回，降詔，賜物甚厚。◎按：天禧四年、明道二年、熙甯十年俱遣使入貢，行撒殿之禮。

焜煌紫殿啟晨暇，湛露恩深共賜花。旋鮓初來天樂動，玉纖輕撥御琵琶。

《鐵圍山叢談》：開寶末，吴越王錢俶始來朝。太祖謂太官：『錢王，浙人也，宜刱作南食一二以燕衎之。』於是太官倉卒被命，一夕取羊爲醢以獻焉，因號『旋鮓』。至今大宴首薦是味，爲本朝故事。

《宋詩紀事》：王仲修，珪之子。《宫詞》有云：『明日集英排大宴，御前先降出琵琶。』自註云：『教坊使花日新嘗爲臣言，神宗見教坊琵琶制作不精，每遇大宴前一日，降出琵琶。』

《麈史》：舊制，大宴百官，通籍者人賜花兩枝，正郎三枝。熙甯以來皆給四花，郎官六枝。

魚鑰初開走玉乘食陵切。玉乘，玉輅也，迎風翠尾暗香凝。才人進御調新曲，身在瑶臺第一層。

《研北雜志》：故宋宫中用魚鑰，降魚取匙，降匙取魚，古制也。

《墨莊漫録》：孔雀毛著龍腦則相綴。禁中以翠尾作帚，每幸諸閣，擲龍腦以辟穢，過則以翠尾掃之，皆聚，無有遺者。亦若磁石引鍼，琥珀拾芥，物類相感也。

《陳后山詩話》：武才人色冠後庭，裕陵得之。會教坊獻新聲，爲詩〔一〕作詞，號《瑶臺第一層》。

校按：【一】『詩』字疑衍。

千家簾幙映西池，夾道花開上巳時。翠浪影翻黄纈過，東風吹動釣魚絲。

《孔氏談苑》：元祐中，秘閣上巳日集西池。王仲至有詩，張文潛和最工，云：『翠浪有聲黄纈動，春風無力綵衫垂。』秦少游詩：『簾幙千家錦繡垂。』王笑曰：『又待入小石調也。』

《温公詩話》：先朝春日，多召兩府、兩制、三館于後苑賞花、釣魚、賦詩。

玉帶銀鞍重繫親，粉侯遴選徧朝紳。狄家丰采留人樣，合寫丹青示近臣。

《宋史·禮志》：初被選尚者即拜駙馬都尉，賜玉帶、襲衣、銀鞍勒馬、采羅百疋，謂之『繫親』。

又：世謂駙馬都尉爲『粉侯』。

《過庭録》：神廟大長公主，哲宗朝重於求配。徧士族中求之，莫中聖意。帶御器械狄詠頗美丰姿。近臣曰：『不知要如何人物？』哲宗曰：『人物要如狄詠者。』天下謂詠爲人樣子。狄詠，狄青子也。

殿角彤雲溼篆煙，雪花滿砌進瑶編。君王好學垂簾坐，不爲嚴寒廢講筵。

《晁氏客語》：吕原明元祐間侍講，大雪不罷講，講《孟子》有感，哲廟一笑。喜爲二絶，其一云：『水晶宫殿玉花零，點綴宫槐卧素屏。特敕下簾延墨客，不因風雪廢談經。』

糝糝鵞毛撲綺櫳，玉皇鹽撒徧瑶宫。宗枝新句邀天笑，謝女休誇柳絮風。

《七修類稿》：『蛙翻白出闊，蚓死紫之長』二句，此宋宗室有滔大使者，好爲此排笑詩也。初，哲宗灼艾，舉此以娱，故傳之。又一日雪作，哲宗問有何詩，吟二句云：『誰把鵞毛空處掃，玉皇大帝賣私鹽。』皆此類。

一朵巫雲散曉煙，精靈應合上龍天。詞臣議禮裁羊酒，省卻宫中暖孝錢。

《螢雪叢説》：前輩嘗説，北人致《祭皇后文》，楊大年捧讀。空紙無一字，隨自撰曰：『惟靈巫山一朵雲，閬苑一團雪，桃源一枝花，秋空一輪月。豈期雲散雪消，花殘月缺。伏惟尚饗！』仁廟大喜。其才敏給，有壯國體。

《道山清話》：紹聖改元，九月，禁中爲宣仁爲小祥道場。宣隆報長老升座，既而，有僧問話曰：『太皇今在何處？』答云：『身居佛法龍天上，心在兒孫社稷中。』

《師友談記》：東坡爲禮部尚書，宣仁上仙，直宿禁中，關決諸禮儀事。至七日，忽有旨下光禄供羊酒若干，欲爲太后、太妃、皇后暖孝。東坡上疏，以暖孝之禮由於俚俗，王后之舉當化天下，不敢奉詔。有旨遂罷。

玉清謫降舊神仙，金座朱髹憶昔年。人到瑶華粧束换，宫袍猶畫孟家蟬。

《宋史·哲宗孟后傳》：后既立，而劉倢伃寵幸，陰有奪位之意。紹聖三年，哲宗遂廢后，黜居瑶華宫，賜號華陽教主、玉清妙淨仙師，名沖真。初，冬至日，會朝隆祐宫，俟見於他所。后所御座朱髹金飾，宫中之制，惟后乃得之。劉倢伃在他坐，意象頗愠。

《萍洲可談》：孟后衣服畫作雙蟬，目爲孟家蟬。識者謂『蟬』有『禪』意，久之竟廢。

《白石集》：游人總戴孟家蟬。

雪香亭北日初融，孃子承恩賜絹同。内庫文來先辨色，幾端白間幾端紅。

《汴故宫記》：純和殿，正寢也。純和西曰雪香亭，雪香之北，后妃位也。

《鐵圍山叢談》：禁中稱乘輿及后妃多因唐人故事，謂至尊爲『官家』，謂后爲『聖人』，嬪妃爲『孃子』。又：掖庭宫嬙歲給帛多色綵。遇支賜倖絹，應生白者多，即一束十端，必間有一端爲紅生絹，蓋忌其純白故也。此亦國朝太平一故事。

集英深殿鴈行聯，御侍宣呼啟玳筵。射鳥不許稽古制，御廚分肉賜飛鳶。

《鐵圍山叢談》：都下飛鳶至多，而大内中爲最。每集英殿下燕，則飛鳶動千百爲群，翔舞庭中。百官燕食，至則多爲所掠。故事，遇燕設，乃於鄰殿置肉以賜鳶。《周官·射鳥氏》：賓客、會同，以弓矢敺烏鳶。則鳶之善鈔盜有自來矣。今乘輿在御，又鳶飛既衆，是弓矢有不可毆者。故賜鳶肉乃出本朝，第不知其始。竊謂倘非仁廟之至仁，必由祖宗之聖智矣。

又：内官之貴者，則有曰御侍，曰小殿直，此率親近供奉者也。御侍頂龍兒特髻，衣襜。小殿直皂軟巾裹頭，紫義襴窄衫，金束帶，而作男子拜。迺有都知、押班、上名、長行之號。

紫宸開醮日煇煇，萬壽稱觴許醉歸。内殿紅羅誰繫臂，金鬚輕拂衮龍衣。

《鐵圍山叢談》：國朝故事，天子誕節，則宰臣率文武百僚班紫宸殿下，拜舞稱慶。宰相獨登殿捧觴，上天子萬壽。禮畢，賜百官茶湯罷，於是天子還内。則宰臣夫人在内亦率執政夫人以班福甯殿下，拜而稱賀。宰臣夫人獨登殿捧觴，上天子萬壽，仍以紅羅綃金鬚帕繫天子臂，退復再拜，遂燕坐於殿廊之左。此儒臣之至榮。

院院燒燈競管絃，重門鑰啟六更前。鬭牌花下翻新譜，破費官家則劇錢。

《豹隱紀談》：楊誠齋詩：『天上歸來有六更。』蓋内樓五更絶，梆鼓交作，謂之『蝦蟆更』。禁門方開，百官隨入，所謂六更者也。

《六博譜》：《宣和譜》，宋徽宗時宫中之戲也。瞿佑有《宣和牌譜》一卷。

《愧郯録》：凡今歲時，士庶家以錢分遺家人輩，目曰『節料』。或歲正冬節，縱之呼博，目曰『則劇』。習尚已久，亦不究所由始。珂嘗讀蔡絛《鐵圍山叢談》，而後知國初蓋已有之。絛之言曰：『副車弟嘗得太祖賜后詔一以藏之。詔曰：「今七夕節在近，錢三貫與娘娘充則劇錢，千五與皇后、七百與妗子充節料。」娘娘即昭憲杜太后也，皇后即孝明王皇后也。』

玉宸寶殿太清東，四序開筵制不同。勑下兩軍停妓舞，教坊新進女中童。

《玉海》：玉宸殿在太清樓東，即上偃息之所。明道元年，改曰化成殿。

《徽宗宫詞》：化成金碧拱彤楹，四序開筵别有程。

《宋史·禮志》：元豐九年，閤門言：「大宴不用兩軍妓女，只用教坊小兒之舞。」王拱宸請以女童代之。

又《樂志》：教坊有女弟子隊舞，宴會、賞花、習射、觀稼，凡遊幸，奏樂行酒。

紫雲樓上奏簫韶，長壽歌成鳳管調。寶殿筵開方入座，凭高微聽笑聲遥。

《宋史·樂志》：乾德二年，教坊高班都知郭延美作《紫雲長壽曲》。

《玉海》：紫雲樓在廣政殿之後、玉華殿之東，每大宴則宫中登而觀焉。明道元年，改曰昇平樓。

鴛鸞肅肅列堂廉，執戟中郎遴選嚴。三衛最稱宗室貴，一班勳戚進名銜。

《宋史·職官志》：環衛官有中郎將，皆命宗室爲之。詔祖、宗諸后，自明肅至欽慈諸后，及后妃嬪御之家，各具本宗堪充諸衛官以名銜聞。又詔三衛郎爲三衛侍郎。

既繹麟經比事辭，鳧鷖更誦守成詩。一堂喜起明良會，崇政開筵進講時。

《玉海》：崇政殿舊曰簡賢講武，興國八年改。祥符七年始建額，閱事之所也。咸平五年正月，宴侍讀、侍講於崇政殿。寶元二年十月，以《春秋正説》講讀畢宴近臣。慶曆二年四月，以説《書》徹章宴近臣。十一月，以講

《詩》徽宴近臣，賜花作樂。説《書》置於景祐元年

《徽宗宫詞》：崇政西清闢講筵，簪裾雜遝盡英賢。守成當謹持盈戒，紬繹彪鷺大雅篇。

大安輦出警場開，夜半郊壇護駕來。南壝鑾迴天欲曙，御街鼓吹響晴雷。

《夢華録》：三更駕詣郊壇行禮。壇面方圓【一】三丈許，有四踏道，正南曰午階，東曰卯階，西曰酉階，北曰子階。亞終獻畢，降壇，壇上禮料幣帛玉册，由酉階而下。南壝門外去壇百餘步，有燎爐，高丈許。諸物上臺，一人點唱，入爐焚之。駕回，登大安輦，教坊奏樂，諸軍隊伍鼓吹皆動，聲震天地。

又：置警場於宣德門外，謂之武嚴兵士。畫鼓二百面，角稱之。每奏，先鳴角。

宋王珪《宫詞》：金鋌畫角警場開，天子南郊玉輅來。

校按：【一】『方圓』原引作『圓方』，據《東京夢華録》改。

翠芳亭踞象瀛山，寶殿流杯接聖歡。賜宴正逢橙橘熟，皇恩首被講筵官。

《玉海》：祥符九年二月，詔近臣觀書後苑，移幸流杯殿，登象瀛山翠芳亭。天禧四年十月，玉宸殿翠芳亭觀稻，賜宴。皇祐二年辛未，講讀，以翠芳亭橙實賜講筵官各一枚。

振振麟趾盡屏藩，水木從來重本源。昨夜鑾輿幸宗邸，恩榮群羨濮王孫。

《宋史·宗室傳》：濮王二十八子。嗣濮王者，英宗本生父後也。治平三年，立濮王園廟，世世不絶封。徽宗即

位，幸濮邸，遷其子孫官。

資善堂中記不刊，治平有本貴先端。小王入學年方富，翊贊新增講讀官。

《玉海》：資善堂，大中祥符八年置，仁宗肄學之所。九年，詔以元符觀南皇子就學新堂宜以「資善」爲名，因製記。徽宗政和元年，定王、嘉王出就資善堂聽講，詔許講官到堂參見。宣和元年，詔置直講、翊善、贊讀。

繡袍銀仗立金鋪，垂拱門開日未晡。御扆丹青崔白筆，不同鳧鴈敗荷圖。

《宋史·儀衛志》：宫中導從之制，輦頭一人，衣紫繡袍，持金塗銀仗以督領之。

《玉海》：垂拱殿舊名長春，一曰勤政，即常日視朝之所。

《佩文齋書畫譜》：崔白，濠梁人。工畫花竹翎毛，雖以敗荷、鳧鴈得名，然於佛道鬼神、山林人獸無不精絶。熙甯初，命畫垂拱殿御扆，恩補圖畫院藝學，固辭之。

宋王珪《宫詞》：沈煙摇碧透金鋪，密下珠簾鎮玉壺。近賜趙昌花雀障，卻嫌崔白芰荷圖。

雞人報漏幾傳籤，庭燎輝煌正捲簾。鐵騎未馳鑾已駕，牙牌先進奏中嚴。

《夢華録》：大慶殿，庭設兩樓，上有太史局，保章正測驗刻漏，逐時刻執牙牌奏。每遇大禮車駕齋宿及正朔朝會於此。

又：駕行儀衛。大宗伯執牌奏中嚴外辦，鐵騎前導。

華燈寶炬結層樓，十二門開縱燕游。夜半駕迴人盡望，遥空綵索躍星毬。

《夢華録》：舊京城方圓約二十里，南壁其門有三：正南曰朱雀門，左曰保康門，右曰新門。東壁其門有三：從南汴河南岸角門子，河北岸曰舊宋門，次曰舊曹門。西壁其門有三：從南曰舊鄭門，次汴河北岸角門子，次曰梁門。北壁其門有三：從東曰舊封邱門，次曰景龍門，乃大内城角實籙宫前也，次曰金水門。

又：正月十六日，車駕登門樂作，卷簾，御座臨軒，宣萬姓。先到門下者，猶得瞻見天表。須臾下簾，則樂作，縱萬姓遊賞。華燈寶炬，月色花光，霏霧融融，動燭遠近。至三鼓，樓上以小紅紗燈毬緣索而至半空，都人皆知車駕還内矣。

龍津橋下碧盈盈，金水河流抱甕城。兩岸重楊遮御路，粉牆朱户禁人行。

《夢華録》：東都外城，方圓四十餘里。城壕曰護龍河，闊十餘丈，壕内外皆植楊柳，粉牆朱户，禁人往來。城門皆甕城三層，屈曲開門。唯南薰門、新鄭門、新宋門、封邱門皆直門兩重，蓋此係四正門，皆留御路故也。

又：穿城河道有四。龍津橋正對内前。

又：金水河從西北水門入大内，灌後苑池浦。

鱗鱗瓦肆玉勾欄，伎藝教成選蕊官。每到鈞容輪直罷，按歌常許外人看。

《夢華録》：崇、觀以來，在京瓦肆伎藝不可勝數。風雨寒暑，諸棚看人，日日如是。教坊鈞容直，每遇旬休按樂，亦許人觀看。每遇内宴前一月，教坊内勾集弟子小兒，習隊舞，作樂雜劇節次。

《通雅》：宋有京瓦，通謂勾欄，其始名則猶欄干也。

楊太后《宫詞》：新翻歌譜甚能奇，宣索蕊官入管吹。

大遼使者宴都亭，南苑彎弓試鴈翎。得捷歸來如奏凱，鬧裝鞍馬出宫庭。

《夢華録》：大遼使人在都亭驛，就館賜宴。遼使朝見訖，翼日詣大相國寺燒香，次日詣南御苑射弓。朝廷選能射武臣伴射，就彼賜宴。例本朝伴射用弓箭，中的則賜鬧裝、銀鞍馬、衣着、金銀器物有差。伴射得捷，京師市井兒遮路争獻口號，觀者如堵。

延秋坊裏同文館，萬國車書盡入朝。星使欲歸張祖席，東門恩許賜雲韶。

《玉海》：同文館在延秋坊，熙甯中置，以待高麗使。

《徽宗宫詞》：高麗新貢欲還朝，再御東迴一水遥。祖餞國門仍賜樂，屢傳恩詔下層霄。

《宋史·樂志》：雲韶部，初名簫韶部。

南薰門外午風薰，夏至温和氣候分。駕至玉津觀刈麥，紅雲扶輅輾黄雲。

《玉海》：玉津園在南薰門外，半以種麥。仲夏，駕幸觀刈麥。

范成大《步虚詞》：夾道騫華籠綵仗，紅雲扶輅輾天街。

大晟新調律度精，全憑帝指協韶韺。朝廷陽教資陰教，先遣宫嬪按樂成。

《宋史·樂志》：徽宗鋭意制作，以文太平。於是蔡京主魏漢津之説，破先儒累黍之非，用夏禹以身爲度之文，以帝指爲律度，鑄帝鼎、景鐘。樂成，賜名《大晟》，謂之雅樂，頒之天下，播之教坊。

《徽宗宮詞》：大晟重均律吕全，樂章諧協盡成編。宫中嬪御皆能按，欲顯儀刑内治先。

至尊儀仗肅朝端，六局分班侍御鑾。殿省從來傳格式，舊圖依樣建新官。

《文獻通考》：宋制，殿中省判省事一人，以無職事朝官充。舊有六尚之局，名别而事存。凡官隨局而移，不領於本省。元豐中，欲復建此官，而度禁中未有其地，但詔御輦院不隸省、寺，令專達焉。初，權太府卿林顔因按内藏庫，見乘輿服御親行百物中，迺乞復殿中省六尚，以嚴奉至尊。於是徽宗乃出先朝《殿中省圖》，命三省行之。而其法皆左正言姚祐所裁定，歲崇甯二年也。

殿開明俊集群英，試論誰堪第一名。解額新增爭獻頌，寺人門下亦簪纓。

《汴故宫記》：明俊殿，試進士之所。

《宋史·選舉志》：宣和六年，禮部試進士萬五千人，詔特增百人額，正奏名賜第者八百餘人，因上書獻頌直令赴試者殆百人。有儲宏等隸大閹梁師成爲使臣或小史，皆賜之第。梁師成者，於大觀三年嘗中甲科。自設科以來，南宫試者，無踰此年之盛。然雜流閹宦，俱玷選舉，而祖宗之良法蕩然矣。

又：徽宗崇尚老氏之學，知兖州王純乞於《御注道德經》注中出論題。宣和元年，帝親取貢士卷考定，能深通《内經》者升爲第一。

番酋夷使集朝堂，十月同稱萬壽觴。聖誕居然遵俗忌，天甯節不在端陽。

《宋史・禮志》有諸國朝貢儀。

宋章惇表請以十月十日爲天甯節。◎按：徽宗原以五月五日生，以俗忌，改作十月十日。

水出滎光耀日明，連年符瑞賀神京。乾崇報上皇心豫，自贊黄河澈底清。

《宋史・本紀》：大觀元年十二月，同州黄河清。二年正月，蔡京表賀符瑞。三年十二月，陝州、同州黄河清。政和六年，冀州三山黄河清。七年，三山河水清。宣和元年十二月，嵐州黄河清。

《徽宗宫詞》：乾崇來上新祥瑞，幾夜黄河澈底清。

安遠門前草色浮，景龍江水抱城流。御舟過處朱旗閃，驚起沙禽入荻洲。

《艮嶽記》：導景龍江東出安遠門，以備龍舟行幸。

《徽宗宫詞》：龍頭爍爍紅旗動，驚起沙鷗掠岸來。

玉躞金題盡秘書，校讐三館集名儒。閣藏御集加珍重，别起徽猷繼顯謨。

《宋史・藝文志》：徽宗時，更《崇文總目》之號爲《秘書總目》，詔購求士民藏書。且以三館書多遺逸，命建局，以補全校正爲名，設官總理。

《宋史・本紀》：元符元年四月，建顯謨閣，藏《神宗御集》。大觀二年二月，建徽猷閣，藏《哲宗御集》。

分占瀛洲白玉堂，晉書唐畫費評量。詞臣宣賜雙龍笏，圓餅均盛小絳囊。

《宋史·本紀》：大觀四年，詔書入翰林書藝局，畫入翰林畫圖局。◎《藝文志》有《宣和書譜》《宣和畫譜》。

《雲煙過眼録》：宣和雙龍一笏，佑陵書八字云『政和丙申宣和睿製』。

《徽宗宫詞》：御製新規寶墨香，蟠龍紋裹字成行。臣鄰近密方宣賜，圓餅均盛小絳囊。

兩髻丫丫女弟班，經年學舞侍金鑾。砌衣分得生紅色，隊是佳人剪牡丹。

《宋史·樂志》：隊舞之制，女弟子隊凡一百五十三人。一曰菩薩蠻隊，衣緋生色窄砌衣；二曰感化樂隊，衣青羅生色通衣；三曰抛毬樂隊，衣四色繡羅寬衫；四曰佳人剪牡丹隊，衣紅生色砌衣；五曰拂霓裳隊，衣紅僊砌衣；六曰採蓮隊，衣紅羅生色綽子；七曰鳳迎樂隊，衣紅僊砌衣；八曰菩薩獻香花隊，衣生色窄砌衣；九曰綵雲僊隊，衣黄生色道衣；十曰打毬樂隊，衣四色窄繡羅襦。大抵若此，而復從宜變易。

宋王珪《宫詞》云：十三重髻碧螺鬆，學舞經年後苑中。

蓬山對座矗嶔嶔，雅玩娱情費討尋。博古圖摹秦漢器，馬蹄偏愛武皇金。

宋常懋《宣和石譜》有『蓬瀛』之號。

《宋史·藝文志》有《宣和博古圖》。

《徽宗宫詞》云：几案自成清曠景，蓬山常對座隅看。又云：筆格硯屏皆寶製，鎮書惟重馬蹄金。◎按，《漢書·武帝紀》註：『舊金雖以斤兩爲名，而官有常形。武帝欲表祥瑞，故普改鑄爲麟足、馬蹄之形，以易舊法。今人往往發地中得馬蹄金，甚精好，而形製巧妙。』

繡窗閒賭選仙圖，手抱骰盤唤小妹。一擲呼盧爭勝負，幾人蓬島幾酆都。

《宋徽宗宫詞》：嬪娥閒較選仙圖，争到天宫意自娱。掌印碧油常占得，更無憂恐入酆都。王珪《宫詞》：盡日閒窗賭選仙，小娃争覓到盆錢。上籌争占蓬萊島，一擲乘鸞出洞天。◎按：孔平仲有《選官圖詩》。選仙，當亦選官之類。

綵山千尺牓宣和，宣德樓前燭影羅。晴雪半欄桃蕊綻，元宵借與臘前過。

《鐵圍山叢談》：國朝上元節燒燈盛於前代，爲綵山，峻極而對峙於端門。大觀元年，宋喬年尹開封，乃於綵山中間高揭大牓，金字書曰：『大觀與民，同樂萬壽。』綵山自是爲故事，隨年號而揭之，蓋自宋尹始。《東京夢華録》：開封府絞縛山棚，立木正對宣德樓。《宋詩紀事》：王安中《宣和七年十二月二十一日就睿謨殿張燈預賞元宵曲燕應制》詩序云：『於時臘雪新霽，風日妍暖，已作春意。御榻之前有寶檻，植千葉桃花。陛下指示群臣曰：「杪冬隆寒，花已盛開。」於是皆頓首曰：「陛下神聖，能回造化。」』

苑囿春深緑草肥，九重從諫畋遊稀。卻憐白鳥思君切，放出雕籠不肯飛。

《宋史·江公望傳》：徽宗初立，内苑稍畜珍禽奇獸。公望言非初政所宜，帝悉縱遣之。惟一白鷴，逐之不去。

銷金袍帔寶珠釵，青蓋紅粧隊隊排。忽報宫中龍檐到，競揮絲雨灑天街。

《東京夢華録》：凡親王公主出，街道司兵級數十人，各執埽具、鍍金銀水桶，前導灑之，名曰『水路』。又有宫嬪數十，皆真珠釵插弔朵玲瓏簇羅頭面，紅羅銷金袍帔，乘馬雙控雙搭青蓋前導，謂之『短鐙』。前後用紅羅銷金掌扇遮簇，乘金銅檐子，覆以剪棕，朱紅梁脊，上列滲金銅鑄雲鳳花朵檐子。約高五尺許，深八尺，闊四尺許，内容六人，四維垂繡額珠簾。◎檐，音都濫反。

寶津樓下看春嬉，小打班隨大打齊。爆仗未鳴先致語，青春三月驀山溪。

《東京夢華録》：駕登寶津樓，諸軍百戲，呈於樓下。先列鼓子十數輩，一人摇雙鼓子，近前進致語，多唱『青春三月驀山溪』也。

又：一隊過後，必有一聲如霹靂，謂之『爆仗』。又設綵結小毬門於殿前，有花裝男子百餘，分爲兩隊，各執綵畫毬杖，謂之『小打』。續有黄院子引出宫監百餘，亦如小打者，但加之珠翠裝飾，玉帶紅靴，各跨小馬，謂之『大打』。人人乘精騎熟，馳驟如神。

華堂開向曲池邊，奥室春風引御船。筋斗翻空爭喝采，波心一擲水鞦韆。

《東京夢華録》：金明池岸正北，起大屋，盛大龍船，謂之『奥屋〔一〕』。

又：駕幸池之臨水殿，近殿水中横列四綵舟，上有諸軍百戲。

又：一人上蹴鞦韆，將平架，筋斗擲身入水，謂之『水鞦韆』。

校按：【一】『屋』原誤作『室』，據《東京夢華録》改。

集英曉啟瑞烟横，御酒先綏第一觥。仙樂排空風乍動，半天吹下鳳鸞聲。

《東京夢華録》：十二月，宰執、親王、宗室、百官入内上壽大起居。樂未作，集英殿山樓上教坊樂人效百禽鳴。内外肅然，只聞半空和鳴，若鸞鳳翔集。

又：御酒自第一盞至第九盞，各有樂舞，名目甚多，不及詳載。

又：教坊色長二人，在欄干邊看盞斟御酒。看盞者舉其袖唱引曰『綏御酒』，聲絶，拂雙袖於欄干而止。

景龍門外走香車，複道遥通御路斜。諸邸共開蕃衍宅，繁華獨屬鄆王家。

《鐵圍山叢談》：政和間，太上諸皇子日長大，宜就外第，於是擇景龍門外地辟以建諸邸。時鄆王有盛愛，故宦者童貫主之，視諸王所居，侈大爲最。迺中爲通衢，東西列諸位，則又共爲一大門，賜名曰『蕃衍宅』。

《清波雜志》：時趙野春帖子有『複道密通蕃衍宅，諸王誰似鄆王賢』，亦迎合之意也。

天駟名高烏護闌，霜蹏蹀躞應和鑾。驕嘶自請將軍號，不數孫家供奉官。

《楓窗小牘》：徽廟有平日所愛小烏。一日宣召，其馬至御前，弭足不肯進。圉人進曰：『此願封官耳。』上曰：『猴子且封供奉，況使小烏白身耶？』敕賜龍驤將軍。

《張氏可書》：宣和天駟中，有一馬名烏護闌，鞚於銜勒。徽宗每乘以幸金明池，賜名龍驤將軍。

人移蕒室夢占熊，就館喧傳徧六宫。綵綺金釵分幾許，露臺笑語散天風。

《清波雜志》：祖母太夫人，慈聖之後。政、宣間，以戚里，數值誕皇子，入内稱賀。盛飾，群立於露臺，人各許攜一從婢。起居畢，自殿陛上撒包子及成束金釵金銀，俾衆婢爭奪。或共得綵端，即裂爲二。俯拾次，多遺釵珥之屬，殿上觀之爲笑樂。

《肯綮録》：今世人就館聚徒，皆謂之就館，亦語忌也。按《元后傳》：『張美人嘗任身就館。』今吴正仲《漫堂隨筆》載：『王介甫嘗對上曰：「是時後宫方有二人就館也。」』

誰如念四五都知，曼睩蛾眉壓衆姬。怪殺癡兒矜武略，妄希宫禁遺楊枝。

《清波雜志》：蔡攸副童貫出師北伐，既行，徽宗語其父京曰：『攸辭日，奏功成後要問朕覓念四、五都知，其英氣如此。』京但謝以小子無狀。二人乃上寵嬪。念四者，閤使仔也。

魏紫姚黄麗品誇，竹籠馬上數枝斜。洛陽近又添新貢，别尚歐家碧色花。

《聞見録》：洛陽至東都六驛，舊不進花，自徐州李相迪留守時始進。不過姚黄、魏紫三數朵，以菜葉實竹籠子，藉覆之，使馬上不動摇。以蠟封花蒂，數日不落。【二】

《墨莊漫録》：洛中花工宣和中以藥培壅於白牡丹根下，次年花作淺碧色，號『歐家碧』。歲貢禁府，價在姚黄之上。

校按：【一】此條引文《淵鑑類函》卷四百五云出自《聞見録》。但不見於今《聞見近録》《邵氏聞見録》及《邵氏聞見後録》，而見於歐陽修《洛陽牡丹記》。

圭裁香玉線抽銀，北苑名茶品最珍。進御尚嫌春社晚，一陽生日已嘗新。

《宣和北苑貢茶録》：大觀初，上親製《茶論》二十篇，以白茶爲第一。至於水芽，則曠古未之聞也。宣和庚子歲，漕臣鄭公可簡始創爲銀線水芽。蓋將已揀熟芽再剔去，祇取其心一縷，用珍器貯清泉漬之，光明瑩潔，若銀線然，號『龍團勝雪』。

《鐵圍山叢談》：大觀初，龍焙於歲貢色目外，進御苑玉芽、萬壽龍芽，政和間且增以長壽玉圭。又：茶於社前進御。宣和間，皆占冬至而嘗新茗，是率人力爲之，反不近自然矣。

香燭光摇繡閣深，海棠枝上月斜臨。當窗細展三韓紙，御筆縱横搨瘦金。

《四朝聞見録》：宣、政盛時，宫中以河陽花蠟燭無香爲恨。遂用龍涎、沈腦屑灌蠟燭，列兩行數百枝，焰明而香滃，鈞天之所無也。

《雲麓漫鈔》：徽廟内禪，幸淮浙，嘗作小詞，名《月上海棠》。

《談薈》：宣和書畫贉卷，多用三韓紙。

《清河書畫舫》：徽宗號其書爲『瘦金書』。

畫意詩情鬬綺華，紫宸游戲燦天葩。宫成選盡丹青手，獨賞斜枝月季花。

《清河書畫舫》：徽宗建設畫學，以古人詩句命題，如『竹鎖橋邊賣酒家』『踏花歸去馬蹄香』之類。

《雲煙過眼録》：徽宗畫水墨草蟲，後題『紫宸殿游戲』。

《畫繼》：徽宗建龍德殿，圖畫屏壁，皆極一時之選。上一無所稱，獨顧壺中殿前柱廊拱眼斜枝月季花，問畫者爲誰，褒錫甚寵。皆莫測，上曰：『四時、朝暮花、蕊、葉皆不同，此作春時日中者，無毫髮差，故厚賞之。』

鶴莊鹿砦隱叢花，一桁青帘出樹斜。遊宴徧開行幸局，連宵排當在誰家。

《綱目》：政和四年，作延福宫。鑿池爲海，疏泉爲湖。鶴莊、鹿砦，文禽、奇獸、孔翠諸栅，蹏尾動以數千。嘉花名木，怪石巖壑，幽勝不類塵境。又爲郜居、酒肆青帘於其間。

《宋史·曹輔傳》：政和後，多微行。置行幸局，局中以帝出日謂之『有排當』。

畫裙細縷麝香金，秀盼疏眉思不禁。認得貢雲牆外指，前頭知是翠華臨。

《談薈》：宋時宫人多以麝香色【一】爲縷金羅爲衣裙。元裕之詩：『北去穹廬千萬里，畫裙休縷麝香金。』

《買愁集》：徽宗行至平順州，止泊驛舍，見歌女曰：『我百王宫魏王女孫也。』張孝純詞云：『疏眉秀盼，向春風，猶是宣和粧束。』

《齊東野語》：宣和中，艮嶽初成。令近山多造油絹囊，以水濕之，曉張於危巒絶巘間。既而雲盡入焉，遂括囊以獻，名曰『貢雲』。每車駕所臨，輒開縱之。須臾，滃然充塞。

校按：【一】『色』字原脱，據《玉芝堂談薈》補。

御溝花傍御廊開，十里春風繡作堆。清蹕一聲黄道靜，玉拳鐵棒拂雲來。

《東京夢華録》：坊巷御街兩邊乃御廊，舊許市人買賣於其間。自政和間官司禁止，各安黑漆杈子，路心又安朱漆杈子。杈子裏有磚石甃砌御溝水兩道，宣和間盡植蓮荷。近岸植桃李梨杏，雜花相間，春夏之間，望之如繡。

《鐵圍山叢談》：太上以政和六七年間，始講漢武帝期門故事。初，出侍左右宦者必攜從二物，以備不虞：其一玉拳，一則鐵棒也。玉拳，真于闐玉，大倍常人手拳，紅錦爲組以繫之。鐵棒者，乃藝祖仄微時以至景命後所持鐵桿棒也。

四十餘年夢乍醒，深宫花竹閉娉婷。長齋不御天廚味，自撥爐灰誦佛經。

《歸田録》：仁宗周貴妃生兩公主。帝崩，妃日一蔬食，屏處一室，誦佛書。困則假寐，醒則復誦，晝夜不解衣者四十年。徽宗立，詔出外與親戚相往來。歷五朝，勤約一致。【一】

校按：【一】此條引文不見於今本歐陽修《歸田録》，而見於《宋史·后妃傳》。

淋漓宸翰灑齊紈，續句清新愜主歡。莫怪朝來餐飯少，御廚滋味欠梅酸。

《話腴》：徽廟一日幸來夫人閣，偶灑翰於小白團扇，書七言十四字。而天思稍倦，顧在側璫云：『汝有能吟之客，可令續之。』乃薦鄰里太學生。既宣入内侍省，恭讀宸翰，不知指意，乞爲取旨。上曰：『朝來不喜餐，必惡阻也，當以此爲詞。』續進，上大喜。上御詩曰：『選飯朝來不喜餐，御廚空費八珍盤。』生續曰：『人間有味都嘗徧，只許江梅一點酸。』

昨夜宸游夢化城，淩晨天上下雲軿。繡鵉簾捲春風暖，侍輦趨陪鷄鴿青。

《清河書畫舫》：徽宗自畫《夢游化城圖》。

《宋史·輿服志》：芳亭輦，前後垂簾。政和之制，以紅羅繡鸞爲額。

《揮麈録》：徽宗御駿【一】騾名『鵓鴿青』。

玉真軒裏篆烟霏，檜竹陰濃隔綺闈。午夢初醒渾似醉，金門羽客拜安妃。

《碧湖雜記》：玉真軒内有玉華閣，即安妃粧閣也。林靈素以左道得幸，謂上爲長生帝君，妃爲九華玉真安妃。每祀妃像，妃方寢而覺，有酒容。蔡元長最承恩遇，賦詩殿壁云：『瓊瑶錯落密成林，檜竹交加午有陰。恩許凡塵時縱步，不知身在五雲深。』侍宴於保和殿，上令妃見京，先有詩曰：『雅興酒酣添逸興，玉真軒内見安妃。』命京賡補成篇，京即題曰：『保和新殿麗秋暉，恩許塵凡到綺闈。』

靈素號金門羽客。

校按：『駿』原引作『駁』，據文淵閣《四庫全書》本《揮麈録》改。

翠華深夜訪嬌嬈，恰值銀河駕鵲橋。離别漫添牛女恨，君恩有約在鮫綃。

《宣和遺事》：宣和五年七夕，道君宿李師師家。臨别約再會，乃解龍鳳鮫綃直繫爲信。都巡官賈奕，師師結髮之情也，深妬其事，題《南鄉子》詞云：『閒步小樓前，見個佳人貌似仙。暗想聖情渾似夢，追歡，執手蘭房恣意眠。一夜説盟言，滿掬沈檀噴瑞烟。報道早朝歸去晚，回鑾，留下鮫綃當宿錢。』

六宫風韻讓誰高，進御爭裁韻纈袍。滿掬珠光嵌寶髻，玉簪斜綰一雙桃。

《鐵圍山叢談》：宣和殿小庫者，天子之私藏也。頃聞之，以寵妃之侍從者頒首飾，上喜而賜之，命内侍取北珠篋來。上開篋，御手親掬而酌之，凡五七酌以賚焉。

《清波雜志》：王黼奉敕撰《明節和文貴妃墓志》云：『六宫稱之曰韻。』時以婦人有標致者爲韻。曾叩於故老，宣和間，衣曰韻纈，果曰韻梅，曲曰韻令，乃梁師成爲鄆邸倡此讖。

《劉屏山集·汴京記事詩》云：篤耨清香步障遮，並桃冠子玉簪斜。一時風物堪魂斷，機女猶挑韻字紗。

《侯鯖録》：宣和五、六年間，上方織綾，謂之遍地桃，又急地綾。漆冠子作二桃樣，謂之並桃，天下效之。至金人犯闕，無貴賤皆逃，亦此讖也。

聲聲鼓柝繞迴廊，崇政宫前正作場。躍馬彎弓誇射柳，羽林回面愧紅粧。

《清波雜志》：政和五年四月，燕輔臣於宣和殿。先御崇政殿，閱子弟五百餘人馳射，挽强精鋭。畢事賜坐，出宫人列於殿下，鳴鼓擊柝，躍馬飛射。剪柳枝，射繡毬，擊丸，據鞍開神臂弓，妙絶無倫。衛士皆有愧色。

驂鸞天上舊仙娥，玉燕雙雙插髻螺。共道吟詩方有禁，後宫偏許賜詩多。

《宋詩紀事》：王安中《妃嬪閣立春帖子》云：『玉燕翩翩入鬢雲，花風初掠縷金裙。神霄宫裏驂鸞侣，來侍長生大帝君。』《幼老春秋》：『王安中以文章有時名，交結蔡攸，攸引入禁中。太上賜宴，飲半酣。是時鄭妃有寵，猶未正中宫。上出之，鄭氏簪玉花，上有雙飛玉燕。攸謂安中曰：「豈可無詩？」安中即作詩進之，太上大喜。』

《避暑録話》：政和間，大臣有不能爲詩者，因建言詩爲元祐學術，不可行。何丞相伯通適領修敕令，因爲科云：諸士庶傳習詩賦者杖一百。

《東都事略》：顯肅皇后鄭氏，初封賢妃，有異寵。徽宗多賚以詞章，天下歌之。

華陽門内緑陰攢，湖石亭前荔子丹。詔與廷臣分賜罷，大璫執簿奏金鑾。

《鐵圍山叢談》：艮嶽正門曰華陽。自華陽門入，則夾道荔枝八十株，當前椰實一株。有太湖石曰『神運昭功』，高四十六尺，立其中，爲亭以覆之。每召儒臣游覽其間，則一璫執荔枝簿立石亭下，中使一人宣旨，人各賜若干。於是主者乃對簿按樹以分賜，朱銷而奏審焉。

禁城東畔起嶕嶢，異獸珍禽入貢遥。縱使山名稱萬歲，可堪花木盡芭蕉。

《艮嶽記》：徽宗登極之初，有方士言：『京城東北隅，地協堪輿，但形勢稍下。倘增高之，則皇嗣繁衍矣。』上遂命土培其岡阜。政和間，遂即其地大興工役築山，號壽山艮嶽。

《癸辛雜志》：蔡攸言於帝，令苑囿中聚珍禽異獸。都下每秋風静夜，禽獸之聲不絶。

《清波雜志》：宣和間，鈞天樂部焦德者，以諧謔被遇，時借以諷諫。一日，從幸禁苑，指花竹草木以詢其名，德曰：『皆芭蕉也。』上詰之，乃曰：『禁苑花竹皆取於四方，在塗之遠，巴至上林，則已焦矣。』上大笑。艮嶽，即萬歲山。

凝暉殿外燦朝霞，黄院傳呼撥食家。御用不煩中瓦市，時新花果進東華。

《夢華録》：西廊面東曰凝暉殿，殿相對東廊門樓，乃殿中省六尚局御廚。近裏皆近侍中貴。黄院子祇候宣唤，及宫禁買賣進貢，皆由此入。每遇早晚進膳，及殿中省對凝暉殿，禁衛成列，約欄不得過往。省門上有一人呼喝，謂之『撥食家』。

又：東華門外市井最盛，蓋禁中買賣在此。凡飲食、時新花果，無非天下之奇。

又：東角樓街巷東去，則徐家瓠羹店，街南桑家瓦子，近北則中瓦，次裏瓦。其中大小勾欄五十餘座。

佑神珍觀鬱亭臺，池上迎祥傍晚迴。朱雀門前人散後，遥看飛騎拂塵來。

《夢華録》：朱雀門外佑神觀。近東即迎祥池，夾岸垂楊，菰蒲蓮荷，鳧鴈游泳其間。橋亭臺榭，棊布相峙。每歲清明日，放萬姓燒香遊觀一日。

《徽宗宫詞》：佑神珍觀五雲開，高倚層霄疊玉臺。笑語半空知遠近，縱觀飛騎拂塵來。

孱顔秀色五雲排，花石綱前進獻纔。神運獨推仁智殿，太平巖自玉京來。

宋常懋《宣和石譜》：有排雲、蘀雲、鋭雲、慶雲、望雲、坐龍之名。

《汴故宫記》：仁智殿有二大石，左曰敷錫神運萬歲峰，右曰玉京獨秀太平巖。

宋張淏《艮嶽記》：時有朱勔者，取淛中珍異花木竹石以進，號曰『花石綱』。

花縈鳳舸香雲散，柳鎖虹橋御路陰。華觜岡前人蟻聚，遥知聖駕在瓊林。

《夢華録》：駕方幸瓊林苑，在順天門大街，面北，與金明池相對。大門牙道，皆古松怯柏。苑之東南隅，政和間剏築華觜岡，高數丈。上有横觀層樓，金碧相射；下有錦石纏道，寶砌池塘，柳鎖池塘，花縈鳳舸。

宫詞三百繼關雎，聖學真堪號緝熙。欲使天潢分賞遍，編摩親付孔昭儀。

《徽宗宫詞跋》云：自建中靖國二年至宣和六年，緝熙殿收藏御製宫詞共三百首。命左昭儀孔禎同嬪御章安顗等，類而成書，頒降六宫及太子諸王宫，與夫公主郡主天眷皇族之家，永爲珍襲。宣和六年八月一日，帝姬長公主書。

全史宮詞卷十七　南宋

南宋

高宗構，徽宗第九子，初封康王。靖康二年，即帝位於南京。建炎三年，南渡。紹興八年，定都臨安，稱臣於金。在位三十六年，傳位太子，又二十六年崩，葬永思陵。改元二建炎、紹興。孝宗昚，太祖子秦王德芳六世孫。高宗無子，立爲皇嗣，受内禪。二年，復與金和，始正敵國禮。在位二十七年，傳位太子，又五年崩，葬永阜陵。改元三隆興、乾道、淳熙。光宗名惇，孝宗太子。在位五年，傳位嘉王擴，又六年崩，葬永崇陵。改元一紹熙。寧宗名擴，光宗第二子。在位三十年崩，葬永茂陵。改元四慶元、嘉泰、開禧、嘉定。理宗昀，太祖子燕王德昭九世孫。寧宗崩，史彌遠矯詔立之。在位四十年崩，葬永穆陵。改元八寶慶、紹定、端平、嘉熙、淳祐、寶祐、開慶、景定。度宗禥，理宗弟沂王與芮子。理宗無子，立爲皇嗣。在位十年崩，葬永紹陵。改元一咸淳。子少帝㬎立，二年，元兵至臨安，帝出降。尋北遷，封瀛國公。居燕八年，命入西域爲僧，號木波講師。後居甘州，元英宗時遇害。改元一德祐。端宗昰，少帝庶兄。德祐二年，立於福州。三年，崩於䃭洲，葬永福陵。改元一景炎。後少帝昺，端宗弟。景炎三年，即位於䃭洲。明年，駐厓山，元兵擊破之。諸軍潰散，大臣陸秀夫負帝沈於海。改元一祥興。九主，凡一百五十三年。

天留神器付真王，恭儉風高白木牀。皂莢臙脂多尚禁，那教雕鏤到檀香。

《夢粱録》：敬恭儀王趙仲湜，靖康時，諸軍欲推立之，仗劍諭諸軍曰：『自有真王。』其軍猶未退，遂自拔劍欲刺，六軍方退。約以踰月真王出，衆喏，言若真王不出，則王當立矣。王陽許之，而陰實緩其期。未幾，高廟立於應天。

《老學菴筆記》：高宗在徽宗服中，用白木椅子。錢大主入覲見之，曰：『此檀香椅子耶？』張婕妤掩口笑曰：『禁中用臙脂皂莢多，相公已有語，更敢用檀香作椅子也？』時趙鼎、張浚作相也。

牡蠣灘頭御艇過，歡聲雷動聖顔和。玉音親賜夫人號，恩到村姬廕襲多。

《輟耕録》：金鼇山枕海，屬臨海縣章安鎮。初，宋高宗在潛邸日，泰州人徐神翁云能知前來事。徽宗召至，以賓禮接之。一日，獻詩於帝曰：『牡礪灘頭一艇横，夕陽西去待潮生。與君不負登臨約，同上金鼇背上行。』及兩宫北狩，匹馬南渡，建炎庚戌正月三日，帝航海，次章安鎮。灘淺閣舟，落帆於鎮之福濟寺前以候潮。顧問左右曰：『此何山？』曰：『金鼇山。』又問：『此何所？』曰：『牡礪灘。』因思神翁之詩，乃屏去警蹕，徒步登岸。見此詩在寺壁，題墨若新，始信其爲異人也。時主持僧方升坐，道祝聖之詞。帝趾忽前，聞其稱讚語，甚喜。少焉，千乘萬騎畢集，始知爲六龍臨幸。山下曰黄椒村，村之婦女聞天子至，咸來瞻拜龍顔，歡聲如雷。帝喜，勅夫人各自遂便。故至今村婦皆曰『夫人』，雖易世，其稱謂尚然不改。

皇族來歸下詔書，朔風鴈影總模糊。南班愼選皆家寶，合補僊源積慶圖。

《經世奇謀》：留遇僧者，碭山人也。金人見之曰：『全似趙家少帝。』遇僧竊喜。紹興十年，三京路通，詔求宗室。遇僧自言少帝第二子，守臣遣赴行在。乃詔劾治，遇僧服罪。後有自北至者，曰：『淵聖小大王訓見居五國城。』《朝野雜記》：建炎五年，有自稱徐王棣者。聞於朝，上遣使逆之。既至，審驗，則富順男子李悖也，遂坐誅。有婦人自稱榮德姬者，按驗，則婦人易氏也，亦杖死。上曰：『吾甯受百欺，冀得一真。』紹興三年，詔皇族有來歸者，令州縣驗實以聞。《媿郯録》：嘗考典故，祖宗袒免親以上備環衛官屬籍，謂之南班。《宋史》：不𢙣，嗣濮王宗暉曾孫也。孝宗嘉其忠諒，顧太子曰：『此賢家寶【一】也。』《通志略》：有《本朝仙源積慶圖》一卷。

校按：【一】『家寶』，今本《宋史》作『宗室』。

君臣相勵誦車攻，巾幗聲名達九重。大將功成緣内助，御書一軸奬張穠。

《中興編年》：紹興五年，上書《車攻》詩以賜輔臣，曰：『當與卿等勉勵以修政事。』《雪履齋筆記》：張俊有愛姬，乃錢塘妓張穠，頗涉書史。柘皋之役，俊發書囑以家事，穠引霍去病、趙雲事以堅其心。俊以其書繳奏，上親書奬諭。

海上彎弓護御楂，國讎未復尚堪嗟。戎裝笑向官家請，臣妾前驅裹皂紗。

《四朝聞見録》：高宗憲聖吴后侍高宗航海，金騎猝至，欲犂御舟。后發一矢，應弦而倒。高宗重於視師，后奏曰：『若臣妾裹五尺皂紗，須一往矣。』

《宋史·后妃傳》：吴后常以戎服侍左右。

南内消閒日易曛，娱情偏愛説新聞。睽車志與夷堅志，盡是齊諧志恠文。

《貴耳録》：憲聖在南内，愛神恠幻誕等書。郭彖《睽車志》始出，洪景盧《夷堅志》繼之。

耕織新圖進紫宸，風詩髣髴聽歌豳。深宫披覽閒題字，點畫穠纖儼洛神。

《玉海》：紹興中，於潛令樓璹畫《耕織二圖》。高宗召對，宣示後宫。

《太平清話》：四明樓璹繪《耕織圖》。後此圖流傳人間，見逐段下有憲聖慈烈皇后題字。皇后姓吴，配高宗，其書絶相似。

《書史會要》：高宗自言：『學書惟視筆法精神。朕得王獻之《洛神賦》六行，日閲數十過，自覺於書有得。』

又到清明改火時，攢宫滿目草離離。誰知茸母煙生處，淚洒春風念趙岐。

《夢粱録》：寒食第三日，即清明節。每歲禁中命小内侍於閤門用榆木鑽火，先進者賜金碗、絹三匹。宣賜臣僚巨燭，正所謂鑽燧改火者，即此時也。前五日，發宫人車馬往紹興攢宫朝陵。

《詞品》：徽宗在北，遇清明日，詩云：『茸母初生認禁煙，無家對景倍淒然。帝城春色誰爲主，遥指鄉關涕淚漣。』茸母，草名。

《孤臣泣血録》：徽廟北狩，有諜者持一黄中單來，御書云：『趙岐註《孟子》。』付黄潛善諸人審思之，蓋孟即瑶華太后，趙即康王。高宗由是中興。

雲際瑲瑲玉珮鳴，鴿鈴清脆趁天晴。北飛倘逐賓鴻去，也許傳書五國城。

《四朝聞見録》：東南之俗，以養鵓鴿爲樂，内侍尤甚。寓金鈴於尾，飛而颺空，風力振鈴，鏗如雲間之珮。紹興中，有賦詩者曰：『鐵勒金狨似錦鋪，暮收朝放費工夫。爭如養取南來雁，沙漠能傳二帝書。』

東觀巍巍殿閣重，硯儲百九重珪琮。點頭未必同頑石，准勅偏邀一字封。

《硯箋》：祕閣硯，高宗御押鄭亨仲詩『石渠東觀天尺五』，右文『儲硯一百九』。今所見七十五耳。

《老學菴筆記》：祕閣有硯，思陵御書一『頑』字，因謂之『準勅頑硯』。

江上芙蓉並蒂姿，相歡真合謫仙詩。如何傾國名花句，竟遣君王怒淨師。

《子素集·高宗二劉妃圖詩》：秋風落盡故宫槐，江上芙蓉並蒂開。留得君王不歸去，鳳皇山下起樓臺。

《游名山記》：皐亭山廣巖院僧淨師，紹興初被詔作草，首書『名花傾國兩相歡』。宋主不悦，賜罷。

《朝野雜記》：德壽劉妃，臨安人。時有小劉氏者，進婕妤。皆有寵，宫中號妃爲大劉孃子，婕妤爲小劉孃子。

女教場中看點操，紅粧小隊鴈翎刀。中原未返燕雲地，羞著團花舊戰袍。

《詞苑叢談》：杭州女教場，在鳳皇山麓。宋南渡，妃嬪演武於此。

《玉海》：乾道二年，命軍器所造鴈翎刀，以三千柄爲一料。

倉皇半臂南歸日，二勝交環腦後忘。江上玉孩出魚腹，猶聞封典到廚娘。

《三朝北盟會編》：徽宗自燕山密遣曹勛至，賜帝絹半臂，書其領曰：『便可即真，來援父母。』

《宋稗類鈔》：楊存中在建康，旗上畫雙勝連環，謂之『二勝環』，取兩宫北還之意。後得美玉，琢爲帽環以進。有一伶在旁，高宗指示之，曰：『此楊太尉所進二勝環。』伶人跪捧諦觀，徐奏曰：『可惜二勝環，卻放在腦後。』高宗爲之改容。

《錢唐遺事》：高宗宴大臣，見張循王持一扇，有玉孩兒扇墜。上識是十年前往四明，誤落於水，屢尋不獲。乃詢於張，張對曰：『臣於清河坊鋪家買得。』云於候潮門外陳宅廚娘破魚得之。上大悦，以爲失物復還之兆。廚娘誥封孺人。【二】

校按：【一】此條引文不見於今本《錢唐遺事》，見於《西湖遊覽志餘》。

莫道錢唐勝汴梁，南屏望祭故陵荒。耳邊不忍聽鸚䳇，猶向承塵喚卜娘。

《宋會要》：南渡後，諸陵在西洛，設望祭殿於南屏絶頂。

《楓窗小牘》：高宗在建康，有大赤鸚䳇自江北來，集行在承塵上。比上膳，行在草草無樂，鸚䳇大呼：『卜尚樂，起方響。』久之，曰：『卜娘子不敬萬歲。』蓋道君時，掌樂宫人以方響引樂者，故猶以舊格相呼。高宗爲罷膳泣下。

檀板朱絃鳳掖秋，仙韶深苑動歌喉。鈞容舊譜無人識，宣索當年菊部頭。

《齊東野語》：思陵朝有菊夫人者，善歌舞，爲仙韶院之冠，號爲菊部頭。然頗以不獲際幸爲恨，既而稱疾告歸。一日，德壽按《梁州曲舞》，不稱旨。提舉官奏曰：『此非菊部頭不可。』遂令宣喚再入。

《朝野類要》：教坊之名，唐時屬太常。本朝增東、西兩教坊，又别有化成殿鈞容班。中興後因之。

展卷臨池到日闌，螺書龍畫任流觀。經筵講罷多清宴，内侍承宣進小冠。

《玉海》：高宗書法斷鼇立極，息馬論道，龍畫螺書，旁紛編列【二】。又嘗書《無逸圖》曰：『朕一無所好，惟閱書作字，自然無斁。』

《播芳大全文粹》：王壁《御書無逸圖贊》：『紹興改元之五年四月，皇帝陛下親灑宸翰，書《尚書·無逸篇》爲圖，以揭於經筵。銀鈎絢綵，鳳翬鸞翔，而清宴之閒，於以省覽研味。猗歟！兹盛德事也。』

《雲麓漫鈔》：高宗時，隆祐太后遺以小冠，曰：『此祖宗燕閒之所服也。』

校按：【二】『旁紛編列』，文淵閣《四庫全書》本《玉海》卷三十四作『旁分偏刻』。

鳳舄霞裳返朔方，龍綃收淚品詩章。迎鑾自有文臣賦，獨爲將軍换道裝。

《三朝北盟會編》：車駕如【二】臨平奉迎太后。上初瞻慈容，喜深感極，淚濕龍綃，衛軍歡聲動天地。太后進宫，入居於慈寧殿，文武百官上表稱賀。亦有獻賦頌雅歌稱美聖德者，令中書舍人程敦厚第其高下。

《誠齋集·題曹仲本出示譙國公〈迎請太后圖〉詩》：輦中似是瑶池母，鳳舃霞裳剪重霧。

《南宋雜事詩》註：《迎鑾七賦》，題分爲七，實止一篇。

《七修類稿》：韋太后北歸，至臨平，因問：『何不見大小眼將軍耶？』人曰：『岳飛死獄矣。』遂怒帝，欲出家，故終身在宫中道服也。

校按：【一】『如』原作『入』，據《三朝北盟會編》改。

芍藥花開香滿庭，依稀如見待康亭。臨摹禊帖同宸翰，静對雕窗寫六經。

《天中記》：高宗吴后父嘗夢至一亭，扁曰『待康』。旁植芍藥，獨放一花，妍麗可愛，花下白羊一。寤而異之。及生后，年十四，高宗爲康王，被選入宫。

《書史會要》：高宗吴后博習書史，妙於翰墨。帝嘗書《六經》賜國子監刊石。稍倦，即命后續書，人莫能辨。

《蘭亭考》：一修城所得本，前有薛稷書兩行，十八字。後高宗取石入德壽宫，宸翰題曰『禊帖』。

《中興小録》：吴后嘗臨《蘭亭帖》，佚在人間。

妙選深宫掌御書，奉華堂裏碧紗廚。閉關頌酒源堪溯，寶篆親填補衮圖。

《書史會要》：劉夫人字希，建炎間掌内翰文字及寫宸翰。亦善畫，畫上用『奉華堂記』印。

《繪事備考》：尚衣夫人劉氏，畫有《宫衣添線圖》《枚卜圖》《補衮圖》《宫繡圖》。

《志雅堂雜鈔》：劉娘子有『閉關頌酒之裔』一印。此劉家事，然以婦人用之，恐不類也。

紗帷畫暖墨華滋，宸翰淋漓玉潤姿。手製御前三十帖，欆蒲錦襯紫駞尼。

《玉海》：《紫石硯歌【一】》：紗帷晝暖墨花春。

《書畫眼》：思陵筆法，其源出於《玉潤帖》。

《玉海》：紹興十三年，貴妃吴氏題御書云：『機政之暇，擇鐘、王而下三十帖，親御豪素，並加臨寫。龍蟠鳳翥，希偉績也【二】。』

《齊東野語》：思陵妙悟八法，訪求法書名畫，故紹興内府所藏不減宣和。其裝褾裁制各有紫駞尼裹、欆蒲錦褾。

校按：

【一】『歌』原誤作『屏』，據《玉海》改。

【二】『希偉續也』，文淵閣《四庫全書》本《玉海》卷三十四作『希世之偉蹟也』。

萬歲藤邊青蔕開，曾經拂石坐蒼苔。天顔獨爲梅巖喜，妬殺蕭洲奉敕梅。

《四朝聞見録》：光堯親祀南郊，因過易安齋，爲賦《梅巖》。孝宗和云：『東君欲奉天顔喜，故遣融和【二】放早花。』高宗嘗問主僧云：『此梅唤作甚梅？』僧對曰：『青蔕梅。』又曰：『梅邊有藤唤作甚？』對曰：『萬歲藤。』稱旨，賜僧階。上嘗拂石而坐，至今謂之『御坐石』。

《已瘧編》：畫梅有名者如宋時楊補之，作梅自負清瘦。有持入德壽者，内中頗不便於逸興，謂曰『村梅』。因自題曰『奉敕村梅』云。

《春雨集》：楊補之无咎所居蕭洲有梅，臨之以進，徽廟戲曰『邨梅』。

校按：【一】『和』原引作『池』，據《四朝聞見録》改。

赤岸風寒雪滿天，賀正人到已明年。花錫宣賜班荆館，先遣冰箍迓北船。

《武林舊事》：北使到闕，先遣伴使賜御筵於赤岸之班荆館。中使傳宣撫問，賜龍茶一斤，銀合三十兩，并風藥、花錫。

《雲麓漫鈔》：賀正多值風雪。有司作浮筏，前用巨碓擣冰，謂之『冰箍』，以迎北使。

侍宴頻傾金屈卮，蠻獅分列柱東西。熩魚酒蟹鹽蛇鮓，賜食青宮領御批。

《夢華録》：御宴酒盞皆金屈卮，如菜盌，而有手把子。

《二老堂雜志》：殿上大宴，有蠻人控金獅子，對設柱間。

《隨隱漫録》：每日賜太子《玉食批》，司膳内人所書也。如酒醋白腰子、三鮮筍炒鵪子、烙爒石首魚、土步辣羹、海鹽蛇鮓、煎卧烏、熓湖魚、糊酒蟹、江䖳青蝦辣羹、酒醋蹄酥片、生豆腐醋腦子、清汁雜熩湖魚、肚兒辣羹之類。

院子非時供御饌，饔人何事拂宸情。伶官一語天顔霽，年月原推丙甲生。

《夢梁録》：大内進膳，有紫衣裹捲腳幞頭者，謂之『院子家』。托一合，用黄繡龍合衣籠罩，左手擕一條紅羅繡手巾進入。若非時取喚，名曰『汎索』。

《霏雪録》：宋高宗時，饔人瀹餛飩不熟，下大理寺。優人扮兩士人，各問其年，一曰『甲子生』，一曰『丙子生』。優人告曰：『此二人皆合下大理。』高宗問故，優人曰：『餃子、餅子皆生，與餛飩不熟者同罪。』上大笑，赦原饔人。

樂部風流屬舊京，平康人物最關情。蔡奴小影師師傳，共播芳名入禁城。

《後村詩話》：汴妓郜六，即蔡奴也。元豐中，命待詔崔白圖其貌入禁中。

《老學菴筆記》：潘子賤《題蔡奴傳神》語曰：『嘉祐間，風塵中人亦如此。嗚呼盛哉！』◎則蔡奴留影，正南宋事。潘，紹興中人。

《敏求記》：《李師師小傳》一卷，臨安刊於榷場中。

紅絲小磑破旗槍，雀舌先嘗第一綱。韻果簇成龍鳳様，繡茶原異蠟茶香。

陸游《煎茶詩》：紅絲小磑破旗槍。

《宣和北苑貢茶録》：一旗一槍，號揀芽。舒王《送人官閩中詩》云：『新茗齋中試一旗。』或者謂茶芽未展爲槍，已展爲旗，指舒王詩爲誤，蓋不知有揀芽也。

《武林舊事》：仲春上旬，福建漕司進第一綱蠟茶，此乃雀舌水芽所造。

又：禁中大慶賀，則用大鍍金甏，以五色韻果簇飣龍鳳，謂之『繡茶』，不過悦目。亦有專其工者。

飛來峰對冷泉堂，聚遠樓高助遠望。移得西湖來禁院，蘭橈常在水中央。

《武林舊事》：聚遠樓。高宗雅愛湖山之勝，恐數蹕煩民，乃於宫内鑿大池，以象西湖冷泉，疊石作飛來峰。因取坡詩『賴有高樓能聚遠，一時收拾與閒人』名之。孝宗御製《冷泉堂詩》以進，高宗和韻，真勝事也。又：御舟有蘭橈、荃橈。

鞦韆庭館絮池塘，占斷東風第一香。太上垂衣今上拜，牡丹花下進瑶觴。

《貴耳録》：慈甯殿賞牡丹，時椒房受册，三殿極歡。上自製曲，名《舞楊花》，命小臣賦詞，俾貴人歌以侑玉卮爲壽。詞有云：『正鞦韆庭館，風絮池塘。占東君、誰比花王。』楊萬里《德壽宫慶壽口號》：太上垂衣今上拜，百王曾有箇家風。

數聲龍笛逗清涼，德壽宫中秋夜長。橘子初黄新酒熟，一軒風月召秦王。

《都城紀勝》：淳熙間，德壽宫龍笛色使臣四十名，每中秋或月夜，令獨奏龍笛。聲聞人間，誠清樂也。《齊東野語》：莊簡吴秦王以元舅之尊，德壽特親愛之。一日，以小詩召之曰：『趁此一軒風月好，橘香酒熟待君來。』

畫舫輕橈逐水仙，春風十里麗人天。年年湖上龍舟會，五嫂魚羹進御筵。

《武林舊事》：淳熙間，壽皇每奉德壽三殿游幸湖山，御大龍舟。凡遊觀買賣，皆無所禁，或有以輕橈趁逐求售者。歌妓舞鬟，嚴妝自炫，以待招呼，謂之『水仙子』。小舟時有宣唤賜予，如宋五嫂魚羹，嘗經御賞，遂成富媪。

一日，御舟經斷橋，橋旁有酒肆，中飾素屏，書《風入松》詞於上，光堯稱賞久之。其詞云：『一春長費買花錢，日日醉湖邊。玉驄慣識西泠路，驕嘶過、沽酒樓前。紅杏香中歌舞，緑楊影裏鞦韆。東風十里麗人天，花壓鬢雲偏。畫船載取春歸去，餘情在、湖水湖煙。明日再攜殘酒，來尋陌上花鈿。』上笑曰：『此詞甚好，但末句未免儒酸。』因爲改定云『明日重扶殘醉』，則迥不同矣。

宮奴新入髻雙丫，嫋嫋瓊華與緑華。阮譜教成三十曲，笑將則劇納官家。

《武林舊事》：乾道三年三月，車駕與皇后、太子過宮起居二殿訖，同至後苑看花。太后邀太皇、官家同到劉婉容位奉華堂聽摘阮。奏曲罷，婉容進茶訖，遂奏太后云：『本位近教得二女童，名瓊華、緑華，並能琴阮、下碁、寫字、畫竹、背誦古文，欲得就納與官家則劇。』遂令各呈伎藝，併進自製阮譜三十曲。

當筵同祝歲千秋，玉帝嫦娥共奉甌。殿上紅裙相對舞，木犀花氣滿重樓。

《武林舊事》：八月二十一日，壽聖皇太后生辰。上壽，並同天申節儀。第七盞，小劉婉容進自製《十色菊》《千秋歲》曲破，內人瓊瓊、柔柔對舞。又移坐靈芝殿有木犀處進酒。

《七修類稿》：嘗得趙千里畫便面，帝、后步入宮殿，一人牽鹿，二人函進珊瑚樹，意此德壽宮慶壽圖也。一小說伶官進詞曰：『玉帝來朝玉帝，嫦娥捧獻嫦娥。』珊瑚者，山呼也，寓嵩祝意耳。

九重清儉卻饈珍，玉肺朝朝奉紫宸。還是宮廚生菜美，牡丹花片嚼殘春。

《山家清供》：真粉、油餅、芝麻、松子、胡桃、蒔蘿六者爲末，拌和，入甑蒸熟，切作肺樣。後苑名曰『御愛玉灌肺』，以此見九重崇儉不嗜殺之意。

又：憲聖太后喜清儉。令後苑進生菜，必采牡丹花片和之。◎按：《群芳譜》作用梅花。

躍馬茅灘滚鞠塵，護軍八百鸛鵝陳。日斜幄殿回鑾晚，共進都亭酒一巡。

《武林舊事》：壽皇留意武事，在位凡五大閱，或幸白石，或幸茅灘，或幸龍山。先一日，諸軍先赴教場。質明，上自祥曦殿戎服乘馬，太子、親王、宰執、近臣並戎服乘馬以從。護聖馬軍八百騎，分執槍旗弓矢軍器。駕入教場，上御金裝甲胄，登將壇幄殿，鳴角戒嚴。殿帥奏取聖旨，馬步軍整隊成屯，以備教戰。教陣訖，射生官進獻麞鹿。上更戎服，賜宰臣以下對御酒五行。殿帥奏取旨謝恩，唱喏訖，駕出教場。是日，太上皇於都亭驛設簾幄以觀。駕至，邀上入幄，宣唤管軍官，賜大金椀酒於簾外。

別館春深户晝扃，絲鞵長日御彤廷。拜除姓字關宸慮，一一黄簽上畫屏。

《老學菴筆記》：禁中舊有絲鞋局，專挑供御絲鞋。壽皇即位，惟臨朝服絲鞋，退即以羅鞋易之。遂廢此局。

《孝宗儉德記》：上在禁中，凡先皇游玩之處，多扃鐍不御。

《方輿勝覽》：選德殿，孝宗新剏作金漆大屏風，分畫諸道，各列監司、郡守於兩行，以黄簽標識居官者職位、姓名。其背爲《華彛圖》。

《楊后宫詞》：天下監司二千石，姓名都在御屏中。

白蓮花外月輪明，邃閣層樓貯水晶。夜半簫韶聲乍歇，小劉承敕弄瑶笙。

《詞苑叢談》：淳熙九年八月十五日，孝宗過德壽宫起居。上皇因留賞月，宴香遠堂。堂東有萬歲橋，大池十餘畝，植千葉白蓮花。南岸列女樂。月上，簫韶稍止，上皇召小劉妃獨吹白玉笙《霓裳中序》。侍宴官開府曾覿進《百字令》詞，有云：『不信群仙高宴處，移下水晶宫殿。』上賜寶盞。更餘還宫。是夜，西興亦聞天樂。

三世丁年應運生，湯孫禹子共昇平。東宫漫進烏髭藥，天意方教示老成。

《錢唐遺事》：孝宗御宇，高宗在德壽，光宗在東宫，寧宗在平陽邸，本支百世。楊誠齋賀光宗誕辰詩：『祖堯父舜真千載，禹子湯孫共一家。』又云：『天意分明昌火德，誕辰三世總丁年。』蓋高宗生丁亥，孝宗生丁未，光宗生丁卯也。

《四朝聞見録》：光皇春秋已富，又自東宫尹天府入侍重華，從容啟上曰：『有贈臣以烏髭藥者，臣未敢用。』上語光皇曰：『正欲示老成於天下，何以此爲？』

歲歲紗綾貢禁中，抹胸裹肚製彌工。新來北紫裁衫袖，閒卻當年不肯紅。

施宿《會稽志》：歲貢越綾十疋，輕容紗五疋。

《建炎以來朝野雜記》：乾道邸報，臨安府浙漕司所進成恭后御衣，有粉紅紗抹胸、正紅羅裹肚。

《通雅》：淳熙間，北方染紫極鮮明，中國亦效之，謂之北紫。

《老學菴筆記》：唐有一種色，謂之退紅。紹興末，縑帛有一等似皂而淡者，謂之不肯紅。

閣道東西滚畫毬，龜兹新樂合涼州。繡旗風颭芙蓉晚，馬上傳呼得上籌。

《宋史》：有司除地，東西爲毬門，加以綵繢。承旨二人守門，衛士二人持小紅旗唱籌，御龍官錦繡衣持哥舒棒，周衛毬場。東西建日月旗，教坊設龜兹樂於兩廊，鼓各五。閤門預定分朋狀取裁〔二〕，親王、近臣、駙馬都尉以下悉預。服異色繡衣，左朋黄襴，右朋紫襴。烏皮鞾，冠以華插脚折上巾。天廄院供馴習馬。帝乘馬出，教坊大合《涼州曲》。馬皆結尾。内侍發金合，出朱漆毬擲殿前。通事舍人奏云：『御朋打東門。』帝擊毬，教坊作樂奏鼓。毬既度，颭旗鳴鉦，止鼓。帝回馬，從臣奉觴上壽，貢物以賀。始命諸王、大臣馳馬爭擊。毬門兩旁置繡旗二十四，而設虚架於東西階下。每朋得籌，即插一旗架上以識之。帝得籌，樂少止，從官呼萬歲。群臣得籌，則唱好，得籌者下馬稱謝。又有步擊者、乘騾驢擊者，時令供奉者朋戲以爲樂云。

《玉海》：淳熙四年，命閤門稽太宗朝擊毬典故，仍先習儀。

《通鑑》：淳熙四年九月，閱蹴毬於選德殿。

《周必大年譜》：同宰執赴芙蓉閣觀擊毬，内宴選德殿。

校按：【二】『裁』字原缺，據《宋史》補。

繞殿風輪散異芬，屏開卓午納南薰。内家不識炎天味，金合驚看豹脚蚊。

《武林舊事》：禁中避暑，置茉莉、素馨、建蘭等南花數百盆於廣廷，鼓以風輪，清芬滿殿。

《寓意編》：好事家藏宋馬遠畫南薰殿淺色屏障。

《齊東野語》：壽皇語崇王曰：『聞湖州多蚊，果否？』後侍宴，因以小金合貯豹脚數枚進之。

英武曾傳小使君，夕陽紅溼句彌新。振振公子俱麟秀，道是官家家裏人。

《宋史·宗室傳》：趙不尢，有武力，嘗與金人戰，雄張河南北。盜皆避其鋒，曰：『此小使君【一】也。』

《貴耳集》：趙介菴，名彥端，宗室之秀。有賦西湖詞：『波裏夕陽紅濕。』阜陵問誰作，左右曰：『彥端。』曰：『我家裏人也會作此等語。』甚喜。

《鼠璞》：今稱宗寺曰麟寺，玉牒曰麟牒，宗秀曰麟趾之秀。

校按：【一】『小使君』，通作『小使軍』。

内宴方酣出殿遲，緑籤幾度泛瓊卮。墨香酒氣餘羅帕，檀口爭吟海野詞。

《姚氏殘語》：孝宗坐側有牙籤，凡二十，半白半緑。酒至，出白籤，斟止半杯；出緑籤，則滿汎。一席之間，用緑籤止二三而已。

《齊東野語》：孝宗内宴，酒酣，内人以帕子從曾覿乞詞。曾覿字純甫，有《海野詞》一卷。

繡龍屏外燭光斜，白髮儒臣拜寵嘉。天子清歌妃勸酒，進羹忙煞滿頭花。

《經筵玉音問答》：隆興元年五月三日晚，侍上於後殿之内閣。蒙出示答金人書，命余坐於側草換書。頃予以書藁進呈，上自讀數次，曰：『卿之才識學問，可謂過朕。』時將日暮，旨喚内侍廚司滿頭花辦酒。上坐於中，御七寶交椅，繡龍曲屏風，旨以青玉團椅兀賜余。旨謂宦子王隆曰：『胡侍讀年老，豈可無椅坐者。』乃入内取通砂螺鈿屏風至。上御玉荷杯，予用金鴨杯。初盞，上自取酒，令潘妃唱《賀新郎》，令蘭香執上所飲玉荷杯，上注酒，顧予曰：『《賀新郎》者，朕自賀得卿也。酌以玉荷杯者，示朕飲食與卿同器也。此酒當滿飲。』予乃拜謝，上自以手扶。乃就坐，食兩味八寶羹。上親唱一曲，名《喜遷鶯》，以酌酒。且謂予曰：『朕每在宫，不妄作此。只是侍太上宴間，被上旨令唱。今夕與卿相會，朕意甚歡，故作此樂。』次盞，蒙旨潘妃取玉龍盞至，又令蘭香取明州鰕脯至。特旨令妃勸予酒，予再辭不獲。上旨謂妃曰：『胡侍讀能飲，可滿酌。』歌《聚明良》一曲。

紗羅衫子間紅黄，大袖長裙鬬綺粧。别有翠毛雲雁錦，内批左藏賜親王。

《文獻通考》：孝宗乾道中，中宫常服，有司進深紅大袖，紅羅生色爲領。紅羅長裙，紅霞帔，藥玉爲隊。背子用紅羅，衫子用黄紅【一】紗，襠袴以白，衫裙以明黄，短衫以粉紅紗爲之。

又：乾道二年，户部言：『左藏東、西庫每歲所賜錦【二】袍，親王、宰執以全疋，餘裁裂給之。請皆照以全疋。』上從之。又賜窄錦袍，有翠毛、宜男、雲雁細錦，獅子、練鵲、寶照大錦，寶照中錦，凡七等。

《霏雪録》：宋故事，禁中處分事付外，謂之内批，又謂之御批【三】，皆内夫人代書。

校按：

【一】『黄紅』原引作『水黄』，據文淵閣《四庫全書》本《文獻通考》卷一百十三改。

【二】『錦』原引作『賜』，據文淵閣《四庫全書》本《文獻通考》卷一百十三改。

【三】『御批』通作『御筆』。

詞臣深住玉堂中，蓮燭光摇鎖院紅。學士新來承熟狀，内封名色看屏風。

《玉堂雜記》：淳熙丁酉九月，宣召侍讀史【一】少保浩，錫宴澄碧殿。抵暮，送以金蓮燭，宿玉堂直盧。

又：凡鎖院或親被旨，或受熟狀，即關閤門。閤門既報，御史赴文德殿聽麻。

又：内封名色不一，儤直時或未詳其體，院吏必以片紙録舊作於前，謂之『屏風兒』。

校按：【一】『史』，原引作『進』，據文淵閣《四庫全書》本《玉堂雜記》改。

萬朵芙蓉瞰碧瀾，東園花奉北宫歡。龍舟過處紅雲裏，撤去欄帷待卧看。

《四朝聞見録》：高宗登遐，憲聖獨處北宫，春秋浸高，孝宗以不得日侍定省爲歉。及内禪光皇，實憲聖所命，孝宗遂得日奉長樂宫，極天下之養，盡人子之歡。宫與東園最近，浹旬間，即恭請憲聖臨幸。屬芙蓉臨池秀發，遂白憲聖，請登龍舟，撤去欄幕，卧看尤佳。憲聖欣然從之。

聚景門開竹柏重，春光七十二亭濃。宫車路入西湖曲，望見甘園御愛松。

《武林舊事》：聚景園，清波門外，孝宗致養之地。淳熙中，屢經臨幸。

《錢唐志》：天逸閣載聚景亭臺，尚有『花醉』『澄瀾』諸名，則七十二亭即田志尚未能盡也。

《清波小志》：甘園，宋内侍甘昪園也，一名湖曲園。曾經臨幸，至今有御愛松、望湖亭、小蓬萊、西湖一曲。

景陽鐘罷日曈曈，閶闔宏開曉色融。忽聽雷聲繞金殿，千官舞蹈共呼嵩。

《夢粱録》：元旦，禁中景陽鐘罷，百官皆冠冕朝服，諸州進奏吏各執方物之貢，諸外國正副賀正使隨班入賀。上御正衙，禁衛人高聲嵩呼，聲甚震，名爲『繞殿雷』。

冉冉紅雲簇御輪，散將春色徧群臣。景靈宫裏回鑾後，内殿遥呼女聖人。

《武林舊事》：大禮後，擇日詣景靈宫行恭謝禮。上乘輦自後殿門出，教坊都管已下於祥曦殿南迎駕起居。前導入太乙宫參神，禮畢，宣宰臣以下合赴坐官並簪花，對御賜宴。上服幞頭，不簪花。御筵畢，百官、侍衛、吏卒等並賜簪花從駕，縷翠滴金，各競華麗，望之如錦繡。姜白石詩曰：『六軍文武浩如雲，花簇頭冠樣樣新。惟有至尊渾不戴，盡將春色賜群臣。』又『萬數簪花滿御街，聖人先自景靈回。不知後面花多少，但見紅雲冉冉來。』是日，皇后及内中車駕先還。宫中呼后爲『聖人』。

麗正門前羽扇開，鶴童親捧詔書來。太平萬壽宣恩處，先搶金雞下赦臺。

《武林舊事》：肆赦日，駕自文德殿詣麗正門御樓，教坊作樂，宫架奏曲，簾捲扇開。宰臣以下分班立。中書令稱：『有敕，立雞竿。』雞竿一起，門上仙鶴童子捧敕書降下。閤門提點開拆，授宣敕舍人。起居舍人一員摘句讀，宰臣以下再拜。侯讀至『咸赦除之』，獄級奏脱枷訖，罪囚應喏，三呼萬歲而出。金雞竿高五丈五尺，四面各百戲一人，緣索而上，謂之『搶金雞』。先到者得利物，呼萬歲。諸州奏進院各有遞鋪腰鈴黄旗者數人，侯宣赦訖，即先發太平州、萬州、壽春府，取『太平萬壽』之語。樓下排列次第，有宣赦臺。

隊隊歌頭綵幟懸，蠻奴控象舞回旋。潮沙築路平如席，閃試城南五輅便。

《武林舊事》：三歲一郊。先差官兵修築泥路，自太廟至泰禋門，又自嘉會門至麗正門，計九里三百二十步。皆以潮沙填築，其平如席，以便五輅之往來。每隊各有歌頭，以綵旗爲號。又命象院教象前導朱旗，以二金三鼓爲節，各有幞頭紫衣蠻奴乘之，旋轉跪起，悉如人意。又以車五乘，壓之以鐵，多至萬斤，與輅輕重適等，以觀疾徐傾側之勢。至前一月進呈，謂之『閃試』。

萬樹宫鴉靜不鳴，鳳山樓閣月斜明。夜闌聽徹連珠諾，多少官人促那行。

《四朝聞見録》：紹興初，高宗建行闕於鳳山。山中林木蓊如，鴉以千萬，噪鳴聒天。高宗在汴，未嘗聞此。至則大駭，命内臣張去爲領修内司諸兒，聚彈射而驅之臨平赤岸間。未幾，復如初。

《學詩初藁·夜步臨安内門詩》：静夜孤燈人未眠，等閒行過内門前。一聲唱徹連珠諾，碧檻朱闌緑柳邊。註：皇城夜間唱連珠諾。

《老學菴筆記》：有官入殿門，閤門輒促之曰：『那行！』

緑袍白簡拜丹墀，天子臨軒策士時。殿上呼名誰第一，綾巾爭乞狀元詩。

《武林舊事》：上御集英殿，拆號唱進士名，各賜緑襴袍、白簡、黄襯衫。賜狀元等三人酒食五盞，餘人各賜泡飯。前三名各進《謝恩詩》一首。

《耆舊續聞》：夏文莊舉制科對策，廷下有老宦者前揖曰：『吾閲人多矣，視賢良他日必貴，求一詩以誌今日之事。』因以吴綾手巾展前，公乘興題曰：『簾内衮衣明黼黻，殿中旗旆雜龍蛇。縱横落筆三千字，獨對丹墀日未斜。』至今殿試唱名，宦者例求三名詩。

馬踏西𨻶雨似塵，繁華獨占紹興春。鑾輿不爲看花出，翦落金盤賜近臣。

《夢粱録》：錢唐門外東西馬𨻶諸圃，皆植怪松異檜，奇花巧果。多爲龍蟠鳳舞之狀，每日市於都城。

《天彭牡丹譜》：牡丹有名『紹興春』，祥雲子花也，大者徑尺，紹興中始傳。

《藏抽藁·宫詞》：牡丹春篽正濃華，有旨今年不看花。翦落金盤三百朵，内批分賜近臣家。

江風吹老玉蓮秋，迎弄戈船據上游。持較金明似兒戲，十分打扮是杭州。

《武林舊事》：玉蓮堂，原名一清堂，競渡爭標於此。

《都城紀勝》：西湖春仲，浙江秋仲，皆有龍舟爭標。

《隨隱漫録》：余少觀金明池水戰，爲之目動心駭。比見錢唐水軍，戈船飛虎，迎弄江濤，出没聚散如神。以視金明池，如兒戲耳。【一】

《在軒集·競渡櫂歌》：建雲斿，建雲斿，土風到處總相猶。朝了霍山朝岳帝，十分打扮是杭州。

校按：【一】此條引文《南宋襍事詩》卷七云引自《隨隱漫録》。今亦見於宋代袁褧《楓窗小牘》卷下。

中和天氣日遲遲，一縷春風掩畫絲。薺菜挑殘人未散，生薑冷水笑多時。

《雲麓漫鈔》：紹興末，中宫以小竹編聯籠，以衣畫風雲鷺鷥，名曰『畫絲』。好事者大其制，施於酒席或野次，可以障風，易其名曰『挂罳』。

《武林舊事》：二月一日，謂之中和節，宫中排辦挑菜御宴。先是，内苑預備朱緑花斛，上植生菜、薺花諸品。自中殿以次，各以金篦挑之。賞則珠玉金銀，罰則舞唱、吟詩、念佛、飲冷水、吃生薑之類，以資戲笑焉。

爆竹聲中歲暗除，禁園鼓吹又喧呼。年年埋祟龍池上，不似民間打夜狐。

《夢粱録》：禁中除夕，以教樂所伶工裝將軍、符使、判官、鍾馗、六丁、六甲、神兵、五方鬼使、竈君、土地、門神、户尉等神，自禁中動鼓吹，驅出東華門外龍池灣，謂之『埋祟』。

又：後街貧丐裝鍾馗、小妹等形，敲鑼擊鼓，沿門乞錢，謂『打夜狐』。

宸遊方趁杏花天，滿路香風撲繡韉。試上艮山東麓望，一彎新緑畫春煙。

《齊東野語》：太皇極喜歌。木笪人者，以歌《杏花天》，補教坊都管。

《歲寒堂集》：艮山東麓，南渡宸游看新緑之處。

酒泛菖蒲水浴蘭，石榴花映赤闌干。進來通草天師像，競啟紅紗金盝看。

《楊后宫詞》：酒闌昌歜泛瑶觴。

《夢粱録》：浴蘭令節，内司意思局以紅紗彩金盝子，以通草雕刻天師馭虎像於中。

内造春盤巧思多，金雞玉燕共紛羅。福甯殿裏鞭牛後，金綵爭酬直閤婆。

《武林舊事》：立春前一日，臨安府造進大春牛，設之福甯殿。及駕臨，内官用五色絲綵杖鞭牛。餘屬直閤婆掌管。預造小春牛數十，分送殿閣，巨璫各隨以金銀錢綵爲酬。是日，後苑辦造春盤供進，翠縷紅絲，金雞玉燕，備極精巧。

天樂喧闐夜未休，秋暉堂上賞中秋。外邊競博江神悦，萬盞燈光水面浮。

《武林舊事》：中秋有賞月延桂排當，如倚桂閣、秋暉堂、碧岑，皆臨時取旨。夜深，天樂直徹人間。此夕，浙江放「一點紅」羊皮小水燈數十萬盞，浮滿水面，爛如繁星。或謂此乃江神所悦，非徒事觀美也。

海門激浪捲秋飆，雪嶺銀城望泬寥。雉扇遠從雲際出，高臺縹緲正觀潮。

《武林舊事》：禁中例觀潮於天開圖畫，高臺下瞰，如在指掌。都人遥望黄繖雉扇於九霄之上，如蕭臺蓬島。浙江之潮，天下之偉觀也，自既望以至十八日爲最盛。方其遠出海門，僅如銀線。既而漸近，則玉城雪嶺，際天而來，呑天沃日，勢極雄豪。楊誠齋詩云『海湧銀爲郭，江横玉繫腰』者是也。

牡丹裀接繡毬屏，萬朵分排燦若星。宴到隨花春已暮，賜來分插内窑瓶。

《武林舊事》：禁中賞花不一，至於鍾美堂賞大花爲極盛。堂前三面以花石爲臺，各植名品。臺後分植玉繡毬數百株，儼如鏤玉屏。堂中設牡丹紅錦〔一〕地裀。自中殿妃嬪至内宫，各賜翠葉牡丹、分枝鋪翠牡丹、御書畫扇、龍涎、金盒之類有差。至伶官樂部應奉等人，亦霑恩賜，謂之「隨花宴」。

《輟耕録》：中興渡江，有邵成章提舉後苑，號邵局。襲故京遺製，置窑於修内司，造青器，名「内窑」。

校按：【一】『錦』原引作『線』，據《武林舊事》改。

殿前橙橘壓霜條，滿院黃花貼地嬌。早過鰲山燈節會，菊燈又似過元宵。

《武林舊事》：禁中例於八日作重九排當，於慶瑞殿分列黃菊，燦然眩目。且點菊燈，略如元夕。或於清燕殿、綴金亭賞橙橘。

又：元夕，鰲山多於復古、膺福、明華等殿張挂。

明遠樓前駐輦時，彤雲低繞萬年枝。爐中添爇胡桃炭，共倚雕欄看雪獅。

《武林舊事》：禁中賞雪，多御明遠樓。後苑進大小雪獅兒，並以金鈴綵縷爲飾。且作雪花、雪燈、雪山之類。

《清波雜志》：南渡後，有司降樣下外郡，置御爐炭，胡桃紋，鵓鴿色。

酬功新建府君祠，泥馬巍然立殿基。天使淩晨飛騎出，正逢重六降香時。

《清波小志》：聚景園前舊有顯應觀，爲高宗敕建，以祀磁州崔府君者。每年六月六日，内廷差天使降香設醮，今爲甌脱之場矣。余友錢他石有詩云：『玉宇金庭化刼灰，西風凉露藕花開。黃羅帕子沈香合，不見天邊一騎來。』

《南渡録》：高宗自金逸歸，假寐於崔府君廟中，夢神人曰：『金人追及，速去之。』康王驚覺，馬已在側，躍馬南馳。既渡河，而馬不復動。下視之，則泥馬也。◎按：崔府君，唐人，名珏。或作崔瑗，非。

銀牀桐葉墜秋煙，宫井葫蘆甃玉甎。忽覩黃金牌上字，前騶急引六龍旋。

《遂昌雜録》：宋巨璫李太尉者，宋亡，爲道士。元祐童時，嘗侍其遊故内，指點歷歷如在。獨記其過葫蘆井，揮涕曰：『是蓋宋時先朝位。上釘金字大牌，曰：「皇帝過此，罰金百兩。」』宋家法之嚴如此。

彤墀濟濟列鵷鸞，暗賜明宣雨露寬。更有捧香恩例在，一時裙帶共除官。

《朝野類要》：俗謂經由閤門有司出給關照之物，爲明宣賜；不經由有司，特旨賜之，則曰暗宣賜。

又：后妃親屬該恩得官者，謂之捧香恩例。

又：親王南班之壻，號曰西官，即所謂郡馬也，俗謂之裙帶頭官。

産閤新開方位分，老娘踏逐各殷勤。犀錢玉果紛相送，祝壽還裁淨髮文。

《武林舊事》：宫中誕育，内司奏排辦産閤。令太醫宿直，供畫産圖方位、合用藥材、催生物件、合本位踏逐老娘、伴人、乳婦、抱女、洗澤人等。申學士院撰述淨胎髮祝壽文。

《容齋四筆》：車駕都錢唐以來，皇子在邸生男女，則戚里、三衙、〔一〕浙漕、京尹皆有餉獻。隨即致答，自金帛以外，洗兒錢果，動以十數合，極其珍巧。

校按：【一】『戚里、三衙』，原引作『戚衙、三高』，據《容齋四筆》改。

和寧門外走鈿車，報道昭陽謁母家。親眷分頒恩禮重，金釵繡領翠冠花。

《武林舊事》：皇后歸謁家廟，太史局預擇日降旨，命禮寺參酌禮典所屬排辦。至日，皇后出宫，至祥曦殿上升龍檐，出和寧門，至皇后家廟。

又：賜筵，皇后坐於堂中，南向，堂前施簾，親屬並常服詣廳下南向謝恩。俟皇后升堂，供進酒食，如家人禮。

又：皇后散付本府親屬、宅眷、幹辦、使臣以下金合、金瓶、金盤盞、金環、金錠、金釵、金錢、銀盤盞、細色段匹、翠領、翠花、翠冠、翠扇、翠篦環、銀錢、畫扇、龍涎香、刺繡領、畫領、生色羅。

四聖祠堂湖上開，慈寧宮裏進香回。金神護駕環弓劍，儘道招兒眼見來。

《建炎以來朝野雜記》：延祥觀，紹興十四年建，以奉四聖真君。初，靖康末，上自康邸北使，將就馬，小婢招兒見四金甲神各執弓劍以衛。顯仁后聞之，曰：『我事四聖香火甚謹，必其陰助。』及曹勛南歸，后令奏上，宜加崇奉，以答景貺云。觀今在西湖上，極壯麗，修繕之費皆出慈寧宫，有司不與焉。

篆裊熏爐日漸長，鑄銅巧式愛姜娘。紅窗倦繡頻添火，細品龍涎御製香。

《居易録》：南宋姜娘子，善鑄銅器。

《佩楚軒客談》：浩然齋有古龍涎香，自復古、睿思、東閣、瓊英、勝古、清觀、清燕、閱古以下，凡數品。

簇簇宫花滿禁林，紅霞恩並紫霞深。册儀獨有中宫貴，潤筆先頒二百金。

《留青日札》：紅霞帔，宋宫人品名。紹興間，如張頑兒、馮十一娘、張正奴、劉翠奴之類。又有紫霞帔王受奴。

《武林舊事》：册皇后儀，先一日，宣翰林學士鎖院草制，賜學士潤筆金二百兩。

柱史躔分紫極星，憑將言動記彤庭。緑衣執簡螭頭立，班列蛾眉一點青。

宋費衮《梁溪漫志》：二史立螭，舊多服緑者，謂之『一點青』。其職曰記言記動，則人主起居皆所當侍。而乘輿行幸未嘗扈從，此亦闕文。近歲始命起居郎、起居舍人從駕，乃合建官本意。◎按：柱下史星在紫薇垣，左右史之象也。

朝陵昨日奉傳宣，春露秋霜序易遷。記得唐園在中頓，一年兩駐内家船。

《武林舊事》：清明前三日爲寒食節，朝廷遣臺臣、中使、宫人車馬朝饗諸陵。開爐日，遣使朝陵，如寒食儀。南宋施樞《芸隱横舟藁·唐園詩》云：幽居已似水中仙，更有亭臺在屋邊。擬作小圖難畫處，一年兩駐内家船。

註：内人朝陵，此園供午頓。

《宋史·吴越世家》：上嘗賜從臣食於中路頓。

玉海金柈出御庖，不名更使聖恩叨。點心噉盡籠炊百，欲請君王賦老饕。

《吹劍録》：孝宗詔：『每日常朝，不必宣宰相名。』趙雄奏：『君前臣名，禮也。』上曰：『蘇洵嘗言：名呼而進退之，非所以禮貌大臣。丞相不必辭。』

《宋稗類鈔》：趙温叔丞相，阜陵素喜之。且聞其善噉，數倍常人。會史忠惠進玉海，容酒三升。一日問曰：『朕作點心相請。』命中貴捧玉海賜酒至六七，繼以金柈捧籠炊百枚，遂食盡。上爲之一笑。

雲頭香燼曙光融，覽鏡秋窗志尚雄。幸有小嵇能接骨，不愁騎射損皇躬。

《齊東野語》：宣和時，常造香於睿思東閣。南渡後，如其法製之，所謂東閣雲頭香也。【二】

《庚溪詩話》：孝宗不忘中興之圖，每形於詩詞。如《新秋雨過述懷》云：『平生雄武心，覽鏡朱顔在。』

《兩浙名賢録》：嵇清仁伯由汴扈蹕南渡，世傳秘術。壽皇躬騎射，時有誤損，應期而瘳。宫中詫曰：『小小嵇真能接骨耶？』

校按：【二】此條引文《南宋襍事詩》卷六標明出自《齊東野語》，明代周嘉胄《香乘》卷七則標明出自《癸辛雜識外集》。

彩雲仙子欝金裳，應制更番侍畫廊。影戲纔過宣隊戲，中官催進李端娘。

《文獻通考》：宋女弟子隊，曰彩雲仙隊。

《太平清話》：御前應制，多女流也。碁爲沈姑姑，演史爲張氏、宋氏、陳氏，説經爲陸妙慧、妙静，小説爲史惠英，隊戲爲李端娘，影戲爲王潤卿。

長松修竹蔭方塘，積雪光凝御笐傍。三伏人來寒起粟，近臣方侍翠寒堂。

《武林舊事》：禁中避暑，多御翠寒堂納涼。長松修竹，寒瀑飛空，下注大池可十畝，菡萏萬柄。御笐兩傍，積雪如山。聞洪景盧學士嘗賜對於翠寒堂，三伏中體粟戰慄，不可久立。上問故，笑遣中貴人以北綾半臂賜之。則境界可想見矣。

鴛鴦打散鴈鼉陳，嬪御當場按拍頻。分判霓裳三十六，一番歌舞一番新。

《癸辛雜識》：故都德壽宫舞譜，其中皆新製曲，多嬪妃諸閣所進。内有左右垂手、雙拂、合蟬、舞頭舞尾、打鴛鴦場等曲，皆前所未聞。又有五花兒、雁翅兒、龜背兒。《齊東野語》：《混成集》，修内司所刊。古今詞歌之譜，靡不備具。《霓裳》一曲，共三十六段，太后令内人歌之。凡用三十人，每番十人，奏音極高妙。

高閣淩虛敞玉楞，酴醾引蔓柳參天。水堂中路長橋亘，口勅鸞輿暫息肩。

《二老堂雜志》：淳熙七年三月十八日，車駕詣德壽宫，恭請太上皇帝、壽聖皇后。於是乘輿至大内，於淩虛閣下三面設酴醾、牡丹花，皆層級，高數尺；一面垂簾，設樂。酒三行，太上皇帝、壽聖皇后聯步輦以行，今上亦步輦從。至翠寒堂，酒復數行。至水堂中路石橋上，肩輿小憩。面對酴醾花架，高柳參天，芳菲照坐，馥郁襲人。上亦滿引，勸酬者三。

一部鈞韶隸樂官，新來嘌唱敵天顔。喜生拍扳宜娘笛，總是勾欄弟子班。

《武林舊事》：諸色伎藝人，丁未年撥入勾欄弟子嘌唱賺色十四人，鼓板十四人。陳宜娘笛，陳喜生拍。◎「宜」或作「宣」。

《宋史·樂志》：鈞韶九奏度春風，彩仗焕儀容。

鎮殿將軍立畫楹，遥瞻玉座日華明。廷臣誰是朱雲直，楯陛常留折檻名。

《夢粱録》：禁中大朝會，駕坐大慶殿。有介胄長大武士四人，立殿陛之角，謂之鎮殿將軍。樞密臣僚稱壽畢，登殿，立折檻側，百僚俱鞠躬聽制。

《徽宗宫詞》云：鱗陛千尺盡塗丹，文瓦雕甍敞殿寬。折檻盡循前古制，當中一曲不安欄。

文德臨軒日表和，三魁同賜緑襴鞾。今科喜遇龍飛榜，黄甲霑恩倍覺多。

《夢粱録》：士人赴殿試，上御文德殿，臨軒唱名，進呈三魁試卷。天顔親覩三魁，排定姓名資次，然後宣唤。其三魁聽宣唤數次，方敢應名而出。叩問三代、鄉貫、年甲、同方，請入狀元侍班處，更换所賜緑襴鞾簡。如遇龍飛年分，則三魁黄甲及其餘進士，皆倍加恩例。

新涼昨夜透疏櫳，未報秋來信已通。太史年年占葉落，賣楸聲裏進梧桐。

《夢粱録》：立秋日，太史局委官吏於禁庭内，以梧桐樹植於殿下。俟交立秋時，太史官奏曰：『秋來。』其時梧葉應聲飛落一二片，以寓報秋意。都城内外，侵晨滿街叫賣楸葉。婦人女子及兒童輩爭買之，剪如花樣，插於鬢邊，以應時序。

屈指殘秋九月過，連宵霜信入庭柯。授衣節近開爐日，御服先催進夾羅。

《夢粱録》：十月朔日，有司進煖爐炭。

《武林舊事》：開爐日，御前供進夾羅御服，臣僚服錦襖子夾公服，『授衣』之意也。自此御爐日設火，至明年二月朔止。

勑下臨安撥樂工，部頭色長各成叢。當筵作劇天威近，豔段偏寬無過蟲。

《夢粱録》：教坊十三部，唯以雜劇爲正色。色有色長，部有部頭。紹興年間，廢教坊職名，如遇大朝會、聖節，御前排當及駕前導引奏樂，並撥臨安府衙前樂人。每一場四人或五人，先作尋常熟事一段，名曰『豔段』，次作正雜劇，通名兩段。末泥色主張，引戲色分付，副淨色發喬，副末色打諢。或添一人，名曰『裝孤』。先吹曲破斷送，謂之『把色』。大抵全以故事，務在滑稽，唱念應對通徧。此本是鑑戒，又隱於諫諍，故從便跳露，謂之『無過蟲』。駕前承應，亦無責罰，一時取聖顔笑。

賜冰來自鎮江遥，清暑樓高暍盡消。晝漏方長添夏課，學庸兩卷問宫僚。

《楊太后宫詞》：翰林學士知誰直，今日傳宣與賜冰。

《雞肋編》：二浙少冰雪，韓世忠在鎮江，率以舟載至行在。晝夜牽挽，謂之進冰船。

《武林舊事》：禁中有清暑樓。

《詩林韶護》：真德秀《宫夏詩》：『午漏遲遲滴玉壺，清陰羃羃布庭除。直教底事消長日，《大學》《中庸》兩卷書。』

滿城燈火醉芳筵，獨自巡檐看月圓。琴罷遥聞歌管沸，人間知是樂豐年。

《西湖志》：元夕後三日，宣嗣秀王及其諸子宴。壽皇云：『外間鼓吹喧闐，想是民間歡樂。』王曰：『連年豐稔，所以致此。』王因問：『壽皇亦領略否？』曰：『十四日，嗣帝過此排當。十五日不飲，鼓琴兩曲，遂出，巡檐看月。』

海棠經雨蝶初醒，安石黄袍簇繡屏。聞道君王心不放，半簾花影讀盤銘。

《海棠譜》：光宗御製詩：『東風用意施顏色，豔麗偏宜著雨時。朝咏暮吟看不足，羡他逸蝶宿深枝。』

《松隱集·題禁中黄石榴》云：安石開花比御衣。

《藤陰劄記》：光宗讀朱子編次《盤銘》《丹書》，語朱子曰：『宫中常讀之，其要在求放心。』

天寒屏外挽車回，且請官家進一杯。半載重華虧定省，負他仙客作良媒。

《四朝聞見録》：光宗久缺問安，布衣謝岳甫伏闕奏書。上爲動，降旨翌日過宫。上已出御屏，慈懿挽上入，曰：『天色冷，官家且進一杯酒。』百僚、侍衛俱失色。

又：高宗時，皇甫真人出山求見。上叩其所以來，曰：『作媒來。臣爲陛下尋得箇好孫息婦。』后既爲太子妃，訴太子左右於高、孝兩宫。高宗不懌，謂憲聖曰：『終是將種，吾爲皇甫所誤。』

仙娥多住鳳凰城，天上春來百卉榮。惟有内人諳故事，女兒花改舊時名。

《四朝聞見録》：金鳳花如鳳咮飛舞，中都習宫闈媟語，謂『鳳兒花』。慈懿名鳳娘，六宫避舊時稱，曰『好女兒花』。

《中州集》：吴彦高遇老嫗，善鼓瑟，自言梨園舊籍。因賦《春從天上來》詞。

雕梁風静燕飛回，紅杏絲楊簇砌臺。春滿園亭催設宴，黄門先負小屏來。

《詞筌》：宋寧宗《浣溪紗·看杏花》詞有云：『珠箔半鈎風乍暖，雕梁新語燕初飛。』

《夢梁録》：聚景園，孝、光、寧常幸。陸游詩云：『水殿西頭起砌臺，絲楊閙處杏花開。』

《四朝聞見録》：寧皇用小黄門，常背二小屏前導，隨其所至，即面之。屏書戒曰：『少飲酒，怕吐；少食生冷，怕痛。』析二事爲二屏。所幸後苑，有苦進上以酒及勸上以生冷者，指二屏以示之。

中宫小妹擅才華，宸翰臨摹妙並誇。博得香名傳畫院，遠山一角署楊娃。

《弇州四部藁》：馬遠畫有書『賜兩府』三字，並有楊娃印章。遠在光、寧朝，後先待詔。寧后楊氏，楊娃即后妹也，以藝文供奉内庭。凡遠畫進御及頒賜貴戚，皆命楊妹子署題。后兄石，位太師，稱『大兩府』。書『兩府』者，即石也。

《書史會要》：楊妹子書似寧宗。

《珊瑚綱》：世評馬遠畫多殘山賸水，不過南渡偏安風景耳。又稱爲『馬一角』。

紫宸殿裏集衣冠，牓上朝儀照例看。北使山呼丹陛肅，誰知綸綍出中官。

《建炎以來朝野雜記》：北使至闕，閤門官入位，設【一】朝見儀，投朝見牓子。明日入見，上御紫宸殿。北使見畢，退赴客省茶酒。

《癸辛雜識》：寧宗不慧而訥於言，每北使入見，陰以宦者代答。

校按：【一】『設』原引作『説』，據《建炎以來朝野雜記》改。

曹家姊妹受封新，通籍椒房溷假真。寄語太師休怙寵，中宫方怒四夫人。

《白獺髓》：寧宗恭淑后上仙，而曹氏爲婕妤，平原特以爲親屬。偶值真里富國進馴象至，平原語公瑾曰：『不聞有真里富國。』公瑾曰：『如今有假楊國忠。』

《朝野遺紀》：婕妤曹氏姊妹通籍禁中，皆爲女冠，賜號虚無自然先生者，左右街都道録者，皆厚於韓侂胄。或謂亦與之暱。

《四朝聞見録》：侂胄所幸妾，同甘苦者爲三夫人，號『滿頭花』，新進者曰四夫人。至通宫籍，慈明嘗召入，貌賜坐以示優寵。四夫人者即與慈明偶席，蓋騃也。慈明心銜之。迨韓爲鄭發所刺，諸婢皆遣還其父母，慈明特旨令京尹杖四夫人而遣之。

應候春衫拜賜歸，銷金花朵鬬芳菲。輕羅上有金龍印，珍重瑚箱御退衣。

《徽宗宫詞》：銷金花朵遍輕羅，剪作春衣賜下多。

《癸辛雜識》：大臣家賜與帝后衣，謂之御退衣服，四角皆有金龍印。

群工瞻笏衆星羅，不執宫牌莫謾過。遥向閤門聽贊喝，聲音常怪鮑魚多。

《老學菴筆記》：紹興中，朝參止磬折遂拜。今閤門習儀，先以笏叩額，拜拜皆然，謂之瞻笏。不知起於何時。

《癸辛雜識》：淳祐【一】禁中獲僞號人包四，搜出敕入宫門假印一面。於是盡易敕號，内宫門號『八角樣』，禁衛號『銀錠樣』，殿門號『四如意樣』。

《貴耳集》：孝廟時，取北人於閤門充贊喝，聲雄如鐘，有京洛氣象。嘉定來，多以明、台、温、越人，聲皆鮑魚音矣。

校按：【一】『淳祐』原引作『淳熙』，據文淵閣《四庫全書》本《癸辛雜識》改。

手撥琴絃倚畫樓，美人常替相臣愁。停徽細向輿圖看，暗識新恩是遠州。

《南宋書·宗室傳》：鎮王竑，宗室希瞿子。初，爲沂靖惠王立後，賜名貴和。景獻薨，改爲皇子。竑疾史彌遠專政，彌遠覺之。知其好鼓琴，買美人善琴者納諸御，而厚廩其家，使瞷竑動息，必以告。竑嬖之。壁有輿地圖，竑指瓊崖曰：『他日置彌遠於此。』又嘗呼彌遠爲『新恩』，以他日非新州則恩州也。

樊惱原從自取來，生菱破碎爲誰災。持觴泣阻君還泣，六部橋邊去不回。

《四朝聞見録》：韓用兵既敗，鬚鬢俱白，莫知所爲。伶優因上賜宴，設樊遲、樊噲，旁一人曰樊惱。揖問：『樊遲，誰與取名？』對以『夫子所取』。又揖問樊噲曰：『爾誰取？』對曰：『漢高所命。』又揖樊惱云：『誰名汝？』對以『樊惱自取』。又因郭倪、郭杲敗，值賜宴，以生菱進於桌。上命二人移桌，忽生菱墮地盡碎。一人云：『苦，苦，壞了多少生菱，只因移杲【二】卓。』

又：虎符半在禁中，半在殿巖。開禧間，慈明陰贊寧皇誅侂胄，出御批授錢象祖，象祖授殿巖夏震。震遣其帳下鄭發、王斌邀韓車於六部橋，徑出玉津園夾牆。韓身裹軟纏，用鐵鞭中韓陰，乃死。地名磨刀坑。

又：寧皇時聞韓出玉津園，亟用牋批殿司：『前往追回韓太師。』慈明持牋泣，且對上云：『若欲追回他，我請先死！』寧皇抆淚而止。

校按：【一】『杲』，文淵閣《四庫全書》本《四朝聞見録》作『果』。

玉娥遺影拜真妃，院篴宫桃事已非。勅祭文成更愁絶，五雲縹緲叩仙扉。

《七修類藁》：閻妃像在集慶寺。

仇仁近《山邨集·閻氏園池詩》：真妃已返鳳臺仙，獨立池亭思愴然。海岳不傳青鳥信，石房誰伴白雲眠。宫桃移種難生實，院篴初翻又引鞭。凝碧荒涼絃管静，萍花浮滿釣魚船。

《隨隱漫録》：姚勉述《勅祭閻妃文》曰：『五雲縹緲，誰叩玉扃？』上曰：『朕雖不德，未如明皇之盛【一】也。』

校按：【一】『盛』，文淵閣《四庫全書》本《隨隱漫録》作『甚』。

香肌痧退玉生光，又遇金鎞刮膜方。假后爭如真后福，燈山靈鵲兆嘉祥。

《宋史》：理宗謝皇后，諱道清，天台人。父渠伯，祖深甫。后生而黧黑，瞖一目。初，深甫爲相，有援立楊太后功，太后德之。理宗即位，議擇中宫，太后遂選謝氏諸女。后獨在室，諸父擧伯不可，曰：『即奉詔納女，異時不過一老宫婢，奚益？』會元夕，縣有鵲來巢燈山。衆以爲后妃之祥，乃供送就道。后旋病痧，膚蜕，瑩白如玉。醫又藥去目瞖。時賈涉女有殊色，同在選中。理宗意欲立賈，太后曰：『謝女端重有福，宜正中宫。』左右亦竊語曰：『不立真皇后，乃立賈皇后耶？』帝不能奪。

定一名亭義若何，彤庭方試狀元科。天門造榜機先洩，蓉鏡光生墨一螺。

《三朝政要》：嘉熙二年，廷對。有邵澤攜京墨甚佳，有中貴欲之，邵無吝色。中貴曰：『主上御苑中方建一亭，名曰「定一」。上曰：「有士人用此立説，取爲狀元。」』邵得其説，揮豪如飛。上得此卷，欲寘榜首，時已取周坦，乃以澤爲榜眼。

《墨史》：南朝皆稱墨爲螺。

病思懨懨掩繡帷，連宵寒熱互纏時。禁中自有當差扇，不用輕羅賜御醫。

《神仙通鑑》：皇甫坦先生善布氣。韶位有甄孃娘病躄累年，踊而後能步。太后命先生亦爲布氣，即釋踊而行。及將還山，留一扇於禁中，曰：『有發寒熱者，以此扇當差。』未幾，宫中多患瘧，用之皆驗。

《萬曆杭州府志》：陳沂，其先汴人，扈蹕而南，遂爲錢唐人。嘗治康王妃危疾，有奇效，賜御前羅扇。凡宫中有疾，欲不時召之者，聽持扇入禁中，金吾、閽宦皆不得沮。

御園新賜相臣家，葛嶺遥通蹕路斜。金牓璇題高挂處，歷朝宸翰走龍蛇。

《夢粱録》：西湖有集芳御園，理宗賜與賈秋壑爲第宅。

《武林舊事》：葛嶺集芳御園，後賜賈平章。内有假山石洞，通出湖濱，名曰後樂園。有蟠翠、雪香、翠嶺、倚秀、挹露、玉蓮、清勝，已上皆高宗御題，亦集芳舊物也。西湖一曲、奇勳，理宗御書。秋壑、遂初容堂，度宗御書。

瀲灩波光水際樓，百花十錦幾輕舟。小湖園裏香楠檝，祇聽傳宣貴主遊。

《夢粱録》：杭州湖船，百花，十樣錦，其名甚多。又有御舟，安頓小湖園水次，其船精巧，俱用香楠木爲之。只是周漢國公主遊玩，曾一用耳。

燕遊儀仗入丹青，後苑頻看步輦停。幾日荷亭花落盡，又將移作賞梅亭。

《志雅堂雜抄》：理宗有《燕遊圖》一卷。

《天中記》：理宗時，禁苑漸頹。賞荷池宴，但張葢、設屏扆於烈日中。董宋臣默會意，不日而成一亭，上大喜。冬月賞梅，園又有一亭，上意不樂。宋臣曰：『此梅亭即前荷亭也。』上問故，對曰：『此乃拆〔二〕卸摺疊之亭。』上愈稱賞之。

校按：【一】『拆』原引作『折』，據今本《天中記》改。

靈鵲聲聲應曉籤，梳粧樓上鏡開匳。盤龍高髻留偏頂，上馬香鞵蹙輭尖。

《談薈》：宋穆陵宮中有靈鵲石，石中有鵲，每天將旦，咸聞噪聲。

《宋史·五行志》：理宗朝，宮妃繫前後掩裙而長窣地，名『趕上裙』；梳高髻於頂，曰『不走落』；束足纖直，名『快上馬』；粉點眼角，名『淚粧』。剃削童髮，必留大錢許於頂左，名『偏頂』。或留之頂前，束以綵繒，宛若博焦之狀，或曰『鵓角』。

《西湖志》：報國寺有梳粧樓遺蹟。

玉笛瑶笙送盞同，天基節裹壽筵豐。乍從黄繖窺龍表，尚覺蕭齋寫未工。

《宋史》：高宗天申節，五月二十一日。孝宗會慶節，十月二十二日。光宗重明節，九月四日。甯宗瑞慶節，十月十九日。理宗天基節，正月五日。度宗乾會節，四月九日。

《武林舊事》：今偶得理宗朝禁中壽筵樂次，因列於此。天基聖節排當樂次：上壽第一盞，觱栗起；第二盞，笛起；第三盞，笙起；第四盞，方響起。

《太平清話》：宋理宗御像，郭蕭齋所寫。

《宋季三朝政要》：理宗資貌龐厚，號爲『烏太保』。

南樓風月作清泠，望斷江淮入窈冥。暗拭龍巾兩行淚，芙蓉閣上酒初醒。

《元詩選》註：宋理宗《南樓風月》横披，自題絶句其上，有『并作南樓一夜凉』之句。

《吴淵穎集》：理宗在宫中，嘗被酒上芙蓉閣，見淮上有黑祲，十餘年不散，南逼江，淒然淚下。

珠冠翠領各添房，勳貴紛來助寶粧。明日帝姬催下嫁，承宣同看殿西廊。

《癸辛雜識》：周漢國公主下嫁，諸閫及權貴各獻添房之物。

《武林舊事》：南渡以來，公主無及嫁者，惟理宗朝周漢國公主出降楊鎮，禮文頗盛。先一日【二】，宣宰執詣後殿西廊看公主房匳，有真珠九翬四鳳冠、北珠冠花篦環、真珠翠領四時衣服等物。

《卻埽篇》：政和間，采周之王姬之稱，而改公主曰帝姬，郡主曰宗姬，縣主曰族姬。公主之號，建炎初復之。

校按：【二】『日』，文淵閣《四庫全書》本《武林舊事》作『月』。

樓臺高接鳳城隅，路草林花入畫圖。宮婢何須愁道遠，主家今不住清湖。

《柳待制集》：右《開元宮圖》一卷。本宋理宗女周漢國長公主第，在杭州清湖橋西。第成於景定辛酉，公主實以是年下嫁駙馬都尉楊鎮。初，理宗無子，度宗自福邸入正儲貳。而謝后女獨有公主，兩宮最所鍾愛。有司希旨爲治第，帷帳供御下乘輿一等。居半歲，又以遠掖庭，更卜和甯門内，東穿堧垣爲直道，内官宫婢朝夕通饋問。於是賜第在清湖者，惟居楊氏母。

《句曲外史集·題周漢國公主甲第圖詩》：主家樓觀蔚參差，想是當年全盛時。宫草細分乘輦道，林花深隱汎舟池。

倖臣希旨進妖姿，召入香蘭奏伎時。偏是春風善噓拂，倡條移作上林枝。

《夢粱録》：官妓如金賽蘭、范都宜、唐安安等，後輩雖有歌唱者，比之前輩，終不如也。

《野獲編》：理宗暮年，眷杭妓唐安安，非時召幸。

《宋史新編》：理宗在位久，董宋臣、盧允升作芙蓉閣、香蘭亭宫中，進倡優、傀儡，以奉帝遊宴。

殿閣齋錢拜賜隆，御前宮觀獨從豐。翔龍舊是潛龍邸，惟有宗陽祀典同。

《夢粱録》：御前宮觀，在杭城者六，湖邊者三。多是潛邸改建琳宫，以奉元命，或奉感生帝。屬内侍提舉宫事，設立官司守衛兵士。凡宫中事務，出納金穀日膳，道衆修崇醮欵，凡有修整宫宇，及朝家給賜銀帛，殿閣貼齋錢帛，並皆主計給散。羽士俱沾恩甚隆，外觀皆不及也。龍翔宫在後市街，理廟潛邸，升爲上祀。宗陽宫在三聖廟橋東，以德壽宫地一半建宫，賜名。規制祀典，並視龍翔宫行。

大節剛逢浴佛天，德生堂外放生還。群班共祝無疆壽，昨日今朝盡賜筵。

《夢粱録》：四月初八日，壽和聖福皇太后聖節。文武官於廣化寺起祝聖道場，出西湖德生堂放生，然後回府治，錫宴簪花。

《三朝野史》：四月初八日，謝太后壽崇節。初九日，度宗乾會節。賈似道命司封郎中黄蜕作祝語，中一聯云：『聖母神子，萬壽無疆，亦萬壽無疆；昨日今朝，一佛出世，又一佛出世。』滿朝縉紳皆喜之。

萬頃玻璃浸曲房，湖山爭擁百花堂。清歌快活聲聲慢，官裏船亭正歇涼。

《陳盼兒傳》：庚申八月，太子請兩殿幸本宫清霽亭，賞芙蓉、木樨。韶部頭陳盼兒捧牙板歌『尋尋覓覓』一句，上曰：『愁悶之詞，非所宜聽，可令陳藏一撰一即景快活《聲聲慢》。』

《霏雪録》：元帥夏謹齋若水，居錢唐西湖之昭慶灣。第宅百餘間，乃故宋謝太后歇涼亭。如眉壽堂、百花堂、一碧萬頃堂、湖山清觀等，皆宏麗特甚。又架船亭水中。每元夕，諸堂皆施五【二】色簾，放華燈，上下輝映。

校按：【一】『五』，文淵閣《四庫全書》本《霏雪録》作『玉』。

宮扇親書祝嘏辭，滿堂賓客整威儀。珠衣戲效萊衣舞，共説長虹入夢時。

《吴淵穎集·宋度宗御書福王慶壽宫扇詩》：漢家諸侯奉大統，會稽故邸王封重。歲周甲子壽筵開，賓客滿堂宫扇來。掖庭嬪御侍圖史，聖筆逡巡鸞鳳似。清風外撲龍阜花，明月中涵鏡湖水。南國爲家日已微，禮官考禮是耶非。前殿君臣朝玉笏，後宫父子曳珠衣。

《夢窗甲藁·宴清都壽榮王夫人詞》云：長虹夢入仙懷，便洗日、銅華碧渚。

案：度宗父福王與芮，理宗弟，皆榮王子。

玉碁和漏報昏晨，直閤夫人入侍頻。若箇承恩書月日，可憐别是一家春。

《徐文長别記》：度宗朝有十二玉碁子，上有十二時字。置盆水中，逐時浮出，不差晷刻。

《隨隱漫録》：會甯郡夫人昭儀王秋兒、順安俞修容、新興胡美人、永陽朱梅兒、資陽朱春兒、高安朱夏兒、南平朱端兒、東陽周冬兒、順政石潤兒、高平周賽兒、通化聞閏兒、潯陽陳宜兒、胡安化、沈咸甯、黄新平，皆上所幸也。初，東宫以春、夏、秋、冬四夫人直書閣，爲最親。王能屬文，爲尤親。王非以色事主，度宗亦悦德者也。

《通鑑輯略》：度宗既立，耽於酒色。故事，嬪妾進御，晨詣閤門謝恩，主者書其月日。及帝之初，一日謝恩者三十餘人。

《武林舊事》：亭名『别是一家春』，度宗初刱。或謂非佳讖也，未幾果驗。

全史宫詞卷十八　遼金

遼

太祖耶律億，本名阿保機，契丹部人。梁貞明二年稱帝，都臨潢，國號契丹。在位十一年殂，葬祖陵。改元三神册、天贊、天顯。太宗德光，太祖次子。太祖殂，述律太后黜長子突欲而立帝，始改國號曰遼。在位二十二年。滅晉入汴，引還，殂於欒城，葬懷陵。改元二會同、大同。世宗阮，一名兀欲，太宗兄東丹王突欲子。太宗道殂，諸大臣奉帝即位。五年遇弑，葬顯陵。改元一天禄。穆宗璟，一名述律，太宗子。十九年，遇弑，祔葬懷陵。改元一應曆。景宗賢，世宗子。十四年殂，葬乾陵，改元二保寧、乾亨。子聖宗隆緒立，復國號大契丹。在位四十九年殂，葬慶陵。改元三統和、開泰、太平。子興宗宗真立，二十五年殂，祔葬慶陵。改元二景福、重熙。子道宗洪基立，復改國號曰遼。在位四十七年殂，祔葬慶陵。改元五清寧、咸雍、太康、太安、壽隆。天祚帝延禧，道宗太孫，昭懷太子濬之子，在位二十五年。金兵陷中京，天祚西走，金人執之於應州，封海濱王。改元三乾統、天慶、保大。九主凡二百十年。

米團分擲五更時，繞帳鈴聲到日移。昨夜春書剛進御，和風已上碧繒旗。

《契丹國志》：正旦，國主以糯米飯、白羊髓相和爲團，如拳大，每帳賜四十九枚。戊夜，帳内窗中擲米團於外。數偶，動樂飲宴；數奇，令巫十二人，鳴鈴執箭，繞帳歌呼。帳内爆鹽壚中，燒地拍鼠，謂之驚鬼。居七日方出。

《遼史》：立春，婦人進春書，刻青繒爲幟，像龍御【一】之，或爲蟾蜍，書幟爲『宜春』。

校按：【一】『御』原作『銜』。據《遼史》改。

艾衣輕襲御爐香，内院纏絲祝命長。筵上題糕同九日，天廚頻唤大黄湯。

《遼史》：五月重五日午時，采艾葉和綿著衣，七事以奉天子，北南臣僚各賜三事。君臣宴樂，渤海膳夫進艾糕。以綵絲爲索纏臂，謂之『合歡結』。又以綵絲宛轉爲人形簪之，謂之『長命縷』。

《契丹國志》：進艾糕各點，大黄湯下之。

夏至年年進粉囊，時新花樣盡塗黄。中官領得牛魚鰾，散入諸宫作佛粧。

《遼史》：夏至日，婦人進綵扇，以粉脂囊相贈遺。

《契丹國志》：北婦以黄物塗面如金，謂之『佛粧』。

《孔氏談苑》：契丹鴨渌水牛魚鰾，製爲魚形，婦人以綴面花。

都烏河畔草如烟，又届重三飲褉天。射鹿平原爭上馬，負朋奉酒勝朋前。

《契丹國志》：有訥都烏河。番語山爲『胡都』，水爲『烏』。

又：三月三日，國人以木雕爲兔，分兩朋走馬射之。先中者勝，其負朋下馬跪奉勝朋酒，勝朋於馬上接杯飲之。

殿門新酒灑茱萸，射虎同隨御馬驅。鹿舌兔肝先預備，今朝一席是誰輸。

《契丹國志》：九月九日，國主打圍斗射虎，少者輸重九一筵席。射罷，於地高處卓帳，與番漢臣登高，飲菊花酒，出兔肝切生，以鹿舌醬拌食之。

又：以茱萸研酒，灑門户間辟惡。

告天儀節重燔柴，革帶氊冠拜兩階。詔下千官齊鵠立，内臣馬上遞銀牌。

《契丹國志》：凡受册，積柴升樓，上大會蕃夷其下，已乃燔柴告天，而漢人不得預。

又：國母與蕃官皆蕃服，國主與漢官則漢服。蕃官戴氊冠，上以金華爲飾，或加珠玉翠毛，蓋漢魏時遼人步摇冠之遺像也。服紫窄袍，加義襴，紫〔一〕鞊鞢帶，以黄紅色絛裹革爲之。

又：銀牌形如方響，刻蕃書『宜速』二字。使者執牌馳馬，日行數百里。牌所至，如國主親到，需索更易，無敢違者。

校按：【一】『紫』，文淵閣《四庫全書》本《欽定重訂契丹國志》作『繫』。

丫丫麚角割雙歧，刀靶金鑲骨咄犀。爲是君王親手射，大家呼引亂山西。

《遼史·夷臘葛傳》：遼法，麚歧角者，惟天子得射。

《續松漠紀聞》：契丹重骨咄犀，紋如象牙，帶黄色。作刀靶，已爲無價。

《雲烟過眼録》：骨咄犀，乃蛇角也。

《契丹國志》：每秋則衣氊裘，呼鹿射之。

暑氣將殘出上陘，氊裘騎馬獵荒坰。秋風長泊飛鵝鴨，扁鼓聲中放海青。

《契丹國志》：夏居炭山或上陘避暑。

又：長泊多鵝鴨。國主射獵，擊扁鼓繞泊，驚鵝鴨起，乃縱海東青擊之。

又：每秋則衣氊裘。

行宫飲宴過中元，番樂聲殘漢樂喧。佳節迎來還送去，一天月色正黄昏。

《契丹國志》：七月十三日夜，國主離行宫，向西三十里卓帳宿。先於彼處造酒食，至十四日，動番樂，設宴，至暮乃歸行宫，謂之『迎節』。十五日動漢樂，大宴。十六日復往西方，令隨行軍伍大喊三聲，謂之『送節』。此節爲『賽離捨』，漢人譯曰『賽離』是月，『捨』是好，謂『月好』也。

明年又届再生辰，錦褓安排産室新。自是君王多孝思，每逢一紀禮重申。

《遼史·禮志》：再生儀：凡十有二歲，皇帝本命前一年季冬之月，擇吉除地，置再生室、母后室、先帝神主輿，在再生室東南側植三岐木。其日，以童子及産醫嫗置室中。一婦人執酒，一叟持矢箙。皇帝入室，釋服，跣，以童子從，三過岐木之下。每過，産醫嫗致詞，拂拭帝躬。童子過岐木七，皇帝卧木側，叟擊箙曰：『生男矣！』太巫幪皇帝首，興，群臣稱賀，再拜。產醫嫗受酒於執酒婦以進，太巫奉繈褓、綵結等物贊祝之。

香車轣轆畫堂開，口敕傳宣賜酒杯。門外罨縢初到後，主婚先拜奥姑來。

《遼史·禮志》：皇帝納后之儀：將至宫門，宰相傳敕，賜皇后酒，徧及送者。皇后車至便殿東南七十步止，特哩衮夫人請降車。負銀罌，捧縢，履黄道行。後一人張羔裘若襲之，前一婦人捧鏡卻行。置鞍于道，后過其上。

《遼史考證》：按《國語解》：『凡納后，即族中選尊者一人，當奥而坐，以主其禮，謂之奥姑。送后者拜而致敬，謂之拜奥。』

混同江上櫂梭舟，更逐雕窠獵犬遊。捺鉢一年無定所，東西南北四高樓。

《契丹國志》：其俗刳木爲舟，長可八尺，形如梭，曰『梭船』，用以捕魚。

又：北地雕窠中出獵犬。

又：太祖於木葉山置樓，謂之南樓。大部落東，謂之東樓。大部落西，謂之北樓。大部落内，謂之西樓。四季遊獵，往來四樓之間。

《焚椒録·國語解》：四時捺鉢，謂四時畋漁行在所也。◎按，《遼史》『捺鉢』作『巴納』。

王族稱呼世里標，尊居横帳壓群僚。漢儀最數鄰侯貴，恩賜椒房盡姓蕭。

《契丹國志》：契丹部族本無姓氏，惟各以所居地名呼之。至阿保機，變家爲國，始以王族號爲『横帳』，仍以所居之地名曰世里著姓。『世里』者，上京東二百里地名也。今有『世里没里』，以漢語譯之，謂之耶律氏。復賜后族姓蕭氏。

《遼史·后妃傳序》：太祖慕漢高皇帝，故耶律儼稱劉氏。以伊蘇、巴哩比蕭相國，遂爲蕭氏。

戰勝何須猛火油，屬珊曾記避青牛。先皇地下誰傳語，風雨驚心斷腕樓。

《遼史·太祖淳欽皇后傳》：吴主李昪獻猛火油，以水沃之愈熾。太祖選三萬騎以攻幽州，后曰：『豈有試油而攻人國者？萬一不勝，爲中國笑。』

又：后簡重果斷，有雄略。嘗至遼、土二河之會，有女子乘青牛車，倉卒避路，忽不見。未幾，童謡曰：『青牛嫗，曾避路。』蓋諺謂地祇爲青牛嫗云。

《契丹國志》：晉末，契丹主部下兵謂之『大帳』，有皮室兵約三萬人騎，皆精兵也，爲其爪牙。國母述律部下，謂之『屬珊』，有衆二萬。

又：太祖之崩也，后屢欲以身爲殉。諸子泣告，惟截其右腕置柩中。上京置節義寺，立斷腕樓。先是，后任智用權，立中子德光，在其國稱太后。左右有桀黠者，后輒謂曰：『爲我達語於先帝。』至墓所即殺之，前後所殺以百數。

木葉山中起佛堂，大悲形相記端詳。夢中送與燕雲地，天敕原非爲石郎。

《契丹國志》：契丹主德光嘗晝寢，夢一神人語曰：『石郎唤汝，汝當去。』覺告其母，忽之，不以爲異。後復夢，即前神人也，衣冠儀貌宛然如故，曰：『石郎已使人來唤汝。』既覺而驚，復以告母。未浹旬，唐石敬瑭反於河東，許割燕雲，求兵爲援。契丹帝曰：『我非爲石郎興師，乃奉天帝敕使也。』率兵十萬，直抵太原，唐師遂衂，立石敬瑭爲晉帝。後至幽州城中，見大悲菩薩佛相，大驚，告其母曰：『此即向來夢中神人。』因立祠木葉山，名菩薩堂。

中原草穀半彫殘，車駕南征冒暑還。帝已成羓魂尚健，射狐先到上京山。

《契丹國志·太宗紀》：會同十一年，趙延壽請給上國兵食，帝曰：『吾國無此法。』乃縱遼騎四出剽掠，謂之『打草穀』。

又：帝謂晉百官曰：『天時向暑，吾難久留。』自大梁北歸。行至欒城，得疾，崩於殺狐林。國人剖其腹，實以鹽數斗，載之北去。晉人謂之『帝羓』。《紀異録》曰：遼帝太宗在欒城病時，上京西十八里山，有獵人見太宗容貌如故，乘白馬，追奔一白狐，因射殺之。獵人驚國主南征未回，何忽至此？因獲其死狐並箭，失國主所在。不浹旬而凶問至。驗其日，乃得疾之日；驗其箭，則國主南征所帶之箭失其一矣。國人於其地置堂，塑白狐形，並箭在焉，名曰『白狐堂』。

延昌宮外夜冥冥，侍宴宮娥冷倚屏。四鼓將殘齊聒帳，何曾喚得睡王醒。

《契丹國志》：穆宗年少，好遊獵，不親國事。每夜酣飲達旦，日中方起，國人謂之睡王。

又：帝氣體卑弱，惡見婦人。即位後，嬪御滿前，并不一顧。

又：述律宮曰延昌。

又：有諢子部百人，夜以五十人番直。四鼓將盡，歌於帳前，號曰『聒帳』。

唐宗事要不停披，聲律篇章擅妙思。帳外分排南北面，侍臣同譯白家詩。

《契丹國志·聖宗紀》：帝好讀唐《貞觀事要》，又親以契丹字譯白居易《諷諫集》，召番臣等讀之。

又：律吕音聲特所精妙，又喜吟詩。

又：番臣謂之北面，以其在牙帳之北以主番事。漢臣謂之南面，以其在牙帳之南以主漢事。

脱巾促席醉琵琶，玉腕擎杯舞袖斜。筵上清歌皆御製，今朝迎駕到誰家。

《契丹國志·聖宗紀》：承平日久，縱酒作樂，無有虚日。與番漢臣下會飲，復盡去巾幘，促席造膝而坐。或自歌舞，或命后妃以下彈琵琶送酒。

又：御製曲百餘首。

又：幸諸臣私第爲會，時謂之『迎駕』。

道場鐘鼓聒昏朝，哭奠兄皇率衆僚。一紙更能聯舊好，可敦名字到南朝。

《契丹國志·聖宗紀》：宋真宗上仙，集番漢大臣舉哀，后妃以下皆爲沾涕。因謂宰臣曰：『吾與兄皇未結好前，征伐各有勝負。洎約兄弟二十餘年，兄皇升遐，況與吾同月生，年大兩歲，吾又得幾多時也！』又謂后曰：『汝可先貽書與南朝太后，備述妯娌之好，人使往來，名傳南朝。』又詔於燕京憫忠寺置真宗靈御，建道場百日。

《焚椒録·國語解》：可敦，突厥皇后之稱。

天上神仙御九龍，滿山錦繡引香風。慧心最得君王寵，殿閣形成一莛中。

《遼史·后妃傳》：聖宗仁德皇后蕭氏，小字菩薩格。嘗以草莛爲殿式，密付有司，令造清風、天祥、八方三殿。既成，益寵異。所乘車置龍首鴟尾，飾以黄金。又造九龍輅、諸子車，以白金爲浮圖，各有巧思。夏秋從行山谷間，花木如繡，車服相錯，望若神仙。

君臣團坐笑藏鬮，宴上分朋共幾籌。日過金鋪茶酒罷，天祥寶殿瑞煙浮。

《遼史·禮志》：藏鬮儀：至日，北南臣僚常服入朝，皇帝御天祥殿，臣僚依位賜坐。契丹南面，漢人北面，分朋行鬮。或五或七籌，賜膳。入食畢，皆起。頃之復坐，行鬮如初。晚賜茶，三籌或五籌，罷教坊承應。若帝得鬮，臣僚進酒訖，以次賜酒。

貴主飄零入朔方，芳儀愁改舊時粧。中宵起向星河數，衹有南箕近故鄉。

《避暑漫鈔》：李芳儀，江南國主李景女也。納土後在京師，初嫁供奉官孫某，爲武彊都監。爲遼聖宗所獲，封芳儀。趙至忠虞部著《虜廷雜記》，載其事。時晁補之爲北都教官，覽其書而悲之，與顔復長道作《芳儀曲》，有云：『陰山射虎邊風急，嘈雜琵琶酒闌泣。無言數徧天河星，只有南箕近鄉邑。』

羽獵雲中駕未旋，守臣進寶薦名賢。四人兩口先通夢，髣髴殷宗得説年。

《遼史》：張儉性端慤，舉統和中進士第一。聖宗獵雲中，故事：行在所至，長吏當有所獻。雲中守臣進曰：『聖駕辱臨，愧臣境無他産。幕僚張儉，真一代之寶，願以爲獻。』先是，上夢四人侍側，賜之食，人二口。及是，睹儉名，悟而異之。即召見，詢時務三十條，自此顧遇特異。

兩國休兵慶樂胥，往來星使歲無虚。丹青一卷圖鵝鴈，换取南朝飛白書。

《契丹國志》：興宗工書善丹青，嘗以所畫鵝鴈送諸宋朝，點綴精妙，宛乎逼真。仁宗作飛白書以答之。是時，南北無事，歲受南宋饋遺。

祖州方敕起園陵，白馬山前草尚青。誰勸君王迎母后，諫書不及報恩經。

《契丹國志》：興宗因獵過祖州白馬山，見齊天太后墳，只空山一孤塚，惻然而泣，因詔上京於祖州園陵内選吉地改葬。先是，帝於重熙二年幽母法天太后於慶州。既改葬齊天后，群僚勸帝迎之，不從。因命僧建佛事，聽講報恩經。感悟，即遣使迎法天太后，館置中京，母子如初。◎按：法天，帝生母；齊天，帝嫡母。齊天爲法天所害，以庶人禮葬白馬山。

僧道紛紛盡拜官，中宫易服亦黄冠。至尊笑入伶人隊，共作當場傀儡看。

《契丹國志·興宗紀》：法天專制不滿四年，帝幽而廢之。既親政後，始自恣。尤重浮屠法，僧有正拜三公、三師兼政事令者，凡二十人。貴戚望族化之，多捨男女爲僧尼。

又：嘗夜宴，與劉四端兄弟、王綱入伶人樂隊，命后妃易衣爲女道士。后父蕭磨只曰：『番漢百官皆在，后妃入戲，恐非所宜。』帝擊磨只，敗面，曰：『我尚爲之，若女何人耶？』

陸州城闕鬱崔嵬，秦女簫聲起鳳臺。内旨安排從嫁户，軍中新徙萬家來。

《契丹國志》：承天太后以楚國公主嫁其弟蕭姑從撒【二】，爲築城以居之，曰陸州，號長慶軍。徙户一萬實之，曰『從嫁户』。

校按：【二】『蕭姑從撒』，今人賈敬顔、林榮貴點校本《契丹國志》作『蕭徒姑撒』。

獵馬驕嘶插玉錐，黄花滿地彈初開。射熊州六昭神武，選盡南京作賦才。

《遼史·興宗紀》：重熙五年九月，獵黄花山，獲熊三十六。冬十月，幸南京，御元和殿，以『日射三十六熊賦』試進士於廷。

《契丹國志》：國主皆佩金玉錐，號殺鵝宰鴨錐。每初獲，即拔毛插之，以鼓爲坐，遂縱飲，最以此爲樂。

輕兜雙帕下粧臺，著帳郎君扈駕來。十八盤山泉正暖，浴堂留待后妃開。

《焚椒録·國語解》：遼后服，有雙同心帕絡合縫鞾。

又：遼有著帳郎君，皇太后等帳皆有，蓋宦官也。

《湧幢小品》：大内後苑山石，宣宗《廣寒殿記》詳矣。傍有所謂梳粧臺者，相傳起於遼之蕭后。

《日下舊聞》：出百望西北六十里，有陘曰十八盤山。有湯泉，云是遼后浴處。

傾來匹裂勝金卮，又是頭魚設宴時。薄暮酒酣同拜洗，外臣還得賜貔狸。

《契丹國志》：刁約奉使契丹，爲北語詩云：『餞行三匹裂，密賜十貔狸。』匹裂似小木罌，以木爲之。貔狸形似鼠而大，北朝爲珍膳。

又：余靖使契丹，爲北語詩云：『夜筵設罷臣拜洗。』拜洗，受賜也。

又：歲時釣魚，得頭魚輒張宴，名頭魚宴。

西風昨日入迴廊，玉砌雕闌落葉荒。惟有袖中黄菊賦，讀來猶覺帶餘香。

《蒓鮫詞話》：遼主得其臣《黄菊賦》，題其後云：『昨日得卿黄菊賦，細剪金英題作句。袖中猶覺有餘香，冷落西風吹不去。』

天書一軸落丹墀，正是觀音薄命時。院號回心回未得，更教埋恨十香詞。

《焚椒録》：懿德皇后蕭氏，小字觀音，清甯元年册爲皇后。后方出閤升坐，扇開簾捲，忽有白練一段，自空吹至后褥位前，上有『三十六』三字。后嘗慕唐徐賢妃行事，每於當御之夕，進諫得失。上雖嘉納，心頗厭遠。故咸雍之末，遂稀幸御。后因作詞曰《回心院》，被之管絃，以寓望幸之意。時諸伶無能奏此曲者，獨伶官趙惟一能之。而宫婢單登每〔二〕與争能，怨后不知己，誣后與惟一通。乙辛知之，欲乘此害后，更命他人作《十香》淫詞，用爲誣案。上怒，使乙辛窮治。后以白練自經，春秋三十有六，正符白練之語。

校按：【一】『每』原誤引作『無』，據《焚椒録》改。

慶州崇奉畫圖張，南北交懽誓不忘。燒飯禮同天祖重，塗金親寫御容傍。

《契丹國志》：清甯十年，帝遣使詣宋，求真宗、仁宗御容，於慶州崇奉。每夕，宫人理衣衾。朔日、月半上食，食氣盡，登臺燎之，曰『燒飯』。惟祀天與祖宗則然。

《三朝北盟會編》：真宗、仁宗御容，所有帝銜，求得中國謚號，遂塗金字書於象旁。

鑾輿遊畋動經旬，紅袖裁詩似諍臣。丞相朝朝鳴劍佩，可憐諷諫出宫人。

《遼史·后妃傳》：天祚文妃小字瑟瑟，善歌詩。及邊庭多事，帝遊畋不恤，忠臣多被疏斥。妃作歌諷諫，其詞曰：『丞相來朝劍佩鳴，千官側目寂無聲。養成外患嗟何及，禍盡忠臣罰不明。親戚並居藩屏位，私門潛畜爪牙兵。可憐往代秦天子，猶向宫中望太平。』天祚見而銜之。

詔下親征括禁軍，翁翁那解戢强鄰。封藩枉鑄東懷印，釁起當年打女真。

《契丹國志》：自天祚親征敗績，中外歸罪蕭奉先。擢用耶律大悲奴、蕭查剌，與吴庸、馬人望、柴誼等參議。數人皆昏謬，不能裁決。時國人諺曰：『五箇翁翁四百歲，南面北面頓瞌睡。自己精神管不得，有甚心情殺女直。』遠近傳爲笑端。

又：天慶四年，金兵攻破甯江州。先是，州有榷場，女真以北珠、人參、生金之類爲市。州人低其直，且拘辱之，謂之『打女真』。州既陷，殺之無遺類。

《三朝北盟會編》：阿骨打遣人大遼以求封册，其事有十。天祚付南北面大臣會議，蕭奉先等悉從所請，策爲東懷國至聖至明皇帝，刻東懷印到其國。楊朴以策文非是，阿骨打大怒，鞭其使，卻回之。

金

太祖完顔旻，本名阿骨打，女真部人。宋政和四年稱帝，都會甯。在位九年殂，葬睿陵。改元二收國、天輔。弟太宗晟立，十三年殂，葬泰陵。改元一天會。熙宗亶，太祖孫，在位十四年，爲迪古乃所弑，葬思陵。改元二天眷、皇統。海陵王亮，本名迪古乃，太祖孫，皇統九年簒立。遷燕京，又遷開封。在位十三年，引兵伐宋，遇弑於揚州。世宗追廢爲海陵王，謚曰煬。改元三天德、貞元、正隆。世宗雍，太祖孫。海陵南伐，國人奉帝即位於遼陽，尋入都燕。二十九年殂，葬興陵。改元一大定。章宗璟，世宗太孫，宣孝太子允恭子。十九年殂，葬道陵。改元三明昌、承安、泰和。衛王允濟，世宗子。章宗無子，李元妃與大臣共立之。五年，爲胡沙虎所弑。改元三大安、崇慶、至甯。宣宗珣，世宗孫，爲胡沙虎所立，復南遷開封。十一年殂，葬德陵。改元三貞祐、興定、元光。哀宗守緒，宣宗子，在位十一年。天興二年駐蔡州，明年，以蒙古合宋兵圍急，傳位族子承麟，自縊。城破，承麟亦見殺。改元三正大、開興、天興。九主凡一百二十年。

洞啟朝門約束寬，土牛擊許萬人看。春風昨到乾元殿，掠地千條柳線攢。

《大金國志》：其遼之上京，改作北京。城邑宫室，無異於中原。州縣廨宇，制度極草創。自前朝門直抵後朝門，盡爲往來出入之路，略無禁制。每孟春擊土牛，父老士庶無長幼，皆聚觀於殿側。

又：女真之初，屋舍、車馬、衣服、飲食之類，與其下無異。金主所獨享者，惟一殿名乾元，所居四外栽柳，以作禁圍而已。

紫微宮外駐星軺，南使書來寵眷邀。百戲當筵鉦鼓噪，絹花斜插帽檐飄。

《大金國志》：宋許亢[一]宗《奉使行程録》：『山棚之左曰桃源洞，右曰紫微洞，中作大牌，曰紫微宫[二]。金主御座前，施朱漆銀裝金几案，果楪酒器皆金玉，酒味食品皆珍美。樂部二百人，乃契丹教坊四部也。酒行食畢，各賜襲衣袍帶。謝畢，歸館。次日，中使賜酒果，復賜餼，以綿帛折充。次日，再謁北庭，赴花宴。酒三行，樂作，鳴鉦擊鼓，百戲出場。酒五行，各起就帳，戴色絹花各二十餘枚。』◎按：宋著作郎許亢[三]宗爲賀金主登位使，時太宗嗣立之次年，在宋爲宣和六年也。

校按：

【一】【三】『亢』原作『元』，據《大金國志》改。

【二】『紫微宫』，通行本作『翠微宫』。

玉斧金瓜仙仗環，群臣舞蹈六龍閑。地寒氈帳秋風早，豹子河邊避暑還。

《大金國志》：建國之初，儀衛護從止類中州守令。至熙宗立，始設儀衛將軍、寢殿中底、弩手繖子。迨幸燕，始乘玉輅，服衮冕，儀從方整肅。時令翰林待制邢具瞻作引導詞曰：『五年一狩，仙仗到人間。稼穡艱難，蒼生洗眼秋光裏，今日見天顔。歌謳道詠皆相似，天子壽南山。金瓜玉斧氿煙和，舞蹈六龍閑。』

又《熙宗紀》：夏避暑於永安山，或長嶺豹子河。
又：官吏每日入氈帳門，謂之上殿。

草色青黄可記年，一年一度草芊芊。君王誕日群稱壽，恰值銀河乞巧天。

《大金國志》：女真舊絶小，正朔所不及。其民不知紀年，問之，則曰：『我見草幾度矣。』蓋以草一青爲一歲也。自興兵以來，浸染華風，帥將生朝皆自擇佳辰。粘罕以正旦，兀室以元夕，烏拽馬以上巳，國主亶以七夕矣。其他如重五、重九、中秋、中元、下元、四月八日，皆然。

瑶池蓬島鬭群芳，杏作山村柳作莊。宫女采蓮船過處，薰風十里送花香。

《大金國志》：西出玉華門，曰同樂園，若瑶池、蓬瀛、柳莊、杏村，盡在於是。
又《海陵紀》：一日宫中宴閒，因問漢臣曰：『朕栽蓮二百本而俱死，何也？』漢臣曰：『自古河南爲橘，河北爲枳。非種者不能，蓋地勢然也。上都地寒，惟燕京地暖，可栽蓮。』主曰：『依卿所請，擇日而遷。』
《中州集》：史學《宫詞》：『薰風十里瓊華島，一派歌聲唱采蓮。』
又：朱瀾《宫詞》：『采蓮宫女分花了，笑把蘭篙學刺船。』

九重寶殿極崢嶸，象簡羅袍列兩楹。筵上傾殘金甕酒，醉歌還作鷓鴣聲。

《大金國志》：殿九重，凡三十有六，樓閣倍之。
又《宣宗紀》：燕京宫闕雄麗，爲古今冠。至以銀爲馬槽，金爲酒甕。

又：初興風俗：其樂惟鼓笛，其歌爲鷓鴣曲，第高下長短如鷓鴣聲而已。

又：正一品謂左右丞相、左右平章事、開府儀同三司，服紫羅袍，象簡玉帶，佩金魚。

射場秋老獸初肥，妃子君王共合圍。獵罷黄昏齊縱飲，月旗低傍日旗飛。

《大金國志》：金國酷喜田獵。昔都會寧，四時皆獵。海陵遷燕，以都城外皆民田，三時無地可獵，候冬月則出。一出必逾月，后妃、親王、近臣皆隨焉。每獵，則以隨駕軍密布四圍，名曰圍場。飲食隨處而進，或與親王、近臣共食。

又：車駕出入，止用一日旗。與后同乘，則加月旗。

禮遵古制式無愆，祫祭三年禘五年。吉日淩晨排九節，幡幢夾道畫衣聯。

《大金國志》：國初無祭祀之禮。至海陵徙燕，築陵於西南九十餘里大洪山。及太廟、元廟告成，始有尊祖之議【一】，多陳郊廟配天之事。海陵耻效南朝舊制，令更討論之。禮官再進，以三年一祫，五年一禘，乃上古之制，海陵從之。遂令太常寺備大樂，具九節儀從，待期往焉。至是月吉日，先一夕，宿於正殿。次日清晨，令導從之人服五色畫衣，執旌幢、斧鉞、幡蓋、羽扇，自内城至廟，夾道駢肩而立。

校按：【一】『議』原作『儀』，據《大金國志》改。

百僚名位應星辰，譜版官尊率屬分。三十姓推宗室貴，馬前爭拜小郎君。

《三朝北盟會編》：女真官名以九曜二十八宿爲號。曰諳版孛極烈，大官人；孛極烈，官人。其職曰忒母，萬户；萌眼，千户；毛毛可，百人長；蒲里偃，牌子頭。孛極烈者，糾官也，猶中國言總管云。其宗室皆謂之郎君，無大小必以郎君總之，雖卿相盡拜於馬前，郎君不爲禮。唐時初稱姓拏，至唐末部落繁盛，共有三十首領，每首領有一姓，通有三十姓。

鑌鐵成金國勢堅，珊蠻草創共艱難。上京已見歸新主，騎馬先教上五鑾。

《三朝北盟會編》：會太祖以遼天慶五年建國，曰：『遼以鑌鐵爲國號，鑌鐵雖堅，終有銷壞。唯金赤色，最爲奇寶，自今本國可號大金。』

又：兀室奸猾而有才，自製女真法律文字，成其一國，國人號爲『珊蠻』。珊蠻者，女真語巫嫗也，以其通變若神。粘罕以下皆莫之能及。

又：宣和二年，詔遣趙良嗣由登州泛海使女真，王瓌副之，議約夾攻契丹，取燕、薊、雲、朔等舊漢州復歸於朝廷。上京城破，遂與阿骨打入上京，看契丹大内居室。相與上馬並轡，過五鑾、宣政等殿，遂置酒於延和樓。良嗣有云：『建國舊碑胡日暗，興王故地野風乾。回頭笑謂王公子，騎馬隨軍上五鑾。』

歌舞筵前酒似酥，契丹新婦淚模糊。紅顔馬上頻回首，儘入琵琶出塞圖。

《大金國志·太祖紀》：天輔三年春正月，趙良嗣來使，國主令從軍。七月回至女真所居，留飲數日，令契丹吴王妃歌舞飲讌。妃配吴王，天祚私納之，復以他過，囚於上京。女真破上京，得之，謂良嗣曰：『此契丹兒婦，令作奴婢，遂使人懽。』

又：平遼所得中原士女，豔裝麗色，盡掠而北。

樓臺城郭變華風，玉椀犀盤出汴宫。酒匠南來皆尚醖，珍珠首薦小槽紅。

《大金國志·太宗紀》：其國初無城郭，四顧茫然，皆茇舍以居。至是方營大屋數千間，日役萬人，規模亦宏侈矣。

《三朝北盟會編》：朝廷遣使致問於金人軍前，賜花犀酒盤十隻，真玉酒盃十隻。

又：尚醖絶品曰小槽真珠紅。

又：金前軍索酒匠五十人、酒三千壺，悉與之。

尋幢角觝綵山前，衆樂初終頓改觀。兩鏡高低隨舞袖，錯疑電母下雲端。

《大金國志》：天會二年五月，國使往宋告嗣位。宋以著作郎許亢【一】宗爲賀登位使，就以所居館燕，悉用契丹舊禮。如結綵山，作倡樂，尋幢角觝之伎，鬭雞擊鞠之戲，與中國同。但於衆樂後飾舞女數人，兩手持鏡上下，類神祠中電母所爲者，莫知其説。

校按：【一】『亢』原作『元』。《大金國志》卷三原作『元』，但該書卷四十《許奉使行程録》作『亢』。《金史》卷六十亦作『亢』。今據改。

馳逐圍場日未曛，追風爭羡小將軍。青宫年少誇英武，敕撰黄麞告廟文。

《大金國志》：海陵以其子光瑛年十二獲獐，取而告太廟。世宗立，尤甚，有三事令臣下不諫，曰作樂，曰飯僧，曰圍場。其重田獵如此。

《三朝北盟會編》：小將軍者，金主亮所乘小烏騅馬也。

橘枳原難易地生，江南文物最關情。廷臣屢奉修宫詔，纔了燕京又汴京。

《大金國志》：亮見江南衣冠文物而慕之。

『橘枳』註見前『瑶池蓬島』首下。

又：天德二年，亮欲遷都燕。兵部侍郎何卜年曰：『燕京地廣土堅，人物蕃息，乃禮義之所。上都黄沙之地，非帝居也。』梁漢臣曰：『且未可遽。待臣爲郎主起諸州工役，修整内苑，然後遷都。』主從其言。

又：正隆三年，主坐正隆殿，召吏部李通、宣徽使敬嗣徽等四人，謀欲遷都汴京，爲南侵之地。通、嗣徽皆言此正合天時。

范成大《攬轡録》：煬主亮始營燕都，規模多出於孔彦舟，役民夫八十萬、兵夫四十萬。

《三朝北盟會編》：亮欲修汴京大内，時復巡幸。以梁漢臣充修汴京大内正使，孔彦舟爲副。

一路軍容望欲迷，五千精甲紫茸齊。夢中方受天宫策，愁病誰憐宋小妻。

《大金國志》：正隆三年五月，上坐薰風殿，命吏部尚書李通、翰林直學士蕭廉召對。因言：『朕夜夢至上帝所，有青衣持宣授「天策上將」，令征宋國。朕受命出，上馬，見鬼兵無數。朕發一矢射之，衆皆喏而應。既覺，聲猶在耳。即遣人至廐中，視其乘馬，其汗如水。取箭數之，亦亡其一。此異夢也，豈非天假手於朕，令取江南乎？』通等皆賀。

又：六年，令諸處統軍擇其精於射者，得五千人，皆用茸絲聯甲，紫茸爲上，黄茸、青茸次之，號『硬軍』，亦曰『細軍』。時母后方病，問曰：『聞今廣築汴京，簽民造船，聚糗糧，製軍器，有之乎？』主曰：『有之。』母曰：『吾無他病，以皇帝用兵不止，遠征江南，是吾病也。若行此事，民心必離，其能免乎！』主大怒曰：『非朕母，乃梁宋國王之小妻也。』遂使護軍將軍赤盞彦忠即宮中弑之。

壺政憂勤佐廟謨，絳囊一軸費描摹。幾餘墨戲誇方竹，爭及田家稼穡圖。

《圖繪寶鑑》：海陵王嘗作墨戲，喜畫方竹。

《金史·海陵紀》：天德二年三月，帝謂侍臣曰：『昨太子生日，皇后獻朕一物，卿試觀之。』即出諸絳囊中，乃《田家稼穡圖》。

春風暖殿繡幃張，夜夜含羞侍御旁。身似羅敷難自訴，暗留金袋贈蕭郎。

《金史·后妃傳》：昭媛察八，姓耶律氏，嘗許嫁蕭堂古帶。海陵納之，封爲昭媛。堂古帶爲護衛，察八使侍女以軟金鵪鶉袋遺之，事覺被殺。

又：凡妃主宗婦嘗私之者，皆分屬諸妃，出入位下。海陵使内哥召什古，先於暖位小殿置琴阮其中，然後召之。

又：每於卧内徧設地衣，裸逐以爲戲。常令教坊番至禁中，每幸婦人，必使奏樂，撤其幃帳。

瑶池同輦壓宮娥，娘子新稱賜定哥。莫恨君王臨幸少，乞兒深夜受恩多。

《金史·后妃傳》：定哥，烏帶之妻，後納宫中爲娘子。每同輦遊瑶池，諸妃步從之。後閽乞兒入宫，使衣婦人衣，雜諸宫婢，抵暮遣出。

扈蹕毬場更獵場，問名早許壓群芳。壁間漫詡湖山景，桂子荷花不敢香。

《采石瓜洲斃亮記》：完顔亮侍寢妃花不如者，長安貧家女。專亮寵，凡打毬、縱獵，出入無不從。

《大金國志·海陵紀》：先是，上遣臣施宜生往宋爲賀正使，隱畫工於中，即敕密寫臨安之湖山城郭以歸。上令繪爲軟壁，而圖己像策馬於吴山絶頂，後題以詩，有『自古車書一混同，南人何事費車工。提師百萬臨江上，立馬吴山第一峰』之句。

《見聞後録》：孫何帥錢塘，柳耆卿作《望海潮》詞贈之，内有『三秋桂子，十里荷花』之句。此詞流播，金主亮聞之，起投鞭渡江之想。

鶴籥晨開御睿思，猗蘭喬桂簇丹墀。艱難莫忘先朝業，殿上群歌女直詞。

《金史·世宗紀》：大定十三年四月，上御睿思殿，命歌者歌女直詞。顧謂皇太子、諸王曰：『朕思先朝所行之事，未嘗暫忘。故時聽此詞，亦欲令汝輩知之。』

廷前新築拜天臺，雲鶴舟盤手自擡。鵷鷺排班魚藻殿，至尊馬上擊毬來。

《金史》：金因遼舊俗，以重五、中元、重九日行拜天禮。重五於鞠場，中元於内殿，重九於都城外。其制，刳木爲盤，如舟狀，赤爲質，畫雲鶴文。爲架高五六尺，置盤其上，薦食物其中，聚宗族拜之。若至尊，則於常武殿築臺爲拜天所。

又：常武殿爲擊毬習射之所。

又《章宗紀》：泰和三年五月，以重五拜天射柳，上三發三中。四品以上官侍宴魚藻殿。

又：明昌元年五月，拜天於西苑，射柳擊毬。

月池雲館恣窮探，午夜回鑾酒半酣。小底淩晨隨小馬，挾丸又到雀兒菴。

《大金國志·章宗紀》：主見兵革未已，心亦憂之，宸妃及諸御女多勸以酒。嘗乘小馬，命宮人擕酒殽鼓樂，徧趨池館。意之所悅，必留飲至夜。

又：駕之後護衛小底，不記其數。

《帝京景物略》：雀兒菴在潭柘後山五里，金章宗幸此彈雀，彈不虛發。即行幄爲菴，曰『雀兒』。

金碧樓臺拱綺霞，春風隨處作繁華。泰和殿裏朱明節，藉賞東京轂雨花。

《大金國志》：章宗博學工詩，曾於雲龍川泰和殿賞牡丹詠詩，時五月初也。詩云：『洛陽轂雨紅千葉，嶺外朱明玉一枝。地力發生雖有異，天工造物本無私。』◎按：洛陽在漢唐爲東京、東都，在宋爲西京。

《全金詩》：章宗《宮中絶句》：『五雲金碧拱朝霞，樓閣崢嶸帝子家。三十六宮簾盡捲，東風無處不楊花。』

翟車風漾竹簾開，花下彈棋傍晚迴。雅謎編成珠百斛，看燈相喚鬬心裁。

《金史·輿服志》：皇后重翟車，有紅羅明金緣紅竹簾。

《故宫遺録》：萬歲山有金主圍棋石臺盤。
《帝京景物略》：碧雲寺後有金章宗石彈棋盤。
《七修續稿·〈千文虎〉序》云：『金章宗好謎，選蜀人楊圃祥爲魁，有《百斛珠》刊行。』

蒼筤一幅氣蕭疏，想見承華落墨初。御筆題籤依宋樣，磁藍紙寫瘦筋書。

《圖繪寶鑑》：金顯宗墨竹自成一家，章宗每題其籤。
《書史會要》：章宗喜作字，專師宋徽宗瘦金書。◎按：『瘦金』或作『瘦筋』。
《癸辛雜識》：金章宗之母，乃徽宗某公主之女也。故章宗嗜好書劄，悉效宣和，字畫尤爲逼真。
《裝潢志》：宋徽宗、金章宗多用磁藍紙泥金字貼籤，殊臻壯偉之觀。
《宋學士集·題金顯宗所畫墨竹》：右裕陵所畫墨竹一小枝，復自題其右云：『大定戊子十一月十三日戲筆承華殿。』濂按，裕陵諱允恭，興陵嫡子，未嘗入繼大統。而籤題書曰『顯宗皇帝』者，則其子道陵紹位，追謚十字帝號，而廟曰顯宗，實大定二十九年五月甲午也。

蓬顆叢叢碧血凝，和龍南望滴紅冰。思鄉莫慰三千女，薦福空齋五萬僧。

《大金國志》：章宗母趙氏，即故降授千牛衛將軍鄆王楷之幼女。承安四年，太后寢疾，主入白起居，宸妃亦至。后曰：『我有一心願未遂，宸妃能成我意乎？我家三四百口，爲煬王所殺，叢冢在和龍，我欲創一寺以薦冥福。我不敢費公錢，我自有錢七萬可辦。汝但說與皇帝，我死瞑目矣。』越旬，太后薨。宸妃以手詔下和龍府，起大明寺，建九級浮屠。遣太后殿内侍侯衍往監造，務極壯麗。且度僧三萬人，施以度牒。遠近犇就，遂及五萬。

又：宸妃嬖幸用事，軍中奏報，多屏不奏。會甯陷失，平灤破壞，主皆不知。一日，謝世雲、完顔世卿奏言之，主始駭然，顧問内侍直李汝回曰：『汝輩更不説？』汝回曰：『章疏在宸妃處，臣等無由得見。』世卿曰：『太宗討趙氏之罪，凡擄三千口來。今日亂國家，皆是其女孽，此天也。』

夜深宫禁絶喧豗，侍醼儒臣醉未回。擘破香橙還注酒，新詞高唱輭金杯。

《歸潛志》：章宗《命翰林待制朱瀾侍夜飲詩》云：『夜飲何所樂，所樂無喧嘩。三杯淡醽醁，一曲冷琵琶。坐久香成穗，夜深燈欲花。陶陶復陶陶，醉鄉豈有涯。』又《擘橙爲輭金杯詞》云：『纖纖白玉蔥，分破黄金彈。借得洞庭春，飛上桃花面。』

宫籍書聲滿繡幃，莫言監户出身微。加官盡沐椒庭寵，阿閣祥禽嚮裏飛。

《金史·后妃傳》：章宗元妃李氏師兒，其家有罪，没入宫籍監。大定末，以監户女子入宫。是時，宫教張建教宫中，師兒與諸宫女皆從之學，惟師兒易爲領解。章宗納之，遂大愛幸。兄弟皆擢顯近，勢傾朝廷，射利競進之徒，爭趨其門。自欽懷皇后崩，章宗意屬李氏。而李氏微甚，大臣固執不從。帝不得已，進封爲元妃，而勢位熏赫，與皇后侔矣。一日，章宗宴宫中，優人瑇瑁頭者戲於前。或問：『上國有何符瑞？』優曰：『汝不聞鳳皇見乎？』其人曰：『知之，而未聞其詳。』優曰：『其飛有四，所應亦異。若嚮上飛則風雨順時，嚮下飛則五穀豐登，嚮外飛則四國來朝，嚮裏飛則加官進禄。』上笑而罷。

集慶開筵夜未休，新添酒令助觥籌。省中黄案憑誰決，膝上宸妃唱解愁。

《大金國志》：宸妃者，故南宫〔一〕華原郡王鄭居中之曾孫女也，世宗晚年甚嬖之。江淵侍上宴，因言昭儀善舞，主見而喜，納之集慶宫。主時酣醉，不果視朝，三省黄案委令裁決。昭儀或坐膝上批詔内降，慧黠便媚，善能詼諧。

又：日夕與宸妃爲長夜飲，詔擇民間女子三百人，教爲酒令。

又：自愛王之叛，師旅大喪，頗憂之。宸妃執杯勸主，遂歌《解愁曲》。

校按：【一】『宫』原作『京』。據《大金國志》改。

瓊花仙島接蓬瀛，百尺粧臺壓禁城。天子恩深許並坐，月華偏向日邊明。

《金臺集》：粧臺，李妃所築，在昭明觀後。妃嘗與章宗露坐，上曰：『二人土上坐。』妃應聲曰：『一月日邊明。』上大悦。

《堯山堂外紀》：金章宗爲李宸妃建梳粧臺於都城東北隅。今禁中瓊華島粧臺，金時故物也。

蘇合油香勝麝蘭，溲煙親製墨千丸。畫眉不用尋蛾緑，别有張家小御團。

《談薈》：金章宗以蘇合油溲煙，遂與黄金同價。

《萩林伐山》：金章宗宫中以張遇麝香小御團爲畫眉墨。

巖洞彎環玉雪扶，芳華閣内極歡娱。宣和花石曾亡國，看取屏間艮嶽圖。

《大金國志》：宸妃嘗與主同輦過御龍橋，見石白如雪，歸而愛之。白國主，於蘇山輦至，築岩洞於芳華閣。凡用工二萬人，牛馬七百乘，道路相望。會是冬賞菊東明園，見屏間畫《宣和艮嶽圖》，問内侍余琬曰：『此底甚處？』琬曰：『趙家宣和帝運東南花石築艮嶽，致亡國。先帝命圖以爲戒。』宸妃怒曰：『宣和之亡不緣此事，乃是用童貫、梁師成耳。』蓋譏琬也。

漫將家世笑頭巾，成國威權擬號秦。出入宫闈若房闥，滿朝自在讓夫人。

《歸潛志》：宣宗后妃皆出微賤。南渡人有云：『頭巾王，過道史，白酒龎。』指三外戚家也。王氏有成國夫人者，宣宗皇后之姊，末帝之姨，奢侈尤甚，權勢熏天。當塗者往往納賂取媚，積貨如山。且出入宫掖無時度，號自在夫人。

倥偬連日罷經筵，衣襖紛紛賜輭纏。嘆息幽蘭軒内火，祇餘奉御哭殘煙。

《大金國志·義帝紀》：尊師重道，經筵有官。勸農薄賦，黜陟有條。

又：國主悉出御用器皿賞軍士，復括民衣襖以賜將士，謂之『軟纏』。

又：斜烈將從死，遺言奉御絳山，使焚之。義宗自縊之所曰幽蘭軒，火方熾，子城陷，近侍左右皆走，獨絳山留，爲大軍所執。問爲誰，絳山曰：『吾奉御也。』大軍曰：『衆皆走而若獨後，何也？』絳山曰：『吾君已崩，吾欲收其骨瘞之。』

羊車軋軋出東華，金谷佳人怨落花。身似微雲難作雨，天風吹送到誰家。

《歸潛志》：元裕之權國史院編修官，時末帝召故駙馬都尉僕散阿海女子入宫，俄以人言其罪，又令放出。元因作《金谷怨》樂府詩，有云：『小小油壁車，軋軋出東華。繡帶盤綾結，雲裙蹋鴈沙。嬌雲一片不成雨，被風吹去落誰家。』

僞楚附

張邦昌，魏州冠氏人。靖康元年，金師破京師，勒令别立異姓。二年三月初七日，邦昌受金册，僭位稱楚。四月初十日避位，凡三十三日。後賜死潭州。

南薰已向兩宫辭，延福迎居備母儀。故事欲循周太后，瑶華宫裏有仙師。

《三朝北盟會編》：靖康二年三月二十八日戊午，邦昌詣南薰門，遥辭二帝。

又：四月五日甲子，張邦昌迎奉元祐皇后，自私第入居延福宫。《别録》云：『太后先居瑶華宫，號華陽教主、玉清静妙仙師。』

又：吴興沈良《靖康遺録》云：『邦昌僭僞位，即遣人迎孟氏入宫。其策云「尚念宋氏之初，首崇西宫之禮」，蓋用太祖即位迎周太后入西宫故事。』

漫向官家問假真，御衣紅纈一時新。赭黄半臂加身日，也算陳橋擁戴人。

《宋史·張邦昌傳》：金人持御衣紅纈設於幕次。邦昌出次，望金國拜舞，跪受璽册。

又：與執政、侍從以上對坐議事，遇金人至，則遽易服。衛士等曰：『伶人作雜劇，每裝假官人。今太宰作假官家。』

又：邦昌僭居禁中，華國靖恭夫人李氏數以果實奉邦昌。一夕，邦昌被酒，李氏擁之曰：『大家，事已至此，尚何言！』因以赭色半臂加邦昌身，掖入福寧殿，夜飾養女陳氏以進。

僞齊附

劉豫，景州阜城人。歷知濟南府，叛降金。建炎四年，受金册，僭號稱齊，居大名。紹興七年，金人執而廢之，徙於臨潢，封曹王。凡八年滅。改元一阜昌。

子弟雲從護御牀，祀鱣曾記舊庥祥。内人誰識宫闈制，璽册新封鍼線娘。

《大金國志·齊劉豫録》：豫起四郡强壯，號雲從子弟。

又：天會間，濟南有漁得鱣者，豫妄謂神物之應，乃祀之。

又：皇后錢氏，宣和間出宫，後爲賊所掠，責身於豫，爲針線婢。故宫庭事，豫皆取法於錢。

朝班三衛錫新名，黼座高瞻宋北京。鏡裏飛龍鱗角備，卻從恩府號門生。

《劉豫事蹟》：以境内三代有官或本身有官人爲三衛官，目曰翊衛、勳衛、親衛。

又：金主遣高慶裔及知制誥韓昉以璽紱立豫。豫得僭位，酬慶裔，賄賂不可勝計。子麟、姪猊皆以恩府門生自稱。

又：宋以大名爲北京。

《秋澗集》：陳教授言，豫未貴時，一日，顧見一白龍現婦翁家大鏡中，但無鱗與角耳。及生二子，以鱗、角名之。或謂二子長，豫當大貴，後果然。

深宫一朵玉芙蓉，下嫁群欣賦彼穠。偏是雲中仙子貴，不將都尉受新封。

《金姬傳别記》：李嘉謨世爲章邱農家。劉豫初僭位，外示節儉而内爲淫佚。嘉謨父懼禍，見其子年小精敏，玉肌瑩白，遂命以四郡强壯應募，爲雲從親衞子弟。一時軍中呼爲雲中仙子。豫妾錢氏有女玉英，豫所鍾愛，因納爲壻。常與麟並馬出入，寵幸無比。豫欲加爵都尉，嘉謨堅辭不拜。錢氏强之，嘉謨引妻屏語曰：『吾非不知都尉之榮。然視汝父母兄弟皆無遠圖，且虐割小民，斬戮忠義，其敗亡可待也。吾與汝身尚不知所託，况更思濫高位，自速夷滅乎？』由是竟不拜官。

掖庭春暖聚群花，固寵爭牽繫臂紗。内御漫愁恩賚少，外邊新職拜淘沙。

《劉豫事蹟》：豫宫嬪一百七人，其子麟侍婢百二十八人，父子皆外示節儉而内存淫佚。以獻女獻妻得官，進姨妹得差遣，如高立之、宋緝，紛紛皆是。中間尤甚者，如廉公謹以女奉麟，以子妻伴之。麟并以二人進豫，遂以公謹監禮料庫。皇子府差使惇武郎侯湜出爲長葛令，有入己贓萬餘緡。事發，知不免，以姪女進豫。豫以爲使功不如使過，升湜爲金牌天使、陝西五路傳宣撫問。

又：西京奉先指揮兵士李英貴玉注椀于三路都統。豫疑非民間物，勘鞫之，知得之山陵中。遂以劉從善爲河南淘沙官，發掘古今山陵，求金將發掘不盡棺中水銀等物。以谷俊爲汴京淘沙官，發民間埋窖及無主墳墓中物。

全史宫詞卷十九 元

元

太祖姓奇渥温氏，名鐵木真，韃靼部人。都和林，稱上都，號蒙古。在位二十四年殂，葬起輦谷。子太宗窩闊台立，十二年殂，葬起輦谷。定宗貴由，太宗子。太宗殂，皇后乃馬真氏不奉立孫遺詔，自臨朝稱制，至十七年乃立帝。三年殂，葬起輦谷。憲宗蒙哥，太祖孫。定宗殂，皇后海迷失臨朝稱制。越四年，大將兀良合台等奉帝即位。九年，圍宋合州，殂於軍，葬起輦谷。世祖忽必烈，憲宗母弟。自鄂州引軍北還，即帝位，始建國號曰元，定都燕京。在位三十五年崩，葬起輦谷。改元二中統、至元。成宗鐵木耳，世祖孫，太子真金子。在位十三年崩，葬起輦谷。改元二元貞、大德。武宗海山，世祖曾孫。初封懷甯王，成宗無子，大臣迎帝於北邊。四年崩，葬起輦谷。改元一至大。仁宗愛育黎拔力八達，武宗母弟。初，大臣迎武宗，未至，先奉帝監國。武宗既立，以帝爲太子。至大四年，武宗崩，帝即位。在位九年崩，葬起輦谷。改元二皇慶、延祐。子英宗碩德八剌立，三年，爲鐵失所弑，葬起輦谷。改元一至治。泰定帝也孫[二]鐵木兒，世祖曾孫。初嗣封晉王，英宗遇弑，諸王迎帝入都即位。五年崩，葬起輦谷。文宗不爲立廟謚，世止稱泰定帝。改元二泰定、致和。明宗和世㻋，武宗子。初封周王，致和二年正月即位於和甯，未改元。八月，帝自漠北還燕京，中道暴殂，葬起輦谷。文宗圖帖睦兒，明宗母弟，初封懷王。泰定帝崩，大臣燕帖木耳方迎立明宗，以道遠未至，先奉帝即位，下詔稱攝位。明帝即位，遣使立帝爲太子。明宗崩，帝復立。在位共五年，崩，葬起輦谷。改元二天曆、至順。甯宗懿麟質班，明宗子。奉文宗遺命即位，越兩月崩，未改元，葬起輦谷。順宗妥懽帖睦兒，宋少帝子。少帝爲僧西域，納胡婦，有身。周王鎮漠北，愛而奪之，遂生帝。文宗立，以非明宗子，詔告天下，徙之高麗海島，再移廣西。甯宗崩，文宗皇后弘吉剌氏迎立之，在位三十六年。明兵克通州，帝遁於漠北。改元三元統、至元、至正。十四主，凡一百六十三年。

校按：【一】『孫』原作『先』。據《元史》改。

九重深處五雲排，麗正門當千步街。獨樹將軍橋下立，誥封新賜小金牌。

《宸垣識略》：世皇建都之時，問定大内方向，劉秉忠以麗正門外橋南一樹爲向以對。上制可，遂封爲獨樹將軍，賜以金牌。

又：千步廊東西接長安左右二門。

玉陛吹笙萬籟麿，大明殿裏瑞煙凝。日高鵷鷺分班退，刻漏頻移七寶燈。

《輟耕録》：興隆笙在大明殿下，凡燕會之時，此笙一鳴，衆樂皆作。

《元文類》：郭守敬於世祖朝進七寶燈漏，每朝會張設之，應時自鳴。

繡幙垂垂白蓋張，瑣窗四面匝迴廊。皇城圍宿須嚴密，鎮殿還頒大漢糧。

《輟耕録》：正殿四面朱懸瑣窗，文石甃地，藉以氊裀。中設扆屏榻，張白蓋簾帷，皆錦繡爲之。諸王、百寮、宿衞官侍宴坐牀重列左右。

《元史·文宗紀》註：舊制，大朝會時，皇城外皆無墻垣，故用軍環繞，名曰圍宿。後相承用之。

《輟耕録》：國朝鎮殿將軍，募選身軀長大異常者充，凡有所請給，名曰『大漢衣糧』。年過五十，方許出官。

九鈞仙樂隸雲和，舞女花冠錦繡拖。宫裏不教忘舊俗，白翎雀語入聲歌。

《元詩選》註：雲和署隸儀鳳司樂，掌天下樂工。

又：儀鳳司，天下樂工隸焉。每宴，教坊美女必花冠錦繡，以備供奉。

《輟耕録》：白翎雀生於烏桓朔漠之地，雌雄和鳴，自得其樂。世皇命伶人製曲以名之。

左階執板右持觴，宴上群工喝盞忙。鼓吹黄昏歸去晚，只孫衣帶御爐香。

《輟耕録》：天子凡宴饗，一人執酒觴立於右階，一人執拍板立於左階，衆樂皆作。上飲畢，衆樂皆止，别奏曲以飲陪位之官，謂之『喝盞』。

又：只孫宴服，貴臣見饗於天子則服之。

庭燎輝輝夜未闌，香煙輕繞捲雲冠。紅光滿殿明如曙，寶石嵌空是忽蘭。

《元史·輿服志》：天子冠珠子捲雲冠。

《博物要覽》：錫蘭國所産紅寶石，夜有光，可代燈燭。元時遣官採買，得大者一塊，嵌於冠上。每大朝會，黑夜滿殿紅光如曙，名照殿紅。

《十駕齋養新録》：元人以本國語命名，或取顔色。如察罕者，白也；哈喇者，黑也；昔剌者，黄也；忽蘭者，紅也；孛羅者，青也；闊闊者，亦青也。

萬歲山臨太液池，一灣流水注蟠螭。丹墀莎草年年緑，要體先皇誓儉思。

《輟耕録》：萬歲山在太液池之陽，引金水河至其後，汲水至山頂，出石龍口，注方池。

《丹邱生藁》：世祖建大内，移沙漠莎草於丹墀，示子孫無忘草地也。◎按，《草木子》：『謂之誓儉草。』

深宫纂組夜遲眠，貼地羊皮步欲穿。漫道江南綾綺好，織紬方練舊弓絃。

《元史·后妃傳》：世祖大皇后名帖古倫宏吉剌氏，率宫人親執女紅。拘諸舊弓絃練之，緝爲紬製衣，其韌密可比綾綺。宣徽院羊臑皮向置不用，后取之，合縫爲地毯，曰：『天下無棄物。』其勤儉類如此。

守内番僧吽語喧，連宵祏室鬧桑門。組鈴扇鼓諸天樂，金椅安排十六尊。

《元史·祭祀志》：至元六年，命國師薦佛事於太廟七晝夜。造木質金表牌位十六，設大榻金椅奉安祏室前，爲太廟薦佛事之始。

元張光弼《輦下曲》：守内番僧日念吽，御厨酒肉按時供。組鈴扇鼓諸天樂，知在龍宫第幾重？

臣妾簽名謝道清，趙家降表入燕京。無端龍爪爬金柱，感觸君王夢裏驚。

《水雲集·醉歌》云：侍臣已寫歸降表，臣妾簽名謝道清。

袁忠徹《符臺外集》：宋幼主北遷，元降封爲瀛國公。一夕，世祖夢金龍舒爪纏殿柱，明日瀛國來朝，立所夢柱下。世祖感其事，欲除之。瀛國知，懼，遂乞從釋，號合尊大師，往西天受佛法，獲免。

《宋遺民録》：余應讀虞集所草《庚申君非周王己子》之詔，有作云：『皇宋第十六飛龍，元朝降封瀛國公。元君詔公尚公主，時蒙賜宴明光宫。酒酣舒指爬金柱，化爲龍爪驚天容。元君含笑語群臣，鳳雛寧與凡禽同？侍臣獻謀將見除，公主夜泣沾酥胸。瀛公晨馳見帝師，大雄門下參禪宗。幸脱虎口走方外，易名合尊沙漠中。是時明宗在沙漠，締交合尊情頗濃。合尊之妻夜生子，明宗隔帳聞笙鏞。乞歸行營養爲嗣，皇考崩時年甫童。』

三旬鐘鼓祝延祥，聖誕傳宣啟道場。香案迎門新結綵，群工同上萬年觴。

《元史·世祖紀》註：《典章》云：『每遇聖誕，先期一月，文武官親詣寺觀，建祝延聖壽萬安道場。本日質明，朝臣詣闕稱賀，外官則率僚屬、儒生、耆老、僧道人等，結綵香案，呈舞百戲，夾道祇迎。就寺觀敘班舞蹈三呼畢，公宴而退。』

史院春深晝漏遲，鼇峰長日對吟詩。光天門外分班立，知是編成實録時。

《石田集》：視艸堂深白晝遲，瀛洲仙子到來時。閣鈴不響文書静，相對鼇峰日賦詩。

《道園學古録》：鼇峰者，國史院庭中石名也。

《元史·禮樂志》：國史院進先朝實録。是日大昕，諸司官具公服立於光天門外，侍儀使引實録案以入，監修國史以下奉隨，至光天殿前分班立。

劍鍔椒蘭班序分，五華寶殿靄香雲。國書譯寫羊皮旨，字雜龍蛇古篆文。

《解酲語》：國初序朝班，凡執政大臣謂擎天班，玉堂清署謂焕壁班，言官法司謂劍鍔班，外戚謂椒蘭班，親王謂瓊枝班，功臣將帥謂豹首班。其餘朝臣謂隨班。

《元氏掖庭記》：五花殿亦名五華殿。東設吐霓缾，曰玉華；西設七星雲板，曰金華；南設火齊屏風，曰珠華；北設百蕊龍脉，曰木華。并中央木蓮花紫香琪座、千鈞案、九朵雲蓋，爲五華。

《丹鉛總録》：元朝主中國日，用羊皮寫詔，謂之羊皮聖旨。其字用蒙古書，中國人亦習之。張孟浩詩云：『鴻濛再剖一天地，書契復見科斗文。』張光弼《輦下曲》云：『和甯沙中撲遬筆，史臣以代鉛槧事。百司譯寫高昌書，龍蛇復見古文字。』

次第宫車出禁城，六龍今日幸灤京。大臣跪奏行程記，象背先馱幄殿行。

《廬陵集·輦下曲》云：當年大駕幸灤京，象背前馱幄殿行。國老手爐先引導，白頭聯騎出都城。

《灤京雜詠》：納寶盤營象輦來，畫簾氈帳九重開。大臣奏罷行程記，萬歲聲傳龍虎臺。

層層氈帳向陽開，内宴同傾馬湩杯。有旨起鑾霜乍落，駕鵝天上已先回。

《灤京雜詠》註：馬湩，馬嬭子也。每年八月開馬嬭子宴，始奏起程。

又：每年駕起，其夕即霜。

楊鐵厓《宫詞》：天上駕鵝先有信。註云：每歲此禽先駕往返。

翠屏珠閣俯澄泓，日影摇光鹿頂明。齊到流杯亭上坐，白鷗朱鷺共傳觥。

《故宫遺録》：流杯亭有石牀如玉，刻石爲水獸潛躍其旁，塗以黄金。又皆親製水鳥浮杯，機動流轉而行，勸罰必盡歡洽。繞河沿流金門翠屏回闌小閣，多爲鹿頂鳳翅重簷，往往於此臨幸。

列聖真容錦織成，春秋祀典最分明。如何太祝升神座，歷唤先朝帝后名。

《元史·阿納噶木傳》：阿納噶木，尼博囉國人也。善畫塑及鑄金爲像，凡兩京寺觀之像多出其手。原廟列聖御容，織錦爲之，圖畫弗及也。

又《成宗紀》：大德二年正月，特祭太廟。用馬一，牛一，羊、鹿、野豕、天鵝各七，餘如舊。註云：是爲特祭之始。將奠，牲盤酹馬湩，蒙古太祝升詣第一座，呼帝后神諱，致祈語。以次列室如之。

野草閒花插髻螺，鐵番竿下舞婆娑。蹋青人困腰肢輭，自按轅條上駱駝。

《灤京雜詠》：鐵番竿下草如茵，淡淡東風六月春。高柳豈堪供過客，好花留待蹋青人。註云：即斡耳朵蹋青人，指宫人也。

又：翎赤王侯部落多，香風簇簇錦盤陀。燕姬翠袖顔如玉，自按轅條駕駱駝。註云：轅條，車前横木，按之則輕重前後適均。

明周定王《元宫詞》：春遊到處景堪誇，厭戴名花插野花。笑語懶行隨鳳輦，内官催上駱駝車。

比甲彎弓唤打圍，晾鷹臺畔馬如飛。上都青草今黄盡，纔自和林避暑歸。

《元史·后妃傳》：世祖后製一衣，前有裳無衽，後長倍於前，亦無領袖，綴以兩襻。名曰比甲，以便弓馬。

《帝京景物略》：南海子中有晾鷹臺，元之舊也。

《元史》：太祖七年，城和林，作萬安宫。

《草木子》：元世祖每年四月迤北草青，則駕幸上都避暑。

瓊島玲瓏萬石攢，天風吹動法輪竿。諸王聚會初開宴，宣放獅兒出獸欄。

《輟耕録》：萬歲山在大内西北，金人名瓊花島。中統三年修繕之，至元八年賜今名。其山皆疊玲瓏石爲之，左右皆有登山之徑，縈紆萬石中，洞府出入，宛轉相迷。

《元史·世祖紀》：二十一年二月，立法輪竿於大内萬歲山，高百尺。

《輟耕録》：國朝每宴諸王大臣，謂之大聚會。是日，盡出諸獸於萬歲山，若虎豹熊象之屬，一一列置訖。然後獅子至，身才短小，絶類人家所畜金毛猱狗。諸獸見之，畏懼俯伏，不敢仰視。氣之相壓也如此。

玉虹金露峙西東，廣殿高寒四面風。夜按梁州秋似水，笛聲嘹喨月明中。

《輟耕録》：廣寒殿在萬歲山頂，重阿藻井，文石甃地，四面瑣窗，板密其裏。徧綴金紅雲，而蟠龍矯蹇於丹楹之上。

又：金露亭在廣寒殿東，玉虹亭在廣寒殿西。

周定王《元宫詞》：月宫小殿賞中秋，玉宇銀蟾素色浮。宫裏猶思舊風俗，鷓鴣長笛序梁州。

涼閣温堂夢乍蘇，曈曈曉日上金鋪。風掀銀蒜簾微捲，静倚雕匳整顧姑。

《元氏掖庭記》：大内有迎涼之所，曰清林閣。又有温室，曰春熙堂。

《天禄識餘》：銀蒜，蓋鑄銀爲蒜形，以押簾也。《元經世大典》：『親王納妃，公主下降，皆有銀蒜簾押幾百雙。』

《蒙韃備録》：凡諸酋之妻，則有顧姑冠。用鐵絲結成，如竹夫人，長三尺許，飾以紅青錦繡，或珠玉。

《草木子》云：元朝后妃及大臣之妻，皆帶姑姑。高圓二尺許，用紅羅，蓋金步摇冠之遺制。

《輟耕録》：翰林學士承旨阿目茄八剌，帶罟罟娘子十五人。

聶碧窗《胡婦詩》，有『爭捲珠簾看固姑』句。

按，顧姑、姑姑、罟罟、固姑，蓋其音無定字，實一物也。

鳴鞭分引殿東西，鳳蓋龍旂映日低。忽報兩宫升御榻，雞人高唱衆班齊。

《元史·禮樂志》：元正受朝儀：大昕，侍儀使引導從護尉，各服其服，入至寢殿前，報外辦。皇帝出閣升輦，鳴鞭三。侍儀使并通事舍人，分左右引擎執護尉、劈正斧中行，導至大明殿外，劈正斧直正〔一〕門北向立，導從倒卷序立，惟扇置于錡。侍儀使導駕時，引進使同内侍官引宫人擎執導從，入皇后宫庭，報外辦。皇后出閣升輦，引進使引導從導至殿東門外，引進使分退押直至堊塗之次，引導從倒卷出。俟兩宫升御榻，鳴鞭三，劈正斧退立於露階東。司晨報時雞唱畢，尚引引殿前班，皆公服，分左右入日精、月華門，就起居位。朝畢，宴饗殿上。

《日下舊聞》：按，前代未有帝后並臨朝者，惟元則然。周憲王宫詞：『大安樓閣聳雲霄，列坐三宫御早朝。』大安閣在上都，然則帝巡上都，后亦從，朝必並御也。

《柳待制集·元日朝回書事詩》：雪華遥映龍旂動，日色纔臨鳳蓋閑。

校按：【一】『正』原引作『北』。據《元史》改。

連日君王御講筵，明仁殿啟曉風前。儒臣奏進黄綾本，正譯虞書第二篇。

《玩齋集·明仁殿進講詩》：黄綾寫本奏經筵，正是虞書第二篇。

《元史》：亦憐真班經筵進講，每讀譯文，必被嘉納。

盤龍穴底噴珠泉，綺户瓏瓏九室連。浴罷温湯人意懶，柳陰分坐晚涼天。

《故宫遺録》：萬歲山左數十步，萬柳中有浴室。爲室凡九，皆極明透，交爲窟穴，至迷所出路。中穴有盤龍，左底印首而吐吞一丸於上。注以温泉，九室交湧，香霧從龍口中出，奇巧莫辨。

春衣已向臘前催，内苑人人賜襖材。製得宫袍連夜就，明朝好著拜年來。

《丹丘生稿》註：臘前分賜近臣襖材，謂之拜年段子。

詐馬筵開集百官，風揺雉尾下金鞍。陰晴六月渾難定，上起番僧止雨壇。

《元詩選》註：每年六月三日詐馬筵席，所以喻其盛事。千官以雉尾飾馬入宴。

又：西番種類不一，每即殊禮。燕享大會，則設止雨壇於殿隅。

大安樓閣靄晴煙，忽報鑾輿入御天。導至玉階歌舞住，太平天下字當前。

《灤京雜詠》：大安閣下晚風收。自註云：大安閣，上京大内也。

又云：又是宫車入御天，麗姝歌舞太平年。侍臣稱賀天顔喜，壽酒諸王次第傳。自註云：千官至御天門俱下馬徒行，獨至尊騎馬直入。前有教坊舞女引導，且歌且舞，舞出『天下太平』字様，至玉階乃止。内門曰御天之門。

紅門曉啟旭暉明，放走群爭腳力輕。急跪御前稱萬歲，賞銀誰得占頭名。

《故宫遺録》：南麗正門内千步廊，可七百步。建靈星門，門建蕭牆，周迴可二十里，俗呼紅門。

《山居新話》：皇朝貴由赤，每歲試其腳力，名之曰『放走』。監臨者封記其髮，以一繩攔定，俟齊，去繩走之。大都自河西務起，至大内；上都自泥河兒起，至内中。越三時，行一百八十里，直至御前稱萬歲，禮拜而止。頭名者賞銀一定，第二名賞段子四表裏，第三名者賞二表裏，餘者各一表裏。

佛戒深嚴應帝符，帳房金碧煥宏模。詞臣草就西番詔，粉字光明網細珠。

《湛然居士集》：每新君立，另設一帳房，極金碧之盛。

《輟耕録》：累朝踐祚之始，必布告天下。惟詔西番者，以粉書詔文於青繒，而繡以白絨，網以真珠，至御寶處則用珊瑚。遣使齎至彼國。

又：累朝皇帝先受戒九次，方正大寶。

紫駝黄鼠大廚房，鳳髓茶清乳酒香。膳畢群工齊入奏，印花小碗賜湯羊。

薩天錫《宫詞》：紫駝銀甕賜諸王。

《霏雪録》：北方黄鼠味極肥美，元朝恒爲玉食之獻，置官守其處。

《灤京雜詠》：南土至奇誇鳳髓，北陲異品是黄羊。註：鳳髓，茶名。

又：皮囊乳酒鑼鍋肉。

又註云：御前廚常膳有曰小廚房、大廚房。小廚房則内人八珍之奉是也，大廚房則宣徽所掌湯羊是也。由内及外，外膳既畢，群臣始入奏事。每湯羊一膳，具數十六，餐餘必賜左右大臣，日以爲常。

《格古要論》：御土窑者，體薄而潤。元朝燒小足印花者，内有『樞府』字者佳。

圓殿紛紛聚茜冠，君王親自拜僧官。佛門不用慈悲法，日索羊心供戒壇。

《解酲語》：國初，起圓殿於西宫中，以居西僧。僧官皆著茜帽。

《輟耕録》：今上入戒壇，見佛前有羊心，曰：『曾聞用人心肝者，有諸？』剌馬答曰：『凡人萌歹心害人，事覺，則以其心肝作供耳。』上曰：『此羊曾害人乎？』帝師無答。

弱腕纖腰蹴弋工，蘭苕殿啟暮春中。碧鸞衫子秋雲帕，蕚席横斜滚落紅。

《解酲語》：成宗春暮命宫人埽落花，鋪蘭苕殿，施金帳。諸嬪衣碧鸞朱綃半袖衫，頭纏吉貝錦，臂繫秋雲紫緜帕，成群相逐，滚蕊翻花。帝曰：『上燦黄金，下設蕚席，使美人爲蹴弋流蹌之戲。』

衰病侵尋損玉顔，天家内俸尚分頒。琵琶一曲曾邀寵，不似明妃出玉關。

《秋宜集·李宫人琵琶引序》云：鄠縣元主簿言，有李宫人者，善琵琶。至元十九年，以良家子入宫，得幸，比之王昭君。至大中，入侍興聖宫。比以足疾，乃得賜歸侍母，給内俸如故。

滿苑梨花月一輪，紫斑石上見熊嬪。花亭且莫稱聯縞，翻恐名花遜美人。

《元氏掖庭記》：熊嬪性耐寒，嘗月夜遊梨花亭，露袒坐紫斑石。元帝見其身與梨花一色，因名其亭曰聯縞亭。

寶婺星明耀紫垣，六宫獻壽各邀恩。腕闌自是南朝物，猶帶臙脂井上痕。

《元氏掖庭記》：元妃静懿皇后誕日受賀，六宫嬪妃以次獻慶禮。時南朝宫人有選入後庭者，亦以所珍進獻。一人獻柳金簡翠腕闌，是景陽宫臙脂井物，疑爲張麗華所墜。

數百昭儀盡控鸞，巾袍輪日侍雕欄。花開禁苑頻催宴，纔罷澆紅又潑寒。

《元氏掖庭記》：后妃侍從各有定制。后二百八十人，冠步光泥金帽，衣翻鴻獸錦袍。妃二百人，冠懸梁七曜巾，衣雲肩絳繒袍。嬪八十人，冠文縠巾，衣青絲縷金袍。並謂之控鸞昭儀。

又：宫中飲宴不常，名色亦異。碧桃盛開，舉杯相賞，名曰愛嬌之宴。紅梅初發，攜尊對酌，名曰澆紅之宴。海棠謂之暖粧，瑞香謂之潑寒，牡丹謂之惜香。至於落花之飲，名爲戀春；催花之設，名爲奪秀。

竹風亭繞碧琅玕，暖雨初晴細筍攢。换舌羹調新玉板，盛來還點杏花酸。

《元氏掖庭記》：清林閣四面植喬松修竹。旁立二亭，東名松聲，西名竹風。

又：宫中以玉板笋及白兔胎作羹，極佳，名换舌羹。

又：醋有杏花酸、脆棗酸。

一曲新涼月上時，鶴團鳳隊兩軍嬉。夜深戰罷龍歸洞，誰道瑶池勝液池。

《元氏掖庭記》：仲秋之夜，武宗與諸嬪妃泛舟於禁苑太液池。舟上各設女軍，左曰鳳隊，右曰鶴團。又綵帛結成採菱採蓮之舟，輕快便捷，往來如飛。當其月麗中天，彩雲四合，帝乃開宴張樂，令宫女披羅曳縠，前爲八展舞，歌《賀新涼》一曲。帝喜，謂妃嬪曰：『昔王母宴穆天子於瑶池，人以爲古今莫有此樂也。朕今與卿等際此月圓，共此佳會，液池之樂不減瑶池也。惜無上元夫人在坐，不得聞步玄之聲耳。』由是下令兩軍水擊爲戲，風旋雲轉，戟刺戈横。戰既畢，軍中樂作，唱《龍歸洞》之歌而還。

縈縷連鍼夜未休，星河瞻拜動離愁。明朝鬭巧齊開宴，九引臺前起綵樓。

《元氏掖庭記》：九引臺，七夕乞巧之所。至夕，宫官登臺，以五采絲穿九尾鍼，先完者爲得巧，遲完者謂之輸巧。各出資以贈得巧者焉。至大中，洪妃寵於後宫。七夕，諸嬪妃不得登臺，臺上結綵爲樓，妃獨與宫官數人升焉。翦綵散臺下，令宫嬪拾之，以色豔淡爲勝負。次日，設宴大會，謂之鬭巧宴，負巧者罰一席。

侍臣齊罩疊金羅，玉醴晶鹽供奉多。賞到傳呼昔寶赤，今朝開宴是頭鵝。

《天禄識餘》：元仁宗宴長春殿。内臣進饌，有咳病。帝惡其不潔，命爲疊金羅半面圍之，許露兩眼，下垂至胸。後以爲例。

《元氏掖庭記》：酒有瓊華汁、玉團春，鹽有水晶鹽、五色鹽。

《輟耕録》：昔寶赤，鷹房之執役者。每歲以所養海青獲頭鵝者，賞黄金一錠。頭鵝，天鵝也。以首得之，且以進御膳，故曰頭。

楊柳芙蓉簇御舟，人來荷葉殿西頭。内家日午添粧罷，膲粉亭前更小留。

《日下舊聞》：張可久《一半兒詞》云：『花邊嬌月静粧樓，葉底滄波冷翠溝，池上好風閒御舟。可憐秋。一半兒芙蓉一半兒柳。』

《輟耕録》：圜亭又曰膲粉亭，在荷葉殿稍西，蓋后妃添粧之所也。

龍撥聲高落棟塵，紫檀香暖醉生春。殿前一曲逢君怒，不道批鱗出弄臣。

席帽山人《梧溪集》：史騾兒，燕人，善琵琶。至治間，蒙上愛幸。上使酒縱威福，無敢諫者。一日，御紫檀殿飲，命騾弦而歌之。騾以《殿前歡》曲應制，有『酒神仙』之句，怒叱左右殺之。後問騾，不在，悔曰：『騾以酒諷我也。』前和州同知李澄言於逢，逢爲賦一辭云：『虎帖耳、豹伏首，青天白日雷電走。尚食黄羊光禄酒，史騾曲曲春風手。蕭王馬蹴滹沱冰，亞父玉碎鴻門斗。鳳皇鎩翮蚌珠剖，趙女舍瑟、秦娥罷缶。飲中八仙方下來，御溝濺赤花飛柳。君不見龍生逆鱗海岳寒，嗚呼史騾乃敢干。和州孤臣説舊語，梨園弟子更新譜。』

《元氏掖庭記》：紫檀殿，以紫檀香木爲之。

《玉笥集·白翎雀詩》：砉然一聲震龍撥。

犀山春盡牡丹嬌，路入儀天隔水遥。報道鑾輿將北幸，移舟先斷往來橋。

《輟耕録》：儀天殿在池中圓坻上。西爲木吊橋，長四百七十尺，中闕之，立柱架梁於二舟以當其空。至車駕行幸上都，留守官則移舟斷橋，以禁往來。犀山臺在儀天殿前水中，上植木芍藥。

東風煖入萬年枝，棕殿深沈日影遲。宫女傳杯喧細樂，延香亭下暮春時。

《故宫遺録》：延春堂丹墀皆植青松，即萬年枝也。

《元氏掖庭記》：延香亭，春時宫人各折花傳杯於此。

《元史·泰定帝紀》：泰定元年十二月，新作棕殿成。二年閏月，作棕毛殿。

《蒲菴集·燕京雜詠》：阿剌聲高檀板急，棕毛别殿宴春回。

周定王《元宫詞》：樱殿巍巍西内中，御筵簫鼓奏薰風。

又：內園張蓋三宮宴，細樂喧闐賞牡丹。

鴛鴦翡翠戲蘭苕，小景林塘筆細描。御服盤龍翻舊様，綵絲繡出滿池嬌。

《丹丘生稿·宫詞》註：天曆間，御衣多爲池塘小景，名曰滿池嬌。

又：御服多以大珠盤龍形，嵌以奇珍，曰『鴉忽』，曰『喇者』。出自西域，有直數十萬定者。

門前插艾酒斟蒲，重午三宫拜寵殊。絲扇絨緣猶末品，御詩獨製賜皇姑。

《丹丘生稿·宫詞》：玉椀調冰湧雪花，金絲纏扇繡紅紗。綵牋御製題端午，敕送皇姑公主家。註：皇姑者，魯國大長公主，皇后之母也。天曆二年端午，上賜甚厚，並御詩送之。

《灤京雜詠》：酬節涼糕猶末品，內家先散小絨緣。註：重午節也。

瑶宫春暖碧雲遮，毬閣花亭蹕路賒。一顆珠光秋月滿，夜遊同望五雲車。

《元氏掖庭記》：宫中製五雲車，車有五箱，以火樹爲檻式，烏棱爲輪轅，頂懸明珠。中箱爲帝座，外四箱爲嬪妃座。每晦夜遊幸苑中，御此以行，不用燈燭。陳剛中《雲車夜遊詩》云：『金根雲蓋軺移玉，露花不墜瑶艸緑。明珠照乘秋月懸，天風吹下簫韶曲。萬年枝上清光滿，八鸞導引雙龍管。夜深如晝翠華來，三十六宫碧雲暖。』

《故宫遺録》：苑西有翠殿，花亭，毬閣。

瓊島花深隱繡扃，采芳館內玉爲櫺。暑天博得斑虬殼，睡起涼生六角屏。

《元掖庭氏記》：順帝爲英英起采芳館於瓊華島，内設唐人滿花之席，重樓金線之衾，浮香細鱗之帳，六角雕羽之屏。

又：尾灑夷得一物如龍皮，鱗鱗攢簇，玉色可愛。暑月對之，涼氣自生。遣人進貢，時無識者，胡僧曰：『此斑花玉虬殼也。』

殿前隊仗引旑旎，夾陛花明五色袍。御座紅塵飛不到，幨幨黄幔護牀高。

《元史·輿服志》：殿下旗仗分左右以列，左前列建天下太平旗，右前列建皇帝萬歲旗。每旗執者一人，護者四人，皆五色絁生色寶相花袍。

迺賢《宫詞》云：御牀不許紅塵到，黄幔長教窣地垂。

宫門曉啟腰輿出，日照雲屏七寶光。導至埡塗齊倒卷，紫衣小隊夾成行。

《元史·輿服志》：腰輿製以香木，後背作山字牙，嵌七寶粧雲龍屏風。

又《禮樂志》：元正受朝儀：引進使同内侍官引宫人擎執導從，入至皇后宫庭。皇后出閤升輦，導至殿東門外，引進使分退押直至埡塗之次，引導從倒卷出。

又《輿服志》：中宫導從宫人凡二十二人，各分左右行，冠鳳翅縷金帽，銷金緋羅襖，紫羅衫。

《山居新話》：薩都剌《宫詞》：『深夜宫車出建章，紫衣小隊兩三行。』擎執宫人紫衣，大朝賀則於侍儀司法物庫關用，平日則無有也。

内廷視草拜恩新，翰院班中寄掃鄰。八府員皆稱宰相，從知勳貴異群臣。

《元史·百官志》：内八府宰相，掌諸王朝覲儐介之事。遇有詔令，則與蒙古翰林院官同譯寫而潤色之。謂之『宰相』云者，其貴似侍中，其近似門下，故特寵之以是名。

《山居新話》：皇朝設内八府宰相八員，悉以勳貴子弟爲之，禄秩、章服並同二品，寄位於翰林院官掃鄰。所職視草制詞，如詔赦之文，又非所掌。

《輟耕録》：星拱門南有御膳亭，亭東有拱宸堂，蓋百官會集之所，曰掃鄰。

大成雅樂律初融，暖入長春柳色同。太上來歆應降福，簫韶新奏玉華宫。

《元史·禮樂志》：中統五年，以新製雅樂定名曰《大成》。

又：樂隊皆奏《長春柳》之曲。

又：皇慶二年秋九月，用《登歌》樂祀太上皇睿宗於真定玉華宫。自是，歲用之。

有誰説法落天花，新入燕姬鬢似鴉。名註樂音王隊後，纖腰穩稱錦袈裟。

《元史·禮樂志》：説法隊，引隊禮官樂工大樂冠服，並同樂音王隊。次二隊，婦女十人，冠僧伽帽，服紫禪衣，皂條；次婦女一人，服錦袈裟。

繡帽宫人口詔傳，聽差常過御樓邊。象牙牌子腰間挂，那許金吾禁不前。

貢師泰《灤陽納鉢即事》詩云：繡帽宫人傳旨出。

張翥《口號》云：教坊日日聽差回。楊允孚《灤京雜詠》云：湯羊内膳日差排，紅帖呼名到玉階。底事金吾呵不住，腰間懸得象牙牌。

教坊有旨趣興和，鳳管鸞笙宛轉歌。一曲涼州翻舊譜，海東青下攫天鵝。

《元史·百官志》：教坊司秩從五品，掌承應樂人，及管領興和等署。《灤京雜詠》云：爲愛琵琶調有情，月高不放酒杯停。新腔翻得涼州曲，彈出天鵝避海青。註：《海青拏天鵝》，新聲也。

聖駕春蒐出近郊，采旗隊擁柘黄袍。外人指道中書令，龍種由來勝鳳毛。

《元史·兵志》：冬春之交，天子或親幸近郊，縱鷹隼搏擊，以爲遊豫之度。前鋒樹皂纛，或施采旗。又《百官志》：中書令一員，銀印；太宗以相臣爲之，世祖以皇太子兼之。至元十年立皇太子，行中書令【一】。大德十一年，以皇太子領中書令。延祐三年，復以皇太子行中書令，置屬監印二員。薩天錫《觀駕春蒐詩》云：日奏雲間紫鳳簫，春隨天上柘黄袍。又云：侍遊亦有中書令，七寶雕籠看緑毛。又《宫詞》云：宫娥不識中書令，笑問誰家美少年。

校按：【一】『中書令』原引作『中書省令』。據《元史》，『省』字衍文。

一年納寶幾營盤，龍虎臺前暑欲殘。駕到黑圍天步轉，飛龍原避上槍竿。

《灤京雜詠》註：龍虎臺，納寶地也。凡車駕行幸宿頓之所，謂之納寶，又名納鉢。

又：黑圍，地名，大駕經由之所。俗云『龍上槍竿』，是以御駕不由此處。

火失氊房絡繹開，車如流水滚香埃。行人競避南坡路，駞鼓聲聲夾蹕來。

《灤京雜詠》註：火失氊房，乃累朝后妃之宫車也。

又：南坡乃納寶地也，故遊人罕至焉。

又：文宗曾開宴於南坡。

又云：御道聲聲駞鼓來。註：謂駱駝鼓也。

《元史·兵志》：凡行幸，先鳴鼓於駝，以威振遠邇。

羽獵歸來獻白狼，金釵開宴綺羅香。貢餘分得皆珍味，不數山陰橘緑羊。

《灤京雜詠》云：羽獵山陰射白狼，太平天子狩封疆。

又：淋漓未了金釵宴，中使傳宣御酒來。

又註云：凡御膳及民間者，謂之貢餘。

又《雜詠》云：皮囊乳酒鑼鍋肉，奴視山陰對角羊。註：橘緑羊或四角六角者，謂之迭角羊。『迭』義未詳。以其角之相對，故曰對角。毛角雖奇，香味稍别，故不升之鼎俎，於以見天朝之玉食有等差也。

芍藥生苗入饌初，東風吹暖遍穹廬。内園花發紅如斗，共道揚州遜不如。

《灤京雜詠》註：草地芍藥初生軟美，居人多采食之。

又：内園芍藥迷望，亭亭直上數尺許，花大如斗。揚州芍藥稱第一，終不及上京也。

望陵馬酒灑遥山，連日西風促駕還。助祭人來同縞素，駿奔原是世臣班。

周伯琦《立秋日書事》詩註云：國朝歲以七月七日或九日，天子與后素服望祭北方陵園，奠馬酒，執事者皆世臣子弟。是日，擇日南行。

七寶浮圖曜日晶，重樓複道接蓬瀛。大安閣是熙春閣，誰向灤京憶汴京。

周伯琦《扈從上京學宫紀事》詩云：曾甍複閣接青冥，金色浮圖七寶楹。當日熙春今避暑，灤河不比漢昆明。註：右詠大安閣，故宋汴熙春閣也，遷建上京。

恩頒衣幣下丹墀，試院開筵賞有差。得士慶逢麟鳳牓，天顔喜動唱名時。

周伯琦《紀事詩》註云：至正十一年，歲辛卯，二月十二日，禮闈揭牓，傳宣開宴，各賜衣幣。牓魁曰李國鳳、趙麟，號鳳麟牓。又有三家兄弟聯中，號棣萼牓。皆前所未有也。

碧眼黄鬚拜玉除，拂郎款塞貢龍駒。丹青奏入慈仁殿，奴視曹生九馬圖。

周伯琦《天馬行應制序》云：至正二年，西域拂郎國遣使獻馬一匹，高八尺三寸，脩如其數而加半。色漆黑，後二蹏白。曲項昂首，神駿超逸，視他西域馬可稱者，皆在髃下。馭者其國人，黄鬚碧眼，服二色窄衣，凡七度海洋，始達中國。相臣奏進，上御慈仁殿臨觀，稱歎。遂命育於天閑，敕工畫者圖之，而直學士臣揭傒斯贊之。蓋自有國以來，未嘗見也，殆古所謂天馬者耶？

法書名畫各紛羅，妙選奎章俊彦多。群玉府中方儤直，牙牌已報未時過。

《元史·謝端傳》：文宗建奎章閣，蒐羅中外才俊置其中。

《日下舊聞考》：仙居柯九思遇文宗於潛邸。及即位，置奎章閣，特授學士院鑒書博士。凡内府所藏法書名畫、金石鼎彝之器，咸命鑒定。賜牙章，得通禁署。

柯九思《宫詞》註：凡御覽法書名畫，群玉内史掌之。

又《宫詞》云：儒臣春直奎章閣，玉陛牙牌報未時。註：上日御奎章，報未時，則還内殿矣。

文石屏風錦作圍，淋漓御筆壁生輝。承平曲宴留圖本，漫把天章比宋徽。

《道園學古録》：天子在奎章閣，有獻文石者，平直如砥，厚不及寸，丹碧光彩，有雲氣、人物、山川、屋邑之形。敕命攻材製匡廓，植以爲屏焉。

《書史會要》：文宗開奎章閣，自寫閣記，甚有晉人法度。雲漢昭回，非臣庶所能及也。

《研北雜志》：奎章閣壁有宋徽宗畫《承平殿曲宴圖》，并書自製《曲宴記》。

玄武池前地百弓，春風滿苑麥芃芃。聖心最重三推典，觀畫時來鹿殿中。

《日下舊聞考》：『《析津志》：『厚載門乃禁中之苑囿也，内有水碾，引水自玄武池灌溉，種花木。自有熟地八頃，内有小殿五所，上曾執耒耜以耕，擬於耤田也。』

《元史·英宗紀》：至治二年八月，詔畫《蠶麥圖》於鹿頂殿壁，以時觀之。

萬石巑岏一水環，樓臺掩映翠微間。金源遺蹟供宸賞，望氣移來絶塞山。

《山居新話》：内苑萬歲山、太液池，非我朝剏建，乃亡金之沼囿也。初，聖朝起朔庭，絶塞有一山，形勢雄壯，峰巒秀異。金人望氣者言，此山有王氣，當出異人，非金之利。因託以入貢爲辭，願求此山之土爲報。衆皆鄙笑而許之。金人遂掘其山，挽運至幽州城北，積累成山。開挑海子，栽植花木，營搆臺殿，以爲遊幸之所。未幾金亡，世祖皇帝登大寶，改築京城，山適在禁苑之中。興衰之兆，天已默定，豈人力所能爲耶？

貝闕珠宮鏡面鋪，三千歌棹駐蓬壺。玉娥笑道山如畫，可及金陵粉本無？

《日下舊聞考》：元陳孚《太液池》詩：『一鏡拭開秋萬頃，碧天倒浸琉璃影。寒飈夜捲雪波去，貝闕珠宮黛光冷。三千歌棹揺緑煙，濕鬟吹墮[一]黄金蟬。琪樹飀飀紅鯉躍，衮龍正宴瑶池仙。』

又：香殿在石假山上。案，石假山，明韓雍《賜遊西苑記》稱『賽蓬萊』。

《輟耕録》：文帝居金陵潛邸時，命臣房大年畫京都萬歲山。大年辭以未嘗至其地，上索紙，爲運筆布畫位置，令按稿圖上。大年得稿，敬藏之。意匠經營，格法適[二]整，雖積學專工所莫能及。

校按：

【一】『墮』原作『壓』。據《日下舊聞考》及《陳剛中詩集》改。

【二】『遒』原作『通』。據中華書局點校本《南村輟耕録》改。

欲從弓匠問良弓，國匠誰能翊九重。捧到金槽休勸酒，至尊方戒進三鍾。

《輟耕録》：中書令耶律文正王楚材，金亡，歸於我朝，從太祖征伐諸國。夏人常八斤者，以治弓見知於上，詫王曰：『本朝尚武，而明公欲以文進，不已左乎？』王曰：『治弓尚須弓匠，豈治天下不用治天下匠耶？』上聞之喜，自是用王益密。

又：太宗素嗜酒，晚年尤甚，日與大臣酣飲。耶律文正數言之，不聽。一日，持酒槽之金口以進，曰：『此乃鐵耳，爲酒所蝕，尚致如此。況人之五臟，有不損耶？』上説，賜以金帛。仍勅左右，日惟進酒三鍾而止。

一段千金付所司，紫絨翠羽鬭新奇。琵琶更有西京物，同畀黄門送太師。

《山居新話》：至元四年，天曆太后命將作院官以紫絨、金線、翠毛、孔雀翎織一衣段，賜伯顔太師。其直計一千三百定。

又：官庫有昭君琵琶，天曆太后以賜伯顔太師妻。

句麗世子沐恩波，異卵驚看鳥是駝。香殿詩成同賜酒，春風醺及海東多。

《日下舊聞考》：《高麗史·列傳》：『帝召見世子於紫檀殿，鄭可臣從。帝使之坐，仍命脱笠，曰：「秀才不須編髮，宜著巾。」御案前有物，大圓小鋭，色潔而貞，高尺有五寸，内可受酒數斗，云摩訶鉢國所獻駱駝鳥卵也。帝命世子觀之，仍賜世子及從臣酒，命可臣賦詩。可臣獻詩云：「有卵大如甕，中藏不老春。願將千萬壽，醺及海東人。」帝嘉之，輟賜御羹。』

相臣駕會樂無央，締結宗枝聚衆芳。興聖宫西巫峽夢，錯疑賜第是昭陽。

《元史·燕帖木兒傳》：至順二年，爲建第於興聖宫之西南，賜鷹坊百人。先是，自秉權以來，肆意無忌。取泰定后爲夫人，前後尚宗室女四十人，或有交禮三日遽遣歸者。一日，宴趙世延家，男女雜坐，名鴛鴦會。至是荒淫日甚。◎按《元史·表》，泰定后尚有亦憐真八剌皇后、忽剌皇后、也速皇后、卜顔怯里迷失皇后、失烈帖木兒皇后、鐵你皇后，俱無傳，未能定其所取爲何后。

宣文閣下圖書静，端本堂前草木榮。記取東宫傳口教，喧呼休溷讀書聲。

《輟耕録》：皇太子方在端本堂讀書，近侍之嘗以飛放從者，輒臂鷹至廊廡間，喧呼馳逐，以惑亂之，將勾引出遊爲樂。太子受業畢，徐令左右戒之曰：『此讀書之所，先生長者在前，汝輩安敢狎褻如此？急引去，勿召責也！』衆皆驚懼而退。右乃貢尚書師泰授經宣文閣下日所目見者。

上京秋莫賦車攻，千里涼亭正朔風。捷足舊誇鷹背犬，御閑飛豹更稱雄。

周伯奇《書事》詩：涼亭千里内，相望列東西。註：上京之東五十里，有東涼亭。西百五十里，有西涼亭。其地饒水草，有禽魚山獸，置離宫。巡守至此，歲必獵較焉。

《輟耕録》：北方皂鵰所在，官司必令窮巢探卵。如一巢三卵者，置卒守護。及其成轂，一乃狗耳，取以飼養，進之於朝。田獵之際，鵰則戾天，狗則走陸，所逐同至，名曰『鷹背狗』。

《湛然居士集·扈從冬狩詩》註：御閑有馴豹，縱之以搏野獸。

王惲《秋澗集·飛豹行》云：鷹飛犬走漢人事，以豹取獸何其雄。

黄溍《日損齋稿》：灤陽邢君隱於藥，製芍藥芽代茗飲，號曰瓊芽，先朝嘗以進御云。

瀹來新茗厭旗槍，進御瓊芽賽雪香。陸羽茶經有遺憾，吴儂原未到灤陽。

詞臣衮衮侍彤廷，政要偏聞出授經。同列漫嗤新婦老，獻書圖已播丹青。

《元詩選·秋宜集》註：文宗御奎章日，學士虞集、博士柯九思常侍從，以討論書畫爲事。授經郎揭傒斯潛著一書曰《奎章政要》以進，萬幾之暇，每賜披覽。及晏朝，有畫《授經郎獻書圖》行於世，蓋有深意存焉。虞嘗謂揭詩如三日新婦，己詩如漢廷老吏。揭聞之不悦，故憶昨詩，有『學士詩成每自誇』之句。虞得詩，因答以詩，並題其後云：『今日新婦老矣！』

西宫巍焕立東宫，上苑鶯聲睍睆同。白髮儒臣無賦賣，誰將冷暖問春風。

《元史·后妃傳》：伯顔忽都皇后宏吉剌氏，性節儉，不妬忌，動以禮法自持。第三皇后奇氏素有寵，居興聖西宫。帝希幸東内，后無幾微怨望意。

薩天錫《西宫春日》詩云：九重春色金銀闕，冠帶將軍盡羽林。上苑春鶯隨柳轉，西宫午漏隔花深。天開閶闔收金鎖，簾捲奎章聽玉音。白髮儒臣貢詞賦，長門應費萬黄金。

妬寵曾教犯火星，閒繙彤史問儀型。花箋細擘春膏滑，不寫禪經寫孝經。

《庚申外史》：太師女伯牙吾氏爲后，見帝寵祁氏，心不平之，日夜捶楚。一夕，又跪祁氏於前，加烙其體。翼日，司天奏昨夕火星犯后妃。帝雖不言，心甚責之。◎按：祁氏即奇氏。

《元史》：順帝后奇氏，高麗人，主供茗飲。及后遇害，立爲第三后，居興聖宫。后故能矯飾，每暇則取《女孝經》、史書，訪問歷代皇后之賢行者爲法。

《輟耕録》：皇太子在端本堂，忽一日，帝師來啟母后曰：『向者太子學佛法，頓覺開悟。今乃使習孔子之教，恐壞太子真性。』后曰：『我雖居深宫，不明道德，嘗聞自古及今治天下者須用孔子之道。舍此他求，即爲異端。佛法雖好，乃餘事耳，不可以治天下。安可使太子不讀書？』帝師赧然而退。

《潛確類書》：元有春膏、冰玉二牋，多寫《大藏經》傳於世。

富貴浮雲過眼忙，百年歌舞樂偏長。煙霞自掌瓊花洞，七貴聯翩共遺光。

《元氏掖庭記》：順帝自稱玉宸館佩瓊花第一洞煙霞小仙，於萬歲山築垣號紫霓城，建玉宸館，疊石爲瓊花洞居焉。

又：與諸嬪嬉遊後宫，常曰：『百歲光陰等於馳電，日夜爲樂猶不滿十萬。況其間疾病相侵，年壽難必。如白雲有期，富貴皆非我有矣。何爲自苦，以虛度一生乎！』由是長歌大舞，自暮達旦，號曰『遺光』。

又：宫嬪進御無紀，佩夫人印者不下百數。淑妃則龍瑞嬌、程一寗、戈小娥，麗嬪則張阿玄、支祁氏，才人則英英、凝香兒尤其寵愛，宫中稱爲『七貴』云。

宮袍大小品階分，針線親操課績勤。手內共擎三套纈，肩頭先比四垂雲。

《輟耕録》：針線殿在寢殿後，周廡一百七十二間。侍女直廬五所，在針線殿後。又有侍女室七十二間，在直廬後。

《丹鉛總録》：元時染工有夾纈之名，别有檀纈、蜀纈、漿水纈、三套纈、緑絲班纈諸名。

《元史·順帝本紀》：有雲肩、合袖天衣。

又《輿服志》云：雲肩，制如四垂雲，青緣〔一〕，黄羅五色，嵌金爲之。

校按：【一】『緣』原作『絲』。據《元史》改。

日上龍墀樂隊開，綵幢寶蓋擁樓臺。千官鵠立天顔霽，殿下徐牽舞象來。

《元氏掖庭記》：九龍墀，龍形九曲，金鬣玉鱗。

《續文獻通考》：元樂舞用樂音王隊。男子三人，戴青面具舞蹈。次爲飛天夜叉隊，舞蹈而進。又以婦女二十人，執牡丹花舞唱。又以婦女揺日月金腔稍子鼓，舞唱相和。次男子五人，作五方菩薩相，一人作樂音王相歌舞。其壽星隊，用男子執金字牌，或執梅竹松椿石，或作飛鴉之象，俱各歌舞而進。又有執寶蓋、日月椶毛扇，或魚鼓簡子、龍竹藜杖，齊唱舞而前。禮樂隊用童子五人，執香花婦女二十人，分爲四行，鞠躬拜興舞蹈，或執孔雀幢舞唱。男子八人，披金甲，執金戟，一人冠平天冠執圭，齊唱舞而前。

《閒中今古録》：元順帝時有一象，宴朝臣時拜舞爲儀。

鳳麟寶錦出龍梭，左掖門前萬段羅。繡市人來爭認帖，誰家麗色得春多。

《元氏掖庭記》：淑妃龍瑞嬌，貪而且妬。帝賞賜金帛比他妃有加，麒麟、鸞鳳、白兔、靈芝、雙角五爪龍、萬壽福壽字、赭黄等段，以巨萬數。嬌乃開市於左掖門内，發賣諸色錦段。如有買者，仍給一帖，令不相禁。宦官牛大輔掌之。時呼爲繡市，又號麗色多春之市。

縹緲輕袍翠欲流，崑崙巾上蝶蜂稠。月宫仙子饒天巧，進御親裁絞布裘。

《元氏掖庭記》：麗嬪張阿玄性號機敏，私製一崑崙巾，上起三層，中有樞轉，又製蜂蝶雜處其中，作攢蕊之狀。又置飛瓊流翠之袍，趨步之際，飄緲若月宫仙子。又爲帝製繡絲絞布之裘，雪疊三山之履，以進御。帝服其裘，穿其履，冠春陽一線巾。巾乃方士所進，云是東海長生公所服。

水上迎祥動樂歌，九龍華蓋映澄波。爽心宴裏群爭寵，妬殺夭桃戈小娥。

《元氏掖庭記》：每遇上巳日，令諸嬪妃祓於内園迎祥亭漾碧池。上置紫雲九龍華蓋，四面施幃，幃皆蜀錦爲之。跨池三橋，橋上結錦爲亭，中匾『集鸞』，左匾『凝霞』，右匾『承霄』，三亭鴈行相望。又設一横橋，接三亭之上，以通往來。祓畢，宴飲於中，謂之爽心宴。池旁有潭，曰香泉池，中置温玉狻猊、白晶鹿、紅石馬等物。嬪妃澡浴之餘，則騎以爲戲。或執蘭蕙，或擊球筑，謂之水上迎祥之樂。唯淑妃戈小娥體白而紅，著水如桃花含露。帝曰：『此夭桃女也。』因呼爲賽桃夫人，寵愛有加焉。

龍炬輝煌簇鳳樓，柏香堂裏爲勾留。天廚已設開顔宴，玉笛還封圓聚侯。

《元氏掖庭記》：程一甯未得幸時，嘗於春夜登翠鸞樓，倚闌弄玉龍之笛，吹一詞云：『蘭徑香銷玉輦踪，梨花不忍負春風。綠窗深鎖無人見，自碾朱砂養守宮。』帝忽於月下聞之，問宮人曰：『此何人吹也？』有知者對曰：『程才人所吹。』帝雖知之，未召也。及後夜，帝復遊此，又聞歌一詞云云。帝遂乘金根車至其所，甯見龍炬簇擁，遂趨出，叩頭俯伏。帝親以手扶之，曰：『卿非玉笛中自道其意，朕安得至此？』攜手至柏香堂，命寶光天祿廚設開顔宴，笑謂甯曰：『今夕之夕，情圓意聚。然玉笛卿之三青也，可封爲圓聚侯。』自是寵愛日隆，改樓爲奉御樓，堂爲天怡堂。

蕩槳西湖月色澄，玉泉深處冷於冰。翻冠飛履香兒舞，一派歌聲唱采菱。

《元氏掖庭記》：凝香兒本部下官妓也，以才藝選入宮，遂充才人。善鼓瑟，曉音律，能爲翻冠飛履之舞。京城北有玉泉山，帝於夏月嘗避暑於北山之下曰西湖者，其中多荷蒲菱芡。帝作采菱小船，命宮娥乘之，以采菱爲水戲。時香兒亦在焉，帝命製采菱曲，使篙人歌之。

十六天魔舞袖垂，穆清閣裏鬬腰肢。夜深祕密傳心法，共學西僧演渫兒。

《元史》：順帝荒於遊宴，以宮女三聖奴、妙樂奴、文殊奴等一十六人按舞，名十六天魔舞。首垂髮數辮，戴象牙佛冠，身披纓絡，大紅銷金長短裙，金雜襖，雲肩，合袖天衣。又：重建穆清閣，帝行西僧祕密運氣術，號演渫兒法。又以宮女十六人作天魔舞，遇宮中讚佛，則按舞奏樂。宮中非受祕密戒者不得與。

魯般天子擅奇才，宵旰親操斧削來。屋樣描成頒匠氏，九重尺木起樓臺。

《庚申外史》：帝嘗爲近侍建宅，自畫屋樣。又自削木搆宫，高尺餘，棟梁楹榱，宛轉皆具，付匠者按此式爲之。京師遂稱魯般天子。

東國名姬貌似花，中宫分賞大臣家。衣衫盡倣高麗樣，方領過腰半臂斜。

《庚申外史》：祁后宫多蓄高麗美人，大臣有權者輒以此女送之。自至正以來，宫中給事使令，大半爲高麗女，以故四方衣服靴帽器物，皆依高麗様子。

元張昱《宫中詞》：宫衣新尚高麗樣，方領過腰半臂裁。連夜内家争借看，爲曾著過御前來。

玉女金神報漏遲，百花宫裏晝長時。宰臣莫守移宫例，地道巡遊未許知。

《元氏掖庭記》：順帝自製宫漏，設玉女捧時刻籌，時至輒浮水而上。左右立二金甲神人，一懸鐘，一懸鉦，夜則神人自能按更而擊。

《庚申外史》：建清甯殿，外爲百花宫，環繞殿側。帝以舊例五日一移宫，不厭其所欲。又酷嗜天魔舞女，恐宰相以舊例爲言，乃掘地道，盛飾其中。從地道數往就天魔舞女，以晝作夜，外人初不知也。

僞周附

張士誠，泰州白駒場人。至正十三年，陷泰州，據高郵，僭王號稱周。十六年，元兵急圍之。潰圍走，輕兵襲破平江，據之，分陷浙東西諸州。後降元，拜太尉。二十六年，自稱吳王。二十七年，徐達討平之，執送金陵，自縊死。改元一天祐。

白墡階墀似雪明，玉鱗攢簇浪花生。觀風樓上開燈宴，自定新詩望太平。

《壟起雜事》：四飛山產白墡，膩滑精細。士誠取之作階面之飾，有水雲白、雪浪花、玉鱗墀等名。

又：元夕張燈，士誠登觀風樓，開賞燈宴，令從者賦詩，號望太平。

香桐芳蕙綺羅叢，春錦園中望幸同。一曲採芳齊鼓枻，歌聲飛入錦帆風。

《壟起雜事》：丞相士信守湖州，粧二美姬以進。士誠起香桐、芳蕙二館居之。又選三吴良家女八十餘人，充內使。時宮闕未備，就於府後起重樓邃閣數十間，以爲閨闈之所，總名之春錦園。

又：城內淤川，士誠嘗以彩漆金花舟施錦帆載美人泛此，列妓女於上，使唱《尋香採芳》之曲。

筳篿心重女靈氛，手折桃花插鬢雲。無那三蛆繇未協，虛教譔册命參軍。

《金姬傳》：姬名金兒，章邱人李素女也。父精於醫卜，悉以其術授之。遂自極元妙，言人禍福，皆響應。父死，從母爲金姓。張士誠陷泗州，李生一家悉被遊兵所掠。金兒時年尚未及笄，分配僞太妃曹氏帳中，爲侍兒。帳中以金兒言驗，稱爲姑姑。

又：士誠追憶金兒占驗之語，使人召之。初，士誠見金兒于狼山，屬軍旅匆遽，危疑未安。又爲金兒危言所恐，心竊敬畏，未敢他有所論。及金兒入舟，發容明麗，進止端莊，幃幄侍御，人人自失。不覺心動，紿之曰：『我已默有所禱，汝試卜之。」意欲金兒自爲卜吉。卦成，得「大畜」之「觀」。進曰：「卜辭不協，不敢以告。」士誠曰：「試舉其詞。」乃以繇進曰：「三蛆逐蠅，陷墜釜中。灌沸湔殪，與母長訣。」士誠曰：「吾聞神龜知吉凶，而骨植空枯，卜可盡信哉？」自起，取桃花簪其鬢，笑曰：「以此爲聘。」金兒曰：「吾卜處吉凶，别然否，多中于人。昔獻公貪驪姬之色，卜而兆有口象，其禍竟流五世。主公方將受命而王，豈忍以妾爲驪姬乎？」士誠不聽，盡出所得曹氏珠翠錦繡賜之，立命參軍王敬夫譔册金姬詞。且曰：「俟他日加妃號，位次劉氏。」金兒苦辭不可，忽輕翠已羅體矣。知不能免，乃悉召其父母所親，各叙訖，忽就舟中啟其故篋，出香焚之，向天列拜，長跪私祝。須臾，閉目奄然無語。父母驚赴，抱起呼之，已絶息矣。

僞宋 附

韓林兒，欒城人。父山童，世以白蓮會惑衆，將起兵，被執。至正十五年，其黨劉福通迎林兒爲帝，據亳州，僭號稱宋。既而爲元兵所敗，走安豐。十八年，福通陷汴梁，據其城，自安豐迎林兒都之。十九年，元兵拔汴梁，福通復以林兒走安豐。二十三年，福通爲張士誠將吕珍所殺，林兒南走。二十六年，死於建康。改元一龍鳳。

龍鳳書年據汴梁，滿宫爭拜小明王。可憐花柳無情思，嬌倚東風媚少娘。

《明史·韓林兒傳》：劉福通物色林兒，得諸碭山夾河。迎至亳州，立爲皇帝，又以爲小明王。

《蠪起雜事》：林兒母楊氏，雖老而善自粧飾，見人則匿其年，自稱少娘。司徒杜遵道通焉，目之曰少郎。時有好事者榜其門曰：『斜倚水開花有思，緩隨風轉柳如癡。』花喻楊，柳喻杜。

斫鮮高會倒金甌，土市街西樂未休。綺瑟紅裙燈火夜，主人沈醉下樊樓。

《蘁起雜事》：林兒在汴，每事皆決於左右，惟於福源地捕魚以爲樂。得魚則鱠之，與群小沈醉，自謂斫鮮之會。又起樊樓於土市街西，飾紅裙綺瑟於上，將帥出師，飲餞於此。林兒自稱樊樓主人，或暮夜燈火遊翫。

僞漢附

陳友諒，沔陽漁家子，初爲徐壽輝將。至正二十年，陷太平，弑其主壽輝於舟中，僭號稱漢，徙居武昌。二十三年，兵敗於鄱陽，中流矢死。子理奔武昌，仍僭立。二十四年，明太祖討降之，封歸德侯，後徙高麗。友諒改元一大義。

紅粉從軍思不禁，茗華粧駕受恩深。無情最是猴溪水，嗚咽猶如奏月琴。

《雲蕉館紀談》：友諒愛姬茗華夫人，善月琴。友諒出師必以隨，呼爲『粧駕』。未幾物故，葬於石耳峰猴溪橋側，樹石月琴以表之，至今人名『月琴塚』。

鹿囿臨江錦繡明，金鞍紛綴瑟珠纓。宫人花下肩輿出，翦綵春風散滿城。

《雲蕉館紀談》：友諒畜鹿數百於南昌城章江門外，謂之鹿囿。嘗自跨一角蒼鹿，綴瑟珠爲纓絡，縷金爲花鞍，群鹿皆飾以錦繡，遨遊江上。

又：友諒在江州時，嘗以春暮結綵爲花樹，自府第夾道植至匡山。又翦繡於道上，與宫人乘肩輿而行。黄信詩云『錦繡鋪張春色滿，小車花下麗人行』是也。

珍館宏開貴客迎，鏤牀寶帳紫霞明。宫袍新賜金絲紐，御膳頻調玉葉羹。

《雲蕉館紀談》：友諒開寶市於僞都，招致海商大賈，造尊珍館以待。有寶者，設賓客卿使之名。得其絶色以進，則封爲奇貨上賓。得珠玉以進，則封爲珍精貴客。又有華卿麗使，亞於賓客也。

又：有桑妃者，陳所至愛。海賈所進金絲紐花襖、紫霞帳、水晶樓、鳳箱，皆以賜之。

又：陳氏喜食玉葉羹，以西山羅漢菜、曲江金花魚爲之。

《明史》：陳友諒造鏤金牀甚工。

僞夏附

明玉珍，隨州玉沙村人，初爲徐壽輝將。至正二十三年，據成都，僭號稱夏，後徙重慶。二十六年死，子昇嗣。洪武四年，廖永忠討降之，封歸義侯。後徙高麗。玉珍改元一大統，昇改元一開熙。

擣錦亭邊製錦箋，銀輝館側貢華鉛。滿宫粧束饒花粉，御史香分井底泉。

《雲蕉館紀談》：浣花溪，自唐薛濤後，能以溪水造箋者絶少。珍守蜀時，有郡人陸子良能之。珍於溪上建擣錦亭，置箋户十餘家。箋有桃花、鳳彩、雲樣、錦幅等名。

又：城西清水穴，亦名粉水井，巴人以爲粉，則膏膩鮮明。昇建銀輝館於側，署官掌之，以供公用，號爲花粉御史。

蘇薰錦褥豔宫粧，四面風輪竹簟涼。碾出新茶清似雪，一杯花泛海棠香。

《雲蕉館紀談》：昇畏暑，作露帳，四面駕風輪，以花竹簟卧其中。宫庭侈甚，席地以蘇薰薦鋪錦褥於上，宫人不用凳兀，以此爲坐。

又：昇在重慶，取涪江青蝂石爲茶磨，令宫人以武隆雪錦茶碾之，焙以大足縣香霏亭海棠花，味倍於常。海棠無香，獨此地有香，焙茶尤妙。

甕中琥珀吸香醪，荔劈新紅助飲豪。宴罷酒酣思却醉，金甖盛進紫梨糕。

《雲蕉館紀談》：昇能飲，宴會不用杯盞，以大甕盛酒，用忠州引藤，一吸半甕。

又：昇於荔枝熟時，設荔枝宴。有詩云：『香浮琥珀御醲酒，色重雞冠新荔紅。』

又：廣安出紫梨，昇取其汁和紫藤粉爲糕，名雲液紫霜，食之能却醉。

全史宫詞卷二十　明

明

太祖姓朱，名元璋，鍾離人。至正十二年起兵，二十八年即帝位，都應天。在位三十一年崩，葬孝陵。改元一洪武。恭閔惠皇帝允炆，太祖孫，懿文太子標子，在位四年。燕王舉兵犯闕，城破，帝自焚。成祖立，革除建文年號，世稱建文君。大清乾隆元年，追加尊謚。改元一建文。太宗棣，太祖第四子，初封燕王。永樂元年，改北平府爲順天府，號北京，以應天爲南京。十八年，遷順天。二十二年崩，葬長陵。改元一永樂。子仁宗高熾立，一年崩，葬獻陵。改元一洪熙。子宣宗瞻基立，十年崩，葬景陵。改元一宣德。子英宗祁鎮立。十四年，帝親征也先，敗於土木，也先執帝以北。景帝即位，遥尊爲太上皇。景泰元年八月還都，居南宫。七年正月，徐有貞等迎帝復辟。八年崩，葬裕陵。改元二正統、天順。景帝祁鈺，英宗弟。英宗入北，孫太后命帝監國。在位八年，帝寢疾，英宗復位，廢爲郕王。尋殂，葬西山。成化初，追加尊謚。改元一景泰。憲宗見深，英宗子。立二十三年崩，葬茂陵。改元一成化。子孝宗祐樘立，十八年崩，葬泰陵。改元一弘治。子武宗厚照立，十六年崩，葬康陵。改元一正德。世宗厚熜，憲宗孫，興王祐杬子。初嗣封興王，武宗無子，張太后與大臣楊廷和等徵帝立之。四十五年崩，葬永陵。改元一嘉靖。子穆宗載垕立，六年崩，葬昭陵。改元一隆慶。子神宗翊鈞立，四十八年崩，葬定陵。改元一萬曆。子光宗常洛立，一月崩，葬慶陵。改元一泰昌。子熹宗由校立，七年崩，葬德陵。改元一天啟。莊烈愍皇帝由檢，熹宗弟。初封信王，熹宗無子，遵遺詔即位。十七年，李自成陷都城，帝自縊。大清順治元年，追加尊謚，葬思陵。改元一崇禎。十六主，凡二百七十六年。

大練衣裙淺淡粧，殘繒敗縷賜諸王。一言更溥膠庠惠，太學新添紅板倉。

《明史·后妃傳》：太祖馬后，平居服大練浣濯之衣。雖敝，不忍易。《彤史拾遺》：高皇后馬氏，緝裁餘繒帛，及織工治絲有荒纇者，纂集爲衣帔，以賜諸王公主。《明史》：帝幸太學還，后問：『生徒幾何？』帝曰：『數千。』后曰：『人才衆矣！諸生有廩食，妻子將何所仰給？』於是立紅板倉，積糧賜其家。太學生家糧，自后始。

珍重農功睿慮勞，後庭刈稻晚風高。賞豐共飲香雲閣，别供皇妃引口醪。

《椒宫舊事》：成穆貴妃孫氏嘗與上登香雲閣，觀後苑刈稻。上命宫人取酒來爲賞豐飲，令妃誦詩侑酒。妃爲歌李紳《憫農》詩，上大悦，賜予有加。又：皇淑妃李氏性不愛酒，上爲造『引口醪』，每宴飲，特設以供妃。

方領藍衫御手裁，曾將儒服共頒來。尚功局裏新承旨，更舉人間女秀才。

《椒宮舊事》：孝慈見秀才巾服與胥吏同，乃更製儒巾藍衫，令上著之。上曰：『此真儒服也！』遂頒天下。

《静志居詩話》：明初，識字婦女得舉女秀才，入尚功局。

夜靜爐香繞玉闌，清茶閒品小龍團。宫中給事多才女，閣上看書召講官。

《玉堂叢語》：洪武初，凡觀經史中有未明者，必召翰林儒臣質之。雖有知書内〔一〕侍、能文宫人，不得近侍講。方希直有詩曰：『風暖彤庭尚薄寒，御爐香繞玉闌干。黄門忽報文淵閣，天子看書召講官。』

《續文獻通考》：洪武二十四年，敕進茶必碾而揉之，壓以銀板，爲大小龍團。

校按：【一】『内』原作『女』，據《玉堂叢語》改。

漫把騎牛笑阿婆，笛聲吹出太平歌。馬嵬青塚空埋怨，人到深宫薄命多。

《明詩綜》：范氏，清江人梈孫女。早寡，選入禁中，偶題畫寄意。高后見之，封爲夫人，遣還鄉。其題《老嫗騎牛吹笛圖》云：『玉環賜死馬嵬坡，出塞昭君怨更多。争似阿婆牛背穩，笛中吹出太平歌。』

宫車晚出地天哀，佛子諸天送雨雷。負帝猶留圖畫在，瓣香同祝馬如來。

《翦勝野聞》：馬后既薨，臨葬日，大風雨雷電。太祖甚不樂，召僧宗泐至，曰：『太后將就窀穸，汝其宣偈。』泐應聲曰：『雨落天垂淚，雷鳴地舉哀。西方諸佛子，同送馬如來。』宣已，帝大悦。頃復朗霽，遂啓輀。

又：太祖嘗爲漢兵所逐，馬后負之而逃。太子私繪爲圖。

灑埽泉臺待蜃車，可憐芳草葬群花。朝天女户承新命，眼望西宮泣暮霞。

《彤史拾遺》：洪武三十一年七月，建文帝以張鳳、李衡、趙福、張弼、汪賓、孫瑞、王斌、楊忠、林良、李成、張敏、劉政，由錦衣衛所試百户散騎帶刀舍人，進爲本所千、百户。其官皆世襲，以諸人皆西宮殉葬宮人父兄，世所稱『朝天女户』是也。

飛飛燕子入金川，海嶠雲迷月半邊。聞道外廷天使出，依稀猶説訪張僊。

《明史紀事本末》：時谷王橞與李景隆守金川門。燕兵至，遂開門降。先是，建文中有道士歌於途曰：『莫逐燕，逐燕日高飛，高飛上帝畿。』至是，始驗其言。

《堅瓠集》：建文初生，頂顱頗偏。高皇視之，心甚不悦，嘗撫而名之曰『半邊月兒』。

《震澤紀聞》：太宗師渡江，薄都城，建文君闔宮自焚死。然或傳實自火逃出，或傳蜀府兵來赴難，竊載以去，莫察其實。故遣胡濙巡行天下，以訪張僊爲名，實爲建文也。終莫知所之。

相夫同約聽雞鳴，柔德親頒内訓精。命婦朝回應竊語，今朝幸拜女諸生。

《彤史拾遺》：徐皇后，成祖后也。嘗召諸命婦，賜以冠服鈔幣，且諭之曰：『凡婦相夫，豈止衣服饋食云爾，必將有德行之助。朋友之言，有從有違；夫婦之言，婉而易入。爾其思之。』又召翰林學士解縉、黄淮、胡廣、胡儼、楊榮、楊士奇、金幼孜妻，見柔德殿，各賜勸勉。后嘗輯《女憲》《女誡》諸書，採其要者，作《内訓》二十篇。

又：后幼時，讀書史，一過不忘，人稱『女諸生』。

中秋賞月聖筵開，惆悵嫦娥面不回。學士詩成雲幔捲，始知人有奪天才。

《野獲編》：永樂中，上中秋開宴，月爲雲掩，命學士解縉賦詩。因口占《落梅風》以進，云：『嫦娥面，今夜圓。下雲簾，不著臣見。拚今宵倚闌不去眠，看誰過廣寒宫殿。』上大喜，復命以此意賦長歌。半夜，月復明，上大喜曰：『才子可謂奪天手段也！』

左右毬官判兩朋，宴開東苑午風晴。太孫拜賜群工賀，一統山河日月明。

《野獲編》：永樂十一年五月午節，車駕幸東苑，觀擊毬射柳。聽文武群臣、四夷朝使及在京耆老聚觀。先是，命行在禮部議，分擊毬官爲兩朋。駙馬都尉、廣平侯袁容領左朋，甯陽侯陳懋領右朋，自皇太孫而下諸王大臣以次擊射。皇太孫連發皆中，上大喜。射畢，進皇太孫嘉勞之，因曰：『今日華夷畢集，朕有一言，爾思對之。曰「萬方玉帛風雲會」。』太孫即叩頭對曰：『一統山河日月明。』上喜甚，賜名馬、錦綺紗羅及番國布。因命儒臣賦詩，賜群臣宴。

鵲來靈囿記休祥，蹌蹌擬正當。賀表儘誇官樣好，切題文字屬西楊。

《野獲編》：永樂間，北京得白鵲。時仁宗監國，令宫官撰表爲賀。楊士奇以爲不著題，即賀白龜、白鹿亦可。仁宗即命士奇改作，云：『與鳳同類，蹌蹌於帝舜之庭；如玉其翬，翯翯在文王之囿。』仁宗大喜，云：『方是帝王白鵲。』命徹内膳賜之。

士奇稱「西楊」，見《明史·楊溥傳》。

王聖奸邪鑒在殷，如何開國市私恩。加封乳母貽謀誤，已種茄花累後昆。

《野獲編》：永樂三年，追封乳母馮氏爲保聖貞順夫人，此封保母之始。翊聖、衛聖二嫗遂因之，此後因以爲例。客、魏用事時，有「魏鬼當頭坐，茄花滿地生」之謡。【二】

校按：【二】《明史·五行志三》：「萬曆末年，有道士歌于市曰：『委鬼當頭坐，茄花滿地生。』北人讀『客』爲『楷』，『茄』又轉音，爲魏忠賢、客氏之兆。」

忽傳天外魫燈過，知是君王夜聽歌。貢女中宵向東望，玉簫吹處月明多。

《彤史拾遺》：權妃，朝鮮人。永樂七年，朝鮮貢女充掖庭。上見妃色白而質復穠粹，問其技，出所攜玉琯吹之，窈渺多遠音。上大悦，遽拔妃出衆女上。逾月，册賢妃。

《續文獻通考》：永樂中，增定鹵簿，有魫燈二對。

秋聲滿院月黄昏，香燼熏爐閉殿門。欲試江南新進種，羅巾輕拭戧金盆。

吕毖《小史》：宣宗酷好促織之戲，遣取之江南，價貴至十數金。

吴梅村有《宣宗戧金蟋蟀盆歌》。

《格致鏡原》：宣德銅器，以爐鼎爲首。入賞鑒者，如魚耳爐、鰍耳爐、乳爐、百摺彝爐、戟耳爐、天雞彝爐、方員鼎、石榴足爐、橘囊爐、香匳爐、高足押經爐。以上諸欵，皆上品賞鑒也。

仙姬新自鳳陽來，託體椒宮廿日纔。一覺自知春夢短，詩詞激作楚聲哀。

《明史·后妃傳》：宣宗郭嬪，名愛，鳳陽人。賢而有文，入宮二旬而卒。自知死期，書楚聲以自哀，曰：『修短有數兮，不足較也；生而如夢兮，死則覺也。先吾親而歸兮，慚予之失孝也；心淒淒而不能已兮，是則可悼也。』

睿藻玢璘畫裏詩，剡溪湘浦寄遐思。清涼無暑非關扇，自染冰紈作折枝。

《野獲編》：宣宗皇帝天授奇慧，所御書畫俱非臣下可及。曾見御書一扇，上畫折枝花及竹石，自題六言於端，云：『湘浦煙霞交翠，剡溪花雨生香。埽卻人間炎暑，招回天上清涼。』烘染設色，直追宋人。

金貂貴客伴嬋娟，賜出天恩事亦偏。不道直言遭剪舌，滿宮爭頌李神仙。

《野獲編》：内臣陳蕪，交阯人，以永樂丁亥傳太孫於潛邸。既御極，是爲宣宗。以舊恩，陞御馬監太監，賜姓名曰王瑾，範金印曰『心迹雙清』，曰『金貂貴客』。且出宫女兩人，賜之爲夫人。其時有李校尉者，極諫，謂奄人無辱宫嬪之禮。上大怒，命剪其舌。後不死，人戲呼爲『李神仙』云。

樂部三千放出宫，宫人新放例從同。朝鮮佳麗齊歸國，遠播皇恩到海東。

《野獲編》：宣德十年，英宗即位，諭禮部曰：『教坊樂工數多，其擇堪用者量留，餘悉發爲民。』凡釋教坊樂工三千八百餘人。又朝鮮國婦女，自宣德初年取來。上憫其有鄉土父母之思，命中官遣還其國，令國主遣還家，勿令失所。

城隍雨地滿城謳，朔漠風寒入御樓。恠道臚傳金殿日，廷臣先報失龍頭。

《野獲編》：正統十四年八月，車駕陷於土木。其年三月，進士傳臚，適狀元彭時以假寐不至。殿廷相顧疑駭，謂：『龍首忽失，是何祥也？』未幾而龍馭不返，人間遂有『喪元』之說。先是，正統中，京師有『雨地城隍』之謡。雨、御，地、弟，音相近也。

誦到三官舊日經，教人回憶小南城。上皇玉食資鍼繡，盡是中宫手製成。

《野獲編》：南内，在禁城外巽隅，即景泰時錮英宗處，所稱小南城者是也。聞之老中官，不特室宇湫隘，侍衛寂寥，即膳羞從賓入，亦不時具。錢后日以鍼繡出貿，以供玉食。今所傳頌《三官經》，爲英廟無聊時所作。

萬顆珠璣灑綺扉，宫娥宫監簇成圍。黄金鑄豆猶難給，碎翦銀壺作蝶飛。

《堅瓠集》：景泰在位，頗好聲色。嘗以銀豆金錢灑地，令宫人宦侍爭拾，以供嬉笑。編修楊守陳賦《銀豆謡》，曰：『尚方承詔出九重，冶銀爲豆軀良工。顆顆勻圓奪天巧，朱函進入蓬萊宫。御手親將十餘把，琅琅亂灑金階下。萬顆珠璣走玉盤，一天雨雹敲鴛瓦。中宫跪拾多盈袖，金璫半墮羅衣綯。嬴得天顔一笑懽，拜賜歸來坐清晝。聞知昨日六宫中，翠蛾紅袖承春風。黄金作豆親拾得，羊車不至愁烟空。别有銀壺薄如葉，并刀翦碎盈丹匣。也隨銀豆灑金階，滿地春風飛玉蝶。君不見民餐木皮和草根，夢想豆食如八珍。官倉有米無銀糴，操瓢盡作溝中瘠。明主由來愛一嚬，安邦只在恤窮民。願將銀豆三千斛，活取枯骸百萬人。』◎按，《陋軒外集》作天順朝事。

七年天子事成空，檢點衣裝出禁宮。草没金山何處望，井闌腸斷玉玲瓏。

《彤史拾遺》：景皇后汪氏，遷外王府，齋素事佛。後英宗索玉玲瓏腰繫，后對以無有。既而語人曰：『是實有之。但景帝雖廢，亦嘗爲天子七年。一腰繫何不可消受，乃追取耶？當上索時，吾實怒而投之井矣。』郕王葬金山。

十六人中碩果存，含山壽考拜新恩。親親並仰高皇志，博鬢冠加九翟尊。

《野獲編》：含山公主下嫁駙馬尹清。永樂間，進長公主。洪熙初，進大長公主。至天順六年方薨，年八十三，於太祖位下二十五子十六女中，最爲壽考。天順五年七月，上致書含山大長公主，特遣太監藍忠賫送珠翠九翟博鬢冠一頂。按，博鬢惟皇后得用之。國初，王妃亦許用，永樂間革之，親藩曾有請而不許。今特以賜含山，蓋異數也。

繡袍香染鶴爐煙，爭拾文華殿上錢。按日輪番催進講，禁中更有小經筵。

《日下舊聞》：天順八年始開經筵，歲以二、八月中旬始，四、十月下旬止。先期，於文華殿設金鶴香爐於寶座之南，左右各一。香爐之東南設御案、講案各一，案上置進講書，鎮以金尺。至期，知經筵官勳臣、閣學講官暨九卿鴻臚、錦衣指揮使及四品以上寫講章官，俱繡金緋袍；展書翰林官與侍儀御史、給事中，俱青繡服。諸臣行禮畢，講官出班立，展書官二員出班對立。講官行禮，興；展書官膝行詣御案，展四子書講議。講官進講畢，退西。展書官展經義儀亦如之。講畢，乃詣左順門讌。日講官凡四員，日輪二員進講。講畢，宴於文華門外西廡。禁中謂之『小經筵』，亦謂之『小講』。

又：經筵始開，相傳每講畢，命中官散金錢於地，令講官拾之，以爲恩典。

袴褶前驅導御鑾，貴妃騎馬萬人看。宮中誰進房中術，紙尾臣名署萬安。

《彤史拾遺》：上遊幸，必令萬妃袴褶爲前驅。

《明史·萬安傳》：帝一日於宮中得疏一篋，皆論房中術者，末署曰『臣安進』。

夜來欽録候彤闈，何日前星耀紫微。手把啄金杯自祝，赤鸚青雀各雙飛。

《丹鉛總録》：《周禮》『掌王之陰事陰令』註：『陰事，群妃御見之事。』漢掖庭令，晝漏不盡八刻，白録所記，推當御見者。今宮中亦有之，名『欽録薄』，則其來古矣。

《兩浙輶軒録》詩註：茂陵有鸚鵡啄金杯，上刻赤鸚、青雀各二，櫻桃十六顆。是時前星未輝，義取四妃十六子也。

侯朝宗《壯悔堂集》有《鸚鵡啄金杯歌》。

安樂堂中淚暗吞，鑾花零落閉長門。兒來膝上忘兒母，歎息黄袍尚寡恩。

《彤史拾遺》：孝穆紀太后者，憲宗妃，孝宗母也。賀人，本蠻土官女。上嘗行内藏，后應對稱旨，悦之，一幸有身。萬貴妃知而恚甚，乃謫居安樂堂。久之，生孝宗，使門監張敏溺焉。敏驚曰：『上未有子，奈何棄之？』藏之他室。至五六歲，未敢剪胎髮。上一日召張敏櫛髮，照鏡歎曰：『老將至，而無子！』敏伏地曰：『有，但恐不能保耳。』上即日幸西内，遣使迎皇子。后抱孝宗泣曰：『事已覺，吾無生矣。兒去見黄袍有須者，即兒父也。』皇子衣小緋袍，乘小輿，擁至階下。髮披地，走投帝懷。帝置之膝，撫視久之。其六月，妃暴薨。

第一名傳作論初，內中學士職新除。繡窗日永調鸚鵡，好爲君前誦尚書。

《静志居詩話》：烏程女子沈瑩中初入掖庭，泰陵試以『守宫論』。發題云：『甚矣！秦之無道也。宫豈必守哉？』泰陵大悦，擢居第一，給事禁中，授女學士。吴興人至今呼爲『女閣老』。瑩中在大内，暇飼白鸚鵡，教之誦《尚書·無逸篇》。此宜載之彤管者也。瑩中名瓊蓮。

院本新添弋與崑，教坊官裏幾伶倫。近來貴比朝紳列，抛卻豬靴卍字巾。

《野獲編》：内庭諸戲劇俱隸鐘鼓司，皆習相傳院本，沿金元之舊，其事多與教坊相通。至今上，始設諸劇於玉熙宫，以習外戲，如弋陽、海鹽、崑山諸家俱有之。

又：教坊官在前元最爲尊顯，秩至三品。我朝教坊之長雖止正九品，然而御前供役，亦得用幞頭公服，望之儼然朝士也。按祖制，樂工俱戴青卍字巾，繫紅緑搭膊，常服則緑頭巾，以别於士庶。此《會典》所載也。又有穿帶毛豬皮靴之制。今進賢冠，束帶，竟與百官無異。

正位東宫玉一枝，金蓮結子總堪疑。浣衣局裏談前事，猶記紅氊裹送時。

《野獲編》：當弘治末，孝康皇后張氏擅寵，六宫不得進御。自武宗生後，正位東宫，更無支子。京師遂有浮言太子非中宫出者。時武城尉軍餘鄭旺，有女進内，因結内侍劉山，宣言其女今名鄭金蓮，現在太皇太后周氏宫中，實東宫生母也。孝宗聞之大怒，殛劉山並鄭旺論斬，後遇赦得免。至正德二年，又布前言，始成獄正法。此案倡議甚恠，若果妖言，旺乃罪魁，不即加刑，何也？然則武宗果爲鄭金蓮所出，而孝康攘爲嫡子耶？抑更有他皇子也？至旺復理前説，時孝康與武宗母子恩深，豈有更改之理？旺不死，更何待哉！若金蓮者，則編修王贊教内侍書於司禮監，親見其紅氊裹送浣衣局，内臣皆起立迎入，待之異常。其後日處分，則不可考矣。

不謂批鱗出宦官，銅缸聲震詎無端。何人自恃椒房戚，遊戲宮中頂玉冠。

《野獲編》：太監何文鼎者，浙之餘姚人。弘治間，供事内庭。時壽甯侯張鶴齡、建昌侯延齡以椒房被恩，出入禁中無恒度。文鼎心惡之。一日，二張入内觀燈，孝宗與飲，偶起入廁，除御冠於執事者。二張起，戲頂之。次日，文鼎上疏極諫。上怒，發錦衣衛拷問主使者。對曰：『有。』問：『何人？』曰：『孔子、孟子也。』上怒，不解，爲孝康張皇后杖死於海子。尋上自聞拽御前銅缸有聲，其聲若文鼎訴冤者。會清甯宮災，刑部主事陳鳳梧應詔，陳文鼎之冤。上感悟，以禮收葬，且御製文祭之。詞林某有詩吊之，云：『外戚擅權天下有，内臣抗疏古今無。』亦指實也。

空傳同日册雙妃，尚寢無司六局非。隴右花氊新進御，帳房出哨錦成圍。

《彤史拾遺》：沈賢妃、吴德〔二〕妃，皆武宗妃也。故事，選后以二女陪選。正德改元，上大婚，二〔三〕妃陪后進慈聖太后，即命封爲妃。越一月，命禮官上册妃儀。

《武宗外紀》：故事，宮中六局官有尚寢者，司上寢處事。而文書房内官每記上幸宿所在及所幸宮嬪年月，以俟稽考。上悉令除卻，省記註，掣去尚寢諸所司事。遂徧遊宮中，日率小黄門爲角觝、蹋踘之戲。隨所駐，輒飲宿不返。

又：敕陝西進上用花氊帳房一百六十二間。凡重門、堂廡、庖廄、溷湢及户牖、椿橛、影壁、圍幕、地衣之類皆具，且有壇内遊、幸出哨、趕聲息諸名號。凡一年乃成。

校按：

【一】『德』原作『貴』。據《勝朝彤史拾遺記》改。

【二】『二』原作『三』。據《勝朝彤史拾遺記》改。

咏絮簪花並擅長，新隨雕輦幸漁陽。溶溶一派温泉水，好爲君王洗冷腸。

《彤史拾遺》：王妃，順天人。能詩，工筆札，以才色爲武宗所幸。嘗侍上幸薊州温泉，命妃爲詩，妃手自書之，刻於石。詩云：『塞外風霜凍異常，水池何事暖如湯。溶溶一派流千古，不爲人間洗冷腸。』

六店周回御路斜，跳猿騙馬競喧嘩。宫人敕入勾欄院，廊下當壚賣酒家。

《武宗外紀》：自寶和至寶延，凡六店，歷與貿易。别令作市正調和之，擁至廊下家。廊下家者，中官住永巷賣酒家也。箏纂琵琶嘈嘈然，坐當壚婦於其中。凡市戲跳猿、騙馬、鬭雞、逐犬，所至環集。且實宫人於勾欄，扮演侑酒，醉即宿其處。

綵燈花樣四時標，殿閣胡將赤舌招。回望尚聞新宅笑，一棚煙火勝元宵。

《武宗外紀》：上自即位後，每歲宫中張燈爲樂，所費以數萬計。至九年，甯王宸濠獻新樣四時燈數百。其製不一，多著柱附壁以取新異。上復於庭軒間設氈幙，而貯火藥於其中。偶弗戒，遂延燒宮殿，乾清以内皆灰燼矣。當火盛時，上猶往豹房，回顧光燄烘烘然，笑曰：『是一棚大煙火也！』

又：上稱豹房爲新宅。

三千海户抱城雄，南苑初開騄玉驄。七十二橋同踏徧，賞功親手賜花紅。

《明史·武宗紀》：正德十一年，録自宫男子三千四百餘人充海户。

《帝京景物略》：南海子，方一百六十里。中有殿，殿旁晾鷹臺，臺臨三海子，築七十二橋以度。元之舊也。

《武宗外紀》：上幸南海子還，賜文武群臣銀牌於左順門。一二三品鏤文其上，曰『慶功』，四五品曰『賞功』。各被以紅，簪花次第出。

中外爭誇時世裝，四家兵甲盡衣黄。至尊新署將軍號，過錦頻開内教場。

《武宗外紀》：上初好武，江彬、許泰皆以邊將得幸。乃立内教場。後益以神周、劉暉，四人皆賜國姓，名四鎮兵，又名外四家兵。上乃自統一營，謂之中軍，晨夕下操。上親閱之，名曰『過錦』，言度眼如錦也。時諸軍悉衣黄罩甲，中外化之，號『時世裝』。

又：武宗自稱威武大將軍。

新得妖姬騎射工，龜兹番樂入深宫。教坊竟沐椒房寵，禍本男戎藉女戎。

《彤史拾遺》：馬氏，馬昂妹，教坊供奉女也。馬氏善騎射，解于闐、龜兹諸樂，能道番語。遂絶幸，封兄昂右軍都督，馬氏一門無大小，皆賜蟒衣。御史程啟充等言：『内寵爲孽，是爲女戎；外寵爲幸，是爲男戎。妹喜伐夏，妲己伐商，褒姒伐周，此女戎也。莽、卓伐漢，賈、趙伐晉，安、史伐唐，此男戎也。夫昂本驕淫暴横，而濟之以姦；馬姬柔佞多能，而濟之以媚。是兼内外之戎於一家，積夏商周漢晉唐之患於一時也。』

騰禧寶殿墨雲流，侍輦空聞諫豫遊。密約金簪陪鳳舸，繡旛名字徧揚州。

《金鼇退食筆記》：騰禧殿覆以黑琉璃瓦。明武宗幸宣府，悦樂伎劉良女，載歸居此。俗呼爲『黑老婆殿』。

又：武宗每縱獵，輒以劉姬諫而止。

《彤史拾遺》：上將南征，約以他舟迎美人，美人脱一簪爲信。上過盧溝，馳馬失簪，乃獨乘舸至張家灣親迎美人，載而南。及上至揚州，自上方寺至南京，所臨寺觀幡幢錦繡、梵貝夾册，有爲上所錫賚者，悉署上與夫人劉氏名字。

少年阿監駿驤裝，日日承恩侍豹房。誰把羊脂蒙賜號，玉容應妬老兒當。

《野獲編補遺》：武宗初年，選内臣俊美者以充寵倖，名曰『老兒當』，猶云等輩也。時皆用年少者，而曰『老兒』，蓋反言之。其後又有『金剛老兒當』，其人皆用事大璫，如張忠輩皆在其中。則見之彈章者，此則不得其解矣。

又：武宗南幸，至楊文襄一清家，有歌童侍焉。上悦其白皙，問何名，曰：『楊芝。』賜名『羊脂玉』，命從駕北上。

《明史·武宗本紀》：正德二年八月丙戌，作豹房居之。

可憐一夢誤終身，没入官奴恨正新。得侍君王仍薄命，傷心不獨浣衣人。

《彤史拾遺》：浣衣王滿堂者，時感異夢，嫁道士段鋹。後鋹敗，没入官奴，送浣衣局。既而召入，侍豹房，大幸。世宗嗣位，復出浣衣局，又謂之『王浣衣』云。

誰占東西兩院春，時聞絃索動梁塵。趙姬可許如飛燕，竟號昭陽殿裏人。

《明詩綜》：明制，南北都各立教坊司。北有東西二院，南有十四樓。

又：趙麗華，字如燕，南院妓，自稱『昭陽殿中人』。

《静志居詩話》：如燕父鋭，以善歌樂府供奉康陵。如燕年十三，録籍教坊，能綴小詞，被入絃索。

繭館春風手自繅，採桑臺畔緑陰交。苑中建有親蠶殿，不用宫車出北郊。

《金鼇退食筆記》：親蠶殿在萬壽宫西南。有齋宫、具服殿、蠶室、繭館，皆如古制。採桑臺高一尺四寸，廣一丈四尺。按，《明世宗實録》：『禮部上言，皇后出郊親蠶不便，議移之西苑。上曰：「朕惟農桑重務，欲於宫前建土穀壇，宫後爲蠶壇，以時省觀。」』

扮演宣傳鐘鼓司，苑中打稻早秋時。駕來敕錫儒臣宴，進講豳風七月詩。

《野獲編》：世宗初建無逸殿於西苑，翼以豳風亭。蓋取《詩》《書》義，以重農務，而時率大臣遊宴其中。又命閣臣李時、翟鑾輩，坐講《豳風·七月》之詩。

《日下舊聞》：打稻之戲：駕幸無逸殿，鐘鼓司扮農夫、饁婦及田畯官吏，徵租納税等事。

太極衣方進御來，春風憔悴閉樓臺。玉顔空預良家選，只爲延年作藥材。

《野獲編補遺》：世宗朝，罷任府丞朱隆禧作太極衣以獻，蓋房中術也。上大喜，進卿進侍郎。又：嘉靖中葉，上餌丹藥有驗。至壬子冬，命京師内外選女八歲至十四歲者三百人入宫。乙卯九月，又選十歲以下者一百六十人。蓋從陶仲文言，供煉藥用也。其法名『先天丹鉛』，云久進之可以長生。王弇州《嘉靖宫詞》：『兩角鴉青雙筯紅，靈犀一點未曾通。只緣身作延年藥，憔悴春風雨露中。』

小小蓬萊别有天，君王禮斗夜遲眠。大臣襆直來西苑，分賚銀孩金壽仙。

《宸垣識略》：清虚殿側作九曲池，多立奇石，名小蓬萊。相傳世宗禮斗於此。

《金鼇退食筆記》：明世宗晚年愛静，常居西内。勳輔大臣直宿無逸殿，日有賜賚，如銀孩兒、金壽仙之類。

蕉園松檜影交加，圓殿穹窿緑蔭遮。薄暮醮壇風日暖，香烟沁入牡丹花。

《宸垣識略》：蕉園松檜蒼翠，中有前明崇智殿舊址，後圓殿穹窿爲千聖殿。明時，崇智殿後有牡丹數十株。又名椒園，有二下馬牌，是世宗建醮時所立。

丹鳳元龜應候來，天池釣叟碧霄回。白綾袋裏雷軒藥，偏賜人間壽域開。

《野獲編》：世宗自號天池釣叟。在直詞臣各賦詩，惟李文定公一詩最當聖意。即今所傳『拱極衆星爲玉餌，懸空新月作銀鉤』是也。

《野獲編》：世廟居西内，事齋醮，一時詞臣以青詞得寵眷者甚衆。而最稱上意者，無如袁文榮煒、董尚書份，然皆誕妄不典之言。如世所傳對聯云：『洛水玄龜初獻瑞，陽數九，陰數九，九九八十一，數數原乎道，道通元始天尊，一誠有感；岐山丹鳳兩呈祥，雄聲六，雌聲六，六六三十六，聲聲聞於天，天生嘉靖皇帝，萬壽無疆。』此袁所撰，最爲時所膾炙。

《暖姝由筆》：嘉靖二十三年，施藥京師。爲丸凡三十五，以治百病。俱有湯引，以白綾作袋，上刻板作印，云『凝道雷軒』。施袋中貯銀五分作方片，嘉靖錢七枚。雷軒，朝庭道號也。

萬歲山陰小碣鐫，獅龍變化最堪憐。持杯暗向霜眉酹，尚怪君王雨露偏。

《日下舊聞》：嘉靖中，禁中有貓，微青色，惟雙眉瑩潔，名曰『霜眉』。善伺上意，凡有呼召，或有行幸，皆先意前導。伺上寢，株橛不移，上最憐愛之。後死，敕葬萬歲山陰，碑曰『虬龍冢』。

《静志居詩話》：霜眉死，命以金棺葬萬歲山，薦以齋醮。袁文榮撰詞，有『化獅爲龍』語，因題碑曰『虬龍冢』云。

外宫冷落病何堪，紅藥低吟意妙含。一語宏恩留故國，不教選女到江南。

《彤史拾遺》：邵貴妃者，興獻王母也。時萬妃妬甚，妃託微疾居外宫。偶夜坐，自詠所製《紅藥詩》。憲宗過聞之，大喜，遂召幸。◎按：詩見《湧幢小品》。

又：世宗繼大統，進稱皇太后。太后嘗曰：『女子入宫，無生人樂。以後選女入宫，勿下江南。此我留大恩於江南女子者也。』

貂帳宵深燭影微，雛姬新入侍更衣。明朝聖誕群稱壽，萬壽宫先册壽妃。

《野獲編》：萬壽宫，文皇帝舊宫也，世宗初名永壽宫。自壬寅從大内移蹕此中，已二十年。至四十年冬十一月之二十五日，夜火大作，凡乘輿一切服御，及先朝異寳，盡付一炬。相傳上是夕被酒，與新幸宫姬尚美人者於貂帳中試小煙火，延燒遂熾，未知果否。至四十五年八月，命拜未封宫御尚氏爲壽妃。封妃之日距聖誕僅二日，上春秋恰周一甲子。蓋亟尊貴之，以備大慶上觴云。

又：世宗一日誦經，運手擊磬。偶誤槌他處，諸侍女皆頫首不敢仰，惟一幼者失聲大笑。上注目顧之，咸謂命在頃刻矣。經輟後，遂承更衣之寵。即世所稱尚美人者是也，時年僅十三。

琉璃新結御河冰，一片光明鏡面菱。西苑雪晴來往便，胡床穩坐快雲騰。

《酌中志》：河由北安門入，萑葦茂密，水禽上下，儼若江南風景。至冬冰凍，可拖床。以木板上加交床，一人前引繩，可拉二三人。行冰如飛，積雪殘雲，點綴如畫。世廟晚年多居西内，壬寅正月，皇太子自宫中往見，絶河冰而過。時閣臣夏言詞云『胡床穩坐度層冰』，正咏此也。

品重絲窩虎眼餹，内中甜食有專房。勾欄巷裏松榛餅，傳入深宫亦禁方。

《酌中志》：甜食房造辦絲窩虎眼糖、裁松餅減煠等様。其造法、器具皆内臣經手，不令人見。是以絲窩虎眼糖，外廷最爲珍味。

《野獲編》：穆宗嘗思食果餅，詢之近侍。俄頃，尚食監及甜食房各開買辦松榛粻餹等物，值數十金，以進。上笑曰：『此餅只需銀五錢，便於東長安大街勾欄衚衕買一大盒。何用多金！』内臣俱縮頸退。蓋上在潛邸，稔知其價也。

戲竹分排引樂官，慶成開宴聖恩寬。當筵屢聽黄門報，天語諄諄勸飲乾。

《續文獻通考》：《明宴會樂舞儀注》：『大樂二人，執戲竹，引大樂工陳於丹陛西。』《天禄識餘》：明禮典中有慶成宴，每宴，必傳旨曰：『滿斟酒，官人每飲乾。』故李西涯詩云『酒傳天語飲教乾』，蓋紀實也。

蓮步珊珊倚曉風，蛾眉分列豔粧紅。有緣繫得金跳脱，暫住元暉小殿中。

《明史·莊烈周后傳》：故事，宫中選大婚，一后以二貴人陪升。中選，則皇太后幕以青紗帕，取金玉跳脱繫其臂。不中，則以年月帖子納淑女袖，侑以銀幣遣還。《酌中志》：凡諸王館選中淑女，候欽差某封某位娘娘，親到元暉殿，選不中者送出。凡選中者，或后或妃或王妃，皆先居於此，以便次第奏舉行吉禮也。

乾清門外散朝回，水滴銅壺漏暗催。路遇金牌齊側立，殿中方報午時來。

《酌中志》：刻漏房銅壺滴漏，凡八刻水則交一時，直殿監官抱時辰牌赴乾清門裏換之。牌長尺餘，石青地，金字書曰某時。途遇者必側立讓行，坐者起立，蓋敬天時之義。

月滿天街唱太平，提鈴相應一聲聲。遥聞别殿笙歌發，未許雞人報五更。

《日下舊聞》：明宫人有罪，罰提鈴。每夜自乾清門至日精門、月華門，仍還乾清宫前方止。高唱『天下太平』四字，聲緩而長，與鈴聲相應。

女官雙手奉龍章，尚寶新更符璽郎。揭帖傳來先告滌，項間捧挂大條黄。

《酌中志》：尚寶監掌御用寶璽、敕符、將軍印信。尚寶司所領者，曰皇帝奉天之寶，郊天齋醮用之；曰尊親之寶，上尊號用之；曰親親之寶，有大小二顆，與藩府用之。誥命之寶、敕命之寶、廣運之寶，則用之最多也。凡寶，皆内尚寶女官掌之。遇用寶，則尚寶司以揭帖赴尚寶監，監請旨，然後赴内司領取。歲用寶三萬餘顆。

《龍湖文集》：國初設符璽郎，後改曰尚寶司。

《玉光劍氣集》：每年三月二十九、九月二十九，爲用寶之期。先期，請出洗滌。尚寶太監用大黄絨絛兩手恭捧，挂於項。尚寶卿以金盆盛水濯之，次日乃用。

宫鴉繞樹曉風寒，病骨消磨興欲闌。聽得履聲强坐起，經書指與主兒看。

《彤史拾遺》：穆宗繼后陳氏，通州人。先是，神宗在東宫時，后病，居别宫。神宗生母李后尚爲貴妃，神宗每謁奉先殿，朝帝及貴妃畢，即往候后，曰：『娘娘寂寞，禮不可曠。』后聞履聲即喜，强起，取經書指而問之。明宫中呼太子曰『主兒』，見《拜經樓詩話》及《漁洋感舊集》。

龍樓絃管一時鳴，令節承歡奉輦行。初命四齋陳百戲，君王先已候乾清。

《彤史拾遺》：神宗嘗設四齋近侍二百餘人，陳百戲爲兩宮歡。每遇令節，先於乾清宮大殿設兩宮座，使貴嬪請導。上預俟雲臺門下，拱而立，北向久之。仁聖輿至景運門，慈聖輿至隆宗門，上居中向北跪。少頃，兩輿齊來前，已復齊至乾清門，上起。於是中宮王皇后扶仁聖輿，皇貴妃鄭氏扶慈聖輿，導而入。少憩，請升坐。自捧觴安几，以及獻饌更衣，必膝行稽首，屏顧懾息，皆從來儀注所未有者。於是始陳戲，劇歡乃罷。

密約焚香寫誓詞，君王溺愛貴妃癡。他年玉合開封驗，記否高元殿裏時。

《日下舊聞》：萬曆中，皇三子生。鄭貴妃即乞憐於上，欲立爲太子。北上西門之西，有大高元殿，以祀真武。貴妃要上詣殿行香，設密誓，御書誓詞，緘玉合中，存貴妃所。後廷臣敦請建儲，慈聖又堅主立長，上始割愛，立皇長子。既立，遣人往貴妃處索玉合至，封識宛然，内所書已蝕盡，止存四腔素紙而已。上悚然異之。

祝釐禁籞啟祇林，宮女含羞演梵音。佛號暗隨宮漏轉，自鳴鐘應自鳴琴。

《酌中志》：神廟在宥，孝侍兩宮聖母。琳宮梵刹，徧峙郊圻。皇城内舊設漢經廠，内臣若干員，其僧伽帽、袈裟、緇衣與僧同，惟不落髮耳。神廟曾選經典精熟、心行老誠者數員，教習宮女數十人，亦能於佛前作法事，行香念經，若尼姑然。

《帝京景物略》：天主堂在宣武門内。利瑪竇自歐羅巴國航海入中國，神宗命給廩，賜第此邸。其俗工奇器。候鐘，應時自擊有節；天琴，鐵絲絃，隨所按，音調如譜。

金簪劃破玉階苔，十字縱橫八面開。滿握幾多銀豆葉，掉城同向御前來。

《酌中志》：神廟宮中偶興『掉城』之戲。于御前十餘步外畫界一方城，于城内斜正十字分作八城，挨寫十兩至三兩。止令司禮監掌印、東廠秉筆及管事牌子，遞以銀豆葉八寶投之。落于某城，即照數賞之。若落迸城外及壓線者，即收其所擲焉。

雙樹婆娑蔭玉除，九蓮遺蹟認模糊。英華殿裏陪鑾去，採得菩提作念珠。

《酌中志》：英華殿前有菩提樹二株，結子可作念珠。詞臣張士【二】範作偈，其序文略曰：『大内西北隅建有英華殿。殿前菩提樹二株，聞係九蓮菩薩慈聖皇祖母所植。神廟以聖母上賓，奉御容於樹之東北別殿。值朔望節，即親詣行禮。每瞻仰雙樹，若有杯棬之思焉。因上尊號曰九蓮菩薩云。』

校按：【二】『士』原作『志』。據《酌中志》改。

明朝萬壽啟瓊筵，早起忙尋一把連。帽上鐸針雙蝠抱，共將洪福祝齊天。

《西河詩話》：鐸針，插宫帽中者，其制用珍珠、珊瑚、金銀、方勝等應時作彩。萬壽節上有『洪福齊天』諸彩。所謂洪福齊天者，先製『齊天』字，以紅色蝙蝠綴兩旁是也。◎按《酌中志》，鐸針乃内臣佩服之一。

《酌中志》：宫中舊制，凡掌印、秉筆、管事牌子在殿内直宿，其餘者候聖駕安寢散歸直房。其各家經管衣帽官人，即將官帽一頂，貼裏道袍大襖或褂共上一條領者一付，總綴兩條帶子，將提繫絛牌繐亦挂得停當，名曰『一把連』，緊安於所歇牀傍。凡猝然夜間御前有事，便立可衣冠。此從來貴近大臣之體，亦内臣小心敬慎分内事也。

詩圖數盡尚餘寒，走馬東郊臘雪殘。二十四園花未放，灰池先進咬春盤。

《酌中志》：冬至，司禮監刷印《九九消寒詩圖》。

又：立春前一日，於東直門外迎春。凡勳戚、内臣赴春場跑馬以較優劣。至次日，無貴賤皆嚼蘿蔔，曰『咬春』。

《宸垣識略》：南苑設二十四園，以供花果。

《金鼇退食筆記》：南花園，明時爲灰池，種植瓜蔬以備春盤薦生之用。立春進鮮蘿蔔，名曰『咬春』。

迴龍觀裏海棠開，六角亭邊錦作堆。紅粉揚鞭呼答應，官家走馬看花來。

《日下舊聞》：迴龍觀舊多海棠，旁有六角亭。每歲花時，上臨幸焉。

《酌中志》：妃嬪以下，有大小答應諸名色。

杏子微黄四月交，嘉蔬取次進天庖。一團碧玉忙收裹，宫女相呼打菜包。

《日下舊聞》：司苑局進用蔬菜，俱有竹籠筐盒裝盛。

《酌中志》：四月，以各様精肥肉，薑蒜剉如豆大，拌飯，萵苣大葉裹食之，名曰『包兒飯』。◎今俗名『打菜包』。

雲錦光明五色條，蠶池機杼響清宵。七襄乞得天孫巧，應候宫衣繡鵲橋。

《酌中志》：七夕，宫眷穿鵲橋補子，設乞巧山子，兵仗局進乞巧針。

《宸垣志略》：蠶池東鄰西苑，明宫人織錦之所。

金鼇坊下水如綾，積翠堆雲列幾層。秋到椒園修法事，藕花深處放河燈。

《日下舊聞》：太液池有大石橋二。其一跨海子東西，曰金鼇玉蝀；其一跨璚花島之南，曰積翠堆雲。

《金鼇退食筆記》：蕉園一名椒園。七月十五日，西苑作法事，放河燈。

連天雨雪朔風驕，金鴨香温炭餅消。簾捲玉樓人盡望，三千寶帚埽瓊瑶。

《升菴外集》：石炭，發香煤也。今制，宫中擣炭爲末，以棗梨汁合之爲餅，置於爐中以爲香藉，即此物也。

《野獲編》：明制，大内每雪後，於京營内撥三千名入内庭埽雪。又，南京舊制有揀花舍人，額設五百名，蓋當年供奉薦新及玉食糖糧之用。五百揀花、三千埽雪，亦兩都佳話也。

曲曲黄河柳覆隄，洗粧樓下路高低。當前競灑金銀豆，要外同過玉蝀西。

李默《遊西内記》：北行松間，隱隱見岡阜，至則小軒峙其前，又前甃石爲九曲黄河。山上有梳粧樓遺址，舊傳爲遼后遊處。

王世貞《宫詞》：『雜沓香車看不見，好登遼后洗粧樓。』

《日下舊聞》：往時宫中出遊西苑，有『大耍外』『小耍外』之名，賞賜無算。臨晚，以金銀豆灑地，聽内豎爭拾取，爲笑樂之例。崇禎悉罷之，易以胡桃、紅棗等物。

葵花衫子瘦宜身，半是青霞室裏人。侍輦歸來香領膩，玉山紙換不嫌頻。

《思陵典禮記》：《大明典禮載》：『宫人衣用紫色圓領窄袖，徧刺折枝小葵花，以金圈之。』

《形史拾遺》：上自后妃諸嬪外，每有選淑可承侍者，於乾清宫傍室更名『青霞』，令雜居室中。

《戒菴漫筆》：宫女衣皆以紙爲護領，一日一換，欲其潔也。江西玉山縣所貢。

水殿荷香撲御楂，風前撒扇疊輕紗。玉纖競採銀苗菜，莫損池中並蒂花。

《潛確類書》：永樂中，朝鮮進摺疊扇，上喜其舒卷之便，命工如式爲之。亦謂『撒扇』。

《酌中志》：六月六日，嚼銀苗菜，即藕之嫩秧也。

二月熏蟲應候煎，薦來桃鮓勝花鮮。河豚魚上蘆芽短，正是春風煮酒天。

《酌中志》：二月初二日，用黍麪棗糕，以油煎之。或曰麪和稀，攤爲煎餅，名曰『熏蟲』。是月，食河豚，飲蘆芽湯以解其熱。各家煮過夏之酒。此時吃鮓，名曰『桃花鮓』也。

日上金鋪露未乾，膳房承旨進朝餐。來其舊品何時换，鳥腦新蒸玉一盤。

《拜經樓詩話》：明太祖既定天下，每早晚進膳必列豆腐，示不敢奢也。其後不知何代，竟以百鳥腦釀成代之。

露下瑶階殿閣涼，舞衫歌扇疊空箱。曦鸞宫裏人無寐，數盡蓮花漏刻長。

《酌中志》：巑巒宫、喈鳳宫，凡先朝有名封之妃嬪、無名封之宫眷養老處也。此巷自寶善門亦可通玄武門，俗稱「狗兒灣」。其居中門曰蓮花門。五更攢點後至曉報九刻水者，刻漏房官及答應、長隨也。

别敕教書選内司，雙娥學畫待年時。女經一卷粗能記，紅袖燈前細問師。

《酌中志》：宫中教書，選二十四衙門多讀書、善楷書者任之。所教宫女讀《百家姓》《千字文》《孝經》《女訓》《女誡》《内則》《詩》《大學》《中庸》《論語》等書。學規最嚴，能通者陞女秀才、女史、宫正司六局掌印。

蠟帕龍香作束脩，内書堂裏課蒙求。按名撥向監司去，繡服誰先换斗牛。

《酌中志》：内書堂讀書，自宣德年間創建。始命大學士陳山教授之，後以詞臣任之。凡奉旨收入宫人，選年十歲上下者二三百人，撥内書堂讀書。擇日拜聖人，每學生一名，具白蠟、手帕、龍挂香以爲束脩。凡各衙門缺寫字者，具印信本奏討，奉旨撥若干名，即挨名給散。

又：自太監而上，方敢穿斗牛補。

的的瓊姬掌上珍，天心早爲締良姻。焚香默向金瓶祝，一領緋袍覆體新。

《思陵典禮記》：萬曆中，選擇尚主子弟三人入見。上以其名呈太后，太后置金瓶中，焚香祝天，選其一，以緋袍覆之，送入春曹。其兩人陪入者，賜金綺罷出，送順天府庠。

料理珠瑙綰玉釵，鋪宫有例宴新排。龍漦燕啄懸殷鑒，認取高皇鐵字牌。

《思陵典禮記》：《大明典禮》載：『宮人烏紗帽飾以花，帽額綴團〔一〕珠，結珠鬢梳，垂珠耳飾。』

又：上初幸妃宮，謂之『鋪宮』。

《明史·后妃傳序》：洪武元年，命儒臣修《女誡》。五年，命禮臣議宮官女職之制。命工部製紅牌，鐫戒諭后妃之詞，懸于宮中。牌用鐵，字飾以金，復著令典。是以終明代，無龍漦燕啄之妖、墨敕斜封之禍。

校按：〔一〕『團』原作『圓』，據《明集禮》及道光壬寅金山錢熙祚校梓本《思陵典禮記》改。

玉座遥瞻卓影臨，晨光滿殿集朝簪。繡刀鸞帶新承賜，異數爭誇武翰林。

《野獲編》：今主上御門常朝，黼扆之後，内臣執一有柄之物，若擎扇然，用黄帕裹之。自上陞座，擁蔽於後，降座則撤之。從來不曾展開，或疑爲雉尾之屬。後聞其名曰『卓影』，乃先朝外夷所貢，最能祓除不祥，以故臨朝輒舉以衛御座。

又：錦衣衛官登大堂者，拜命日即賜繡春刀、鸞帶、大紅蟒衣、飛魚服，以便扈大駕行大祀諸禮。其常朝亦衣吉服，侍立於御坐之西，以備宣唤。其親近非他武臣得比，以故右列豔之，名爲『武翰林』。

吟聲常繞碧宫隈，共識中涓有秀才。宸翰淋漓題額處，半天蒼雪護樓臺。

《静志居詩話》：張監丞以善詩稱，定陵呼爲『秀才』，命掌兵仗局。嘗於禁中退食地植竹數竿，定陵題之曰『蒼雪』，因以名其集。監丞名維，隆慶中選入，伴讀東宫。

賜墨間磨清謹堂，臨摹宸翰燦琳琅。匾聯大小皆親筆，上有東宫小印章。

《野獲編》：今上自髫年即工八法。◎按：『今上』謂神廟也。

《酌中志》：孫太監隆所造清謹堂墨，欵製精巧，神廟極愛之。

又：光廟於講學之暇，好揮灑大字匾額對聯，以賜青宫左右，雖祁寒大暑未之少懈。或亦鈐『東宫親筆』圖書。

暖殿傳呼警蹕頻，駕前分列盡平巾。鸜哥補取能言意，莫學張家打鶴人。

《酌中志》：御前親近内臣，曰『打卯牌子』，則隨朝捧劍者也；曰『御前牌子』，曰『暖殿』，則朝夕在側者也。

又：都知監，凡聖駕出朝、謁廟等項，在前警蹕清道者，即此監之官也。執骨朵，身穿鸜哥等補子，戴平巾或官帽。

又：神廟時，御藥房提督張太監明病故，人皆曰：『張打鶴死了。』先是，神廟往朝慈聖老娘娘，明執藤條在前清道。值慈甯宫丹陛上設有古銅仙鶴，高五六尺，明誤以爲人也，遂打而駡之曰：『聖駕來，還不躲開！』隨侍諸臣哂之，所以有此綽號。

奇獸珍禽貢異方，内廷廩禄附貂璫。等閒百鳥房前過，未見梧桐集鳳皇。

《野獲編》：大内自畜虎豹諸奇獸，外又有百鳥房，海外珍禽靡所不備。至於御前，則又重貓兒。其爲上所憐愛，及后妃各宫所畜者，加至管事職銜，隨内官數内同領賞賜。

月上觚棱色似銀，家家瓜果競鋪陳。夜闌賸得中秋餅，留作團圓賀歲新。

《酌中志》：八月，宮中十五日供月餅、瓜果。候月上，焚香，即大肆飲啖，竟夜始散。如有剩月餅，收至歲暮用之，曰『團圓餅』。

涓吉鋪陳月子房，熊羆誰早叶男祥。年年歲仲遵成例，食料先頒嬭府糧。

《酌中志》：禮儀房掌管一應選婚吉禮。每年四仲月選乳媪，生男十口，生女十口，月給食料，在嬭子府居住。凡宮中有喜，鋪月子房。生皇子則用生女嬭口，皇女則用生男嬭口。

六瓣紗巾覆頂輕，光圓恰稱佛頭青。選婚未卜先囊髮，屈指年方過十齡。

《酌中志》：篦頭房專爲皇子女請髮留髮、入囊整容之事。凡誕生皇子女，彌月剪胎髮。百日命名後按期請髮者，即如外之每次剃髮然，一莖不留，如佛子然。皇子戴元青縐紗六瓣有頂圓帽，名曰『瓜拉帽』。至十餘齡留髮，約年餘，又擇吉入囊，總束於後。冬用元色紵，夏用元色紗作囊，闊二寸許，長尺餘，垂於後。至選婚有妃，始擇吉行冠禮。

少小皇姬未上頭，斜梳扒角髮油油。謡傳十笑須加慎，韓姞從來重相攸。

《酌中志》：皇女戴寸許闊小頭箍。至十餘歲留髮，至年餘擇吉打扒角。至選婚有駙馬，始擇吉上頭。

《野獲編》：嘉靖六年，永淳公主將下嫁。禮部選婚時，永清衛軍餘陳釗名在第三，上親定爲駙馬矣。聽選官余德敏奏，釗父本勇士，家世惡疾，母又再醮庶妾，不可尚公主。上命再選，得謝詔。京師有《十好笑》之謡，其間嘲張、桂騍貴㬥横者居多，其末則云：『十好笑，駙馬换筒現世報。』蓋謝秃少髮，幾不能綰髻，故有此讖。

錦帕蒙頭月影昏，宫庭嬉戲笑聲喧。銀鈴觸著忙開繫，燈下更番謝至尊。

《天啟宫詞》註：上夜冥時嘗於筵前懸一銀鈴，命宫人數輩以帕蒙頭冥行。相觸者罰命出局，觸鈴即以鈴賜之。再繫再觸，終夕不倦。

番經廠内唄音喧，夾路銅樓萬火般。看到海螺聲沸處，人人眼眩九連環。

《日下舊聞》：宫中各長街設有路燈，以石爲座，銅爲樓，銅絲爲門壁。每日晚，内府庫監灌油燃燈，以便巡行。曰番經廠，念習西方梵唄經。

又：番經廠内官遇萬壽、元旦等節，於英華殿作佛事。卒事之日，一人扮韋馱，抱杵面北立。餘披瓔珞，鳴鑼鼓，吹海螺諸樂器，賛唱經呪。至夜，五方設佛會，立五色幟，數十人魚貫行其間。有所謂九連環者，其行愈疾，至九連環變，則體迅若飛鳥，觀者目眩矣。天啟辛酉後，奉旨以宫人爲之。

月帔星冠卸豔粧，連朝道廠趣祈禳。雲璈聲動天神出，壇上戎衣錦繡光。

《日下舊聞》：天啟甲子歲，吴地大水。上命道經廠内官教宫女數十人演習禳醮，氅服雲璈，與羽流無異。仍擇軀體豐碩者一人，飾爲天神，仗劍登壇行法。不能勝介胄之重，結錦繡爲之。

夜静瓊樓吐月華，彎環洞口路横斜。相邀共賭迷藏戲，捉落君王兩袖花。

《天啟宮詞》註：乾清宮丹陛下有老虎洞。上嘗於月夕率内侍睹迷藏爲戲，潛逃其内。諸花香氣，上所篤愛，時采一二種貯襟袖間。故聖駕數武外輒識之，以芬芳襲人也。

梵貝鐘魚作伴堪，霓裳長夜拜瞿曇。宮奴分得吴綾束，學製堆紗彌勒龕。

《天啟宮詞》註：張后嘗用白綾間新桑色綾製衣，如鶴氅式，服之禮大士，宮中稱爲霓裳羽衣。又：后常用素綾作地，手翦五色絹，疊成諸佛菩薩妙相。宮中奉釋教者恒相仿傚，謂之『堆紗佛』。

翩翩雉尾拂輕埃，南苑西風獵騎催。窄袖戎裝誰最稱，高家小姐扈鑾來。

《酌中志》：内臣束髮冠，蟒龍蟠繞，下加額子，左右插長雉尾。凡遇出遊，先帝聖駕尚此冠。自王體乾起至暖殿牌子止，皆戴之。各穿窄袖戎衣，束玉帶，佩茄袋、刀帨，如唱《咬臍郎打圍》故事。惟涂文輔、高永壽年少相稱，其年老者便不雅觀。

《天啟宮詞》註：御前牌子高永壽，丹唇鮮眸，姣好如處女，宮中以『高小姐』呼之。凡宴飲之際，高或不與，合座爲之不歡。

咸安宮裏報移家，小樣肩輿擬六珈。宴罷漫嫌人中酒，醉容偏稱露行花。

《酌中志》：泰昌元年，客氏遷乾西二所。先帝親臨爲之移居，陞座飲宴。客氏在宮中乘小轎，撥内官近侍擡走，儼如先帝嬪妃之禮。天啟元年，改住咸安宮。凡客氏生日，先帝臨幸，賞賜無限。

《天啟宮詞》註：露行花，即牽牛花也。其色紫翠，如初出爐之銀。京師稱『爐銀花』，宮中音譌爲『露行』。

秋間著花，晨開晝萎。夏月灌以酒，其萎稍徐，而色則變爲殷紅，不如初開之媚矣。宫中舊無此種，客氏自民間傳入，宫人皆愛戴之。京師儇薄子嘲之曰『多露沾濡』，其客氏宣淫之兆歟？

廣袖低鬟變舊粧，各持梳具侍蘭房。盛鬋掠得群仙液，不羨雞皮還少方。

《天啟宫詞》註：奉聖夫人客氏教宫人效江南作廣袖低鬟，尤爲張后所厭薄。

又：客氏命美女數輩，各持梳具，環侍左右。偶欲飾鬢，挹諸人口中津用之。自云此方傳自嶺南祁異人，名之曰『群仙液』，服之令人老無白髮。

内河新濬快宸遊，菱葉荷花滿御溝。兩岸妖姬爭笑指，君王鼓棹在中流。

《天啟宫飼》註：神廟静攝年久，紫禁城内河壅淤不通，德陵復令疏浚之。春夏之交，景物尤勝，禽魚菱藕，儼若江南。

又：上數偕中官汎葉舟於西宛，手操篙櫓，去來便捷。

金龍小斧日丁丁，十作名材供内廷。雕到寒梅爭豔處，一雙凍雀上燈屏。

《張船山集》有《明熹宗御用戧金雙龍小鐵斧歌》，註云：『天啟三年造。』

《天啟宫詞》註：木作、石作、瓦作、土作、漆作、火藥作、婚禮作、塔作、東行漆作、西行漆作，是爲十作。東西行本名油作，避御諱改行。十作，内官監所轄，以給宫中營建之材料者。[一]

又：上好雕鏤木器。護燈小屏八幅，手刻寒雀爭梅，戲畀諸少璫，令鬻之。

校按：【一】關於此條註文，嘉慶辛未春鐫海隅鐵琴銅劍樓藏版《啓禎宮詞合刻》所收秦徵蘭《天啟宮詞》「萬幾餘晷建長廊」詩下註爲：「十作，内監所轄，以供宫中營建之材料者。一曰木作，二曰石作，三曰瓦作，四曰土作，五曰漆作，六曰火藥作，七曰婚禮作，八曰搭作，九曰東作，十曰西作。漆作本名油漆作，改漆作，避御名也。」

窄袖宫袍菊蕊黄，兔兒山下發清商。玉娥相覷雙眉鎖，怪煞年年唱洛陽。

《酌中志》：重九登高，宫眷、内臣皆著菊花補服。

《日下舊聞》：天啟乙丑重陽，幸兔兒山。鐘鼓司唱《洛陽記》「攢眉黛鎖不開」一闋。次年復如之。宫人相顧，以其近不祥也。

女鬼何曾習六韜，妄教宫禁弄弓刀。外邊章奏休輕進，鳳幟龍旗正内操。

《明史》：魏忠賢勸帝選武閹練火器，建立内操。

《天啟宮詞》註：上欲與張后同御内操。上將内官三百人，旗幟繪龍，列左；又將宫人三百人，旗幟繪鳳，列右。后既至，稱病先歸。上命宫人之豐而頎者代后，猝難其選，乃命三宫人並將之。然非真有止齊之法，各持戰【二】具疾趨數周而已。

又：東李娘娘恒呼忠賢爲「女鬼」，以都下有「八千女鬼亂朝綱」之謡也。

校按：【二】「戰」原作「戲」。據《天啟宮詞》改。

指鹿何堪覆轍循，悟君無術獨含顰。最憐靜夜開黄卷，檢點新詞課内人。

《天啟宫詞》註：張后擇宫人之秀慧者，口誦唐宋小詞。孤燈長夜，羅侍左右，課其勤惰。能習者或微語之曰：「學生子，宜拜謝師傅矣！」

《明史·張后傳》：上一日幸后宫，見几上一書，問：「何書？」后曰：「趙高傳也。」上默然。

液泛芙蓉醖桂花，海棠開宴醉流霞。金盤蟹骨攢蝴蝶，巧樣爭推老太家。

《酌中志》：先帝所進之酒，曰秋露白〔一〕，曰荷花蕊，曰佛手湯，曰桂花醖，曰菊花漿，曰芙蓉液，曰君子湯，曰蘭花飲，曰金盤露。名色可六七十種。

又：先帝所進之膳，皆客氏下内官造辦，名曰「老太家膳」。聖意頗甘之焉。

《天啟宫詞》註：每歲八月，宫眷賞秋海棠，爲食蟹之會。食已，瀹紫蘇草作湯盥手。客氏復教之剔蟹胸骨，鋪貯盤中，像蛺蝶形。較其似否，分巧拙以爲笑樂。

校按：「白」字原脱。據《酌中志》補。

爛漫花棚錦繡窠，海天霞色上輕羅。鬬雞打馬消長晝，一半春光戲裏過。

《天啟宫詞》註：舊制，自三月初四日始，至四月初三日止，宫眷更服羅衣。是時，牡丹方盛，用五色繒縠結棚護之，相邀宴賞，殆無虚日。

又：海天霞，織造局所造新色也。似白而微紅，宫眷、内官皆服之。

又：宫中競爲鬬雞之戲。

又《宫詞》有云：相邀走馬坐花間，纖指鬮分十二閑。註：即打馬也。

又：上不好女色，夜宴既畢，遽陳種種雜戲，宵分就枕。

深殿移居病轉加，空矜靈露出仙家。内臣别有禳災術，共著金紅壽字紗。

《酌中志》：先帝自七年五月初六日聖體不豫，至六七月間，未離御榻。逆賢將庫中所貯金壽字大紅紗搜括出許多，給近侍作貼裹，御前穿以禳祝之。又移住懋勤殿旬日，而不時喧傳曰：『聖駕萬安矣。』樞臣霍維華聞之，遂贊逆賢固位攘功之策，進獻仙方『靈露飲』，並蒸法器具。自此之後，聖恙日增無減。

興龍宫裏舊宫娃，入道羞稱菜户家。石上無端翻白浪，洞中枉説轉丹砂。

《西河詩話》：明制，直房内官與司房宫人俱有伉儷，稍衺即以淫失治之。崇禎中，有給事興龍宫宫人，以學道乞居象乙宫，與其所偶者割卧具去。值中元節夜，就番經廠看法事，歸過大高元殿。有老宫豔其色，誘至石查傍逼淫之。致訟。時内庭有詩云：『只合龍宫食菜薹，誤從鶴廠看經迴。洞中枉作丹砂轉，石上還翻白浪來。』凡宫人伉儷，謂之『對食』，又謂之『菜户』。若强作伉儷者，稱『白浪子』。

汴中家世漫搜求，謡啄無端引獄囚。金海橋西堂尚在，爲誰駐輦欲重修。

《天啟宫詞》註：客氏憚張氏嚴明，謗以蜚語，謂后父非張國紀，乃繫獄海寇孫官哥所生也。内安樂堂在金海橋西，宫人有罪及老病者居之。憲廟時，萬妃怙寵，紀后託病駐輦於此，篤生孝廟。客氏揚言，欲奏請修築，行紀后故事，又將遣名下宫人潛往河南訪后家世。故使后聞之，后窘甚無計。適客氏歸私第，其母動以危言，事乃得寢。

泣别長春淚暗揮，雪花滿院挾風飛。乾西冷落休含怨，幸免空宫閉裕妃。

《彤史拾遺》：裕妃張氏有嚴性，客、魏惡之。會妃有身，鋪宫曆册妃，禮畢而遲久不乳。遂誣其有後言，矯旨閉禳道中，盡逐其内官及宫婢等，絶其飲食。經數日，天雨，妃力疾匍匐，啗簷溜死。

《天啟宫詞》註：長春宫即永甯宫，上改今名，以居李成妃。自張裕妃不得其死，范慧妃失愛，獨李侍寢。一日，密爲范妃乞憐。客、魏偵知之，矯旨革李封，絶其飲食，欲如處裕妃故事。李先見張妃之死，懼，於簷端壁隙偏藏食物。至是，藉以充餒。久之，二逆怒解，黜爲宫人，遂自長春宫逼遷乾西四所。遷之日，風雪寒冱，行色慘瘁，見者冤之。

何來章奏瀆宸聰，方與工倕鬬巧工。官職姓名纔誦罷，幾批硃語幾留中。

《天啟宫詞》註：上好自造漆器、硯床、梳匣之屬。當斲削得意時，或有急切章疏奏請定奪，命識字宫女朗誦官職、姓名、硃語。誦甫畢，輒諭王體乾輩曰：『我都知道了，你們用心行去。』諸奸於是徇其愛憎，恣意批紅施行。舊制，凡奏請文書，御筆親批數本，其餘則司禮監官遵閣票字樣或奉旨更改，用硃筆批之，是以謂之『硃批』。又：凡文書未經御覽，緘以素箋，諸宫職、姓名、年月、硃語於外，收至御前櫃内，是曰『留中』。

錢源滚滚運維新，片語能回聖意嗔。鑑背不諳乾德號，相臣終愧讀書人。

《天啟宫詞》註：司鑰庫檢得天啟錢數枚，古色斑駁，不知何代物。進至御前，上問：『昔年擬年號者誰？改日召來面問。』左右以閣下翰林院對，上容怫然。明日，客氏入見，諛詞慶賀，謂此天降嘉祥，錢源不竭之徵也。上解頤，爲改前命。

『乾德號』，借用宋太祖時實儀事。

是誰煬竈蔽楓宸，朝政紛紛溷假真。内苑連開龍鳳宴，又傳寶璽獲先秦。

《天啟宫詞》註：河南撫臣程紹進玉璽，人知爲贗物。魏廣微謂確係秦璽，摇惑帝聽。臨朝受賀，回宫復設宴，受宫眷賀。宴畢，進龍鳳等物。按祖制，遇大典禮，光禄寺備烹龍炮鳳之宴，然相傳有其名耳。是日，尚膳監宰雄雞代鳳，牡羊代龍，大棗稱安期棗，糖桃稱方朔桃，俱裝送御前。誕幻荒唐，不啻兒戲。

吴綾披拂彩粧新，上用紅籮出惜薪。膽怯宫娥偷眼覷，夾門左右立天神。

《酌中志》：惜薪司。凡宫中所用紅籮炭者，皆易州一帶山中硬木燒成，用紅土刷筐盛之，故名『紅籮』。廠中舊有香匠，塑造香餅獸炭，又塑造將軍或福判、仙童、鍾馗。各成對，高二尺許，用金彩裝畫如門神，黑面黑手，以存炭制，名曰『彩粧』。於十二月廿四日奉安於宫殿各門兩傍，此亦歲暮植將軍炭於門旁之遺意也。逆賢專政，則皆增而大之，所費百倍於前。穿以真正綾絹紵紬，備以真正弓矢、兵器，鬚眉直豎，猛惡如生。

蹴圓堂接蹴圓亭，水戲翻新幻異形。瀑布噴珠毬上下，隨機宛轉散流星。

《天啟宫詞》註：宫中舊有蹴圓亭，上又手造蹴圓堂。

《酌中志》：先帝好作水戲。用大木桶、大銅缸之類，鑿孔創機，啟閉灌輸。或湧瀉如噴珠，或澌流如瀑布。或使伏機於下，借水力冲擁圓木毬如核桃大者，於水湧之。大小盤旋，宛轉隨高隨下，久而不墜，視爲戲笑。

鼓樂喧闐響遏雲，懋勤殿裏戲初陳。廠公慣聽王瘸諢，作底迴頭避罵秦。

《酌中志》：先帝最好武戲。於懋勤殿陞座，多點岳武穆戲文。至『瘋和尚罵秦檜』處，逆賢嘗避而不視，左右多笑之。自天啟六年以後，凡御前插科打諢，有鐘鼓司僉事王進朝，綽號『王瘸子』。抹臉詼諧，公然稱贊惜薪司怎樣軫恤商人，内府庫怎樣米積天堆，東廠怎樣釐奸剔弊，寶和殿怎樣裕國通商，内修朝政，外鎮邊疆。或稱『好箇魏公公』，或誇『好箇魏太監』。逆賢居之不疑，自以爲美，先帝聖顔亦爲喜悦。回想憲廟時，汪直擅權，尚有懷恩之流居帝左右，所以阿丑敢譎諫也。

防奸常恐禍心藏，櫝食朝朝進信王。畢竟真龍天眷顧，花名早兆御袍黄。

《彤史拾遺》：懿安皇后居慈甯宫時，奄方叵測，左右窺伺者皆其黨。后豫戒信王宫，勿食宫中食。及即位，猶從戚畹家取櫝食進。

又：東李妃亦光宗選侍也，以别西李妃，故稱東。嘗奉光宗命，撫視皇五子。皇五子在宫，嘗夢黑龍蟠殿柱，以告選侍。選侍私自喜，囑勿言。又所居東宫後有井二，皇五子隨選侍過之。戲汲井，得金魚；汲次井，亦如之。

王譽昌《崇禎宫詞》註：丁卯春，忠賢以牡丹二百株獻於潛邸，署其名於長牋，首列『御袍黄』。是秋登寶位，亦先兆也。

古訓由來戒色荒，九重杜漸慮方長。聞香心動傳嚴禁，恐有巫雲誤楚王。

《明季北略》：上御便殿閱奏章，聞香心動。詰近臣何來，對以宫中舊方。上叱令毁之，勿復進。因太息曰：『皇考、皇兄皆爲此誤也！』

又《附記二事》云：一夕，上與詞臣論治，更餘未退。上忽起，命内監秉燭繞行，徧閲壁隅，寂無所見。已而，遥見殿角火星微燿，立命毁壁。入視，見一小璫持香端坐於内，詢之，乃魏逆所使也。上勤於政事，故爇此香，使慾心頓起耳。上曰：『吾方静攝，而心忽動，固疑有是。』命去之。上初立，魏逆進國色四人。欲不受，恐致疑，遂納之入宫。徧索其體，虚無他物，止帶端各佩香丸一粒，大如黍子，名『迷魂香』。一觸之，魂即爲之迷矣，上命勿進。

灾異凶荒降自天，兢兢敢謂式無愆。至尊修省移居日，闌陛塵封一律蠲。

《崇禎宫詞》註：舊制，聖駕修省，中官衣素青，蓋夏用純絹，冬則元色紵也。省愆居在文華殿後，其制度用木爲通透之基，高三尺餘，下不令牆壁至地，四圍亦無比屋。熹廟辛酉而降，闌陛塵封。上遇灾異凶荒，每臨幸焉。

舊桃幾日换新符，殿閣春聯字貫珠。例用泥金書吉利，年年依樣畫葫蘆。

《崇禎宫詞》註：宫中春聯，例用泥金葫蘆。内書吉利福壽字，旁寫『送瘟使者將歸去，俺家也有一葫蘆』，以祓除不祥。

上帝昭昭監在兹，光明殿外閃靈旗。稱兒自肅朝天禮，謝卻尋常祝史辭。

《崇禎宫詞》註：光明殿供安玉帝像。正月九日、十二月二十五日，帝並到殿前行香。其朝禮之詞，每自稱『兒子』。

花相花王取次芳，相邀花下醉瓊漿。太禧白與金莖露，總是長春内酒方。

《崇禎宫詞》註：四月三日爲萬壽節。舊例於四月宫眷、内臣换穿紗衣，牡丹盛後，即開宴賞芍藥花也。又：御前酒皆内臣監釀，光禄不得與。上喜飲金莖露、太禧白二種，嘗名之曰長春露、長春白。蓋内法酒總名『長春』，自以二字冠之，宫中不得復稱『金莖』『太禧』矣。

淩晨催進燕窩湯，佩欓鳴韉出膳房。爲是酸鹹要調劑，上方滋味許先嘗。

《崇禎宫詞》註：帝嗜燕窩羹。膳夫煮就羹湯，先呈所司嘗，遞嘗四五人，參酌鹹淡方進御。

輪流尚膳出黄門，别有調和屬翊坤。算到十齋方戒殺，獨憐鶂鶂未邀恩。

《酌中志》：天啟以前，凡聖駕每日所進之膳，俱司禮監掌印、秉筆，掌東廠者二三人輪辦。近年改由尚膳監，亦節省意。十三年，復照舊例，挨月供辦。

《崇禎宫詞》註：翊坤宫近侍劉某善治扁食，進御者必其手造。

又：帝與后每月持十齋，嫌膳無味。尚膳因將生鵝退毛，從後穴去腸穢，納蔬菜於中，煮一沸取出，酒洗淨，另用麻油烹煮以進，遂甘之也。

宫粧新様出姑蘇，仿傚終嫌態不如。縞素獨邀天一笑，白衣大士降凡初。

《崇禎宫詞》註：后籍蘇州，田貴妃居揚州，皆習江南服飾，謂之『蘇樣』。

又：宫眷暑衣從未有用純素者，葛亦惟帝用之，餘皆不敢用。后以白紗爲衫，不加蓋飾。上笑曰：『此真白衣大士也！』自后穿純素暑衣，一時宫眷裙衫俱用白紗裁製。内襯以緋交襠、紅袙腹，掩映而已。

春來西苑報花開，宫眷連朝采豔回。插徧膽瓶供御几，共稱宸賞重黄梅。

《崇禎宫詞》註：凡西苑花開，司苑具報。后每遣宫婢採折，以供賞玩，間亦行幸。

又：西苑黄梅最多，上所好也。花時臨賞，每折小枝簪於膽瓶，遍置青霞軒、清暇居等處几案間。

不乞君恩向外家，内廷恭儉戒繁華。草棉合補豳圖闕，近報江南進紡車。

《彤史拾遺》：后家本節嗇，而入典宫政，務減儉。裁宫中糜費，不爲外家乞恩澤。

《崇禎宫詞》註：武英殿畫士所畫錦盆堆名花、雜果，或貨郎擔，百物畢陳。畫圍屏成架，御用監按節安設。是年，帝諭畫《豳風圖》，設於乾清西暖閣。

又：八年三月，后諭蘇州織造太監進草棉紡車二十四具，以教宫嬪。

滴粉搓酥盡月娥，花毬斜插鬢邊螺。天顔最喜顔如玉，笑煞人間鬼臉多。

《崇禎宫詞》註：后顔如玉，不事塗澤。田貴妃亦然，餘不及也。

又：后喜茉莉。坤甯有六十餘株，花極繁。每晨摘花簇成毬，綴於鬢髻。

又：宫中收紫茉莉實，研細蒸熟，名珍珠粉。取白鶴花蕋，剪去其蔕，實以民間所用粉蒸熟，名玉簪粉。此懿安從外傳入，宫眷皆用之。顧帝不喜塗澤，每見施粉稍重者，笑曰：『渾似廟中鬼臉。』

史學淵源溯絳紗，久期黄閣拜黄麻。乍觀除目心私喜，誤贊吾家老探花。

《崇禎宫詞》註：陳文莊仁錫嘗舍於周皇親家。后少時出見仁錫，奇其容貌，謂后父曰：『君女天下貴人。』使以《通鑑》教之。后於此書最詳貫。

又：一日，后與上同看除目。后見陳文莊名，指之曰：『此吾家探花也！』上不悦，曰：『既是汝家翰林，莫想得閣老？』后因言他事以解之。

香几雕屏費睿思，天生神技不須師。宫娥乞得先皇巧，第一梅籃屬阿奇。

《崇禎宫詞》註：熹廟手製器物極精巧。時猶存沉香假山一座，暨燈屏、香几數種。帝見之，諭收貯，曰：『亦一時精神所寄也。』

又：時有宫女阿奇者，能以青梅雕剜脱核，鏤成花鳥，纖細可愛。擘之玲瓏如小盒，闔之依然梅也，名梅籃。

宫綾淺碧鎮相誇，瑟瑟波紋漾月華。一自御前邀獎後，襯衣不羨海天霞。

《崇禎宫詞》註：一夕，袁貴妃侍於月下，衣淺碧綾，即所謂天水碧也。帝曰：『此特雅倩。』於是宫眷皆尚之，綾價一時翔貴。

《天啟宫詞》註：當時用天青竹緑花紗羅當青素，襯以海天霞色淡紅裏衣，内外掩映，望之如波紋木理焉。

崆峒引子爛柯遊，訪道聊思解國憂。選侍同稱琴弟子，彈將五曲讓誰優。

《崇禎宮詞》註：帝雅好鼓琴。嘗製訪道五曲，曰《崆峒引》，曰《敲爻歌》，曰《據桐吟》，曰《參同契》，曰《爛柯遊》，命田貴妃操之。

又：選侍范、選侍薛從田貴妃學琴，稱爲『入室弟子』。

月臺張幄爲花忙，花與如花恰頡頏。一段蘅蕪香不散，始知國色即天香。

《彤史拾遺》：田貴妃宮西建一臺，累石爲洞，蒔花葯。每張幄坐其傍，曰玩月臺。

又：貴妃體潔，有蘅蕪香，雖盛暑無汗。

寶冠隨例綴鴉青，新換珠胎分外明。燕見無煩釵珥飾，髮藏偏稱髻雲輕。

《彤史拾遺》：上冠舊綴鴉青石，與珠相間。妃去珠，易以珠胎，而嵌鴉青於其中，望之有光焉。

又：妃擅粧攏，每以新飾變宮中儀法。燕見卻首飾，別作副髮藏髮間。

大牖崇杠變曲房，新來什器盡維揚。夜深燈影群稱快，金縷疏綃澈四方。

《彤史拾遺》：妃嘗厭宮闥崇杠大牖，所居不適意。乃就廊房爲低檻曲楯，蔽以敞槅，雜採揚州諸什器床簟供設其中。

又：宮中燈多縷金匼匝，雖烜麗，而炬不外達。妃乃剏燈扇，每當炬處去一方，以疏綃幕之，炬影左右澈，觀者稱快。

編樓織蘺覆晴空，永巷深深蹕路通。風日不教侵御蓋，從今來往緑雲中。

《彤史拾遺》：妃以永巷接宫門，御蓋往來必行風日中，妃令爲蘺薄，夾樓葉覆之。

步輿安穩壓香肩，細步纖纖夾路旋。恃寵頻番更舊制，翻因知禮博君憐。

《彤史拾遺》：貴妃用心工巧，雖變易舊制，然較便故，上亦聽之。且嘗去小黄門之舁己輿者，而易以宫婢，上稱其有禮。

承乾宫裏晝厭厭，畫卷書囊擁翠簾。寫就群芳呈御覽，晴窗磨墨自題籤。

《崇禎宫詞》註：袁、田二妃同選。袁居翊坤宫，在西；田居承乾宫，在東。

又：田貴妃幼習鍾王楷法，繼得禁本臨摹，遂臻能品。凡書畫卷軸，帝每諭妃題簽之。

又：田貴妃工寫生，嘗作《群芳圖》進上。帝留之御几，時展玩焉。

手疏諄諄戒放淫，居然大寶備良箴。獬冠拜賜宫花補，應喻深宫補衮心。

《崇禎宫詞》註：蘇州織造局進女樂，帝頗惑之。田貴妃疏諫曰：『當今中外多事，非皇上燕樂之秋。』批答曰：『久不見卿，學問大進。但先朝有之，既非朕始，卿何慮焉？』

又：劉文烈理順爲御史時，上賜以宫花補子，精緻異常。云出自田貴妃之手。

金徽輕撥聖顔開，敕賜瑶琴號小雷。自道譜從阿母授，新聲漫訝教坊來。

《西河詩話》：田禮妃好鼓琴，上嘗賜小雷琴令彈。忽一日，詢云：『何師得之？』妃以母授對。既而妃請召母至，伺上見幸時，無意間令母彈《廣陵散》曲。上聞之，頗憶其語，大悦，賞賚甚厚。妃母多技，嘗教妃。妃恐上見疑，故令母入宫，一實其語。

問到西山感露霜，幾迴遣使奠椒漿。乾清畫像新迎入，宫婢相看泣影堂。

《明史》：孝純劉太后，光宗妃，莊烈帝生母也，葬於西山。天啟中，莊烈帝居勗勤宫，問近侍曰：『西山有申懿王墳乎？』曰：『有。』『旁有劉娘娘墳乎？』曰：『有。』每密付金錢往祭。及即位，遷葬慶陵。帝五歲失太后，問左右，遺像莫能得。傅懿妃自稱習太后，言宫人中狀貌有相類者，命太后母瀛國太夫人徐氏指示畫工，可意得也。圖成，由正陽門具法駕迎入，帝跪迓於午門。懸之宫中，呼老宫婢視之，或言似，或曰否。帝爲雨泣，六宫亦泣。◎

按，《彤史拾遺》作『懸像乾清宫』。

史宬集庫萃芸香，乙覽先呈遊藝堂。薇省郎官方夜直，黄門承問下迴廊。

《日下舊聞》：嘉靖十三年，建皇史宬於重華殿西，藏太祖以來御筆實録。

又：古今通集庫以貯古今君臣畫像、符券、典籍。

又：崇禎中，上設遊藝堂，爲涉覽文史地。有所疑，下之武英殿掌殿中官，中官以問供事中書。

被譴應知怙寵非，退居三月冷鴛幃。景和春到花爭笑，似感昭陽召貴妃。

《彤史拾遺》：田妃見后稍倨，后每抑之以禮。會歲旦朝正，妃當詣坤甯宫朝。適天寒雨雪，翟車止門外，不即入，又不令傳免。久之，袁淑妃車至，即傳入相見，且故爲好語謝之去。於是始傳妃車入，坐朝之，朝已遽下，無他言。妃大恨，向上泣訴。上在交泰殿，與后語不合，推后撲地。上尋悔，令貴妃省慰，退居啟祥宫，三月不召。既而后在永和門看花，請召妃。上不應，后遽令以車迎之，乃相見如初。◎按，《日下舊聞》引《戀書》：「坤甯宫，皇后所居。左曰景和門，右曰隆福門。東宫，貴妃所居。東二長街之東曰永和宫。」是永和乃田妃之宫，景和乃周后召妃看花之門也。永和門「永」字當作「景」。

鳳閣晨開賀歲初，特宣命婦拜丹除。中宫好學勤諮訪，多少香閨習史書。

錢謙益《崇禎詩集》註：元日，命婦朝賀中宫。傳聞中宫好學，新參夫人有延師習《通鑑》者。

致身誰傚古忠良，一紙新題試内璫。較藝廷前膺上選，蟾蜍眉認兩斑黄。

《酌中志》：鄭太監之惠，任邱人，專心經史，亦能作時藝古文。天啟五年起典籍，後陞監官。時兩眼上皮各生黄斑，一如蟾蜍眉也。今上御極元年冬，御前親試，出「事君能致其身」題，考時藝。中選，陞隨堂。誠古今殊遇也。

薰風滿殿起賡歌，琴曲鈔來御製多。新入未諳皇極譜，調絃先問褚貞娥。

輪菴和尚《鼎湖篇序》：丁丑、戊寅間，先公受知於烈皇帝，遵旨改撰琴譜。上自製《五建》《皇極》《百僚》《師師》諸曲，命先公付尹紫芝内翰翻譜鉤剔。時司其事者内監琴張，張奉命出宫嬪褚貞娥等，禮内翰爲師，指授琴學。◎按：輪庵名同揆，明相國文文肅弟震亨之子。少爲諸生，名果，字園公，滄桑後逃於禪。震亨以善琴供奉思陵。

玉勒金羈似錦鋪，名牌紛沓控蠻奴。仗移皇極臨軒看，畫出周王駿馬圖。

《思陵典禮記》：大朝後殿看馬，其事始於世廟，久不舉行。崇禎壬申冬至郊祀，次日，上受朝畢，更便服，於皇極殿設幄，閱視御馬監馬匹。每馬各有名牌，壯士控之，由東過西。是日閱馬三百三十三匹，雲錦成群，真所謂天閑上駟也。

剪綵消寒製最精，餘寒未盡已新正。内人插戴紛相餉，誰識奇花號象生。

《崇禎宫詞》註：袁貴妃善剪綵花，每入冬節，製花朵以爲粧助，宫中謂之消寒花。

《彤史拾遺》：宫中令節，宫人以插戴相餉。偶貴妃宫婢戴新樣花，他宫皆無。上問妃，妃曰：『此象生花也。出嘉興，有吴吏部攜來京，而妾家買之。』上不悦。

嬝嬝緗鈎落地輕，淩波穩稱繡初成。貓頭竟應旄頭讖，不道禳災又召兵。

《崇禎宫詞》註：五、六年間，宫眷每繡獸頭於鞋上，以辟不祥，呼爲『貓頭鞋』。識者謂貓，旄也，兵象也。

掌珠新殞聖心傷，忽報妖氛陷洛陽。白髮宫娥談舊事，福王可似悼靈王。

《彤史拾遺》：當妃居啟祥宫時，皇五子有疾。兩河催餉者日三至。武清侯孽子李國正訐其兄國瑞藏禁物，自莊房土地外，精鏐環寶累萬萬。上召見國瑞，諭以輸餉。辭不能，上怒責之。既而國瑞死，皇五子疾劇，有憑之爲言者曰：『吾九蓮菩薩也。上待吾家薄，吾逝將去。此皇五子慧，隨我行。』先是，神廟時孝事慈聖皇太后，有言慈聖爲九蓮化身，遂以慈聖像裝九蓮菩薩祀之。武清侯即慈聖家也。至是，宫中禱九蓮，徹三晝夜。而皇五子終不起，謚曰悼靈王。後上至妃宫，思悼靈，哀之。值寇亂甚，河南諸王多被害。愴念骨肉，呼老宫婢能言宫中往事者，使言之。因言福王之國時，神廟鍾愛王，出宫門召還者三，且約三歲當入朝。當大漸時，猶顧視貴妃，以河南爲念，今何如矣！上唏嘘而起。

懿安宫外駐鑾輿，嚮晚朝正問起居。四拜禮完還四拜，至尊珍重託皇儲。

《明史·懿安皇后傳》：熹宗大漸，后折逆奄謀，力與大臣傳遺命，定迎立事。愍帝立，上尊號曰懿安，居慈甯宫。

《崇禎宫詞》註：田貴妃所遺二子，託懿安撫養。十六年元旦，帝朝懿安於仁壽殿，行四拜禮畢，復四拜，謝撫皇子也。

國祚相延漫卜年，中元水殿信先傳。磌然擲地聲驚坐，空外飛來十七甎。

《崇禎宫詞》註：中元，帝同后妃幸後苑湖中，置酒水殿。内侍、僧道兩班作法事，施食放燈。忽於空中飛大甎至殿前，司禮大璫親至其處驗之，連飛至十七塊而止。

偶像紛紛出禁城，先期佛已去乾清。中宫欲代君王懺，内苑新添梵唄聲。

《崇禎宫詞》註：内玉皇殿，永樂時建。有旨撤像，内侍啟鑰而入，大聲陡發，震倒像前供桌，飛塵滿室。内侍相顧駭愕，莫敢執奏。像重甚，不可摇動，遂用巨絙曳之下座。時内殿諸像並毁斥，蓋起於禮部尚書徐光啟之疏。光啟奉泰西氏教以闢佛老，而帝聽之也。既而，后知撤像時靈異，言於帝。帝深悔，而宫眷之持齋禮誦較盛於前矣。又：乾清宫梁栱之間遍雕佛像，以累百計。一夜，殿中忽聞樂聲鏘鳴自内出，望西而去。三日後，奉旨撤像，置於外之寺院。

宵旰憂勞逐日添，寇如蔓草總難芟。何人自號鹽梅將，空使君王夢傅巖。

《崇禎宫詞》註：十一月某日，帝語輔臣曰：『朕夕夢故輔楊嗣昌，稽顙庭下曰：「臣鞠躬盡瘁，死而後已。爲諸臣不公不平，連章見詆，故歸訴於皇上。」』語畢，天顔慘惻久之。前嗣昌在蜀，於順慶公署題匾自旌曰『鹽梅大將』。

連日天廚敕斷葷，今朝解菜爲親恩。傳來瀛國夫人夢，未食先教隕淚痕。

《彤史拾遺》：上念寇禍，茹蔬斷庖割。后見上體瘁，具酒餚，爲上解菜。上接瀛國夫人奏。瀛國夫人者，孝純太后母也。瀛國夜夢孝純歸，語上瘁而哭，言動舉止如平時。又云：『翼日有爲解菜者，上勿卻也。』上持奏入宫見后解菜，驚詢曰：『汝何以爲此？豈亦有所聞耶？』曰：『無有。』因念先后慈在冥冥中尚保惜至此。乃出奏示后，再拜，舉筯相向哭，淚溢盤槅。

盡日瞻天不見天，承華望幸幾經年。宫門未聽鑾輿過，夜夜紅燈照例懸。

《崇禎宫詞》註：每日暮，各宫門挂紅紗籠燈二。聖駕幸臨某宫，則宫門之燈先卸，東西巡街者即傳各宫俱卸燈寢息。承華宫在徽音門内，陳妃居之。數年之間，止一幸焉。

又：錢守俊初給事承華宫，見陳妃愁坐，曰：『娘娘何不快乎？』陳曰：『人生，天也。不見，有何快？』守俊曰：『舉頭便見。』陳笑曰：『騃子！』

羽客南城設醮時，憂勤常恐外人知。玉熙漫進新番戲，昨日君王罷水嬉。

《日下舊聞》：崇禎時，中外多事，每遣羽流於南城爲章醮之舉。上與后妃密往行禮，自文華殿西夾道中往來。一日，有部僚接本在會極門，忽傳駕返，遑遽避入文華門直房，于窗隙中闞見。不知上亦闞見矣，使中璫問姓名，復諭之至外勿言也。

《金鼇退食筆記》：崇禎帝每宴玉熙宫，作過錦、水嬉之戲。一日宴次，報汴京失守，親藩被害，遂大慟而罷。

青紗零亂液池濱，殉國貞魂恨未伸。殺賊欲攄先帝憤，天心應鑒費宫人。

陳其年《婦人集》：長安女尼妙音，舊先帝時宫人也。言宫中侍姬都以青紗護髮，外施釵鈿。

《明季北略》：賊帥先入清宫，宫人魏氏大呼曰：『賊入大内，我輩必遭所污。有志者早爲計。』遂躍入御河死，從死者積一二百人。

《彤史拾遺》：昭仁宫宫婢費氏爲賊得，自稱昭仁主。賊以獻自成，自成令宫監驗之，非是，以賜賊帥羅讓。費氏曰：『吾雖非主，然故名家子。必欲犯者，須以禮。』帥乃張宴，聚諸渠豪飲。擁入室，費氏挾刃揕帥喉，連刺數渠，遂自刭。臨刭曰：『吾之不能殺自成，天也。』

福王附

名由崧，神宗之孫，福恭王之長子也。甲申三月，京師失守。四月，凶問至南京，諸大臣議立君，未有所屬。適王與潞王皆以避賊至淮上，馬士英立王監國。明年正月，即帝位。五月，南都陷，王走死。在位一年，改元一弘光。

玉樓天半響歌絃，曲破新翻燕子箋。最是梨園關上慮，朝臣須避老神仙。

王漁洋《秦淮雜詩》註：弘光時，阮司馬以吴綾作朱絲闌，書《燕子箋》進宫中。

《明季南略》：除夕，上在興甯宫，色忽不怡。韓贊周言新宫宜懽，上曰：『梨園殊少佳者。』贊周泣曰：『臣以陛下令節，或思皇考，或念先帝。乃作此想耶！』

《續幸存録》：弘光狎近匪人。教坊樂官出入朝房，諸大老無以目之，共呼爲『老神仙』。

南部煙花盡鼎新，中興惟占秣陵春。薰風殿裏教歌舞，選盡秦淮舊院人。

《明季南略》：上醉後淫死童女二人，乃舊院雛妓，馬、阮選進者。嗣後屢有此事，由是曲中少女幾盡。而馬、阮搜覓六院，亦無遺矣。

燭明春殿夜眠遲，連日仙方試御醫。雀腦蟾酥供上用，内璫催進颭黄旗。

《南疆繹史》：《金陵賸事》言，内豎奉旨采合媚藥，需雀腦、蟾酥，市中一夕踊貴。甚至乞兒手捉一蟲一介，亦貼黄書『上用』，而人不可犯。

《明季南略》：蘇州有醫者鄭三山，日以春方進上，多鄙褻，上寵之。

明單恂《金陵書事》詩云：苑城春閉緑楊絲，江介軍書醉不知。清曉内璫催尚藥，官蝦蟆進小黄旗。

連天峰火逼南京，狎客猶然譜後庭。明月當頭杯在手，何人唤得福人醒。

《婦人集》：或於臺城舊内見二絶句，詞旨悽惻，類弘光時宫人語。詩云：『南朝天子一愁無，石子岡連玄武湖。草緑離宫人不到，日長惟敕阮佃夫。』『臨春閣外渺無涯，烽火連天動妄懷。十萬長圍今夜合，君王猶自在秦淮。』

《蓴鄉贅筆》：弘光内殿懸一對云：『萬事不如杯在手，一年幾見月當頭。』旁註：『東閣大學士臣王鐸奉敕書。』

《明紀會纂》：阮大鋮日與楊維垣謀，欲殺東林復社諸人。大獄將興，以上游告警始緩。有夜半書聯於東西長安門柱云：『福人沉醉未醒，全憑馬上胡謅；幕府凱歌已休，猶聽阮中曲變。』

唐王附

名聿鍵，太祖九世孫也。乙酉五月，南都失守，鎮江總兵鄭鴻逵、鄭彩撤師回閩，會王從河南來，因奉至福州。閏六月十五日，即帝位，改福州爲天興府，以布政司爲大内。丙戌八月，大兵奄至，王殂於福州。在位一年，改元一隆武。

煌煌手詔降丹除，章奏紛披丙夜初。萬軸縹緗隨後乘，圜橋宣進講官書。

《南疆繹史·唐王紀略》：王勤於政，批閱奏章，丙夜不休。陳言軍國大事者，輒以手詔答之。素好讀書，博通典故。撰三詔與魯監國書，群臣皆莫能及。

又：所至訪求書籍，軍行亦載書數十乘。

《明季南略》：命儒臣賴垓、陳燕翼進講《易》之『元亨利貞』、《書》之『聖神文武』。圜橋肅穆，聖德誕敷，群臣表賀。

節儉躬行聖德殊，那容龍鳳織袍襦。中宫批答垂簾坐，詔遣黄門罷女廚。

《南疆繹史·唐王紀略》：王性素儉，布衣蔬食，不御酒肉。敕司禮監，行宫不得以金玉玩好陳設，器用磁錫，幄幃被褥皆布帛，絶去錦繡。後宫無嬪御，執事者三十人而已。中宫懿旨，選女廚十人。王聞之，以爲擾民，不許。

又：章奏朝至夕發，或送后代批。

又《曾后傳》：凡王批閱章奏，多所參駁。每當臨朝，則垂簾座後，以共聽斷。

《明季南略》：初，隆武孤身南來。至是，曾后至，遂大興工作，擴構宫殿，卮【一】匜之屬皆用黄金。開織造府，造龍袍，后下體衣皆織龍鳳。◎按：此與《繹史》所載大異，今據《繹史》正之。

校按：【一】『卮』原作『庖』，據《明季南略》改。

十二名姝進内家，含情隨例侍官衙。君王不作羊車戲，冷落空封繫臂紗。

《南疆繹史》：鄭氏進美女十二人以充後宮。王意不忍拂，姑留之，然卒未嘗一御及也。

《明季南略》：鴻逵以所掠美人十二獻，隨居官衙。

駐蹕延平避寇鋒，閒關常使后妃從。御門數語群工愧，匣有降書二百封。

《南疆繹史·唐王曾后傳》：乙酉冬十二月，王親戎，由水道進，妃亦御舟以從。丙戌元日，王在建寧，不受朝賀。既而楊廷麟、何騰蛟迎王移駐，各疏相繼至。妃密言鄭氏不可倚，亟請倚騰蛟爲是。時芝龍陰懷不測，多方沮遏，遂移駐延平。

又《唐王紀略》：王御門，内侍捧小匣置御前。詔諭群臣曰：『朕本無利天下心，以勳輔擁戴，不得已勉徇群策。浣衣糲食，有何人君之樂？朝夕乾惕，恐負重付，豈意諸臣已變初志。昨巡閩之使得爾等出關迎降書二百餘封，今俱在此。朕不欲知其姓名也，今命錦衣衛焚之午門前。爾諸臣其有名者，尚洗心滌慮否？』王長身豐頤，聲如洪鐘，聞者悚息。

永明王附

名由榔，神宗之孫，桂恭王常瀛少子也。襲封，居肇慶府。丙戌八月，福京陷，兩廣總督丁魁楚等立王監國。十月十四日即帝位，仍稱隆武二年，以明年爲永曆元年。改肇慶府署爲行宮，後屢遷至緬甸。大清朝順治十八年十二月，大兵至緬甸，人送王至軍前，明年四月殂。在位十五年，改元一永曆。

行宮朝退日將闌，騎射宣呼上玉鞍。報道至尊頻命中，三宮樓上捲簾看。

《明季南略》：府署與高要縣學並峙，中隔一池。於是覆土填其半，日於下午偕龐天壽等騎射其中。帝亦多命中，三宮從側樓閱視，以爲樂。三宮者，太后馬氏，桂王原配也；聖后王氏，帝之生母也；中宮王氏，正宮也。

月華初上繫龍洲，鼓吹喧闐送御舟。飲罷群臣齊表賀，今宵水殿過中秋。

《行在陽秋》：庚寅八月十五日，御舟泊繫龍洲，在梧州之東。自春至秋，王、嚴二相隨駕逍遥。河上有民謡云：『漢宫秋也，昭陽愁也。』起恒字秋冶，化澄字昭陽。上與太后三宫置酒樓船，簫鼓於梧州繫龍洲之上下。起恒手書『水殿』二字，挂小牌於御舟前。

《明季南略》：嚴起恒與二三同官濯纓唱和，蕭索興味。八月十五日，無以爲金鏡之獻，親書『水殿』二字，置一牌坊，鼓吹送入帝舟，再令群臣上表稱賀。情實孤舟嫠婦，形同畫船簫鼓。

藤醪蒟醬供宸膳，桂布賨幪當御羅。册報歲開銀米數，猶稱皇帝一員多。

《南疆繹史》：當是時，問天廚之御食，則蒟醬藤醪也；問尚方之衮服，則桂布賨幪也；問法乘之鈎駟，則露犬紈牛也；問上林之春色，則犵鳥蠻花也。虎落蜒鄉，茍延喘息；君惟臣命，極此淩夷。

又《永明王紀略》：王在安龍，塗葦薄以處，日食脱粟。守將承可望意，更相淩逼。歲造開銷銀米册報可望，稱皇帝一員，月支若干；皇后一口，月支若干。隱忍之，茍延喘息而已。

犵鳥蠻花送暮春，木城風雨倍傷神。緬酋昨日供新稻，詔旨殷勤賜從臣。

《南疆繹史·永明王紀略》：緬人於赭硜構臺以棲車馬，置草屋十間以居王。編木爲城，每日以兵士百餘人護之。從官各結茅篷散處，蠻男婦自來貿易。初至，饋獻頗豐，後漸薄。秋九月，緬進新稻，命給從官之窘者。

魯王附

名以海。高帝十世孫也，世封於魯。北都之變，王南下，福王命移駐台州。乙酉五月，南都失守，尚書張國維等立王監國。大清順治癸巳，王自去監國號。甲午，移居金門。康熙壬寅冬，卒於東寧。浮沉海上者共十九年。按，舊傳魯王在金門，日益窮蹙。鄭成功禮意寖衰，王不能平，將移居南澳。成功銜之，乃使人要於道而沈諸海。今以《臺海紀事》《魯春秋》《鮚埼亭集》各編依時考之，則此説弗信甚矣。

舟山鼓鑄大明錢，國統惟思一線延。海上臣民誰奉朔，春王猶記魯元年。

《南疆繹史·魯王紀略》：順治二年乙酉十二月，王回越城。命以王正中所進黃宗羲造監國魯元年丙戌大統曆，頒行民間。命鼓鑄『大明通寶』錢。

百尺河艍作帝宫，蠣灘鯨背拜趨同。相看共拭朝衣淚，庭燎微茫鬼火中。

《南疆繹史》：御舟稍大，名曰河艍。即其頂爲朝房，諸臣議事於此。又《魯王紀略》：以錢肅樂爲東閣大學士。肅樂日中繫艍王舟之次，票擬章奏封進後，即解維別去。每入見，即流涕不止，曰：『朝衣拭淚，昔人所譏。而臣今不能禁。』王亦潸然。蠣灘鯨背、鬼火庭燎，註俱詳後。

國戚誰教賄賂通，脱簪待罪仰賢風。可憐一掬磁盤血，耻向胭脂井上紅。

《南疆繹史》：魯監國前妃張氏，會稽人。父國俊，專攬事權，延納貨賂。妃聞之，脱簪待皐，監國慰之以免。及江上師潰，命保定伯毛有倫扈宫眷及世子出海。妃載拜辭曰：『勿以妾故爲王累。』遂手碎磁盤，自剄死。案，會稽張妃之死，或謂出海被劫，北去中途，碎磁盤以自剄。推元妃『恖爲奸人所責，爲張妃之續』一語，則出海被劫之説是矣。附註於此，以待後考。

儀容空擬副山河，浪楫風帆可奈何。一紙緘愁遥寄姊，淚痕應比墨痕多。

《鮚埼亭集·舟山宫井碑文》云：元妃爲吾寧之鄞縣人。監國次於會稽，張妃主宫政，而妃以丙戌春入宫。會西陵失守，張國柱亂兵擁張妃去。妃在副舟，飄泊至舟山。監國已入閩，旁皇無所歸。吏部尚書張肯堂遣人護之，得達長垣，監國始進册爲元妃。在海上者三年，風帆浪楫，莫副山河之容。己丑，復入舟山。辛卯，大兵抵城下，安洋將軍劉世勳議分兵先送宫眷，然後背城一戰。元妃傳諭，辭曰：『將軍意良厚，然蠣灘鯨背之間，懼爲奸人所責，則張妃之續也。願得死此淨土乃止。』城陷，元妃整簪服，北向拜謝，投井死。義陽王妃杜氏、宫娥張氏從焉。錦衣指揮王相、内臣劉朝共掌宫事，嘆曰：『真國母也！豈可使其遺骸爲亂兵所窺？』相與舁巨石塡井，平之，即共刎其旁而死。董户部守諭爲作《宫井篇》哭之。當妃未死，嘗遣間使至中土，寄書訊其女兄。歷敘蛟關之掠、長垣之困、琅琦之潰、健跳之圍，操尺組而待命者不知凡幾。鬼火以當庭燎，黄蘖以充葛藟，猿鳴龍嘯以擬晨雞。苟延餘息，荼苦六稔。然到頭終擬一死，以完皎然之軀。其節素定如此。

諸王附

畫手新成本草圖，東書堂内集琴書。白頭宫女知前事，爲寫新詞續仲初。

周定王橚，太祖第五子，國開封。

《明史·本傳》：橚好學，能詞賦。太祖賜以元故宫嫗，得聞元宫中事，作詞百章。以國土夷曠，庶草蕃廡，考核其可佐饑饉者四百餘種，繪圖疏之，名《救荒本草》。闢東書堂以教世子，長史劉淳爲之師。

春風滿殿管絃張，侍女從遊夜未央。唱徹誠齋新樂府，片雲流月度宫牆。

周憲王有燉，定王長子。

《明詩綜》：憲王勤學好古。集名蹟，手自臨摹勒石，名《東書堂集古法帖》，歷代重之。所製《誠齋樂府傳奇》，音律諧美，流傳内府，至今中原絃索多用之。詩有《誠齋録》《新録》諸集。

《静志居詩話》：憲園留心翰墨，譜曲尤工。李夢陽詩曰『齊唱憲王新樂府，金梁橋外月如霜』，牛恒詩云『唱徹憲王新樂府，不知明月下樊樓』是也。

鴈池風峭斂微波，㬋㬋彤雲壓翠柯。金盒盛來誇瑞雪，瓊瑶光映醉顔酡。

牛恒《周藩宫詞》：夜來行樂鴈池頭。《簪雲樓雜説》：《送雪詩》，周憲王所造也。按汴土風俗，每歲遇雪初下，則以小盒盛之，送親知以爲瑞。或舉杯歡宴，尤宫中所尚焉。憲王《送雪詩》云：『天山一色凍雲垂，罨畫樓臺綴玉時。准備煖金香盒子，明朝送雪與相知。』

宫槐夾道緑陰成，國色園開結隊行。十二亭前春爛漫，競持斑管記花名。

《獻徵録》：劉淳爲周王右長史。端禮門夾路槐，盛夏如蓋。偶枯數榦，淳歷陳咎徵，進戒於王。王納其言修省，枯榦復榮。王乃書一牌懸於樹，曰『攄忠槐』。《已瘧編》：周王開一園，多植牡丹，號國色園。品類甚多，建十二亭以標目之，有玉盂、紫樓等名。儀部郎尤良作十二詩。

端清樓閣日微明，賸墨殘香最繫情。踏徧陽臺峰十二，遺蹤何處問雲英。

徐釚《本事詩》：憲王有宫女，姓夏氏，名雲英。生五歲，暗誦《孝經》；七歲，盡通釋典。淡妝素服，色藝絶倫。年二十二，卧病，求爲尼受菩薩戒，作偈示衆而没。憲王哭之以詩，曰：『雲英何處訪遺蹤，空對陽臺十二峰。花院無情金鎖合，蘭房有路碧苔封。消愁茶煑雙團鳳，縈恨香盤九篆龍。腸斷端清樓閣裏，墨痕燭灺尚重重。』端清閣，宫女所居也。

《宫閨小名録》：夏雲英，法名悟蓮。

安老堂兼正學齋，西堂名士共追陪。黌宫廩餼分王俸，額手群欽蜀秀才。

蜀獻王椿，太祖第十一子，國成都。

《獻徵録》：陳南賓，洪武二十二年擢蜀府長史。獻王甚敬禮之，造安車以賜。復爲搆第，名安老堂。

《明詩綜》：王雅尚儒素。嘗奉命閲兵中都，即闢西堂，延攬名士李叔荆、蘇伯衡等。既封國，即聘漢中教授方孝儒爲世子傅，待以賓師之禮，名其讀書之齋曰『正學』。方正學之稱，自此始。

《明史·本傳》：王臨講郡學，知諸博士清貧，分禄餼之，月一石，著爲令。

又：王博綜典籍，容止都雅，帝戲呼爲『蜀秀才』。

警枕欹斜夢乍醒，夜深燈影射雕屏。景元閣上晨開座，註罷儒經註道經。

湘獻王柏，太祖第十二子，國荆州。

《明史·本傳》：柏粹美嗜學，讀書至夜分，篝燈警枕，精思入微。開景元閣，招納俊乂。日事校讐，每出入，縹囊載書以自隨。平居於儒書外，尤善道家言，自號紫虚子。

花香竹影抱瑶房，琴韻書聲滿畫堂。日暮臞仙初睡起，珠簾低押放雲囊。

甯獻王權，太祖第十六子。國大寧，後移南昌。

《明詩綜》：王恃靖難功，頗驕恣。晚年深自韜晦，搆精廬一區，蒔花藝竹、鼓琴著書其間。志慕冲舉，自號臞仙。令人往盧山之巔囊雲以歸，結小屋曰雲齋，障以簾幙，每日放雲一囊。四壁氤氲裊動，如在巖洞。

翠妃嬌貯緑英宮，四壁輝煌鏡影空。繡罷停鍼詩思動，寒梅香透紙窗風。

甯庶人宸濠，獻王元孫，正德間以叛誅。《堅瓠集》：宸濠内寵甚盛。有紫妃者居紫竹宫，衣紫；素妃者居素英宫，素妝；翠妃者居緑英宫，飾緑。翠能吟善書，尤被寵幸。宫四壁皆列巨鑑，光瑩晶明。每與宴狎，鑑中諸影妖媚百出。翠妃嘗詠梅花云：『繡針刺破紙糊窗，引透寒梅一線香。螻蟻也知春色好，倒拖花片上東墻。』甚爲濠所賞。

疊石穿池擁綺羅，内人同學采蓮歌。蒼苔路滑防樵險，獨有婁妃愛主多。

《堅瓠集》：濠於陽春書院疊石成山，掘地數十畝爲大池。夏時，芰荷芬馥，與諸妃盡日宴樂。宫娥靚妝綃衣，浮小畫艇，歌《采蓮曲》。

又：宸濠妃婁氏，性賢明，善吟咏。濠嘗作《秋懷》詩，有『莫向西風問彭蠡，盤渦怒欲起蛟龍』之句。妃探知其意，嘗泣諫之。濠令妃題《樵圖》，乃樵回首與婦語。妃題曰：『婦唤夫兮夫轉聽，采樵須是擔頭輕。昨宵雨過蒼苔滑，莫向蒼苔險處行。』觸事諷諫，濠知其意而不聽。

廣招賢俊闢精廬，插架牙籤盡賜書。手訂甕天新舊稿，藏春塢裏客來初。

唐成王彌鍗，莊王芝址庶長子，太祖元孫，國顥昌。《静志居詩話》：成王廣置精廬，集國中俊秀子弟，資給之，俾肄業。又闢蔬圃一區，建養正書院，泰陵頒五經子史賫之。迨康陵遊幸，王作《憂國詩》八章以諷。暇則聯句藏春之塢，開講保和之堂。又精於書法繪事，皆入能品云。

《明史·本傳》：王著《甕天小稿》並《家教》若干卷。

花坳藥圃接西宫，鶯塢春深翦碎紅。珠履滿堂開内宴，新歌齊唱唾窗絨。

遼庶人憲㸅，簡王植雲孫。簡王初國遼東廣寧州，後遷荆州。憲㸅以罪廢，國除。

《遼邸紀聞》：遼王好營宫室，置亭院二十餘區，以美人鐘鼓充之。其名有西樓、西宫、曲密華房、太乙竹宫，有月榭、紅房、花坳、藥圃、雪溪、冰室、鶯塢、虎圈，又有塔橋、龍口、西疇、草湖、蕊珠洞、宫人斜諸處。緜延包絡，參差蔽虧。琪花瑶樹，異獸文禽，靡不畢致。王日與諸名士賦詩觴酒其中。是時，秦中孫一元、信州宋登春、吾吴顧聖之諸君，皆爲王門珠履。王雅工詩賦，尤嗜宫商。其製小詞豔曲、雜劇傳奇最稱獨步。有《春風十調》《唾窗絨》《誤歸期》《玉闌干》《金兒弄丸記》，皆極婉麗。

調鉛殺粉日微斜，鼎篆爐煙裊畫叉。一院蝶蜂叢聚處，拂牋爭認蜀葵花。

富順王厚焜，荆憲王瞻堈玄孫，端王厚烇弟。嘉靖中，厚烇以病辭禄，不允，令厚焜攝朝謁。國建昌。

《藩獻記》：王嗜詩，兼工繪事。一日，拂素圖蜀葵，移暴日中，蜂蝶叢集花上，拂之輒來。其神妙動物類如此。

琵琶絙瑟撥輕絲，百卉亭前酒醉時。一自賈姬歸謝後，宫中誰唱竹枝詞。

趙康王厚煜，簡王高燧來孫，國彰德。

《靜志居詩話》：崐山鄭若庸曳裾王門，康王從若庸所見臨清謝榛竹枝，命所幸琵琶妓賈扣度而歌之。既而榛過鄴，偕若庸見王。王宴之便殿，酒行樂作。王曰：『止。』命絙瑟，以琵琶佐之，曰：『此先生所製竹枝詞也。譜其聲，不識其人，可乎？』命諸伎擁姬出拜。榛謝曰：『此山人鄙俚之詞。請更製竹枝，以備房中之樂。』王曰：『幸甚。』榛力不勝酒，醉卧山亭下。王命姬以衽代薦，承之以肱。明日，上新竹枝十四闋，姬按而譜之。元夕，便殿奏伎，酒闌送客，即盛禮而歸賈於榛邸。王嘗與榛聯句百卉亭。◎潘之恒有《賈扣傳》，詳載其始末。

跋

三秋菊老，正鰥生閉户之時；一路風温，接絳帳傳書之使。下拜登受，薰沐開看，則吾香厓先生《全史宮詞》也。夫惟宮詞之作，古多傳人。三唐則有王建，五季則有和凝。道君皇帝素擅清新，花蕊夫人亦稱綺麗。然而人各百首，事祇一朝。秦淮商女，雖解歌結綺新詞；繡嶺山翁，乃僅説津陽盛事。彤史之搜尋未徧，紫宮之考鏡何從。尚宜鍊媧皇之石，用補漏天；誰則探禹穴之書，盡窺福地。先生則才具三長，學通四始。網羅千秋之祕，權輿五帝以前。遠稽匏史，數典不忘；旁採稗官，有徵斯信。千門萬户，張茂先畫地成圖；前古後今，杜少陵以詩作史。大哉觀也！而説者疑焉。謂離宮別館，事無與於興觀；暮雨朝雲，言終傷夫雅正。今必問帳名於甲乙，記曲疊於霓裳；誇亭館於仙家，摹樓臺於天上：干卿何事？壯夫不爲。噫嘻！是誠囈語。請考古人。今夫《葛覃》《麟趾》事盡宮闈；《河廣》《雞鳴》，情皆兒女。下而秦之《壽人》，漢之《安世》，亦莫不以房中之曲播爲樂府之聲。況閒情作於陶令，無累清高；梅花賦自廣平，何慚相業。韓偓《香匳》之體，亮節一時；徐陵《玉臺》之篇，詩名千古。彼夏蟲誠不可語冰，蜉蝣又何能撼樹也哉！先生澡身德重，經世才高，方將望副蒼生，豈止辭工黄絹；祇以北堂萱老，秋浦蒓肥，遂乃東山高卧，不肯折腰北海。開樽雅能召客，酒兵夜鬥，詩牒晨飛，洵乎文陣雄師，允矣騷壇領袖。山東脩來謁，頻停問字之車；絲竹許聞，屨下後堂之拜。聽匡鼎之談，中邊俱徹；頌元暉之句，海内皆驚。如斯編者，殆猶鼎上之一臠，雲間之寸爪乎！蓋鄴侯架上，不少積文；長吉囊中，尚多佳什。謂余不信，嗣將懸市上之金；所好非阿，此足貴洛陽之紙。願質大雅，用藏名山。

咸豐六年歲次丙辰，受業張山頓首謹跋。

《全史宫詞》書後

《全史宫詞》二函，鑾歸里後從書肆購得者。至爲誰氏售出，不可知矣。當日讀此詩之人，心細於髮，用力精專，有迥非人所能及者。全詩千餘首，悉用硃泥印出句讀，不壓字、不壓線，從首至尾，到底不懈，如史館進呈之書者然。鑾供職薇省，兼充史館校對十一年，每兢兢以從事，是以知讀此詩者之珍重也。所尤異者，於全詩引用故實亦一律通加句讀，并於引用故實中字樣旁印滿圈以清眉目。或連數字，或單一字，必分加滿圈，無一遺漏，無一舛錯。其心折我世丈之詩爲何如也！鑾讀《爾爾書屋詩草》，知當年此詩一出，朝鮮貢使即於京肆購數十部以去。白傅詩價重雞林，良堪媲美。燕山孫詩樵《餘墨偶談》極重此書，河間馮曉亭孝廉直以爲古人之作。鑾輯《宋豔》，亦曾引卷中之詩，并取故實數條，時猶未識荆州也。今幸謬承青目，並荷以大箸多種頒賜。内有宫詞《補遺》二十卷，獨無前集者，蓋緣世丈客冬來津，於鑾架上見有此書也。惟思前購之書雖佳，不如得世丈手賜之爲榮。況其人能讀世丈之詩，心折佩服至於如此，亦不可不使世丈知之，不可不使世丈見之，而尤不可不歸世丈藏之。且由斯書以觀，知海内珍愛此詩者更不乏人矣。謹敘端委，書之卷末，緘寄尊齋以博老世丈掀髯一笑。尚望詩以詠之，筆以記之，亦一段佳話也。舊書去而新書來，得無呵小子爲好事乎？

光緒壬辰嘉平月上澣天津徐士鑾謹識。

《全史宮詞補遺》自序

《宮詞》稿創於道光丙申，刻於咸豐丙辰，兹復補於光緒丙戌。余於丙申年二十有四，丙戌則七十有四矣。自丙申創稿，後以舉業閣置者十餘年。至咸豐初，絶意進取，始經脱稿。光緒十一年，有山右康少茗太守自汴中寄到王譽昌《崇禎宮詞》一帙，是書乃求之數十年而未得者。覽卷不勝欣躍，因摘其註中確係莊烈宮闈事，爲疇昔所未及入詠者，補作二十首。引伸觸類，又於崇禎以上、洪武以下，補作五十餘首。於是重繙故籍，默紬前聞，比事屬辭，略拾殘賸，遂逐卷皆有補遺之作。寒暑一周，共得詩四百七十九首，復災梨棗。以此無關體要之事，孜孜無已，竟不知耄之將及，思之不禁啞然自笑。

光緒丁亥重陽後三日竹素園丁自識。

#《全史宫詞》合刊後序

宣聖詔伯魚爲《詩》，獨諄諄於《二南》。《關雎》《鵲巢》，固宫詞之濫觴也。播金石而告宗廟，至用之朝廷邦國，達於閭巷閨門，而不以爲褻，豈止哀樂之情所取正哉？誠以宫闈爲王化所基，凡彝倫敘斁，治教純疵，世運國祚之興替汙隆，悉於是乎覘之。他若變雅之《庭燎》《白華》，國風之《緑衣》《雞鳴》，皆足備宫闈殷鑒，《詩》之時義大矣哉。降及六朝，梁簡文倡爲宫體。有唐肇興，詩歸正始。李太白《宫中行樂》及《清平調》諸詞，爲王建《宫詞》嚆矢。和凝、花蕊之儔，其流裔也。然皆道佚樂、誇奢靡，頌百規一，不足資勸戒，人或以豔體少之。吾樂史香厓先生，舊有《全史宫詞》之作，傳播中外已三十年。耄學精勤，搜討益富。近復賡續數百篇，與原刻都爲一集，重付梓焉，可謂極宫詞之大觀矣。然楨之所重於是編者，固自有在也。三代下，治日少，忽日多，君人溺志。宫闈每以燕昵之私，忘艱難之業；怠荒驕侈，寵豔冶而恣流連。以規誦罕聞而致紀綱隳紊者，往往而然。先生此集，考覈精而搜擇審。於歷代宫闈，悉據事抒詞，無容曲諱。莊淫美慝，勸戒昭然。雖體沿宫詞，而義宗風雅。其《凡例》所稱『借仲初之體，以抒仲宣、太冲懷古之情』者，豈尋常綺靡豔麗之詞所堪等論哉。是固可爲知者道焉。

光緒十八年壬辰十月之望同里愚姪孫國楨拜撰。

跋

歲庚寅，恕客睢陽，因趙師維藩，獲讀先生所著書。比至京，時與先生次君康侯比部相過從，始得識先生面。自是，凡有文字事，恕得與焉。今年夏，康侯比部將重鍥先生《全史宫詞》，屬與校讐之役。事既畢，退而歎曰：先生之人豈盡於所著書，先生所著書又豈盡於此書！恕不獨讀其書，且見其人，藉斯役而名坿以傳，是則何幸以及此！

光緒癸巳四月中浣門下晚學生大興馮恕謹跋。